奥 威 尔 作 品 全 集

· 奥威尔纪实作品全集

《巴黎伦敦落魄记》

《通往威根码头之路》

《向加泰罗尼亚致敬》

· 奥威尔小说全集

《缅甸岁月》

《牧师的女儿》

《让叶兰继续飘扬》

《上来透口气》

《动物农场》

《一九八四》

· 奥威尔散杂文全集

奥威尔杂文全集（上、下）

奥威尔书评全集（上、中、下）

奥威尔战时文集

George Orwell
奥威尔纪实作品全集

巴黎伦敦落魄记

Down and Out in Paris and London

[英]乔治·奥威尔 著
陈超 译

上海译文出版社

图书在版编目(CIP)数据

奥威尔纪实作品全集：全三册/(英) 奥威尔
(George Orwell)著;陈超译. —上海：上海译文出
版社,2017.6(2023.1 重印)
(奥威尔作品全集)
书名原文：Complete Nonfiction Works of George Orwell
ISBN 978-7-5327-7528-6

Ⅰ.①奥… Ⅱ.①奥… ②陈… Ⅲ. ①纪实文学—英
国—现代 ②长篇小说—小说集—英国—现代 Ⅳ.
①I561.15

中国版本图书馆 CIP 数据核字(2017)第 103987 号

George Orwell
Complete Nonfiction Works of George Orwell

奥威尔纪实作品全集
〔英〕乔治·奥威尔 著 陈 超 译
策划/冯 涛 责任编辑/宋 佥 装帧设计/胡 枫

上海译文出版社有限公司出版、发行
网址：www.yiwen.com.cn
201101 上海市闵行区号景路159弄B座
江阴市机关印刷服务有限公司印刷

开本 850×1168 1/32 印张 20.75 插页 18 字数 399,000
2017 年 6 月第 1 版 2023 年 1 月第 5 次印刷

ISBN 978-7-5327-7528-6/I·4600
定价：126.00 元(套装 3 册)

第一章

巴黎，金鸡大街，早上七点钟。街上传来几声愤怒又略带气哽的尖叫。在我住的地方对面经营一家小旅馆的蒙西太太走到人行道上，和住在三楼的一个房客吵架。她光着脚丫，趿着一双木屐，披散着一头灰发。

蒙西太太骂道："臭婊子！臭婊子！我告诉过你多少次了，不要把虫子碾死在墙纸上。你以为你把整个旅馆买下来了吗？你怎么就不能和别人一样把它们扔出窗外呢？他妈的，你这个贱货！"

住在三楼的女人回了一句："母牛！"

接着，两人闹哄哄地吵了起来。街道两边的窗户都打开了，半条街的人加入了争吵之中，一直吵了十分钟，然后戛然而止，因为有一队骑兵经过，大家都停了下来，观望着他们。

我将这一幕情景记录下来，为的是让读者了解金鸡大街的风貌。虽然这里发生的事情不单单只有吵架——不过，几乎每天早上这样的争吵起码得发生一次以上。除了吵架，还有街头小贩落寞的叫卖声和小孩子们在鹅卵石街道上追逐橘子皮的戏耍声。到了晚上则响起高昂的歌唱声，垃圾车经过时留下一股恶臭，这就是整条街的风貌。

这条街很窄——两边都是高耸肮脏的房屋，东倒西歪地堆在那儿，似乎在倒塌的时候被冻结住了。所有的房子都卄设成小旅馆，住满了房客，大部分是波兰人、阿拉伯人和意大利人。旅馆楼下是小酒馆，花一先令就可以喝得酩酊大醉。到了星期六晚上，这一区有三分之一的男人会喝醉，为了女人大打出手。那些住在最便宜的旅馆里的阿拉伯搬运工人总是在窝里斗，拿着椅子互殴，有时还动用了手枪。到了晚上，警察得两人同行才敢到这一带巡逻。这地方的确不太平。不过，尽管环境肮脏嘈杂，这里还是住了一些体面的法国人，从事小店主、面包师和洗衣女工这样的工作。他们只与自己人来往，安分地积攒着一点一滴的财富。这就是典型的巴黎贫民窟。

我住的那家旅馆叫“三雀旅馆”，有五层楼高，采光阴暗，几乎摇摇欲坠，用木板隔出了四十个房间。房间很狭小，而且终年没有打扫，因为旅馆里没有女工，而女房东 F 太太根本没有空闲。墙壁差不多和火柴棍一样薄，为了遮掩上面的裂缝，贴了一层又一层的粉红色墙纸，都已经松动了，孕育了不计其数的臭虫。天花板上，整天都有一列列的臭虫就像士兵列队行进一样爬来爬去，到了晚上就会下来饕餮一餐。于是，房客们每几个小时就得醒来，大肆屠戮。有时臭虫实在太猖獗了，房客们就会用硫烟将它们赶到隔壁房间，而隔壁房间的房客也会点燃硫烟进行反击，把臭虫们给赶回去。这地方很脏，却很有家的感觉，因为 F 太太和她的丈夫都是好人。房间的租金一周从三十到五十法郎不等。

房客的数量总是在变动，大部分是外国人，他们空手而来，身上没有一件行李，住上一个礼拜，然后就走了。他们的职业五花八门——补鞋匠、砌砖工、石匠、搬运工、学生、妓女和捡破烂的。他们当中有的穷得叮当响。阁楼的一个房间里住着一位保加利亚学生，靠做鞋子出口到美国维持生计。每天从早上六点到中午十二点，他就坐在床上做完十二双鞋子，挣到三十五法郎。其余的时间他到索邦神学院上课，准备进教堂服务，那些神学著作封面朝下堆在满是皮革的地板上。另一个房间住着一个俄国女人和她的儿子，他自称是个画家。母亲每天工作十六个小时织袜子，一只袜子挣两毛五。而儿子则穿得衣冠楚楚，整天流连于蒙帕纳斯区的咖啡厅。有一个房间租给了两个房客，一个上日班，另一个上夜班。有一个房间租给了一个鳏夫，和他两个成年的女儿睡同一张床，而那两个女儿偏偏又长得楚楚动人。

旅馆里住了一些怪人。巴黎的贫民窟是怪人集中地——这些人破落潦倒，过着孤独癫狂的生活，连维持外表的正常或体面都顾不上了。由于生活穷苦，他们的行为标准无法以常理判断，就像人们一有钱就可以不用工作一样。我住的这家旅馆有几个房客过着光怪陆离的生活，几乎无法用言语加以描述。

就以罗吉尔夫妇为例吧。这对老夫老妻个头奇矮，有如侏儒，衣衫褴褛，从事着奇怪的买卖。他们总是在圣米歇尔大街兜售明信片，其中颇有猫腻：这些明信片的包装看上去像春宫图，但其实只是卢瓦尔河畔城堡的照片。等顾客们发现货不对板时已经太晚了，因此也就没有人抱怨。罗吉尔夫妇一周挣一百法郎，生活非常节约，虽然没办法吃上饱饭，却能有钱买酒喝个半醉。他们的房间脏得连楼下都闻得到臭气——据F太太所说，罗吉尔夫妇两人已经有四年没有换衣服了。

我们再说说下水道工人亨利吧。亨利身材很高，性情忧郁，长着一头鬈发，穿着他那双长靴看上去颇为风流倜傥。亨利的特别之处在于，除了上班以外他可以好几天不说话。一年前他还是个待遇不错的私人司机，能攒点钱。有一次他谈恋爱了，后来那个女孩甩了他，他按捺不住性子，对她拳打脚踢，而那个女孩居然因为这样而疯狂爱上了他。两人同居了半个月，亨利攒下来的一千法郎被挥霍一空。后来那个女孩和别人勾搭上了，亨利用刀子刺伤了她的上臂，被判入狱半年。那个女孩被刺伤后反而更爱亨利了，两人重归于好，商量好等亨利坐完牢出来就买一辆出租车，然后结婚安定下来。但半个月后，那个女孩再次红杏出墙，等亨利坐完牢出来她已经怀孕了。这一次亨利没有伤害她。他把自己的储蓄全部提了出来，喝得昏天暗地，最后被判入狱一个月，出狱后他成为了下水道工人。无论发生什么事情亨利都不开口说话。如果你问他为什么会成为下水道工人，他从不作答，只是伸出双手，表示自己戴过手铐，然后朝南边监狱的方向仰了仰头。不幸似乎让他在一天之内变成了半个白痴。

还有英国人 R 君。他一年有六个月和父母在普特尼住，另外六个月在法国住。住在法国的时候他每天喝四升红酒，星期六喝六升。有一次他曾远赴亚速尔群岛，因为那里的红酒是全欧洲最便宜的。他是个温和的宅男，从不喧闹或和别人争吵，却从未酒醒。他总是在床上躺到日上三竿，然后在小酒馆的角落里一直坐到午夜，安安静静地喝着酒，一边喝一边说话，谈吐很文雅，又有点娘娘腔，谈论的内容都是关于古典家具。除了我之外，这一区就只有 R 君这个英国人。

像这样的怪人还有很多：朱尔斯先生是罗马尼亚人，他有一只玻璃假眼，但从不承认这一点。还有利穆赞石匠福雷克斯、守财奴罗克尔——他在我来之前就去世了——但卖破烂的老劳伦总是随身口袋里携带一张纸条，在模仿他的签名。要是有时间的话，写写他们的生平会很好玩。我之所以描写住在这一区的房客并不单单是为了好玩，而是因为他们都是故事的一部分。我要描写的是穷人的生活，在这个贫民窟我第一次接触到了贫穷。贫民窟的生活肮脏不堪、离奇古怪，这些描写既是贫穷的客观写照，又是我个人经历的背景。正是基于这一点，我希望能让读者了解那里的生活究竟是什么样子的。

第二章

贫民窟的生活是什么样子呢？比方说吧，在我们“三雀旅馆”楼下有一间小酒馆。房间很狭小，铺了地砖，一半陷在地下，摆着几张被红酒浸泡过的桌子，挂着一幅葬礼的绘画，铭文是“死亡的颂歌”，束着红腰带的工人拿着折叠小刀切香肠大快朵颐。F 太太是个来自奥弗涅的农妇，长得像头倔强的奶牛，整天喝着马拉加酒，说是“要治胃病”。大家玩着骰子拿开胃酒作赌注，高唱着民歌《草莓和覆盆子》和《玛德隆》——玛德隆这个女人曾说过：“我爱着整支部队，怎么能嫁给一个士兵？”甚至公然就在大庭广众下狎戏亲热。到了晚上，旅馆一半的房客聚在小酒馆里，要是在伦敦能找到一间酒馆有这里三四成的热闹开心就好了。

在小酒馆里你可以听到有趣的对话。比方说，这里有一个怪人查理，他说话就很有趣。

查理是个年轻人，受过教育，从家里搬了出来，家里人时不时会给他寄钱，他就靠这个生活。他很年轻，脸色红润，长着一头柔软的棕发，就像一个小男孩，还长着一张鲜红湿润的樱桃小口。他的脚很小，胳膊很短，双手就像婴儿的手一样胖嘟嘟的。他说话的时候总是手舞足蹈，似乎太高兴雀跃了，一刻也无法让自己消停。现在是下午三点钟，小酒馆里只有 F 太太和一两个失业的房客，但查理并不在乎说话的对象是谁，只要能让他倾吐心声就够了。他说起话来就像站在路障上的演说家，一连串单词从他的舌尖蹦了出来，两只短短的胳膊挥舞不停，那双小眼睛就像小猪的眼睛一样闪烁着激动的光芒——说实话，那副尊容实在难以恭维。

他正在谈论爱情，他最喜欢的话题。

“啊，爱情，啊，爱情！啊，曾经辜负过我一番爱意的女人！哎，先生们，女士们，这辈子我就栽在女人手上，沦为万劫不复之身。二十二岁的时候我就已经注定要毁灭。但我学会了很多事情，度量了智慧的深渊！能拥有真正的智慧是一件多么奇妙的事情，让你成为最具品位的有教养的绅士，变得文雅而邪恶。”等等等等。

“女士们，先生们，我能感觉得到你们都很伤心。啊，这没有什么，生命是美好的——你们不必难过。要开心一点，我恳求你们！

“满斟萨摩斯岛的美酒，
我们不会像他们那样沉沦！①

“生命多么美好！女士们，先生们，我将以我的经历向你们阐述爱的真谛。我会向你们解释什么才是真正的爱情——什么是真正的情感，更为高尚微妙的欢娱，只有绅士才能理解。我将告诉你们我生命中最快乐的一天。呜呼哀哉，但快乐对我来说已经一去不复返，再也不会回来——没有半丁点儿希望，连追求快乐的欲望也消逝了。

① 此句出自英国诗人乔治·戈登·拜伦（George Gordon Byron，1788—1824）的长诗《唐璜》。

“听我说，那是两年前的事情了。我哥哥就在巴黎——他是个律师——我爸妈叫他来找我，带我出去吃顿饭。我们两兄弟总是处不到一块，但我们不想忤逆爸妈。我们一起吃了饭，他喝了三瓶波尔多红酒，醉得很厉害。我送他回酒店，路上买了一瓶白兰地，等我们到了酒店的时候，我让他喝了满满一杯白兰地——告诉他那是醒酒药。他喝了下去，立刻烂醉如泥。我把他抬了起来，背靠着床，然后搜他的口袋，找到一千一百法郎。我拿了钱立刻跑到楼下，拦了一辆的士，逃之夭夭。我哥哥不知道我住哪儿——不能拿我怎么着。

“有了钱男人会去哪儿？当然是逛窑子了。但你以为我会把钱浪费在那些只有苦力工人才会去的烟街柳巷吗？去他妈的，我可是斯文人！你们知道吗？我挑剔得很，尤其口袋里有了一千法郎。到了午夜我才找到要去的地方。我遇到一个帅气的年轻人，大概十八岁，衣冠楚楚，理着美国式的发型。我们去了一间远离马路的小酒馆聊天，彼此心照不宣。我们聊这聊那，探讨怎么找点乐子。过了一会儿我们叫了辆的士，开车离开了。

“的士在一条狭窄偏僻的小巷口停了下来，只有巷尾一盏煤气街灯还亮着。石头缝里沾满了黑泥，旁边是一间女修道院的高墙。他领着我走到一座窗户紧闭的高大破屋那里，敲了几下门。里面传来了脚步声和门闩的转动声。那扇门开了一道缝，一只手搭在门沿上。那只大手弯曲着，直接将掌心伸到我们的鼻子底下要钱。

“那个向导把脚伸进那扇门和台阶之间。‘你开价多少？’他问道。

“‘一千法郎。’那是一个女人的声音，‘一次付清，否则

别想进来。’

“我把一千法郎放在那只手上，把剩下的一百法郎给了那个向导。他道了晚安然后离开了。我听到里面在数钱，然后一个穿着一袭黑裙的干瘦老太婆探出头来，狐疑地打量了我一下，然后才开门让我进去。里面很黑，只有一盏煤油灯照亮了一堵石膏墙的一小块地方，其他地方显得更加昏暗，除此之外我什么也看不见，只闻到老鼠和尘土的味道。那个老太婆什么也没说，就着煤油灯点着了一根蜡烛，然后蹒跚着脚步走在我前面，领着我穿过一条石砌的走廊，来到一条石阶的上头。

“她说道：‘喏，下去里面的地窖，你想干什么都行。我什么也看不见，听不见，什么也不知道。你可以为所欲为，你懂的——想做什么都可以。’

“哈，各位先生，让我告诉你们——暴力——你们知道何谓暴力吗？——那种战栗的感觉，一半是恐惧而另一半是快乐，在这时流遍你的全身。我摸索着走了下去。我可以听到自己的呼吸声和鞋子摩擦石板的声音，除此之外四周一片寂静。在石阶的底部我的手摸到了一个电开关，将它打开，一盏有十二个红色灯泡的吊灯照亮了地窖。我定睛一看，原来我不是在地窖里，而是走进了一间卧室，一间宽敞华丽的卧室，从天花板到地板都涂成了鲜红的颜色。女士们，先生们，想象一下那幅情景吧！地板上铺着红地毯，墙上贴着红色的墙纸，椅子上挂着红色的长毛绒，连天花板也是红色的，到处都是红色的，侵蚀着我的视野。那种红色沉重得令人窒息，似乎光线是从盛着鲜血的玻璃碗里透出来的。卧室的一角摆着一张方形的大床，被褥也是红色的，上面躺着一个女孩，穿着一袭红色天鹅绒裙子。看到我进来，她缩成一团，想把膝盖藏在短短的裙摆下面。

“我在门口停下脚步，对她说道：‘过来，我的宝贝。’

“然后我一步跨到床边，她惊叫一声，想躲开我，但我掐住她的喉咙——就像这样，看到了吗？——紧紧掐住不放！她拼命挣扎，开始大声求饶，但我紧紧地掐着她，把她的头往后扳，俯视着她的脸。她大概二十岁，长着一张弱智小孩那样的大笨脸，涂着厚厚的胭脂水粉。在红色灯光衬托下，那双傻乎乎的蓝色眼眸流露出恐惧和绝望。不用说，她一定是个农家女孩，被父母卖身沦为奴隶。

“我什么也没说，将她拖下床，摁倒在地板上，然后一记饿虎扑食压在她身上！啊，那种感觉实在是太爽了！女士们，先生们，我要告诉你们的就是这个，这就是爱情！这才是真正的爱情，世界上就只有这种感觉值得追求。这种感觉令所有的艺术和理念、所有的哲学和信念、所有的修饰和情操都有如死灰一般苍白无谓。当一个人体验过爱情——真正的爱情后，这个世界上还有什么快乐可言呢？

“我继续折磨着她，动作越来越粗暴，那个女孩一次次地试图挣扎开来，不停地惨叫求饶，但我只是报以狞笑。

“‘饶了你！’我说道，‘你以为我来这儿是干吗的？你以为我付了一千法郎，然后就这么饶了你？’我向你们发誓，女士们，先生们，要不是受该死的法律约束，剥夺了我们的自由，我当场就把她干掉了。

“啊，她叫得那么凄楚，却没有人听得见。我们就在巴黎街道的下面，就像金字塔里法老的心脏一样安全。眼泪从那个女孩的脸上哗哗地往下流，洗掉那层脂粉，留下几行肮脏的泪痕。啊，美妙的时光一去不复返！女士们，先生们，你们从未体验过如此美妙的爱情，对你们来说，那种快感不是你们所能理解的。现在的我也已无法理解，因为我已年华不再——啊，青春年华！——美妙的生命一去不复返。一切都结束了。

“啊，是呵，时光不再——时光不再。人类的快乐是多么贫乏而令人失望！因为在现实中——但是在现实中，爱的最高境界可以维持多久呢？就只有短短的那么一刹那，大概也就是一秒钟的心醉神迷，之后呢——就像尘土一样空虚寂寥。

“就是那样，在那么短短的一瞬间，我品尝到了最快乐的滋味，人类所能感受到的最高亢美妙的快感。而就在同一刻，一切都结束了，我落得——怎样的下场？我所有的野性和激情就像玫瑰花的花瓣一样凋零了。我觉得浑身倦怠无力，冷入骨髓，充满了悔恨。我痛恨自己，甚至对地板上那个哭泣的女孩起了怜惜之情。我们总是会被这种可耻的情感作弄，真是令人作呕。我没有再去看那个女孩一眼，一心只想着离开。我沿着地窖的阶梯快步走上大街，外面很黑，冷得要命，一个人也没有，石街上回荡着我空虚寂寞的脚步声。我的钱都花光了，连叫辆出租车的钱都没有，一个人走回阴冷孤独的房间。

“听我说，女士们，先生们，这就是我要告诉你们的话。那就是爱情，那就是我生命中最快乐的一天。”

查理就是这样一个怪人。我讲述了他的故事，是想让你了解金鸡大街的住客们那千奇百怪的性格和品行。

第三章

我在金鸡大街住了一年半左右。一个夏日，我发现身上只剩下四百五十法郎了。除此之外，我每周教英语的薪水只有三十六法郎。在此之前我从未计划过未来，但现在我意识到自己得马上采取行动。我决定开始找工作，而且——后来发生的事情证明幸亏我这么做了——我先付了两百法郎把一个月的房租付清。剩下的二百五十法郎，还有上英语课的薪水，足够我撑一个月，这一个月我应该可以找到一份工作。我想到一家旅游公司当导游，或者当翻译也行。但是，我的运气实在不好，一份工作也找不到。

一天，旅馆里来了一个年轻的意大利人，自称是一位作曲家。他实在是令人觉得可疑，因为他留着鬓角，那是男妓或知识分子的标志。没有人知道应该把他归为哪个阶层的人。F 太太不喜欢他那副模样，让他先预付一星期的房租。那个意大利人付了钱，在旅馆里住了六个晚上。这段时间里他配了几把复制钥匙，最后一个晚上洗劫了十几个房间，我的房间也难以幸免。幸运的是，他没有找到我衣服口袋里的钱，我还不至于沦落到身无分文的地步，但只剩下四十七法郎——约合七先令十便士。

这件事打乱了我找工作的打算。现在我不得不每天靠六法郎过日子，一开始的时候我很难去考虑别的事情。我挨穷的经历正式开始了——因为，就靠六法郎过日子还能不穷吗？六法郎折合一先令，如果你懂行的话，在巴黎靠一天一先令还是能活下去的，但不是一件简单的事情。

刚刚接触贫穷感觉很奇怪。在此之前你一直在幻想贫穷是什么样子——这辈子你一直在害怕挨穷，而你知道迟早你会沦为穷人，但事实上，挨穷根本不是你想象的那么一回事。你以为挨穷是很简单的事情，但其实贫穷的生活非常复杂。你以为挨穷会很痛苦，但其实挨穷只是很肮脏无聊罢了。最开始的时候你体验到的是成为穷人那种低人一等的感觉。它让你的生活方式发生了变化，而且你变得很吝啬，连面包屑也不放过。

比方说，你会发现你得为自己的穷困潦倒保密。突然间你只能靠每天六法郎过日子，但是，你当然不敢承认这一点——你不得不假装活得和以前一样。刚开始的时候，你编织出一堆谎言，一堆你根本无法自圆其说的谎言。你不再把衣服送到洗衣店去，洗衣店的女老板在街上遇见了你，追问你不再光顾的原因。你嘟囔着搪塞的理由，她认定你把衣服送到别的店里去了，从此一辈子痛恨你。香烟贩子也一直追问你怎么戒烟了。你想给别人回信，但信寄不出去，因为邮票太贵了。你还得吃饭——吃饭是最难瞒骗的。每天到了吃饭时间，你就出门假装去一间饭馆用餐，却跑到卢森堡花园待了一个小时看鸽子，然后把食物藏在口袋里偷偷带回家。你吃的东西只能是面包和人造黄油，或面包和红酒。连吃什么东西都得受制于谎言。你只能买黑麦面包，而不是普通的面包，因为黑麦面包虽然贵一些，却是圆形的，可以藏在口袋里偷偷带进旅馆。这让你每天得多花一法郎。有时为了维持体面，你得花六毛钱喝个小酒，结果只能削减食物的开支。你的内衣开始发臭，而肥皂和剃须刀片都用完了。你的头发得剪了，你试着给自己理发，却剪出个难看的发型，还是不得不到理发店里去，将一天的伙食费都搭了上去。你整天都在撒谎，而这些谎言都很费钱。

你发现一天只花六法郎是很不靠谱的事情，总是会有一些小状况发生，让你没东西吃。你花了最后八毛钱买了半升牛奶，就着煤油灯把牛奶烧开，这时一只臭虫顺着你的前臂往下爬，你用指甲弹开它，它却扑通一声掉进了牛奶里。你只能将牛奶倒掉，没得喝了。

你去面包店买一磅面包。店里的女孩正在给别的顾客切一磅面包，于是你等候着。那个女孩笨手笨脚的，切出来的面包不止一磅。"对不起，先生，"她说道："我想您不介意多给两分钱吧？"面包卖一法郎一磅，而你就只有一法郎。你想到自己也可能得多给两分钱，而你只能承认自己给不起这点钱，于是你吓坏了，下次再去面包店的时候，你总得彷徨踌躇上好几个小时才敢进去。

你去蔬果店，花一法郎买一公斤土豆。但那堆硬币里有一个是比利时硬币，店员不肯要，你只能灰溜溜地离开店铺，再也没脸进去。

你误打误撞，走进了高尚住宅区，你看到一个有钱的朋友正走过来。为了躲开他，你走进最近的一间咖啡厅。进了咖啡厅你就得要点东西，于是你花了最后的五毛钱买了一杯黑咖啡，里面还有只死苍蝇。你可以列举出上百种这种小状况，它们就是拮据生活的一部分。

你尝到了饿肚子的滋味。你吃了点面包和人造黄油果腹，出去瞎逛，在商铺窗前流连。到处都有食物在羞辱你：整头整头的死猪、一筐筐热乎乎的面包、一块块黄澄澄的牛油、一串串的香肠、堆积如山的土豆、大得像磨刀石的格鲁耶尔干酪。看到这些食物你不禁开始自怜自伤。你准备拿起一个面包然后逃跑，在他们抓住你之前就把面包囫囵吞掉。你打消了这个念头，纯粹是因为胆小怕事。

你发现贫穷还意味着无聊。当你无所事事而且饥肠辘辘时，无论你做什么事情都提不起劲来。你在床上一躺就是半天，感觉就像波德莱尔①的诗歌里所描写的“年轻的行尸走肉”。只有食物能把你唤醒。你发现当你吃了一星期面包和人造黄油后整个人憔悴不堪，就剩下肚子和几件器官还在运转。

这——你可以继续描述下去，但基本上都是一个调调——这就是一天只有六法郎的生活。在巴黎有数以千计的人过着这样的生活——穷困潦倒的画家和学生、招揽不到生意的妓女和各行各业的失业者。这里就像是贫穷的大本营。

就这样我挨了三个星期。那四十六法郎很快就花光了，我只能靠着教英语所挣的三十六法郎一周的薪水勉强度日。由于没有挨穷的经验，我花钱毫无节制，有时一整天都没钱买东西吃。这时我会卖掉几件衣服：我用小包把衣物偷偷地带出旅馆，拿到圣·吉纳维芙大街一家二手衣服店。店主是个红头发的犹太人，性情特别暴躁，看到顾客上门就会气急败坏。看到他那副模样，别人还以为我们是去他的店里搞破坏呢。他总是大声说道：“下流坯子！你怎么又来了？你以为这是什么地方？是施粥处啊？”而且他开价特别低。我花了二十五先令买的帽子，差不多是全新的，他只愿意花五法郎买下来，而一双好鞋也只值五法郎，衬衣则是一法郎一件。他希望和顾客以物

① 夏尔·皮埃尔·波德莱尔(Charles Pierre Baudelaire，1821—1867)，法国诗人，象征派诗歌先驱，代表作有《恶之花》、《巴黎的忧郁》等。

易物，而不是掏钱把东西买下来。而且他经常耍花招，把根本没用的东西塞到人家手里，然后假装别人已经接受了交易。有一次我看到他从一个老妇人那里接过一件挺好的大衣，往她手里塞了两个白色的台球，然后还没等她提出抗议就把她推出店外。要不是有求于他，我恨不得一拳揍扁他的鼻子，那一定会是件赏心乐事。

这三个星期过得是相当的窝囊，而更糟糕的情形显然还在后头，因为我的房租很快就要到期了。但是，情况并没有我原先所预料的那么糟糕，因为当你沦为赤贫时，你将会有一样重大发现。你会发现贫穷意味着无聊，意味着得千方百计省钱，意味着开始挨饿。但你也发现，原来贫穷可以为你带来救赎：你再也不用担心未来。从某种程度上说，你的钱越少，你的烦恼也就越少。当你有一百法郎的时候，你会担心这担心那。而当你只有三法郎时，你会满不在乎，因为三法郎可以让你活到明天，而你不会想到比明天更长远的未来。你很无聊，但你不会觉得害怕。你心里会想："再过一两天我就得挨饿了——太可怕了，不是吗？"然后，你的思绪就跳到别的事情上去了。在某种程度上，靠面包和人造黄油果腹也算得上是在服用安慰剂。

贫穷还带来另一种莫大的安慰。我相信每个身无分文的人都曾有过这种体验。那是一种释怀的感觉，几乎令人快乐，因为你知道自己终于沦落到真正落魄潦倒的地步了。你以前总是说自己会落魄潦倒——现在你真的是落魄潦倒了，而你完全可以接受。这让你少了许多烦恼。

第四章

一天，我的英语课突然中断了。天气越来越热，我的一个学生觉得没精神继续上课，辞退了我。另一个学生没有通知一声就搬走了，还欠我十二法郎。我身上只剩三毛钱，没有半丝烟草。有一天半的时间我既没东西吃也没烟抽，到最后我实在是饿得不行了，把剩下的衣物塞进行李箱，拿到当铺里去。这让我充阔佬的伪装彻底暴露，因为要把衣服拿出旅馆，我得征求F太太的同意。我记得当我询问她的时候，她是那么惊讶——我居然没偷偷地把东西搬走。在我们这一区，趁夜搬家逃避房租是司空见惯的事情。

那是我第一次进法国的当铺。我穿过巍峨的石门（上面当然写着“自由、平等、博爱”，在法国甚至连警察局也写了这则标语），走进一间宽敞空旷的房间，看上去就像进了一间教室，里面有一个柜台和几张长凳，有四五十个人在等候着。一个人把要当的东西放上柜台，然后坐了下来。很快职员就会估算出物品的价值，然后喊道：“几号几号，五十法郎你当不当？”有时东西只值十五法郎，或十法郎，或五法郎——无论当价是多少，整个房间的人都听得清清楚楚。我走进去的时候，那个职员没好气地嚷道：“八十三号——过来！”然后吹了一声口哨，招了招手，似乎在叫一只狗过去。八十三号走到柜台前。他是个老人，留着络腮胡子，穿着一件长大衣，领口也扣上了钮扣，裤脚都磨烂了。那个职员什么也没说就把包裹推过柜台——显然，那个包裹一文不值。它掉到了地上，散了开来，原来是四条羊毛男装长裤。大家都笑得乐不可支。可怜的八十三号收拾起裤子，蹒跚着走了出去，自言自语地嘟囔着。

我当的那些衣服，连同那个行李箱，花了我二十英镑，而且很新。我以为起码值个十英镑，或五英镑（进了当铺东西就只能当四分之一的价钱），也就是二百五十或三百法郎。我就在那儿等候着，以为起码能当个两百法郎。

最后，那个职员叫了我的号码：“九十七号！”

“在。”我站了起来。

“七十法郎？”

价值十英镑的衣物就只当了七十法郎！但争辩根本没有用。我刚才见到别人试图争辩，那个职员立刻拒绝典当。我拿着钱和当票走了出去。现在除了身上穿的衣服外，我没别的衣服了——那件大衣的肘部快磨穿了，但还能当点钱，另外还有一件衬衣。后来我才得知下午去当铺的话比较好，因为那些职员都是法国人，和大多数法国人一样，他们吃了午饭后脾气会好一些，但为时已晚了。

等我回到家，F 太太正在小酒馆拖地。她走上台阶和我打招呼，从她的眼神我看得出她很担心我能不能交房租。

她问道：“你那些衣服当了多少钱？不是很多吧？”

“两百法郎。”我立刻回答。

“乖乖！”她惊讶地说道。“还不赖嘛。那些英国衣服一定很贵！”

我这个谎言省了我很多麻烦，奇怪的是，我居然一语中的。过了几天我真的收到了两百法郎，那是一篇新闻稿的稿费。虽然我很不情愿，但这笔钱我悉数交了房租。因此，虽然接下来几个星期我几乎快饿死了，但起码不至于流离失所。

现在我必须找到一份工作。我想起了一个朋友，他是俄罗斯籍的服务员，名叫波里斯，或许他能帮得上忙。我是在一家医院的公共病房里和他认识的，他左脚得了关节炎，正在接受治疗。他告诉过我，如果我生活上有困难可以去找他。

关于波里斯我想说几句，因为他是个很有趣的人，是我相识很久的老朋友。他大概三十五岁，块头很大，颇有军人作风，本来是个相貌堂堂的美男子，但由于生病长期卧床，变得非常臃肿。和大多数俄国难民一样，他以前的生活堪称是一场冒险。他的父母原本都是有钱人，俄国爆发革命时被杀了，他参军打完了整场俄国内战，隶属西伯利亚第二步枪兵团，照他的说法，那是俄军里最精锐的部队。战后他先是在一家毛刷厂工作，然后在雷阿勒看门，后来还干了洗碗工，最后晋升为侍者。生病前他在斯克里布酒店上班，一天光小费就有一百法郎。他的理想是当上主管，攒上五万法郎，在塞纳河右岸开一家小餐馆。

波里斯总是说那场战争是他人生中最美好的时光。当兵打仗是他的志愿，他读了许多关于军事战略和军事历史的书籍，能告诉你拿破仑、库图佐夫[①]、克劳塞维茨[②]、莫尔特克[③]和福熙[④]的所有军事理论。任何与军事有关的事情他都感兴趣。他

① 米哈伊尔·库图佐夫(Mikhail Kutuzov，1745—1813)，俄国名将，罗曼诺夫王朝陆军元帅，拿破仑远征俄国时以精妙的军事指挥挫败法军进攻。

② 卡尔·冯·克劳塞维茨(Carl von Clausewitz，1780—1831)，普鲁士王国军事理论家，其著作《战争论》为西方军事理论名篇。

③ 赫尔穆斯·冯·莫尔特克(Helmuth von Moltke，1800—1891)，普鲁士王国陆军元帅，历任总参谋长之职三十年，师从克劳塞维茨。

④ 费迪南德·福熙(Ferdinand Foch，1851—1929)，法国名将，一战期间担任法军最高指挥官。

最喜欢去蒙帕纳斯那家丁香园咖啡厅，就因为外面有一座内伊元帅[1]的塑像。后来波里斯和我有时会结伴去商业街。如果我们乘地铁去，波里斯总是会在康布罗纳站而不是商业街站下车，虽然商业街站要近一些。他喜欢康布罗纳将军[2]，在滑铁卢战役中敌人向他劝降，他的回答却是："呸！"

俄国革命留给波里斯的就只有他的军功勋章和几张兵团的老照片。他当掉了一切东西，单单保留了这些。几乎每天他都会把相片放在床上，然后谈论着里面的内容："瞧，我的朋友，你看到了吗？我就在连队的前头。都是好男儿，是吧？可不像法国的那些瘦皮猴士兵。那时我二十岁，当了上尉——不赖吧？是的，西伯利亚第二步枪兵团的上尉，我父亲曾经是个上校呢。

"啊，是的，我的朋友！这就是天意弄人！我原本是俄国军队的上尉，然后，嗖！革命爆发了——我落得身无分文。1916 年的时候我还在爱德华七世酒店住了一个星期，而 1920 年我想在那儿当个看更的。我当过看更的、看酒窖的、扫地工、洗碗工、搬运工、厕所服务员。我以前给服务员小费，现在是服务员，等着人家给小费。

"啊，但我知道该怎么做才能像个绅士，我的朋友。我说这个可不是在自夸，前几天我在算我这辈子有过多少个情人，我算出来的数字是二百多个。是的，起码两百个以上……啊，

---

① 米歇尔·内伊（Michel Nay，1769—1815），拿破仑一世麾下爱将，于滑铁卢一役担任左军指挥，未能及时加入主战场而导致拿破仑覆败，被俘后处以枪决。

② 皮埃尔·雅克·艾蒂安·康布罗纳（Pierre Jacques Étienne Cambronne，1770—1842），拿破仑一世麾下爱将，曾追随拿破仑流放厄尔巴岛，后助拿破仑复辟百日王朝，于滑铁卢一役负伤被英军俘虏。

好嘛，女人总是会回来的。谁能坚持到最后，谁就能夺取胜利！鼓起勇气来！”等等这些话。

波里斯的性情很古怪，喜怒无常。他一直希望自己可以回到军队里，但他却当了那么久的服务员，一副点头哈腰的模样。虽然他攒下的积蓄从未超过几千法郎，却认为终有一天他能开一家自己的餐馆，变成有钱人。后来我发现，所有的服务员说话思考都是这副德性，这让他们安于当一个服务员。波里斯总是兴致勃勃地谈论着在酒店工作的日子：

“当服务员就像一场赌博，”他总是说。“你可能穷困潦倒而死，也有可能在一年之内发财。你没有工资，挣钱全靠小费——账单的十分之一，还有香槟的酒塞，拿到卖酒的公司领提成。有些人给小费可阔绰咧。比方说，马克西姆酒店的酒吧招待员一天可以挣五百法郎。旺季的时候还不止五百法郎……我自己一天挣过两百法郎。那是在比亚里茨的一间酒店，正值旺季。所有的员工，从经理到小工，每天工作二十一个小时。工作二十一小时，只有两个半小时睡觉，连轴转干了一个月。不过挺值的，一天两百法郎呐。

“你不知道什么时候会时来运转。有一次我在皇朝酒店工作，一个美国客人吃晚饭前叫我过去，要了二十四杯白兰地鸡尾酒。我用一个托盘盛了整整二十四杯端了过去。‘来，伙计，’那个客人说道。‘我喝十二杯，你喝十二杯，喝完后如果你能走到门口，我就给你一百法郎。’我走到了门口，他给了我一百法郎。一连六个晚上他都做了同样的事情：叫我喝十二杯鸡尾酒，然后给我一百法郎。几个月后我听说他被美国政府引渡回去了——罪名是盗用公款。你不觉得这些美国佬其实蛮不错的吗？”

我喜欢波里斯，我们在一起的时候很开心，下下棋，聊聊战争和酒店。波里斯总是劝我去当个服务员。他总是说："这种生活很适合你，等你上班了，一天挣一百法郎，找个漂亮小妞，多美啊。你说你要写书，别瞎扯了。靠写书挣钱只有一个途径：那就是和出版商的女儿结婚。但如果你刮刮胡子，你会是个优秀的服务员。你个子够高，又会说英语——这两样是当服务员的首要条件。等我这条该死的腿好了，我的朋友，如果你想找工作就来找我吧。"

现在我没钱付房租，而且饥肠辘辘，我想起了波里斯的承诺，决定立刻找他帮忙。虽然他许下过承诺，但我可没想过那么容易就当上服务员，不过我会洗盘子，他应该可以帮我找到一份在厨房洗碗的工作。他曾说过夏天的时候要当洗碗工只要开口就行。能有这么一个朋友可以依靠，我心里觉得真是踏实。

第五章

不久前波里斯给过我一个地址，在白袍街那里。他在信里只写道“最近日子过得还行”，我猜想他已经回斯克里布酒店上班，挣一天一百法郎的小费去了。我满怀希望，觉得自己以前怎么那么傻，不去找波里斯帮忙。我似乎看到自己在一间舒适的餐馆里上班，一天可以吃五顿饱饭，厨师心情愉快地唱着情歌，把鸡蛋打进煎锅里。想到很快就能挣钱了，我甚至花了两个半法郎买了一包雄鸡牌香烟。

那天早上我走到白袍街的地址，惊讶地发现这里是一条破落的后巷，和我住的那条街差不了多少。波里斯住的是整条街最肮脏的旅馆，黑漆漆的门道里飘来一股酸臭味，像泔水又像是汤汁——那是真空包装的牛肉清汤的味道，一包卖两毛五。我心里开始泛起疑虑：喝真空包装的牛肉清汤的人都穷得没饭吃，波里斯真的每天挣一百法郎吗？老板坐在门房那里，一脸乖戾地告诉我：“是的，那个俄罗斯人在家——他住阁楼。”我走上六截狭窄蜿蜒的楼梯，每上一层楼，那股牛肉清汤的味道就越来越浓。我敲了敲波里斯的房门，但没有回应，于是我打开房门，走了进去。

这间房是阁楼，十英尺见方，只靠天窗采光，里面只有一张窄窄的铁架床、一张椅子和一个瘸了一条腿的洗手架。许多只臭虫排成一条 S 形的长队，缓缓地在床铺上方的墙壁爬行着。波里斯正躺在床上睡觉，身上没穿衣服，鼓胀的肚子把肮脏的被单撑起了一个小丘，胸口被臭虫咬得斑斑点点。我进去的时候他醒了，揉了揉眼睛，幽幽地惨叫一声。

“看在耶稣基督的分上！”他哀号着，“噢，看在耶稣基督的分上，我的背啊！该死的，我觉得我的背折了！”

“出什么事了？”我惊讶地问道。

“我的背折了，就是这样。我晚上一直在睡地板。噢，看在耶稣基督的分上！你根本不能理解我的背是什么感觉！”

“我亲爱的波里斯，你病了吗？”

“不是病了，只是饿了——是的，如果再这样继续下去的话，我就快饿死了。除了睡地板之外，好几个星期来我一直只靠一天两个法郎度日。太可怕了，你来得真不是时候，我的朋友。”

再问波里斯是不是还在斯克里布酒店当服务员似乎是多余的问题。我连忙跑到楼下，买了一根面包。波里斯抓住那根面包不放，一口气吃了半根，感觉好了一些，在床上坐起身，告诉了我出了什么事。出院后他找不到工作，因为他走路仍然一瘸一拐的。他花光了积蓄，当掉了所有东西，最后饿了好几天肚子。他曾在奥斯特里茨大桥下的码头露宿，睡在几口空酒桶中间，挨了一个星期。过去半个月他一直和一个犹太人机械工住在这个房间里。听他说好像是（他解释得挺复杂的）那个犹太人欠波里斯三百法郎，让他睡房间的地板，每天给他两法郎伙食费，以这种方式还债。两法郎可以买一杯咖啡和三个蛋卷。那个犹太人早上七点钟上班，波里斯就离开睡觉的地方（就在天窗底下，透风漏雨），爬到床上睡觉。就算在床上他也睡得不踏实，因为臭虫很多，但总比睡地板对他的背好一些。

我来找波里斯原本是想请他帮忙，结果他比我还惨，我觉得很失望。我告诉他我只剩下六十法郎，需要赶紧找一份工作。这时波里斯已经把剩下的半根面包也吃下去了，心情变得很愉快，话也多了起来。他漫不经心地说道：

“老天爷啊，你担心些什么呢？六十法郎——哎呀，这可是一大笔钱哪！帮我把那只鞋拿过来，我的朋友。那些臭虫再敢过来我就打死它们。”

“你觉得我有没有机会找到一份工作呢？”

“有没有机会？那是肯定的。事实上，我已经有工作了。在商业街有一间俄罗斯餐馆过几天就开张。我已经和老板谈好了，他会请我当主管。我可以帮你找份厨房里的工作，小事一桩。五百法郎一个月，包伙食——还能挣点小费，要是你运气好的话。”

“那这段时间怎么办？很快我就得交房租了。”

“噢，我们可以应付得来的。我办法多得是，很多人欠我钱，比方说吧——在巴黎到处都是。其中有一个的债务就快到期了。你再想想，我有那么多情人！你知道吗？女人总是记得她的情郎——只要我开口，她们一定会帮忙的。而且，那个犹太人告诉我，他准备从他上班的那间修车厂里偷几个磁电机出来。他愿意付我们一天五法郎把那些磁电机弄干净，他好拿去卖。光做这个就足够维持生计了。别担心，我的朋友。这个世界上没什么比挣钱更容易的了。”

“那，我们现在就出去找工作吧。”

“等等，我的朋友。我们饿不死的，你担心什么呢？这只是暂时战况不利而已——比这更糟糕的情况我经历过很多次了。我们需要做的就是坚持。记住福熙的名言：‘进攻！进攻！再进攻！’”

到了中午波里斯才决定起床。现在他只剩下一件外套、一件衬衣、一个衣领和一条领带、一双快要磨破的鞋子和一双破了几个洞的袜子。他还有一件长大衣，准备在最糟糕的时候典当的。他有一个行李箱，硬纸板做成的便宜货，大概就值二十法郎，却是非常重要的东西，因为旅店的老板以为里面装满了衣物——没有这个行李箱的话他可能已经把波里斯赶出去了。其实里面装着那些军功勋章、相片、好几件稀奇古怪的玩意儿和几大摞情书。尽管沦落到这个地步，波里斯还是能打扮得很帅气。他没用肥皂，就用一把用了两个月的刮胡刀剃了胡须，打上领带，这样衬衣上的破洞就不会显露出来，还小心翼翼地往鞋底塞了些报纸。穿好衣服后，他拿出一个墨水瓶，把脚踝上袜子破了洞的地方涂黑。打扮完毕之后，你根本不会想到不久前他还在塞纳河桥底下露宿。

我们去了利沃里大街旁边的一间小咖啡厅。这地方很出名，是酒店经理和找工作的人见面的地方。咖啡厅后面有间阴暗的小房，就像一个洞穴一样，里面坐满了从事旅馆行业的工人——有年轻帅气的服务员，也有没那么帅气、看上去饿着肚子的服务员，有身材臃肿、脸色红润的厨师，也有浑身油腻腻的洗碗工，还有憔悴衰老的清洁女工。每个人面前都摆着一杯黑咖啡，但没有人去动杯子。事实上，这个地方是职业介绍所，他们花钱买喝的，权当是付给咖啡厅老板的佣金。时不时，一个看上去似乎地位很显赫的矮胖子会走进来和吧员说几句话。显然，他就是餐厅老板。然后那个吧员走到咖啡厅后面叫其中一个人去面试，但他从来没有叫波里斯或我的名字。两个小时后我们就走了，因为买一杯咖啡只能坐两个小时，这是规矩。后来我们才知道，在那里找工作的诀窍是贿赂那个吧员，但已经太晚了。要是你给得起二十法郎的话，他就能给你找份工作。

我们去了斯克里布酒店，在人行道上等了一个小时，希望经理会出来，但没有等到他。然后我们拖着步子来到商业街，却发现那间正在重新装修的餐馆已经关门了，老板也不在。现在已经是晚上了，我们已经走了十四公里的路，累得不行，只能花一个半法郎坐地铁回家。波里斯拖着他那条瘸腿，走路对他来说是一场折磨。随着时间一分一秒地过去，他的乐观情绪也渐渐变得消极颓唐。在意大利广场这一站我们出了地铁，他已经绝望了。他开始嚷嚷着“找工作根本没有用”这些话——我们走投无路了，只能去犯罪，

“我们去抢劫吧，总比饿肚子强，我的朋友。我经常计划抢劫。找个胖胖的美国阔佬下手——就在蒙帕纳斯大街某个阴暗的角落下手——把鹅卵石装在一只袜子里——砰！搜光他口袋里的钱，然后跑掉。你不觉得这个计划很可行吗？我可不会退缩——记住，我可是当过兵的。”

最后他还是决定放弃这个计划，因为我们都是外国人，很容易被认出来。

我们回到我的房间，又花了一个半法郎买了面包和巧克力。波里斯狼吞虎咽地把自己那份吃完，然后立刻像变戏法一样恢复了精神。食物就像一杯鸡尾酒，很快就让他振奋起来。他拿出一支铅笔，开始列出那些或许能给我们谋份差事的人的名单。他说名单里有十几个人。

“明天我们应该就可以找到工作了，我的朋友。运气这东西谁也说不准。而且，我们两个都是有头脑的人——有头脑的人可不会饿死。

“人要有头脑才能成事！有头脑就能点石成金！我有个朋友，是个波兰人，一个真正的天才。你知道他以前做什么的吗？他会买一个金戒指，然后当个十五法郎。然后——你知道的，那些当铺职员写当票时都很粗心——在那个职员所写的‘戒指’后面他加上了‘(钻石)’，然后在‘15’后面多加了三个零。真聪明，是吧？然后有了这张当票做担保，他就能借到一千法郎。这就是我所说的有头脑……”

那天晚上波里斯充满了希望，谈起了我们如果去尼斯或比亚里茨当服务员会过上如何逍遥快乐的日子。我们住的是精致的房间，有闲钱包养情妇。他实在累得不行，没办法走三公里路回旅馆，就在我的房间打地铺睡觉，用大衣包着鞋子垫着当枕头。

第六章

第二天我们还是没找到工作，直到三个星期之后我们才时来运转。我那两百法郎稿费让我暂时不用担心房租的问题，但除此之外其他的一切糟糕透顶。我和波里斯日复一日地在巴黎转悠，以每小时两英里的速度在人群中穿梭，饥肠辘辘，烦闷无聊，却一无所获。我记得有一天我们横穿塞纳河达十一次之多。我们试过在服务场所门口流连几个小时，当经理出来的时候就把帽子拿在手中，谄媚地朝他走去。我们总是得到同样的回答：他们不想招瘸子和没有经验的新手。有一次我们差点就被聘用了。和那个经理说话的时候波里斯站得非常笔挺，没有用拐杖支撑着身子。那个经理没看出他是个瘸子，说道："是的，我们的地窖需要两个帮手，你们俩可以试一试。进来吧。"然后，波里斯一走起路来就没戏了。经理说道："啊，你是个瘸子，真是不幸——"

我们到中介机构那里登记了名字，看到广告就去应聘，但我们去哪儿都靠走路，行动很缓慢，似乎每一份工作都因为晚到了半个小时而失之交臂。有一次我们差点就得到一份清扫火车铁轨的工作，但最后他们拒绝了我们，因为他们要请法国人。还有一次我们看到广告上招马戏团帮手，于是去应聘。你得帮忙摆凳子，打扫垃圾，还得参加表演，站在两个木桶上，让一头狮子从你双腿之间跳过去。我们比规定的时间提前一个小时到达招聘处，发现已经有五十个人在排队等候。显然，与狮共舞还是很吸引人的。

有一次，我几个月前登记过的中介机构给我寄了一张小便条，告诉我一位意大利绅士想学英语。小便条上说“机不可失”，并承诺每小时的工资是二十法郎。波里斯和我已是穷途末路，这可是个千载难逢的好机会，但我不能去应聘，因为我不可能穿着我那件手肘开裂的大衣去中介处。然后我们想到我可以穿波里斯的大衣——但我的裤子与大衣不配衬，不过那条裤子是灰色的，隔着一段距离或许人家会以为那是法兰绒料子。他那件大衣太大了，我只能不扣钮扣，一只手插在口袋里，匆匆忙忙地出发，花了七毛五坐了趟巴士到中介机构那里去。等我到了那儿，我发现那个意大利人已经改变了主意，离开了巴黎。

有一次波里斯建议我去雷阿勒，看能不能找份搬运工的工作。凌晨四点半的时候我到了那儿，工作已经干得热火朝天了。我看到一个戴着礼帽的矮胖子正在指挥几个搬运工，走过去问他要不要雇人。在回答我之前他抓住我的右手，摸了摸我的掌心。

“你体格蛮强壮的嘛。”他说道。

“非常强壮。”我撒了谎。

“那好。搬那个筐子给我看看。”

那是一口大柳条筐，装满了土豆。我紧紧抱着筐子，发现自己别说搬不动，连挪动一下都做不到。那个戴礼帽的人看着我，然后耸了耸肩膀，转身走开了。我灰溜溜地离开，走出一段距离之后我回头望去，看到四个人把那口柳条筐搬上一辆货车。或许那口柳条筐得有三英担重[①]。那个人看得出我干不了

① 1 英担合 50.8 公斤。

体力活，于是以这种方式把我赶走。

有几次波里斯满怀希望，花了五毛钱买了一张邮票，给某一位前女友写信，向她要钱。只有一个人回了信。那个女人除了是他的前女友外，还欠了他两百法郎。当波里斯看到那封信，认出了上面的字迹时，心中一下子充满了希望。我们拿着那封信，就像小孩拿着偷来的糖果一样，冲到波里斯的房间阅读信件。波里斯看完了信，什么也没说把它递给了我，信的内容如下：

“我亲爱的小冤家，

当我打开你的来信时，心中是多么快乐。它让我想起了我们完美无瑕的恋爱，还有你的双唇带给我的热吻。这些回忆永远珍藏在我的心中，就像枯萎的鲜花留下的余香。

你向我追讨两百法郎，哎呀，我根本就没欠你钱！亲爱的，你无法明白当我听到你的窘境时心里有多么难受。但你能怎么办呢？生命是如此悲哀，灾祸会降临在每个人头上。我的处境也十分艰难。我妹妹一直在生病，（哎，她忍受着病痛的折磨，多么可怜！）我们还亏欠医生的诊金。我们散尽了钱财，只能勉强度日，老实对你说，日子实在是太艰难了。

勇气，我的小冤家，永远不要丧失你的勇气！记住，日子不会永远这么艰难，现在看似可怕的困难迟早都会成为过去。

请放心，亲爱的，我会一直记得你。请接受一直爱着你的她最真挚的拥抱。

你的伊温妮。”

这封信让波里斯非常失落。他径直躺倒在床上，一整天都不愿意去找工作。我那六十法郎撑了半个月。我不再假装去餐馆吃饭，我们总是躲在房间里吃东西，一个坐在床上，另一个坐在椅子上。波里斯通常掏个两法郎，我出三四法郎，买些面包、土豆、牛奶和奶酪，用我那盏汽油灯煮汤喝。我们有一口煎锅、一个咖啡碗和一把勺子。每天我们总会礼貌地谦让一番，决定谁用煎锅吃东西，谁用咖啡碗吃东西（那口煎锅装的东西多一些）。而每天波里斯总会先放弃谦让，用那口煎锅吃饭，让我心里很不爽。有时我们晚上吃面包，有时连面包也吃不到。我们的内衣臭烘烘的，我有三个星期没有洗澡了。而波里斯说他已经好几个月没有洗澡了。多亏了有烟味，我们才忍受得住自己的体臭。我们烟倒是有很多，因为不久前波里斯遇到一个当兵的（士兵们可以免费领烟），从他那儿买了二三十包烟，一包才五毛钱。

比起我来，这种生活对波里斯的折磨更大一些。老是走路和睡地板让他总是腰腿疼痛，他又是俄国人，胃口倍儿好，总是饿得慌，不过他看上去并没有消瘦。他的心情非常愉快，而且总是满怀希望，这让人实在很吃惊。他经常严肃地说自己有圣人庇佑，在山穷水尽的时候他总会跑到阴沟那里，说那位守护圣人总是会丢个两法郎的硬币在那儿。一天，我们去了皇家大道附近一家俄国餐馆，准备去那里找工作。突然波里斯决定去玛德莲教堂，花了五毛钱买了一支蜡烛，点着献给他的守护圣人。然后，他走出教堂，严肃地说他要确保万无一失，划了一根火柴，烧掉一张价值五毛钱的邮票，作为对神明的祭礼。或许是那些神明和那位圣人合不来，总之我们没有找到工作。

有时候波里斯会陷入绝望，整个人都垮了下来。他会躺在床上呜咽痛哭，咒骂着那个同住的犹太人。最近那个犹太人每天给两法郎时总是很别扭，而且还摆出一副大善人的嘴脸。波里斯说我是英国人，无法理解作为一个俄国人接受犹太人的恩惠时，内心有多么痛苦。

“犹太人，我的朋友，一个名副其实的犹太人！他甚至不以此为羞。一想到我是俄国军队的上尉——我告诉过你的，我的朋友，我是西伯利亚第二步枪兵团的上尉，是吧？是的，上尉，我父亲是一名上校，而现在我沦落到靠犹太人收留的地步。一个犹太人……

“我告诉你吧，犹太人都是些什么东西。有一次打仗的时候，那时是年初，我们行军来到一个村庄那里扎营过夜。一个又老又丑的犹太人，蓄着红色的胡须，就像加略人犹大[①]，偷偷摸摸地走进我的营房。我问他想干吗。他说：‘这位官爷，我给您带了个小妞过来，才十七岁，貌美如花。您出个五十法郎就行。’‘谢了，’我说道。‘你把她带到别处去吧。我可不想得病。’‘得病！’那个犹太人叫嚷起来，‘才没有呢，这位官爷，这个您不必担心。她可是我的亲女儿！’犹太人就是这副德性。

“我告诉过你吗，我的朋友，俄国士兵认为朝犹太人吐口水是不好的行为。是的，我们认为堂堂俄国军官朝犹太人吐口水未免太便宜他们了……”诸如此类的话。

这些天来波里斯总是说自己不舒服，不愿出去找工作。他会盖着那张灰不溜秋的脏被单睡到傍晚，抽着香烟，读着旧报

① 即《圣经》中出卖耶稣的门徒。

纸。有时我们会下下象棋。我们没有棋盘，但我们在纸上写下棋步。后来我们自己用一块硬纸板做了棋盘，拿钮扣和比利时硬币等小东西当棋子。和许多俄罗斯人一样，波里斯特别喜欢下象棋。他说下象棋的规矩就像爱情与战争的规矩一样，如果你能下好象棋，你就能搞定爱情与战争。但他还说，如果你有了一副棋盘，你就不会在意挨饿——这句话当然可不适用于我。

第七章

我的钱越来越少——只剩八法郎、四法郎、一法郎、两毛五。两毛五根本没有用途，因为只够买一份报纸。我们啃了几天干面包，然后，有两天半的时间我根本没有东西吃。饿肚子非常难受。有人进行节食疗法，饿三个星期肚子，甚至更长时间。他们说第四天之后节食是很愉快的事情。我不知道是不是这样，因为我从未饿肚子超过三天。或许，自愿节食和被迫饿肚子是两码事。

第一天我实在是懒洋洋的，不想去找工作，于是借了一根钓鱼竿去塞纳河钓鱼，拿青蝇作饵，本想钓几条鱼做顿饭吃，但是一无所获。塞纳河里有很多鲮鱼，但自从巴黎一战遭围城后它们就学精了，除了用网捕捞之外别想能抓到它们。第二天我想过当掉我的长大衣，但走到当铺实在太远了，一整天我就躺在床上，读着《神探福尔摩斯回忆录》。这就是没有东西吃的下场，饥饿会使得一个人变得浑身乏力、头脑迷糊，就像得了流感一样，似乎整个人变成了一摊水母，又似乎全身的血都被放干，取而代之的是红药水。对于饥饿，我最深刻的记忆就是整个人完全迟钝了，而且我老是会呕白沫，而且那些唾沫特别白皙黏稠，就像杜鹃鸟的口水。我不知道为什么会这样，但任何人只要饿上几天就会有所体会。

到了第三天早上，我感觉好多了。我意识到自己得马上做点什么事情，我决定去找波里斯，让他把那每天两法郎的伙食费匀给我一点儿，就一两天。我到了他家，看到波里斯怒不可遏地躺在床上。我一进屋他就气急败坏地叫嚷着。

“他拿走了，那个卑劣的贼东西！他拿走了！”

“谁拿走了什么？”我问道。

“那个犹太人！把我那两个法郎拿走了，那个狗一样的贼东西！趁我睡觉的时候洗劫了我！”

原来，昨天晚上那个犹太人拒绝付每天两法郎的欠款。两人争吵不休，最后那个犹太人同意给钱，也真的掏钱了，波里斯说，态度非常嚣张，说他是慷慨的善人，要波里斯对他感恩戴德。然后，清晨的时候趁波里斯还没有醒，他把钱偷了回去。

这可真是个打击。我觉得非常失望，因为我还以为今天可以有饭吃了，饿着肚子的时候我不该有这样的奢望。不过，令我吃惊的是，波里斯并没有因此而绝望。他在床上坐起身，点着了烟斗，思索着当下的处境。

“听我说，我的朋友，现在算是穷途末路了。我们俩就只剩两毛五，我想那个犹太人不会再每天还我两法郎了。我受不了他那副德性。你相信吗，前几天他居然带了一个女人来这里过夜，我就在地板那头睡觉。这个下流坯子！我还有件更糟糕的事情要告诉你。那个犹太人想搬出去。他欠了一星期的房租，不想付这笔钱，想把账赖在我的头上。如果那个犹太人趁夜搬走的话，那我真的是走投无路了。老板会拿走我的行李箱充当房租的。我真想操他一顿！我们得想想办法。”

“好的。但我们能怎么办？我觉得，唯一的办法就是把我们的大衣当掉，买点吃的东西。”

“就这么办。但我得先把我的东西弄出去，要是我那些相片落在别人手里，那可怎么办哪！我已经安排好了。我准备先下手为强，自己先趁夜开溜。拔寨而去——就是撤退啦，你懂的。我想这才是明智之举，是吧？”

“但亲爱的波里斯，大白天的你怎么开溜呢？你会被逮到的。”

“嗯，这当然需要策略。这儿的老板监视着那些拖欠房租的住客。他以前就被人摆过一道。他和他老婆一整天轮流守在登记台那里——这些法国人都是吝啬鬼！但我已经想好该怎么办了，有你的帮忙准行。”

我不是很想帮他，但还是问他有什么打算，他仔细地解释道：

“听好了，我们先得把我们的大衣当掉。你先回你的房间，穿上你的大衣，然后回这儿来拿我的大衣，藏在你的大衣下面偷偷带出旅馆，拿到弗朗克斯·布尔乔亚大街那家当铺。运气好的话，这两件大衣可以当个二十法郎。然后你到塞纳河边，捡些石头放在口袋里，带回来，把它们放进我的行李箱里。你懂我的意思吗？我用一份报纸把能包的东西都包起来，然后下楼问老板到最近的洗衣店怎么走。我当然会装出轻松自若的样子，你懂的。老板会以为报纸里装的只是些脏内衣罢了。要是他真的起了疑心——他总是怀疑这怀疑那的，那个下流坯子——他会进我的房间掂一掂行李箱的重量。那些石头会让他以为行李箱还是满满的。这就是策略，懂吗？然后我再回来，把其他东西藏在口袋里带走。”

“但那个行李箱怎么办？”

“噢，那个箱子？我们只能不要它了。那东西只花了我二十法郎。而且，撤退总是意味着放弃。看看拿破仑在别列津纳河[①]是怎么做的！整支军队他都放弃了。”

波里斯对这个计划非常满意（他称之为“兵者，诡道也”），几乎忘记了自己正在挨饿。至于这个策略的不良后果——搬出去之后他就没地方睡觉了——他完全置之度外。

一开始的时候他的策略进行得很顺利。我回家拿了大衣（这一趟路几乎有九公里远，而我还没吃东西），成功地将波里斯的大衣偷运了出去。但接着出了点小岔子。当铺里的店员是个一脸阴沉婆婆妈妈的小个子——典型的法国人——不愿意接收这两件大衣，理由是它们没有包装。他说这两件衣服要么得放在旅行袋里，要么得放在纸板箱里。这让整个计划都泡汤了，因为我们根本没有能用来包装大衣的东西，而且我们俩只有两毛五，连现买一个都不行。

我回去告诉波里斯这个坏消息。他沉吟着：“该死的！这下可麻烦了。嗯，不要紧，船到桥头自然直，我们可以把两件大衣放在我的行李箱里。”

“但我们怎么能在老板的眼皮底下把箱子带走？他就坐在登记处的门口。那是不可能的事情！”

“你怎么那么容易就绝望呢，我的朋友！书里面不是说英国人都有一股子蛮劲吗？鼓起勇气！我们能搞定的。”

波里斯想了一会儿，又想出了一个聪明的主意。最最麻烦的事情是如何把老板的注意力引开，五秒钟就行，这样我们就可以把行李箱偷偷运走。碰巧的是，老板有一个弱点——他喜欢运动，如果你找他聊运动，他就会说个不停。波里斯在一份

---

① 1812年11月26日—29日，拿破仑远征俄国失败，为保证军事转移顺利实现，法军抛弃了大部分辎重，强渡别列津纳河成功，避免了被俄军围歼的命运。

旧的《小巴黎人报》上读了一篇关于自行车比赛的文章，然后勘查了楼梯的情况，走到楼下和老板攀谈。我就在楼梯的上方等候着，一只胳膊夹着两件大衣，另一只胳膊夹着那个行李箱。如果波里斯觉得时机成熟了他就会咳嗽一声。我等候着暗号，身子颤个不停，因为老板的妻子随时可能会从门对面的登记处出来，那可就完蛋了。不过，过了没多久波里斯就咳嗽了一声，我立刻穿过登记处，溜到大街上，庆幸自己的鞋子刚才没有弄出太大的动静。要是波里斯个头小一些的话计划或许就失败了，他那副大块头挡住了登记处的过道。他胆子真的很大，一直有说有笑神情自若，而且说话声那么大，掩盖了我的脚步声。等我走开后，他跟我在街角会合，然后匆忙离开。

经过这番周折，那间当铺的店员又一次拒绝接收两件大衣。他说（你可以看到，法国人就是这副德性，喜欢吹毛求疵）我没有单据作为证明，光靠身份证是不够的，我必须出示护照或印有地址的信封。波里斯倒是有很多印有地址的信封，但他的身份证过期了（为了逃税他从来不去更新身份证），因此我们不能用他的名义把大衣当掉。我们只能先回我的房间，找到必要的身份证明，然后再把大衣拿到皇家港口大街的当铺。

我让波里斯待在我的房间里，自己去了当铺。到了那儿我发现当铺的门关着，要到下午四点钟才开门。现在才一点半，我已经走了十二公里路，六十个小时没吃过东西。命运似乎在跟我开玩笑，但这个玩笑一点儿也不好玩。

接着，奇迹似乎出现了，我的好运气居然来了。我穿过布罗卡大街回家时，突然看到鹅卵石街道上有东西在闪光，定睛一看是个五苏的硬币，我扑上去，拾起硬币，匆匆回家拿了另一个五苏的硬币，凑起来买了一磅土豆。酒精炉刚好能把土豆煮个半熟，虽然没有盐，但我们狼吞虎咽，连皮也没剥就吃个精光。吃完东西我们感觉精神多了，下起了象棋，等着当铺开门。

四点钟的时候我去了当铺。我并不抱太大的希望，因为上次的衣服我才当了七十法郎，这两件装在硬纸皮行李箱的破烂大衣能值几个钱？波里斯说值二十法郎，但我觉得顶多就十个法郎，甚至才五法郎。更糟糕的是，我觉得人家可能根本不肯接收，就像上次那个可怜的八十三号。我坐在前排的长凳上，这样那个职员说五法郎时，我不会看到别人嘲笑我的嘴脸。

最后，那个职员叫了我的号。“一百一十七号！”

“在。”我站了起来。

“五十法郎？”

五十法郎几乎和上次的七十法郎一样令我吃惊。我觉得一定是那个职员把我的号码和别人的号码弄混了，那两件大衣怎么可能当得出五十法郎。我匆匆忙忙赶回家，背着手走进房间，一言不发。波里斯正在下棋，热切地抬头看着我。

“当了多少？”他问道，“什么，没有二十法郎？那不管怎么说，肯定得有十法郎吧？看在上帝的分上，五法郎——那可真是太少了。我的朋友，别告诉我只当了五法郎。如果你真的说只有五法郎，我会想自杀算了。”

我把那张五十法郎的钞票扔在桌上。波里斯面色惨白，然后跳了起来，紧紧地抓住我的手，骨头都快被他握碎了。我们跑了出去，买了面包、红酒和一块肉，给炉子添了酒精，饱餐了一顿。

吃完东西后，波里斯变得比以往更加乐观。“我跟你说过什么来着？”他说道，“打仗就得靠运气！今天早上我们只有五苏，现在呢，看看我们。我不是说过了嘛，没什么比弄钱更容易的事儿了。我想起来了，我有个朋友在丰达里大街，我们可以去找他。他坑了我四千法郎，这个下流坯子。清醒的时候他是当今世上最坏的贼人，但有趣的是，他喝醉的时候又蛮诚实的。我想晚上六点钟的时候他应该喝醉了，我们就去找他。他应该会先还个一百法郎。呸！或许他会还个两百法郎。我们出发吧！”

我们去了丰达里大街，找到那个人。他确实喝醉了，但我们没要到那一百法郎。波里斯和他一见面就在人行道上吵个不停。那个人说他可没欠波里斯一分钱，恰恰相反，是波里斯欠了他四千法郎，两人都让我评理。我根本搞不清这笔糊涂账。两人一直吵吵闹闹，先是在街上吵，然后进了一间小酒馆继续吵，然后我们去了一间定价饭馆吃晚饭，接着又去了另一间小酒馆吵。最后在互相指责对方是贼足足两个小时后，他们结伴去大喝了一顿，把波里斯最后一分钱都花光了。

波里斯晚上去另一个俄国难民家里睡觉，他住在商业区，是个补鞋匠。我还剩下八法郎，香烟倒是还有不少，吃的喝的撑满了肚皮。相比起前两天糟糕的情况，我感觉好多了。

第八章

现在我们有二十八法郎在手，又可以开始去找工作了。不知他是怎么商量的，波里斯仍在那个补鞋匠家里睡觉，从一个俄国朋友那里借了二十法郎。他有不少朋友，大部分和他一样以前当过军官，现在散居在巴黎。有的人当了服务员或洗碗工，有的人开出租车，有的人靠女人生活，有的人从俄国把资产弄了出来，经营汽修店或舞厅。大体上，巴黎的俄国难民都很勤快，比起同一阶层的英国人，他们更能忍受厄运。当然，也有少数人是例外。波里斯告诉我，他曾遇到过一个流亡的俄国公爵，经常到昂贵的餐馆吃饭。那位公爵会询问服务员里有没有俄国军官，吃完饭后他会友善地叫那个俄国服务员到他的桌子那里。

公爵会说："啊，你也和我一样当过兵？现在时局不好，不是吗？嗯，嗯，俄国士兵都是天不怕地不怕的好男儿。你隶属哪个兵团？"

那个服务员会回答："是某某兵团的，大人。"

"那可是一个作战英勇的兵团！1912 年的时候我视察过。正好，我把钱包忘家里了，真是不巧。我想，身为俄国军官，你会乐意借我三百法郎的。"

要是那个服务员身上有三百法郎，他会乖乖奉上。当然，从此这笔钱就石沉大海。这位公爵就靠这个坑了不少钱。或许那些服务员并不介意被骗。公爵就是公爵，即使是个流亡人士。

波里斯从一个俄国难民那里听说了能挣到钱的门路。当掉大衣两天后，他神秘兮兮地问我：

“告诉我，我的朋友，你有政治倾向吗？”

“没有。”我回答。

“我也没有。当然，我们都是爱国者，但摩西不也提倡过劫掠埃及人吗？[①]你是英国人，应该读过《圣经》。我想说的是，你介不介意从共产党那里挣钱？”

“不介意，当然不介意。”

“那好，巴黎有一个俄国秘密组织，好像能帮得上我们的忙。他们是共产党，事实上，他们是布尔什维克的间谍。他们声称是一个友好组织，和流亡的俄国人接触，想把他们转变成布尔什维克党人。我有朋友加入了他们的组织，他觉得如果我们去找他们的话，会得到帮助的。”

“但他们能为我们做什么呢？我又不是俄国人，他们为什么要帮我？”

“我刚要说这个。他们好像是一份俄国报纸的通讯记者，希望写一些关于英国政治的文章。如果去找他们的话，或许他们会让你写写东西，给你稿费。”

“我？但我对政治一窍不通。”

“吥！他们也不懂。谁对政治有了解呢？这还不简单，你就照抄英国报纸上写的东西。巴黎不是有《每日邮报》吗？从里面照抄就行了。”

---

① 据《圣经》记载，摩西出生时，正值埃及法老屠戮犹太人婴儿，摩西的父亲将刚出生三个月的摩西放入草篮中，漂浮于尼罗河上，碰巧被法老的女儿拾去收养，成为埃及王室成员。后来摩西辗转了解到自己的身世，在上帝的指示下率领犹太人出走埃及，曾向法老发出警告，若不放行将有十场天灾降临于埃及人身上。在出埃及的路上，犹太人按上帝的旨意劫掠了埃及人。

“但《每日邮报》是保守的报纸，他们讨厌共产党。”

“那《每日邮报》说什么你反着写就是了，那样准错不了。我们不能错过这个机会，我的朋友。或许能挣到几百法郎哪。”

我不是很赞同这个主意，因为巴黎警察对共产党很不友善，特别是外国人，我已经是他们的怀疑对象了。前一段时间有个探员看到我从一份宣扬共产主义的周刊的办公室走出来，找了我不少碴。要是他们发现我与这个秘密组织有接触的话，可能会把我遣送回国。但是这可是不容错过的好机会。那天下午，波里斯的另一个朋友——他是个作家——过来带我们去碰头的地点。我忘了那条街的名字——是在塞纳河南岸的一条破败的街道，就在下议院附近。波里斯的朋友一直很谨慎小心。我们漫不经心地走过整条街，记住我们准备进去的门道——那是一间洗衣店——然后又兜了回去，眼睛一直盯着所有的窗户和咖啡厅。如果这个地方有共产党出没，或许已经被监视了。要是我们看到有人长得像密探，我们就准备打道回府。我很害怕，但波里斯很享受这种鬼鬼祟祟的行动，几乎忘记了他正和杀害双亲的仇人打交道。

当我们确定一切安全的时候，我们立刻走进门道。洗衣店里有个法国女人正在熨衣服，她告诉我们“俄国先生们”住在院子那头楼梯上的房间里。我们走上几级昏暗的楼梯，到了一处小平台。楼梯顶上站着一个年轻人，体格强壮、面容乖戾，长着一头短发。我走上去的时候他狐疑地看着我，伸出手把我拦了下来，说了几句俄语。

因为我没有答话，他抬高了嗓门。

“口令是什么！”

我停了下来，觉得很惊讶，没想过还要对暗语。

那个俄国佬又复述了一遍："口令是什么！"

波里斯的朋友原本走在后面，现在他走上前去，说了几句俄语，可能是暗号，也可能在向那个人解释。听到他的话，这个乖戾的年轻人似乎满意了，带我们进了一间狭小破旧的房间，窗户上装了磨砂玻璃。这似乎是一间很破旧的办公室，堆了一些印着俄文的宣传海报，墙上挂着一张大大的、粗糙的列宁肖像画。一个没有刮胡子的俄国人坐在桌旁，他穿着短袖衬衣，正往身前的一捆报纸上面写地址。我进去的时候他和我说法语，口音很重。

"你们怎么这么不小心？"他大惊小怪地嚷嚷着，"你们怎么没拿一包换洗衣物就进来了？"

"换洗衣物？"

"来这里的人都会带换洗衣物。他们看上去是去楼下的洗衣店。下次记得带一大包换洗衣物过来。我们不想被警察盯上。"

我可没想过行动得这么隐蔽。办公室里就只有一张空椅子，波里斯坐了下来，两人用俄语谈了很久。只有那个没有剃胡须的人在说话，那个乖戾的年轻人靠在墙上，一直盯着我，似乎还对我有所怀疑。站在这间地下办公室，看着墙上宣传革命的海报，听着一个字也听不懂的对话，感觉实在是很诡异。两个俄国人热切地说话，语速很快，不停地微笑着，耸着肩膀。我不知道他们在说些什么。我想他们以"亚父"、"我儿"、"伊万·亚历山德洛维奇"互相称呼对方，就像俄国小说里描写的那样。他们的对话一定充满了革命气概。那个没有刮胡子的人会坚定地说道："我们绝不争辩。争辩是资产阶级的消遣。行动才是我们的格言。”接着，我想事情并不是这么一回事。那个人要二十法郎作为参加组织的费用，而波里斯说以后再给（我们总共才有十七法郎）。最后波里斯掏出了我们那宝贵的钞票，先付了五法郎，剩下的先赊账。

这时那个乖戾的年轻人看上去没那么狐疑了，在桌角上坐了下来。那个没刮胡子的人开始用法语问我几个问题，在一张纸上做着记录。我是不是共产党员？我回答说我同情共产主义，但我从未加入任何组织。我了解英国政治吗？噢，当然了解，当然了解。我说了几个内阁部长的名字，痛骂了工党一顿。运动呢？我能不能撰写关于运动的文章？（在欧洲大陆，足球和社会主义有一种神秘的联系。）噢，当然可以。两人都严肃地点点头。那个没有刮胡子的人说道：

“显然，你很了解英国的情况。你能给莫斯科一份周报撰写文章吗？我们会向你约稿的。”

“当然可以。”

“那好吧，同志，明天我们就寄信给你。也有可能是后天。我们的稿酬是每篇文章一百五十法郎。记住，下次来的时候带一包换洗衣服过来。再会，同志。”

我们走到楼下，小心翼翼地观察洗衣店外面街上有没有人，然后溜了出去。波里斯高兴坏了，似乎是抱着牺牲的精神，他跑到最近的一家香烟店，花了五毛钱买了根雪茄，走了出来，兴高采烈地拿着拐杖敲打着人行道。

“终于找到工作了！终于找到工作了！现在，我的朋友，我们真的发财了。你把他们都给蒙了。你听到他叫你同志了吗？一篇文章一百五十法郎——感谢上帝，我们交好运了！”

第二天早上我听到邮差过来了，立刻冲到小酒馆去收信，但失望的是，我的信还没到。我守在家里等邮差第二次投信，但还是没有我的信。三天过去了，那个秘密组织没有任何消息，我们都放弃了希望，觉得他们一定是另找了别人给他们撰写文章。

十天后我们又去拜访那个秘密组织的办公室，谨慎地带了一个看上去像装着换洗衣物的包裹。那个秘密组织不见了！洗衣店里的女人什么都不知道——她只是说，“那几位先生”付不起房租，几天前就搬走了。我们拿着包裹站在那儿，十足像两个傻瓜！值得庆幸的是，我们只付了五法郎，而不是二十法郎。

那是我们最后一次听说关于那个秘密组织的事情。他们到底是谁，到底是什么组织，没有人知道。我觉得他们和共产党扯不上关系。我认为他们只是江湖骗子，专拣俄国难民下手，以加入子虚乌有的秘密组织为名骗取入会费。这勾当很安全。毫无疑问，他们正在别的城市搞这一套把戏。他们都是聪明人，演技非常出色。他们的办公室看上去的确像是一间共产党的地下办公室，尤其是那句要我们带一包换洗衣物的叮嘱，实在是太有才了。

第九章

接下来的三天我们继续东奔西跑地找工作，回我的卧室吃饭，那些汤和面包越来越少。现在我们有两个微弱的希望。第一个是，波里斯听说协和广场附近的 X 酒店可能有活儿干；第二个是，商业街那家新餐馆的老板终于回来了。我们下午赶了过去，见到了他。一路上波里斯说，要是我们能找到这份工作就能挣大钱了，而给老板留下好的第一印象非常重要。

“外表——外表最重要，我的朋友。要是我有一件崭新的西装，到吃晚饭的时候我就能借到一千法郎。真是遗憾，我们有钱的时候我没有买一只领子。今天早上我把领子倒翻了过来，但又有什么用呢，两边都一样脏。你觉得我看上去像饿着肚子吗，我的朋友？”

“你脸色很苍白。”

“该死的，我们老是吃面包和土豆，还能怎么样？看上去很饿可不行，人们会想把你踢出去的。等一下。”

他在一家珠宝首饰店的橱窗前停了下来，用力扇了自己的脸颊几巴掌，看上去红润多了。然后，趁血色还没消退，我们赶紧走进餐馆，向老板毛遂自荐。

那个老板是个气度不凡的矮胖子，长着一头波浪卷的灰发，穿一件时髦的双排钮扣法兰绒西装，不过闻起来有点味道。波里斯告诉我他也曾在俄国军队里服役过，还是个上校。他的妻子也在，是一个痴肥丑陋的法国女人，猩红的双唇让我想起了冷盘小牛腰肉配土豆。老板和蔼地与波里斯打招呼，两人用俄语谈了几分钟。我站在一旁，准备撒几个谎，说自己洗碗很有经验。

接着，老板朝我走了过来。我慢吞吞地迎了上去，心里很不自在，努力装出一副温顺的奴才样。波里斯一再告诫过我，洗碗工是服侍奴隶的奴隶。我原本以为老板会当我像尘土一样低贱，但令我吃惊的是，他热情地握着我的手。

“你是英国人哪！”他说道，“多好！不用问，你肯定会打高尔夫球，是吧？”

“当然会打。”我觉得应该这么回答。

“这辈子我都想打高尔夫球。亲爱的先生，你能教我打高尔夫的几个基本姿势吗？”

显然，这就是俄国人打交道的方式。我解释了一根击远球的杆子和一根击短球的杆子有什么不同，老板听得很专注。接着，他突然告诉我事情就这么定了，餐馆开张的时候波里斯将担任领班，而我则去厨房洗碗，要是生意好的话，还能晋升为厕所服务员。我问他餐馆什么时候开张。老板潇洒地回答道：“从今天算起，刚好还有半个月。”（他喜欢挥舞着双手，同时把烟灰撣掉，动作看上去很潇洒。）“从今天算起，正好半个月，吃午饭的时候开张。”然后，他骄傲地带着我们在餐馆里转悠。

餐馆地方不大，有一个吧台、一间用餐的地方和一间比普通浴室大不了多少的厨房。老板想把整个地方装修成花哨的“风景画风格”（他称之为“诺曼式风格”，其实就是在石膏墙上装几根假的横梁什么的），准备把餐馆命名为“贾汉·科塔德客栈”，听起来有几分中世纪的味道。他印了一份传单，里面充斥着杜撰的历史传闻，别的且不说，这份传单居然说这家餐馆原来是一间客栈，查理曼大帝经常驾临光顾。老板很喜欢这种调调，给吧台装饰了几幅猥琐的画作，还是从沙龙请一位画家过来画的。最后，他给了我们俩一人一支昂贵的香烟，交代了几句之后就回家了。

我有种很强烈的预感：我们不可能在这间餐馆谋得差事。我觉得老板像个骗子，而且是个很蹩脚的骗子，我还看见后门有两个人，应该是来讨债的。但波里斯想到自己能当上领班，情绪非常亢奋。

“我们总算熬出头了——再撑过半个月就行了。半个月是多久呢？我才不鸟它呢——想想看，再过三个星期，我就可以去泡妞了！找个黑妞好呢，还是白妞好呢？只要别太瘦，我可不在乎。”

接下来的两天非常糟糕。我们只剩下六毛钱，买了半磅面包和一片大蒜用来调味。用大蒜抹一抹面包的意义在于，面包会有点蒜味，让人觉得有填饱肚子的幻觉。大部分时间我们都坐在植物园里，波里斯用石头打那些家养的鸽子，但总是打不中。然后我们在信封的背面写各式菜名。我们实在是饿得慌，一心只想着吃的。我记得最后波里斯给自己选了这么一个菜单：一打生蚝、罗宋汤（用红色的甜菜根做成的汤，上面浇一层奶油）、小龙虾、砂锅嫩鸡、牛肉炖李子、新鲜土豆、沙拉、板油布丁和洛克福羊乳奶酪，再来一升勃艮第红酒和一杯陈年白兰地。波里斯的口味很国际化。后来我们有钱的时候，有几次我看到他就点了这么多菜，轻松地吃了下去。

我们的钱用光了，我也不再找工作，又是一天什么吃的都没有。我不相信贾汉·科塔德客栈真的会开张，又没有别的出路，但我实在是懒得动，整天躺在床上。然后，好运气来了。那天晚上十点钟的时候，我听到街上有人喊我。我起床走到窗口，波里斯就在下面，兴高采烈地挥舞着拐杖。他没有说话，先是从口袋里拿出一根掰弯了的面包扔给了我。

“我的朋友，我亲爱的朋友，我们得救了。你认为呢？”

“你不是找到工作了吧？”

“在协和广场附近的 X 酒店上班——每个月五百法郎，还包伙食。今天我已经开始上班了。托耶稣基督的福，我吃得那个爽啊！”

他拖着那条瘸腿工作了十或十二个小时，下班后他第一个念头就是走三公里路过来告诉我这个好消息！而且他还告诉我，明天下午他休息的时候到杜伊勒里宫见他，他或许可以偷一点吃的给我。按照约好的时间，我在一张公共长凳那儿与波里斯见面。他解开马甲，拿出一个压得扁扁的大报纸包，里面有碎牛肉、一片加曼贝特奶酪、面包和小饼干，全部都掺和在一起。

波里斯说道：“瞧瞧！我就只能带出这么多，那个看门的是头狡猾的猪猡。”

坐在公共长凳上，就着一张报纸吃东西可不大雅观，特别是在杜伊勒里宫，因为这里有很多漂亮的女孩。我吃着东西的时候，波里斯解释说他在酒店的便餐部上班。听他说起来，便餐部是酒店里地位最下等的地方，对于当过服务员的他来说面子上可挂不住，但他就干到贾汉·科塔德客栈开张。这段时间我每天就到杜伊勒里宫和波里斯见面。他会尽量帮我带点吃的过来。连续三天我们依照计划行事，我就靠着偷出来的食物支撑下去。然后，我们的麻烦终于结束了，X 酒店的一个洗碗工走了，通过波里斯的推荐我顶替了这份工作。

第十章

X 酒店富丽堂皇，正门古典高雅，而侧面有一条狭窄漆黑的门道，就像老鼠洞一样，那是员工入口。早上我六点三刻到达。有许多人穿着油腻腻的裤子，排队匆匆进入酒店，一个看门的坐在小小的办公室里，核对他们的姓名。我等候着，不久主管人事的一个副经理来了，开始问我问题。他是个意大利人，长着一张苍白的圆脸，由于操劳过度看上去很憔悴。他问我以前有没有当过洗碗工，我说当过。他瞥了我的手一眼，看出我在撒谎，但他听说我是英国人，语气一下子变了，雇用了我。

“我们在找人培训英语，我们的客人都是美国人，而我们唯一懂的英语就是——”他说了一个伦敦小孩在墙上涂鸦的单词。“你或许能帮上点忙。跟我下楼去。”

他领着我下了一部蜿蜒的楼梯，进了一条地底下狭窄的走廊，有的地方很矮，我得猫着腰钻过去。这里很闷热，又很黑，得走好几码才有一盏昏暗的灯泛着黄光。那条阴暗的走廊似乎得延绵好几英里——事实上我猜也就是几百码而已——这里让我想起了一艘远洋轮船的下层甲板的情形：一样是那么酷热难耐，一样是那么拥挤不堪，一样飘荡着食物暖烘烘的恶臭，一样有嗡嗡嗡的声音（是厨房里那几口炉子发出的），就像轮船引擎的轰鸣。我们经过几道门，有时传来咒骂吼叫的声音，有时冒出红色的火焰，有一道门还吹出令人汗毛直竖的阴风，那是一间储冰室。走着走着，我的背后被什么东西重重撞了一下。那是一块得有上百磅重的冰块，一个穿着蓝色围裙的搬运工运冰过来。在他身后跟着一个小男孩，肩膀上扛着一大爿牛肉，脸颊紧贴着黏糊松软的生肉。他们一把将我推开，喝骂道："别挡道，笨蛋！"然后继续赶路。在一处墙上灯光照到的地方，有人写了一句话，笔迹很清秀："X 酒店里有处女，真要比冬日无云还稀奇。"这地方似乎很古怪。

我们拐进一间洗衣房，一个面容枯槁的老妇给了我一件蓝色的围裙和一沓洗碗碟的抹布。接着人事部主任把我带到一间位于地下的小房间里——事实上，那里是地窖里的地窖——里面有一个水槽和几个煤气炉。房间很低矮，我根本没办法站直身子，里面的气温或许得有 110 华氏度。人事部主任告诉我，我的工作就是为酒店的高级职员端菜，他们在楼上一间小食堂用膳，然后打扫食堂，洗干净餐具。他走了之后，一个服务员，又是一个意大利人，从门道里伸出一个凶巴巴的脑袋，不屑地看着我。

"英国人，呃？"他说道，"我是这儿的头儿，要是你识趣的话——"他摆出将酒瓶朝天灌酒的动作，还咕嘟了几声，"如果你不识趣的话——"他狠狠地踢了门柱几脚，"对我来说，拧掉你的脖子比往地上吐口痰还容易。要是出什么乱子的话，他们相信的人是我，而不是你。所以呢，给我小心点。"

然后我开始忙碌的工作。从早上七点一直干到晚上九点一刻，就只有一个小时休息。先是洗餐具，然后到员工食堂擦桌子和抹地，然后擦干净杯子和刀叉，然后端菜上饭，然后又是洗餐具，接着又是端菜上饭和洗餐具。工作很简单，我一下子就上手了，只是到厨房里端菜很头疼。我从未见过也不敢想象会有这样的厨房——那是一间低矮的地窖，炉火照得满屋通红，闷热得令人窒息，充斥着震耳欲聋的咒骂声和锅碗瓢盆的碰撞声，有如一座炼狱。里面热得除了炉子之外，任何金属制品都得盖上一层布。炉子就摆放在中间，十二个厨师来回奔走，虽然戴着白色的厨师帽，仍热得汗流满面。旁边是几张台子，一群服务员和小工托着盘子争吵不休。几个小工赤裸着上身，有的正在烧火，有的正在用沙子清洗几口硕大的铜锅。每个人似乎都匆匆忙忙，怒气冲冲。大厨相貌堂堂，面颊通红，蓄着八字胡，站在厨房中央发号施令："煎蛋弄好了吗！烤里脊牛排加烧土豆弄好了吗！"时不时他会停下来斥骂一个小工。厨房里有三张台子，我第一次进厨房的时候不小心拿错了盘子，大厨朝我走了过来，揪着自己的胡须，上下打量着我。然后他叫来做早饭的厨师，指着我说道：

"你看到了吗？现在他们就派这样的小工给我们。你从哪儿来的，笨蛋？我想是从夏朗顿来的吧？"（夏朗顿有一间很大的疯人院。）

"从英国来的。"我回答。

"我就知道。嗯，我亲爱的英格兰先生，我告诉过你，你他妈是婊子养的吗？好了，东西在另一张台上，快拿走。"

每次我到厨房都会受到这种待遇，因为我总是会犯点错。他们觉得我应该很懂行，因此狠狠地责骂我。出于好奇，我数了那天我被骂为"笨蛋"的次数，一共是三十九次。

四点半的时候那个意大利人告诉我可以休息一下，但根本没时间出去，因为我们五点钟又要开始工作了。我去厕所抽烟。酒店里不许抽烟，波里斯告诉过我只能去厕所里抽。然后我又开始工作，一直干到九点一刻。那个服务员在门口探头进来，告诉我不要理会剩下的餐具了。令我惊讶的是。他骂了我一整天“猪猡”、“笨蛋”什么的，突然间态度变得很友善，我意识到，原来那些骂我的话也是试用期的内容之一。

“好了，伙计，”那个服务员说道，“你还蛮机灵的嘛，干得不赖。上来吃饭吧。酒店可以让我们每人喝两升红酒，我还偷了一瓶。我们俩可以好好喝个痛快。”

我们吃的是高级职员的剩菜，但美美地吃了一顿。那个服务员和气多了，告诉了我关于他的恋爱史，说他在意大利刺伤了两个人，还说他逃避了美国兵役。一旦和他相熟，他其实是个挺不错的人，不知怎么的，他让我想起了本韦努托·切利尼[①]。我累得够呛，全身都是汗臭，但这一天我吃得很饱，感觉整个人焕然一新。工作似乎不难，我觉得这份工作很适合我。但我不知道能不能继续干下去，因为我只是那天的“帮工”，干一天的工资是二十五法郎。那个满脸阴险的看门人给我发工资，少给了我五毛钱，说是保险费用(后来我才知道他在说谎)。然后他走进走廊，让我脱掉大衣，仔细地搜我的身，看有没有偷食物出去。然后人事部主任来找我谈话。和那个服务员一样，看到我干活卖力，他的态度和蔼了许多。

“要是你愿意的话，我们可以聘用你。”他说道。“领班的服务员说他觉得你挺不错。你愿意签一个月的合同吗？”

终于，我找到工作了。我恨不得一口答应下来，但我想起半个月后就要开张的那间俄国餐馆。我觉得先答应干一个月，然后中途离开不是很好。我说我可能会去别的地方工作——我

---

① 本韦努托·切利尼(Benvenuto Cellini，1500—1571)，意大利人，活跃于文艺复兴时期，集画家、雕塑家、音乐家、作家、金匠等多种身份于一身。

能不能签半个月的合同？听到我这么说人事部主任耸了耸肩膀，说酒店只会按月雇人。显然，我丢掉了这份工作。

我们约好了，波里斯在利沃里大街的拱廊街道等我。我告诉他发生了什么事情，他气坏了。我们相识以来他第一次顾不上客气，骂我是个蠢货。

“你这个蠢货！你蠢到家了！我辛辛苦苦帮你找了份工作，而你一下子就搞砸了！你怎么这么笨，提别的餐馆做什么？你答应干一个月不就好了嘛。”

“我觉得说我可能得离开比较诚信。”我反驳了一句。

“诚信！诚信！谁听说过一个小工讲诚信了？我的朋友！”他突然抓住我的领子，严肃地对我说，“我的朋友，你在这儿工作了一天。你看到酒店里的工作是什么情形。你觉得当一个小工有资格讲诚信吗？”

“恐怕没有。”

“那好，现在赶紧回去告诉人事处主任你愿意干一个月。就说另外那份工作你不要了。然后，等我们的餐馆一开张，我们就跳槽走人。”

“那要是违约，我的工钱怎么办？”

听到这么傻气的话，波里斯用拐杖敲着人行道，大声叫嚷着：“你要求他们按日结算工资，那就不会少你一个子儿了。你以为他们会去控告一个小工违约吗？一个小工根本不值得起诉。”

我连忙跑回去，找到人事处主任，告诉他我愿意干一个月，被他聘用了。这是我作为小工在道德品行上学会的第一课。后来我才知道我的那些顾忌非常傻帽，因为大酒店对员工很无情。他们按照工作量的变动招聘解雇员工，旺季一过，他们就会把十分之一，甚至更多的员工开除掉。要是有人不提前通知一声就走人，他们也不难找到别人顶替，因为巴黎到处都是失业的酒店从业人员。

第十一章

结果，我没有违约，因为六个星期过去了，贾汉·科塔德客栈还是没有开业的征兆。这段时间我在X酒店上班，一星期四天在便餐部干活，一天到四楼给服务员帮忙，一天顶替那个打扫食堂的女人。幸运的是，我还有星期天可以休息，但有时会有人病了，那我就得顶班。上班时间是从早上七点直到下午两点，然后从傍晚五点到晚上九点——十一个小时。但打扫食堂那天就得干十四个小时。按照巴黎小工的普通标准，我的工作时间并不算长。除了酷热难当和通风不畅之外，在迷宫一般的地窖里干活并不算太辛苦。酒店很大，而且管理很好，大家都认为是个舒服的地方。

我们那间便餐部昏天暗地，长二十英尺，宽七英尺，高八英尺，堆满了咖啡壶和切面包的刀子等餐具，一走动难免会磕磕碰碰。里面就靠一个光线微弱的灯泡照明，四五口煤气炉喷射着炽热的气息。这里有一个温度计，气温从未低于110华氏度——有些时候高达130华氏度。在房间的一头是五部载货升降机，另一头摆着一个冰柜，用来贮藏牛奶和黄油。当你走近冰柜时，多走一步就有一百度的温差，总是让我想起那首描写格陵兰冰山和印度珊瑚礁的赞美诗[①]。除了波里斯和我之外，还有两个人在便餐部上班。一个名叫马里奥，是个意大利人，块头很大，很容易激动——像个当警察的，但动作就像在演歌剧一样；另一个是毛发浓密、手脚笨拙的粗人，我们叫他“马扎尔人”。我觉得他是特兰西瓦尼亚人[②]，甚至来自更偏僻的地方。除了“马扎尔人”外，我们三个体形都很大，忙起来的时候总是会撞在一起。

便餐部的工作分忙时和闲时，我们从来没有停歇的时候，但真正忙碌的时候一忙起来就是两个钟头——我们称之为“子弹时刻”。第一波“子弹时刻”是在早上八点，那时楼上的客人陆续醒来，点了早餐。八点钟的时候，突然间整个地窖爆发出一声巨响，四面八方响起闹钟的响声，穿着蓝色围裙的员工在走廊穿梭，我们房间那几部载货升降机同时降了下来，五层楼的服务员全都开始用意大利语朝着升降管道下面破口大骂。我记不得所有的工作职责，但我们得制备茶、咖啡和热巧克力，从厨房接菜，从地窖里拿红酒，从食堂里拿水果，切面包，做吐司面包，弄好一小块一小块的黄油，涂果酱，开罐装牛奶，放方糖，煎鸡蛋，煮麦片，打碎冰块，研磨咖啡——为一二百个客人提供服务。厨房有三十码远，而食堂有六七十码远。我们送到载货升降机上的每样东西都必须登记在收据里，每张收据都得保管好，就算不见了一块方糖也会有麻烦。除此之外，我们还得为全体员工准备面包和咖啡，端菜给楼上的服务员吃。一言以蔽之，这份工作非常复杂繁琐。

我算了一下，一天下来得走十五英里的脚程，但精神方面的压力比身体方面的压力更大。乍一眼看上去没什么能比这份乏味的苦力活儿更容易的事情了，但你忙起来的时候这份工作

---

① 指英国传教士雷吉纳德·希伯（Reginald Heber，1783—1826）创作的赞美诗《要传遍福音》（*From Greenland's Icy Mountain*）。

② 马扎尔人是匈牙利境内的民族，而特兰西瓦尼亚是英国作家布拉姆·斯托克（Bram Stoker）的小说《吸血鬼》中位于罗马尼亚的一处偏远之地。

其实很难。我们在一大堆工作中疲于奔命——就像在计时的压力下整理一堆卡片一样。比方说，你正在做吐司面包，突然咣当一声，一部载货升降机下来了，要一杯茶、几个蛋卷和三种不同的果酱，与此同时，另一部载货升降机下来了，要炒鸡蛋、咖啡和葡萄柚。你跑得比兔子还快，冲到厨房拿鸡蛋，再冲到食堂拿水果，因为你得在吐司面包烤焦之前赶回来，你还得记得备好茶和咖啡，还有其他六份菜单在等候着。与此同时，一个服务员一直跟着你，为一瓶苏打水不见了找你的碴儿。你跟他争辩起来。这份工作对脑力的要求超出你的想象。马里奥说得没错，得花一年时间才能成为便餐部靠得住的帮手。

从八点钟到十点半我们忙得团团转，有时候累得似乎就要断气了，有时候工作会突然停顿下来，没有新的订单，一切似乎变得很平静。于是我们把地板上的垃圾扫走，洒下新的锯末，拿起瓶瓶罐罐，管它里面是酒、咖啡还是水，仰头就喝——只要是液体就行。我们经常在工作时凿碎冰块，吞食生冰，因为那几口煤气炉实在是热得让人受不了。我们一天得喝好几夸脱[①]水，才干了几个小时，就连围裙都浸满了汗水。有时候我们根本赶不上要干的活儿，有的顾客吃不上早饭就走了，但马里奥总是带领我们苦苦撑下来。他已经在便餐部工作了十四年，能协调好不同的工作，不浪费一分一秒。“马扎尔人”很笨拙，我则毫无经验，而波里斯老是磨洋工，因为他腿脚不方便，而且他觉得当过服务员，再到便餐部上班很丢人。但马里奥实在是太能干了：他能伸出长长的手臂越过整间便餐部，一只手往

① 英制的一夸脱合 1.14 升。

咖啡壶里倒水，另一只手煮鸡蛋，同时还看着吐司面包的火候，冲着“马扎尔人”给他下达指令，时不时还能哼哼歌剧《弄臣》的小调，实在令人叹为观止。老板知道他很能干，每个月给他一千法郎，不像我们三个，每个月才五百法郎。

十点半的时候早餐的忙碌戛然而止。我们就在便餐部抹桌子，拖地板，把铜壶铜罐擦亮。有时早上的活儿少，我们就轮流到厕所里抽烟。这是我们的闲暇时间——但只是相对清闲一些，因为我们只有十分钟的时间吃午饭，而且总是会被打断。从中午十二点到下午两点是客人们的午饭时间，就像早餐时间一样，我们又忙得不可开交。我们大部分的工作是从厨房里端菜，老是被厨师们责骂为“讨厌鬼”。到了这会儿，厨师们已经在火炉前挥汗如雨地站了四五个小时，脾气变得非常糟糕。

两点钟的时候一下子闲了下来。我们扔下围裙，穿上大衣，匆匆跑到外面。要是身上有钱，我们就跑到最近的小酒馆。从火烧火燎的地窖里走到街上感觉很奇怪，空气变得凉爽清冽，就像北极的夏天。闻惯了汗水和食物的恶臭，连汽油味闻起来都那么甘甜！有时候我们在小酒馆里遇到同一间酒店的厨师和服务员，他们都很友善，还请我们喝酒。在酒店里我们是他们的奴隶，但工作之余大家都是平等的，这是酒店工作的一条规矩，他们也不骂我们是“讨厌鬼”了。

四点三刻我们回到酒店。六点半之前都没有人下菜单。这段时间我们擦亮银器，洗干净咖啡壶，干点别的什么。然后，一天最忙碌的时候开始了——晚饭时间到了。我希望自己能有左拉[①]

① 埃米尔·弗朗科伊斯·左拉(Émile François Zola，1840—1902)，法国著名作家及政治自由运动先驱，代表作有《卢贡-马卡尔家族》、《三城记》等。

的文采，形容一下晚饭时间是什么样子。最关键的情况是，一二百个客人各自点了五六道不同的菜式，得有五六十个人给他们做饭、上菜、打扫卫生。稍有餐饮服务经验的人都知道这意味着什么。而就在这时，工作量翻了一番，整个后勤团队却已经精疲力尽，有几个还喝醉了。那些情景我就算写上几页纸也无法让读者了解其全貌。我们在狭窄的过道里穿梭，互相碰撞，大声嚷嚷，运着柳条箱、盘子和冰块，忍受着酷热和阴暗，心怀恨意地争吵不休，却没有时间打一架解决问题——这一切根本无法以文字加以形容。要是有人第一次来到地窖，他会以为自己来到了疯人堆里。直到后来我摸清了酒店工作的门道，这才了解到，原来在这纷繁的混沌中也隐藏着秩序。

八点半的时候工作戛然而止。我们得到九点钟才下班，但我们都会四仰八叉地躺在地板上，让腿脚歇息一下，连去冰柜那里弄点喝的都懒得去。有时人事部主任会拿几瓶啤酒进来，因为要是那天工作辛苦的话，酒店会额外奖励我们喝啤酒。我们的伙食只是勉强能够下咽，但老板对喝的可不小气。我们每天可以喝两升红酒，因为他知道要是不给小工喝上两升的话，他们可能会偷三升。我们还能喝酒瓶里剩下的酒。因此我们总是喝过头——这可是好事，因为喝醉的时候工作起来似乎也快一些。

一周有四天就是这么过的。另外两个工作日有一天好一些，有一天却更糟糕。这种生活过了一星期，我就觉得要好好放个假。星期六晚上，小酒馆的人都在喝酒，我明天不用上班，于是也加入了喝酒的行列。我们都喝醉了，凌晨两点才上床睡觉，本以为可以睡到中午，但五点半的时候就突然被叫醒了。X酒店派来了一个看更佬，正站在我的床边，他把衣服扔还给我，粗暴地将我摇醒。

“起床！”他说道，“你喝得很爽，呃？好了，不管那么多了，酒店缺一个人，今天你得去上班。”

“为什么要我去？”我抗议道，“今天我放假。”

“放什么假！那工作还干不干了？起床！”

我起了床，走出门外，感觉背都快断了，脑壳里像填满了炽热的煤渣。我以为自己今天不可能撑得下来，但是，在地窖里干了一个小时后，我觉得自己完全恢复了。地下室里非常闷热，就像土耳其桑拿浴室一样，把酒精统统化为汗水蒸了出来。小工们都知道这一点，而且很会利用这一点。他们几夸脱几夸脱地喝酒，然后酷热在酒精对身体造成伤害之前就将其蒸成汗水，这是对他们生活的一种补偿。

第十二章

到目前为止，在 X 酒店最舒服的时候莫过于到四楼帮服务员的忙。我们在一间小餐具室干活，那里通过载货升降机和便餐部联系。从地窖里出来让人感觉格外舒心凉爽，而且大部分工作就是擦擦银器和酒杯，蛮轻松惬意的。那个服务员瓦伦蒂为人还算正派，只有我们俩的时候几乎能和我平等相待，但有别人在的时候，他不得不对我疾言厉色，因为服务员不应该对小工客气。有时哪天他收入不错的话，会给我五法郎作小费。他是个相貌堂堂的年轻人，年龄二十四岁，看上去却像才十八岁。和大部分服务员一样，他很会照顾自己，而且穿着很讲究。他穿着黑色燕尾服，打着白色领带，一头油光水亮的棕发再配上那张稚嫩的脸，看上去就像个伊顿公学的小男生。从十二岁开始他就自食其力，从掏阴沟的工人一直干到服务员。他的经历很坎坷。他没有护照，从意大利边境偷渡过来，推着一部手推车在街上卖栗子。在伦敦他因为没有工作许可而坐了五十天牢。后来他被一个有钱的老女人叫到酒店和她做爱，她给了他一个钻石戒指，然后控告他偷了这个戒指。我喜欢和他说话，闲暇的时候我们俩就坐在升降机通道那儿抽烟。

到食堂打扫卫生是最糟糕的一天。我不用洗碗碟，那些由厨房处理，但我得负责清洁其他餐具、银器、刀子和酒杯。即使是这样，每天也得干十三个小时，用三四十块抹布。法国老式的工作方法让清洗的工作量翻了一番。他们没听说过托盘架，也没有皂片，只有黏糊糊的软肥皂，而巴黎的自来水很硬，根本不起泡沫。房间肮脏拥挤，既是餐具室又是碗碟洗涤室，直接通往客人用餐的地方。除了清洁工作外，我还得给服务员们上菜，在饭桌上服侍他们。那些服务员倨傲无礼，令人无法忍受，有好几次我不得不用拳头为自己讨回公道。原本负责清洁工作的是个女的，被他们折磨得痛苦不堪。

看着这间污秽不堪的小房间，想到客人用餐的地方和我们之间只隔着一道双开门，我就觉得好笑。那些衣冠楚楚的客人们就坐在那里——一尘不染的桌布、摆着鲜花的装饰碗、镜子、镀金飞檐和小天使雕塑，而与之相隔只有数码，我们就在一堆令人作呕的垃圾中干活。这里实在是脏得令人恶心，但要等到晚上我们才有时间拖地。我们就蹚着肥皂水、菜叶、纸屑和被踩得稀烂的食物，十几个服务员脱掉外套，露出汗涔涔的腋窝，坐在饭桌旁，上面堆放着杂乱的沙拉，拇指就直接伸进盛沙拉酱的罐子里。房间里弥漫着食物和汗液混合在一起的味道。碗橱里摞着成堆的餐具，后面就藏着服务员们偷来的食物。这里只有两个水槽，没有洗涤盆，服务员们经常就用洗餐具的水给自己洗把脸。但客人们看不到这些。在通往客人用餐的大堂门口有一张椰绒地毯和一面镜子，服务员们总是会先打扮一番，干干净净地走出去。

观察一个服务员走进酒店餐厅真是让人长见识。他穿过那道门时，突然间整个人全变了。他的肩膀端平了，所有的肮脏、忙乱和不耐烦一扫而空。他跨过那张地毯，变得像牧师一样庄严神圣。我记得我们的大堂副领班——一个脾气暴躁的意大利人，在大堂门口训斥一个打破了一瓶红酒的学徒。他高举双手，挥舞着拳头，大声喝骂道：（幸运的是，那道门是隔音的）：

“真让我恶心——你这个小畜生，你认为自己像个服务员吗？你配当服务员吗？你连给你妈出身的那间妓院拖地板都不配！蠢货！”

他觉得光口头骂骂不过瘾，转身打开那道门，就像电影《乞儿汤姆·琼斯》里的地主魏斯特恩那样摆出一副不屑一顾的姿态。

然后，他走进大堂，手里托着菜盘，像天鹅一样优雅地穿行。十秒钟之后，他毕恭毕敬地朝一位客人点头哈腰。看到他那训练有素、职业式的亲切微笑和鞠躬，你忍不住会想那个客人一定会觉得很惭愧，有这么一位气度不凡的贵族在服侍他。

清洁工作非常讨厌——我倒是不觉得很累，但其乏味无聊实在难以用言语形容。想到有人数十年如一日就干这么一份工作，实在是太可怕了。我顶替的那个女人得有六十好几了，每天站在水槽边十三个小时，一星期干六天，一年到头都是这样。而且那些服务员总是凶巴巴地欺负她。她说她曾经当过演员——我猜其实是个妓女。大部分妓女最后只能去当女工，奇怪的是，我看到她这把年纪了，又沦落到如斯田地，却仍像个二十岁的小姑娘一样戴着金黄色的假发，涂了眼影，脸上化了妆。显然，即使一星期要工作七八十个小时，也无法完全消磨掉一个人的活力。

第十三章

在酒店工作的第三天，原本对我和颜悦色的人事部主任把我叫了过去，严肃地告诫我：

“听好了，你赶快把胡子剃掉！我的天哪，谁听说过酒店小工蓄胡须的？”

我刚想抗议他就打断了我，“一个小工蓄着胡须——成何体统！小心点，明天我不想看到你那两撇胡须。”

回家的路上我问波里斯这番话到底什么意思。他耸了耸肩膀：“你最好照他的意思做，我的朋友。在酒店里工作的没有人蓄着胡须，只有那些厨师例外。我还以为你注意到了呢。至于理由？没有理由。这就是规矩。”

我知道这是规矩：小工不能穿正装戴白领带，还必须刮掉胡须。后来我明白了为什么会有这些规矩，因为高级酒店的服务员不能蓄胡须，为了显示他们的地位，他们就要求小工们也不能蓄胡须。而厨师们蓄着胡须，以表示他们对服务员的轻蔑。

这就是酒店里复杂的阶级体制的写照。我们员工大概有一百一十人，就像部队一样等级森严。厨师或服务员的地位要比小工高，就像部队里上尉的地位高于列兵一样。地位最高的人是经理，他可以开除任何人，包括厨师。我们从未见过老板，我们只知道他的饭菜要格外精心准备，比给客人上菜还要用心。酒店的纪律维系于经理。他尽忠职守，总是到处巡逻，查看有没有人偷懒，但我们可比他聪明多了。我们酒店靠铃声传递服务信息，员工们就用铃声彼此传递暗号。一声长响加一声短响，紧接着又是两声长响，这表示经理过来了。听到这个信号我们就会装出很忙碌的样子。

经理下面是服务员领班，他不用到餐桌服务，除非有大人物光临。他负责指挥别的服务员干活，帮忙料理食物。他的小费和津贴来自酿酒公司(每退回一个瓶塞可以挣两法郎)，高达两百法郎一天。他的地位远远高于其他员工，单独在一个房间里吃饭，用的是银制餐具，有两个穿着干净的白色夹克的学徒服侍他。在服务员领班之下是大厨，每个月的工资是五千法郎。他在厨房吃饭，但单独有一张桌子，由一个厨师学徒伺候他。接下来是人事部主任，他一个月工资只有一千五百法郎，但他穿一件黑色西装，不用干体力活，而且拥有解雇小工和克扣服务员工资的权力。接下来是其他厨师，工资从三千法郎到七百五十法郎不等。再往下是服务员，一天靠小费可以挣到大约七十法郎，外加一点底薪。再往下是洗衣女工和扫厕所的女工；再往下是服务员学徒，他们没有小费，但每个月有七百五十法郎的工资。接下来是小工，薪水也是七百五十法郎。然后是女服务员，每个月的工资是五六百法郎。最底层是便餐部的小工，一个月五百法郎。我们便餐部的小工堪称酒店里的渣滓，被所有人鄙视糟蹋。

酒店里还有其他工作人员——帮客人跑腿的文员、司库、看酒窖的、门房、侍从、管冰库的、面包师傅、看更和门卫。不同的工作由不同种族的人担任。办公室人员、厨师和缝补衣服的女工是法国人；服务员通常是意大利人和德国人(巴黎几乎没有法国服务员)；小工则来自欧洲各国；甚至还有阿拉伯人和非洲黑人。法语是通用的语言，连那些意大利人彼此之间也说法语。

在全巴黎的酒店里，所有的部门都能捞点外快。碎了的面包可以卖给面包店，八苏一磅，厨房的剩饭剩菜可以卖给养猪人，钱由小工们平分，这是其中一条规矩。此外还有许多小偷小摸的行为。所有的服务员都会偷食物——事实上，据我所见，几乎所有的服务员都不屑于吃酒店安排的伙食——厨师们偷窃食物的规模更夸张，而我们便餐部的员工则拼命地喝酒和咖啡。看酒窖的会偷白兰地。按照规定，酒店里的服务员不能看管酒类，每次有客人点酒就得去找看酒窖的。每倒一杯酒，看酒窖的会偷偷倒走一茶勺的分量，以这种方式积少成多。如果他觉得你信得过，会把偷来的白兰地卖给你，喝一大口才五苏。

员工里有很多人是窃贼，如果你把钱忘在大衣口袋里，那铁定就没了。那个给我们支付工资、搜我们身看有没有偷食物的门房就是酒店里最大的窃贼。我每个月的工资是五百法郎，六个星期这个人就克扣了我一百一十四法郎。我要求工资按日结算，于是每天晚上那个门房付给我十六法郎，而星期天从不给钱（星期天当然也得给工资），坑了我六十四法郎。有时我星期天也上班，我不知道原来我还有二十五法郎的额外津贴。那个门房从来没给过我这笔钱，这样就又克扣了七十五法郎。直到最后一星期我才意识到自己被坑了，由于我无法提供证明，我只要回了二十五法郎。那个门房对哪个笨乎乎的员工都耍这一套。他自称是希腊人，但其实他是美国人。认识他之后，我总算明白为什么人们会说“宁信毒蛇，别信犹太人；宁信犹太人，别信希腊人；但永远别信美国人”。

那些服务员性格各异。有一个年轻的服务员上过大学，曾经在公司上班，薪水丰厚。他得了花柳病，丢掉了工作，到处漂泊，现在觉得能当上服务员已经很幸运了。许多服务员是没有护照就偷渡到法国的难民，有一两个是间谍——间谍通常会当服务员，用以掩盖身份。有一天在服务员食堂里，马兰迪和另一个意大利服务员大吵一架。马兰迪长相凶狠，两只眼睛分得很开。吵架的原因似乎是因为马兰迪勾搭上了那个意大利人的情妇。那个意大利人是个孱头，显然很忌惮马兰迪，扬言要报复马兰迪，但显然底气不足。

马兰迪奚落他："好嘛，你想怎么着？我睡过你的女人，睡过她三回，干得很爽。你又能拿我怎么样，呃？"

"我可以到秘密警察那里告发你。你是个意大利间谍。"

马兰迪没有否认，只是从口袋里掏出一把刮胡刀，在空中比划了两下，似乎把一个人的两边面颊割开。其他服务员赶紧把他给劝住。

在这间酒店里我见过最古怪的一个人是个临时工，一天工资二十五法郎，来顶替生病的"马扎尔人"。他是塞尔维亚人，大约二十五岁，身强力壮，动作敏捷，包括英语在内会说六国语言。他似乎熟知酒店的所有工作，从早上一直到中午，他像一个奴隶一样辛苦地干活，然后，时钟一敲响十二下，他一下子变得懒洋洋的不肯干活，还偷了酒喝，最后干脆嘴里叼着烟斗到处闲逛。抽烟当然是严令禁止的。经理听说了这件事，气得火冒三丈，亲自过来盘问那个塞尔维亚人。

"你他妈的在这儿抽烟是什么意思？"他大声吼道。

"那你他妈的摆着这张臭脸又是什么意思？"塞尔维亚人平静地回答。

这句话真是太离经叛道了。如果一个小工敢这样对大厨说话，一锅热汤早就当头浇到他的脸上了。经理立刻说道："你被解雇了！"两点钟的时候那个塞尔维亚人领了二十五法郎的工资，然后被解雇了。在他离开之前，波里斯用俄语问他到底在玩什么把戏，他说那个塞尔维亚人回答说：

"你知道吗，老兄，要是我干到中午，他们就得付给我整天的工钱，不是吗？法律是这么规定的。我已经可以拿到工钱，那干活还有什么意义？告诉你吧，我总是去酒店面试，当一天帮工，然后我就卖力地干到中午，一到十二点我就开始捣乱，搞得他们没辙，只能把我解雇。这主意不错吧？大部分时候我十二点半就被炒掉，今天拖到了两点钟，但我可不在乎。我少干了四小时的活儿。唯一麻烦的就是，这种事情不能在同一间酒店干两次。"

听说在全巴黎一半的酒店和餐馆他都玩过这种把戏。或许，在夏天的时候这一招很管用，但很多酒店都列出了黑名单，防止这种人进来捣乱。

第十四章

几天后我了解到酒店运作的基本原则。任何人如果是第一次走进酒店服务区，工作的高峰期里面的混乱和可怕的噪声会把他吓得目瞪口呆。服务区的工作完全不同于商店或工厂里按部就班的工作，乍一眼看你会以为是管理出了问题。但事实上，这是不可避免的。酒店的工作并不是特别难，只是时间特别紧，却又无法进行统筹安排。比方说，你不能提前两小时先把牛排煎好，你只能等到最后一刻才动手，而这时其他工作已经堆积如山，你只能手忙脚乱地同时进行。结果就是，一到饭点每个员工得干两个人的活儿，吵闹争执不可避免就会发生。事实上，争吵是工作过程中必不可少的部分，因为要是没有人斥责别人偷懒的话，工作根本就跟不上节奏。正是因为这个原因，到了工作的高峰期所有的员工就像恶魔一样发火，咒骂不休。一到那个时候，全酒店的员工就只会说“滚你妈的蛋”。西点间里有一个女孩才十六岁，说起粗话来的士司机也比不过她。（哈姆雷特不是说过吗，“像厨房的小工一样骂街”[①]。显然，莎士比亚也见过厨房的小工干活。）但我们可不是丧心病狂或在浪费时间，我们是在互相激励，努力把四个小时的工作压缩到两个小时内完成。

使酒店工作得以维持的是员工们对自己的工作所抱有的自豪感，虽然这样说会让人觉得很傻。如果有人偷懒，其他人很快就会发现，告发他，让他被解雇。虽然厨师、服务员和小工们外表看上去决然不同，但有一点他们很像：他们都为自己工作的高效率感到自豪。

毫无疑问，厨师是最有技术的工种，态度也最不谄媚。虽然他们挣的钱没有服务员们多，但他们更有尊严，而且工作也比较稳定。厨师认为自己不是靠服侍别人谋生，而是靠技术吃饭，他被称为“专业人士”，而服务员则没有这一礼遇。他知道自己的能力——他知道自己可以捧红一家餐馆，也可以毁掉一间餐馆；他也知道要是自己干活慢了五分钟的话，一切就会乱套。他鄙视所有不是从事烹饪工作的员工，自领班以下他都极尽侮辱之能事，以此捍卫自己的尊严。他认为自己的工作是一门真正的艺术，感到非常自豪，而烹饪也的确需要非常高超的手艺。烹饪本身还不算太难，难的是每件事都得按时完成。从早饭到午饭期间，X 酒店的大厨会收到数百道菜的订单，要在不同的时候准备好。他自己会亲自做几道菜，但所有的菜都由他下达命令，并在端给客人之前进行检查。他的记忆力非常惊人。那些订单都钉在一块板上，但大厨很少会去看那些订单，一切都印在他的脑海里，精确到每一分钟。一道菜该上的时候，他会不知疲倦地喊道：“嫩牛排（或别的什么菜式）该上了！”他是一头令人无法忍受的蛮牛，又是一位艺术家。厨房里男厨师居多，主要是因为男人比较守时，而不是因为男厨师的厨艺比较出色。

服务员的风貌决然不同。他也为自己的技术感到自豪，但他的技术在于如何显得谦恭谨慎。由于工作的影响，他没有工

① 此句出自莎士比亚（William Shakespeare）作品《哈姆雷特》（Hamlet）第二幕第二场。

人的骨气，而是势利的小人。他总是活在有钱人的视野中，站在他们的桌旁，倾听他们的对话，露出一脸微笑，暗地里说几句笑话，以此巴结他们。他的快乐就是哄骗顾客多花钱。而且，他总是有机会发财，因为虽然大部分服务员穷困潦倒而死，但有时他们也会时来运转。在格兰大道的某些咖啡厅，服务员能挣到丰厚的小费，甚至愿意付钱给老板，保住自己的岗位。服务员直接与金钱接触，对金钱充满了渴望，和老板站在同一阵线。他会用心地伺候好客人，因为他觉得这笔生意自己也有份。

我记得瓦伦蒂告诉过我在尼斯举行过一次盛宴，他有幸在宴席上服侍客人，那场盛宴花了二十万法郎，后来被谈论了好几个月。“太壮观了，实在是太壮观了！上帝啊！那些香槟、那些银器、那些兰花——我从未见过那么精致的东西，真是大开眼界。啊，真是太豪华了！”

我说道：“但你不是只在那里当服务员吗？”

“哦，是的，但实在是太豪华了。”

你可不用为一个服务员感到抱歉。有时你下馆子吃饭，餐馆关门时间过了半个小时，而你还在吃个不停，你觉得旁边那个疲惫的服务员肯定很鄙视你，他才不呢。他看着你的时候可没有在想：“这个脑满肠肥的吃货！”他在想：“等到我攒够了钱的那天，我也要像这个人一样。”他在伺候别人享受欢乐，而他完全理解并满心羡慕这种快乐。这就是为什么很少有服务员是社会主义者，也没有组织得当的工会，他们愿意一天干十二个小时——许多咖啡厅的服务员一天干十五个小时，一星期上七天班。他们是势利的小人，而且他们觉得这份伺候人的工作非常适合自己。

小工们的情况又不一样。这份工作根本没有前途，不仅累得够呛，而且根本没有任何技术含量或有趣之处。这种工作女人都做得来，假如她们身强力壮的话。他们只需要一刻不停地东奔西走，忍受漫长的工时和闷热的环境。他们无法摆脱这种生活，因为他们那点工资根本攒不了一分钱，而一周干六十到一百个小时让他们根本没有时间去接受培训。他们唯一的指望就是能找到相对轻松一点的工作，像当个看更的，或到厕所里当服务员。

但是，就算在干像小工这样低贱的工作，他们也有自己的尊严。那是苦力的尊严——无论有多少活儿他都能一力承担。他们的地位这么低，唯一值得夸耀的，就是像牛一样卖力干活。每个小工都希望能被人夸为“能干的家伙”。“能干的家伙”即使面临不可能完成的任务，也能摆脱困境，把任务完成。X 酒店有一个厨房小工，是个德国人，大家都夸他很“能干”。一天晚上，一位英国贵族来到酒店，服务员们快要急疯了，因为这位贵族要吃桃子，而仓库里根本没有桃子。那时候已经很晚了，商店应该关门了。“让我来吧。”那个德国人说道。他走了出去，十分钟后带回了四个桃子，是他跑到附近一家餐馆偷来的。这就是“能干的人”。那位英国贵族每个桃子付了二十法郎。

便餐部的领班马里奥的思维和普通的小工没什么两样，一心只想着怎么把活儿干完，不相信这世上还有他完成不了的工作量。在地窖里工作了十四年，他就像活塞杆一样没有一丝倦怠。当有人抱怨的时候，他总是这么说：“坚守你的岗位。”你经常听到小工们说：“坚守岗位。”——似乎他们是士兵，而不是厨房里的帮工。

酒店里的每个员工都有自己的荣誉感。当繁重的工作压到头上时，我们大家愿意同舟共济，一同渡过难关。不同的部门之间总是在明争暗斗，而这也促进了工作效率，因为每个人都要捍卫自己的尊严，不让别人偷懒占便宜。

这是酒店工作里积极的一面。这家酒店就像一部庞大而复杂的机器，靠着严重不足的人员勉强运转着。每个人都很清楚自己要做什么，并尽心尽力完成任务。但这个体系有一个缺点，那就是——员工们所做的工作不一定就是顾客掏钱希望享受到的服务。顾客掏钱为的是得到优质服务，而员工们拿工资是为了把工作完成——通常来说，维持表面上的优质服务。结果呢，虽然酒店里的工作按部就班地进行，最要紧的方面却比最不堪的家庭还要糟糕。

以卫生为例，走进 X 酒店的服务区，那里的情况之肮脏令人发指。我们便餐部四个阴暗的角落里堆满了陈年的灰尘，面包柜里长满了蟑螂。有一次我向马里奥建议消灭这些虫子。“干吗要消灭那些可怜的小东西？”他反问了我一句。我在碰牛油之前会先洗手，其他人看到我这样做，都笑得乐不可支。但是，如果是出于工作的要求，我们一定会保持清洁。我们会定期清扫桌子和擦亮器皿，因为这是命令，但没有人命令我们必须做到真正的干净，而且我们也根本没有时间保持清洁。我们只是履行我们的职责，而最重要的职责就是准时，为了赶时间，脏一点也没办法。

厨房里更加肮脏，传闻中法国厨师会往汤里吐痰其实真有其事——当然，他不会往自己要喝的汤里这么做。他是一名艺术家，但他的艺术与清洁无干。从某种程度上说，正因为他是艺术家，所以他很邋遢，食物要看上去有卖相，就得以肮脏的方式进行处理。比方说，一碟牛排被送到大厨那里检查，他可不会拿一把叉子进行处理。他就用手把牛排拿起来，将它拍软，用他的拇指顺着盘子转一圈，舔舔手指品尝肉汁，接着又转一圈，再舔一下，然后退后几步，像一位艺术家在审视画作一样端详着那块牛排，然后用他那肥胖粉红的手指将牛排摆好，每根手指那天早上他都舔了有上百次。当他觉得满意了，他会拿一块布把盘子上的指印擦掉，然后交给服务员。而那个服务员一定也会把他的手指浸在肉汁里——他总是用那几根油腻腻的脏手指去梳理摆弄他那头秀发。在巴黎，如果一道肉你付的钱多于十法郎，可以肯定地说，这盘菜一定被以这种方式摆弄过了。在非常廉价的餐馆，情况则不一样，那里的厨师可不会花费心思去摆弄食物，他就拿叉子把牛排从煎锅里叉出来，根本不会再去理会。大体上说，你在食物上付的钱越多，你就可能会吃到更多的汗水和唾沫。

酒店和餐馆的肮脏是与生俱来的，为了准时和卖相，卫生就只好牺牲了。员工们只顾着把食物准备好，却忘记了这些食物是要给人吃的。一顿饭对他来说只是“一份订单”，就像在医生眼中，一个死于癌症的病人只是一个病例。举例来说，一个顾客点了一片面包，地窖下忙得不可开交的某个人得把一片面包准备好。他怎么会停下来对自己说：“这片面包是要给人吃的——我必须将其妥善准备好。”他只知道这片面包必须看上去很像样，而且必须在三分钟之内就准备好。如果几滴汗珠从他的额头落到那片面包上，他又何必担心呢？假如那片面包掉到满是脏兮兮的锯末的地板上，为什么要自找麻烦再弄一片新的面包呢？把锯末弄干净要快多了。上楼梯的时候那片面包又掉了，涂了黄油的那面掉在地上，他只需要再涂一层黄油。

每件事都是这样。在X酒店，干净的食物只有老板和员工的伙食。大家总是放在口头的名言是："顾好老板就够了。顾客？管他呢！"虽然酒店外表光鲜，其实服务区的每个地方都那么脏，就像一个人肚子里的花花肚肠。

除了肮脏之外，老板一心想的就是怎么宰客。这里的菜用料非常差，但厨师们知道怎么把菜做得好看诱人。我们买的肉普普通通，至于那些蔬菜，持家有道的家庭主妇去买菜时根本不屑于看一眼。奶油一律掺了牛奶，茶叶和咖啡都是次货，果酱都是一大罐一大罐没有标签的人造合成品。据波里斯说，所有的酒都是廉价的劣酒。按照规定，员工损坏东西必须赔偿，因此损坏的东西很少被扔掉。有一次三楼的服务员把一只烤鸡从载货升降机的通道上掉了下来，掉到底部一堆面包屑和废纸什么的里面，我们只是用一块布把它擦干净，又拿上去给客人吃。酒店里的人都说，用过的被单从来都没有洗过，只是泡一下，熨干后就摆回床上。老板对待我们就像对待客人一样苛刻。比方说，这么大一座酒店你找不到清洁毛刷和簸箕，你只能拿扫把和一块纸板代替。来到员工们的厕所就像到了中亚，这里只有用来洗餐具的水槽，却没有地方可以洗手。

虽然如此不堪，X酒店却位列巴黎最昂贵的十来座酒店之一，客人们付的价格之高令人咋舌。住一晚的价格，不包括早餐，高达二百法郎。酒类和香烟的售价是商店价格的两倍——当然，老板是以批发价进货的。如果某个顾客是贵族来头或百万富翁，对他的收费也会相应提高。一天早上，四楼有一个美国客人在节食，只点了热水和盐当早餐。瓦伦蒂气坏了，"上帝啊！"他说道，"那我的百分之十提成怎么办？就开水和盐的价格的百分之十！"这顿早饭他向客人收费二十五法郎，那个客人二话不说就掏钱了。

据波里斯说，全巴黎的酒店，至少那些昂贵的大酒店，都是这么干的。但我觉得 X 酒店的客人特别好骗，因为他们大部分是美国人，说的是英语——不会说法语——而且似乎对什么是美食一无所知。他们以那些难吃得要命的美式“麦片”果腹，拿橘子果酱送茶，饭后喝苦艾酒，要一份鸡肉酥饼被宰一百法郎，然后就着辣酱油吃下去。有一个客人来自匹兹堡，每天晚上在房间里用餐，点了葡萄籽坚果、炒蛋和可可。或许，这些人上当受骗根本就不是事儿。

第十五章

在酒店里我听到种种离奇的传闻：这里有瘾君子吸毒，有老淫棍到酒店找娈童，有偷窃和勒索案。马里奥告诉我，他曾在另一家酒店工作过，那里有个女服务员从一位美国贵妇那里偷了一个昂贵的戒指。连续好几天全体员工下班时都要被搜身，两个探员对酒店实施了地毯式搜索，但那个戒指一直找不到。那个女服务员的情人在面包间工作，他把戒指放在蛋卷里，蛋卷一直放在那里，直到搜查结束都没有人对其起过疑心。

有一天工作不是太忙的时候，瓦伦蒂告诉我关于他的一个故事。

“你知道吗，我的朋友，在这家酒店工作蛮好的，而一旦失业那可就惨了。我想你知道没饭吃是什么滋味，呃？都是出于无奈啊，要不然你也不会来洗盘子了。我可不干小工这种低贱的活儿，我是一个服务员，有一次我五天没有吃过东西。五天哪，连面包屑都没得吃——上帝啊！

“我告诉你，那五天就像地狱一样。幸好我提前付清了房租。我住在拉丁人聚居的圣艾洛丝区一间肮脏的廉价小旅馆里，名字叫苏珊娜·梅酒店，以法兰西帝国时代一个著名的妓女命名。我饥肠辘辘，却又无能为力。我甚至连酒店老板聘用服务员的咖啡厅都去不了，因为我付不起买一杯饮品的钱。我只能躺在床上，日渐憔悴消瘦，看着天花板上臭虫横行。我告诉你，我不想再过那种生活了。

“到了第五天下午，我已经陷入半癫狂的状态。至少我当时就是那么觉得的。我房间里的墙上挂着一幅褪色的女人头像，我猜想她会是谁。琢磨了一个小时我想起来了，她一定是圣艾洛丝，是这一区的守护女神。我以前可从来没注意到那幅头像，但那时候我躺在床上，端详着她，脑海里掠过一个奇妙的想法。

“我对自己说道：‘听我说，亲爱的，再这样下去你会饿死的。你得做点什么。为什么不试着向圣艾洛丝祈祷呢？跪下去，祈求她赐给你一点钱。说到底，这样子又不会有坏处，试一下！’

“很疯狂吧，呃？但一个人饿肚子的时候什么事情都做得出来。而且我说过了，这样子又不会有坏处。我下了床，开始祈祷：

“‘亲爱的圣艾洛丝，要是您真的存在的话，就请显灵赐给我一点钱。我要的不多——够买点面包和一瓶红酒，让我恢复力气就行。三四法郎就够了。大恩大德，感激不尽，圣艾洛丝。我发誓，如果您真的赐我钱财，我第一件事就是到街头您的庙宇里，为您点一支蜡烛作为祭礼。阿门。’

“我许愿要点蜡烛，因为我听说圣人都喜欢凡人点蜡烛表示对他们的崇敬。我当然会恪守诺言。不过我是无神论者，我不大相信会有什么事情发生。

“我又上床睡觉，五分钟后，有人在使劲敲门。那是一个叫玛丽亚的女孩，是个傻大个儿的村姑，也住在那间旅馆里。她很笨，但心地不错，我可不介意让她看到我这副模样。

“看到我她惊叫一声：‘我的天哪！你怎么了？你怎么这个

时候还躺在床上？你成什么样子了！你看上去活像一个死人。’

“或许我真的看上去很吓人。我已经五天没吃过东西了，大部分时间都躺在床上，有三天没洗漱或刮胡子了，而房间乱得像猪圈一样。

“‘你到底怎么了？’玛丽亚继续追问着。

“‘怎么了！’我回答道，‘上帝啊！我快饿死了。我已经五天没吃东西了。就是这样。’

“玛丽亚吓坏了。‘五天没吃东西了？’她问道，‘怎么会这样？难道你没钱了吗？’

“‘钱！’我回答道，‘你觉得要是我有钱，我还会挨饿吗？我只剩下五分钱，东西都当得一干二净。在房间里看看，看有没有能当掉或卖掉的东西，要是你找得到能值个五毛钱的东西，我就说你比我聪明。’

“玛丽亚开始在房间地上那堆垃圾中到处翻寻，突然间她兴奋雀跃起来，厚厚的大嘴惊讶地张开着。

“‘你这个笨蛋！’她叫嚷着，‘这是什么？’

“我看到她拾起一个空汽油桶，就放在墙角那边。那是我几个星期前买的，给一盏油灯添油，那盏灯已经卖出去了。

“‘那个？’我说道，‘不就是一个汽油桶嘛，怎么了？’

“‘你个蠢货！你不是付了三块五的押金吗？’

“的确，我付了三块五的押金。买一桶汽油的时候他们总是让你付桶的押金，把桶还回去的时候可以把押金拿回来。但我对此忘得一干二净。

“‘对哦——’我开始意识到什么。

“‘笨蛋！’玛丽亚又叫嚷着。她幸福地跳起舞来，我觉得她的木屐会把地板给踩烂。‘笨蛋！大笨蛋！你真是个大笨蛋！你怎么不把这个桶拿回商店里去，然后把押金拿回来？那三块五就在你眼前，而你却在挨饿！大笨蛋！’

“我不敢相信这五天来我居然没有想到把汽油桶退回店里去。那可是三块五法郎啊，我居然完全想不起来！我坐起身，‘快点！’我朝玛丽亚吼道，‘你帮我去退，拿到街角那间杂货店里去。跑快点，帮我带点吃的回来！’

“玛丽亚根本不需要我提醒，她拿起汽油桶，咚咚咚地跑下楼梯，脚步声沉重得像一群大象跑了过去。三分钟后她回来了，一只胳膊下夹着两磅面包，另一只胳膊夹着一瓶半升的红酒。我来不及对她说谢谢，一把抓过面包，迫不及待地啃咬起来。你有没有发现，饿了很长一段时间之后，面包吃起来是什么滋味？冷冷的，湿湿的，软软的——就像油腻子一样，但上帝啊，那实在是太好吃了！那瓶红酒我一口就喝个精光，那些酒仿佛直接进入到血管里，就像新鲜的血液一样在我的体内流动。啊，太美妙了！

“那两磅面包我狼吞虎咽，一口气就吃光了。玛丽亚站在那儿，双手托着臀部，看着我吃东西。‘嗯，你感觉好些了吗？’等我吃完她问了我一句。

“‘好多了！’我回答道，‘我感觉棒极了！我可不是五分钟前的我了。现在我只想要一样东西——有支烟抽就好了。’

“玛丽亚探手摸了摸围裙的口袋。‘你不用指望了。’她说道，‘我没钱。你那三块五全用光了——只剩下七苏，又有什么用，最便宜的香烟要十二苏一包呢。’

“‘我有钱！’我说道，‘上帝啊，运气真好！我有五苏——钱刚好够了。’

“玛丽亚拿着那十二苏，准备去香烟店买烟。这时我想起了一件事情。是那该死的圣艾洛丝！我答应过她，如果她赐给我钱的话，我会为她点一支蜡烛。而我的祈祷真的应许了。我祈求过她给我三四法郎，接下来就真的有了三法郎又五毛钱。我可不能违背诺言，那十二苏得用来买蜡烛。

“我叫住了玛丽亚。‘别买烟了。’我说道，‘我答应了圣艾洛丝，为她点一支蜡烛。那十二苏得拿去买蜡烛。很傻，不是吗？我没有烟抽了。’

“‘圣艾洛丝？’玛丽亚问道：‘关圣艾洛丝什么事？’

“‘我向她祈祷，求她赐予我一点钱，答应会为她点一支蜡烛。’我说道，‘她满足了我的愿望——不管怎样，钱的确出现了。我得去买蜡烛。我烦死了，但我必须恪守诺言。’

“‘但你怎么会想起圣艾洛丝的？’玛丽亚问道。

“‘是她那幅画。’我解释了整件事，‘你看看，她就在那里。’我指着墙上的画。

“玛丽亚看着那幅画，令我吃惊的是，她笑得乐不可支，重重地踩着房间的地板，捧着她那大肚皮，似乎快要笑炸了。我以为她疯了，她足足笑了两分钟才能开口说话。

“‘笨蛋！’最后她说道，‘大笨蛋！你真是个大笨蛋！你是说，你真的朝那幅画下跪祈祷？谁告诉你那是圣艾洛丝来着？’

“‘那不就是圣艾洛丝嘛！’我说道。

“‘笨蛋！那根本不是圣艾洛丝！你知道她是谁吗？’

“‘是谁？’我问道。

“‘是苏珊娜·梅，这间旅馆就是以她命名的。’

“原来我祈祷的对象是苏珊娜·梅，那个法兰西帝国时代有名的妓女……

“不过我可没有在意。玛丽亚和我都笑得很开心，然后我们商量了一下，我们认为我不欠圣艾洛丝什么东西，因为不是她显灵满足了我的愿望，所以我也就用不着为她点一支蜡烛。于是，最后我还是买了一包烟。”

第十六章

日子一天天过去，贾汉·科塔德客栈没有开张的迹象。一天下午，趁着休息的时候波里斯和我去那里看了一下，发现除了那几幅低俗的画弄好了之外，整改工作根本还没有动工，而且上次只有两个债主，这一回却蹦出了仨。老板和我们打了招呼，态度还是那么温和爽快，然后转身向我(他未来的洗碗工)借了五法郎。现在我知道这家餐馆完全只是纸上谈兵的把戏。不过，老板再次重申“从今天算起，再过半个月”，餐馆就会开张，还向我们介绍了一位将担任厨师的女人。她来自俄罗斯波罗的海地区，身高不过五尺，臀部倒有一码宽。她告诉我们她曾是一名歌手，现在不幸沦为厨师，还说她很有艺术天赋，钟爱英语文学，特别是《汤姆叔叔的小屋》。

半个月后我熟悉了当酒店小工的生活，我几乎想象不出生活还能有什么不同。这种生活几乎一成不变。五点三刻的时候我猛然醒来，胡乱穿上油腻腻的衣服，匆匆忙忙地出门，连脸都顾不上洗，浑身的肌肉都在酸痛。天刚亮，窗户都黑漆漆的，只有工人光顾的咖啡厅有灯光。天空就像一面钴蓝色的墙壁，上面贴着剪成了屋顶和尖塔形状的黑色纸片。昏昏欲睡的扫地工人拿着十尺长的扫帚清扫着人行道，捡破烂的家庭在垃圾桶周围拾荒。那些工人和女工一只手拿着巧克力，另一只手拿着羊角面包，纷纷挤进地铁站。电车载满了工人，轰隆隆地开走了。我加快脚步来到地铁站，努力挤出一块地方——早上六点钟的时候乘巴黎地铁，我都必须奋力挤出一个位置——夹在人群当中，晃来晃去，与某张丑陋的法国人的脸鼻尖碰着鼻尖，闻到酸臭的酒味和大蒜味。然后，我来到酒店九曲十八弯的地窖里，一直工作到下午两点才能见到阳光，那时候日头正猛，街上黑压压的车水马龙。

在酒店工作了一个星期后，下午休息时我老是睡觉，口袋里有点钱的时候则会去小酒馆。除了几个比较上进的服务员会去上英语课外，大部分员工都这样消磨时间。经过一早上的忙碌，你会变得懒洋洋的，什么事情也不想做。有时候六七个小工会结伴去西耶士路一家廉价妓院买春，那里的收费只要五法郎二毛五——相当于十个半便士。大家都戏称那里是“定价窑子”，他们每次去完那里都会拿来当笑话进行调侃。在酒店工作的人通常会去这种地方消遣。当小工的薪水根本不可能结婚，而在地下室干久了，审美的品位也下降了。

我得在地窖里再干四个小时，然后汗涔涔地走上清冷的街道。巴黎的街灯很奇怪，泛着淡紫的微光，而在塞纳河的那头，埃菲尔铁塔从顶端到底部点缀着锯齿形的天灯，像缠绕着一条巨大的火蛇。川流不息的车辆安静地穿梭往来，在昏暗的灯光照射下，那些女人看上去个个都五官精致，在拱廊街道上徘徊流连。有时一个女人会打量着波里斯或我，然后注意到我们身上油腻腻的衣服，赶紧转头望着别处。到了地铁那你又得艰难地挤进去，回到家的时候已经十点了。从十点到午夜我去街上一间小酒馆，这个酒馆位于地下，那些阿拉伯搬运工经常去那里。这地方老是打架，还砸酒瓶，有一次把我吓得够呛。不过大体上那些阿拉伯人只会窝里斗，不会把基督教徒牵扯进来。那种阿拉伯的拉基烧酒很便宜，这间小酒馆二十四小时营业，因为阿拉伯人——幸运的男人——精力旺盛，可以整天工作，整晚喝酒。这就是酒店小工的典型生活，那时候我觉得这种生活挺不错的。我对贫穷并不敏感，因为付了房租，留下足够的钱买烟、搭车和星期天吃饭之外，我每天还剩下四法郎喝酒，四法郎可不是小数。这种深刻的满足感实在是难以表达——就像一头生活简单、饱食终日的野兽所感受到的满足感。再没有什么生活能比酒店小工的生活更简单的了。他就在工作与睡眠两种节奏之间摆动，没有时间思考，几乎对外面的世界一无所知。在他的生活中，巴黎就局限于酒店、地铁、几间小酒馆和卧室。如果他出去游荡，也只会去几条街外的地方，和某个女服务员在一起，她坐在他的膝盖上，大口地吃生蚝，大口地喝啤酒。不用上班的时候他一觉睡到中午，穿上一件干净的衬衣，掷骰子赌酒，吃完午饭后又上床睡觉。只有三样事情在他看来是真实的：吃东西、喝酒和睡觉，而在这三样事情里，睡觉是最要紧的。

一天晚上三更半夜的时候，就在我的窗户底下发生了一起谋杀案。我被喧闹声吵醒了。我走到窗口，看到一个人躺在楼下的鹅卵石路上，还看见那几个杀人犯，有三个人，正朝街尾跑去。我们几个人来到楼下，发现那个人已经死了，头盖骨被一根铅管砸碎了。我记得那些血的颜色，是很奇怪的紫色，像葡萄酒。第二天傍晚回到家里时血迹仍残留在鹅卵石上，他们说有的学校的学生走了几里路过来看这摊血。但现在回想起来，让我觉得震惊的是，当时我躺到床上，三分钟就睡着了，那条街上大部分人也是如此。我们只是想看清楚那个人究竟死了没有，然后就径直上床睡觉。我们都是打工仔，干吗要为一桩谋杀案浪费睡眠时间呢？

在酒店工作让我体会到睡眠真正的价值，正如饥饿让我体会到了食物真正的价值。睡眠不再只是生理上的需要，让身体放松休息，而是一种奢侈沉沦的享受。我不再为臭虫所苦。马里奥告诉了我一个驱虫的验方，那就是把胡椒粉厚厚地洒在被单上。胡椒味让我老是打喷嚏，而那些臭虫受不了那股味道，纷纷迁徙到别的房间去了。

第十七章

一周我有三十法郎可以用来喝酒，也让我得以参与这一区的社交生活。星期六晚上在三雀旅馆楼下的小酒馆，我们过得很开心。

那是个铺着地砖的房间，只有十五英尺见方，却挤了二十个人，缭绕着香烟的烟气。里面吵得要命，因为每个人都在扯着嗓门说话或唱歌。有时候声音混在一起，根本听不清楚。有时候大家会一起唱同一首歌——唱《马赛进行曲》、《国际歌》、《玛德隆》或《草莓和覆盆子》。阿扎雅是一个高大壮硕的村姑，每天在一间玻璃厂工作十四个小时。她唱了一首《跳着查尔斯顿舞时，他的裤子掉了》。她的朋友玛琳妮是个瘦小黝黑、性情倔强的科西嘉女孩，把膝盖绑在一起，跳了一曲肚皮舞。罗吉尔夫妇老是进进出出，找人讨酒喝，大吐苦水，说曾经有个人欺骗了他们，把他们的床架骗走了。那个英国人R君一脸惨白，静静地坐在角落里独自小酌。查理喝醉了，胖胖的小手端着一杯冒牌苦艾酒，跌跌撞撞地迈着舞步，在女人们的胸膛间摸来掐去，朗诵着诗歌。酒客们玩飞镖，掷骰子斗酒。那个西班牙人曼努尔拽着女孩子走到吧台那里，把骰盅贴在她们的肚皮上，以祈求好运。F太太站在吧台那儿，不停地用锡漏斗倒酒，手里总是拿着一块湿漉漉的抹布，因为房间里每个男人都想和她做爱。大块头路易斯是个砌砖匠，有两个私生子，他们坐在角落里，分享一杯糖浆。每个人都那么开心，坚信这个世界是那么美好，而我们都是地位显赫的人。

欢声笑语一连持续了一个小时，几乎没有平息。到了午夜的时候，有人大叫一声，“大伙儿们！”，然后传来椅子翻倒在地的声音。一个长着金发的红脸膛工人站起身，拿着酒瓶往桌上重重一砸。大家都停了下来，纷纷传话道：“嘘！福雷克斯要开始了！”福雷克斯是一个怪人，在利穆赞当石匠，整个星期起早贪黑地努力工作，到了周六就会酒瘾发作，喝得酩酊大醉。他失忆了，一战前发生了什么事情都记不得了。要不是F太太看着他的话，他早就喝酒喝死了。星期六傍晚五点钟的时候她就叮嘱别人：“看紧福雷克斯，别让他把工资都花光了。”当他喝醉的时候她会把他的钱拿走，只留下能喝醉但不至于烂醉如泥的钱。有一次他把钱留住了，喝得不省人事，踉踉跄跄走到地铁站，被一辆汽车撞倒碾了过去，受了重伤。

福雷克斯的古怪在于，清醒的时候他是个共产主义者，喝醉的时候就变成一个暴烈的爱国主义者。每天晚上他会大谈共产主义的道理，但喝了四五升红酒后，他摇身一变，成为沙文主义者，痛骂间谍，向所有外国人挑衅，要是没有人拦住他的话，就会砸瓶子撒酒疯。到了这个时候他会致辞演讲——每个星期六晚上都会进行爱国主义的演讲。内容总是一字不差：

“共和国的公民们，这里有法国人吗？要是在座的有法国人，我要提醒他们——让他们记得战争时的峥嵘岁月。回首那段充满同志情谊和英雄情怀的时光——回首那段充满同志情谊和英雄情怀的时光，当我们记起那些逝世的英雄们——当我们记起那些逝世的英雄们，共和国的公民们，我在凡尔登挂过彩——”

说到这里，他就会脱掉衣服，展现他在凡尔登留下的伤口。大家都欢呼鼓掌，觉得再没有比福雷克斯的演讲更有趣的事情了。在这一区他可是出了名的人物。当我们的狂欢开始时，别的酒馆的人经常会过来看热闹。

大家都传开话了，要引诱福雷克斯出丑。某个人会朝别人使眼色，要求大家保持安静，邀请福雷克斯唱《马赛曲》。他唱得很好，声线低沉圆润，当唱到“拿起武器，公民们！组织起你们的军队！”这一句时，胸膛深处会冒出咕嘟嘟的声音，展露他拳拳的爱国之情，两行真挚的泪水划过脸颊，簌簌往下掉。他已经喝醉了，没有注意到大家都在嘲笑他。接着，在他唱完之前，两个强壮的工人各搀扶着他一边，把他架了下去，阿扎雅跑到他够不着的地方，高喊着：“德意志万岁！”听到这些话，福雷克斯的脸气得发紫。接着，酒馆里的每个人都一起高喊着：“德意志万岁！打倒法兰西！”福雷克斯挣扎着要去斥责他们，但突然间搅坏了欢乐的气氛。他的脸变得煞白煞白的，四肢松软，在别人拦住他之前就在桌子上呕吐起来。F太太会把他像麻袋一样扛下去，放倒在床上。第二天早上他又变成了一个安静斯文的人，买一份《道德报》阅读。

那张桌子被擦干净后，F太太端来了更多的红酒和面包，我们继续兴高采烈地喝酒唱歌。一个流浪歌手拿着五弦琴走进酒馆，为我们唱歌作乐，一首歌收五苏。一个阿拉伯人和从街那头的小酒馆来的姑娘跳了一支舞，阿拉伯人挥舞着一根圆珠笔大小的木制仿阳具，上面涂了油漆。现在酒馆里的喧闹时断时续。大家开始谈论自己的恋爱史，谈论战争，谈论在塞纳河钓触须白鱼，谈论进行革命的最佳方式，讲各种各样的故事。查理又清醒了过来，加入对话，谈论自己的灵魂，说了有五分钟。酒馆的门和窗都打开了，给房间降降温。街上空荡荡的，可以听到远处的运奶车顺着圣米歇尔大街轰隆隆行进的声音。我们的额头被风吹得凉冰冰的，劣质的非洲红酒味道尝起来依然很不错，我们都还很开心，但狂欢叫嚣的气氛开始渐渐散去。

一点钟的时候我们不再觉得开心。我们觉得狂欢夜的快乐正在悄悄褪去，于是要求老板多上点酒。但F太太开始往酒里掺水，酒的味道完全变了。男人们越来越吵闹，乱啃乱亲那些女孩，探手去摸她们的胸脯，而她们逃之夭夭，不让更糟糕的事情发生。大块头砌砖匠路易斯喝醉了，趴在地板上，像狗一样乱吠乱叫。其他人烦透了他，趁他醉得不省人事踢了他几脚。大家互相拉着对方的胳膊，开始冗长地倾诉心声，看到这些话对方完全没有在意，就会气急败坏。酒客越来越少。曼努尔和另一个人都喜欢赌钱，他们去了那间阿拉伯小酒馆，那里的牌局会一直持续到天亮。查理突然问F太太借了三十法郎，然后离开了，可能是去了妓院。有几个人喝光杯子里的残酒，说了一声："女士们，先生们，晚安！"然后上床睡觉。

一点半的时候，最后一丝快乐消失得无影无踪，留下的只有头疼。我们不再觉得自己是生活在这个幸福世界的幸运儿，而只是一群薪酬微薄的打工仔，浑身脏兮兮的，喝得烂醉如泥。我们继续大口喝酒，但那只是一种习惯行为，突然间那些酒变得令人反胃。我们觉得头涨得像气球一样，地板在摇来晃去，舌头和嘴唇被酒染成了紫色。最后我们再也撑不住了，几个人跑到酒馆后面的小院子里呕吐。我们爬上床，衣服还没脱光就躺倒下去，一睡就是十个小时。

星期六晚上我基本上都是这么过的，能有两个小时觉得那么开心快乐，即使代价是头疼欲裂，似乎也是值得的。对于这一区许多人来说，他们没有结婚，也不去考虑未来，每周的饮酒作乐让他们觉得生活还值得继续过下去。

第十八章

一个星期六晚上，查理在小酒馆给我们讲了一桩趣事。你可以想象他的模样——喝得醉醺醺的，但说话还很利索。他重重地砸着镀了锌的吧台，叫大家安静下来：

“安静，女士们，先生们——我恳求你们安静！我要给大家讲个故事，一个值得记住的故事，一个很有启迪意义的故事，一则对高尚而有教养的生活的回忆。安静，先生们，女士们！

“那一次我穷得一分钱都没有，你们知道挨穷是怎么一回事——真是不幸啊，像我这么斯文的人竟然落得这般境地。家里还没有给我寄钱，我把所有东西都当掉了，唯一的出路就是去找工作，而我根本不想工作。那时我还和一个女孩子住在一起——她叫伊婉妮，长得很漂亮，但人傻傻的，是个乡下妹，就像那边的阿扎雅，长着一头黄发，小腿很肉感。我们两人三天没有吃东西，我的天哪，饿得可惨了！她总是在房间里走来走去，双手捧着肚子，像狗一样嚎叫不停，说她快饿死了。太可怕了。

“但对于一个聪明人来说，没什么事情是办不到的。我问自己：‘不去工作而弄到钱，最简单的方法是什么？’我立刻就想到了答案：‘当女人就能轻松挣钱，每个女人不都可以出卖自己吗？’然后我躺了下来，想想要是我是女人会怎么做。还真给我想出了一个主意。我想到了公立妇产科医院——你知道公立妇产科医院吗？去了那里怀孕的女人可以免费吃饭，他们什么也不会问。这么做是为了鼓励多生小孩。任何女人都可以过去要顿饭吃。

“‘我的天哪！’我心想，‘要是我是女人就好了！我就可以每天去那里蹭饭。不做检查的话，谁知道那个女人有没有怀孕？’

“我对伊婉妮说道：‘别鬼叫了。我已经想到弄到食物的办法了。’

“‘怎么办？’她问道。

“‘很简单。’我回答，‘去公立妇产科医院，告诉她们你怀孕了，然后要饭吃。他们什么也不会问，就会给你一顿饱饭吃。’

“伊婉妮大吃一惊。‘是吗，我的天哪！’她叫嚷着，‘我又没有怀孕！’

“‘谁在乎呢？’我说道，‘这个好办。你只需要塞一个垫子——要是有必要的话塞两个垫子也行。这可是上天给我的启示，亲爱的。机不可失。’

“最后我说服了她，我们借了一个垫子，我把她装扮好，带她去了妇产科医院。她们很欢迎她，给她准备了卷心菜汤、蔬菜炖牛肉、土豆泥、面包、奶酪和啤酒，还告诉了她关于照顾宝宝的许多建议。伊婉妮吃得整个人几乎都炸了，还往口袋里装了些面包和奶酪给我吃。我每天都带她去那儿吃饭，直到我收到了钱。靠着我的聪明才智，我们渡过了难关。

“一切都很好，直到一年之后，我又和伊婉妮在一起。有一天我们在兵营附近的皇家港口大道散步，突然间伊婉妮大张着嘴，脸一下子红了起来，然后变得雪白，接着又变红了。

“‘我的天啊！’她叫嚷着，‘看看谁来了！是那间妇产科医院的护士长！这下死定了！’

“‘快点！’我说道，‘我们离开这儿！’但为时已晚。那个护士认出了伊婉妮，一脸微笑朝我们走过来。她体格高大壮硕，戴着一副金色的夹鼻眼镜，脸膛就像红苹果一样丰润，是那种好管闲事的大妈。

“‘一切都还好吗，年轻的妈妈？’她和蔼地问道，‘孩子呢？他还好吧？是个男孩吧？你一直都想生个男孩的。’

“伊婉妮浑身战栗，我不得不抓住她的胳膊。‘不是。’最后她说了一句。

“‘啊，那一定是个女孩了？’

“这时伊婉妮完全没了主意，傻傻地说：‘不是。’她居然又冒出这么一句！

“护士非常惊讶。‘哎呀！’她惊叫一声，‘不是男孩，也不是女孩！那是怎么一回事？’

“你们想象一下吧，女士们，先生们，那可是危急的关头。伊婉妮的脸看上去活像一个甜菜根，随时都会大哭起来。再过一秒钟她就会将事情和盘托出。天知道后果会怎样。但我还很清醒，我插了话，挽救了危险的情形。

“‘是双胞胎。’我平静地回答。

“‘双胞胎！’护士惊喜地叫出声来。她高兴地搂住伊婉妮的肩膀，亲吻了她两边面颊。

“‘是的，双胞胎……’”

第十九章

我们在 X 酒店干了五六个星期后的一天，波里斯没有说一声就走了。傍晚的时候我发现他在利沃里大街等我。他高兴地拍了拍我的肩膀。

“终于自由了，我的朋友！你明天就可以辞职了。客栈明天开张。”

“明天？”

“或许我们还得花一两天的时间筹备，但不管怎样，再也不用在便餐部受气了！我们是枪骑兵，我的朋友！我已经把那件马甲从当铺里赎出来了。”

看他那副得意洋洋的样子，我知道这件事肯定有蹊跷。我不想辞掉酒店这份安稳而舒适的工作。但是，我答应过波里斯，于是我辞职了，第二天早上七点钟的时候来到贾汉 · 科塔德客栈。门是锁着的。我去找波里斯，他从原先住的地方搬了出去，在尼威特十字路租了个房间。我发现他还在睡觉，搂着一个昨晚叫的小妞，按他的话说，“实在是我见犹怜”。他说餐馆一切都安排好了，就差几件小事情，处理完就可以开张了。

十点钟的时候我弄醒了波里斯，我们撬开了餐馆的门。匆匆看了一眼，我意识到“几件小事情”意味着什么。自从上次来之后，装修工作一直没有进展，厨房的炉子还没到，水电还没有铺设，油漆、抛光、木工等活儿还没有干完。除非奇迹发生，再过个十天餐馆也甭想开张。而且看起来不用等到开张餐馆就会垮掉。发生了什么事再清楚不过：老板没钱了，他跟员工说好上班（我们员工有四个人），是想把我们当装修工人使唤，这样他几乎一个子儿也不用掏，因为服务员是不用支工资的。但他得给我支工资，但得等到餐馆开张我才有薪水拿。事实上，餐馆还没开张他就把我们叫去，坑了我们好几百法郎。我们丢掉了一份好工作，却什么也捞不到。

但是波里斯仍充满了希望，他脑海里只有一个念头，那就是，他终于有机会再穿上一件马甲当一名服务员。为了这个，他愿意无偿工作十天，虽然到最后可能还是没有工作。"耐心！"他总是说，"事情会安排妥当的。等餐馆一开张，我们就什么都挣回来了。耐心，我的朋友！"

我们的确需要耐心，因为日子一天天过去，装修工作迟迟未能完成，餐馆无法开张。我们打扫了地窖，弄好了架子，粉刷墙壁和屋顶，把那些家具抛光，铺了地砖，但最主要的工作——水管、煤气和电工仍然没有做，因为老板付不了钱。显然，他已经山穷水尽，因为连最小的支出他都不愿意掏钱，一管他要钱他就逃之夭夭。他天生一副贵族的派头，为人又狡猾，很难对付。那些神情忧郁的债主时时都会上门找他，按照吩咐，我们总是告诉他们老板在枫丹白露或圣克劳德，或其它距离遥远的地方。这段时间我越来越饿。离开酒店时我只有三十法郎，立刻回到了啃干面包的日子。波里斯从老板那里要到了六十法郎的预支薪水，但一半用在了赎回他那套服务员的行头上，另一半花在了那个"我见犹怜"的女孩身上。他每天问另一个服务员朱尔斯借三法郎用来买面包。有几天我们甚至没钱买烟抽。

那个女厨师不时会过来看看事情进行得怎么样了，看到厨房里仍然没有锅碗瓢盆，她总是会黯然啜泣。另一个服务员朱尔斯老是不肯帮忙。他是马扎尔人，肤色有点黑，相貌棱角分明，戴一副眼镜，非常健谈。他以前学过医，但由于没钱只能放弃学业。别人在工作的时候他却在滔滔不绝地说个没完，他告诉了我关于他生平的一切和他所有的想法。他似乎是个共产主义者，有一些古怪的理论(他可以用数字向你证明工作是错误的选择)，而且和大多数马扎尔人一样，他非常骄傲。骄傲而懒惰的人是当不了好服务员的。朱尔斯最爱炫耀的就是，有一次餐馆里一个客人侮辱了他，他就把一碟热汤顺着那个客人的脖子淋了下去，然后不等老板解雇他就大摇大摆地离开了。

日子一天天过去，朱尔斯对于老板和我们要的那套把戏越来越无法忍受。他说起话来滔滔不绝，唾沫横飞，老是走来走去，挥舞着拳头，想把我拖下水，一起偷懒。

“放下那把刷子，你这个蠢蛋！你和我都是骄傲的民族，我们不像这些该死的俄罗斯仆人，不给我们支工资我们干吗要干活？告诉你吧，像这样上当受骗对我来说可是奇耻大辱。有人曾经骗过我，但就算只是五苏，我也要报复——是的，满腔怒火进行报复。

“还有，老伙计，别忘了我是个共产主义者，打倒资产阶级！有人见过我在可以偷懒的情况下还在工作吗？没有。我不仅不会像你们这帮傻瓜那样疲惫地工作，我还会偷东西，以此展示我的独立。有一次我在一间餐馆上班，那儿的老板以为他可以把我当狗那样使唤，好嘛，我想出了一个办法，我从牛奶罐里偷奶，然后再把罐子封好，没人知道是我干的，以这种方式报复他。告诉你吧，我就没日没夜地喝奶，每天喝四升牛奶，还吃半升奶油。老板绞尽脑汁也想不通牛奶都到哪儿去了。你明白吗，我要的不是牛奶，因为我讨厌牛奶。这是原则问题，就这么简单，原则问题。

“三天后，我开始觉得胃疼得厉害。我去看医生。‘你最近吃了什么？’医生问道。我回答说：‘我一天喝四升牛奶，还吃了半升奶油。’‘四升牛奶！’医生说道，‘快别吃了。如果再这么吃下去你的胃会炸的。’‘我可不在乎。’我回答道，‘对我来说，原则就是一切。我会继续喝牛奶，就算胃炸了也喝。’

“第二天老板逮到我偷牛奶。‘你被解雇了。’他说道，‘这星期干完你就走人。’

“‘对不起，先生，’我说道：‘今天上午我就走人。’‘不，你不能走。’他说道，‘你得干到星期六才能离开。’‘好嘛，亲爱的老板，’我心想，‘我们走着瞧，看谁先顶不住。’然后我开始捣乱，砸烂餐具。头一天我打破了九个盘子，第二天打破了十三个。最后老板只能高高兴兴地把我打发走。

“我可不是他请的那些俄国农民……”

十天过去了，这段时间非常难挨。我的钱差不多用完了，还欠了几天房租。我们在那间空荡荡的餐馆里闲坐，肚子实在是饿得不行，完全没有心思把剩下的工作干完。现在只有波里斯仍然相信餐馆会开张。他已经下定决心要当上主管，自我安慰说老板的钱都被股票套牢了，在等候适当的时机将其卖掉。到了第十天，我没饭吃，也没有烟抽，我告诉老板再不给我预支薪水我就不干了。老板还是那么温和，答应给我预支薪水，然后，和往常一样，消失得无影无踪。回家的路上，我走到半路，但实在没有勇气看到F太太，因为我还欠她房租，于是我在马路边一张长凳上坐了一夜。我觉得很不舒服——椅子的扶手硌着你的背——而且天气比我想象的要冷得多。从天亮到上班那段时间特别无聊，我觉得自己真是个傻瓜，竟然任由这帮俄国人摆布。

接着，那天早上，时来运转了。显然，老板和他的债主们达成了协议，因为他口袋里揣着钱回来了，让装修工作继续进行，还给我预支了薪水。波里斯和我买了通心粉和一片马肝。这十天来我俩头一回吃了顿热乎乎的饭。

装修工人被叫回来工作，整改工作匆匆赶完，手艺粗制滥造。比方说，那些餐桌原本得用粗呢布盖着，但老板发现粗呢布太贵了，买了些废弃的旧军毯，老是散发出一股汗臭味。当然，上面会盖着桌布(都是方格桌布，以衬托“诺曼式”的装修风格)。最后一个晚上我们一直干到凌晨两点钟，总算把工作给赶完了。餐具直到八点钟才到，这些都是新买的，得洗干净。而刀叉和餐巾得到第二天早上才能送来，于是我们用老板的一件衬衣和看门人的一条枕巾把碗碟擦干净。所有的工作都是波里斯和我干的，朱尔斯老是躲在一边，老板和他老婆与一个债主和几个俄国朋友在喝酒，预祝餐馆生意兴隆。女厨师在厨房里拿脑袋撞着桌子，哭个不停，因为她得为五十个客人做饭，但那些锅碗瓢盆只够为十个人做饭。半夜的时候有一帮债主上门了，他们想把老板赊账买来的八口铜炖锅拿走，老板花了半瓶白兰地，总算把他们摆平了。

朱尔斯和我错过了最后一班地铁回家，只能睡在餐馆的地板上。第二天早上，我们一醒来就看见两只大老鼠坐在厨房的桌子上，吃着上面的火腿。这似乎不是什么好兆头，我比以往任何时候都坚信，贾汉·科塔德客栈将会倒闭关门。

第二十章

老板让我在厨房里当小工，我的工作包括洗碗、打扫厨房、准备蔬菜、泡茶、泡咖啡、做三明治、做点简单菜式，还得跑腿。待遇和以前一样，每个月五百法郎包伙食，但我没有休息日，也没有固定的工作时间。X 酒店是餐饮业中我见过最好的，预算充裕，组织得当。而如今，在这间客栈我见识到了一间非常蹩脚的餐馆是如何运作的。我觉得有必要描述一下情况，因为巴黎有数百间像这样的餐馆，每个游客都时不时会在其中一间用餐。

顺便提一下，这间客栈可不是学生和工人会光顾的普通小吃店。在这里吃顿饭起码得要二十五法郎，因为店里布置得挺别致的，又有艺术气息，彰显了我们的社会地位：吧台上画着诲淫诲盗的图画，还有诺曼式风格的装修——墙上镶了假的横梁，电灯做成了烛台的样子，摆着“乡村气息”的陶器，门口甚至还有一个上马台——老板和领班服务员都是俄国的前任军官，许多顾客都是俄国难民。一言以蔽之，我们是一家时髦洋气的餐馆。

打开厨房的门，里面称之为猪圈也不为过，而我们的后堂服务就像在做猪食。

厨房长十五英尺，宽八英尺，一半的面积被炉子和桌子所占据。所有的锅碗瓢盆都得放在够不着的架子上。剩下的空间只够放一个垃圾桶。通常到了中午这个垃圾桶就被填得满满的，地板上堆满了一英寸厚、被踩得稀烂的食料。

我们只有三口煤气炉，没有烤炉，所有的肘子蹄髈都得送到面包店里烤熟。

厨房里没有食物储藏柜，我们只能把东西临时存放在院子里一间顶棚塌了一半的棚屋，棚屋中间还长了一棵树。肉类、蔬菜和其它东西就堆放在地上，任由老鼠和猫肆虐。

厨房里没有铺设热水，用来洗东西的水必须用锅先烧热，做饭的时候炉子都被占用了，根本没有地方烧水，大部分碗碟只能用冷水清洗。由于巴黎的水太硬，肥皂又不给力，我只能用报纸把油渍擦掉。

厨房里煎锅不够用，每一口煎锅用完之后我就得赶紧将其洗干净，而不能把它们留到晚上再处理。光是这一工作每天就得浪费一个小时。

由于装修的时候为了省钱而马虎应付，到了晚上八点钟电灯的保险丝就会烧掉。老板只准我们在厨房里点三根蜡烛，厨师又说点三根蜡烛不吉利，于是我们只点了两根。

我们的咖啡研磨机是从附近一间小酒馆那里借来的，而垃圾桶和扫帚也是从门房那儿借来的。第一个星期过去了，一批餐巾没有从洗衣店那里送回来，因为账单没有付清。而劳动局巡查员老是找我们的碴，因为他发现员工里没有法国人。他和老板私底下聊了几回，我相信老板不得不贿赂了他。电力公司现在还在催债，而那些债主们发现我们会以开胃酒暂时应付他们，每天早上都过来蹭酒喝。我们欠杂货商钱，原本应该还钱了，但杂货商的老婆（一个长了胡须的六十岁老太婆）挺喜欢朱尔斯，于是老板就每天派他过去哄她开心。每天我到菜市场买菜时老是得花上一个小时讨价还价，为的就是省几毛钱。

这些就是在资金不足的情况下开始经营餐馆的结果。就在这样的条件下，厨师和我一天得做三四十顿饭，以后可能得做上百顿饭。第一天我们就吃不消了。厨师的工作时间从早上八点一直干到午夜，而我则从早上七点一直干到夜里十二点半——十七个半小时，几乎没有休息。直到下午五点，我们才有时间好好坐下来，而坐的地方只有垃圾桶盖。波里斯就住在附近，不用赶最后一班地铁回家。他从早上八点一直干到半夜两点——每天十八个小时，一星期干七天。虽然这么长的工作时间在巴黎并不多见，但也毫不稀奇。

这种生活很快就成为常规，X 酒店的生活倒显得像是在度假。每天早上六点钟我就得把自己赶下床，没有刮胡子，有时连脸都来不及洗就赶到意大利广场那一站，拼命挤上地铁。七点钟的时候我走进冰冷肮脏、空无一人的厨房，地上堆满了土豆皮、骨头和鱼尾巴，还有一堆油腻腻的盘子，是昨晚留下来的。我还不能开始洗盘子，因为水是冷的，而且我得去拿牛奶，煮咖啡，因为其他人八点钟到，希望咖啡已经备好了。并且，我还得洗干净几个铜炖锅。那些铜炖锅堪称是小工生活中的噩梦，得用沙子和铁丝球才能刷干净，洗一口锅就得花十分钟的时间，然后用巴素擦铜水把外面擦干净。幸运的是，做这些炖锅的手艺已经失传了，它们渐渐从法国的厨房里绝迹，但你还是可以买到二手货。

当我开始清洗盘子时，厨师会把我支去剥洋葱，而当我开始剥洋葱时，老板就来了，叫我去买卷心菜。等我买了卷心菜回来，老板娘会叫我到半英里外的某间商店买一罐胭脂。等我回来的时候我还得洗青菜，而那些盘子还没有洗。就这样，我们根本来不及把活儿干完，一整天下来，没干完的事情一件件积压，每一样事情都被拖延了。

十点钟之前，活儿还相对轻松一些，我们都干得很快，没有人发脾气。厨师会抽空说说她的艺术天赋，问我是否认为托尔斯泰是位文坛大腕，在砧板上切牛肉时会唱起悦耳的女高音。但到了十点钟，那些服务员开始聒噪着要吃午饭，他们吃饭的时间很早，因为十一点钟的时候第一批客人就来了。突然间每一样事情都变得匆忙起来，每个人都开始发脾气。与X酒店的匆忙奔走和大声叫嚷不一样，这里尽是一些无聊琐碎的刁难，令人非常光火，心里非常不爽。厨房里拥挤不堪，碗碟都堆在地上，每个人都得小心翼翼，免得踩到它们。厨师走动的时候，她那硕大的屁股老是会撞到我，而且总是絮絮叨叨地说个没完：

“你真是傻到家了！我告诉过你多少次了，别把甜菜根的汁给弄干。快让开，我要用水槽！把那些刀子拿走。那些土豆快点削好。你把我的过滤器放哪儿去了？噢，别理会那些土豆了。我不是告诉过你了吗，把牛肉清汤的那层油给刮掉。把那锅水从炉子上拿开。别洗碗了，把这芹菜给切了。不，不是那样切，你这个笨蛋，是这样切。那边！看看，你把那些豌豆煮过头了！现在去把那些鲱鱼的鳞给刮掉。看看，你觉得这盘子洗得干净吗？用你的围裙把它擦干净。你怎么把那盘沙拉放在地上？对了，就放在那儿，我好踩上去是吧！留神，那口锅烧开了！把那口煎锅给我拿下来。不是那个，是另一个。把这个放在烤架上。把那些土豆扔掉。别浪费时间，把它们放在地上就好。往上面踩两脚。洒点锯末，这地板简直就是个溜冰场。看看，你这个笨蛋，那块牛排烧焦了！我的天哪，为什么他们给我配了这么个傻瓜当小工？你在和谁说话？你知道我姑妈是位俄国伯爵夫人吗？”等等等等。

这种情况会一直持续到下午三点，只是十一点的时候厨师会悲从中来，哭成一个泪人。从三点到五点是服务员们相对轻松的时间，但厨师还是很忙，而我得以最快的效率工作，因为有一堆脏盘子等着洗，我得抢在晚饭时间开始之前全部洗好，起码得洗好一部分。由于条件简陋，工作量起码加重了一倍——滤水板非常局促，水老是半温不滚，抹布都湿漉漉的，而那个水槽每个小时都会堵一次。到了五点钟的时候厨师和我已经累得站都站不稳了，从早上七点到现在，我们没有吃过东西或坐下来歇过一会儿。我们总是累得趴下，她坐在垃圾桶上，而我坐在地上，喝着一罐啤酒。我们会为早上说的一些话道歉。是茶让我们继续撑下去。我们总是让一口锅烧开着，一天得喝几品脱的茶。

五点半的时候，餐馆里又开始忙碌吵闹起来。而比刚才更糟的是，现在大家都累了。六点钟的时候厨师会再大哭一场，然后九点钟的时候哭个第三场。她的啼哭是有规律可循的，基本上可以掐着钟点估算出来。她会一屁股坐在垃圾桶上，开始歇斯底里地哭泣，然后嚎啕着说她从未想过这样的生活会降临到她头上；她受不了这样的折磨，她在维也纳学过音乐；她有个卧床的丈夫需要照顾；等等等等。换成别的时候，我们或许会同情她，但我们都累得够呛，她的哭喊徒令我们感到恼火。朱尔斯总是站在门口，模仿她的啜泣。老板娘老是说个不停，波里斯和朱尔斯整天都在斗气，因为朱尔斯老是偷懒，而波里斯自恃是主管，老是抽走小费的大头。餐馆刚开张第二天他们就在厨房里为了两法郎的小费大打出手，厨师和我不得不把他们劝开。唯一没有失态的人是老板，他和我们一样整天都待在店里，但他没有事情做，因为料理事情的是他老婆。他的工作除了负责后勤外，就是站在吧台那里抽烟，让自己看上去像个绅士，而这一点他做得非常出色。

厨师和我一般在十点和十一点之间吃饭。到了午夜，厨师偷一包食物给她丈夫吃，就藏在衣服下面，然后就走了，哭哭啼啼地说干这么长的时间会要了她的命，说她明天早上就辞职不干。朱尔斯也在午夜时离开，通常会先和波里斯大吵一架，留下波里斯看着吧台直到半夜两点。从十二点到十二点半，我竭尽所能尽量多洗一点东西。我根本没有时间把活儿干得像样一些，只是用桌布把盘子上的油渍擦掉。至于地板上的脏东西我就由得它在那儿，或把最脏的东西扫到炉子底下，眼不见心不烦。

十二点半的时候我会穿上大衣，匆匆出门。老板的态度还是那么温和，在我顺着过道经过吧台时会让我留步。“嘿，亲爱的先生，你看上去很累啊。请赏个脸，喝了这杯白兰地吧。”

他会毕恭毕敬地给我端一杯白兰地，似乎把我当成了一位俄国公爵，而不是一名餐馆小工。他总是这么客气，作为我们一天工作十七个小时的补偿。

最后一班地铁通常几乎没有人——这可真是太好了，因为我可以坐下来，睡上一刻钟。躺在床上的时候已经一点半了，有时候我会错过地铁，只能在餐馆打地铺，但我并不觉得有什么不便，那个时候就算是地上铺满鹅卵石我也睡得着。

第二十一章

这样的生活持续了半个月，活儿越来越多，因为到餐馆吃饭的客人渐渐多起来了。本来我可以在餐馆附近找个房间，这样每天可以节约一个小时，但我根本没有时间搬家——我甚至没有时间理发、看报纸或更换全身上下的衣服。十天后我挤出十五分钟，给伦敦的朋友 B 君写了封信，问他能不能给我找份工作——做什么都无所谓，只要能让我每天睡五个小时以上就行。一天让我工作十七个小时我实在是吃不消，尽管有很多人认为这根本没有什么。当一个人劳累过度时，摆脱自怜自伤的一个好办法是去想在巴黎的各个餐馆有数以千计的人每天得工作这么多个小时，而且不是几个星期，而是长年累月如此。我住的旅馆附近有家小酒馆，里面一个女孩从早上七点一直工作到午夜，干了整整一年，只有坐下来吃饭的闲工夫。我记得有一次我请她过来跳舞，她笑了起来，说她好几个月来最远只去过街角。她操劳过度，在我离开巴黎的时候就去世了。

才过了一个星期，我们个个都累得疲惫不堪，神经衰弱，只有朱尔斯例外，因为他总是偷懒。原本餐馆时不时才吵一架，现在我们吵个没完。每个人总是絮絮叨叨，隔几分钟就会大吼大叫一场。厨师老是嚷嚷着："给我把那个炖锅拿下来，你个蠢货！"（她个子太矮，够不着放炖锅的架子。）"要拿你自己去拿，你个老婊子。"我会反唇相讥。一接触到厨房里的空气，这些话几乎就会脱口而出。

为了鸡毛蒜皮的小事我们吵得不可开交。比方说，为了那只垃圾桶怎么摆放我们就老是吵个没完——照我的意思摆放，它占了厨师的道，照她的意思摆放，它就横在我和水槽之间。有一回她老是唠叨个不停，最后我为了刁难她，把垃圾桶举起来，放在厨房中间，挡住她的道。

“好了，老婊子，你自己搬吧。”我说道。

那个可怜的老女人根本搬不动垃圾桶，一屁股坐了下来，把头搁在桌子上，哇地一声哭了起来。而我则对她大肆嘲讽。疲劳过度就会让人变得这么可怕。

几天过后，厨师不再谈论托尔斯泰和她的艺术天赋，除了工作之外，我们俩互不搭理。波里斯和朱尔斯也势同水火，而且两人根本不理会那个厨师。连我和波里斯之间也不怎么说话了。我们原先都说好了，工作时候说过的骂人话下班后就把它忘掉，但我们彼此间说过的话实在是太难听了，令人难以释怀——而且根本没有多少下班的时间。朱尔斯越来越懒，还经常偷食物——照他的说法，是出于一种使命感。他骂我们几个是工贼——因为我们不肯和他合伙偷东西。他心肠很坏。他告诉过我，出于尊严，有时候在给客人端汤过去之前他会把一块肮脏的桌布放进汤里，以这种方式向资产阶级报复。

厨房越来越脏，虽然我们设法逮到了几只老鼠，但它们却越来越猖獗。看着这间污秽不堪的房间——生肉和垃圾堆在一起摆在地上，冷冰冰的、结了油渣的炖锅四处乱放，水槽堵住了，漂着一层油污——我总是猜想世界上还有没有别的餐馆像我们这间餐馆一样肮脏。但他们三个异口同声地说他们在更脏的地方工作过。朱尔斯看到地方这么脏却觉得很高兴。下午他没什么事情做，总是站在厨房门口嘲笑我们干活太卖力了。

“笨蛋！干吗要洗那个盘子？在你裤子上擦一擦不就好了嘛。谁会在意那些顾客呢？他们根本不知道发生了什么事情。餐馆工作是怎么一回事？你在切一只鸡，那只鸡掉到了地上。你向客人道歉鞠躬，然后你走了出去，五分钟后从另一扇门进来——鸡还是同一只鸡。这就是餐馆工作。”等等等等。

奇怪的是，虽然这里很脏，而且做的饭菜味道不怎么样，贾汉·科塔德客栈的生意却很红火。头几天我们的顾客都是老板的俄罗斯朋友，然后来了几个美国人和其他外国人——没有法国人。然后，一天晚上，餐馆的气氛突然变得很兴奋，因为我们的第一个法国顾客上门了。我们暂时把吵架的事情抛在一边，团结一致，要做出一顿美味的饭菜。波里斯蹑手蹑脚地走进厨房，抬起大拇指神秘兮兮地说道：

“嘘！注意了，有法国佬来了！”

过了一会儿，老板娘来了，悄悄对我们说：

“听好了，有法国佬上门了！所有的蔬菜给他多加点儿分量。”

那个法国人吃着东西时，老板娘站在厨房门口的格子窗后面，观察着他脸上的表情。第二天晚上，那个法国人回来了，还叫来了另外两个法国人。这意味着我们打响了名号——一家蹩脚餐馆的标准就是，只有外国人去那里吃饭。或许，成功的一部分原因是老板突然灵光一闪，订购了几把锋利的餐刀。的确，锋利的餐刀就是餐馆成功的秘密。这件事让我很高兴，因为它打破了我脑海中一个不切实际的想象，那就是法国人懂得欣赏美食。或许，按照巴黎的标准，我们这家餐馆确实算得上是还不错了。照这么说，我实在想象不出那些糟糕的餐馆会是怎样一番情形。

我给朋友B君写了信没几天，他就回了信，说他可以帮我找到一份工作，照顾一个先天性的痴呆人士。在贾汉·科塔德客栈待过之后，这份工作听起来像是度假。我想象着自己在郊野小径漫步，拿着手杖敲掉蓟丛上的尖刺，吃着烤羊肉和蜜糖馅饼，盖着薰衣草味道的被单，一晚睡十个小时。B君给我寄了一张五英镑的钞票当路费和赎回当铺里的衣服的费用，这笔钱一到，我立刻提前一天辞职，离开了餐馆。我离开得那么匆忙，让老板很尴尬，因为和以往一样，他身上没多少钱，欠了我三十法郎的工钱。但是，他只请我喝了一杯48年的库瓦西耶白兰地，我想他觉得这样我们就两讫了。他们雇了个捷克人顶替我。他是一个非常能干的小工，而几个星期后，那可怜的老厨师被解雇了。后来我听说，厨房里的两个人现在都很能干，小工一天只需要干十五个小时，但这已经是最短的工作时间，因为厨房里的设施实在是太落后了。

第二十二章

我想谈一谈巴黎小工们的生活，这样的生活到底有什么意义。当我琢磨这件事的时候，我很奇怪在巴黎这么一个现代化大都市，竟然有数以千计的人在火烧火燎的地下室里洗碗，一干就是十几个小时。我想问的是，为什么会有这样的生活——这种生活到底有什么意义？谁愿意一直忍受下去？为什么我不以消极怠工的态度进行反抗？我要思考的是一个小工的生活所蕴含的社会意义。

我觉得，首先，小工可以被归为当代世界的奴隶。这么说并不是为了同情他们，因为比起许多体力劳动者，他们的生活要好过一些。但比起那些被买卖的奴隶，他们并没有多少自由。他们的工作很卑微低贱，毫无艺术气息。他们的工资仅仅足以维持温饱，只有被解雇的时候才能休息。他们无法结婚，就算他们结了婚，他们的妻子也得工作。除非机缘巧合，否则他们根本无法摆脱这种生活，要么就只能进监狱。现在，在巴黎洗碗的人中不乏大学毕业生，每天工作十到十五个小时。你不能说这是因为他们懒惰，因为一个懒惰的人不会去当小工。他们的时间被工作占据得满满的，让他们无法思考。要是小工们能够思考，他们早就成立了工会，举行罢工，争取更好的待遇。但他们不会思考，因为他们没有闲暇进行思考，沦为了生活的奴隶。

问题是，为什么像这样的奴隶制会继续存在？人们都理所当然地认为所有的工作都有其合理性。他们看到别人在从事令人厌恶的工作，就会说这份工作是必需的，然后就认为自己解答了这个疑惑。比方说，挖煤是辛苦的工作，但辛苦是必需的——我们得有煤。在阴沟里工作是很恶心，但总得有人去掏阴沟。因此，总得有人去当小工。有人去餐馆吃饭，那就得有人去餐馆洗碗，一周干八十个小时。这就是文明社会的本质，因此是毋庸置疑的。这种想法值得我们思考一下。

小工这份工作对于文明社会真的必不可少吗？我们总是认为，既然小工的工作这么辛苦而令人厌恶，那么它一定是“实诚”的工作，其实我们未免把体力劳动的地位抬得太高了。我们看到一个人在伐木，我们一心以为他是在满足社会的需要，因为他在辛勤地劳动。我们不会想到，或许他把这棵树砍倒，只是为了给一尊丑陋的雕像腾出地方。我想这种情况也适用于描述一个小工。他干得汗流浃背，以此养活自己，但这并不代表他所做的事情是有益的。或许他只是在满足一种奢侈的需求，而这种需求根本没有带来什么奢华的享受。

为了解释什么是我所说的奢侈而并非奢华的享受，让我举两个在欧洲很少见到的极端例子吧：印度的黄包车夫和拉车的老马。在任何远东的城镇都有数百名黄包车夫，这些皮肤黝黑的汉子体重不过八英石[①]，只穿着护裆布。他们当中有的身患疾病，有的已经年过半百。他们一跑就是几英里路，忍受日晒雨淋，一心埋头拉车，汗水顺着灰色的胡须涔涔地往下滴。当他们拉得太慢时，乘客就会斥骂他们是“贱民”。他们一个月挣三四十卢布，干了几年就会撕心裂肺地咳嗽不止。拉车的

① 一英石合 6.35 公斤。

老马都是些老弱病残的畜生，售价低廉，因为它们只能再干几年活儿。它们的主人以鞭子和食物驾驭它们。对于它们来说，工作是一条非常简单的公式：鞭子加食物等于能量。大体上，鞭子与食物的比重是六成对四成。有的老马脖子上长了一大圈溃疡，一整天就血肉模糊地拉车。但是，它们还是能工作，只要用力地鞭打它们，让它们觉得后面鞭笞的痛苦要比跑步前进的痛苦更难以忍受就行。过了几年，就算鞭子也失去了威力，这些马就会被送到屠宰场。这些都是不必要的工作的例子，因为黄包车或马拉车并没有满足真正的需求。它们之所以存在，是因为东方人认为走路是可耻的事情。这些都是奢侈的享受，但坐过黄包车或马拉车的人都知道，其实这些享受根本微不足道，只是提供了些许的方便，却远远不足以抵消人或牲畜所承受的痛苦。

这个道理也适用于小工。比起黄包车夫或拉车的老马，他们简直就像国王一样舒服。但他们的情况是相似的。他们是酒店或餐馆的奴隶，而他们的劳动却没有什么意义。因为，归根结底，华丽的酒店和餐馆到底满足了什么真正的需要？他们原本是为了提供奢华的享受，但事实上，他们提供的只是廉价而蹩脚的服务。几乎没有人喜欢住酒店。有的餐馆的确比别的餐馆东西要好吃一些，但花同样的价钱，在餐馆里根本吃不到和自己家里做出来的一样好吃的饭菜。毫无疑问，酒店和餐馆有其存在的意义，但它们不应该使数以百计的人沦为奴隶。这些工作根本没有存在的必要，只是对奢华享受的东施效颦，只是让员工更卖力干活，多宰顾客几刀的噱头，除了那些大老板可以跑到多维尔给自己买别墅之外，根本没有人从中获益。究其本质，在一家“豪华”宾馆，有上百个人像牛马一样劳动，为的是让顾客心甘情愿地为他们根本不需要的服务付钱。如果酒店和餐馆将无聊的噱头摈除，简单而高效地完成工作，小工们一天或许只需要工作六至八个小时，而不是干上十五个小时。

假如小工的工作确实没有意义，那么，接下来的问题就是：为什么还会有人让他们继续工作下去呢？我希望能超越直接的经济动机，探讨一下当一个人想到小工们没日没夜地洗盘子时，到底能从中得到什么快乐。因为那些养尊处优的人确实从这样的想法中获得快乐。马尔库斯·加图[①]曾说过，奴隶没有在睡觉的时候就应该工作。他的工作有没有意义并不重要，重要的是，他必须工作，因为工作本身就是一件好事——至少对于奴隶来说是这样。这一观点流传至今，造成了许多根本毫无意义的辛苦的劳动。

我相信让毫无意义的辛苦劳动一直继续下去的本能源自对暴民的恐惧。暴民们（这个想法认为）是如此下贱的牲畜，一旦他们闲下来就会构成威胁，因此让他们一直忙碌无法思考会比较安全。如果问一个有钱人关于改善工作条件的问题，而他能诚实回答的话，他可能会这么回答：

“我们知道贫穷是件很悲惨的事情。事实上，由于贫穷离我们很遥远，我们都很喜欢幻想穷日子的种种苦楚，并为此感到痛苦。但不要指望我们会采取任何行动。我们为你们这些下层阶级的人感到难过，就像我们会为一只癞皮猫感到难过一样，但我们会不遗余力地反对改善你们的条件。你们一直处于这种窘境，我们便会更有安全感。我们对现在的情况感到很满意，我们不会冒险让你们获得自由，即使一天少干一小时也不

① 马尔库斯·波尔基马斯·加图（前 234—前 149），罗马共和国元老，政治家。

行。所以呢，亲爱的兄弟们，你们必须挥汗劳动，这样我们才能去意大利度假，你们必须挥汗劳动，然后见鬼去吧。”

这就是那些睿智而有教养的人的态度。这一态度在数以百计的文章里得到了体现。受过教育的人基本上一年都挣四百英镑以上，自然而然地，他们都与富人站在同一阵营，因为他们觉得赋予穷人自由意味着他们自己的自由受到威胁。马克思主义式的乌托邦社会让这些受过教育的人觉得很不自在，他们更倾向于维持现状。或许他们不是很喜欢富人，但他们觉得，比起最粗鄙低俗的富人，穷人对他们的威胁要更大一些，他们最好还是和富人站在同一阵线。对暴民的恐惧使得几乎所有知识分子都变得保守怕事。

对于暴民的恐惧是一种非理性的恐惧。这一恐惧植根于富人与穷人之间存在着神秘而根本性的区别这一想法，似乎他们是完全不同的两个人种，就像黑人与白人截然不同一样。但事实上，富人与穷人根本没有什么区别。大部分富人和穷人之间的区别仅仅在于收入，别无其他。百万富翁和洗碗工之间的区别只在于前者穿着一套崭新的西装。两人易地而处，交换身上的衣裳，又看得出谁代表着正义，谁是窃贼呢？任何人只要与穷人平等相待过都清楚地知道这一点。但问题是，那些睿智的、有教养的人，那些本应该心胸宽广博大的人，从来不与穷人打交道。大部分受过教育的人对贫穷有多少了解呢？在我那本维庸的诗集里，编辑甚至认为有必要为“他们在乞讨，眼里只看到橱窗里的面包”这句话[①]加上脚注——受过教育的人甚至不知道饿肚子是什么滋味。

---

① 此句出自法国诗人维庸的诗作《巴黎这座城市》。

正是出于愚昧无知，对暴民的非理性恐惧也就油然而生。那些受过教育的人想象着一群下等人渴望着有一天能获得自由去抄他的家，烧毁他的书籍，让他去保养机器或打扫厕所。他会心想："无论多么不公平，也不能对那帮暴民放任自由。"他不明白，既然富人与穷人之间没有区别，因此也就不存在"对暴民放任自由"这个问题了。事实上，暴民现在就已经无法无天了——但他们都是有钱人——正在滥用自己的权力营造着无聊的事物，例如"豪华"的酒店。

总而言之，小工的地位形同奴隶，而且从事的都是一些愚蠢而无谓的工作。他们一直工作个没完，归根结底，是因为有一种模糊的思想认为，要是他们有了闲暇的话就会变得非常危险。而那些原本应该支持他们的人却默许了这种情况。由于他们对小工一无所知，因此对他们心怀恐惧。我举了小工为例，因为我曾经当过小工。这种情况或许也发生在其他行业的工人身上。这些都只是我对一个小工的生活的基本事实进行思考后得出的想法，没有考虑到经济上的问题，在很大程度上无疑是陈词滥调。我将它们表述出来，只是想让读者知道我在酒店工作之后心里在想些什么。

第二十三章

离开贾汉·科塔德客栈后我就上床睡觉，一睡时钟就走了差不多一圈，只差一个小时。然后我半个月来第一次刷了牙，洗了个澡，去理了个发，把衣服从当铺里赎出来。我高高兴兴地游荡了两天，甚至穿着最好的衣服去了客栈，斜靠在吧台上，花了五法郎买了一瓶英国啤酒。那是一种奇妙的感觉，原本我是那里奴隶中的奴隶，现在却成了座上宾。波里斯替我在这个时候离开餐馆感到惋惜：我们的工作都已经上手了，正是挣钱的好时机。听他说，他现在一天能挣一百法郎，包养了一个很正经的女孩，她嘴里没有大蒜的味道。

我花了一天时间走遍我们这一区，和大家道别。这一天，查理告诉了我曾在这里住过的守财奴罗克尔的死因。查理很有可能是在说谎，他老是没一句实话，但故事蛮吸引人的。

罗克尔死的时候七十四岁，那是我去巴黎之前一两年的事了，但我在巴黎的时候那一区的人仍然会提起他。虽然他不像丹尼尔·旦瑟[①]或其他守财奴那么出名，却是个很有趣的人。每天早上他会去雷阿勒捡些剩菜，吃的是猫食，用报纸充当内衣裤，把房间里的护墙板当柴禾烧，用一口麻袋给自己做了条裤子——其实他有五十万法郎的投资。我希望自己能有幸结识他。

和许多守财奴一样，罗克尔由于投资不慎而死于非命。有一天，这一区来了个犹太人，是个年轻机灵的生意人。他有个绝妙的计划，能把可卡因走私到英国贩卖。当然，在巴黎买可卡因是很容易的一件事，而走私这件事本身也不难，只是总会有人到警察或海关那里告密。据说告密的人就是那些自己在卖可卡因的人，因为走私这门买卖被一个大型团伙控制了，他们不想有人和自己竞争。但是，那个犹太人发誓说这笔生意没有风险。他知道如何从维也纳直接弄到可卡因，而不是通过正常的渠道，这样就不用被人漫天要价。通过一个在索邦神学院上学的年轻波兰学生，他与罗克尔搭上了线。那个波兰学生准备出四千法郎，而罗克尔出六千法郎。这笔钱可以买到十磅可卡因，到了英格兰就可以小发一笔。

那个波兰人和犹太人费尽心机才从罗克尔这个老家伙手里把钱给套出来。六千法郎其实并不是什么大数目——他房间里那张席子里藏的钱要比这多得多——但让他和一个苏道别对他来说都是一种折磨。那个波兰人和犹太人花了好几个星期向他进行解释，连哄带骗，软硬兼施，下跪哀求，想把那六千法郎给套出来。老人家在贪念与恐惧之间徘徊不定。想到或许能挣到五万法郎的利润，他不禁心花怒放，但却下不了决心掏钱冒这个风险。他总是坐在角落里，双手捧着头，时而唉声叹气，时而疾声厉色，总是会跪在地上(他是个虔诚的教徒)，祈求上帝赐予他力量，但就是打不定主意。最后，纯粹只是出于被折磨得筋疲力尽，他突然作出了妥协。他撕开藏着钱的席子，把六千法郎交给了那个犹太人。

那个犹太人当天就把可卡因拿了过来，然后消失得无影无

---

① 丹尼尔·旦瑟(Daniel Dancer)是英国作家查尔斯·狄更斯(Charles Dickens)的作品《我们共同的朋友》中一个吝啬守财的角色。

踪。与此同时，由于罗克尔老是一惊一乍的，这件事传遍了整个区。次日早上，警方突然来到旅馆进行搜查。

罗克尔和那个波兰人吓得半死。警察就在楼下，逐个房间进行搜索，就要从楼下查到楼上了，而那几大包可卡因就放在桌子上，根本没有地方将其藏匿起来，也没有机会从楼梯道溜走。波兰人建议把东西扔出窗外，但罗克尔不肯听从他的主意。查理告诉我当时他也在场。他说他们俩想从罗克尔那儿抢下包裹，尽管他已经是古稀老人，但他紧紧地把包裹捧在胸前，像疯子一样竭力挣扎。他被吓得神志不清，但他宁愿坐牢也不愿把钱扔掉。

最后，当警察搜到楼下那一层的时候，有人想出了一个法子。罗克尔的房间地板上有十几罐搽脸的脂粉，是他准备卖出去挣点钱的。那些可卡因可以放进罐子，伪装成脂粉。他们立刻把脂粉从窗口倒掉，把可卡因放了进去，然后敞开着放在罗克尔的桌子上，似乎没什么东西值得怀疑。几分钟后，警察来到罗克尔的房间开始搜查。他们敲打着四面墙壁，查看烟囱，翻箱倒柜，连地板也不放过。就当他们准备放弃时，探长注意到了桌子上的罐子。

“伙计，”他说道，“检查一下这几口罐子。我刚才没注意。里面是什么？”

“搽脸的脂粉。”波兰人竭力平静地回答。但就在这时罗克尔吓得大叫一声，立刻引起了警方的怀疑。他们打开一口罐子，倒出里面的粉末。探长闻了一下，说他认为这就是可卡因。罗克尔和波兰人以诸位圣人的名字赌咒发誓，说那只是搽脸的脂粉。但辩解根本没用，他们越是争辩，警方就越起疑心。两人被当场逮捕，送进了警察局，这一区有一半的人跟着看热闹。

在警察局，罗克尔和波兰人被检察官盘问，一罐可卡因被送去检验。查理说罗克尔当时的行为简直无法以言语形容。他哭泣祈祷，立刻作出截然相反的证词，斥责出卖波兰人，声音大得半条街外都听得见。那些警察忍不住大笑起来。

一个小时后，一个警察拿着那罐可卡因和一张检验师写的纸条回来了。他笑个不停。

“这根本不是可卡因，长官。”他说道。

“什么，不是可卡因？”检察官问道，“那——这到底是什么？”

“就是搽脸的脂粉。”

罗克尔和波兰人被当场释放，虽然不用坐牢，却气得火冒三丈。他们被那个犹太人给骗了。后来事情引发的骚动渐渐平息了。听说这一区还有两个人上了他的当。

波兰人很高兴自己能逢凶化吉，虽然他损失了四千法郎。但可怜的老罗克尔却一蹶不振。他病倒在床上，一整天，外加半个晚上，大家听到他在顿足捶胸，嘟囔着什么，时不时用最高的嗓门悲号着：

“六千法郎啊！以耶稣基督的名义！六千法郎啊！”

三天后他中风了，半个月后就去世了——按查理的话说，他的心都碎了。

第二十四章

我买了三等舱的船票经敦刻尔克和蒂尔伯里回到英国，这是横渡英吉利海峡最经济的交通方式，但不至于太难挨。你得多付点钱才能有单独的舱房，于是和大部分三等舱的乘客一样，我就在船舱的大厅里睡觉。我找到了那天的日记：

“在船舱大厅就寝，二十七个男人，十六个女人。从早上到现在，这些女人没有洗过脸。男的倒是会去洗手间洗漱一番，而这些女人只是拿出化妆盒，往脸上涂抹脂粉，掩盖污垢。问题：这就是男女之间的差异吗？”

旅途中我认识了一对年轻的罗马尼亚夫妇，准备去英国度蜜月。他们问了许多关于英国的问题，我向他们撒了几个谎，令他们瞠目结舌。在流落异乡穷困潦倒地生活了几个月后，我很高兴能够回家。我觉得英国就是一座天堂。事实上，英国有许多东西能让你感受到回家的快乐：浴室、安乐椅、薄荷酱、烹饪得当的新鲜土豆、全麦面包、橘子果酱、用真正的啤酒花酿的啤酒——只要你付得起钱，这些可都是好东西。如果你不是穷人，英国是个美好的国度，而我有照顾一个安分的低能儿这份工作，当然不会是穷人。想到不会挨穷，爱国之情不禁油然而生。那对罗马尼亚夫妇问题越问越多，我则对英国大加称赞：从气候到风景，从艺术到文学，乃至法律——英国样样事情都是完美的。

那对罗马尼亚夫妇问我英国的建筑怎么样？“棒极了！”

我回答说，“你们应该去看看伦敦的各座雕塑！巴黎是个低俗的地方——只有浮夸的建筑与肮脏的贫民窟，而伦敦呢——”

这时船驶近了蒂尔伯里码头，我们看到的第一批建筑是岸边那几座巨型酒店，全都涂着灰泥，修了高高的尖塔，矗立在英吉利海峡的岸边，就像一群白痴在疯人院的高墙边眺望。我看到那对罗马尼亚夫妇目不转睛地盯着那几间酒店，但很有礼貌，什么也没说。我安慰他们：“那些都是法国建筑师设计的。”而当火车驶过伦敦东区的贫民窟时，我仍在不停地赞叹英国建筑。现在我回到家乡，不用再挨穷了，英国似乎样样都好。

我去了B君的办公室，他的第一句话就将我的一切希望化为泡影。“我很抱歉，你的雇主全家人都到海外去了，包括那位病人。不过他们一个月后就会回来。我想你能等到那个时候，是吧？”

还没等我想到再向他借点钱，我已经来到了街上。我得等一个月，而手头只有十九先令又六便士。这个消息让我失魂落魄，我想了很久也不知道该怎么办。那天我就在街头闲逛，到了晚上，我根本不知道怎么在伦敦找到廉价的地方睡觉，只能去了一间家庭旅馆，收费是七先令六便士，付了账单，我手里就只剩下十先令二便士。

到了早上，我打定了主意。我迟早得再向B君借钱，但现在就去借似乎不大体面，这段时间的生活我就随便应付着过好了。有了以往挨穷的经验，我决定不能把最好的西装当掉。我会把所有的东西寄存在火车站的衣帽间，只留下一套次一些的西装，用来换一些廉价的衣服，或许还能外加一英镑。要是我只能靠三十先令活一个月，我必须穿破旧的衣服——事实上，越破旧越好。我不知道三十先令能不能撑过一个月，因为我对伦敦没有对巴黎那么熟悉。或许我可以去乞讨，或许我可以去卖鞋带。我记得《太阳报》曾刊登过文章，说那些乞丐裤子里缝有两千英镑呢。不管怎么说，在伦敦肯定是不会饿肚子的，我有什么好担心的呢？

我去了兰贝斯区准备把衣服卖掉。那里的人很穷，有许多二手成衣店。第一间店的老板很客气，但不愿意买我的衣服。第二间店的老板很粗鲁。第三间店的老板是个聋子，或许他是在装聋作哑。第四间商店的店员是个年轻的大个子，金发碧眼，肤色红得像一片火腿。他看着我身上穿的衣服，伸出拇指和食指轻蔑地摸了一下。

“便宜货。”他说道，“很一般的货色。”（那可是一套上好的西装。）“你想怎么着？”

我解释说我要换几件旧衣服，另外能不能多当几个钱。他想了一会儿，拿了几件脏兮兮的破衣服，扔到柜台上。我问：“能换多少钱呢？”我希望能换到一英镑。他舔了一下嘴唇，然后掏出一先令，放在衣服旁边。我没有争辩——我正准备争辩，但就要开口的时候，他就伸出手，似乎要把那一先令给拿回去。我知道自己对此无能为力。他让我到店后一间小房子换衣服。

那身衣服是一件原本是深棕色的大衣、一条粗棉布的黑裤子、一条围巾和一顶布帽。我自己的衬衣、袜子和靴子还保留着，口袋里有一把梳子和一把刮胡刀。穿着这身衣服，我觉得非常奇怪。我以前穿过非常蹩脚的衣服，但不至于像这身衣服这么糟糕。这几件衣服都脏兮兮的，全都走样了，而且有一股子——该怎么形容好呢？——除了褴褛不整之外，还有一股子陈年积尘的寒酸味。这些就是那些卖鞋带人或流浪汉穿的衣服。一个小时后，在兰贝斯，我见到一个落魄如丧家之犬的男人，显然是个流浪汉，正朝我走来。我再定睛一看，那个人就是我自己在一面商店橱窗里的影子。我的脸上已经蒙了一层灰。灰尘可是先敬罗衣后敬人的主儿。当你衣冠楚楚的时候，灰尘会对你敬而远之，但当你的领子不见时，灰尘就会从四面八方向你袭来。

我在街上游荡到深夜，一直走个不停。穿成这样，我有点担心警察会把我当成无业游民抓起来。而且我不敢和别人搭话，因为我想象他们会注意到我的口音和衣着之间的区别。（后来我发现，这种事情从来没有发生过。）我这身新衣服立刻让我置身于一个新的世界。每个人的行为举止似乎一下子全变了。我帮一个小贩把翻倒的板车抬起来。"谢谢你，兄弟。"他咧嘴一笑，向我道谢。这辈子还没有人称呼过我"兄弟"——都是我身上穿的这身衣服在起作用。我也第一次注意到，女人的态度会随着男人的衣着而改变。当一个衣衫褴褛的人经过她们身边时，她们会厌恶地从他身边躲开，似乎当他是一只死猫。衣服真的拥有魔力。第一天穿上流浪汉的衣服感觉很辛苦，你感觉自己还没有落魄到如此不堪的地步，那种感觉就像在监狱里的第一个晚上，觉得很羞愧荒唐，却又很真切踏实。

大约十一点钟的时候我开始寻找睡觉的地方。我知道有大通铺的旅店（顺便提一下，这些旅店从不叫大通铺旅店），我猜想可以花四便士左右就有张床位可以睡觉。在滑铁卢大街我见到一个人站在路边，看上去好像是个挖土工什么的，我停下脚步，向他问路。我说我身上没多少钱了，想找个最便宜的床位睡觉。

他回答说："哦，你可以穿过那条街，去那里的旅馆投宿，门口挂着'单身汉好床位'的招牌。那地方不错，确实不错。我自己时不时会过去投宿。价格便宜，而且干净。"

那间旅馆是一座高大破败的房子，所有的窗户都透着微光，几扇窗户还糊着牛皮纸。我走进一条石砌的走廊，一个瘦弱的小男孩睡眼惺忪地出现在通往地窖的门口。下面传来含糊的说话声，还有一股热风和奶酪的味道。那个小男孩打了个呵欠，伸出一只手。

"要铺位吗？给一先令，先生。"

我付了一先令，那个小男孩领着我走上一条歪歪斜斜又没有点灯的楼梯，来到一个房间。里面弥漫着一股子止痛剂和烂亚麻布的甜香。窗户似乎被钉死了，刚进去的时候空气几乎令人窒息。里面有一根蜡烛，我看到房间约有十五英尺见方，八英尺高，摆了八张床。已经有六个房客睡在床上，隆起了奇怪的形状，所有的衣服，甚至还有靴子，都堆在床上。角落里有个人在撕心裂肺地咳嗽着。

我躺到床上，发现这床硬得像块木板，而枕头只是一块坚硬的木头桩子。睡这张床可比睡在一张桌子上还糟糕，因为这张床不到六尺长，非常狭窄，而且垫子凸起了一块，所以我手上得抓紧着点儿，不然就会摔下去。那些被子有一股可怕的汗臭味，我不敢把它们拿到鼻子跟前。床上的铺盖只有被单和棉床罩，因此，虽然被子似乎很厚实，其实并不是很暖和。夜里老是有声响。睡在我左边的那个男的——我想是个水手——每小时就会醒来一次，骂骂咧咧地抽一支烟。另一个人可能有膀胱炎，夜里起来六七次用夜壶撒尿，声音吵死了。角落里的男人每隔二十分钟就会咳嗽一回，非常有规律，等候着他咳嗽的心情就像一个人夜里等着狗朝月亮吠叫一样。他的咳嗽声令人觉得莫名地讨厌，又是冒泡又是干呕，非常恶心，似乎要把整个肺都咳出来。有一回他点着了一根火柴，我见到他是个上了年纪的老头，死灰色的脸颊凹陷了下去，像一张死人的脸。他把裤子盘在头上，当成一顶睡帽，不知怎么的，让我觉得非常恶心。每一次他咳嗽或另外一个人骂骂咧咧的时候，旁边一张床上会传来昏昏欲睡的声音。

“闭嘴！噢，看在上帝的——分上，闭嘴！”

我总共才睡了一个小时，到了早上，蒙眬之间我感觉有个庞大的棕色物体朝我而来，一下子惊醒了。我睁开眼睛，看到那个水手的一只脚丫从床铺上伸了过来，就搁在我的脸庞附近。那只脚丫是深棕色的，就像印度人的脚丫一样，上面尽是泥垢。墙壁上斑斑驳驳，床单得有三个星期没洗了，几乎变成了赭褐色。我起床穿好衣服，来到楼下。地窖里摆着一排洗脸盆和两条油腻腻的毛巾。我口袋里有一片肥皂，准备洗把脸，突然发现每个脸盆上面都沾满了垢子——硬邦邦黏糊糊，像鞋油一样黑漆漆的。我没有洗脸就出去了。这间寄宿旅店根本不像那个人所说的便宜又干净，但后来我发现，它是寄宿旅店中最具代表性的典型。

我过了泰晤士河，朝东边走了很长一段路，最后走进希尔塔一家咖啡厅。这是一间普普通通的伦敦咖啡厅，和另外一千间咖啡厅没什么两样，到过巴黎后，我觉得它看上去很奇怪，很有异国风情。店面里有点局促，高背椅子很有十九世纪四十年代的风格。当天的菜单用一块肥皂写在一面镜子上，有一个十四岁的女孩在端盘子。一群挖土工人就着报纸包着的便餐吃饭，用像瓷杯的不带小碟子的大平底杯喝茶。一个犹太人独自坐在角落里，几乎把头搁在了盘子上，正愧疚而狼吞虎咽地吃着熏肉[①]。

“给我来杯茶，还有面包加黄油，好吗？”我朝那个小女孩点菜。

她瞪着我，惊讶地说道：“没有黄油，只有人造黄油。”然后她朝厨房报了菜单，就像在巴黎你永远可以听到“来一杯红酒”一样，这句话在伦敦非常普遍：“大壶茶和两片面包！”

在我座位旁边的墙上写了一则告示：“不得盗窃方糖。”在告示下面一个颇有才情的顾客写道：“凡盗窃方糖者，皆为下流——”

但另一个人花了些功夫把最后一个词给刮掉了。这就是英国。这杯茶和两片面包花了我三个半便士，我只剩下八先令又二便士了。

---

① 根据犹太教《塔木经》的教义，犹太教徒不能吃“不洁净”的猪肉。

第二十五章

这八先令维持了三天四夜。经过在滑铁卢大街的惨痛教训后，我往东边走，第二天晚上在潘尼菲尔德一间寄宿旅馆住了下来。和伦敦的其他寄宿旅馆一样，这一间也没什么特别之处。里面可以住五十到一百个人，由一位“经理”经营——他是老板请来的。经营这些寄宿旅馆有利可图，老板都是些有钱人。一个房间要住十五到二十个人，床铺又是冷冰冰硬邦邦的，但被子要干净一些，应该洗了不超过一个星期。房间的收费是九便士或一先令(一先令的房间床与床之间的距离是六英尺，而不是四英尺)，每天晚上七点给现金，没钱你就走人。

（有一件众所周知的怪事，那就是伦敦南部的臭虫要比北部多得多。不知道为什么，它们还没有大规模地渡过泰晤士河。）

楼下是一间公共厨房，所有的租客都可以使用，烧火不用另外掏钱，而且提供了做饭的锅、茶壶和刀叉。里面有两口大锅炉，一年到头日日夜夜都在烧。照看这两堆火、打扫厨房和整理床铺由租客们轮流负责。一位名叫史蒂夫的老租客——此人相貌堂堂，像个诺曼人，职业是搬运工，大家都尊他为“老大”——专门负责调停和赶跑没钱付房租的人。

我喜欢这间厨房。这是一间地下室，天花板很矮，非常闷热，煤烟熏得人昏昏沉沉的，只有两堆火提供照明，角落里一片漆黑。天花板拉了几根绳子，上面吊着破破烂烂的换洗衣物。晒得通红的人，大部分是搬运工，拿着锅就着火做饭。有的人几乎赤身裸体，因为他们的衣服拿去洗了，等着衣服晾干。到了晚上他们会打牌、下棋、唱歌，他们最喜欢唱的一首歌是《我是一个被父母遗弃的可怜人》，还有一首关于船难的歌曲也很流行。有时到了深夜，有人会提着一桶便宜买来的滨螺，大家一起分享。大家都会分享食物，给失业的人提供伙食是这里约定俗成的规矩。这里有一个苍白干瘪的老头，看上去已经奄奄一息了，靠着别人的施舍苟延残喘。大家都说："可怜的布朗，已经被医生开过三次刀了。"

两三个租客是领救济金的老人家。在遇见他们之前，我根本不知道原来英国有人就靠着养老金过日子，一周只有几个先令，除此之外再无别的财路。有一个老人家很健谈，我问他到底是怎么活下来的，他回答说：

"嗯，每晚的铺位是九便士——那就是一周五先令三便士。然后星期六我会花三便士刮个胡子——总共就是五先令六便士。然后呢，每个月理一次发六便士——每周就当多花个三便士吧，也就是说，还剩四先令四便士可以吃饭抽烟。"

他想不出其他费用了。他吃的东西就是面包、人造黄油和茶——到了周末就只啃干面包和茶，没有牛奶喝——或许，他那身衣服也是得自慈善机构。他似乎很满足，觉得床位和柴火比食物更加重要，但是，一周只有十先令的收入，还能花点钱刮胡子——实在是令人佩服。

一整天我都在街上游荡，最东去到沃平，最西去到怀特查佩尔。去过巴黎之后，我觉得伦敦很奇怪，每样东西都干净得多，安静得多，也无聊得多。我想念巴黎电车的响声，后巷嘈杂糜烂的生活，荷枪实弹的士兵有说有笑地走过广场。这里的人衣着要好一些，长相标致一些，态度温和一些，彼此更加相似，不像法国人那么个性张扬，性情乖戾。这里酒鬼没巴黎多，地方没那么脏，人也没那么吵，闲人也多一些。街角总是站着一群群人，有点面黄肌瘦，但靠着大壶茶和两片面包勉强支撑下去——伦敦人似乎每两个小时就会吃一顿。空气似乎没有巴黎的空气那么让人发热兴奋。这里的特征是茶壶和职业介绍所，而巴黎的特征则是小酒馆和血汗工厂。

观察英国人是很有趣的事情。伦敦东部的女人长得很美（或许因为她们是混血儿的缘故），莱姆豪斯到处都是东方人——中国人、吉大港人水手、贩卖丝巾的达罗毗荼人，甚至还有几个锡克人，天知道他们是怎么来的。到处都有街头集会。在怀特查佩尔，有人自称是歌唱的福音使者，只要出个六便士就可以将你从地狱里拯救出来；在东印度码头路，救世军正在举行仪式，用《该拿醉酒的水手怎么办》的调子唱着《这里有谁是卑鄙的犹大》；在希尔塔，两个摩门教徒正在朝人群致辞，讲台旁边围着一群人，高呼着口号要打断演讲。有人在谴责他们推行一夫多妻制[①]。一个留着大胡子的瘸子应该是个无神论者，听到了“上帝”这个词，正愤怒地提出质问，现场非常嘈杂。

“亲爱的朋友，请让我们把话说完——对，让他们说完。都别吵了！——不，不，你回答我。你能让我看到上帝吗？你能把他**展现**在我面前，那我就相信上帝。——哦，闭嘴，别老是打断人家！——你自己闭嘴！——一夫多妻者！——嗯，

---

① 摩门教的创始人约瑟夫·史密斯（Joseph Smith）创教伊始以《圣经》为依据，同意一夫多妻制，本人拥有众多妻子。但迫于政府和公共压力，于 1890 年和 1904 年两次明确宣布废除一夫多妻制。

一夫多妻制确实值得探讨，至少别让女人出去工作。——亲爱的朋友，请你——不，不，你别想蒙混过关。你**见过**上帝吗？你**触摸**过他吗？你和他**握过手**吗？——噢，看在上帝的分上，别吵了，**别吵了！**”等等。我听了二十分钟，想了解一些关于摩门教的事情，但集会最多只是争吵，街头集会大体上都是这样。

米德萨斯街的市场熙熙攘攘，人群中有一个衣衫褴褛的女人，手里抱着一个五岁的孩子，在他面前挥舞着一个锡制的玩具喇叭。那个孩子一直在哭哭啼啼的。

“自己好好玩！”她叫嚷着，“不然我干吗带你到这儿来，还给你买了个喇叭。干吗老是缠着我不放？你这个小混蛋，自己好好玩！”

那个喇叭上滴下几滴口水。母子俩吵吵闹闹地离开了。这一幕在巴黎可不常见。

我在潘尼菲尔德那间寄宿旅馆住的最后一晚，两个房客吵了起来，场面让人觉得很恶心。其中一个是领救济金的老人，七十来岁，赤裸着上半身（他的衣服拿去洗了）正大声喝骂一个正在背对着火堆的矮小壮实的搬运工。在火光中我看到那个老人的脸，在悲愤交加地哭泣着。显然，一定是出了什么严重的事情。

领救济金的老人：“你——！”

那个搬运工喝道：“给我闭嘴，你这个老——再吵就别怪我不客气了！”

领救济金的老人：“有种你就试试看，你这个——！别看我年纪比你大三十岁，我轻轻松松就可以把你踢到便桶里去！”

那个搬运工说道："啊，你以为这样子我就不敢扁你吗，你这个老——！"

两人争吵了五分钟。其他租客闷闷不乐地围坐成一群，尽量不去理会这场争吵。那个搬运工脸色阴郁，而那个老头却越来越激动，不停地挑衅那个搬运工，将他的脸凑上去，从几英寸的距离外像一只猫在抓墙那样，唾沫横飞地尖声叫嚷着。他想鼓起勇气干一架，却又不敢采取行动。最后他叫嚷着：

"混蛋，你他妈的就是个混蛋！用你那肮脏的口水搅搅吃下去吧，你这个混蛋！我会一拳先把你给干掉，混蛋，你这个婊子养的。舔一舔吧！知道我觉得你是什么吗？你就是个——，你就是个——，你就是个黑不溜秋的狗杂种！"

说到这里他颓然倒在一张长凳上，双手捧着脸，开始嚎啕大哭。那个搬运工看到自己引起了公愤，躲了出去。

后来我听史蒂夫解释吵架的起因，似乎是为了价值一先令的食物。不知怎么搞的，那个老人的面包和人造黄油不见了，接下来的三天将没有东西果腹，只能仰仗别人的施舍。那个搬运工自己有工作，吃得很饱，一直在嘲弄他，因此两人吵了起来。

等到我的钱只剩下一先令又四个便士时，我来到鲍尔的一间寄宿旅馆过夜，这里住一晚只要八便士。你一直往前走，穿过一条巷子来到一座几乎令人窒息的地窖，大约有十英尺见方。里面有十个人，大部分是搬运工人，正坐在一堆熊熊的炉火旁边。当时是半夜，但经理的儿子，一个脸色苍白病怏怏的五岁小孩，正坐在那帮搬运工人的膝盖上玩耍。一个爱尔兰老头儿正在朝一只养在笼子里的红腹灰雀吹口哨。屋子里还有其他鸣禽——每一只都个头很小，羽毛毫无光泽，一辈子都生活在地底下。那些租客习惯在火堆边撒尿，省得跑去上厕所。我坐在桌子旁边，察觉脚边有什么东西在动。我低头一看，见到一波黑不溜秋的东西正慢慢地从地板上爬过，原来是一群黑甲虫。

宿舍里有六张床，那些床单上写着大字“偷自某某路”，味道令人作呕。睡在我隔壁床铺的是一个年纪很大的老人家。他是个街头画家，背驼得很厉害，几乎从床上弓了起来。他就光着脊背，离我的脸只有一二英尺远，上面布满了圆圈状的泥垢，就像大理石的台面一样。半夜里一个人醉醺醺地走了进来，在我床边的地板上呕吐。床上有臭虫——虽然不像巴黎的臭虫那么猖獗，但足以让人彻夜无法入睡。这个地方很脏，但经理和他的老婆很友好，无论白天黑夜，随时都愿意为你泡杯茶。

第二十六章

第二天早上我付了一杯茶和两片面包的钱，买了半盎司烟草，身上只剩下半个便士。我暂时还不想打扰B君向他借钱，所以，除了进收容所我已经走投无路了。我不知道该怎么办才能进去，但我知道在罗姆敦就有一间收容所，于是我走着过去，下午三四点的时候到达那里。一个干瘪的爱尔兰老头正靠在罗姆敦菜市场的猪栏上，显然他就是个流浪汉。我靠在他身旁，把我的烟草盒递给他。他打开盒子，惊讶地看着里面的烟草，说道：

“上帝啊！这些烟草起码值六个便士！你怎么弄到手的？你一定还没有流落街头多久。”

“怎么了？难道你流落街头就没有烟抽了吗？”我问道。

“噢，我们有这个。”他掏出一个生锈的铁罐，曾经是用来装奥瑟方块牌调味料的。里面有二三十个烟屁股，都是从人行道上捡来的。爱尔兰人说这就是弄到烟草的主要门路，他还补充说，认真找的话，在伦敦街头一天可以收集到两盎司的烟草。

“你也是从伦敦的班房（指收容所）里出来的，是吧？”他问我。

我说是的，觉得这么回答会让他接纳我，当我也是个流浪汉。我问他罗姆敦的班房环境怎么样，他回答说：

“嗯，这间班房有可可喝。有的班房给茶喝，有的班房给可可喝。罗姆敦这家班房不给片子粥喝，谢天谢地——至少上次我进去的时候没有。那次之后我去了约克和威尔士。”

“什么是片子粥？”我问他。

“片子粥？一碗清水，下面搁点该死的燕麦，那就是片子粥。只有最差劲的班房才给片子粥喝。”

我们聊了一两个小时，那个爱尔兰人是个很和气的老头，但身上有股怪味，当我知道他身患多种疾病之后，也就不觉得奇怪了。听他说（他把每一样症状都详细地进行了描述），从头到脚他有以下的病痛：他是个秃子，身上长了湿疹，眼睛近视，却没有眼镜，得了慢性支气管炎，背老是痛，但没能得到诊断，还有消化不良、尿道炎、静脉曲张、囊肿和平足。带着这身疾病，他流落街头已经有十五个年头了。

五点钟的时候那个爱尔兰人说道：“你想喝杯茶吗？班房得到六点钟才开门。”

“好的。”

“那好，有个地方可以免费喝杯茶吃个面包。他们都是好人，但吃完后他们会让你作一堆他妈的祈祷，真该死！就在那儿干耗时间。跟我来。”

他带着我来到一条巷子里一间铁片屋顶的小房，很像乡村的板球亭。大约二十五个流浪汉已经在那儿等候着，里面有几个脏兮兮的老家伙，大部分是北方人，看上去像是体面人，或许是失业的矿工或棉花工人。过了一会儿，门打开了，一位穿着蓝色丝裙的女士戴着金边眼镜和一个十字架，让我们进了屋子。里面有三四十张凳子、一个脚踏风琴和一张血淋淋的耶稣受难版画。

我们很不自在地摘下帽子，坐了下来。那位女士分发茶水和食物，在我们吃喝的时候她走来走去，和蔼地谈起宗教话题——说耶稣基督总是关怀着像我们这样的穷苦流浪汉，说在教堂里时间过得很快，说如果一个流浪汉能定时祈祷，他就能时来运转。我们讨厌她的说教，靠着墙壁坐着，摆弄着帽子（流浪汉一摘下帽子就会觉得很不自在，仿佛赤身裸体暴露在大庭广众之下）。那位女士对我们说话的时候，我们都脸红了，嘴里还不情愿地嘟囔着。毫无疑问，她是出于一番好心。她端着一盘面包，走到一个北方佬的身边，对他说："你呢，我的孩子，你有多久没有向天堂里的天父下跪祈祷了？"

那个可怜的家伙一句话也说不出来，但他的肚子代替他作出了回答，一看见那盘食物就发出不雅的咕咕声。他觉得非常羞愧，几乎咽不下口中的面包。只有一个人依照那位女士的谈吐风格回答了她的问题。他是个英挺的家伙，长着一个酒糟鼻子，看上去像军队里因为酗酒而被革职的下士。他说出"亲爱的主耶稣"时，不像我见过的其他人那样羞愧。显然，牢房待久了，他学会了这套把戏。

茶点结束了，我看到流浪汉们互相张望，每个人都心照不宣——在祈祷开始之前我们能不能开溜？有个人在椅子上坐立不安——他没有站起身，只是朝门口望了一眼，似乎暗示要离开。那位女士瞪了他一眼，制止了他。她以更加和蔼的口吻说道：

"我想你们还不急着走。收容所要六点钟才开门。我们有时间跪下来，向我们的天父说几句话。我想祈祷完之后，我们会感觉舒服一些，不是吗？"

那个酒糟鼻男子很帮得上忙，他把脚踏风琴搬了过来，分发赞美诗小册。他背对着那位女士，似乎把那些书当成了扑克牌，以此开个玩笑。发书的时候他对每个人低声说道："接好了，伙计，这一把全押上啦！四张尖儿带老K！"诸如此类的话。

我们光着脑袋，跪在脏兮兮的茶杯间，开始嘟囔自责说哪些我们本应该完成的事情没有去做，却做了哪些我们不应该做的事情，其实大家都是口不对心。那位女士祈祷时非常虔诚，但她的眼睛一直滴溜溜地对着我们打转，确保我们都在用心祈祷。当她没有看过来的时候，我们就彼此使眼色会心微笑，悄悄说着下流的笑话，以此表示我们根本不在乎，只是喉咙觉得有点发哽。只有那个酒糟鼻男子能镇定自若地大声回答问题，其他人的回答都很小声。渐渐地我们能跟着哼唱几句，但有一个老流浪汉只会唱《前进，基督的天军》，有时候唱着唱着就跑到了这首歌的调子上，把和声搅得一团糟。

祈祷持续了半个小时，然后我们在门口和那位女士握手道别。一走到说话听不见的地方，有人立刻说道："好了，麻烦事总算结束了。我还以为那些祈祷会没完没了呢。"

"你吃了面包，"另一个人说道，"你就得付出点代价。"

"你是说，我还得对他们感恩戴德吗？是啊，你得知恩图报。给你一杯才两便士的茶，就要你朝他们下跪。"

其他人窃窃私语表示赞同。显然，这些流浪汉对免费茶点并不心存感激。不过茶确实挺好喝的，比咖啡厅里的茶好喝多了，就像波尔多葡萄酒就是要比殖民地那些乱七八糟的红酒好喝一样。我们都心满意足。我也相信，他们给我们茶点纯粹是出于好心，并没有羞辱我们的意思，因此我们应该心存感激——但我们没有半丁点儿感恩之情。

第二十七章

到了五点三刻，那个爱尔兰人带着我来到班房。那是间阴沉沉的砖屋，被烟熏得发黄，坐落于济贫院的一个角落里。一排排小小的窗户封着栅栏，而且一道铁门和一堵高墙将其与道路隔开——这地方看上去很像一座监狱。衣衫褴褛的男人已经排了一条长队，等候着开门。这些人身份各异，年龄参差不齐，最年轻的是个面容稚嫩的十六岁小男孩，最老的是个弓腰驼背的没牙干瘦老汉，已经七十五岁了。有一些是老油条的流浪汉，从他们的拐杖、叫花棒和风尘仆仆的脸就辨认得出来。有一些是失业的工人和农民，还有一个戴着领子打着领带的文员，另外两个显然是白痴。看到这么多流浪汉在那儿无所事事实在让人感到厌恶。这些人并不是坏人，也不会做坏事，只是一帮粗鄙肮脏的家伙，几乎每个人都衣衫褴褛，一看就知道饭都吃不饱。不过他们都很友好，没有喋喋不休地问我问题。许多人向我敬烟——应该说，是敬烟屁股。

我们靠着墙抽烟聊天，那些流浪汉开始谈论最近去过的收容所。据他们所说，各间收容所都不一样，每一间都有自己的优点与缺点。当你流落街头时，了解这些信息很重要。一个老流浪汉能如数家珍地告诉你英国每间收容所的特点，比方说：在甲收容所，你可以抽烟，但牢房里有臭虫；乙收容所的床铺很舒服，但看门的是个恶棍；丙收容所早上就可以进去，但茶水很难喝；在丁收容所，假如你身上有钱，那些长官会把你的钱偷走——这些可以一直扯个没完。距离在一天路程之内的收容所之间的道路几乎都被踩平了。他们告诉我从巴尼特到圣奥尔本斯哪条路是最好走的，还警告我不要走比勒利卡和切姆斯福德间的那条路线，也不要去肯特郡的艾德山。据说切尔西的收容所是全英国最豪华的，有人称赞说里面的毛毯比监狱里的毛毯还要舒服。夏天的时候流浪汉们四处漂泊，到了冬天就到大城镇转悠，那里暖和一些，慈善机构也多一些。但他们得不停地迁徙，因为在一个月之内你不能两次入住同一间伦敦的收容所，否则会被判处入狱一周。

六点钟过了一会儿，大门打开了，我们开始鱼贯而入。院子里有一间办公室，里面有一个长官登记我们的姓名、职业、年龄、从哪里来、到哪里去——最后这项内容是为了了解流浪汉的动向。我自称是个“画家”，我画过几幅水彩画——谁没有画过呢？那个长官还问我们有没有钱，大家都说没有。法律规定身上的钱多于八便士就不能进收容所，而如果身上的钱少于八便士，在进去之前得把钱上交。但流浪汉们都希望把钱私自带进收容所内，他们把钱紧紧地系在一块布里，这样就不会叮当作响。通常这块布会放在每个流浪汉随身携带的茶包和糖包里，或者和他们的“证件”放在一起。这些“证件”被认为是不容侵犯的，从来没有人会搜查。

在办公室登记完之后，我们被一位叫做牢头的长官（他的工作就是监督管理流浪汉，大体上他也是济贫院里的一个穷苦人）带进班房里。门房是一个体格庞大的恶棍，穿着蓝色制服，对我们喝喝骂骂，当我们是牲畜一样。班房里只有一个洗澡间、一个卫生间和长长两排石头单间，大概有上百间。里头有间阴暗的石屋，刷了石灰，空荡荡的，地方倒是很干净，有一股肥皂和杰耶斯牌洗洁精的公厕味道，这股味道我见到屋里的情形就预料到了——就像监狱一样冷冰冰的，令人觉得非常沮丧。

门房把我们赶进走廊里，让我们六个人一组到浴室里去，先搜身后洗澡。搜身主要是检查有没有私藏钱财和烟草。在罗姆敦这间收容所，只要你能把烟草带进去，你就可以放心地抽烟，但一旦被搜查到就会被没收。那些老手告诉我门房从来不搜查膝盖以下的地方，于是在进去之前我们都把烟草藏在靴子的脚脖子那里。然后在脱衣服的时候我们悄悄地把烟草转移到大衣里面。我们可以穿大衣进去，睡觉时当枕头用。

浴室里的情景令人非常恶心。五六十个赤身裸体的男人摩肩接踵地挤在一间二十英尺见方的房间里。里面只有两个浴缸，大家就共用两条油腻腻的毛巾。我永远无法忘记那些脚丫发出的恶臭。不到一半的流浪汉真的在里面洗澡（我听他们说洗热水澡会把身子“洗虚了”），但大家都洗了脸和脚，把那块脏得要命的洗脚趾布夹在脚趾间搓洗。只有愿意彻底洗个澡的人才有新的热水，洗脚只能用别人洗过的脏水。那个门房推搡着我们，一看到有人拖拖拉拉就破口大骂。轮到我洗澡的时候，我问他能不能让我先把浴缸清洗一下再洗澡，因为里面沾满了积垢。他回答道：“给我闭嘴——洗你的澡去！”这个地方就是这样，我再也不吭气了。

我们洗完澡后，门房把我们的衣服捆成一团，给我们发放济贫院的衬衣——用灰棉土布织成的，不知道干不干净，就像小一号的睡衣。我们立刻被送进了单间牢房里，过了没多久，门房和牢头从济贫院那里搬来了晚饭。每个人的伙食是一块半磅重的面包，上面涂了一层薄薄的人造黄油和一夸脱没有加糖苦得要命的可可。我们坐在地板上，五分钟内就狼吞虎咽地把东西吃个精光。七点钟的时候牢房的门从外面锁上了，一直会到第二天早上八点才开门。

每个人可以和他的同伴一起睡，每间牢房关两个人。我没有同伴，于是和另一个没有伴的人被关押在一起。他个头瘦小，长着浓密的胡须，有点斜视。牢房八尺长，五尺宽，八尺高，用石头砌成，墙顶有一扇小窗，封着栅栏，门上有一个窥视孔，几乎与监狱的牢房没什么区别。房间里有六张毛毯，一个夜壶和一根热水管，除此之外再无其它。我环顾着牢房，隐隐觉得缺少了什么东西。接着我吃惊地意识到那样东西是什么，大声叫嚷着："我说呢，该死的，床哪儿去了？"

"床？"那个人惊讶地说道，"这里根本没有床！你还想怎么着？这里是收容所，你得睡地上。老天爷啊，你还没有适应过来吗？"

原来收容所没有床是司空见惯的事情。我们把大衣卷起来，靠在热水管道上，尽量让自己躺得舒服一些。房间里又闷又臭，却又没暖和到能让我们把所有的毯子铺在下面的程度，所以我们只能用一张毯子铺在地板上让躺着的地方能软一些。我们相隔一尺躺着，呼气时会喷到对方的脸，赤裸的手脚老是会碰到一起，当我们睡着的时候我们会翻来滚去，撞到对方。我们辗转反侧，夜不能寐，只要一转身，先是身上一麻，然后坚硬的地板透过那层毯子，硌得身上很疼。我勉强睡得着，但无法保持睡眠超过十分钟。

半夜里那个人试图猥亵我——在这么一间上了锁的漆黑的牢房里，不禁令人毛骨悚然。他体格瘦弱，我可以轻松制服他，但我再也睡不着觉，这是理所当然的事情。那天晚上接下来的时间我们都没有睡，抽烟聊天。那个人告诉了我他的生平——他原本是个装配工，但失业已经三年了。他说他一失业老婆立刻就抛弃了他。从此他再没碰过女人，几乎忘记了女人是什么样子的。他还说长年流浪的人基本上都是同性恋。

八点钟的时候看门人一边沿着走廊把各间牢房的门打开，一边吼叫着："都给我出来！"房门一打开就散发出一股陈腐的恶臭。走廊里立刻挤满了穿着灰色衬衣的囚徒。每个人手里都拿着夜壶，抢着要去浴室。原来早上只有一缸水给我们这么多人洗漱。等我走进浴室的时候，二十个流浪汉已经洗了他们的脸。我看着水面的那层黑色浮渣，没有洗脸就走了出去。然后他们给我们分发早餐，和昨晚那顿晚餐的伙食一模一样。我们的衣服退了回来，然后我们被叫到院子里工作，为施舍给穷人的晚餐削土豆皮。这只是例行公事，在医生来给我们作检查之前让我们忙碌起来。大部分流浪汉都撒手不干活。十点钟的时候医生来了，我们回到牢房里，脱光衣服，在走廊里等候检查。

我们赤身露体，战战兢兢地在走廊排好队。你想象不出我们看上去多么狼狈不堪，站在那儿，暴露在光天化日之下。流浪汉的衣着很寒酸，但掩盖了更糟的事物。要了解他真实的、毫无掩饰的一面，你必须看到赤身露体的他。看着他那双平足、鼓胀的肚子、干瘪的胸膛和松弛的肌肉——各种孱弱的体格特征你都可以看到。几乎每个人都营养不良，有的人一看就知道得了疾病。有两个人绑着疝气带，至于那个七十五岁的木乃伊一般的老头，你不禁会怀疑他能不能每天赶路。看着我们一张张没有刮胡子、因为彻夜未眠而皱巴巴的脸，你会以为我们都是宿醉未醒的酒鬼。

其实检查只是看看有没有天花病人，对我们大体的健康状况根本不闻不问。一个年轻的医学院学生叼着根烟，快步走过队伍，上上下下打量着我们，没有开口问谁病了或谁身体健康。我的室友脱光衣服时，我看到他的胸口有一摊红疹。想到昨晚我和他相隔只有几英寸，我顿时很担心自己被传染了天花。但医生查看了那摊红疹，说那只是营养不良引起的。

检查完毕后我们穿上衣服，被带到院子里，看门人叫我们的名字，把我们寄存在办公室的财物还给我们，然后分发餐票。这些餐票每张值六便士，可以到我们昨晚所说的路线上某家咖啡厅使用。奇怪的是，有好些流浪汉不识字，向我和其他“读书人”请教他们的餐票上面写了些什么。

大门打开了，我们立刻作鸟兽散。在忍受了班房里局促肮脏的恶臭之后，空气感觉是多么甘甜——即使那是郊区后巷的空气！现在我多了个伴，因为在削土豆皮的时候我与一个名叫帕迪·贾克斯的爱尔兰流浪汉交上了朋友。他脸色苍白，神情忧郁，但看上去还蛮干净整洁。他准备去埃德伯里的班房，建议我和他一起去。我们出发了，下午三点钟的时候到达那里。本来路程应该是十二英里，但我们在伦敦北边的贫民窟迷了路，总共走了十四英里。我们的餐票写明是伊尔福德一间咖啡厅，当我们去到那儿时，一个当服务员的小姑娘看到我们的餐票，知道我们是流浪汉，不屑一顾地仰着头，让我们等了很久也不愿招呼我们。最后，她把两大杯茶、四片面包和荤油重重地掴在桌子上——这些东西总共才值八便士。原来这间店总是会克扣流浪汉，每张餐票坑个两便士。反正餐票不是现金，流浪汉们无法投诉，也不能跑到别的地方使用。

第二十八章

帕迪是我接下来半个月的同伴，因为他是我第一个混熟的流浪汉，我希望谈一谈关于他的事情。我觉得他是一个典型的流浪汉，像他这样的人在英国有成千上万个。

他个子很高，大概三十五岁，一头金发已经开始变得灰白，长着一双水汪汪的蓝眼眸。他长得还算英俊，但两颊瘦削凹陷，由于长年只吃面包和人造黄油，整张脸看上去灰扑扑的，而且很脏。他的衣着比大部分流浪汉要好一些，穿一件斜纹呢猎装和一条破旧的晚礼长裤，穗带还吊着。显然，在他心目中这根穗带是他仅存的自尊的象征。这根穗带一松掉他就会细心地缝好。他是个注重仪表的人，随身带着刮胡刀和牙刷，不肯将它们卖掉，虽然很久以前他就把自己的“文件”连同他那把小刀给卖掉了。不过，相距一百码开外，人家就会察觉到他是个流浪汉。他走起路来轻飘飘的，总是向前耸着肩膀，显得特别猥琐。一看他走路，你就知道他是个逆来顺受的人。

他在爱尔兰长大，当过兵，打过两年仗，然后曾在一家金属抛光厂工作过，但两年前失业了。他对自己沦落为流浪汉觉得万分羞愧，但他已经彻头彻尾地沾上了流浪汉的恶习。他总是扫视着人行道，不放过一个烟屁股，甚至连一个空香烟盒也不放过，因为他要用那层包装纸卷烟。在我们去埃德伯里的路上，他看到人行道上有一个报纸包着的包裹，立刻扑了上去，发现里面有两个羊肉三明治——边上已经被啃了几口。他坚持我们俩一起分享。每次经过一部自动售卖机时，他总是会拉一下把手，因为他说有时这些机器会坏掉，保不准会掉下几个便士。不过他没有胆量从事犯罪活动。当我们来到罗姆敦郊外的时候，帕迪发现一家人的门口台阶上有一瓶牛奶，显然是弄错了放在那里的。他停下脚步，饥渴地看着那瓶牛奶。

“上帝啊！”他感叹道，“好端端的牛奶就这样被浪费了。有人会把奶瓶给踢翻的，是吧？轻轻一碰就倒了。”

我知道他心里在想着“把瓶子碰倒”。他上下打量着街道，这里是僻静的住宅区街道，视野里一个人也没有。帕迪那张苍白皲裂的脸对那瓶牛奶恋恋不舍，然后转过身，阴郁地说道：

“最好别去碰它。大丈夫不应该小偷小摸。感谢上帝，我还从来没偷过东西呢。”

其实他是饿得胆小如鼠才不敢犯罪，要是让他吃两三顿饱饭，或许他就会鼓起勇气去偷那瓶牛奶。

和他聊天就只有两个话题，一个是沦落为流浪汉的羞愧，另一个是怎么才能免费吃到一顿饭。我们流落街头的时候他总是以那口爱尔兰腔哀怨地幽幽独白：

“流落街头真是太可怕了，呃？走进那些该死的收容所让我的心都碎了。但我还能怎么办？我已经两个月没好好吃过一顿饭了，还有我的靴子也破了，还有——上帝啊！去埃德伯里的路上我们顺便到修道院那里讨茶点吃好吗？大部分时候他们愿意赏口茶喝。要是没有教会，我们可怎么办啊？我到修道院讨过茶喝，去过浸信会，还有英国国教，所有的教会都去过了。我是信天主教的，但我有十七年没有忏悔过了，不过我还是很虔诚的信徒，你知道的。那些修道院总是愿意赏口茶喝……”诸如此类的话。他可以一整天这样说个不停，几乎没有停歇。

他的无知到了令人发指的地步。比方说，有一次他问我拿破仑到底是耶稣基督之前还是之后的人物。又有一次，当我在书店门口隔着窗户玻璃张望时，他变得非常烦躁不安，因为有一本书的书名叫《效仿基督》。他觉得这个书名亵渎了神明，生气地说道：“他们说要效仿基督，到底是什么用意？”他知书识字，但讨厌书籍。从罗姆敦到埃德伯里的路上我进了一间公共图书馆，虽然帕迪不想读书，但我还是建议他可以进去歇歇脚。但他执意要在人行道上等我。“不，”他说道，“看见那些该死的书我就心烦。”

和大多数流浪汉一样，帕迪舍不得用火柴。我遇见他的时候他有一盒火柴，但我从未见他点着过一根。当我点着自己的火柴时，他总是说我太过奢侈。他总是找陌生人借火，有时宁愿半小时没有烟抽，也不愿点一根火柴。

帕迪总是自怜自伤，他似乎时时刻刻都在想着自己的不幸。他总是在沉默许久之后毫无情由地大声哀号：“当你生下来的时候，你就注定来到地狱，不是吗？”或者：“进班房根本不是人过的生活，我呸。”他的脑袋里似乎只想着这些。他就像一条可怜虫，嫉妒任何生活比他好过一点的人——不是那些富人，因为这些人在他的社会接触范围之外，而是有工作的人。他对工作的渴望不亚于一个画家渴望成名。如果他看见一个老人在工作，他会不无苦涩地说道：“看看那个老头——让身强力壮的人都失业了。”如果那是个年轻人，他会说：“就是这些该死的年轻力壮的魔鬼把我们口里的面包抢走了。”在他看来，所有的外国人都是该死的生番——因为根据他的理论，外国人是失业的罪魁祸首。

当他看着女人时，他既会神往，却又带着愤恨。那些年轻漂亮的女人太高不可攀，他可不敢癞蛤蟆吃天鹅肉，而一看到妓女他口水都流了出来。每次经过几个嘴唇涂得猩红的老妓女身边时，他会转过身，如饥似渴地盯着她们，喃喃自语道："我的小甜心！"就像一个小男孩在糖果店窗口张望一样。他曾经告诉我他已经有两年没碰过女人了——从他失业之后开始——他已经不知道还有比嫖娼更美好的事情。他的性格就像一个典型的流浪汉——卑劣善妒，像豺狼一样贪婪。

不过他是个本性善良慷慨的好人，愿意和朋友分享最后的面包。事实上，他不止一次和我分享了他最后的口粮。假如让他好好吃几个月饱饭的话，或许他会是个很能干的人。但两年来光吃面包和人造黄油的经历让他的身体垮了下来。他就吃着这么劣质的伙食，把自己的身心都搞垮了。他之所以失去阳刚气概，完全是拜营养不良所赐，而非出于任何天生的缺陷。

第二十九章

去埃德伯里的路上我告诉帕迪我有个朋友可以周济我，建议他一起直接回伦敦，别去收容所再受一夜折磨。但帕迪最近没有去过埃德伯里的收容所，作为流浪汉，他不肯浪费不用钱住一晚的机会，决定第二天早上我们再回伦敦。我只有半个便士，不过帕迪有两先令，足够让我们各租一个床位，还能喝几杯茶。

埃德伯里的班房和罗姆敦那一间差别不大，最惨的是，在门口所有的烟都被没收了。我们被警告说要是有人被逮到抽烟会被立刻赶出去。根据《流浪法》的规定，流浪汉在收容所里抽烟会被起诉——事实上，无论他们做什么事情都可能会被起诉，但基本上政府嫌麻烦不会起诉这些流浪汉，只会把不听话的人赶出门外。这里不用干活，班房里挺舒服的。我们两个人睡一间房，“一上一下”——也就是一个睡木架床，一个睡地板。牢房里有草铺，毯子也够盖，虽然脏了点，但起码没有臭虫。这里的伙食和罗姆敦那间收容所一样，只不过喝的是茶而不是可可。早上我们可以多喝几杯茶，因为牢头兼营卖茶，一杯半个便士，这当然是违法的。他们分给我们每人一块面包和奶酪，权当中午的午餐。

我们回到伦敦时，离寄宿旅馆开门还有八个小时。一个人总是对身边的事物熟视无睹，真是很奇怪。我到过伦敦无数次，但直到那天我才注意到伦敦最糟糕的一面——连坐下来都要收钱。在巴黎如果你没钱又找不到公共长凳，你可以坐在人行道上。鬼才知道在伦敦如果你坐在人行道上会有什么后果——或许得坐牢。到了四点钟的时候我们已经站了五个小时，脚底被坚硬的石头硌得红肿起来。我们饿得慌，发给我们的口粮刚离开收容所的时候就已经吃掉了。我的烟抽完了——但对帕迪的影响不大，他可以捡烟屁股抽。我们去了两家教堂，发现门都锁着。于是我们想去公共图书馆坐一下，但里面已经满座了。作为最后的希望，帕迪建议去罗姆敦一家寄宿旅馆碰碰运气。按照规定七点钟之前他们是不会让我们进去的，但或许我们可以悄悄溜进去。我们走上装修华丽的门道（罗姆敦的寄宿旅馆装修都挺不错），装出漫不经心的样子，想扮成熟客溜进去。有个相貌凶狠的男人守在门道里，应该是旅馆的看门人，立刻拦住了我们。

“你们两个昨晚在这儿睡觉吗？”

“不是。”

“那就走人。”

我们乖乖出去，在街角又站了两个小时。那种感觉很不愉快，但教会了我“流落街头游手好闲”这个词组并不是那么回事，总算让我有点收获。

六点钟的时候我们去了一家救世军济贫站，得等到八点钟才能预订床位，而且不能保证会有空床给我们。不过一位长官称呼我们为“弟兄”①，答应让我们进去，条件是我们付两杯茶的茶钱。济贫站的大厅像一间粉刷了白石灰的大谷仓，很干净但没有什么摆设，令人觉得很局促，而且没有生火。几张长

① 基督教男性信徒彼此之间互称“弟兄”，尊上帝为天父。

木凳上坐满了低眉顺目的斯文人，大约有二百来个。一两个穿着制服的长官来回走动着。墙上挂着好几幅布什将军[①]的画像，还有禁止做饭、饮酒、吐痰、说脏话、吵架和赌博的告示。这里是一份我逐字照抄的告示，作为一个例子：

“任何人若被发现赌博或打牌，将被当场驱逐，自此不被接纳。

举报赌博者可获得嘉奖。

值日长官要求全体住客协助他们，让这间旅社杜绝赌博的恶习。”

“赌博或打牌”是好玩的事情。在我的眼中，这些救世军济贫站虽然干净，但比起最差的寄宿旅馆要无趣得多。住在那儿的某些人已经走投无路了——他们都是破了产的良民，连领子都当掉了，却还幻想着找到在办公室上班的工作。到救世军济贫站这个起码干净一点儿的地方让他们保存了最后一丝尊严。坐在我隔壁桌子旁边的是两个外国人，虽然衣衫褴褛，但明显看得出是绅士身份。他们在下盲棋，连写下棋步都不用。其中一个是位盲人。我听他们说他们攒了很久的钱，想买一个棋盘，价钱半个克朗，但钱总是没办法攒够。到处都坐着失业的文员，一个个面无血色、郁郁寡欢。在一群人中，有一个身材瘦高、脸色像死人一样苍白的年轻人在兴奋地说着话。他用拳头砸着桌子，说起话来激动不已。当几个长官走到听不见他说话的地方时，他就会说一些令人惊诧莫名的亵渎神明的言语：

---

① 布什将军，原名威廉·布什（William Booth，1829—1912），英国卫理公会牧师，于1878年创建救世军慈善机构。

“我告诉你们这些家伙，明天我就要得到那份工作。我才不像你们那样不要脸地下跪乞讨，我自己可以照顾自己。看看那边那张标语——‘主会令你富足！’该死的他哪里令我富足了？你觉得我会相信什么救主吗？一切都得靠自己，你们这些家伙，我一定会得到那份工作的！”等等等等。

我看着他，惊讶于他说话时的癫狂。他似乎陷入了歇斯底里，或许是有点喝醉了。坐了一个小时后，我走到大厅外边的一个小房间，应该是阅读室，但里面既没有书籍也没有报纸，没有几个人进来。我打开房门，看到只有那个年轻的职员独自在那儿，正跪在地上祈祷。在我关上房门之前，我有时间观察他的脸，觉得心里怪不舒服的，突然间通过他脸上的表情我意识到他正在挨饿。

床铺的费用是八便士。帕迪和我还剩五便士，于是我们去了“食堂”，那里的食物很便宜，但比起有的寄宿旅馆则要贵一些。茶水似乎是用茶叶末泡的，我猜是救世军接受的捐赠，但他们卖一个半便士一杯，味道极其难喝。十点钟的时候一位长官绕着大厅吹响了口哨。大家立刻起立。

“这是干什么？”我吃惊地询问帕迪。

“意思是你得上床睡觉了。你可得放聪明点。”大厅里的两百多人像绵羊一样温顺，乖乖地在长官们的指挥下排队回床铺睡觉。

宿舍是一间很宽敞的阁楼房间，像兵营一样摆着六七十张床铺，都很干净，而且挺舒服的，但床位很窄，密密麻麻地摆在一起，连喘口气隔壁床铺上的人都感觉得到。两位长官睡在房间里，以防熄灯后有人抽烟聊天。帕迪和我基本上睡不着觉，因为我们旁边有个人精神有点不正常，可能是得了弹震症，老是突如其来地惊叫一声“噼啪”，声音很响很吓人，就像汽车喇叭在轰鸣一样。你根本不知道他何时会叫嚷，被吵得无法入睡。大家都叫他“噼啪”。他总是来济贫站投宿，每晚都搞得十几二十个人无法安睡。在这些栖身之所总是有这么一些人扰人清梦。

七点钟的时候，哨声再次响起，长官们四处走动，摇醒那些没有立刻起床的人。自从那一次之后，我在几家救世军济贫站睡过，我发现虽然各家济贫站略有差异，但这种半军事化管理的纪律倒是一模一样。这种地方确实便宜，但就像公立济贫院一样，我很不喜欢。有的济贫站甚至每星期举行一到两次宗教仪式，住在里面的人必须参加，否则就会被赶出去。救世军总是认为自己是个慈善机构，连自己经营的寄宿旅馆也非要沾上慈善机构的气息不可。

十点钟的时候我去了 B 君的办公室，向他借一英镑。他给了我两英镑，告诉我有需要的时候可以再去找他。我和帕迪起码有一个星期不用为了钱而发愁。那天我们去了特拉法尔加广场闲荡，找帕迪的一个朋友，但他没有出现。晚上我们来到斯特朗大街附近一条僻静小巷的寄宿旅店。这里的收费是十一便士，但里面又黑又臭，而且这个地方的“牛郎”是出了名的。在楼下阴森森的厨房里，三个面目暧昧的年轻人穿着时髦的蓝色西装坐在一张长凳上，其他租客都不搭理他们。我想他们就是“牛郎”。他们和我在巴黎见过的男妓差不多，只是他们没有蓄着鬓角。在壁炉前面，一个衣冠楚楚的男人和一个一丝不挂的男人正在讨价还价。两人都是报纸推销员。那个衣冠楚楚的男人正准备把身上的衣服卖给那个赤身露体的男人。他说道：

"卖给你了，这身行头可是上等货。这件大衣卖你一托舍伦[1]，这条裤子卖你两先令，这双靴子卖你一个半先令，这顶帽子和这条围巾卖你一个先令，总共是七个先令。"

"你抢钱哪！大衣我只给你一个半先令，裤子一个先令，其他东西两先令全包了。总共四个半先令。"

"起码给五个半先令嘛，老伙计。"

"成交，把衣服脱下来。我得出去把刚来的报纸卖掉。"

那个衣冠楚楚的男人脱下衣服，三分钟后，两人的外貌掉转了过来，原先那个光着身子的男人穿上了衣服，另一个拿了一张《每日邮报》裹着自己的屁股。

房间又黑又挤，摆了十五张床。里面有一股辛辣的尿臭味，熏得我够呛，刚进去的时候我只能短促轻浅地呼吸，不敢一口气填满整个肺部。我躺在床上的时候，一个男人从漆黑一片中冒了出来，靠在我身旁，开始喋喋不休地说话，听他的口音似乎受过教育，而且略带酒意。

"你是公学毕业的吧？（他听到我和帕迪的对话了。）这里能遇到公学毕业生真不多见。我就是从伊顿公学毕业的。你知道吗——二十年来都这么不走运。"他开始颤着声音唱起了伊顿公学的赛艇进行曲，调子还蛮准的。

"阳光明媚的赛艇日，干草已收割……"

"别吵了！"几个房客嚷嚷着。

"俗不可耐，"那个伊顿公学的毕业生说道，"真是俗不可耐。对你我来说，这种地方可真是有趣，是吧？你知道我的朋友对我说什么吗？他们说：'M君，你已经无可救药了。'他

① 托舍伦（tosheroon），英国旧硬币，合半克朗或2.5先令。

们说得没错，我的确无可救药了。我已经堕落不堪，但不像这些人——住这里的人就算想堕落也不行。我们同是天涯沦落人，应该互相扶持。你知道吗——我们还不算太老。我请你喝酒好吗？”

他拿出一瓶樱桃白兰地酒，一个踉跄摔倒在我的双腿之间。帕迪正在脱衣服，把他扶了起来。

“回你的床位去，你这个糟老头……”

那个伊顿公学毕业生踉踉跄跄地走回自己的床位，和衣钻进被窝里，甚至连靴子也没有脱。夜里有几回我听见他在喃喃自语：“M 君，你已经无可救药了。”他似乎很喜欢这句话。到了早上他还是躺在那儿，全身的衣服都在，胳膊紧紧地夹着那瓶酒。他大约五十来岁，五官精致但显得很沧桑。奇怪的是，他的衣着很时髦，那双上好的仿革皮鞋从肮脏的床铺伸出来，让人觉得很不协调。我想到，那瓶樱桃白兰地的钱足够支付半个月的房租，因此他应该不是很穷。或许，他来这些寄宿酒店是为了找男妓。

床铺的间隔不到两英尺，半夜醒来的时候，我发现睡在我旁边的男人想从我枕头底下偷钱。他假装睡着了，轻轻地把手潜到枕头底下，动作就像老鼠一样轻盈诡秘。到了早上，我看见他是个驼子，胳膊很长，像一头猩猩。我告诉帕迪那个人想偷东西。他大笑着说：

“老天爷啊，这个你慢慢就会适应的。这些寄宿旅馆住的都是贼。在有的旅馆，你只能穿上所有的衣服睡觉。以前我还见过有人偷了一个瘸子的木腿呢。还有一次，我见过一个男的——体重得有十四英石——带着四英镑十先令去寄宿旅馆。他把钱压在床垫底下。他说：‘好了，想拿我的钱，除非把我给抬起来。’但他们还是对他下手了。第二天早上他醒来时躺在地板上。有四个人抬着床垫的四个角落，轻轻地连人带床垫抬了起来。那四英镑十先令就此不翼而飞。”

第三十章

第二天早上我们又去找帕迪的朋友，他的名字叫波佐，是个马路画家——就是在大街上画画。帕迪从来不记地址，但他依稀记得在兰贝斯可以找到波佐，最后我们在河堤路碰见了他，他就在滑铁卢大桥附近定居。当时他正跪在人行道上，拿着一盒粉笔照着一本顶多值一便士的笔记本临摹着温斯顿·丘吉尔的素描，画得还蛮像的。波佐个头瘦小，肤色黝黑，长着鹰钩鼻和一头短短的卷发。他的右脚完全畸形了，脚跟部位扭曲得惨不忍睹。看他的外表你会以为他是个犹太人，但他总是矢口否认。他说他的鹰钩鼻是"罗马人的特征"，为自己长得很像某位罗马皇帝感到自豪——我猜想他指的是维斯帕西安[①]。

波佐说起话来很奇怪，带着伦敦土腔，但口齿清晰，很有表达力。他似乎曾经读过一些好书，但从来不在乎语法。我和帕迪在河堤路待了一会儿，和波佐聊天，听他讲述关于马路画家这个行当的事情。我以波佐的原话复述一下。

"他们都叫我严肃的马路画家。我可不像其他画家用黑板粉笔作画。我用的是画家用的颜料，这些颜料贵得很，特别是各类红色颜料。一整天画下来，我得花五个先令在颜料上，最起码也得两先令[*]。我画的是漫画——你知道，政治、板球之类的题材。瞧瞧这个。"——他给我看他的笔记本——"看看这些政治人物画得像不像，都是我从报纸上临摹下来的。每天我都会画一幅不同的漫画。比方说，在讨论预算案时，我画了一幅画，描绘温斯顿试图推动一头大象，那头大象身上写着‘负债’二字。在画底下我写上：‘他能推得动吗？’懂了吗？你可以画任何党派的漫画，但你绝不能画一些赞同社会主义的内容，因为警察不能容忍这个。有一次我画了一幅漫画，画着一条王蛇，身上写着‘资本家’，吞掉一只兔子，那只兔子身上写着‘劳工’。警察走了过来，看到这幅画，开口说：‘把它擦掉，放聪明一点。’我只能把那幅画擦掉。警察有权以街头流浪罪把你赶走，跟他们作对可不行。”

我问波佐街头作画能挣多少钱。他回答说：

“一年的这个时候，如果不下雨，从星期五到星期天我可以挣大概三个英镑——你知道，周五是发薪水的日子。下雨我就开不了工，颜料一下子就被雨水冲走了。一年算下来，我一个星期能挣一英镑，因为冬天你画不了几天画。赛艇日[②]和足总杯决赛[③]那两天，我可以挣到四英镑。但你非得把钱从人们口袋里撬出来不可，你懂的，如果你只是坐在那儿看着他们，你可连一先令也挣不到。人们通常只会施舍半个便士，除非你能让他们开口品评一下你的画作，不然连这半个便士也挣不到。一旦他们开了口，不给你施舍点钱他们心里就会感觉过意不去。最好的方式就是一直不停地画下去，因为当他们看到你

① 提图斯·弗拉维斯·恺撒·维斯帕西安·奥古斯都（Titus Flavius Caesar Vespasianus Augustus，9—79），古罗马帝国皇帝，公元 69 年至公元 79 年在位。

* 奥威尔注：街头画家会买颜料粉，掺上炼乳做成粉饼。

② 赛艇日（Boat Race Day），指一年一度的牛津大学与剑桥大学之间的沿泰晤士河赛艇比赛，第一届赛艇比赛于 1829 年进行。

③ 足总杯（Cup Final），为世界上历史最悠久的足球赛事，始于 1872 年。

在作画时，他们就会停下来看你。麻烦的地方是，等你转过身拿着帽子要钱时，这帮穷鬼就走开了。所以你需要一个搭档（助手）帮忙。你埋头作画，引来一群人看着你，那个搭档假装随意地走到他们后面，他们不知道他其实是我的搭档。然后突然他摘下自己的帽子，这样前后夹击他们就跑不掉了。那些真正的有钱人反而一个子儿都不给，给得最多的倒是那些穷鬼和外国人。我甚至从日本人和黑人那儿挣到过六个便士。他们可不像英国人那么小气。还有一件事得记住，那就是把你的钱藏好，顶多留一个便士在帽子里。要是他们看见你已经有一两个先令，他们就不肯给钱了。”

波佐非常鄙视河堤路的其他马路画家，说他们在“滥竽充数”。那个时候河堤路一带几乎每隔二十五码就有一个马路画家——二十五码是约定俗成的经营范围。波佐鄙夷地指着五十码开外一个白胡须的老画家。

“看到那个老傻瓜了吗？十年来每一天他都在画同一幅画。叫什么‘忠实的朋友’，画的是一只狗把一个小孩从水里拖出来。一个十岁的小孩都比那个傻老头画得好。他就凭着经验学了这么一幅画，就像你试着把拼图拼起来那样。这里有许多这样的人。有时候他们会过来剽窃我的想法，但我根本不在乎。那些傻瓜自己琢磨不出任何东西。所以我总是占据先机。画漫画最要紧的就是与时俱进。有一次一个小孩把头卡在了切尔西桥的栏杆里，我听说了这件事，还没等他们把那个小孩的头弄出来，我已经在人行道上画了那幅画了。我手脚可利索了。”

波佐似乎是个有趣的人，我很想再见见他。那天晚上我去了河堤路见他，因为他答应带我和帕迪去泰晤士河南边的一间寄宿旅馆过夜。波佐把人行道上的画洗掉，点了点挣到的钱——大概有十六先令，他说有十二三先令的利润。我们向南走，来到兰贝斯。波佐走路很慢，一瘸一拐的，像螃蟹一样半侧着身子走路，拖着他那只瘸脚。他双手各拄着一根拐杖，那盒颜料就挂在肩膀上。我们过桥时他在一节桥孔边停下来休息，沉默了一两分钟，我惊讶地见到他在仰头望着星星。他碰了碰我的胳膊，用拐杖指着天空。

“你看看毕宿五①！看看它的颜色。就像一个——血红色的橘子！”

听他说话的语气，他似乎曾经在画廊里当过画评家。我觉得很惊讶，老实地承认我不知道那颗星星是毕宿五——事实上，我从来没有注意过星星有不同的颜色。波佐开始教我一些天文学最基本的知识，勾勒出那些大型的星座。他似乎觉得我是个白痴。我吃惊地问他：

“您对星相似乎很有研究嘛。”

“谈不上很有研究，只是略知一二罢了。皇家天文学会给我寄过两封信，感谢我撰写了关于流星的文章。晚上时不时我会出来观察流星。看星星是免费的节目，不用花你半分钱。”

“真是好主意！我从来没想过这一点。”

“你总得有一门兴趣。一个人流落街头，但这并不表示他只会关心一日三餐，不去想其他事情。”

“但过着这样的生活，还要培养一门兴趣——比方说观星，这未免也太难了吧？”

“你是说街头作画吗？这可不见得。你不一定就会变得很

---

① 毕宿五（Aldebaran），金牛星座的一等亮星。

颓废——只要你意志坚定。”

“但大部分人似乎都受到了影响。”

“确实如此。看看帕迪吧——变成了只关心喝茶的老乞丐，顶多只能干干苦力活。大部分人最后都会变成这样。我看不起他们。但你不一定非得变成这样，如果你受过教育，就算这辈子你都得流落街头也不要紧。”

“我的想法刚好相反。”我说道，“在我看来，一旦你把一个人变成了穷光蛋，从那一刻开始，他就变得一无是处了。”

“不，话不能这么说。如果你能坚持自我的话，不管你有没有钱，你还是可以过同样的生活，你还是可以照样看你的书，坚持你自己的想法。你只需要对自己说：‘我是一个自由的人。’——他敲了敲自己的额头——“那你就是一个自由的人。”

关于这个话题波佐继续谈下去。我入神地听着。他似乎是个很另类的马路画家，而且他是我遇到的第一个说贫穷并不要紧的人。接下来的几天接连下了好几场雨，他不能出去作画，我经常和他见面。他告诉了我他的生平，故事很有趣。

他父亲是个破产的书商，十八岁的时候他只能去当粉刷匠，一战时参军，在法国和印度待了三年。他觉得法国比英国更适合自己(他讨厌英国人)，而且他在巴黎混得不错，攒下了一点钱，还与一个法国女孩订了婚。一天那个女孩子被公共汽车撞倒，惨死在车轮底下。波佐借酒浇愁颓废了一周，然后继续上班，但精神很恍惚。当天早上他在布置舞台的时候从上面摔了下来——舞台足足有四十英尺高——摔倒在人行道上，整只右脚都摔坏了，却只拿到六十英镑的赔偿。他回到英国，把钱都花在找工作上了，试过在米德萨斯街的市场兜售书籍，又试过摆地摊卖玩具，最后沦落为街头画家。从那时开始，他就过着现挣现吃的日子，到了冬天就只能半饿着肚子，经常去河堤路的收容所睡觉。

我认识他的时候，除了身上穿的衣服、作画的工具和几本书外他别无长物。他那身行头和大部分乞丐一样破烂不堪，但他戴着领子，打了领带，对此十分自豪。那条领子戴了有一年多，总是会倒翻过去，波佐总是从衬衣的下摆剪一块布下来缝补在领子上，下摆几乎都被剪光了。他那条瘸腿的伤势越来越重，或许得被迫截肢。而且他的膝盖老是跪在人行道上，结了厚厚的老茧，就像靴底一样坚硬。显然，他的前路非常渺茫，只能沦为乞丐，最终死于济贫院。

对于这样一个结局，他并不觉得害怕、遗憾、羞愧或自怨自艾。他接受了自己的命运，并琢磨出了自己的一套人生哲学。他说沦落为乞丐并不是他自己的错，既不觉得后悔，也不会因此而烦恼。他是社会的敌人，一有机会就会干些犯罪活动。他拒绝简朴生活之道，夏天的时候他一个子儿也不存下来，多余的钱都用来喝酒，因为他对女人不感兴趣。如果冬天来临时他身无分文，那么社会就得照顾他。他决心要从慈善事业那里尽可能地榨出每一个便士，但他决不会因此说声谢谢。但是他不去宗教性质的慈善机构，因为他说唱圣诗会让面包噎在喉咙里。他是个很有原则的人。比方说，他自夸说，这辈子就算再穷再饿，他也从来没有在人行道上捡过烟屁股。他觉得自己比起一般的乞丐地位要高一些，他说那些乞丐都是可鄙的人，甚至连不感恩的骨气都没有。

他的法语说得还可以，读过几本左拉的小说、莎士比亚的全部戏剧、《格列佛游记》[①]和几篇散文。他可以绘声绘色地描述他的历险，令人难以忘记。比方说，讲到葬礼时，他曾对我说：

“你有没有见过火葬尸体？我在印度见过。他们把一个老头放在火堆上，接下来的一幕让我几乎魂飞魄散，因为他开始蹬腿了。其实那只是他的肌肉遇热痉挛造成的——但我还是吓坏了。他的尸体蠕动着，就像把腌鱼搁在热炭上炙烤一样。接着他的腹部涨了起来，爆炸的声音五十码外都听得见。从此我坚决反对火葬。”

又有一次他说起了自己的事故：

“医生对我说，‘你真是太走运了，只摔了一只脚，没有摔两只脚。要是你双腿着地的话，你会摔成一部六角手风琴，两条腿骨会从你的耳孔里插出来！’”

显然，这番话不是医生本人的原话，而是波佐自己的添油加醋。他很会说话，而且他努力坚持自己的思想，保持敏锐，没有什么事情能让他向贫穷屈服。或许他衣衫褴褛，冻馁交加，但他能读书，能思考，能观察流星，用他的话说，在思想上他是自由的。

他是个愤世嫉俗的无神论者（这些无神论者不仅不相信上帝的存在，而且在人格上不喜欢上帝），认为人类社会不会有任何进步，并以此为乐。他说当他有时候在河堤路睡觉时，他抬头看着火星或土星，想到上面可能也有人睡在像河堤路这样的地方，心里就会得到安慰。关于这一点他有套古怪的理论。

---

① 《格列佛游记》（*Gulliver's Travels*），英国作家乔纳森·斯威夫特（Jonathan Swift）的游记体讽刺小说，于 1726 年出版。

他说地球上的生活之所以那么苦，是因为这个星球缺乏生活的必需品；而火星气候寒冷，水分稀少，那里的环境一定更恶劣，生活自然也更加艰苦。在地球上，你偷了六便士只会被判刑坐牢，而到了火星你可能会被活生生地煮熟。这个想法令波佐很振奋，但我不知道为什么会这样。他真是一个非常特别的人。

第三十一章

波佐那间旅馆住一晚要九便士。地方很大，但很嘈杂，住了五百个人，是出了名的流浪汉、乞丐和小偷聚居的地方。这里什么人种都有，甚至还有混血儿，大家都平等相待。那里有印度人，当我用蹩脚的乌尔都语和其中一个打招呼时，他把我唤作“杂种”——要是在印度，这么叫人会把人气坏的。我们已经沦落到比肤色歧视更糟糕的地步了，可以看到种种奇怪的生活。有一个七十岁的老流浪汉，我们都叫他“老爷子”。他去捡烟屁股，然后把烟草收集起来，每盎司卖三便士，基本上就靠这种方式谋生。还有“医生”——他是个正牌医生，但因为得罪了人被吊销了执照，除了卖报纸之外，靠给人看诊挣点小钱，每次只收几便士。还有一个来自吉大港的小个子印度水手，老是光着脚，经常挨饿。他离开了自己的船，在伦敦流落了好几天，完全孤立无助，甚至不知道自己身处何方——他以为自己在利物浦，直到我告诉他这里是伦敦。有一位作家，他是波佐的朋友，专门写讨钱的信函，可怜巴巴地要人家寄钱给他，让他好帮老婆张罗葬礼，要是有一封回信真的给他寄了钱过来，他就会买一大堆面包和人造黄油吃到整个人都撑了。他为人下流，像豺狼一样贪婪。我和他说过话，发现他和很多骗子一样，相信大部分自己所说的谎言。寄宿旅馆就像伦敦的阿尔塞西区，专门窝藏这种人。

我和波佐在一起的时候，他教会了我在伦敦乞讨的一些技巧。这里面的门道绝非你想象中的那么简单。乞丐之间的差别很大，有的只靠乞讨要钱，有的在乞讨时会试着创造出一点价值，这两个群体其实不应该归为同一类人。乞讨的手段不一样，要到的钱数量也不一样。当然，星期天报纸里面所讲述的有些乞丐死去的时候裤子里缝着两千英镑的故事都是谎言，但手段高明一点的乞丐确实能挣到不少钱，有时候连续好几个星期都不会饿肚子。混得最好的乞丐是街头杂耍艺人和街头摄影师。运气好的时候——比方说戏院外排了长长的队伍——一个街头杂耍艺人每星期挣到五英镑是常有的事情。街头摄影师也能挣这么多，但他们得靠天吃饭。他们会耍手段以促成买卖。当他们看到一个可能会上钩的凯子朝他们走来时，其中一个摄影师就会跑到相机后面，假装照了一张相。当那个凯子走过来时，他们就起哄说：

“好了，先生，请拿你的相片吧。承惠一先令。”

“但我没有叫你们拍照啊。”那个凯子提出抗议。

“什么？你不想拍照？你刚才不是打了手势吗？这下好了，一张底片就这么浪费了！一张底片可得花六个便士。”

到了这一步那个凯子通常会觉得很抱歉，说他愿意买下那张照片。摄影师看了看底片，说刚才那张没照好，他们可以重新照一张，这张不另外收费。当然，他们根本就没有照第一张，要是那个凯子坚决不肯要相片，他们也毫无损失。

和耍杂技的乞丐一样，玩手风琴的乞丐被视为艺人。波佐有一个拉手风琴的朋友，名叫“矮子”，曾讲述过他的行当。他和他的伙伴在怀特查佩尔和商业大道一带的咖啡厅和酒馆“上班”。你不要以为拉手风琴的乞丐在街头挣钱。他们的收入十有八九都是在咖啡厅和酒吧里挣的——当然只是些廉价的酒吧，上档次的酒吧他们可进不去。矮子通常会在一间酒吧外面停下来，演奏一首曲子，然后他那个同伴走进里面——他装着木腿，颇令人同情，拿着帽子全场走一圈讨钱。讨到“赏钱”后，“矮子”总会再演奏一曲——作为对观众的致谢，表明他是个真正的艺人，而不是要到钱就跑的乞丐。他和搭档每星期可以挣到两三英镑平分，但他们每星期得付十五先令租手风琴，算下来一个人一星期只有一英镑的收入。他们从早上八点一直到晚上十点都在外面奔波，星期六的时候下班还要晚一些。

马路画家有的被认为是艺术家，有的则不是。波佐向我介绍了一位“真正的”艺术家——他曾在巴黎学过绘画，风光的时候画作还在沙龙画廊展览过。他的画风师从古典大师，考虑到他是在石板上作画，画得还是蛮不错的。他向我倾诉他是怎么沦为马路画家的：

“那时候我的妻子和孩子们在挨饿。有一天我扛着一大堆画作去找画商，到了深夜才回家，彷徨着到底该怎么办才能挣到一两先令。然后，在斯特朗大街我见到一个家伙跪在人行道上画着画，人们施舍给他几个便士。我经过他身边时，他站了起来，走进一家酒吧。‘该死的。’我心想，‘要是这样都能挣钱，那我也行。’于是我在冲动之下跪了下来，拿着他的粉笔开始作画。天知道我怎么会做出这种事情。当时我一定是饿晕了。我从未学过用粉笔作画，一边画一边揣摩着技巧。人们开始停下来，说我画得还不错，施舍了我大概九便士。这时那个家伙从酒吧里走了出来。‘你——你在我的地盘上干什么？’他问道。我解释说我实在是饿得慌，得挣点钱。‘噢，’他说道，‘跟我来，咱俩喝一杯。’于是我和他一起喝酒，从那天开始就当上了街头画家。我每周挣一英镑。一英镑养六个孩子可不够，但幸运的是，我妻子给人缝补衣服，也能帮补点家计。

“这种生活最惨的就是挨冻，而另一件惨事就是你得忍受别人的干预。刚开始的时候，我不懂规矩，有时候会在人行道上画裸体画。第一次居然还是在圣马丁教堂外面，一个穿着黑衣的人走了过来——我猜他应该是教堂执事什么的——大声地朝我怒吼道：‘你以为我们可以容忍这种下流东西在上帝神圣的教堂外面出现吗？’于是我只能把那幅画洗掉。其实我是在模仿波提切利[①]的《维纳斯》。还有一次我在河堤路画了这幅画。一个巡警看了看，然后什么也没说，踩在我的画上，用他那两只扁平的大脚把画给擦掉。”

波佐也说他遇到过警察的干预。我和他在一起的时候，海德公园刚好在打击“不检点行为”，警察疯狂展开行动。波佐画了一幅关于海德公园的漫画，画里面警察躲在树丛后面，标题是：“大家都来找警察。”我告诉他要是把标题改为“大家来找不检点行为”会更有意思，但波佐不肯听我的。他说要是被警察看到的话会把他赶跑，那他就别想有生意做了。

地位比马路画家低一些的有唱圣诗的歌手、卖火柴或卖鞋带的小贩，还有卖信封的，里面装有一点薰衣草的粉末——美其名曰“香熏”。所有这些人说白了都是乞丐，摆出一副可怜巴巴的样子讨钱，一天却讨不到半个克朗。他们之所以得假装贩卖火柴之类的东西，而不是直接伸手向人要钱，是因为荒唐

① 桑德罗·波提切利（Sandro Botticelli，1445—1510），意大利文艺复兴早期画家。

的英国法律对乞讨作出了种种限制。现行法律规定，如果你接近一个陌生人，向他讨两个便士，他可以叫警察把你抓走，因行乞罪监禁你七天。但如果你可怜巴巴地低声嘟囔着“主啊，让我接近你[①]”，或在人行道上拿着粉笔乱涂乱画，或拿着一盒火柴闲站着——一言以蔽之，你大大方方地做一个讨嫌鬼——在法律上你是在从事正当职业，而不是在行乞。其实卖火柴也好，街头卖唱也好，都是合法形式的犯罪，但都是没什么油水可捞的犯罪。在伦敦没有一个卖火柴的或歌手一年能够挣到五十英镑——而他们每星期得在街头站八十四个小时，汽车就从你身后掠过，实在是很不划算。

关于乞丐的社会地位，我要多说几句，因为当你和他们混熟之后，你会发现他们其实和普通人没什么两样，而你不禁会觉得很吃惊：为什么社会会对他们抱以那样的态度。人们似乎觉得乞丐和普通的“劳动者”之间有着本质上的区别。他们似乎是一个单独的族群——就像罪犯和娼妓一样是社会的边缘群体。劳动者靠“劳动”生存，而乞丐不“劳动”。他们是寄生虫，对社会毫无价值。一个砌砖匠或一个文学批评家靠自己的劳动“挣钱”谋生，而乞丐不是靠劳动“挣钱”谋生，因此他们理所当然被视为社会的累赘。我们容忍他们，是因为我们生活在一个人性化的时代，但究其本质，他们都是可鄙的人。

但如果你深入观察的话，你会发现其实乞丐的谋生方式和大部分体面的人没什么不同。有人会说乞丐们不事工作。那么，什么是工作？一个搬运工的工作是搬运货物。一个会计师的工作是加减数目。一个乞丐的工作是风雨无阻地站在街头，

---

① 一首 19 世纪的赞美诗。

最后患上静脉曲张和慢性支气管炎等疾病。这份工作对社会没有贡献——但许多体面的工作对社会也没有贡献。比起其他职业，当乞丐其实并不丢人。比起大部分卖专利药品的商家，乞丐们在道德上更加诚实；比起周日报纸的老板，他们的品行更为高洁；比起分期付款货品的推销员，他们要更加和蔼友善——说得简单一点，他们是寄生虫，但起码对社会无害。他们只向社会索讨勉强糊口的钱财，而他们为此付出的代价是一直生活在苦难中，按照我们的伦理观念，这已经足以洗清他们的污点。我认为，乞丐和其他人在社会地位上是平等的，没有人有权利鄙视他们。

而问题出现了，为什么乞丐们会被鄙视？因为他们的确普遍被人鄙视。我认为原因很简单：他们没办法挣到足够的钱，体面地活下去。事实上，没有人在乎工作到底有没有贡献，是靠自食其力还是靠剥削寄生。唯一重要的就是，工作必须能挣到钱。现在流行谈论能源、效率、社会服务什么的，说白了就是“挣钱，合法地挣钱，大把地挣钱”。金钱成了衡量价值的最高标准。以这一点衡量，乞丐们都是失败者，因此他们受众人鄙视。要是一个人靠着乞讨每星期能挣到十英镑，那乞丐立刻就会成为广受尊敬的职业。实际上，乞丐其实也是一门职业，和许多从事其它职业的人一样，阴差阳错就入了行。他们并没有出卖自己的尊严，他们只是作出了错误的选择，找了一份无法变成有钱人的职业。

第三十二章

我想尽量简短地介绍一下伦敦的俚语和脏话。这些话（那些众人皆知的话除外）是现在伦敦市里黑话的一部分。

排骨——乞丐或街头艺人。伸手党——完全不加掩饰，直接伸手跟人要钱的人。帮闲——帮乞丐捡硬币的帮手。卖唱的——街头歌手。跳蚤——街头舞者。白相人——街头给人拍照的人。瞥光——晚上帮人看车的。驾儿——和卖假货的配合，假装购买东西哄别人下水的共犯。条子——探员。平底鞋——警察。迪德基——吉卜赛浪人。托比——流浪汉。

赏钱——给乞丐的钱。福库姆——包在信封里的薰衣草粉末或其他香精。酒铺——喝酒的地方。片子——街头小贩的营业执照。通铺——睡觉的地方或寄宿旅店。烟城——伦敦。朱迪——女人。班房或牢子——临时收容所。托舍伦——半克朗。迪纳或霍格——一先令。斯布罗西——六便士。克洛兹——铜板。鼓——野营用的马口铁罐。手铐——汤。聊聊——臭虫。硬货——从烟屁股里掏出来的烟草。棍子或杖子——窃贼的撬棍。天使——保险箱。亮子——窃贼用的氧乙炔汽灯。

老饕——狼吞虎咽。撞人——偷钱。扎营——露天睡觉。

这些词汇里面有一半得在厚一些的辞典里才查得到。猜想这些词汇的起源是很有趣的事情，不过有一两个——比方说

“福库姆”和“托舍伦”——根本猜不出来。“迪纳”这个词应该起源于法语词语“迪尼尔”（银币）。“瞥光”（源自动词“闪光”），或许与古英语词汇“烛光”和另一个古英语词汇“瞥见”有关。不过这个词是新词构词法的一个例子，因为按现在的意思这个词比“汽车”晚不了多少。“驾儿”这个词很有意思，显然这个词源自拟声词“驾”，意思是赶马。“马路画家”的出处很费解，这个词应该出自于拉丁文“写”，但过去一百五十年来英语中没有这个词的近义词。这个词也不可能是来自法语，因为法国根本没有马路画家。“朱迪”和“老饕”是伦敦东区的习语，伦敦塔桥以西根本没有人会这么说。“烟城”这个词只在流浪汉们里通行。‘通铺’是丹麦语。直到不久之前，表达这个意思的时候都会用“落脚处”这个词，但现在这个词已经基本上不用了。

伦敦的俚语和方言似乎变化得非常快。狄更斯和苏迪斯[①]的作品中所描写的旧式伦敦口音，那种 V 和 W 不分的情况已经彻底消失了。现在我们所熟知的伦敦土腔似乎是在十九世纪四十年代时形成的（美国作家赫尔曼·梅尔维尔[②]的作品《白色夹克》第一次提出这个词）。伦敦土腔一直在改变。现在很少人会像二十年前那样把“脸”说成“两”，“好”说成“吼”。伴随着口音的改变，俚语也在变。比方说，二十五或三十年前，“同韵俚语”在伦敦兴盛一时，每个词字都会换成和原来的字押韵的另一个字——“漫不经亲”是在说“漫不经

① 应指罗伯特·史密斯·苏迪斯（Robert Smith Surtees，1805—1864），英国作家，代表作有《汉德利十字架》、《希灵顿大厅》等。

② 赫尔曼·梅尔维尔（Herman Melville，1819—1891），美国小说家，代表作有《白鲸》、《台比：波利尼西亚生活一瞥》。

心”，“肉俎”是在说“肉脚”，等等。这种现象非常普遍，甚至还出现在小说里面，现在则几乎绝迹了。* 或许我上面所列出的那些词汇再过个二十年就会消失。

脏话也在改变——或者说，它们在与时俱进。比方说，二十年前伦敦的工人阶级习惯用“该死的”这个词骂人。现在他们已经完全不用这个词了，但有的小说家仍在他们的书里用这个词。现在伦敦土生土长的人（出生于苏格兰或爱尔兰的人情况不同）不会用“该死的”，除非他受过教育。事实上，这个词被社会地位更高的群体所接受，不再是工人阶级用来骂人的字眼。伦敦现在流行的用于修饰每个名词的脏话是“—”①。无疑，这个“—”最后将会步入大雅之堂，被别的词所替代。

骂人的话，尤其是英语骂人的话，是非常神秘难懂的。究其本质，骂人和巫术一样是非理性的行为——事实上，骂人与巫术颇有渊源。但关于骂人有一个悖论，那就是：我们骂人的用意是使他人感到震惊或受到伤害，为了达到这个目的，我们会提及一些本该是保持神秘的事物——通常这些事物都与性行为有关。但奇怪的是，当一个词被广泛用为骂人的话后，它的本意似乎就消失了，也就是说，失去了原来使它成为一个脏字的意义。一个词变成脏字是因为它有某方面的所指，而因为它已经变成了脏字，它就不再表示那方面的意思了。比方说，现在伦敦人基本不用“—”这个词最原始的意思了，从早到晚他们就把这个词挂在嘴上，但纯粹只是宣泄情绪，而不是特有

---

* 奥威尔注：这种表达方式有的通过缩略方式保留了下来，比方说“用用你那两便士”，意思是“用用你那脑袋包”。“两便士”是这么辗转得来的：脑袋包——面包——两便士的面包——两便士。

① 英文原文中这个词以“—”表示，或许是作者或出版社的隐晦表达，译者猜测这个字或许是“操”（fuck）。

所指。和“—”相类似，你可以想到近似的法语字眼，比方说“—”这个词，现在这个词的原本含义也已消失了，变成了一个没有特定意思的感叹词。

又比方说，“—”这个词在巴黎还时不时有人在用，但那些人，或大部分人，并不知道这个词原本的含义。当中的规矩似乎是，被用来骂人的字眼带有某种魔力，让它们单独被剥离出来，不再用于日常的对话中。

用来侮辱人的字眼和诅咒人的字眼似乎都被这个悖论所主宰。有人会以为一个词变成了骂人的话，因为它指代某些不好的事物，但事实上它骂人的含义和其本来的含义没什么关联。比方说，骂伦敦人最狠的话是“杂种”这个词——但如果你考证它的本意，其实根本算不上是侮辱。无论是在伦敦还是在巴黎，对女性最严重的侮辱是骂她为“母牛”，而这个词或许还有褒扬的含义，因为母牛是最可爱的动物之一。显然，一个词之所以会变成脏话，纯粹是出于说话人的用意，与这个词字典的含义无关。文字，尤其是骂人的词，是大众的意见合力塑成的结果。看到一个骂人的词语到了不同的国家就改变了性质是一件很有意思的事情。在英国，你可以印“我操[①]”，不会有任何人提出抗议，而在法国，你就只能印“我—”。或者再举另一个例子，以“妈了个逼的[②]”这个词为例，在印度这是不可原谅的侮辱，但在英国我们都当它只是调笑的话而已。我甚至还在学校的课本里见过这个词，出现在阿里斯托芬[③]的一出

① 原文为法语。

② 原文为兴都斯坦语脏话。

③ 阿里斯托芬（Aristophanes，公元前446年—公元前386年），古希腊喜剧作家，代表作有《黄蜂》、《青蛙》、《吕西斯蒂亚》等。

戏剧里，注释里说这是在翻译剧中一位波斯使者嘴里胡说八道的话。或许作注释的人知道“妈了个逼的”是什么意思，但由于它是外来语，所以失去了作为脏话的魔力，因此可以刊印出来。

值得注意的另一件事情是，伦敦的男人通常不会在女人面前爆粗口，而在巴黎情况则完全不同。一个巴黎工人在女人面前或许会稍微有点节制不说脏话，但对此并不是很在乎，而女人之间则秽语百出。在这件事情上可以说，伦敦人比较有礼貌，或者说，比较有洁癖。

这些内容是我漫无规律地搜集而来的。没有精通文字的人对伦敦的俚语和脏话进行年册纪录，精确记录语言的变迁实在是一大遗憾。或许这将会对我们有所启发，进一步了解词汇形成、发展和消亡的过程。

第三十三章

B 君给我的那两英镑撑了十天左右，能撑这么久应该归功于帕迪，在流浪生涯中他学会了厉行节俭，连一天吃顿好饭都觉得是过分的奢侈。对他来说，食物不过就是面包加人造黄油——他的伙食永远是一杯茶和两片面包，顶多能充饥一两个小时。他教会我如何一天只花半克朗就解决食物、床铺、烟草和其他一切生存必需品。晚上他还去“瞥光”，能挣上几先令。这份工作不踏实，因为是违法的勾当，但勉强能帮补我们的经济。

一天早上我们去应聘“人肉招牌”这份工作。我们凌晨五点就在几间办公室后面的一条小巷子里等候，但已经有三四十人在排队等候。等了两个小时后他们才告诉我们那天没有工作。我们并没有多少损失，因为“人肉招牌”这个工作并不值得羡慕。他们每天挣三个先令，得干十个小时的活儿——这可是辛苦活儿，特别是在风大的日子，而且不能偷懒，因为临工经常会过来巡逻，看看工人是否卖力。更惨的是，“人肉招牌”干的是零工，有时会被雇上三天，但从来不会超过一个星期，因此他们每天早上都得枯等几个小时，希望能有活儿干。现在失业的人多，都愿意干这份工作，他们根本没有权力争取更好的待遇。所有的“人肉招牌”都羡慕派发传单的工作，因为收入差不多。如果你见到有人在派发传单，你不妨高抬贵手拿上一张，因为他得派发完所有的传单才能下班。

这段时间我们一直住在寄宿旅馆里——过着肮脏而平静到极其无聊的生活。一连好几天我们无所事事地坐在地下的厨房里，读着昨天的报纸，或者读着过期的《米字旗》杂志。这个时候是伦敦的雨季，每个人回来的时候身上都冒着水汽，因此厨房里臭气熏天。唯一让人兴奋的事情就是等着喝一杯茶，吃两片面包。我不知道伦敦有多少人过着这样的生活——起码得有好几千人吧。而对于帕迪来说，这是两年来他过得最舒服的时光。有时候他手头能有个几先令，作为流浪生涯的插曲，而这一直就是他度过插曲的方式——流浪本身总归更糟一些。听听他呜咽的声音——没有在吃东西的时候说起话来他总是在呜咽——你就会意识到失业对他来说是多么可怕的摧残和折磨。人们以为失业的人只会担心丢了饭碗，但他们想错了。恰恰相反，一个目不识丁的男人，骨子里习惯了工作，不只是为了钱而工作。一个受过教育的人可以忍受强加于身的闲散生活，而闲散堪称是贫穷最可怕的不幸之一。而对于像帕迪这样的人，他们没有其他方式消磨时间，他们一失业就像小狗被绑在铁链上一样。这就是为什么那种说“真正值得可怜的人是那些曾经风光如今却落魄潦倒的人”的论调其实是无稽之谈。真正值得怜悯的人是那些从一出生就穷困潦倒的人，面对贫困，他们根本无能为力，茫然失措。

这是一段很无聊的日子，我几乎毫无印象，唯一记得的是与波佐的谈话，还有一次在寄宿旅馆里举行的贫民窟派对。帕迪和我出去了，下午的时候回来，听到楼下传来了音乐声。我们看到三位衣着光鲜的绅士正在厨房里举行某种宗教仪式。他们是教士，神情严肃，身穿双排扣的长大衣，有一位女士坐在那儿弹奏便携式的脚踏风琴，还有一个没有下巴的年轻人在把玩一个十字架。他们似乎是不速之客，没有人邀请他们来，他们就这么闯进来，开始举行仪式。

观察这里的租客如何对待这些不速之客是很有趣的一件事。他们没有对这帮贫民窟的教士粗暴地表示反对，只是根本没有去理睬他们。厨房里的人都心照不宣——得有上百个人吧——似乎当那几个贫民窟的教士并不存在一样。他们耐心地站在那儿唱歌和劝诫，但根本没有人在意，似乎当他们只是几只虫子。那位穿着双排扣长大衣的绅士在布道，但一个字也听不清楚。布道的内容被歌声、咒骂声和锅碗瓢盆的敲打声所淹没。那些人离脚踏风琴不过三英尺，坐在那儿漠然处之，照常吃饭打牌。过了没多久那几个贫民窟的教士就结束离开了，没有人开口赶他们走，只是当他们像空气一样。毫无疑问，他们会自我安慰说自己是多么勇敢，“无所畏惧地闯入了最低贱的洞穴，”等等等等。

波佐说这些人每个月会来寄宿旅店几次。他们与警察有关系，旅店经理不能赶他们出去。只要你的收入低于一定的水平，他们就认为向你布道传教是天经地义的事情，想想真是好笑。

住了九天之后，B君那两英镑只剩下一先令九便士。帕迪和我留了十八便士用来付床位费，花了三便士买了一杯茶和两片面包，两人分着吃掉——分量只够当开胃点心，根本算不上一顿饭。到了下午我们俩都饿得头昏眼花，帕迪想起在国王十字车站附近有一间教堂，每星期会给流浪汉们免费提供茶点。那天刚好就是茶点的日子，我们决定过去。虽然那天下着雨，而且几乎身无分文，但波佐不肯跟我们一起去，说他不会接受教会的施舍。

教堂外面有上百人在等候着，他们都是来自四面八方的脏兮兮的流浪汉，收到了可以享受免费茶点的消息而来，就像围绕在一头死水牛身边的鹞子。过了一会儿教堂的几扇门打开了，一位牧师和几位修女领着我们走进教堂顶部的楼座。这是一间福音派教堂，非常荒凉丑陋，墙上装饰着讲述血与火的经文，还有一本赞美诗经文，里面有一千两百五十一首赞美诗。我读了几首赞美诗，得出的结论是，这本书可以作为蹩脚诗篇的选集。茶点后将举行祈祷，平时的会众坐在下面的大堂里。那天不是周末，只有几十个信徒参加聚会，大部分是皱巴巴的老女人，让人想起水煮的家禽。我们被安排坐在楼座的靠背长凳上，然后他们端来了茶点。每个人可以喝到一磅茶水，用果酱罐盛着，还有六片面包加人造黄油。茶点一结束，挨着门口的几个流浪汉立刻冲了出去，不想参加仪式。其他人留了下来，并不是出于感恩，而是因为他们脸皮还没有厚到吃完就溜的地步。

管风琴奏响了序曲，仪式开始了。似乎一声令下，我们这帮流浪汉开始以最可恶的方式做出各种小动作。一个人绝对想象不到这一幕情景会在教堂里发生。我们懒洋洋地靠在楼座的长凳上，有说有笑，倾着身子朝坐在下面的信徒扔面包屑。坐在我旁边的人准备点烟，我不得不花点力气制止了他。这帮流浪汉纯粹当这次祈祷仪式是一场笑话。事实上，这次仪式确实很搞笑——时不时就有人猛然喊道“哈利路亚”，还有无穷无尽的即兴祈祷——但他们实在是太过分。会众里有一个老头子——叫布托尔兄弟什么的——他总是在倡导我们一起祈祷，他甫一起立流浪汉们就开始跺地，似乎当这里是一座戏院。他们说上一次这个老头的即兴祈祷足足持续了二十五分钟。直到牧师将他打断为止。有一回布托尔兄弟起立时，一个流浪汉嚷道："不许超过七分钟！"嚷得那么大声，整个教堂一定都听到了。很快我们的声音就盖过了主持牧师的祷告声。不时地，下面的人会愤慨地朝上面说道："嘘！"示意我们安静下来，但根本没有作用。我们就是故意要捣蛋，根本无法阻止我们。

那是一幕非常古怪恶心的情景。下面是十几个纯朴善良的好人，努力想进行祈祷。上面是上百个刚刚吃饱喝足的人，故意要让祈祷无法进行下去。一圈脏兮兮的、头发蓬乱的脸从楼座往下望去，公然咧嘴大笑，嘲弄着下面的人。那几个女人和老人家怎么能扛得过上百个不怀好意的流浪汉？他们很害怕我们，我们明摆着就是在欺负他们。我们觉得他们施舍我们食物是在羞辱我们，以这种行为进行报复。

主持牧师是个勇敢的人，以雷鸣般的声音从容不迫地念完关于《约书亚记》的长篇布道，尽量不去理会上面的窃笑和聊天。但到了最后，或许被刺激得怒不可遏，他高声宣布：

"此次布道的最后五分钟我要对尚未得到救赎的灵魂讲话！"

说完这一句之后，他仰脸朝着楼座，足足说了五分钟，讲述哪些人可以获得救赎，哪些人无法获得救赎。但我们才不在乎呢！即使牧师以地狱之火相要挟，我们仍继续抽着烟卷。等到最后一句"阿门"讲完，我们就吵吵闹闹地走下楼梯，许多人都说好了下星期会再过来免费享用茶点。

这一幕情景让我觉得很有趣，与流浪汉平素的举动大相径庭——平时他们接受施舍时总是像可怜虫一般奴颜婢膝。对此的解释当然是，我们的人数远远超过参加聚会的信徒的数目，因此不怕他们。接受慈善施舍的人总是痛恨其恩人——这是人性中亘古不变的特征。而当他有五十个或上百个同伴给他撑腰时，他就会将仇恨彻底暴露出来。

到了晚上，吃完免费茶点之后，帕迪意外地又挣到了一笔十八便士的“瞥光费”。这笔钱刚好够我们再住一晚上，我们把钱留了起来，饿着肚子直到第二天晚上九点。本来波佐可以周济我们一点吃的，但他一整天都不在。人行道湿漉漉的，他去了象堡那里——他知道有一块空地不会被雨淋到。幸运的是，我还有点烟草，不然的话那天会更难挨。

八点半的时候帕迪带我到河堤路，据说有一个牧师每个星期会到那里赠予餐券。在查林十字街大桥已经有五十个人在等候着，样子倒映在让人冻得发僵的水潭里。有的人实在是面目可憎——他们都是河堤路的露宿者，河堤路可是比班房更糟糕的地方。我记得其中一个穿着没有钮扣的大衣，就用绳子把衣服系起来，穿着一条褴褛的长裤，两只靴子露出了脚趾——上面连袜子也没有。他蓄着大胡子，像个苦行僧，往胸脯和肩膀上涂满了黑漆漆脏兮兮的东西，好像是火车的机油。在泥垢和毛发下，你可以看到他的脸似乎得了白化病，白得吓人。我听到他开口说话，口音很文雅，像是文员或跑堂的。

很快那位牧师来了，流浪汉们按照先来后到的顺序排好了队。那位牧师很年轻，身材略胖，长得很像我在巴黎的那个朋友查理。他很害羞尴尬，只会对我们说“晚上好”。他快步走过队伍，给每人分发一张餐券，没有稍作停留让别人感谢他。有那么一会儿，大家都很感激他，说那位牧师是个好人。有人高喊道（我相信牧师听见了）：“他肯定不会当上主教的！”——这句话其实只是真挚的赞美。

每张餐券值六便士，指定到附近一间餐馆使用。到了那儿我们发现老板知道流浪汉只能到这里来，于是每张餐券只给价值四便士的食物，以此克扣敛财。帕迪和我把餐券拼到一块儿，却只得到别的咖啡厅只花七八便士就可以买到的食物。那位牧师派发了价值超过一英镑的餐券，所以那间餐馆的老板应该每星期坑了流浪汉多达七先令以上的钱财。流浪汉被这样坑害是司空见惯的事情，只要人们继续沿用派发餐券的做法而不是直接给钱，这种情况就会一直持续下去。

帕迪和我回到了寄宿旅馆，仍然觉得肚子很饿，于是跑到厨房里烤火取暖，以慰饥饿之苦。十点半的时候波佐回来了，样子疲惫憔悴，因为他那条瘸腿让走路变成了一种折磨。所有能避雨的地方都给占了，他无法作画挣钱，只好直接伸手向人要钱，乞讨了几个小时，还得小心提防警察。他讨到了八便士——但离付房租还差一便士。付钱的时间已经过去了，他只能趁着经理不注意溜了进来，要是他被逮到，就会被赶出去，到河堤路露宿街头。波佐从口袋里掏出几样东西，细细看了几遍，思索着要把哪个卖掉。他决定卖掉刮胡刀，拿着它在厨房绕了一圈，几分钟内就卖掉了，换了三便士——现在他有钱付房租，买一壶茶，还能剩半个便士。

波佐买了一壶茶，坐在火堆旁边把衣服烤干。他喝着茶的时候我看到他在开怀大笑，似乎听到了什么笑话。我吃惊地问他到底在笑什么。

“真是他妈的太有趣了！”他说道，“应该登上《潘趣》的。你知道我做了什么吗？”

“怎么了？”

“我把刮胡刀卖了，却忘了先给自己刮胡子。真是个大傻瓜！”

他从早上到现在一直没吃东西，拖着一条瘸腿走了几英里的路，全身的衣服都淋湿了，身上只剩下半个便士，饭都吃不起。但就算这样他仍然能因为卖了那把刮胡刀而笑起来，我觉得他真的很了不起。

第三十四章

第二天早上我们的钱花光了。帕迪和我出发去班房。我们经旧肯特路向南边走，准备去克罗姆利。我们不能去伦敦的班房，因为不久前帕迪才去过那里，他不敢冒险再去一趟。我们走了十六公里的沥青路，脚上起了水泡，而且饿得发慌。帕迪扫视着人行道，积攒着烟屁股为进班房未雨绸缪。他锲而不舍的精神终于得到了回报，捡到了一便士。我们买了一大片馊面包，边走边吃。

到了克罗姆利，离进班房的时间还早，我们又走了几英里路，来到一座草地旁边的庄园，在那里歇脚。这里是流浪汉聚集的大本营——只要你看到那块磨得差不多的草坪、踩得稀烂的报纸以及他们丢下的锈迹斑斑的瓶瓶罐罐就知道了。其他流浪汉三三两两地来了。那一天秋高气爽，附近长着一丛艾菊，直到现在我似乎仍能闻到那些艾菊散发出来的浓烈的香气，盖过了流浪汉身上的臭味。草坪上有两匹拉车的小马，毛发是赭黄色的，而鬃毛和尾巴是白色的，正在大门旁边啃草。我们精疲力尽四仰八叉地躺在地上，浑身汗淋淋的。有人找来干树枝，生起了一堆火。我们用一口锡“鼓”烧了些茶，没加牛奶将就着轮流都喝了几口。

有几个流浪汉开始说起了故事。其中一个流浪汉名叫比尔，是个有趣的人，块头特别大，壮得跟巨灵神一样，为人特别老实。他说凭自己的力气随时都可以去当土方工人，但他领到第一个星期的薪水就会去大喝一通，然后被老板解雇。有时他会直接伸手向人乞讨，主要的对象是店铺老板。他是这么说的：

“我不会去肯特郡，肯特郡不好营生，确实是这样，那里有太多人在伸手乞讨了。面包店的老板宁愿把面包扔掉也不肯施舍给你。牛津倒是个乞讨的好地方。我在牛津的时候会讨点面包、熏肉和牛肉。每天晚上再从学生那儿讨几个小钱好找地方落脚。到了最后一天晚上，我还差两便士投宿的钱，于是我去找一位牧师，求他施舍三便士。他给了我三便士，转过头就告我乞讨。一个条子盘问我：‘你在乞讨是吧。’我回答说：‘没有啊，我只是在问时间。’那个条子开始搜我的身，掏出了一磅肉和两块面包。‘那，这些是什么？’他说道，‘跟我回局里去。’法官判我坐牢七天。我再也不敢找牧师讨钱了。但管它呢！我会在乎坐七天的牢吗？”等等等等。

他的生活似乎就是这样——到处讨钱、喝酒、坐牢。说起这些时他一直在哈哈大笑，似乎只是当成一个天大的笑话。看他的样子似乎讨钱的日子不是很好过，因为他只穿着一件灯芯绒西装、一条围巾和一顶帽子——没有袜子或内衣。但他吃得胖乎乎的，而且很开心，身上还带着啤酒味，这种味道如今在流浪汉身上很难闻到了。

有两个流浪汉最近来过克罗姆利的班房。他们讲述了与这间班房有关的鬼故事。他们说几年前那里有人自杀。有个流浪汉把一把刮胡刀偷偷运进了牢房，在里面割喉自杀。到了早上牢头过来的时候，尸体卡在了房门里，为了开门，他们不得不把那个死人的胳膊拗断。出于报复，那个死者的阴魂经常在牢房里作祟，凡是在牢房里睡过觉的人那一年都会暴毙。当然，这种传说层出不穷。当一间牢房的门打不开时，你最好得像躲瘟疫一样躲它远一点，因为那间牢房一定在闹鬼。

有两个流浪汉曾经当过水手，讲述了另一个骇人听闻的故事。有一个人（他们发誓说认识那个人）计划乘船偷渡去智利。船上载满了用大木箱包装的货物。在一个码头工人的帮助下那个偷渡客躲在了一口木箱中，但那个码头工人弄错了木箱装卸的顺序。起重机把偷渡客藏身的那个木箱高高举起，将他放到了货物的底部，上面压着几百口木箱。没有人发现这件事，直到航行结束，他们发现那个偷渡客因窒息而死，尸体已经腐烂了。

另一个流浪汉讲述了苏格兰大盗吉尔德雷的故事。吉尔德雷本来被判处绞刑，但他逃出监狱，抓住那个对他判刑的法官，反而将他吊死。（这家伙太牛了！）当然，流浪汉们都喜欢这个故事，但有趣的是，整个故事他们都搞错了。他们的版本是，吉尔德雷逃到了美国，而事实上他再次被捕并被处死。显然，这个故事经过了刻意的修改，就像孩子们修改参孙[①]和罗宾汉[②]的故事一样，发挥他们无穷的想象力，让这些英雄人物得以善终。

谈到吉尔德雷，流浪汉们聊起了历史，一个上了岁数的老头说“狗咬人第一次无罪”[③]这条法规是以前那些贵族带着狗

---

① 参孙（Samson），《圣经 · 旧约 · 士师记》中所记载的一位犹太人士师，天赋异禀力大无穷，由于中了非利士人的美人计，失去了神力并沦为奴隶，最后神力恢复，与非利士人同归于尽。

② 罗宾汉（Robinhood），生卒年月不详，英格兰传说中的侠盗，善剑术，精射箭，劫富济贫，为穷人所称道。

③ 指狗的主人在完全不知情的情况下，他的狗第一次咬伤人可不负责任，而这只狗若再次伤人，则主人须负法律责任。

不去猎鹿而是纵狗咬人时流传下来的。有几个人嘲笑他，但他仍坚持己见。他还知道“谷物法”和“初夜权”（他认为以前真的有这么一条法律存在）的出处。他还知道法国大革命，认为那是穷人反抗富人的暴动——或许他把它和农民起义弄混了。我不知道这个老头识不识字，但可以肯定的是，他没有在引述报纸上的那些报道。他那零星的历史知识是流浪汉们一代代传下来的，有些事或许说了好几个世纪了。这些就是薪火相传的口述历史，好像是中世纪传来的微弱的回响。

到了傍晚六点钟的时候我和帕迪去了班房，第二天早上十点钟出来。里面和罗姆敦与埃德伯里的班房差不多，但我们没有遇到那个恶鬼。我们认识了两个年轻人——威廉和弗莱德，都来自诺福克，以前都是渔民。这两个年轻人很活跃，喜欢唱歌。他们会唱一首名叫《忧郁的贝拉》的歌，歌词挺有意思。接下来的两天我听他们唱过好几遍，默记在了心里，不过有一两句歌词是我瞎猜的。

“贝拉年轻貌美如花，长着蓝色的眼眸和一头金黄的秀发。噢，忧郁的贝拉！她的步伐是那么轻盈，她的心情是那么快乐。但她毫无阅历，在明媚的一天，被一个薄情寡幸的骗子，搞大了肚子。

“可怜的贝拉，她年少无知，怎知世情险恶，人心难测。噢，忧郁的贝拉！她说：‘我的郎君顶天立地，定与我结为连理。’她陷入爱河，怎知自己爱上了薄情郎。她到他家里找他，怎知那薄情郎已卷铺盖离开。噢，忧郁的贝拉！她的房东太太说：‘给我滚出去，臭婊子，我不会让你这种贱货，玷污我的门楣。’可怜的贝拉是多么辛酸难过，被一个薄情寡幸的人，欺骗了感情。

“整晚她就在雪地里流浪。她受了什么样的苦，没有人知晓。噢，忧郁的贝拉！破晓日出之时，哎呀，哎呀，可怜的贝拉已经死了。这么年轻的她，就此香消玉殒，都怪那个薄情寡幸的骗子。

“所以你可明白，放纵情欲的下场，就是受到罪孽的折磨。噢，忧郁的贝拉！他们将她埋在坟中。男人们都说：‘哎，这就是生活。’但女人们都在低声甜甜地歌唱：‘都是男人惹的祸，这群无耻的家伙！’”

或许这些歌词是一个女人写的。

唱这首歌的威廉和弗莱德是两个无赖，是那种让流浪汉声名狼藉的人。他们知道克罗姆利的牢头有一堆旧衣服，如果流浪汉有需要的话可以向他领取。在进班房之前威廉和弗莱德脱下他们的靴子，把接线处撕掉，将鞋底剪得破破烂烂的，几乎把两双靴子弄得没法穿了。然后他们申请要两双靴子。牢头看到他们的靴子的确很破烂，就给了他们两双几乎是全新的靴子。第二天早上还没出班房他们俩就把这两双靴子卖了一先令九便士。他们把自己的靴子搞得几乎没办法穿，但他们似乎觉得这样还是很划算，因为能挣到一先令九便士。

离开班房后，我们一起朝南边进发，准备去下宾菲尔德和艾德山，队伍拉得很长，走得懒懒散散的。路上有两个流浪汉打了起来。之前他们已经吵了一整晚（干架的理由很傻帽，因为其中一个骂另一个是“牛屎”，却被听成了“布尔什维克”[1]——这可是最要命的侮辱），两人跑到一块田里决斗。我们有好几个人留下来看热闹。有一件事情让我记忆尤深——被

① 英语中“牛屎”（Bull shit）与“布尔什维克”（Bolshevik）发音相似。

殴打的那个男人栽倒在地，帽子掉了下来，露出一头苍苍的白发。然后几个人上去劝架，制止了斗殴。帕迪询问他们到底为什么打架，原来真正的原因和以往的情况一样，只是为了价值几便士的食物。

我们很早就来到下宾菲尔德，帕迪到人家的后门找工作，以此消磨时间。在一间房子外面，主人家给了他几筐木柴，让他劈成柴火。他说他有个同伴在外面，然后把我带了进去，我们俩一块儿动手劈了柴火。活儿干好了，主人家吩咐女仆给我们泡茶。我记得她端出茶水时惊慌失措的模样。接着她吓坏了，把茶杯放在过道上，冲回屋子里，把自己关在厨房里。“流浪汉”这三个字一定把她吓坏了。主人家给了我们一人六便士，我们买了三便士面包和半磅烟草，还剩下五便士。

帕迪认为我们得把那五便士埋起来，因为下宾菲尔德的牢头被公认为是一名暴君，要是我们身上有钱的话，或许会将我们赶出去。流浪汉把钱埋起来是经常发生的事情。如果他们想把一大笔钱偷偷带进班房，他们会把钱缝在衣服里，当然，如果被逮到的话就意味着坐牢。帕迪和波佐都告诉过我关于这种情况的一个故事。有一个爱尔兰人（波佐说是爱尔兰人，而帕迪说是英国人）——他不是流浪汉，身上有三十英镑——来到一间小村庄，找不到地方寄宿。他向一个流浪汉求助，后者建议他去济贫院过夜。这是很正常的事情，因为一个人要是找不到地方睡觉的话，可以付一点钱去济贫院。但那个爱尔兰人自以为很聪明，想不掏钱就免费睡一晚上，于是到了济贫院他自称是个流浪汉。那三十英镑他已经缝在了衣服里面。而那个建议他到济贫院投宿的流浪汉看到机会来了，当晚悄悄向牢头请求第二天上午早点离开，理由是要去找工作。六点钟的时候他被放走了——顺便把那个爱尔兰人的衣服领走了。爱尔兰人投诉自己的衣服被盗，结果被判处三十天的监禁，罪名是提供不实信息入住收容所。

第三十五章

来到下宾菲尔德，我们在草坪上躺了很久，村子里的人都跑到自家前门看着我们。一位牧师和他的女儿走了过来，默默地盯了我们一会儿，似乎把我们当成了水族馆里的观赏鱼，然后走开了。总共有好几十个流浪汉在等候着。威廉和弗莱德也在那儿，仍然在欢声歌唱，还有刚才打架的那两个家伙和“伸手党”比利。他偷了好几家面包店，大衣下面藏了很多发馊的面包。他把面包拿出来分享，我们都很高兴。我们中间多了个女人，我见过的第一个流浪女。她大概六十岁，身材肥胖，衣衫褴褛，身上脏兮兮的，穿着一件长可及地的黑裙。她的态度非常高傲，要是有人坐得离她近一些，她会嗤之以鼻，移到远一点儿的地方。

有一个流浪汉找她搭话：“去哪儿啊，这位小姐？”

那个女人哼了一声，望着远处。

“别这样嘛，小姐。”那个流浪汉说道，“开心点。别见外，大家同是天涯沦落人嘛。”

“谢了。”那个女人没好气地说道，“等我想和流浪汉混一块儿的时候我会告诉你的。”

我很喜欢听她说“流浪汉”时的咬字，似乎让你看到另一个活生生的灵魂，一个警觉的女性的灵魂，多年来的流浪生涯并没有让她堕落。她应该是个出身名门的寡妇，却因为造化弄人而沦落为乞丐婆子。

班房六点钟开门。今天是星期六，按照平常的做法，整个周末我们都得待在里面。至于为什么，我不知道，只是隐约觉得星期天意味着不愉快的事情会发生。登记的时候我说自己的职业是“记者”。这比“画家”更切合实际，因为有时我会撰写一些新闻稿挣点钱，但我这么做实在是太傻了，因为肯定会引来盘问。我们一进班房就被命令排好队接受搜查。牢头叫了我的名字。他大概四十岁，性情古板，有一股子老兵粗野的作派，不过看上去没有传说中那么横行霸道。他凶巴巴地问道：

“你们谁是布兰克[①]？”（我差点忘了自己填了什么名字。）

“我是，长官。”

“你是记者？”

“是的，长官。”我颤着声音回答。他再问我几个问题我就会露馅了，而后果就是进监狱。但牢头只是上下打量了我几眼，然后说道：

“这么说你是文化人了？”

“我想是的。”

他又久久地望了我一眼。“您的运气真是糟糕透了。”他说道，“真是糟糕透了。”在此之后他对我特别优待，甚至还很尊敬我。他没有搜我的身，在浴室里给了我一条干净的毛巾——这可是闻所未闻的优待。在一位老兵的心目中，“文化人”这个词具有莫大的魔力。

七点钟的时候我们已经把分到的面包和茶吞个精光，回到牢房里。我们一个人睡一间房，里面有床架和干草褥子，因此本来是可以美美地睡上一晚。但是，任何班房都有其缺点，而

---

① 布兰克(Blank)，有空白、空虚之意。

下宾菲尔德的这间班房的缺点就是冷。暖气管道坏了，而那两张毛毯只有薄薄的一层棉花，根本不顶用。现在只是秋天，但已是寒冷入骨。夜里十二个小时我们就躺在床上辗转反侧，刚睡着几分钟就被冻醒。我们没办法抽烟，因为虽然我们把烟草放在衣服里偷偷带了进来，但得到明天早上我们才能把衣服领回来。整条走廊老是传来痛苦的呻吟声，时不时还有人愤怒地吼叫咒骂。我猜没有人能好好睡上一两个小时。

到了早上，吃完早餐并接受完医生的检查后，牢头带着我们来到食堂，然后锁上了大门。房间里刷了石灰，铺着石砖地板，带着一股说不出的沉闷的感觉，摆了几件松木板家具和长凳，看上去就像监狱一样。窗户装了栏杆，而且设得很高，根本望不到外面。墙上没有任何装饰，只挂了一口钟和一张济贫院规矩的告示。我们紧挨着坐在长凳上，虽然才是早上八点钟，但我们已经觉得很无聊了。我们没有事情做，不知道说什么好，甚至没有地方走动。唯一的安慰是，只要不当面被抓到，我们可以偷偷抽烟。“小苏格兰”是一个毛发浓密的小个子流浪汉，说话的口音夹杂着粗俗的伦敦土腔和格拉斯哥口音。他没有烟抽，因为在接受搜查的时候，他那罐烟屁股从靴子里掉了出来，被没收了。我们俩共享一根烟卷，一听到牢头走过来，我们就赶紧再拼命吸上一口，然后把烟塞到口袋里掐灭，就像在学校里偷偷抽烟的小男孩一样。

大部分流浪汉得在这间一点儿也不舒服，毫无生机的房间里连续坐上十个小时，天知道他们是怎么忍受下去的。我的运气比他们好一些，因为十点钟的时候牢头会分配几个人去干活。他安排我去厨房里帮忙，这可是最美的差事。和那条干净的毛巾一样，这也是“文化人”才有的优待。

厨房里没什么需要帮忙的。我偷偷溜进一间用来储藏土豆的小棚，里面有几个济贫院的帮工在偷懒，逃避星期天上午的礼拜。里面有几口装东西的箱子，可以舒舒服服地坐下来，读一读过期的《家庭通讯报》，在济贫院的图书馆里甚至还有一本《莱福士》。那几个帮工兴致勃勃地聊起了济贫院的生活。他们告诉我在济贫院里他们最讨厌的就是那身带着一股子伪善味道的制服。要是他们能穿自己的衣服，就算只是戴顶自己的帽子或系条自己的围巾，他们也不会介意当帮工。我和他们一起吃了晚餐，这顿饭给一条蟒蛇吃都够了——是我自从在X酒店打工以来吃过的最丰盛的一餐。帮工们说他们总是在星期天吃到几乎撑死的地步，然后接下来的一星期都饿着肚子。吃完晚饭后厨师命令我去洗碗，吩咐我把吃剩的东西扔掉。浪费的现象非常严重，尤其是在这种地方，简直是骇人听闻。吃了一半的蹄髈、一篮篮支离破碎的面包和蔬菜，就这么和茶叶混在一起，当成垃圾扔掉了。这些还可以吃的食物我装了五个垃圾桶之多，而我倒这些食物的时候五十个流浪汉正坐在班房里，晚餐只吃了一丁点面包和芝士，还有星期天才能吃到的两个冷冰冰的水煮土豆，根本没有吃饱。据那些帮工说，倒掉这些食物是政策特别规定的，绝对不能留给那些流浪汉吃。

三点钟的时候我回到班房，流浪汉们从八点钟一直坐到现在，挤得几乎连手肘都抬不动，被闷得几乎快疯了。他们甚至连烟都没得抽了，因为他们抽的都是烟屁股，要是几个小时没到路上捡的话就没得抽了。大部分人无聊得连话也不愿说，就那样挤在长凳上，无神地发呆，打起呵欠来寒酸的脸几乎裂成了两半。整间屋子弥漫着倦怠无聊的气氛。

帕迪的背被坚硬的长凳硌得生疼，几乎都要哭了出来。为了消磨时间，我和一个看起来似乎高人一等的流浪汉搭话。他是个年轻的木匠，戴着领子和领带，据他所说，他没有干木匠活儿的工具，被迫流落街头。他与其他流浪汉有点疏远，觉得自己更像个自由职业者，而不是流浪汉。他读过书，随身还带着一本小说《惊婚记》。他告诉我要不是因为实在是太饿了，他是不会来班房的。他宁愿在篱笆下或草垛里睡觉。他沿着英国南部沿海一带乞讨，还曾好几个星期躲在公厕里睡觉。

我们聊起了流浪的生活。他大肆批评政府的体制，让流浪汉每天在班房无聊地待十四小时，另外十个小时在外面流浪，躲避警察。他说起了自己的经历——偷了价值几英镑的工具，结果被关押了六个月。他觉得这简直不可理喻。

接着我告诉了他济贫院厨房浪费食物的现象，还有我的想法。听到这件事他的声音立刻变了。我看到我激起了沉睡在每个英国工人心中的愤恨。虽然他和其他流浪汉一样在挨饿，但他立刻就想出了为什么食物宁可扔掉也不给流浪汉们充饥的理由。他严肃地对我说：

“他们必须这么做。”他说道，“要是他们把这些地方搞得太舒服，整个国家的人渣都会涌进班房。只有让伙食差一些，那些人渣才不会待下去。这里的流浪汉都太懒惰了，不肯干活，这就是他们最大的毛病。那些人可不值得可怜，他们都是些人渣。”

我提出争辩，想证明他是错的，但他不肯听。他不停地重复说：“你用不着同情这些流浪汉——这些人渣。你不能用像你和我这样的人的标准衡量他们。他们是人渣，社会的渣滓。”

看到他执意认为自己与“这里的流浪汉”不能同日而语，

我觉得很有趣。他已经流浪了六个月，但以上帝的名义，他似乎想说他还不是流浪汉。我想象着有许多流浪汉，他们都在感谢上帝让他们不至于成为流浪汉。他们本身就是流浪汉，却还在对流浪汉极尽刻薄之能事。

三个小时慢悠悠地过去了。六点钟的时候晚饭送来了，但根本吃不下去。面包在早上就很硬了（星期六晚上面包就已经切好了），现在硬得像船板。幸运的是上面洒了荤油，我们把蘸了荤油的那部分掰了下来，只吃那一部分，起码比什么都没得吃好一些。六点一刻的时候我们被勒令上床睡觉。新的流浪汉来了，为了不让不同日子来的流浪汉混在一起（以防传染病传播），新来的人被关到牢房里，我们则被关进宿舍里。我们的宿舍就像一座大谷仓，有三十张床，还有一个大缸，给所有人当夜壶，臭气熏天。那些老头子整晚咳嗽，老是起床撒尿。不过这么多人挤在一起让房间里多了几分暖意，我们总算可以睡上一觉。

早上十点钟体检完毕之后，大家各奔东西，带着一块面包和奶酪当作午餐。威廉和弗莱德挣了一个先令，顿时觉得不可一世，把面包插在班房的栏杆上——用他们的话说，以示抗议。他们的行为太过火了，以后再也不能入住，在肯特郡这已经是第二间了。对于流浪汉来说，他们俩真是一对活宝。那个低能儿（一群流浪汉里面肯定有个低能儿）说他累得走不动了，紧紧抓着栏杆不放，最后牢头狠狠地踢了他一脚，把他赶了出去。帕迪和我掉头往北，准备回伦敦。其他人则要去艾德山，据说那里是英国最差的班房*。

时下又是天高气爽的清秋，路上很安静，没有几辆汽车经

---

* 奥威尔注：我到过那里一次，其实并不算特别糟糕。

过，只有我们两个流浪汉。闻够了班房里面夹杂着汗味、肥皂味和阴沟味的臭气后，我感觉空气就像石竹一样甘甜。这时身后传来匆忙的脚步声，有人在喊我们的名字。原来是那个流浪汉“小苏格兰”，正气喘吁吁地追在我们后面。他从口袋里拿出一个生锈的罐子，露出一脸友善的微笑，似乎准备偿还一笔债务。

“总算赶上你们了，兄弟。”他诚恳地说道，“我欠你一个人情呢。你昨天给了我一根烟。早上出来的时候牢头把这盒烟屁股还给我了。礼尚往来嘛——别客气。”

他把四个湿淋淋烂乎乎的恶心的烟屁股塞到我的手里。

第三十六章

在此我想说说对流浪汉大体上的感受。流浪汉是一种奇怪的社会现象，值得我们好好思考。在英国居然有数以万计的人就在国内像犹太人一样流离失所。虽然这件事值得我们好好思索，但首先我们要做的是克服心中的某些偏见。这些偏见源自一个根深蒂固的想法，那就是每个流浪汉事实上都是恶棍，从而在我们的心目中形成了对流浪汉的成见——他们不仅恶心，而且非常危险，宁死也不愿工作或洗澡，除了乞讨、酗酒和偷鸡摸狗之外啥都不肯干。其实把流浪汉妖魔化和杂志里把中国人抹黑的离奇故事一样都是虚构的，但一个人很难摆脱这种思维定式。只要提起“流浪汉”这个词就会勾起他的联想。而这个想法影响了他对于流浪问题的探究。

关于流浪有一个最本质的问题：为什么会有流浪汉呢？这是一个很有趣的问题，但很少人知道到底是什么原因使得一个人流落街头。而且由于对流浪汉的妖魔化想象，种种离奇的理由都想得出来。比方说，有人认为流浪汉之所以流浪是为了逃避工作，乞讨更容易，寻找机会犯罪，甚至——虽然这种事情不大可能发生——是因为他们喜欢流浪。我曾读过一本犯罪学的书，里面说流浪是一种返祖行为，是回归人类在游牧时代的本能。其实导致流浪的理由是那么明显，就在你的眼前。流浪当然不是什么游牧时代的返祖行为——你也可以说旅行推销是一种返祖行为。一个流浪汉之所以流浪，不是因为他喜欢流浪，而是出于与汽车必须靠左边行驶一样的原因：因为按照法律的规定他不得不流浪。一个沦为赤贫的人，如果没有得到教区的帮助，就只能到收容所寻求救济。而每间收容所只能让他待一个晚上，所以他只能不断地迁徙。他四处漂泊是因为按照法律的规定，他不这么做就得挨饿。但人们从小到大一直接受了妖魔化流浪汉的熏陶，因此他们认定流浪汉们之所以流浪，必定是出于或多或少邪恶的动机。

事实上，对于流浪汉的妖魔化根本经不起推敲。以广为人们所接受的“流浪汉都是危险人物”这个观念为例吧。撇开事实经验不谈，仅凭逻辑推理，一个人也可以笃定地说只有极少数流浪汉是危险人物，因为要是他们真的危险的话，人们早就把他们当作危险人物对待了。一间收容所一晚上要接纳上百名流浪汉，而往往最多只有三名门卫负责看守他们。三名没有武装的人员根本不可能控制上百个恶棍。事实上，当你目睹了流浪汉是如何被收容所的官员凌辱欺负时，你就会知道他们是最逆来顺受萎靡不振的可怜虫。再以“所有流浪汉都是酒鬼”这个观念为例——这个观念一听就知道十分荒唐。的确，许多流浪汉如果有机会的话会酗酒买醉，但事实上，他们根本没有这样的机会。现在那种叫做“啤酒”的淡如清水的酒精饮品在英国要卖七便士一品脱。要喝醉起码得花半克朗，而花得起半克朗的人怎么会是流浪汉呢。有一种观念认为流浪汉都是厚颜无耻的社会寄生虫（身强力壮的乞丐），这种观念根本是空穴来风，只有极少极少一部分流浪汉是这样。那种刻意为之、愤世嫉俗的寄生行为，就像杰克·伦敦[①]的小说所描写的美国式流浪与英国式流浪根本不是一回事。英国人是讲究良知的民族，对贫穷怀有深深的罪恶感。你绝对想象不到一个普通的英国人会故意变成寄生虫。这种国民性不会因为一个人失业而改变。事实上，只要你记住，流浪汉其实是失业的英国人，迫于法律不得不过着漂泊无依的生活，那么对于流浪汉的妖魔化想象便不攻自破了。当然，我不是在说大部分流浪汉都是道德上的完人，我只是想表明他们是普通人，如果他们真的比其他人卑劣，那是他们的生活方式造成的结果，而并非他们天性邪恶。

因此，一般人对流浪汉所抱有的那种“他们是罪有应得”的态度其实并不公允，就好比鄙薄残疾人一样。你了解了这一点，你才可以站在流浪汉的角度，理解他到底过着怎样的生活。那种日子极其无聊苦闷。关于收容所我已经进行了描述——那种生活是流浪汉的家常便饭——但有三桩特别的不幸需要讲述一番。首先，几乎所有的流浪汉都在挨饿。收容所提供的食物根本不足以果腹。要多吃一点就只能去乞讨——而这又是违法的行为。结果，几乎每个流浪汉都营养不良，你只要到任何一间收容所看看在外面排队的人就知道了。流浪汉生活的第二桩不幸——乍一看似乎没有第一桩那么可悲，但仔细一想并不是这么回事——就是，他们完全与女性没有接触。关于这一点需要解释一下。

流浪汉与女性没有接触，首先是因为在他们当中几乎没有女人。你或许会以为赤贫人口的男女比例和其他人群一样是均

---

① 约翰·格里菲斯·杰克·伦敦(John Griffith Jack London，1876—1916)，美国作家、记者，作品多描写人与自然的挣扎对抗，代表作有《海浪》、《野性的呼唤》等。

衡的，但情况并非如此。事实是，你可以说当社会阶层低贱到一定的程度时，其成员几乎都是男性。以下数字取自伦敦市政局在 1931 年 2 月 13 日的夜间人口普查，可以让我们了解一下赤贫人口的男女比例。露宿街头者，男 60 名，女 18 名。* 入住收容所及无牌寄宿旅馆者，男 1 057 名，女 137 名。投宿圣马丁教堂地窖者，男 88 名，女 12 名。入住伦敦市政局收容所和招待所者，男 674 名，女 15 名。

从这些数据中可以看到，在寄居慈善机构的人当中，男性与女性的比例大概是十比一。或许这是因为失业对女性的影响比起对男性的影响要小一些，或许是因为任何长相还过得去的女人可以找一个男人照顾他。对于一个流浪汉而言，结果就是，他永远都得忍受独身的折磨。这是理所当然的——一个流浪汉在身边的群体中根本找不到女人，而要找到那些地位比他高的女人——即使只是高出些许——可以说比登月还难。几乎没有女人愿意委身下嫁比自己穷的男人，个中原因根本无须探讨，没有任何疑惑。因此，当一个人流落街头时，他就注定要过独身的日子。他完全没有讨到老婆、情人或任何女人的希望——除非他能挣到几个先令，去嫖娼召妓——但这是非常罕见的事情。

显然，这种情况演变的后果就是同性恋和时而发生的强奸案。但比这更为深层的是一个男人知道自己根本不配结婚那种屈辱的感觉。性欲的冲动——无须将它拔高——是基本的人性冲动，性饥渴与肉体上的饥渴一样令人堕落疯狂。贫穷的不幸对一个人精神上的摧残不亚于对其肉体上的摧残。毫无疑问，

---

* 奥威尔注：这组数字显然偏低，但男女的比例倒是真的。

性饥渴对这一腐化的过程起了推波助澜的作用。被断绝与女性的交往之后，流浪汉觉得自己似乎变成了与残疾人或疯子一样的人，再没有能比这更打击男性自尊的侮辱了。

第三桩不幸就是，流浪汉必须忍受无所事事的日子。按照我们针对流浪汉的法律所规定，如果流浪汉没有流落街头，那他就只能待在收容所里，要不然就是躺在地上等着收容所开门。显然这是让人十分泄气而又萎靡的生活方式，对于没有受过教育的人来说尤其如此。

除了这三点之外，你还可以列出许多小一些的不幸——在此只列举一桩，那就是和流落街头的日子密不可分的不适。我们得记住，一个流浪汉除了身上穿的那身衣服之外就没有别的衣物了，而且靴子很不合脚，一连好几个月没有坐过椅子。但重要的是，流浪汉所承受的折磨完全没有意义。他的生活艰苦得无以言状，而且失去了生存的目标。事实上，再没有能比从一间收容所走到另一间收容所，一天花十八个小时在牢房里或在路上行走更没有意义的事情了。英国至少得有好几万个流浪汉，每天耗费了无数尺磅[①]的能量——这些力气足以开垦上千亩土地，铺设好几英里的道路，建起好几十座房屋——却全部耗费在了无用的走路上。每一天这些人盯着牢房墙壁的时间加起来大概有十年之久。他们每个人每星期要花费英国一英镑的公帑，却完全没有作出回报。他们不停地玩着兜圈子这种无聊的游戏，对任何人都没有好处。法律让这种事情日复一日地发生，而我们都已经习以为常，对此见怪不怪了。但这是非常愚蠢的事情。

① 尺磅(foot-pound)，英制能量单位，指将一磅重的物体抬升一英尺所需的能量。

我们已经知道流浪汉的生活毫无意义，问题是，我们能不能做点什么改善这一状况。显然这是可行的，比方说，让收容所变得更加适宜居住。而这种情况在某些地方真的正在发生。去年有的收容所已经有所改善——如果那些描写是真实的话，几乎可以用面目全非加以形容——而且据说所有的收容所都会进行修缮。但是这些并不是解决问题的关键。问题的关键是，如何将流浪汉从无聊的、浑浑噩噩的游民转变为自尊自爱的个体。仅仅让他住得舒服一些是不足够的。就算看守所变得十分豪华（这当然是不可能的事情）*，一个流浪汉的生活照样会荒废掉。他仍然是一个被救济的人，不能结婚，没有家庭生活，对社会毫无贡献。我们要做的是帮助他摆脱受救济的命运，而要做到这一点，就只能帮他找到一份工作——不是为了工作而工作，而是他可以从中受益的工作。目前在大多数收容所里，流浪汉们无所事事。有一度他们被命令去碎石，以此挣口饭吃，但后来他们捣碎的石头几年都用不完，还使得碎石工人失业了，于是碎石工作只能叫停。现在流浪汉们在收容所里游手好闲，因为似乎没什么可以让他们干的。其实要他们变成有用的人很简单：每间收容所可以办一个小型农场，或至少经营一个蔬果园，每个到那里寄宿的身强力壮的流浪汉必须干一天活儿。农场或田园的收成可以供应给流浪汉作为伙食，再差也比吃面包和人造黄油加茶水好。当然，收容所不大可能实现自给自足，但它们可以朝这个方向努力，或许从长远的角度看会带来好处。我们必须记住，在当前的体制下，流浪汉们对国家

---

* 奥威尔注：平心而论，我必须补充说明，近来确实有几间收容所得到了改善，起码睡觉时舒服了一些。但是，大部分收容所还是和以前一样，而且在伙食方面并没有真正的改善。

和社会根本没有一点贡献，因为他们不仅没有工作，而且他们的饮食注定会摧毁健康。因此，现在的体制不仅在赔钱，而且还在害命。让他们吃得好一些，同时让他们能生产出至少一部分供自己享用的粮食，应该值得尝试一下。

有人或许会反对说，靠流浪汉的劳动根本不足以经营农场或田园。但谁说流浪汉们只能在每间收容所里待一天呢？如果他们可以在里面工作的话，他们可以待上一个月，甚至一年。流浪汉不停地迁徙在很大程度上是人为的结果。目前流浪汉是社会的负担，因此每间收容所的目的是将他们赶到下一间收容所那里去，因此政策规定他只能待一个晚上。而要是还没过一个月他又回来的话，他会被判入狱一个星期。由于收容所里的生活和蹲监狱差不多，他当然会不停地迁徙。但如果他能为收容所提供劳动，而收容所能为他提供好的伙食，情况则另当别论。收容所可以发展成半自给自足的机构，流浪汉们在各个收容所安定下来各尽其能，那他们就不再是流浪汉了。他们将作出相对有意义的贡献，换取像样的食物，过上安定的生活。如果这个计划运作良好的话，渐渐地他们就不需要社会的救济了，可以结婚，在社会上享有受人尊敬的地位。

这只是一个粗略的想法，一定会遇到许多反对意见。但是，这确实是改善流浪汉的处境又不至于增加新负担的法子。不管怎样，最终的解决方案应该就是类似这样的举措。因为当前的问题是，对于那些衣食无着、无所事事的人，该拿他们怎么办？答案就是——让他们努力劳动，实现丰衣足食。这是不言自明的道理。

第三十七章

现在谈一谈无家可归的人在伦敦睡什么地方。目前在伦敦根本找不到一晚低于七便士的床位。如果你付不起七便士换个床位，你就只有下面这些出路：

一、到河堤路露宿。帕迪曾向我讲述过在河堤路露宿是什么滋味：

“一言以蔽之，在河堤路露宿就是要早点睡。你得在八点钟的时候就躺在长凳上，因为那里长凳不多，有时全都被占了。你得争取早点睡觉，因为过了十二点就冷得睡不着，而凌晨四点钟警察就会把你赶走。要睡着可不是件容易的事情，因为那些该死的电车一直从你身边经过，而且河对岸的高空广告牌总是明灭不定，晃得你眼花。并且那里冷得要命，睡在那里的人都会拿报纸把自己裹得严严实实的，但也不起什么作用。要是你能睡上三个小时，你就他妈的算走运的了。”

我曾在河堤路露宿过，发现情况和帕迪的描述一致。不过，比起整晚在别的街道上游荡，连觉都没得睡，在河堤路露宿要好得多。根据伦敦的法律规定，你可以整晚在长凳上坐着，但如果警察看到你睡着了，他们就会把你赶走。只有河堤路和一两个偏僻的角落（吕克昂戏院后面就有一个）是例外。这条法律显然是故意在为难流浪汉，据说是为了防止流浪汉暴毙街头，有碍观瞻。但如果一个人无家可归，注定会死在大庭广众之下，醒着死或睡着死又有什么区别。巴黎没有这样的法律。在塞纳河的每座大桥下、门道里、广场的长凳上、地铁站的通风管道中，甚至地铁站内都有许多人在露宿。这对社会并没有造成伤害。要不是出于无奈，谁愿意整晚流落街头。要是他只能流落街头，如果他睡得着，让他好好睡一觉又有何妨?

二、睡两便士落脚点，这比在河堤路露宿要舒服一些。在两便士落脚点，租客们在长凳上，坐成一排，身前拉了一条绳子，他们就靠在绳子上，就像靠在栏杆上一样。一个被戏称为“男仆”的人早上五点钟的时候就把绳子剪掉。我自己从未去过那种地方，但波佐经常到那里去。我问他那么一个姿势能不能睡着，他说其实那样睡要比听起来舒服一些——至少要比睡光秃秃的地板好。巴黎也有类似的落脚点，但收费只要两毛五(半个便士)，不用给两便士那么多。

三、睡棺材店，一晚四便士。在棺材店你睡在一口木匣子里，上面盖了一层柏油帆布，里面冷得要命，更糟糕的是，还有很多虫子，而你躺在木匣子里面，根本无从逃避。

比睡棺材更舒服的是寄宿旅馆，收费每晚从七便士到一先令一便士不等。最好的地方是罗尔顿旅馆，那里的收费是一先令，你睡的是小隔间，而且可以舒舒服服地洗个澡。你还可以付半个克朗，享受“特别房间”，基本上就像住在酒店里一样。罗尔顿旅馆装修都很不错，唯一的缺点就是约束太严。那里有很多规矩，不准做饭、打牌等等。罗尔顿旅馆总是人满为患，或者这就是最好的广告宣传。布鲁斯旅馆的收费是一先令一便士，条件也相当优越。

从卫生干净的角度看，救世军旅馆会是你的第二选择，收费大约是七八便士。各间救世军旅馆的情况不同(我住过一两间，那里和普通的寄宿旅馆有比较大的差别)，但大部分都很干净，而且有蛮不错的浴室，但你得另外付钱才能洗个澡。付上一先令，你可以住小隔间。八便士一晚的宿舍床铺挺舒服的，但里面实在是太拥挤了（通常房间里起码有四十张床），而且床摆得很近，要安安静静睡一晚上几乎是不可能的事情。住救世军旅馆有许多限制，就像坐牢一样，又弥漫着伪善的气息，只有那些讲究干净的人才会去住。

接下来就是普通的寄宿旅馆。无论你付的钱是七便士还是一先令，房间都那么拥挤嘈杂，床铺一律都很肮脏不适。但住在这里的好处是放任自由的氛围和温暖如家的厨房。你可以整天整晚都坐在厨房里面，虽然里面脏了点，但可以和其他人交流攀谈。据说给女人住的寄宿旅馆比给男人住的寄宿旅馆更加糟糕，很少有旅馆为已婚夫妇提供住宿。事实上，对于无家可归的已婚夫妇来说，分居不同的旅馆是司空见惯的事情。

目前在伦敦至少有一万五千人蜗居在寄宿旅馆里。对于一个没有结婚、每周挣两英镑或更少的人来说，住寄宿旅馆很方便。他很难找到这么便宜的地方，而且在寄宿旅馆里他可以开火做饭，能有地方洗澡，还能与别人交往。至于地方肮脏，那只是一点瑕疵而已。寄宿旅馆真正的缺点是，它们是你付钱睡觉的地方，但想要睡个好觉却是不可能的事情。你花了那点钱，得到的就是一张五英尺六英寸长两英尺六英寸宽的床铺、一条硬邦邦的床垫、一个硬如木头上面套了枕套的枕头和两条灰不溜秋、臭气熏天的被子。冬天床上会有毯子，但根本不足以御寒。房间里起码会摆放五六十张床，间隔只有一两码远。在这种情况下根本没有人能睡得着。只有在兵营和医院里人们才会这么拥挤地睡觉。到了医院的公共病房没有人能指望睡得踏实，而在兵营里，士兵们住得也很挤，但他们的床很舒服，而且他们都很健康。在寄宿旅馆里，几乎所有的住客整晚都在咳嗽，许多人膀胱不好，整晚都会起来尿尿。结果就是无休止的吵闹，根本无法入睡。据我的观察，住寄宿旅馆的人每晚睡觉时间不超过五个小时——付了七便士或者更高的价钱，真是亏大了。

要改善这种情况，立法或许会有帮助。目前伦敦市政局对出租旅馆有种种规定，但都不是为了住客的利益着想。伦敦市政局只是拼了命地禁止酗酒、赌博、打架等不良行为，没有规定说寄宿旅馆的床铺必须舒适。要做到这一点其实并不难——至少要比禁止赌博容易得多。经营寄宿旅馆的老板应该被勒令提供足够的床单和好一点的床垫；最重要的是，要把宿舍隔成小隔间，面积小一点没关系，要紧的是让住客睡觉时能独自一人。只要这些变更能得以实施，住客的睡眠质量将得到显著提高。让寄宿旅馆的舒适程度赶得上其收费水平并非做不到的事情。在格罗伊顿的市立寄宿旅馆，那里的收费只要九便士，住的是小隔间，睡的是舒服的床铺，还有椅子（在寄宿旅馆这称得上是罕见的奢侈品），而且厨房是在地上，而不是开设在地下。每间寄宿旅馆都应该达到这一标准。

当然，大体上，寄宿旅馆的老板会反对任何条件的改善，因为他们现在的经营利润相当丰厚。平均算起来，每间寄宿旅馆一晚上的营业收入是五到十英镑，而且没有坏账（拖欠房租是严令禁止的），除了租金之外其它支出并不多。改善居住条件意味着住客的密度降低了，因此利润也就少了。但是，格罗伊顿那间条件非常好的市立寄宿旅馆证明了一个人出九便士可以享受到什么样的待遇。几条规定明确的法律条文就可以使这些条件普及开去。如果市政当局真的关心寄宿旅馆问题的话，他们应该先让这些寄宿旅馆变得舒服一些，而不是对其进行种种无聊的限制，而这些限制是根本无法推行的。

第三十八章

离开下宾菲尔德的班房后，我和帕迪到某人的花园里除草和扫地，挣了半克朗，当晚在克罗姆利过夜，然后再步行回伦敦。两天后我和帕迪道别。B 君最后一次借了我两英镑，而我只需要再坚持八天，我的麻烦就可以结束了。我那位痴呆学生情况要比我原来想象的更加糟糕，但还不至于糟到令我宁愿回班房或回贾汉·科塔德客栈当小工的地步。

帕迪出发去朴次茅斯，他在那里有个朋友，或许能帮他找到一份工作。我们俩从此再也没有谋面。前不久有人告诉我他出了车祸去世了，不过或许是那个人把他和别人搞混了。三天前我还听到了关于波佐的消息。他在旺兹沃思——因乞讨罪被判坐牢十四天。我猜想进监狱对他来说并不算什么大不了的事情。

我的故事就讲到这里。这是一个很平淡无奇的故事，我只能希望它像游记一样让读者感到有趣。至少我可以说，要是你身无分文，这就是等候你的世界。终有一天我会更全面地去了解那个世界。我希望能了解像马里奥、帕迪和伸手党比尔这样的人，不是萍水相逢的点头之交，而是深入地了解他们。我想了解小工、流浪汉和河堤路露宿者这些人的精神世界。但到目前为止，我觉得自己只了解到贫穷那浅显的一面。

挨穷的经历让我学会了几件事情：我不会再认为所有的流浪汉都是酗酒无度的流氓地痞；我不会再认为当我施舍一个

乞丐一便士时他会感恩戴德；我不会为那些失业的人总是萎靡不振感到大惊小怪；我不会去救世军机构求助；我不会把衣服当掉；我不会拒绝别人向我派发传单；更不会去时髦的餐馆吃饭。一切才刚刚开始。

作品题解

背景介绍：

1927 年，奥威尔辞去英国驻印度皇家警察的职位，立志要成为一个作家。同年底，奥威尔搬到伦敦，为几份报刊撰写文章，同时在伦敦和周边地区调查流浪汉的生活状况，为撰写杂文《班房》收集素材，而这些内容也用在了《巴黎伦敦落魄记》的后半部分中。1928 年春天奥威尔客居巴黎，因为那里较低的生活成本和波希米亚式的生活方式吸引了许多有志于创作的青年人。他生活在巴黎的拉丁区，美国作家海明威和菲茨杰拉德当时也住在同一区。而俄国十月革命后，许多俄国流民也来到巴黎避难。在巴黎期间，奥威尔继续写书，并在先锋派杂志发表了几篇文章。

1929 年 3 月，奥威尔患病，而且不久后他放在寄宿旅馆里的钱物被偷走了。为了生计，他到一间餐馆当洗碗工。1929 年 8 月，《班房》被伦敦的《艾德菲报》刊登发表。1929 年 2 月，奥威尔离开巴黎，回到英国，与父母在南沃尔德一同居住，为一个残疾小孩担任家庭教师。1931 年八九月间，奥威尔曾到肯特郡干采摘啤酒花的工作。《巴黎伦敦落魄记》的原本取名为《一个洗碗工的日记》，完稿于 1930 年，材料只限于巴黎的经历。屡次投稿未被采纳后，奥威尔对这部作品非常失望，将打印的手稿丢弃在朋友美宝·菲尔兹家中，后者将手稿拿给文稿代理人列奥纳德·摩尔，投给新成立的维克多·戈兰兹出版社，老板维克多·戈兰兹决定出版此书，但条件是将文中粗俗的字眼和人名的影射删掉，并模仿《双城记》增加伦敦的内容，将书名改为《巴黎伦敦落魄记》，并定下笔名乔治·奥威尔，以免家人因为看到他以“流浪汉”的身份生活过的经历而蒙羞。《巴黎伦敦落魄记》于1933年1月9日出版，并得到多位知名作家如戴伊·刘易斯、约翰·博伊顿·普雷斯利、威廉·亨利·戴维斯的正面评价。1933年6月30日，美国的哈珀斯兄弟出版社也出版了该书。1935年5月2日，法国的伽里玛出版社出版了热内-诺尔·兰博特与格温·吉尔伯特翻译的法文译本，奥威尔撰写了序文。

内容梗概：

第一部分(巴黎落魄记)

金鸡大街两个女人的争吵拉开了巴黎贫民窟生活的序幕。奥威尔介绍了这里的生活百态：贩卖假春宫图的罗吉尔夫妇、外表斯文却有暴力倾向的查理、清醒时是国际主义者酒醉时是爱国主义者的福雷克斯等。由于一个意大利小偷光临旅社，主人公只剩四十七法郎度日，而且兼职英语教师的工作也无以为继，主人公开始体验到了贫穷生活的滋味(只能买圆面包而不是长面包，因为前者容易隐藏带进房间；价值二十英镑的衣服只能当七十法郎；吃了一个星期的人造黄油和面包后，感觉似乎成了行尸走肉)。在绝望的边缘，他想到了在豪华酒店担任服务员的俄国朋友波里斯，希望他能带携自己当个洗碗工。但波里斯混得比他还要惨，由于腿疾，他一直失业，而且沦落到靠一个欠他钱的犹太人收留的地步。两人当掉了波里斯的衣服和两件大衣，搬家逃避房租，还曾与号称是俄国共产党的人打过交道，交了五法郎介绍费，以为可以当上通讯记者，但对方很快就人走楼空，奥威尔的结论是：他们是职业老千，专门诈骗俄国人的钱。

经过无数次奔波和失败后，波里斯在X酒店找到了一份厨房小工的工作，并接济主人公，直到介绍他同进酒店当小工，挨穷的日子才终于宣告结束。接着，作者描写了X酒店的“经理—厨师—服务员—小工”微型社会阶层和忙碌冗长的工作流程。小工的生活只有工作、吃饭、睡觉，根本没有机会改变自己的命运，没有机会成家立业，只能以酗酒召妓为乐，麻醉自己的心灵。波里斯通过老乡关系找到了一份在俄国餐厅当服务员的工作，让主人公同去帮忙，结果，那里的环境和工作强度比X酒店更加恶劣，“每天工作十八个小时，全周无休”，而这种情况在巴黎实属稀松平常。那间俄国餐馆管理混乱，邋遢肮脏，却凭着粗制滥造的乡村风格装修和子虚乌有的历史漫天要价，甚至得到了法国人的认可，让主人公对号称美食之都的巴黎极度失望。

最后，主人公试图解释厨房小工这一工作存在的意义：就像东方国度的黄包车夫或拉车的老马，只是为消费者提供了自以为奢华却毫无意义的所谓“享受”，而且上层阶级刻意让下层大众保持长时间的工作状态，无暇思考，无暇改变命运。

第二部分（伦敦落魄记）

主人公向英国的朋友B君求助，找到了一份家庭教师的工作，回到英国。但那个学生出国度假，暂时工作没有着落。向B君借了二英镑后，主人公开始了在伦敦周边流浪的生活。他先是在最廉价的寄宿旅馆居住，然后接受教堂和救世军等机构的施舍，最后入住政府开设的收容所（在书中被称为“班房”)。在主人公的笔下，一个个可怜兮兮的穷苦人形象跃然纸上：喜欢观星的街头画家波佐、到教堂吃免费餐却毫不感恩的流浪汉、知恩图报执意要归还烟屁股的“小苏格兰”等。主人公还对迫使流浪汉们不停迁徙的现行体制进行了思考：流浪汉不得在一个月内在同一间收容所投宿两晚，否则会被判入狱一周。如果能改善这一制度，让流浪汉们自食其力，或许能让他们重拾自信。最后，主人公的学生回来了，巴黎和伦敦的落魄生活终于宣告结束。

相关信息：

《巴黎伦敦落魄记》是一部基于真实事件的自传体文学作品。奥威尔在1935年出版的法文译本序文中写道：“我认为我可以说我并没有夸大其词，要说有的话，所有的作家都会对材料进行选择从而夸大某个部分。我认为我并不一定非得严格地按照事情的发生顺序去写，但我所描写的一切确实曾经发生过。”

根据奥威尔第二任妻子索尼娅·奥威尔所说，奥威尔在1929年秋工作过的酒店是法国巴黎的克里雍酒店。在《巴黎伦敦落魄记》法文译本出版一个月后，一位餐厅老板汉博特·波森蒂写信向《时代》投诉，表示这本书有损餐馆业的声誉且影响经营。奥威尔向《时代》致信表示：“我确实知道，酒店餐馆里的有些地方一定不能让顾客看到，否则他们绝对不肯继续光顾。”

译者评论：

《巴黎伦敦落魄记》的筹划与撰写虽然晚于《缅甸岁

月》，却是奥威尔正式出版的第一部纪实性作品。对英国殖民体制感到彻底厌恶绝望后，奥威尔的文学梦在几经挫折的情况下终于首度得到文学界的认可。巴黎和伦敦的经历可以看成是奥威尔为自己曾经为殖民体制服务的忏悔和救赎之旅。奥威尔是社会主义体制的忠实信徒，就像《一个牧师的女儿》中桃乐丝以自我戕害作为坚定对上帝信仰的方式一样，或许奥威尔刻意选择流浪和挨穷是对自己能否坚持贯彻社会主义理想的考验。巴黎和伦敦作为资本主义世界的最繁华之地，社会底层的贫穷和困顿令人触目惊心。由于没有系统的经济学或政治学的教育和学术视野，奥威尔对社会劳动现象的解释和帮助流浪汉自立的解决方法未免流于表面：废除只是单纯收容流浪汉和维持他们不至冻馁而死但任凭他们意志消沉沦为行尸走肉的福利体制，取而代之以为流民提供小块土地进行耕种，帮助他们自食其力，获得自信并成为对社会有贡献的个体。当时的英国奉行工业立国和出口富国，但新兴资本主义国家的崛起（美国、德国、日本等）正逐步蚕食英国的海外殖民地和海外市场，失去这两大板块所提供的就业机会，再加上资本主义体制的痼疾，大规模失业是无法避免也难以解决的。但奥威尔愿意深入社会底层，与劳苦大众平等相待的真诚态度在英国左翼文学作家中实属另类，也正是这份精神，使《巴黎伦敦落魄记》读来分外真实，引起读者的共鸣。

奥 威 尔 作 品 全 集

- 奥威尔纪实作品全集

《巴黎伦敦落魄记》

《通往威根码头之路》

《向加泰罗尼亚致敬》

- 奥威尔小说全集

《缅甸岁月》

《牧师的女儿》

《让叶兰继续飘扬》

《上来透口气》

《动物农场》

《一九八四》

- 奥威尔散杂文全集

奥威尔杂文全集（上、下）

奥威尔书评全集（上、中、下）

奥威尔战时文集

George Orwell

奥威尔纪实作品全集

通往威根码头之路

The Road to Wigan Pier

[英] 乔治 · 奥威尔 著

陈超 译

上海译文出版社

第一部

第一章

每天清晨，我最早听到的声音，是磨坊的女工们穿着木屐，踩过鹅卵石街道发出清脆的哒哒声。比那更早的声音，我猜是工厂开工的哨声，但我从来没有那么早醒来，未能亲耳听到过一次。

我的卧室住四个人，与其说是卧室，不如说是狗窝，里面永远是脏兮兮的，看了就睡不着。许多年前，这间房子原本是平常的住家，后来布鲁克一家买了下来，将它改造成内脏店兼出租屋。布鲁克一家从以前的屋主那儿继承了好几件报废的旧家私，却没有精力将它们搬走，所以我们只好委屈睡在原本应该是客厅的房间里。天花板挂着一盏沉重的玻璃吊灯，积着厚厚的一层灰，看上去像一层羽毛。一样庞大而丑陋的东西占据了一堵墙的大部分面积，似乎是餐具柜，又似乎是衣帽架，上面有许多雕刻花纹、小抽屉和好几面镜子。房间里有一张地毯，原来应该很华丽，但如今却在周围堆满了污水桶。另外还有两张抛光的椅子，椅面都裂开了，以及一张旧式的马毛扶手椅，坐上去只会滑倒下来。这个房间被改造成卧室，硬生生地塞进四张肮脏的床，和这些废品堆放在一起。

我的床在靠门的右上角，在床的下方横放着另一张床，挨得非常紧（只有这样摆放，房门才能打开），因此我只能蜷曲着腿睡觉，如果我伸直双腿，就会踢到下面那个住客的脊背下方。他是一位老人，名叫雷利先生，职业是一名机修工，在附

近一座矿场的地上作业。幸运的是，雷利先生每天早上五点钟就得上班，在他走后我可以乘机伸直双脚，好好睡上几个小时。对面床铺的住客是一个苏格兰矿工，在一场矿洞事故中受了伤（一块大石压在他身上，过了好几个小时才被搬开），得到了五百英镑作为赔偿。他大约四十来岁，体格健壮，相貌英俊，头发灰白，蓄着整齐的络腮胡子，看上去并不像矿工，更像是一位军队教官。每天他会躺在床上直到日上三竿，悠闲地抽着短烟管。另外一张床留给临时的客人，主要是旅行者、报纸推销员和商品推销员，这些人通常只会在这里住上几晚。这是一张双人床，算得上是房间里最好的一张床。第一个晚上我就是在这张床上睡的，但很快就被赶走，把床腾给别的住客。我相信，所有的新住客第一晚都睡这张双人床。可以这么说，这张床是房东吸引客人的“诱饵”。房间里的窗户都紧闭着，下面还顶着一个红色的沙包，每到早晨，房间就像鼬鼠的笼子一样臭气熏天，起床时不怎么觉得，但一旦走出房间再回去，臭气就会扑面而来，像被人蒙头敲上一棍。

我一直不知道这座房子到底有多少个房间。奇怪的是，这里竟然有一间浴室，是在布鲁克一家搬进来之前就有的。楼下是常见的客厅兼厨房，每天从早到晚火蒸火燎，炎热不堪，却只有一个天窗采光，因为房间的一边就是店面，而另一边就是贮藏室，里面挖了漆黑的地窖，存放着内脏。一张沙发顶着贮藏室的门，我们的女房东布鲁克夫人一直裹着污秽的毛毯，病恹恹地躺在上面。布鲁克夫人长着一张苍白发黄的大脸，面容焦虑忧伤，没有人知道她到底得了什么病，我猜她真正的毛病是暴饮暴食。在壁炉前面总是晾着一排洗过的衣服，房间的中央摆放着一张大大的餐桌，布鲁克一家和所有的住客都会在这

里用餐。我从未见过这张餐桌原本的样子，只见过上面在不同的时候铺着的不同的桌布。在最底下是一层旧报纸，上面蘸满了伍瑟斯特辣酱，在报纸上面是一层油腻腻的白油布，白油布上面是一层绿色的哔叽布，哔叽布上面是一层腐烂的亚麻布，但从没有人将其换掉或拿走。通常，早上遗留的面包屑到了晚上还会在那里。我认得出每一片面包屑，看着它们日复一日地在饭桌上上下下地挪动。

店面里狭窄阴冷。在窗户的外面还印着几个白色的字母，是很早以前的巧克力广告留下的，好像散落的星星。店面里有一片厚木板，上面摆着几大块白色的内脏，灰扑扑、长着绒毛、名字叫“黑百叶”的东西，还有恶心的半透明的猪蹄，都已煮好待售。这是一间寻常的售卖内脏与豌豆的小店，除了面包、香烟和罐头之外，别的东西存货不多。窗户上打出了售茶的广告，但如果有顾客要喝一杯茶的话，老板会找出种种理由推搪。布鲁克先生原本是个矿工，但已经失业两年了。他与太太半辈子经营了许多不同的生意作为副业，经营过酒馆，但因为在店里纵容赌博而被吊销了执照。我怀疑他们每次经营都以赔本告终，这对夫妇做生意似乎纯粹只是为了有事情做，可以发发牢骚。布鲁克先生肤色黝黑，个头矮小，脾气阴郁，看上去像爱尔兰人，身上非常肮脏，我从未见过他的手是干净的。由于布鲁克太太行动不方便，他一手包办了所有的伙食。就像所有手不干净的人一样，布鲁克先生特别喜欢摆弄东西，还很拖拉。如果他给你一片黄油加面包，上面总是会留下黑漆漆的大拇指印。每天清晨他钻进布鲁克太太躺着的沙发后面那间阴森的地下贮藏室拿出内脏时，他的手就已经是黑的了。我从别的住客那里听说了不少关于贮藏室可怕的传闻，据说那里长满

了黑甲虫。我不清楚店铺会隔多久预订新鲜内脏，但时间的间隔非常久，因为布鲁克太太总是以进货时间来推算日期，“让我想想，从上回到现在我订了三批冻品（冷冻内脏）”，诸如此类。我们住客从没吃过店里的内脏，原本我以为这是因为内脏很贵，后来我想这是因为我们住客知道的内情太多。我还注意到，布鲁克一家也从不吃这些内脏。

常住在这里的住客是那位苏格兰矿工、雷利先生、两位领养老金的老人和一位失业的男士。他名叫乔伊，在公共援助委员会领救济金——他是那种没有姓氏的浪子。认识之后，你会发现那个苏格兰矿工非常烦闷无趣。和许多失业的人一样，他靠读报纸消磨时光。如果你不找借口离开，他会花上好几个小时发表长篇大论，题材涉及黄祸论、车厢藏尸案、天文学以及宗教与科学的矛盾。与其他人一样，那两位领养老金的老人接受工作能力测试后被赶出家里。他们将每周领到的10先令养老金全数交给布鲁克一家，换来的就是10先令可以得到的住所：睡的是阁楼，吃的是黄油面包。其中一位老人待遇稍好一些。他身患恶性重疾。我猜应该是癌症。只有在领取养老金的日子他才会起床。另一位老人大家都叫他“老杰克”。他七十八岁，以前是一位矿工，在矿洞里工作了五十多年。老杰克为人机警睿智，但奇怪的是，他只记得自己童年时的经历，将现代矿业机械与技术改良忘得一干二净。他经常跟我讲述在狭窄的地下矿道与野马搏斗的事迹。当他听说我准备下矿井时，脸上露出轻蔑不屑的表情，大声宣称，像我这种个头的男人（六英尺二英寸半[①]）根本没办法在矿井下行走。无论我怎么跟

① 六英尺二英寸半约合1.97米。除非特别注明，文中所有的注释均为译者注。

他解释如今矿井下的通行状况比起以前已大有改善，他都嗤之以鼻。不过，老杰克待人非常友善，每晚临睡前，他会大声跟我们说“晚安，孩子们”，然后爬上横梁下边的床铺就寝。我最钦佩老杰克的一点是，他从不占人便宜。每到周末，他总会抽完自己的烟草，但他从不跟别人讨烟抽。布鲁克一家为两位老人买了人寿险，一星期付六个便士。听人家说，这两夫妇总是忧心忡忡地问保险推销员，“得了癌症的人还能活多久？”

和那个苏格兰矿工一样，乔伊喜欢读报纸，每天都去公共图书馆里消磨时间。他是那种典型的未婚失业的男人，衣衫褴褛，不修边幅，长着一张孩童一般的圆脸，总是带着天真顽皮的表情，看上去像个没人照顾的小男孩，而不像一个成年男人。我猜想，可能是因为这类男人缺乏责任感，才使得他们看上去要比实际岁数年轻。从乔伊的外表看，我估计他大约二十八岁上下，后来我惊讶地了解到，他已经四十三岁了。他喜欢押韵的句子，对自己机警地逃避婚姻感到非常骄傲。他经常对我说，“婚姻其实就是一条锁链。”他很自鸣得意，觉得这句话蕴含了微言大义。他的收入每周只有微薄的15先令，得付6、7先令的床位费给布鲁克一家。我经常看见他借厨房的火给自己泡一杯茶，除此之外，他在外面解决自己的吃饭问题，我猜想通常都是些面包加人造黄油、烤鱼和薯片之类。

除了这些房客外，还有流动频繁的比较穷苦的商业旅人、流浪艺人——在北方有许多流浪艺人，因为许多大酒馆每逢周末都会请艺人进行表演——和报纸推销员。以前我从未遇见过报纸推销员，在我看来，他们的工作实在是太可怕太令人绝望了。我很奇怪，为什么会有人从事这份职业，与其打这份工，还不如去蹲监狱。他们的雇主大部分是周刊或星期天发行的报

纸，他们得一个城镇接着另一个城镇不断奔波，手里拿着地图和一份每天必须完成的街道的名单。如果他们没办法完成一天最少订阅20份报纸的任务，就会被报社开除。而要是他们能完成20份报纸以上的任务，他们就能领取微薄的报酬，我想，大概是一周两英镑，超过20份以上的，他们还能获得一点提成。任务听上去很难，但其实并非不可能完成，因为在工人阶级居住的区域里，每家每户都会订阅一份两便士的周报，每隔几个星期就会换一份报纸。不过，我怀疑是否有人愿意长期从事报纸推销员这份工作。报社通常会雇一些穷困潦倒的人、失业的文员或商业旅行者。他们一开始会非常卖命，达到任务的最低限额，接着，繁重的工作令他们精疲力竭，于是报社将他们开除，重新雇一批新人。我认识两位报纸推销员，受雇于最声名狼藉的一份周刊。两个人都是中年男人，需要养家糊口，其中一位还是家里的祖父。每天他们得站十个钟头，在指定的街区里走动，到了深夜还得填写空白的表格，完成报社安排的欺诈陷阱——其中一套把戏是，你预订六周的报纸，寄一张两先令的邮政汇票，就可以获得一套餐具。那个稍胖一些的推销员，即那位祖父，经常半夜枕在一堆表格上睡着了。布鲁克一家提供包膳食的住宿，一周收一英镑，但两人都支付不起，只能付一小部分钱作为床位费，悄悄躲在厨房的角落里自己做饭，吃的是自己带在旅行箱里的熏肉和面包加人造黄油。

布鲁克一家有好几个儿女，大部分早已离开家庭出外谋生。有几个去了加拿大，因为布鲁克太太总是唠叨着，“在加拿大呢。”只有一个儿子住在他们的小店附近，他年纪轻轻，胖得像头猪，在一间修车厂上班，经常到家里蹭饭吃。他老婆带着两个小孩，整天也在店里，和埃米一起负责做饭洗衣。埃

米是布鲁克家的未来儿媳妇，未婚夫在伦敦。埃米长着金黄色的头发和尖尖的鼻子，一脸忧郁的表情，在一家磨坊工作，工资连温饱都谈不上。每天晚上，埃米会到布鲁克家里干活。我猜想，这门亲事总是一而再，再而三地推迟，或许永远也成不了。不过布鲁克太太一早就把埃米看成是自家的儿媳妇，总是以病恹恹的人那种挑剔而慈祥的态度对她絮絮叨叨。剩下的家务由布鲁克先生一手包办，或根本不干。布鲁克太太很少从厨房里的沙发上起身(白天和晚上她都躺在沙发上)，她的身体实在是太虚弱了，但食量却又十分惊人。布鲁克先生一个人料理店务，给房客做饭并收拾床铺。他总是动作格外迟缓地做完一件讨厌的工作，再进行下一件讨厌的工作。通常，到了傍晚六点，床铺还没有整理好。在白天，无论什么时候，你都可能会碰到布鲁克先生站在楼梯上，手里端着满满的夜壶，拇指握着边沿。每天早上他坐在壁炉边，就着一缸脏水给土豆削皮，行动像慢动作电影那么缓慢。我从未见过有人带着这般怨恨削土豆。他嘴里念叨着，“该死的女人干的玩意”，憋满了一肚子怒火与苦水，像反刍一样咀嚼着仇恨。

当然，因为我经常呆在屋里，我总是听到布鲁克一家在抱怨：每个人都在欺骗他们，个个都是忘恩负义的小人，内脏店根本没钱赚，而出租屋也挣不到多少钱。我就纳闷，按照当地的标准，布鲁克一家实在不能算穷。布鲁克先生一直躲着不肯接受经济状况调查，却领取公共援助委员会的救济金。布鲁克夫妇最大的快乐，是向愿意倾听的人讲述他们的不满。布鲁克太太无时无刻不在抱怨，她一直躺在那张沙发上，像一团自怨自艾的肉山，翻来覆去地不断重复着：“现在顾客都不愿意上门了，到底怎么搞的？那些内脏只能一天天地搁在那里，多

好的内脏啊！如今的日子真是艰难，不是吗？”说了又说，说了又说。布鲁克太太每次抱怨完之后总会说：“如今的日子真是艰难，不是吗？”就像是一首叙事诗的叠句。的确，他们的小店经营得很艰难，整间店铺污秽不堪，蚊虫四起，好像随时都会倒闭，但向布鲁克夫妇解释为什么没有顾客愿意上门根本没有用。去年的绿头苍蝇的尸体仰面朝天地躺在商店窗户上，把客人们都吓跑了，但这两夫妇就是不明白。

最令布鲁克夫妇心烦的，是住在这里的两个领养老金的老人，他们占据了床位，在这里吃吃喝喝，每星期却只付区区10先令。我想，布鲁克夫妇不至于在这两个老头身上赔钱，但10先令一周的租金确实没有多大的利润。在布鲁克夫妇眼里，两个老头就像可怕的寄生虫，叮在他们身上吸血抽髓。布鲁克夫妇对老杰克的态度还好一些，因为他白天基本上都在外头；他们最痛恨的人，是每天老是躺在床上的胡克。布鲁克太太叫他的名字时发音很奇怪，省去了声母，把韵母拖得特别长，听上去变成了“乌客”。我听过关于老胡克的不少坏话，他是个老顽固，总是不整理床铺，非常挑食，“这个不肯吃那个不肯吃”，而且忘恩负义；最要紧的是，他自私透顶，迟迟不肯死去！布鲁克夫妇毫不掩饰自己盼望老胡克死去的心愿，如果他死掉的话，他们就可以领到一笔保险金。在他们眼中，老胡克就是肠子里的寄生虫，每天都在吸他们的血。有时，我遇到布鲁克先生正在削土豆皮，他会看着我的眼睛，然后仰起头，带着无以言状的痛苦神情望着天花板处老胡克的房间，说道：“真是个老混……不是吗？”他没有再说下去，因为我知道老胡克的事情已经够多了。其实，在布鲁克夫妇心中，每一个房客都令他们心烦，当然也包括我。无疑，乔伊在领公共援助委

员会的救济，跟两位领养老金的老头没什么区别。那个苏格兰矿工一周付一英镑的好价钱，但他一天到晚总是在家，他们不喜欢他老是赖在家里。两个卖报纸的倒是经常不在家，但布鲁克先生顶烦他们自己做饭吃。连最好的房客雷利先生也惹恼了他们，因为布鲁克太太总是抱怨雷利先生每天早晨下楼时吵醒了她。他们不停地抱怨找不到心目中想要的房客——从事商务的上等绅士，支付全额的住宿费用，一整天都在外面。他们的理想房客每星期付 30 先令，只是晚上才回来睡觉。我发现，几乎所有的房东都不喜欢自己的房客，他们想挣房客的钱，却又把他们看成是不速之客，好奇、戒备而妒忌地对待他们，让房客住得很不自在。作为房客，寄人篱下就只能这样。

布鲁克夫妇提供的伙食非常糟糕。早餐只有两片薄薄的熏肉，一个没有半点油水的煎蛋和几片黄油面包，连面包都是隔夜切好的，上面总是带着黑黑的手指印。无论我好说歹说，布鲁克先生就是不肯让我自己切面包，他会将面包一片一片用黑漆漆的大拇指捏着递给我。晚餐通常是三便士一罐的牛肉布丁罐头——我想都是店铺里的存货——此外会煮点土豆和大米布丁。茶点是黄油面包和几乎不成型的甜糕，应该是从面包店那里买的隔夜货。晚餐吃的是软趴趴的兰开夏奶酪和饼干，味同嚼蜡。布鲁克夫妇从不叫这些饼干为“饼干”，他们总是称其为“奶油脆饼”。“雷利先生，再吃一块奶油脆饼吧，奶油脆饼加上奶酪肯定合您胃口。”他们以为这样就能掩饰晚餐只吃奶酪和饼干的事实。餐桌上总是摆放着几瓶伍瑟斯特辣酱和半罐蛋黄酱。大家经常用伍瑟斯特辣酱蘸东西，甚至蘸奶酪，但我从未见过有人有勇气去动蛋黄酱，那罐东西粘粘稠稠的，蒙着厚厚的一层灰。布鲁克太太单独在沙发上用餐，但我们吃饭

时她也会过来吃上几口，很有技巧地倒出她称之为“茶壶底的货色”，意思是，最浓的一杯茶。她有个习惯，喜欢用身上盖的毛毯擦嘴。等到我快离开的那段日子，她又改成撕下报纸的一角擦嘴。每到早上，地板上丢满了她擦嘴用的油腻腻的隔夜纸团，会丢在那儿好几个小时。厨房的味道臭不可当，不过，和卧室一样，闻着闻着你就习惯了。

令我惊讶的是，这种住所在工业区应该很普遍，因为其他房客从来没有抱怨。据我所知，唯一抱怨的房客是一个烟草公司的业务员——个头矮小黑发尖鼻的伦敦人，以前从未到过北方。我猜想，以前他的工作应该很不错，住的都是商业酒店。这一次是他第一次体验到穷人居住的环境，感受到推销员在漫漫旅途中漂泊无依的滋味。第二天早上，我们起身穿衣服时（当然，他睡的是那张双人床），我看到他一脸困惑，厌恶地环顾着破败的房间，然后看着我的眼睛，突然猜到我跟他一样是南方人。

“这帮肮脏该死的畜牲！”他愤愤地咒骂着。

接着，他收拾好行李箱下了楼，怀着坚定无比的决心，大声告诉布鲁克夫妇这里根本不合他的心意，他要马上离开。布鲁克夫妇根本不明白到底发生了什么事，他们感到万分惊奇，内心受到了伤害。这个忘恩负义的家伙！竟然有人只住了一晚，就毫无理由地弃他们而去！过后，他们对这件事谈论了一遍又一遍。这件事情成为他们的伤心往事之一。

有一天，餐桌下摆着一个满满的夜壶，那一天我决定离开这里。这个地方让我住得很不开心，不仅是因为肮脏恶臭和难以下咽的伙食，这里还弥漫着一种萧条破败毫无意义的感觉，似乎堕落到无底的深渊中，在那里每个人就像黑甲虫一样漫无

目的地在无止尽的繁重工作和痛苦中挣扎。像布鲁克夫妇这样的人最可怕的地方在于他们一次又一次诉说着同样的事情。那种感受，就好像他们不是活生生的人，而是恐怖的幽灵，讲述着同样的、毫无意义的长篇大论。布鲁克太太总是自怨自艾，满腹牢骚翻来覆去讲了无数遍，最后颤抖着声音幽怨地问道："如今的日子真是艰难，不是吗？"我真受不了她的抱怨，这可比她用报纸擦嘴的习惯更难以忍受。但是，无论你有多么讨厌布鲁克夫妇这种人，试图将他们抛诸脑后，但结果根本无济于事。因为像他们这种人有成千上万个，他们是现代文明的附属品，如果你接受了缔造他们的现代文明，那你就必须接受他们的存在，因为他们是工业文明带给我们的影响的一部分。哥伦布横渡大西洋，第一辆蒸汽火车缓缓驶动，大英帝国的军队在滑铁卢与法国军队对决，十九世纪的那些眼里只有金钱的恶棍一边称颂着上帝，一边中饱私囊。而这一切塑造了迷宫一般的贫民窟与黑漆漆的厨房，在这里，疾病缠身的老人像黑甲虫一样可怜地、一圈又一圈地爬行。我们有必要时不时到这种地方看看闻闻，尤其要感受这种地方的味道，以免忘记它们的存在，当然，最好不要在这种地方待太久。

火车载着我离开了这座城镇，穿过可怕的矿渣场、林立的烟囱、堆积如山的铁屑、臭气熏天的沟渠、煤渣与污泥纵横交错的马路。如今是三月时节，但天气仍然很冷，到处都是黑乎乎的雪堆。火车缓缓驶过城镇的郊区，我们看到一排又一排灰色的贫民窟散布在路堤两旁。在一间贫民窟房子的前面，一个年轻女人正蹲在石头上，手里拿着一根棍子在捅铅制的排水管。排水管连接着她身后房子的水槽，我猜大概是堵住了。我有充裕的时间细细地打量这个女人：她穿着帆布围裙和不合

脚的木屐，双手被冻得通红。她抬头望着经过身边的火车，我们俩离得那么近，我可以清楚地看到她的眼睛。她长着一双苍白的圆脸，与其他贫民窟的女孩一样，面容十分憔悴，二十五岁的年纪，看上去却有四十岁的沧桑，这都是拜频繁的流产与辛苦的劳动所赐。在我们四目交投的那一刻，我看到了以前从未见过的最绝望无助的表情。那让我猛然意识到，我们所说的那些言论——什么“他们和我们根本不可同日而语”，什么“贫民窟长大的人所能想象的世界只有贫民窟”，这些统统都是错的。在她的脸上，我所看到的，并不是野兽般对痛苦的茫然无知。她完全清楚自己身处的境地，正如我清楚地知道，在寒冬中蹲在湿滑的石头上，拿着棍子清通恶臭的沟渠是多么可怕悲惨的命运。

不过，火车很快载着我离开了，驶入辽阔的郊野。眼前的景色是那么陌生而怪异，仿佛一座优美的公园。在工业区待久了，人总是会以为浓烟与肮脏会永远存在，没有任何一处地方能置身其外。身处拥挤肮脏而狭小的国度，我们已经视污秽为天经地义的事情。矿渣场和烟囱似乎是比绿树青草更自然的景致，即使到了乡村，随处遇到碎瓶破罐也在我们的预料之中。但是，在这里，积雪上一个足印也没有，堆得那么厚，只露出了石头界墙的顶端，一路顺着山势蜿蜒，有如黑色的羊肠小径。我想起了戴维·赫伯特·劳伦斯[①]曾经描写过同样的景色，他写道：“白雪皑皑的山脉有如强健的肌肉，虬结蜿蜒，

① 戴维·赫伯特·劳伦斯（David Herbert Lawrence，1885—1930），英国作家、诗人、文学批评家，其作品曾因涉及性爱描写而被列为禁书，现被公认为现代小说的先驱者，代表作有《查泰莱夫人的情人》、《虹》、《恋爱中的女人》等。

直至远方。”我的脑海中并没有浮现出这样的景象；在我眼里，白雪与黑墙看上去好像一件洁白的长裙，镶着一条长长的黑边。

尽管积雪还未融化，明媚的阳光已照耀着大地，隔着紧闭的车窗，车厢里很暖和。根据年历，如今已经是春天了，而几只小鸟似乎也相信春天到了。在铁路不远处的一处空地上，长这么大，我第一次见到白嘴鸦正在求偶，就在地上，而不是我想象的在树上。它们求爱的方式非常有趣：雌鸟张开鸟喙站在那里，雄鸟绕在它身边，似乎在喂她吃东西。我上了车还不到半小时，但似乎我已经远远离开了布鲁克一家的厨房，来到另一个世界，这里有皑皑的白雪、明媚的阳光和若隐若现的小鸟。

英国的工业区十分广袤，人口几乎与大伦敦区相当，面积却要大得多，因此，在各个区域之间，仍然可以找到干净像样的地方，想到这里，不禁令人感到欣慰。尽管人类不断在推进工业化，但还未能将污染传播到每一处地方。大地是如此广阔无垠，即使是在人类文明污染最严重的心脏地带，你仍可以在一片萧索中找到绿地，而不是灰蒙蒙一片。如果你用心寻找，说不定还能找到流水和活鱼，而不是三文鱼罐头。过了很久，或许又走了二十分钟，火车穿过了原野，先是进入外围的贫民区，然后是另一座工业城镇，到处是矿渣场、浓烟滚滚的烟囱、鼓风炉、沟渠和煤厂，人类文明再次将我们吞没。

第二章

切斯特顿[①]认为，我们的文明建立在煤炭之上，比我们所意识到的更加彻底，除非你能停下来对这个问题进行思考。我们的生活离不开机器，机器的制造也依赖于机器，而这全都直接或间接地依赖于煤矿。在西方世界的新陈代谢机制中，煤矿工人的地位仅次于耕种土地的农民。他就像一根肮脏的柱子，承托着一切不肮脏的东西。因此，如果你有机会而且不嫌麻烦的话，了解挖掘煤矿的过程是挺有意义的一件事情。

当你下去一座矿井时，有必要到煤矿的开采面去看一看，观察一下采煤工如何工作。这可不是一件容易的事情，因为参观者会给矿井运作带来不便，因此很多矿井不欢迎外人参观。但是，如果你在别的时间参观，你可能会得到完全错误的印象。譬如说，在星期天，矿井会显得格外宁静。参观矿井的时间应该是在机器轰鸣煤灰扬天的时候，这时你可以亲眼看到煤矿工人们实际的工作情形。每到这一时候，整座矿井如同地狱一般，至少我心目中的地狱就是这样。一个人所能想象的地狱里的情景几乎都会出现在矿井中：高温、噪声、混乱、黑暗、污浊的空气，而最要命的是难以容忍的狭隘空间，只是缺少了烈火。在矿井中，只有安全灯与手电筒的微弱光线勉强刺透煤灰弥漫的阴霾。

当你最终来到采掘现场时——这本身已经很不容易，接下来我会解释原因——你爬过最后一排承重的支柱，迎面是一座

闪烁着微光的黑墙，大约有三四英尺高。这就是采掘现场。头顶上方是光滑的岩石，煤矿就是从石头下切割开采出来的；煤层的下方又是岩石，因此，你所置身的地方只有煤层自身的高度那么高，或许也就是一码多一点点。这里留给参观者最深刻的第一印象，是运煤传送带震耳欲聋的响声，暂时盖过了其他一切。你的视线看不了很远，因为满是煤灰的烟雾阻挡了灯光，不过，在两边你可以看到矿工们半裸着身躯跪在地上，彼此间隔着四五码，矫健地用铁锹铲起掉落的煤块，甩过左肩，将煤块搬到传送带上。传送带由橡胶制成，宽约数尺，就在矿工们的身后一两码处。沿着传送带，一条闪闪发光的煤河不断向前奔流着。在一座大型煤矿中，传送带每分钟可以运送好几吨重的煤，运到主干道边，然后装到承重约半吨的矿车里，接着运到吊笼处，吊到外面。

看着搬煤工在工作，你不禁会嫉妒他们的强壮。他们所从事的工作非常恐怖，对于平常人来说，根本就不是人干的活儿，因为他们不仅要搬运数量极其惊人的煤矿，而且他们干活时的姿势使工作的强度大了好几倍。他们必须一直跪在那儿搬煤——如果站起身就会碰到顶壁——只要你试一下，你就会明白他们有多么辛苦。站着铲煤搬煤要相对轻松一些，因为你可以借助膝盖和大腿的力气挥动铁铲，而跪着铲煤搬煤，所有的重量都只能由手臂和腹部的肌肉承担。此外，还有其他因素会使搬煤更加困难。矿井下面非常热，不同的矿井气温有所不

---

① 吉尔伯特·基思·切斯特顿（Gilbert Keith Chesterton，1874—1936），英国著名作家，态度偏于保守，笃信罗马天主教，代表作有《布朗神父探案集》、《异教徒》等。

同，有的矿井简直热得令人窒息——而且煤灰会堵住你的喉咙和鼻孔，堆在眼角边。传送带一刻不停地轰鸣着，在那么狭小的空间里听起来就像是机关枪在扫射。但是，无论是外貌还是工作的作风，搬煤工们都很坚强。当一层光滑的煤灰从头到脚笼罩在他们身上时，他们看上去的确像铁骨铮铮的硬汉。只有当你下到煤矿，看到赤身裸体的矿工时，你才会意识到他们是多么了不起的人。大部分的矿工身材矮小(体形魁梧的人从事这份行业反而吃亏)，但几乎每个人都有着最标准的身材：肩膀宽阔，腰肢细而柔软，臀部小而挺翘，浑身上下非常结实，没有半丁点儿赘肉。在比较热的矿井下，他们只穿一条薄薄的内裤、木屐和护膝，在最热的矿井下，就只剩下木屐和护膝。你根本无法通过外貌判断他们的年龄。他们中有些人已经六十岁甚至六十五岁了，但是当他们全身漆黑赤裸时，看上去都一个样。没有一副好身板和皇家卫队般的健美体格根本不可能从事他们的工作，如果腰间多了几磅赘肉，那就不可能长时间弯腰铲煤。在矿井下你所看到的情景会令你终生难忘——一排工人弯腰跪在那里，全身漆黑赤裸，迅速而有力地用巨大的铁锹将煤块运到传送带上。矿工的上班时间是七个半小时，理论上没有休息，因为按照规定是没有休息时间的。不过，他们会利用换班的间歇，大概十五分钟，吃点自己带的东西，大体都是面包抹油和一瓶冷茶。我第一次观察运煤工工作时，摸到了一些黏黏滑滑的东西，是一团嚼碎的烟草。几乎所有的矿工都嚼烟草，据说可以解渴。

或许你得下好几座矿井才能对下面的作业流程有比较清楚的认识，这主要是因为，单单在矿井下走动已经非常困难，你很难注意到其他事情。在某些方面，矿井下的情况会令你感到

失望，至少不是你原本所想象的情形。你得先进一个铁笼子，大概像电话亭那么宽，两三倍长。铁笼能载十个人，但像沙丁鱼罐头那么挤，高个子的人根本没办法站直。笼子装满人后，上面的铁门啪地一声关上，由传动轮将笼子运到空中。你会感到胃里翻江倒海，耳朵里一阵阵的轰鸣，但你感觉不到铁笼在动，直到它接近井底之前猛地减速，让你几乎以为笼子又在往上升。半途中铁笼坠落的速度或许达到每小时60英里，在某些深一点的矿井，速度还要更快一些。当你在井底爬出铁笼时，你已经置身于地底下400码的地方，高度几乎等于一座相当规模的山丘，依次而上分别是数百码的岩石层、绝种生物的骨骸、底土、燧石、树根、绿草和放牧的畜群——所有的这一切就在你的头顶上空，只由几根小腿粗细的木桩支撑着。不过，由于铁笼下落的速度非常快，而且整个过程一片漆黑，你还以为下降的深度顶多就像皮卡迪利的地铁隧道那么深。

另一方面，矿井下矿道的长度令人十分吃惊。在我下矿井之前，我一直以为矿工们出了铁笼，只需要走几步就可以来到挖煤的地方。我根本没有想到，在矿工开始干活之前，他们得猫着腰走过一段相当于从伦敦桥到牛津环那么远的距离。当然，最开始的时候，矿井就挨着采煤的矿面，但随着矿面逐渐被挖光，矿道得逐渐延伸以挖掘新的矿面，于是，挖矿作业的地方就离矿井越来越远。从矿井到开采现场，一英里只是平均距离，三英里的距离并不罕见，据说有的地方甚至长达五英里，而且地底下的距离与地面上的距离是两码事，因为那一英里或三英里的路程都不是好走的大道，而且一路上根本多少地方能让人伸直腰杆。

要走上个几百码，你才会知道这一段距离意味着什么。你

开始出发，微微弯着腰，矿道十分昏暗，只有八到十英尺宽，五英尺多高，墙壁是页岩的石条，挺像德比郡的石墙。每隔一两码，就有木桩支撑的横梁和桁架，有些横梁已经被压成古怪的弧形，你得弯下腰才能勉强通过。路面的情况总是很糟糕——有很多粗大的沙砾和尖锐的页岩，有的地方还严重积水，像农场一样泥泞。矿道里有一条运煤的轨道，像具体而微的火车铁轨，每隔一两英尺就有一根枕木，使得行走非常困难。每一样东西都是灰蒙蒙的，页岩上沾满了灰尘，空气非常刺鼻，似乎所有的矿井都是这股味道。你会看到许多奇形怪状的机器，它们的用途或许你永远都不会知道，许多工具就随意地挂在电线上，在探路灯光的照射下，老鼠们纷纷逃窜。令人惊讶的是，这里老鼠非常普遍，尤其是在有马或养过马的地方。有趣的是，到底老鼠是怎么进来的？或许，它们是掉下矿井的——因为矿工们说，老鼠无论从多高摔下来都不会受伤，因为它们的体表面积相对于身体的重量要大得多。矿井上的钢缆不停地运转，牵引着运煤的矿车缓缓前进，你得紧靠着墙壁给它们让道。你钻过粗布帘子与厚厚的木门，当门开启的时候，一阵风会夺门而出。这些门是通风系统的重要组成部分。矿井下氧气耗尽的废气会经过一条竖井由风扇抽走，新鲜的空气就会由另一道竖井自动补充进来，但如果没有控制，空气只会选择最短的循环路径，而深层的矿道就无法通风，因此，所有的短回路都必须严密封闭。

一开始时，弯着腰走路似乎很轻松，但很快轻松的感觉就会消失得无影无踪。我的个子太高，而当矿道的高度只有四五英尺甚至更低时，除非是侏儒或孩童，任何人走动都会觉得非常痛苦。你不仅得弯着腰走路，而且还得时时刻刻抬头望路，

以方便看到并避开横梁和柱子。因此，你的脖子总是得绷得紧紧的，但比起膝盖和大腿的酸痛实在算不了什么。半英里过后（我没有夸大其词），走路成了无法忍受的折磨。你开始怀疑自己是否能撑到终点——更怀疑自己到底能不能走回去。你的脚步越来越慢，再走上几百码，隧道变得非常低矮，你不得不整个人蹲着向前挪。接着，矿道的顶部豁然开阔——这里上面的石头掉下来了——有二十码左右的长度你可以站直身子。那种轻松愉快的感觉实在是难以言喻。但是，在这之后，又是几百码的低矮路段，紧接着是连绵不绝的横梁，只能趴在地上四肢着地才能通过，不过，相比起弯腰行走，爬着走还算比较轻松。但是，当你爬到横梁的末端，试着再次站起身时，你的膝盖已经麻木了，根本无法直立。你只能羞赧地叫大家停步，希望能休息一两分钟。你的导游（一位矿工）很同情你，他知道你的体格与他们的体格根本无法相提并论。他鼓励你说："只剩下四百码的距离了。"但在你听来，这段距离简直有四百英里那么远。不过，最终你总会到达开采现场，花了将近一个小时左右走完一英里，而矿工们的耗时只需要二十分钟左右。到了那里，你得躺在煤灰里，休息几分钟回复气力，让头脑清醒过来，观察矿工们的工作。

回程要比来的时候更痛苦，因为你已经非常疲惫，而且通往竖井的路是轻微的上坡路。你只能以龟爬的速度通过低矮的地方，到了这时，当膝盖实在走不动了，你根本顾不上害羞，大声地叫导游停下来让你休息。你手中的灯成了一大累赘，一个踉跄你可能就会将它掉在地上。如果是戴维安全灯，灯光就会熄灭。躲避横梁变得越来越辛苦，有时，你根本忘记了躲闪。你试着像矿工那样低着头走路，接着，你就会撞疼自己的

脊梁，即使是矿工也会经常撞疼脊梁。这也是为什么在非常热的矿井下，当矿工们几乎脱光了衣服，就会露出他们所说的“背上的小纽扣”——那些其实是脊椎上永久性的疤痕。走下坡路时，矿工们有时会穿底下是中空的木屐，顺着铁轨往下滑。在路况极为恶劣的矿井，矿工们会带上两英尺半长的手杖，手柄下面是中空的，在高度可以正常行走的地方，你的手握着手杖的顶部，而在低矮的地方，手可以滑下来，握在手杖下方中空的部位上。手杖对矿工们走路很有帮助，而最近才发明使用的木制安全帽则几乎称得上是上帝的恩赐。这些安全帽看上去有点像法国或意大利士兵的钢盔，不过是用木心做成，非常轻便结实，即使头部承受了猛烈的撞击也不会感觉疼痛。当你在地下花了大约三小时，走了至少两英里的路程，终于回到地表时，感觉比在地上走二十五英里还要累。接下来的一周，你的大腿会十分僵硬，连下楼梯都有困难。你根本无法弯曲膝盖，得侧着身才能走下楼。你的矿工朋友会注意到你走路时奇怪的模样，拿你开涮（“下矿井的滋味怎么样啊？”什么的）。其实，即使是矿工，如果因为生病或有其他事情一段时间没有下矿井，在重新下井的头几天，大腿一样会非常酸痛，走不了路。

我所说的似乎听起来有点夸大其词，但是，你得亲身下到老式的矿井（英国的大部分矿井都是老式的矿井）才会知道我所说的都是实情。但我希望强调的重点是，对于平常人来说，在狭窄低矮的矿道里穿行是非常痛苦艰难的事情，而这根本不算是矿工们的工作内容，只是工作的附加内容，就像城里的上班族每天乘车上班一样正常。矿工们每天都得在矿道中往返，再花七个半小时进行高强度的正职工作。我从未走过比一英里

多多少的路程去矿面，而矿工们每天的平均路程是三英里，这是我跟平常人根本无法承受的距离。大部分人经常会忽略这一点。当你想到矿井里的情形时，你通常会想到矿井的深度、酷热黑暗的环境、矿工们黑黝黝的身影在辛苦地挖矿，但你往往没有想到他们还得在矿道里弯着腰走那么远的一段路。这里还涉及到工时的问题。矿工们的工作时间是七个半小时，听起来似乎不是很长，但是，我们还得算上矿工们每天花费在路上的时间，至少一个小时，更普遍的情况是两个小时，有时候是三个小时。当然，这些都不能算入工作时间和工资里面，但其劳动强度与工作并没有什么区别。有人会说矿工们并不在乎多走几步路。的确，矿工们对于上班走路的感受与你我不同，他们从孩提时代就适应了这么走路，他们的肌肉锻炼得非常结实，他们能以惊人的速度和灵活性在矿道中穿行。矿工们走路时低着头，每一步的距离非常长，即使在我只能蹒跚前行的地方也能健步如飞。到了工作的地方，你会看到他们四肢着地，像狗一样绕过支撑的木桩。但如果你认为他们喜欢在矿道中穿行就错了。我和许多矿工谈论过这个问题，他们都承认上班的路很难走，而且这也是他们在矿井下彼此聊天时经常提到的话题。有人说，下班后回去的路要比上班时的路好走一些，但是，矿工们会告诉你，经过一天辛苦的劳动，回去的路特别难挨。走路是他们工作的一部分，他们都愿意承受，但它确实很辛苦，就好比让你每天上下班时爬一座小山一样。

当你参观了两三座矿井后，你开始对下面的工作流程有一定的了解。（我得说，我对挖矿的机械与技术一无所知，我只是如实描述我所看到的情景。）煤炭位于厚厚的岩层之间，只有薄薄的一层，因此基本上挖矿的流程就像是在吃那不勒斯三

色冰糕中间的那一层。在以前，矿工们直接用鹤嘴锄和撬棒挖煤——工作的进度非常缓慢，因为埋在地底下的原煤几乎和岩石一样坚硬。如今，挖煤前的准备工作由电力切煤机完成。在原理上，切煤机有如一把庞大而强力的带锯，以水平方向而不是垂直方向运作，每一个锯齿有几英寸长，半英寸到一英寸宽，能自动前进或后退，由操作员控制在煤层中旋转进出。顺便提一下，它所发出的噪声非常大，是我听到过的声音中最吵的，而且会激起厚厚的煤灰，两三英尺以内几乎看不到东西，更不可能正常呼吸。切煤机会沿着煤层一直切到底部，将其切松，深度由五英尺到五英尺半不等。这样一来，挖煤时会相对容易一些。但“难挖”的地方就必须用炸药将其炸松。一个矿工会用一把电钻——类似于修路时使用的钻子，不过尺寸要小一些——在煤层中钻出许多间隔的小孔，灌入火药，用黏土塞紧，然后躲在附近的一个拐角处(他得躲到二十五码开外的地方)，用电流引爆炸药。炸矿的目的并不是将煤轰出来，而是将煤层炸松，有时，爆炸的威力太过于猛烈，不仅将煤层炸了出来，而且把矿顶也炸塌了。

煤层被炸松后，挖煤工就可以将煤炭挖出来，将煤弄碎并搬到传送带上。运出的先是庞大的煤块，重量或许达到了二十吨，由传送带将煤块运到装车的地方，装着煤块的矿车又被推到主干道上，再挂上不停运转的钢缆，通过钢缆拉到吊笼里，由起重机吊到地面上。之后，煤块得接受检验分类，如有必要还得进行清洗。“煤土”——也就是页岩——会尽量用来修筑马路，而实在是派不上用场的渣滓会被运到矿表堆在一旁，于是就有了可怕的煤渣堆，像丑陋的灰色土丘，构成了煤矿场标志性的景观。当切松的煤层被挖光，开采现场推进了五英尺

时，矿工们会搭建新的支架撑住新挖出来的矿顶，将传送带拆除，向前延伸五英尺，重新装配。一般来说，炸煤、切煤和运煤这三项工作会由三个不同班次的工人完成。切煤是在下午，炸煤是在晚上(法律规定，炸煤时附近不得有其他人作业，但是这一条文并不是时时都得到遵守)，而挖煤是在早上，从凌晨六点一直到下午一点半。

当你观察了挖煤的整个过程，并稍作计算的话，你将会意识到挖煤工所从事的工作是多么辛苦。一般来说，每个挖煤工得挖四到五码长的煤堆，切煤机已经将五英尺深的煤堆切松，因此，假如开采现场有三到四英尺高，每个挖煤工就得承担七到十二立方码的煤块，将它们挖出来，捣碎后再搬到传送带上。一立方码煤炭的重量大概有二十七英担[①]，每个工人每小时的挖煤量大概是两吨。我有过挑土铲土的经验，知道这一速度意味着什么。当我在自家花园里挖沟引水时，如果整个下午挖了两吨土的话，我就得好好喝口茶休息一下。但是，泥土要比煤层好挖得多，而且我不用跪在地底下一千英尺的地方，忍受令人窒息的酷热，每一口呼吸都吸入大量的煤灰；我也不用在工作前弯着腰走上一英里。矿工的工作强度超出了我身体的负荷，难度不亚于让我去表演空中飞人或让我赢得全国越野障碍赛马的冠军。感谢上帝，我不用从事体力劳动；如果我不得不从事体力劳动的话，我可以勉强当一位扫地工人或蹩脚的园丁，甚至当个三流的农民。但无论怎么努力，我都不可能成为一名矿工，这份工作几个星期就会要了我的命。

看着矿工们工作，你会意识到，原来人与人的世界是如此

---

① 英担：英国重量单位，100 磅重，合 45.36 公斤。

不同。许多人的生活非常轻松，对在矿井下挖煤的工人们所生活的世界一无所知。或许，如果可以的话，大部分人会选择对矿工的世界充耳不闻。但是，这个世界是我们在地上所生活的世界必不可少的一部分。我们所做的每件事情，从吃冰淇淋到横渡大西洋，从烤一片面包到写一篇小说，都与煤矿直接或间接有关。和平年代的一切艺术都需要煤矿，而一旦战争爆发，对煤矿的需求就更大了。在革命年代，如果没有矿工的辛劳，革命也会被迫停止，因为革命势力和反动势力都同样依赖煤矿。无论地上的世界发生了什么，挖煤和运煤的工作都不能中止，即使被迫中止，时间也不能超过几个星期。为了让希特勒能巡视军队的正步阅兵，让教皇可以谴责布尔什维克主义，让板球比赛的观众能在伦敦板球场看比赛，让浪漫诗人能酬唱应和，煤矿必须随时保证供应，但大体上我们并没有意识到这一点。我们都知道煤矿必不可少，却很少或从来不记得挖煤意味着什么。我正坐在煤炉边，舒舒服服地边烤火边写字。如今是四月了，我仍得烤火取暖。每半个月，运煤车会开到我家门前，穿着皮上衣的工人用麻袋将闻起来很像焦油的煤块搬进屋，塞进楼梯下面的储煤间。在极罕见的情况下，我得努力去想，才会将这些煤块与远方矿井下的劳动联系起来。它们只是我已经习以为常的煤块，从某个神秘的地方运来的黑色物体，就像天赐之物，只是你得花钱才能买到。当你开车穿过英国的北方，你或许从来不会想起在马路下数百英尺深的地方，矿工们正在挖煤。但是，从某种意义上说，是矿工们的努力让你能开车代步。就像鲜花离不开地里的根一样，我们地上光明的世界离不开矿工们那个昏暗灯光下的世界。

不久之前煤矿的情况比现在还要糟糕。在矿区仍然生活着

一些年老的妇女，她们年轻时在矿井下工作，腰间缠着带子，腿上绕着铁链，四肢着地，将一车车的煤运出矿井。即使在怀孕的时候，她们也得从事这么辛苦的劳动。即使是现在，如果得由怀孕的妇女爬着搬运才能产煤，我想我们会让她们去劳动，而不愿付出失去煤矿的代价。当然，大部分时间里，我们会选择忘记矿井里所发生的一切。所有的体力劳动都是这样，我们依赖他人的劳动而生存，而我们对这一切熟视无睹。矿工们有资格作为劳工界的代表，不仅因为他们的工作非常辛苦，而且因为他们的工作对我们的生活是如此的必要，却又远离我们的生活经验，如此不为人知，我们总是忘记他们的存在，就像我们忘记了身上血液的存在一样。看着矿工们工作，我们会感到羞耻，因为你会怀疑自己作为知识分子和上等人的身份。当你看着矿工们时，你会意识到，正是他们挥汗如雨的劳动才使得上等人能过上优裕的生活。你、我、《时代文学增刊》的编辑、浪漫诗人、坎特伯雷的大主教①与《马克思主义简明指南》的作者 X 同志，我们所有人体面的生活都建立在矿工们在地底下的辛苦劳动之上。他们全身上下一团漆黑，喉咙上沾满了煤灰，以钢铁般的手臂与腹肌挥舞着铁铲挖煤运煤。

---

① 英国国教地位最崇高的大主教，管理英国国教教务，为英国皇室施洗。

第三章

当矿工从矿底上来时，虽然脸上蒙了一层煤灰，还是可以看得出他脸色苍白，这是因为他在下面只能呼吸到污浊的空气，很快他的脸就恢复了血色。在一个初到矿区的南方人眼中，目睹几百名矿工下班后从矿底鱼贯而出的情景会令他大为惊奇，并觉得有点恐怖。他们的脸看上去筋疲力尽，凹下去的部位上堆满了煤灰，神情野蛮而凶残。但在别的时候，当他们洗干净脸时，他们看上去和其他人并没有什么不同。他们走起路来都昂首挺胸，这是在地底下长时间弯腰劳动的自然反应，但大部分矿工个头并不高，而且衣服又厚又不合身，无法展现他们壮健的身躯。矿工们最明显的特征是鼻子上有蓝色的疤痕。每一个矿工的鼻子上和额头上都有蓝色的疤痕，这些疤痕会伴随他们，直到坟墓。矿底的空气中飘扬着煤灰，这些煤灰会进入伤痕，接着皮肤愈合，形成蓝色的斑点，看上去就像是文身，而事实上这的确是文身。一些上了年纪的矿工额头就像洛克福干酪一样，就是因为这个原因。

矿工一上到地面，就会漱一点水将喉咙里和鼻孔里的煤灰冲出来，然后回家，至于洗不洗澡则因人而异。根据我的观察，大部分矿工喜欢先吃饭，然后再洗澡，如果我是他们，大概也会这么做。我们经常可以看到一个矿工带着"克里斯蒂吟游诗人"①式的脸庞坐下来喝茶吃东西。他的整张脸都是黑色的，只有嘴唇是红色的，一边吃着东西，嘴唇周围就变得干净

起来。吃完饭后，他会打一大盆水，很有技巧地开始洗澡，首先洗他的双手，然后洗胸膛、脖子和腋窝，接着洗前臂、脸和头皮（煤灰在头皮处积聚得最厚），然后他的妻子拿着法兰绒毛巾洗他的背。他只洗了上半身，肚脐里仍积着厚厚的一层灰，但就算这样，只用一盆水就将上半身勉强洗干净也需要一定的技巧。我发现自己下了矿井回来后，得用整整两盆水才能洗干净，光把眼睑上的煤灰清洗干净就得花上十分钟时间。

某些规模比较大、条件比较好的公司在矿口安装了淋浴设施。这可是优厚的条件，因为矿工们不仅可以每天舒舒服服甚至有点奢侈地洗干净身体，而且每人有两个储物柜，可以将下矿井的衣服和家里穿的衣服分开。这样一来，他从矿底上来，看上去像个非洲黑人，但不消花二十分钟，他就可以穿得整整齐齐，坐车去看足球比赛。但这种情况并不多见，因为开采现场很快就会挖空，因此，一旦矿井转移了地方，公司不一定会再花钱建造淋浴设施。我找不到确切的数字，但似乎只有不到三分之一的矿工能在矿口洗澡。或许，绝大多数矿工的下半身一周至少有六天是黑漆漆的。在自己家里洗个全身澡似乎是不可能的事情。烧开水很奢侈，而且在小小的起居室里，除了厨房和几件家具外，还有老婆、孩子和狗在那里，根本没有空间好好洗个澡，就算用脸盆盛水擦身也会弄湿家具。中产阶级的人总是喜欢说，即使有条件洗澡，矿工们也不愿意洗，但这是在胡说八道，因为事实上，只要矿口有浴室，几乎所有的矿工都会去洗澡。只有上了年纪的人仍然相信洗澡会“导致腰痛”。而且，那些矿口的浴室由矿工们自己的福利基金在负担

---

① 克里斯蒂吟游诗人（Christy-minstrel），美国著名黑人合唱团。

支出。有时矿业公司会补贴一点钱，有时基金得承担所有的成本。但直到现在，布莱顿经营寄宿旅社的老太太们仍在说：“如果你给那些矿工们建浴室，他们只会拿来放煤”。

事实上，矿工们会定期洗澡。这着实令人惊讶，因为除了工作与睡眠，他们剩下的时间并没有多少。如果你以为矿工们每天只需要工作七个半小时，那你就想错了。七个半小时指的是挖煤的工作时间，但正如我已经解释过的，我们还得加上花费在“路上”的时间。一小时路程是罕有的事情，大部分矿工要花三个小时在路上。此外，大部分矿工得花费不少时间去矿井和从矿井回家。在工业区房屋很紧缺，只有在那些经营煤矿的小型村落，村民们围矿而居，这些地方的矿工才能住得离上班的地方比较近。我所在的矿镇规模要大一些，几乎每个矿工都得搭巴士上班，每周大概得花半克朗①在车费上。我住过的一户人家丈夫上的是早班，从早上六点一直到下午一点半，半夜三点四十五分他就得起床，下午三点多才能回到家。我住过的另一户人家有个十五岁的小男孩上晚班，他晚上九点钟出门，早上八点钟才回来，吃完早饭就马上睡觉，一直睡到下午六点，他的闲暇时间每天就只有四个小时——如果扣除洗澡、吃饭、穿衣等时间的话，他的闲暇时间更要短得多。

当矿工的班次时间发生改变时，他的家庭生活也必须随之进行调整，而这是特别累人的事情。如果他上的是晚班，他回到家是吃早饭的时间，如果他上的是早班，他回到家是下午；而如果他上的是午班，他回到家时正好是半夜，无论是哪种情况，他都希望回到家的时候能好好吃一顿正餐。我发现威廉

① 克朗（crown），英国旧货币单位，相当于 5 先令。

拉尔夫·英格牧师[①]在他的著作《英国》中指责矿工们饮食无度。根据我的观察，我得说矿工们其实吃得很少。我居住的家庭那些矿工吃得还没有我多。许多矿工说，如果工作前吃太多的话，他们根本干不了活。他们带去的食物只能称之为点心，通常是面包抹油和冷茶。他们将食物放在一个名叫“便当盒”的扁平马口铁罐子里，然后将它别在腰带上。当矿工三更半夜才回到家时，他的妻子一直在等候着他；但如果他上的是早班，他就得自己准备早饭，这似乎成了一种惯例。显然，早晨上班之前见到女人不吉利这个古老的迷信仍在流传。在以前，有这么一个说法：如果矿工在大清早就遇到女人，他可能会被叫回去，当天没有活儿干。

在我来到矿区之前，和很多人一样，我一直以为矿工们的收入很丰厚。有这么一种不靠谱的说法，说矿工上一次班可以挣到 10 或 11 先令，你可能会进行一番简单的乘法运算，得出矿工的周薪有 2 英镑，一年挣 150 英镑的高工资这个结论。但矿工上一趟班能挣 10 到 11 先令是不实的说法。首先，只有在矿底下的“挖煤工”才能获得这个报酬；而“计日工”——在矿顶工作的人，报酬要低一些，通常只有 8 或 9 先令一个班次。此外，在很多矿场，“挖煤工”是计量报酬，按照他实际挖了多少吨煤获得工资，而这取决于煤矿的质量。如果机器出现故障或出现“断层”——煤层出现了岩石——他就得有一两天挣不到钱。不管怎样，我们不能设想矿工一周能工作六天，一年能工作五十二个星期。总会有一段时间他处于失业状态。

---

① 威廉·拉尔夫·英格（William Ralph Inge，1860—1954），英国著名神学家，剑桥大学三一学院教授。

1934 年英国矿工，包括男女老少，平均每个班次的工资是 9 先令 1 又 3/4 便士。[①]如果真能一直有活儿干，或许矿工的年收入可以达到 142 英镑一年，或每周 2 英镑 15 先令。但他的真实收入要远远低于这个水平，因为 9 先令 1 又 3/4 便士只是工作状态下一个班次的平均收入，却没有把失业的日子计算进去。

我这里有五张 1936 年初约克夏矿工的工资条，即五个星期的收入情况（这五个星期不是连续的）。平均计算起来，矿工的平均周薪有 2 英镑 15 先令 2 便士，上一趟班能挣到 9 先令 2.5 便士。但这些是冬天的工资条，几乎所有的煤矿都在全天候运作。春天一到，煤矿贸易就会减少，越来越多的矿工会“暂时停工”，而那些名义上还能上班的人每周也会有一两天没活儿干。因此，150 英镑或 142 英镑显然高估了矿工的年收入。事实上，1934 年英国矿工的平均收入只有 115 英镑 11 先令 6 便士。具体的收入水平因地而异，苏格兰的平均收入高达 133 英镑 2 先令 8 便士，而达勒姆的平均收入不足 105 英镑，每周只有 2 英镑。这些数字取自约克夏巴恩斯利市长约瑟夫·琼斯先生撰写的《煤斗》一书。琼斯先生补充道：

“这些数字涵盖了童工与成年工人、高工资人群与低工资人群的收入……因特别原因的高收入、管理人员的收入、其他高收入岗位和加班所得的额外收入也计算在内。

“这些数字只是平均数……无法揭示有成千上万的工人收入远远低于平均数，每周只有 30 到 40 先令。”

请注意琼斯所写的斜体字。但我们还要注意，这些可怜巴

① 原文注：出自 1935 年矿业公司年册与煤矿贸易目录表。

巴的收入指的是毛收入，矿工每周的收入还要扣除各种费用。下面是一份兰开夏地区每周的费用清单：

保险费（失业与医保）	1 先令 5 便士
租灯费	6 便士
工具打磨费	6 便士
称重费	9 便士
医务室费	2 便士
医院费	1 便士
慈善基金	6 便士
工会费	6 便士
总计	4 先令 5 便士

这些费用，比如慈善基金和工会费，是矿工们自己应该承担的费用，而其他费用则是矿业公司征收的。具体的费用因地区而异，例如，并不是每个地方都会无耻地要求矿工付租灯费（按照每周 6 便士计算，一年付的钱足够买几盏灯了）。但各种费用的总额似乎都差不多。那五张约克夏矿工的工资条每周平均毛收入是 2 英镑 15 先令 2 便士，扣除掉付给矿业公司的各种费用后，就只剩下 2 英镑 11 先令 4 便士——每周扣掉了 3 先令 10 便士。但工资条上只列出了付给矿业公司的费用，我们还得加上工会费，这样一来，需要扣除的总额就超过了 4 先令。或许，算上各种费用，每个成人矿工的周薪扣除掉 4 个先令左右是比较靠谱的。因此，1934 年英国矿工的平均年收入不应该是 115 英镑 11 先令 6 便士，而是 105 英镑左右。有人会反对说绝大多数矿工有补贴，他们可以低价买到自家用的煤炭，通常只要花 8、9 先令就可以买到一吨煤。但根据琼斯先生所说，“英国矿工的各种补贴算下来每天只有四便士。”而

许多矿工得乘巴士上班，光车费就足以抵消这四便士的补贴。因此，在整个煤矿行业，矿工们能带回家并自由支配的钱，或许平均不足2英镑一周。

与此同时，矿工们平均开采了多少煤炭？

煤矿业每年的人均采煤量在稳定而缓慢地增长。1914年，每个矿工平均开采了253吨煤，到了1934年，矿工们人均开采了283吨煤。[①]这当然指的是算入各个工种的矿工后得出的结果，那些在开采现场挖煤的工人实际开采的数量要比这大得多——很多时候平均开采量超出了1 000吨。但我们就拿280吨作为代表数字吧，这已经是非常了不起的成绩了，只要你将矿工的生活和其他人的生活进行比较就可以了解这一点。如果我能活到60岁[②]，或许我可以写出30本小说[③]，大概可以装满两格中等尺寸的图书馆书架。而同一时期，一个矿工将开采出8 400吨煤，铺平整个特拉法尔加广场得有两英尺高，或者足够供应七户大家庭用上一百年的燃料。

上面我提到的那五张工资条，有三张上面盖着“亡故抚恤金”的字样。当矿工在工作中出了意外亡故时，其他矿工会捐点钱给死者的遗孀以示吊唁，大概每人1先令。这笔钱由矿业公司代收，自动从他们的工资里扣除。工资条上最引人关注的一个细节，是“亡故抚恤金”的字样是图章盖成的。比起其他职业，矿工们出事的频率非常高，死伤的情况被视作理所当然，几乎等同于一场小型战争。每年每九百个矿工就有一人出

① 原文注：数字来自《煤斗》。矿业公司年册和煤炭贸易目录给出的数字要略高一些。

② 奥威尔享年47岁。

③ 奥威尔正式出版过6本小说。

事亡故，每六个矿工就有人受伤。当然，大部分伤势都是轻伤，但也有相当一部分人因伤残疾。这意味着如果一个矿工的工作寿命是四十年的话，受伤的几率达到了八分之七，而死亡率达到了二十分之一左右[①]。没有任何职业能比当矿工更危险，第二危险的职业是船运，一年中每一千三百名水手才有一人出事亡故。当然，我所列举的数据指的是全体的矿工，那些实际在地底下采矿的工人伤亡的几率要高得多。我所采访过的矿工要么自己曾遇到过严重的事故，要么曾经见过自己的工友遇难。在每一户矿工家庭，他们都会告诉你关于父亲、兄弟或叔伯工作时遇难的故事。(“他从七百英尺高的地方摔了下去，要不是穿着一件新的油布雨衣的话，恐怕会摔得七零八落，拣都拣不回来”等等)有的故事着实骇人听闻。例如，一个矿工曾向我讲述，他的工友，“一个计日工”，塌方时被埋了起来。他们立刻冲过去，把他的头和肩膀挖了出来，这样他可以保持呼吸。他还活着，还能和他们说话。接着，他们发现又要塌方了，只能跑开保证自己的安全，那个计日工又被掩埋了。他们又一次跑过去将他的头和肩膀清出来，他还活着，还能和他们说话。接着，塌方第三次发生，这一次，他们花了几个小时才把他挖出来，当然，人已经死了。但讲述这个故事的矿工(他自己被埋过一次，但幸运的是，他把头埋在双腿之间，因此有一点空间让他能够呼吸)并不觉得这个故事很恐怖。他强调的是，那个计日工事先已经知道工作的地方不安全，每天他都担心会有事故发生。“他一直很担心，每次上班

① 奥威尔此处对受伤概率的计算并不正确。按照他给出的数据，矿工一生中受过伤的概率接近 100%。

前都会和妻子吻别。后来，她告诉我，他和她的吻别已经持续了二十年。”

最为人所熟知的矿难是瓦斯爆炸。矿底下到处弥漫着瓦斯。有一种特制的灯被用来监测空气中的瓦斯，当瓦斯大量积聚时，戴维安全灯的火焰会变成蓝色，发出警示。如果把灯芯旋到最长，而火焰仍然是蓝色的，这表明空气中瓦斯的浓度很高很危险。但是，检测瓦斯是很困难的事情，因为瓦斯不会平均分布于各个地方，而是积聚于裂缝和罅隙。开工前，矿工总是会将矿灯伸到各个角落检测瓦斯的浓度。点燃瓦斯有许多偶然因素：爆炸操作时产生了火花，挖铲碰到石头激起火花，或一盏灯出现故障，或引发“矿火”——在煤灰里自燃的火焰，这种燃烧很难被扑灭。伤亡达上百人的大型矿难时不时会发生，而原因往往是瓦斯爆炸，因此，我们或许会认为瓦斯爆炸是采矿业的最大危险。事实上，大部分事故是常见的矿井事故，特别是塌方。比方说，“壶穴”——矿顶出现环状的孔穴，大得可以砸死人的石头像子弹那样高速掉落下来。根据我的回忆，与我交谈过的矿工中几乎所有的人都认为新的机械和“加速作业”使得开采煤矿变得更加危险，而只有一个人有不同的看法。这或许可以归结为矿工们很保守，但他们的理由很充分。首先，现在开采煤矿的速度意味着连续好几个小时会有一大片地方没有支撑；其次，机器会引起震动，而这会将矿顶震松；此外还有噪声，这使得矿工很难察觉出危险。我们必须记住，矿工在地底下的安危很大程度上维系于他自己的谨慎和技术。有经验的矿工说他们可以本能地察觉出塌方的危险，按照他们的说法，“他能感觉得到头顶上的重量”。比方说，他能听到承压柱的开裂声。大部分矿工喜欢用木头柱子作支撑，

而不喜欢铁条横梁，因为木头柱子被压垮前会有声响作为征兆，而铁条横梁会出其不意地弹出来。机器的噪声使得他们根本听不到任何其他声音，因此工作时更加危险。

矿工遇险时不可能立刻展开救援。他被几百英担重的石头重重地压在阴森可怕的地底下，就算他被解救出来，也得被拖着走上一英里或更远的路程，经过那些没有人能站直的矿道。你问那些受过伤的人，他们会告诉你，他们被救援到地上往往得花几个小时。有时，矿笼会发生事故。矿笼在几百码深的矿井中上下穿梭，速度和火车一样快，而在地上操作的人根本看不到发生了什么事情。他有精密的指示器告诉他矿笼的行进过程，但他仍有可能犯错，矿笼高速坠落到矿底这类惨剧发生过不止一次。我觉得这种死法很恐怖，因为当那个小小的铁笼在漆黑一片中呼啸坠落时，有那么一小会儿，困在里面的十个矿工一定察觉到出事了，在他们被砸成碎片之前的那几秒钟到底是什么情形实在是难以想象。一个矿工告诉我，有一次他在矿笼里，结果出了事故。矿笼没有按照操作慢下来，他们认为缆绳一定是断了。结果他们安全地到了矿底，但当他踏出矿笼时，他发现一颗牙齿掉了，原来他一直紧咬牙关，期待着那恐怖的砸落。

除了矿难之外，矿工们似乎都很健康，这好像是天经地义的事情，因为他们得干沉重的体力活。但他们容易得风湿病，而且，由于在满是灰尘的空气中久待，肺都不大好，但最具代表性的职业病是眼球颤震。这是一种眼疾，眼球一接触到光就会奇怪地震荡。这或许归因于他们在半漆黑甚至完全漆黑的环境中工作，有时候会完全致盲。因这种情况或其他情况而致残的矿工会得到矿业公司的赔偿。有时是一笔钱，有时是每周支

付的抚恤金。这笔钱最多只有29先令一周，如果这笔钱不足15先令，丧失视力的矿工可以到公共援助委员会那里领救济金。如果我是丧失视力的矿工，我希望能得到一次性赔偿，因此这样我能确保赔偿金到手。残疾抚恤金不是由中央财政拨款进行保障，因此，假如矿业公司倒闭的话，这笔赔偿金也就中止发放了，虽然他也算是债权人之一。

在威根，我曾和一个矿工住在一起，他一直为眼球颤震所苦，只能看得见一屋之隔的东西，再远就不行了。他靠29先令一周的赔偿金过了九个月，但矿业公司准备将他转成“部分赔偿”，一周只给14先令。这取决于医生是否认为他适合进行轻体力劳动。即使医生真的作出这一诊断，他也找不到什么轻体力的活儿，但他可以去领救济金，这样公司一星期可以节省15先令。看着那个人去公司领他的赔偿金，我深深地震惊于“社会地位”直到今天依然是多么重要。这个人曾在最有意义的岗位上工作，如今陷入半失明的困境，领这笔赔偿金是天经地义的事情。然而，他不能对这笔赔偿金有任何要求——他不能想什么时候拿就什么时候拿。他得每周按照矿业公司指定的时间去公司，到了那儿，他得在寒风中等候几个小时。据我所知，他得碰碰帽子，向支付赔偿金的人表示谢意，而且得浪费一整个下午，还得花6个便士搭乘巴士。而资产阶级人士的情况则很不一样，即便是像我这样穷困潦倒的人也一样。就算我冻馁交加，我的资产阶级身份仍赋予我一定的权利。我挣的钱并不比矿工多多少，但我的报酬会以体面的方式存入我的银行账户，我可以不受约束地提取这笔钱。就算我的账户上一分钱也没有，银行里的人还是很客气。

工人阶级的生活就是这样，有很多小麻烦，被人侮辱，被

丢在寒风中苦等，做任何事情都得等别人方便时才行。种种的压迫使得一个工人变得非常迟钝。他退缩畏惧，凡事都很被动。他觉得自己是某个神秘权威的奴隶，坚信“他们”不允许他做任何事情。有一次我去拾煤时，问那些工资很廉价的拣煤工(他们一小时挣不到6便士)为什么他们不组建工会，他们立刻告诉我“他们”不会同意的。“他们”是谁？我问他们。没有人知道答案，但显然，“他们”无所不能。

一个出身资产阶级的人会认为，只要在合理范围内，他的愿望都可以获得满足。因此在艰难时期，“受过教育”的人会挺身而出；他们并不比别人有能力，而他们的“教育”通常一无是处，但他们习惯于别人顺从他，有那么一种发号施令的勇气。无论何时何地，人们都认为他们理所应当会挺身而出。在利萨加勒[①]的《巴黎公社史》中，有一段有趣的文字，描写巴黎公社被镇压后的枪毙现场。当局准备枪毙领导起义的主谋，却又不知道谁是主谋，于是以“阶级出身较好的人有可能是主谋”这一指导思想去寻找嫌疑犯。一个长官走过一排囚犯，挑出长相可疑的人。一个囚犯被枪毙了，因为他戴了个手表，另一个囚犯被枪毙了，因为“他长得像个知识分子”。我可不希望因为长得像知识分子而被枪毙，但我同意，在几乎所有起义中，领袖总是那些发得出“H”音的人[②]。

① 普洛斯帕·奥利维尔·利萨加勒(Prosper Olivier Lissagaray，1838—1901)，法国历史学家。

② 在英国，许多包括伦敦土话(Cockney)在内的方言都习惯不发单词中的“H”音，而受过良好教育的人士则会使用标准发音。口音在当时的英国是判断一个人阶层地位的重要标志。

第四章

走在工业城镇中的时候，就像置身于迷宫里面，到处是毫无规划、破败不堪、被烟熏得发黑的砖屋，杂乱无章地绕着泥泞的小巷。煤渣铺成的院子非常狭小，摆放着散发恶臭的垃圾桶，挂着一排排肮脏的待洗衣物，还有破旧的厕所。这些房子里面的情况都差不多，只是房间从两间到五间不等。似乎所有房子的客厅都差不多，十到十五平方英尺，有一个开放式的厨房，比较大的房子有碗碟洗涤处，而小一些的房子则把水槽和水龙头安在客厅里。房子后面有小院子，有时是几户人家共用一个院子，大小只能容得下垃圾桶和厕所。没有一座房子安装了热水。我猜想，你就算走上几百英里这种矿工居住的街道，也找不到一座能淋浴的房子，而住在这里的矿工每天上班回来，从头到脚一片漆黑。在厨房里安装热水装置并不费事，但不装热水装置的话建筑商每座房子或许可以省上 10 英镑，而建造这些房子的时候，他们根本没有想过矿工们得洗澡。

大部分的房子已经有起码五六十年的历史了，许多根本不适合居住。这些房子一直租得出去，只是因为除此以外就没有其他房子了，而这是工业城镇最基本的事实。这里的房子狭小丑陋，肮脏破旧，分布在污秽不堪的贫民区，周围都是浓烟滚滚的铸造厂、臭气熏天的下水道和弥漫着硫烟的矿渣堆——这些情况全都属实——但最重要的是，这里根本没有足够的房子。

"住房紧缺"是自战争以来[1]广为流传的一个术语，但对于那些每周收入多于10英镑，甚至只要多于5英镑的人来说，这根本不是问题。在租金贵的区域，真正的困难不是找房子，而是找租客。到上流住宅区的街道转悠一下，你会看到有一半的窗户挂着"出租"的招牌。但在工业区要住进房子却十分困难，这是贫困现象最糟糕的情况之一。它意味着人们愿意忍受一切——他们顾不上屋子破了个洞或墙角很脏乱，也顾不上臭虫横行、地板腐烂、墙壁破裂，更顾不上房东的盘剥和中介的勒索，但求能有一瓦遮头。我到过情况非常糟糕的房子，就算你付钱给我也不愿意在里面住上一周。我发现里面的租客都已经住了二三十年，心里只盼望着能在那里安享天年。大体上，这些情况被认为是理所当然的事情，虽然不总是这样。有的人似乎根本不知道什么才是好房子，觉得有臭虫和屋顶漏水是天经地义的事情；有的人对房东破口大骂；但除非万不得已，他们绝不会搬出去，害怕会有更糟糕的事情发生。只要住房紧缺的问题继续存在，地方政府就很难有所作为去改善居住环境。他们可以让房子"报废"，但不能下达拆房的命令，除非租客能搬到另一处地方。因此，那些报废的房屋继续有人住，而且会一直破败下去，因为房东根本不会掏钱进行修葺，反正迟早都会被拆除。在威根这样的城镇，已经报废多年的房屋有两千多座，整座城镇的房屋将成片报废，得兴建其他房屋代替它们才行。在利兹和谢菲尔德这样的城市，"背靠背"式的排屋有好几千座，全部已经报废了，但还会继续被用上几十年。

我对许多矿镇和矿村的房屋进行过了解，并对主要的特征

---

① 指一战。

做了记录。我将随机列举几则笔记摘要，让你了解一下那里的情况。这些只是简略的记录，我会作必要的解释。这里是几则对威根住房情况的记录：

1. 沃盖特区的房屋。完全无采光。上面一间，下面一间。客厅大小：12英尺乘10英尺，楼上房间大小一致。楼梯下有小间，大小为5英尺乘5英尺，当食物储藏室、洗碗处和储煤间用。窗户可以打开。距离厕所50码远。房租：4先令9便士；各种费用：2先令6便士；总计：7先令3便士。

2. 附近另一座房子。大小如上，但楼梯下没有小间，只有一个两尺深的壁凹，装了水槽——没有食物储藏室，其他情况相同。租金：3先令2便士；费用：2先令；总计：5先令2便士。

3. 斯科尔斯区的房子。报废的房子。上面一间，下面一间。房间大小：15英尺乘15英尺。客厅有水槽和铜水龙头，楼梯下有储煤间。地板下陷。窗户打不开。房子很干爽。房东好。房租：3先令8便士；费用：2先令6便士；总计：6先令2便士。

4. 另一间附近的房子。上面两间，下面两间，有储煤间。墙壁几乎要垮了。楼上房间漏水严重。地板倾斜。楼下的窗户打不开。房东不好。房租：6先令；费用：3先令6便士；总计：9先令6便士。

5. 格林诺路的房子。上面一间，下面两间。客厅13英尺乘8英尺。墙壁行将破裂，漏水。后窗打不开，但前窗可以打开。一家十口人，八个是岁数接近的孩子。因过度拥挤市政局打算将其迁移，但尚未找到房子安置。房东不好。租金：4先令；费用：2先令3便士；总计：6先令3便士。

对威根的描述到此为止，还有很多类似的记录。以下是一则对谢菲尔德一座房子的描述——这座房子在谢菲尔德数千座背靠背式的房子中堪称典型：

托马斯街的房子。背靠背式。上面两间，下面一间（这是一座三层楼的房子，每一层各有一个房间）。有地窖。客厅14英尺乘10英尺，楼上房间大小一样。客厅安置了水槽。顶层没有门，直接连着楼梯。客厅的墙壁有点潮湿，顶楼的墙壁已破裂，四面渗水。房子阴暗，需要一整天开灯。电费估计得6便士一天（或许过于夸张）。一家六口人，两个大人四个小孩。丈夫（到公共援助委员会领救济金）患肺结核。一个孩子住院，其他孩子看似健康。一家人已居住了七年。希望搬迁，但找不到其他房子。租金：6先令6便士，已包括费用。

以下是关于巴恩斯利的几则描述：

1. 沃特利街的房子。上面两间，下面一间。客厅12英尺乘10英尺。客厅安置了水槽和铜水龙头。楼梯下有储煤间。水槽已几乎被磨平，水经常满溢。墙壁不是很坚固。有投硬币的煤气灯。房子很暗，点煤气灯大概一天花4便士。楼上由一间大房隔成两间小房。墙壁情况很糟糕——里室的墙壁已完全裂开。窗框支离破碎，只能垫木片。几处地方漏雨。下水道流经屋底，夏天恶臭难当，但市政局表示“暂时无能为力”。屋里住六口人，两个大人，四个孩子，最大的十五岁。最小的孩子进了医院——怀疑得了肺结核。房子里臭虫很多。租金：5先令3便士，已包括费用。

2. 皮尔街的房子。背靠背式的建筑。上面两间，下面两间，有大地窖。客厅10英尺见方，安置了水槽和铜水龙头。楼下另一间房大小一样，或许本来是客厅，但改成了卧室。楼

上与楼下的房间大小一样。客厅非常阴暗，煤气灯大概得花4.5便士一天。距离厕所70码。家里有四张床，睡八个人——一对年迈的夫妇，两位年轻女性（大的二十七岁），一位年轻男性和三个孩子。父母有一张床，最大的男孩单独睡一张床，另外五个人睡两张床。蚊虫很多——“天气一热根本受不了”。楼下的房间无法用言语形容，楼上臭气熏天，难以忍受。租金：5先令7.5便士，已包括费用。

3. 梅普威尔（巴恩斯利附近的一个村子）的房子。上面两间，下面一间。客厅14英尺乘12英尺。客厅安置了水槽。墙壁上的灰泥正在剥落。炉子没有支架。有轻微的煤气泄漏。楼上的两间房大小都是10英尺乘8英尺。屋里有四张床（睡六个人，都是成年人），但“一张床睡不了”，可能是缺少被单。靠近楼梯的房间没有门，楼梯没有扶栏，因此下床时很容易踩空，从十英尺高的地方摔到石头地板上。地板严重腐烂，可以看到楼下的房间。有臭虫，“但我用羊粪将它们熏走”。一条泥泞的土路经过这里的房屋，据说到了冬天几乎无法穿行。花园的一端修了石头砌成的厕所，已处于半失修的状态。这座房子的租客已经住了22年，拖欠了11英镑房租，每周多付1先令以偿还欠款。现在房东不肯以这种方式还债，勒令他们搬迁。房租：5先令，已包括费用。等等等等。

我可以给出更多的描述——如果有人愿意到工业区逐座逐座地巡视房子的话，这样的描述会出现数十万次。与此同时，我得对一些用语进行解释。“上面一间，下面一间”指的是每层楼各有一个房间——也就是一座二居室的房子。“背靠背式”的房子指的是一座房子被一分为二隔成了两座，前后两面都各是一座房子的前门；因此，如果你走过这样的一排房子，

数到了十二，事实上你看到的不只是十二座房子，而是二十四座房子。前面的房子通往街道，后面的房子通往院子。每座房子只有一个出入口，而后果就是，由于厕所位于后面的小院，如果你住在临街的那套房子的话，要上厕所或扔东西进垃圾桶，你得走出前门，绕过街区的尽头——这段路或许会有两百码远。如果你住在后面那座房子的话，你望出去就是一排排厕所。还有一种叫做“背部无采光式”的独立房屋，建筑商没有安设后门——显然只是为了刁难住客。窗户不能打开是矿镇老建筑的一个特色。有的矿镇历经了长时期的煤矿开采，地面不停地下陷，上面的房子就向一边倾斜。在威根你会走过成排的房子，角度已经倾斜到令人震惊的角度，窗户偏离了水平线得有 10 到 20 度。有时，前面的墙鼓了出来，看上去就像怀胎七月的肚子一样。墙面可以进行重修，但过不了多久新的墙面又会开始突出来。当一座房子突然下陷得厉害时，窗户会永久地卡死，门也得重新装配。这在当地是司空见惯的事情。有一个矿工上班后回家，发现前门根本打不开，只能用斧头将其劈开才能进屋，这个故事当地人只是觉得很好笑。有时我会注明“房东好”或“房东不好”，因为住在贫民窟的那些租客对房东的评价差别很大。我发现——或许有人猜得出来——地位卑微的房东态度最不好。这似乎不合常理，但你可以理解个中原因。有的人会以为最不好的房东是肥肥胖胖的黑心汉，或许是一个主教，靠着压榨租金大发横财。事实上，一个穷苦的老太婆倾其毕生的积蓄买了三座贫民窟的房子，自己住一座，想靠着另外两座房子的租金生活——她才不肯掏一分钱修葺房子呢。

这些简单的记录唯一的价值是让我不至遗忘。当我阅读这

些记录时，眼前似乎浮现出我曾经目睹的情景，但这些记录根本无法让读者对北方贫民窟极其恶劣的条件有所了解。语言是苍白无力的。像“屋顶漏水”或“四张床睡八个人”这样的语句到底有什么用？它们就在你的眼皮底下溜过，而你毫无感触。但是，这些语句掩盖着形形色色的悲剧！以过度拥挤为例，八到十个人住在一座三居室的房子里是常见的事情。三间房中一间是客厅，大概十来英尺见方，除了厨房和水槽外，还要摆桌子、椅子和碗柜，也就没有地方摆床。因此，这八到十个人得窝在顶多摆四张床的两间小房里。而大人要上班，情况就更加糟糕。我记得有一座房子，三个成年的女孩子睡一张床，上班的时间都不一样，每个人起床或回房都会吵到另外两个人。有另一座房子，年轻的矿工干夜班，白天就在狭小的床上睡觉，晚上腾给家里另一个人睡。如果孩子到了发育期，问题就更麻烦了，因为你不能让十来岁的男孩和女孩睡同一张床。我参观过一户人家，父母两人外加大约十七岁的儿子和女儿，家里却只有两张床。于是，父亲和儿子睡，母亲和女儿睡，这是避免乱伦悲剧的唯一办法。还有屋顶漏水和墙壁渗水的惨状，到了冬天，房子几乎根本住不了人。此外，还有臭虫的问题。一旦臭虫进来了，除非将房子捣毁，否则根本无法将其清除。接着还有窗户打不开的问题。这个问题相信不用我多说。到了夏天，在狭小闷热的客厅里，做饭要生火烧火，酷热难当可想而知。背靠背式的房屋还另有一种特别的不堪。走五十码远才能上厕所或倒垃圾，这只能让住客不讲究卫生。前屋——尤其是地处偏僻街道的屋子，市政局不会去管那里——女人总是将垃圾丢出前门，于是阴沟里总是堆满了茶叶和面包屑。而在后屋里长大的小孩看到的只有一排排厕所和一堵破

墙，想想就觉得可怜。

在这种地方，女人是可怜的苦力，要干的活儿怎么也干不完。她或许可以强打精神，但根本无法维持干净和整洁。她总是有事情要做，没有闲暇，家里局促得几乎转不了身。你刚洗干净一个孩子的脸，另一个孩子的脸就脏了。你还没有把上一顿饭的碗碟洗完，下一顿饭又得做了。我参观过的房子差别很大。有的房子尽可能地保持整洁，而有的房子非常糟糕，根本无法以言语进行表述。最主要的是里面的味道，根本不知道该怎么形容。而且非常肮脏，杂乱不堪！这里摆着一个盛满臭水的水盆，那里摆了一个堆着还没洗的碗碟的盆子，墙角边堆着瓶瓶罐罐，破破烂烂的报纸到处乱丢，客厅的中间总是摆着一张桌子，上面铺着黏糊糊的油布，搁着一堆锅碗、餐具、破了洞的长袜和油腻腻的报纸，里面包着一片片发霉的面包和零星的奶酪！房间里堆满了东西，从一头走到另一头得绕过几件家具，走两步就会碰到一排潮湿的衣物，孩子们就像蘑菇一样缠着你的脚！在我的记忆中，有些情景至今仍印象深刻，难以忘怀。在一座小矿庄里有一户人家，客厅几乎空荡荡的，全家人集体失业，每个人看上去都营养不良；儿子女儿都成年了，漫无目的地游荡。他们都长着红头发，身材高大，但由于营养不良、无所事事，脸上带着痛苦的神情；有一家人的儿子人高马大，无精打采地坐在火堆边，连陌生人进来都没有察觉，慢悠悠地从一只脚上将黏糊糊的袜子脱下来。在威根有一间房特别恐怖，所有的家具似乎都是用货箱和木桶搭成的，就快散架了；有一个老太婆，脖子上黑乎乎的，披散着头发，操一口兰开夏—爱尔兰口音大骂她的房东；她的母亲，九十多岁了，坐在角落里的一个木桶上——那是她的便桶，发黄的脸毫无表

情，像白痴一样看着我们。回忆中这些类似的情形我可以写上许多页。

的确，这些人的房子搞得这么脏，有时是他们自己的错。就算你住的是背靠背的房子，家里有四个小孩，只靠公共援助委员会每周 32 先令 6 便士的救济金过日子，你也不能把没倒空的夜壶摆在客厅里不管。但是，我们也知道，在这种环境中生活，人们没有自尊的念头。决定性的因素或许取决于有多少孩子。我所见到的整洁的家庭大都是没有孩子的家庭，或只有一两个孩子。而三居室的房子如果有六个孩子的话，根本不可能保持整洁。值得注意的是，最邋遢的房间从来不会在楼下。你参观了几座房子，可能包括那些最穷苦的失业家庭，然后形成错误的印象。你可能会觉得这些人其实没有那么惨，他们还有几件家具和锅碗瓢盆。但楼上房间的情形才能真正体现穷困的窘境。这到底是因为人们出于自尊，仍保留着客厅的家具，还是因为被褥床单能典当个好价钱，我不知道，但我所见过的许多卧室情况都非常糟糕。我可以肯定地说，那些经年累月失业者只有少数人家里有完整的被褥床单。房间里经常没有一样可以称之为“被褥床单”的东西——只有一堆旧衣服和花色各异的破布，铺在一张生锈的铁架床上。这种情况使得过度拥挤的问题更加严重。我认识一户人家，有四口人，父母两人和两个孩子，家里有两张床，但只睡一张床，因为另一张没有床单。

如果有人想了解住房紧缺所造成的可怕后果，他们应该去参观遍布于许多北方城镇的大篷车住所。自从战争以来，由于根本没有希望找到房子住，相当一部分人搬进了由固定的大篷车临时搭建的住所。以威根为例子，这里的人口是 85 000 人，

有 200 座大篷车住所，每一座住一户人家——总数大概有上千人。在工业城镇到底有多少人住在这种大篷车住所里是很难确切统计的数字。地方政府对这种情况保持缄默，1931 年的人口统计报告似乎已经决定将这些人忽略不计。但根据我访问的结果，他们遍布于兰开夏和约克夏以及再往北的诸郡中大部分规模较大的城镇。或许，在英国北部，有数千户家庭，甚至数万户家庭(不是个体)居无定所，只能在大篷车里生活。

但“大篷车”这个字眼很有误导性，让人联想到吉卜赛人舒适的露营生活(当然是在明媚的天气)，篝火噼噼啪啪地响着，孩子们在拾黑莓，五颜六色的衣服在晾衣绳上迎风招展。威根和谢菲尔德的大篷车社区根本不是这个样子。我见过几座大篷车，在威根我还仔细观察过。除了在远东地区，我从未见过这么悲惨的情形。事实上，看到这些大篷车的时候，我立刻想起了缅甸那些印度苦力所居住的肮脏的狗窝。但实际上，远东的情况并没有这么糟糕，因为在那里没有深入骨髓的湿冷，还有阳光作为消毒剂。

威根泥泞的运河两岸是一块块荒地，大篷车就抛在那里，像桶里掉出来的垃圾。有几辆真的是吉卜赛大篷车，但都已经破旧失修。大部分是破旧的单层巴士(十年前那种比较小的巴士)，轮子被拆掉了，用木头架了起来。有的是普通的马车，上面钉了半圆形的板条，外面盖了一层帆布，里面的人和外面的气温就靠这一层帆布隔开。在里面，这些住所大概宽约五英尺，高约六英尺(无论在哪辆大篷车里我都无法站直身子)，长约六到十五英尺。我猜想有的大篷车才住一个人，但我所见到的都住两个人以上，有的甚至住了整整一大家子。比方说，有一辆大篷车长十四英尺，住了七个人——七个人挤在四百五十

立方英尺的空间里，也就是说，每个人所占有的空间比公厕的隔间还要小得多。这些地方的肮脏和拥挤除非你亲眼见到，亲眼闻到，否则根本无法想象。每一辆大篷车都有小小的厨房，塞进了一些家具——有时是两张床，但更多情况下是一张床，整家人得尽量蜷着身子睡觉。睡地板是几乎不可能的事情，因为下面会渗入潮气。我见过一张床垫，到了早上十一点还是湿漉漉的。到了冬天车里非常冷，厨房必须日夜烧火，不消说，窗户必须一直紧闭着。一个公共水龙头供应着整片地方的用水，有的大篷车住客得走150到200码去取一桶水。这里根本没有卫生设施，大部分人在大篷车旁边的一块空地上搭一个小屋权当厕所，每周挖一口深坑将屎尿填埋掉。这些地方我见过的人，尤其是孩子，都脏得出奇，那些大人我猜也好不到哪里去，保持干净是不可能的事情。当我从一辆大篷车走向另一辆大篷车时，我的脑海里萦绕着一个问题：如果有人死在里面，该怎么办？当然，你不会开口去问他们这个问题。

有的人在大篷车里住了许多年。理论上，市政局在清除这些大篷车定居点，让住在里面的人住到房子里去，但房子一天没有修好，大篷车就会继续存在一天。我和大部分人聊过天，他们已经放弃了搬进像样的住所这个念头。他们全都没有工作，找到工作和住所对他们来说，似乎是遥不可及的幻想。有的人似乎满不在意，但其他人清楚地知道自己身处何等糟糕的境地。我的脑海中总是浮现着一个女人的脸，那张脸饱经风霜，像一个骷髅，带着堕落而悲哀的神情。我猜想，在这么一个邋遢的地方，她努力想让自己的那一大群孩子保持干净，心里的感觉应该就像我全身上下沾满了屎尿时的感觉。我们必须记住，这些人不是吉卜赛人，他们是体面的英国人，除了生在

长在里面的孩子，他们全都有过自己的房子。而且，他们的大篷车要比吉卜赛人的大篷车差得多，没有到处云游的便利。毫无疑问，仍有中产阶级人士认为下层社会的人不在乎自己的情况，如果他们碰巧坐火车经过大篷车社区，他们会立刻认为，住在那里的人是自愿住进去的。现在我不和这些人进行争辩了，但我要指出，住在大篷车里的人并不是为了省钱才住在里面，因为他们所付的租金其实和租房子住一样贵。我从未听说过有低于 5 先令一周的租金（二百立方英尺的空间要 5 先令！），有的大篷车的租金甚至要 10 先令。有人靠着这些大篷车发了财！显然，大篷车能继续存在，是因为住房紧缺，而与贫穷没有直接的联系。

我曾经和一位矿工交谈过，我问他住房紧缺的问题在他那一区什么时候变得很严重，他回答说："直到他们告诉我们的时候。"这意味着直到不久之前人们对于居住的要求很低，几乎任何程度的拥挤都被认为是天经地义的事情。他补充说，在他小时候，家里十一口人睡同一个房间，根本不觉得有什么。后来，他长大了，和妻子住在那种旧式的"背靠背"房子里，上个厕所得走几百码远，到了那儿经常还得排队，因为这间厕所供三十六口人使用。当他的妻子患了绝症时，她仍得走两百码的路去上厕所。他说，大家都学会了忍受，直到"有人告诉他们"。

我不知道他所说的情况是否属实，但能肯定的是，现在没有人认为十一口人睡一个房间是可以忍受的事情，即使是那些收入丰厚的人也开始重视贫民区的问题。因此，大家都在谈论"房屋重建"和"贫民区拆迁"，这些工作自从战后就断断续续地进行。主教、政客、慈善家都在谈论"贫民区拆迁"，因

为这样一来，他们就可以将人民的注意力从更严重的罪行那里转移开去，似乎只要你拆除了贫民区，贫困问题就得以解决了。但所有的清谈收效甚微。迄今为止，我们发现住房紧缺的问题并没有得到改善，比起几年前或许还变得糟糕了一些。不同的城镇解决住房问题的速度相差很大。在一些城镇，房屋的营造似乎毫无进展，而在其它城镇房子建得很快，私人房东被抢走了生意。以利物浦为例，这个城市大部分地方被改造了，市政局居功至伟。谢菲尔德拆迁重建的进度算快的了，但是那里的贫民区情况最为糟糕，重建的速度还不够快。①

为什么整体上房屋重建的工作如此缓慢？为什么有的城镇能比别的城镇更轻松地获得贷款进行房屋建设？这些问题我不知道答案，得交给那些比我更了解市政事务的人去解答。一座市政局公屋的造价是300到400英镑，直接请人建造要比交给承包商成本低一些。这些房子平均一年的租金不计入开支费用要20多英镑，因此，算上各种成本和贷款利率，只要房子租得出去，市政局还是有利可图的。当然，很多时候，这些房子的租客都是些领救济金的人，所以地方政府只是将钱财从一只手倒腾到另一只手——以救济金的形式发放出去，再以住房租金的形式收回来。但反正他们必须支付救济金，而目前这些钱中，有很大一部分流入了私人房东的口袋里。房屋营建工作的缓慢进度被归因于缺钱和获得土地很困难——因为市政局公屋不是零星建设，而是建成一整片住宅区，有时好几百座房屋同

---

① 原文注：1936年谢菲尔德在建市政局公屋的数目是1 398座，要实现贫民区的改造，谢菲尔德需要营建10万座房屋。

时动工。有一件事我总是想不通：许多北方城镇在营建宽敞奢华的市政建筑，与此同时，他们又急需解决住房紧缺的问题。举个例子：最近巴恩斯利花了将近15万英镑建造市政厅，而政府承认工人阶级至少需要2 000座房屋，这还没有包括公共浴室。（巴恩斯利有19座男性公共浴室——而这里有7万个居民，大部分是矿工，没有一个人自家有浴室！）这15万英镑足以营建350座市政局公屋，还能剩1万英镑用于市政厅建设。然而，正如我说过的，我不懂市政事务如何运作，我只是记录这么一个事实：英国迫切需要解决住房问题，而大体上，房屋的兴建进度非常缓慢。

不管怎样，房屋的兴建正在进行，市政局的住宅区矗立着一排排红色的房屋，看上去全都长得一个模样，就像一个豆荚里生出的两颗豌豆，（这句俗话是从哪里来的？豌豆还是很有个性的。）成为工业城镇郊区的一大景致。这些房子怎么样？比起贫民区的房子哪一个好？我可以列举日记中所记载的两个例子，让你有所了解。租客们对房子的意见大相径庭，因此，我举的例子一个是正面的评价，另一个是负面的评价。这两个例子都取自于威根，两座都是稍微廉价一些的“单客厅型”房屋。

1. 榉树山住宅区的房子

楼下：客厅很大，有厨房、壁炉、碗橱和固定的梳妆台，合木地板，玄关很小，厨房较大。有新式电炉，向市政局租赁，价格与煤气炉差不多。

楼上：两间宽敞卧室，一间小卧室——只适合当储物室或临时卧室。有浴室、厕所，冷热水都有。

小花园。这个住宅区的花园大小不一，但大部分只是一小

块空地。

家里住四口人，父母和两个孩子。丈夫有份好工作。房子似乎建得不错，看上去不寒酸。限制较多，例如，不能养家禽或养猪，不得接纳住客，不得转租，未得市政局许可不得经营任何生意。（不得接纳住客这一条可以理解，但其他条款则值得商榷。）住客们对房子非常满意，觉得很自豪。这个住宅区的房子保养得不错，市政局很注重维护，并敦促住客要保持地方的整洁，等等。

租金：11 先令 3 便士，费用已包括。进城的巴士车费是 2 便士。

2. 威利住宅区的房子

楼下：客厅 14 英尺乘 10 英尺，厨房比这小很多，楼梯下有小小的储物间，浴室很小但还不错，墙上有小衣柜，有煤气炉和电灯，厕所在屋外。

楼上：一间卧室 14 英尺乘 10 英尺，有一个小小的壁炉；另一间卧室面积相同，没有壁炉；另一个房间 7 英尺乘 6 英尺；最好的卧室有嵌墙的小衣柜。

花园大小是 20 码乘 10 码。

家里住六口人，父母和四个孩子，大儿子十九岁，大女儿二十二岁。除了大儿子外，其他人都失业。他们对住房很不满意，抱怨意见如下："房子太冷了，阴风阵阵，而且很潮湿。客厅的壁炉根本不暖和，还弄得到处是灰——因为修得太低了。最好的卧室里的壁炉太小，根本没有任何作用。楼上的墙壁开裂了，由于小卧室根本派不上用场，五口人睡一间房，另一个（大儿子）睡一间房。"

这个住宅区的花园都缺乏照料。

租金：10 先令 3 便士包费用。距离城里有一英里多的路程，没有巴士。

我可以再列举其他例子，但这两个例子已经足够了，因为市政局营建的公屋差别并不是很大。有两件事可以立刻感受到：首先，市政局公屋就算再差，也比它们所取代的贫民区旧房好，单单是有浴室和花园这两点已经足以弥补其他不便。其次，这些房子的租金都很贵。住在报废房屋里的人每周只需要付 6、7 先令，而搬进市政局公屋得付 10 先令。这一情况影响的是在职人士，因为那些领救济金的人四分之一的金额被视作房租，而如果房租多于救济金的四分之一，他们可以获得额外的津贴。不过，市政局公屋分为不同的等级，有的房屋领取救济金的人不能申请入住。但是，市政局住宅区其他方面的生活成本很高，无论你是在职人士还是失业人士都会受影响。首先，由于租金很高，住宅区里商店的东西要贵得多，而且商店的数目很少。其次，这里不像贫民区那么拥挤，房子都是独立的，而且面积比较大，气温要冷很多，需要更多的燃料取暖。再次，往返城镇需要花钱，尤其是对于上班族来说。最后这一项是房屋重建所带来的最明显的问题。贫民区拆迁意味着人口的扩散。当大规模重建进行时，城镇中心的人口被重新分配到郊区。这在一方面是好事，因为你让人们离开恶臭的街巷，搬到他们可以畅快呼吸的地方；但站在他们的角度，你所做的，是把他们丢到离工作地点五英里远的地方。最简单的解决办法是修建公寓。如果人们想住在大城市里的话，他们必须住进层层叠叠的公寓楼里。但北方的工人不喜欢公寓楼，公寓楼被轻

蔑地称为“群租间”。几乎每个人都会告诉你，“他想要一座自己的房子。”显然，一间坐落于延绵上百码长的街区中间的房子在他们看来，比一间悬在半空的公寓更像是“自己的产业”。

回顾一下我刚刚提到的第二座市政局公屋，里面的租客抱怨房子又冷又潮。或许房子的确建得不怎么样，但或许他们是在夸大其词。他们刚从威根市中心污秽的贫民区搬出来，而那个地方我刚好进行过考察。在贫民区住的时候，他们想尽办法要住进市政局公屋，而一住进去，他们又想回贫民区。他们似乎很吹毛求疵，但这种抱怨是可以理解的。我发现许多住在市政局公屋里的人，或许有一半左右，并不喜欢那里。他们很高兴能摆脱恶臭熏天的贫民区，他们知道孩子们能有地方玩耍是件好事，但他们并没有家的感觉。只有那些有份好工作，负担得起燃料、家具和车费的人，那些“地位优越”的人才不会这么觉得。那些住过贫民区的人都很怀念那里难闻却很暖和的环境。他们抱怨说“在这荒山野岭”，即城镇的郊野，“他们饿坏了（冻坏了）。”的确，大部分市政局住宅区在冬天的确很荒凉。有的地方我去过，坐落于光秃秃的土丘上，刺骨的寒风席卷那里，住起来的确不舒服。贫民区的住客并不像大腹便便的中产阶级人士所想象的那样，喜欢肮脏拥挤的环境。（请参阅高尔斯华绥[①]的《天鹅之歌》里面关于贫民区拆迁的对话，食利阶层的人一直认为是贫民区的住客造就了贫民区的状况，而不是贫民区的状况造就了那里的人，这番话通过一个犹太人慈

① 约翰·高尔斯华绥（John Galsworthy，1867—1933），英国作家，曾获得1932年诺贝尔文学奖，作品有《岛国法利赛人》、《福尔赛世家》等。

善家之口说了出来。）给人们一间整洁的屋子，他们很快就学会保持房子的整洁。而且，能住进像样的房子，他们会提升自尊，改善卫生，他们的孩子能有更好的机会开始生活。尽管如此，住在市政局公屋里很不舒服，就像坐牢一样，住在那里的人都清楚地感觉到这一点。

现在我们将开始了解住房问题最主要的困难。当你走过曼彻斯特烟雾缭绕的贫民区时，你所想的只是将这片可恶的地方全部清除，然后营造像样的房屋。但问题是，清除贫民区的同时，你也破坏了一些东西。住房的需要很急迫，而建设的速度还不够快，但正在进行的新居安置工作——或许这是无可避免的——非常不近人情。我指的并不只是新的房屋很难看。所有的房屋都曾经是新房子。事实上，现在正在营建的市政局公屋算不上难看。在利物浦的郊区，有成片的小镇完全由市政局公屋构成，它们看起来赏心悦目。我猜想这里市中心的那些工人住宅楼是仿照维也纳的工人住宅楼而建的，盖得都很不错。但整个地方让人觉得很冷漠，很没有人情味。比方说，在市政局公屋里住，你得接受许多约束。你不能随心所欲地布置自己的家和花园——有的住宅区甚至规定每座花园的篱笆必须一样。你不能养家禽或鸽子。约克夏的矿工很喜欢在自家后院养鸽子，星期天放出来让它们飞一下。但鸽子很脏，所以市政局严令禁止。对于商铺的限制更加过分。市政局住宅区的商铺数量受到严格限制，据说合作社和连锁店更受青睐。事实或许并非如此，但人们在住宅区看到的情况经常是这样。这对普罗大众来说是很糟糕的事情，而站在小商铺店主的角度，这是一场灾难。有些地方的新居安置计划根本没有注意到小商铺店主的存在，令许多人倾家荡产。整片整片报废的房子被拆除，人们被

迁徙到数英里外的住宅区生活。那些小商店的老主顾被一锅端赶走了，店家却得不到任何补偿。他们无法把商铺迁到住宅区，因为就算他们负担得起搬迁的成本和高昂的租金，他们或许连营业执照也办不下来。至于酒馆，他们几乎都不能在住宅区营业，剩下为数不多的几间都是阴沉沉的仿都铎[①]时期的酒馆，卖的是大公司的酒，价格非常昂贵。对于中产阶级来说，这只是恼人的小事——他们得走上一英里才能喝上一杯啤酒。而对于工人阶级而言，小酒馆就像他们的俱乐部，这是对社区生活的一大打击。让贫民区的住客搬进像样的房子是一件好事，但不幸的是，由于我们这个时代的戾气，他们最后一丁点儿的自由也被剥夺殆尽。他们自己感觉到了这一点，而正是这种感觉，让他们有理由抱怨说他们的新房子——比起他们搬出来的房子，新房子就建筑本身而言要好得多——显得冷冰冰的，很不舒服，“没有家的感觉”。

有时我觉得，自由的代价并非永恒的警惕，而是永恒的肮脏。有的市政局住宅区要求住客得先彻底清除身上的虱子才能入住。除了身上的衣服，他们的一切财物必须被拿走，经过烟熏之后再被搬进新房子里。这一程序自有其意义，因为人们将虱子带进新房子可不太好（一有机会虱子就会藏在你的行李里面），但这种事情会让你希望字典里没有“卫生”这个字眼。虱子是不好的事物，但让人们像绵羊一样接受除虱是更不好的事情。或许，我们必须接受贫民区的清除工作就得有这么多的限制，这么不近人情。说到底，最重要的事情是，人们能住进

① 指 1485 年—1603 年统治英国的王室，厉行重商主义，促使英国由封建体制过渡到资本主义体制。

像样的房子，而不用住在狗窝里。我见过太多贫民窟了，实在无法像切斯特顿那样高兴得起来。有一处地方能让孩子们呼吸干净的空气，让女人能有些许闲暇不用干那么多辛苦活儿，让男人有个花园可以种地，要比利兹和谢菲尔德恶臭无比的穷街陋巷好得多。总体上讲，市政局住宅区要比贫民区好一些，但也好不了多少。

在我了解住房问题时，我参观了相当数量的房屋，总共大约有一两百间，分布于不同的矿业城镇和村庄。在结束这一章之前，我得说一句，我所探访过的地方，里面的住客都很有礼貌，宽容地接待了我。我不是单独一个人——我有当地的失业朋友带我参观——但即使是这样，走进陌生人的房子里，要求看一看卧室房间墙壁的裂缝始终是冒昧唐突的事情。但是，每个人都出奇地耐心，几乎不需要解释就明白为什么我要问他们问题，我想要看什么。如果有人没有正式的许可就走进我家里，问我屋顶是否漏水，我是不是为蚊虫所苦，我对房东有什么评价，我会告诉他“去死吧”。这种事在我身上只发生过一次，那个女人有点耳聋，以为我是个经济状况调查的密探，但很快她的态度就变得很和蔼，告诉了我我想要知道的情况。

有人告诉我，一个作者不能引用对他自己的评论，但在这里我想对《曼彻斯特卫报》的一个评论员提出反驳意见，他对我的一本书作出如是评价：

“奥威尔先生在威根或怀特查佩尔住了一段时间，却对一切美好的事物视若无睹，一心进行诽谤中伤。”

错了。奥威尔先生在威根呆过一段时间，他并没有诽谤中伤的念头。他很喜欢威根——喜欢那里的人，而不是那里的景

致。事实上，他对威根只有一点不满，那就是著名的威根码头，他一心想要目睹威根码头的风采，呜呼哀哉！威根码头已经被拆除了，连它原来所处的位置都不知道在哪里。

第五章

当你看到有200万人失业这个数字时，你很容易以为只有200万人没有工作，而其他人的日子都过得很舒服。我承认直到不久以前，我就是这么想的。我原先是这么计算的：如果登记失业的人是200万，加上赤贫的人口，再算上那些由于种种原因没有登记失业的人，英国吃不饱穿不暖的人口（靠救济金生活的人不可能吃饱穿暖）最多也就不过500万。

这是一个被严重低估的数字，因为，首先，失业数字所统计的都是那些领取救济金的人——大体上，他们都是一家之主。一个失业男性的家人并没有被计算在内，除非他们另外领一份失业津贴。一个劳工介绍处的官员告诉我，如果要得出靠救济金（不是领取救济金）讨活的人口的确切数字，你必须将官方的数字乘以3倍，甚至更多。光这一点就将失业的数字变成了600万。此外，还有许多人虽然有工作，但从经济角度看，他们也可以被归入失业者的行列，因为他们所挣的钱远远不足以维持生计。[①]算上这些人和依靠他们生活的家人，再算上领退休金的老人、赤贫人群和其他人，吃不饱穿不暖的人大概得有1 000多万。约翰·奥尔爵士[②]得出的数字是2 000万。

威根是工业和采矿区的典型代表，以这里的数字为例，交了社保的工人数目大约是36 000人（26 000名男性，10 000名女性）。在这些人中，1936年初失业人员的数目是10 000人，但那是在煤矿全天候开工的冬天。到了夏天，失业人员的数目

是12 000。将其乘以三，你会得出30 000到36 000的数字。威根的总人口不到87 000人，因此，全部人口中，每三个人就有一人——而不仅仅是登记失业的工人——在领取和依靠救济金生活。那10 000到12 000名失业人员中，大约有4 000到5 000名矿工过去七年来一直处于失业的状况。在工业城镇中，威根的情况还不算太糟糕。即使在谢菲尔德，这座城市近一两年来由于战争和战争的谣传经济发展得不错，但其失业人口的比例也好不了多少——每三个工人中就有一人登记失业。

当一个人刚开始失业时，在他的保险印花用光之前，他可以领取“全额补助”，具体的数额如下：

单身男性每周17先令

妻子每周9先令

每一个十四岁以下的孩子每周3先令

因此，一户典型的夫妻加三个小孩(一个十四岁以上)的家庭，每周的收入是32先令，再加上那个大儿子能挣到的一点钱。当丈夫的保险印花用光了，在被转到公共援助委员会之前，他可以从失业援助理事会那里每周领到26先令的过渡期救济金，具体数目如下：

单身男性15先令

丈夫与妻子24先令

十四至十八岁的孩子6先令

---

① 原文注：例如，近期在兰开夏棉花厂的一份人口普查表明，有4万名全职雇工每周挣不到30先令。仅以普雷斯顿为例，工资在30先令以上的只有640人，而工资低于30先令的有3 113人。

② 约翰·波伊德·奥尔(John Boyd Orr，1880—1971)，苏格兰医生、政治家，曾获1949年诺贝尔和平奖。

十一至十四岁的孩子 4 先令 6 便士

八至十一岁的孩子 4 先令

五至八岁的孩子 3 先令 6 便士

三至五岁的孩子 3 先令

因此，从失业援助理事会那里，一户五口之家，假如没有孩子在工作的话，每周的收入是 37 先令，而这点救济金有四分之一会被当作房屋租金，每周的最低数额是 7 先令 6 便士。如果他付的租金多于救济金的四分之一，他可以领到额外的津贴，但如果租金少于 7 先令 6 便士，相应的金额会被扣除。公共援助委员会的失业金款项理论上出自地方税，但统一由中央财政提供支持，具体数额如下：

单身男性 12 先令 6 便士

丈夫与妻子 23 先令

最大的孩子 4 先令

其他孩子 3 先令

各个地区的办事机构会对这一标准酌情进行细微调整，一个单身男性或许能每周多领到 2 先令 6 便士，总计能领到 15 先令。和失业援助理事会的情况一样，已婚男性的救济金四分之一被视为房租，因此在五口之家，每周的总收入是 33 先令。而且，大部分地方有煤炭津贴，在圣诞节前后分六周发放，每周 1 先令 6 便士（大概可以买到一英担的煤）。

我们可以了解到，领取救济金的家庭每周的收入大概是在 30 先令左右，其中有四分之一用于支付房租——也就是说，平均每个人，无论是小孩还是大人，吃饭穿衣取暖和其他一切日常所需，一周就只有 6、7 个先令。很大一个群体，在工业地区至少是总人口的三分之一，就是这么生活的。经济情况调

查的实施很严格，只要他们知道你在别的地方可以领到钱，失业救济就会立刻被中止。比方说，码头工人一般是按半天被雇佣干活的，他们就得每天两次到劳工介绍所登记，如果不这样做的话，他们会被归为非失业人群，救济金也就会相应地减少。我见过有一些人逃避经济状况调查，但我得说，在工业城镇人们仍过着传统社区式的生活，每个人和左邻右舍很熟，因此逃避经济状况调查要比在伦敦困难得多。通常，一个年轻人虽然和父母住一块儿，但他会弄个住宿地址，这样一来就可以假装他单独居住，多领一份租屋津贴。但是，窥视和流言无处不在。我认识一个男的，邻居不在的时候他帮忙喂鸡，被别人看见了，告到政府机关那里，说他有份喂鸡的工作，而他很难否认这一指控。在威根流传着一个笑话，说一个人被拒绝发放救济金，理由是“他有一份工作，在帮忙运柴火”。笑话说有人看见他晚上在搬运柴火，而他的解释是，那不是在搬运柴火，而是半夜在搬家。那堆“柴火”其实是他的家具。

经济状况调查最残忍邪恶的地方，是它拆散了家庭，连卧床不起的老人家也会被赶出家门。比方说，一个上了年纪的领救济金的老人，如果是鳏夫或寡妇的话，通常会和自己的孩子住在一起，他每周 10 先令的救济金可以帮补一下家计，自己也得到照顾。但在经济状况调查的计算中，他被看成是“租客”，如果他住在家里的话，他的孩子的救济金就会停止发放。因此，到了七十岁或七十五岁，那些老人家不得不自己搬出去住，将养老金奉送给寄宿家庭的房东，自己吃不饱穿不暖。我亲眼见过几个例子，当下在英国这种事很普遍，都拜经济状况调查所赐。

不过，尽管失业的情况非常严重，贫困现象——极度贫困

现象——在北方工业地区不像在伦敦那么明显。北方要寒酸一些，破旧一些，汽车少，衣着光鲜的人也少，但赤贫的人也要少。即使到了像利物浦或曼彻斯特这样的大城市，你也会惊诧于乞丐的稀少。伦敦就像个漩涡，吸引着被遗弃的人到那里去，而它又是如此广袤，你可以隐姓埋名过着孤独的生活。除非你犯了法，否则没有人会注意到你，就算死了也没人知道，而这种事在邻居都认识你的地方不大可能发生。但在工业城镇，古老的社区生活还没有完全解体，传统的影响仍很强烈，几乎每个人都有家人——因此也就有了个家。在5万人或10万人的小镇，不会有流浪汉和来历不明的人。比方说，没有人会睡在大街上。而且，人们不会因为失业而逃避结婚。一对夫妻每周只有23个先令的话，其实是挣扎在生存线上，但他们还是组成了一个家庭，他们比靠15个先令过活的单身汉要过得好一些。失业的单身男性生活非常悲惨，他们通常住在普通的寄宿家庭里，而更加普遍的地方是一间陋室，每周付6个先令，自己就靠着剩下的9个先令过日子（一周6个先令买吃的，3个先令用于衣物、烟草和娱乐）。他当然无法照顾好自己，而住6先令一周的房子的人如无必要是不会待在屋里的，于是他整天游荡于公共图书馆或其他能取暖的地方。取暖几乎成了单身失业男人在冬天最要紧的事情。在威根，最受欢迎的避难所是电影院，价格出奇地便宜，你只要花4个便士就可以有个座位坐，有的电影院日场甚至只要花2便士就够了。即使是几乎吃不上饱饭的人也愿意花2便士，好一个下午不用忍受冬天的严寒。在谢菲尔德，有人带我到一座公共大厅听一位牧师的讲座。那是我听到过的或想象中最无聊拙劣的讲座。我发现自己根本坐不下去——事实上，在讲座进行到一半之前，我

就身不由己地迈着双脚走出了会堂，但里面坐满了失业的人，就算讲座再无聊他们也愿意待下去，因为里面很暖和，可以抵御严寒。

我见过好几个没有结婚的男人，靠着救济金过着非常凄惨的生活。在一座小镇我记得有一群失业者擅自住进了一座摇摇欲坠的废弃屋里，这种情况应该是违法的。他们搜罗了几件家具，大概是从废品站那里找来的。我记得他们唯一的桌子是一台老旧的洗手架，顶端是大理石台面。不过，这种事情并不多见。工人阶级很少有单身汉，只要一个男人结了婚，即使面临失业，他的生活方式改变也不大。虽然他的家很穷，但仍然是一个家。值得注意的是，失业所造成的反常现象——丈夫失业而妻子仍然在工作——并没有改变男女的地位。在工人阶级的家庭，男人是一家之主，而不像中产阶级家庭，女人或孩子是一家之主。基本上，你不会在工人阶级的家庭看到男人在做哪怕一件家务活。失业并没有改变这一传统，表面上看这似乎并不公平。丈夫从早到晚无所事事，而妻子则像以往一样忙碌——事实上更加忙碌，因为她得用更少的钱维持家计。然而，据我了解妻子们并没有提出抗议。我相信，她们和丈夫们一样，认为如果丈夫因为失业而变成一个家庭主夫，他的男子汉尊严将荡然无存。

然而，失业对任何人的打击都是无情而毁灭性的，无论已婚人士还是未婚人士，对男人的打击尤为严重。即使你是天纵英才，也抵抗不住这种打击。我遇到过一两个颇有文学造诣的失业人士，还有几个我未曾谋面，但阅读过他们刊登在杂志上的作品。时不时，这些人会发表一两篇文章或故事，文笔显然要比那些专抬轿子的书评家大多数情况下大肆吹捧的货色要强

很多。那么，为什么这些人不发挥自己的才华呢？他们那么有空，为什么不坐下来写写书呢？因为写书你不仅需要有舒适安静的环境——在工人阶级的家庭里很难有安静的一刻——你还需要有平静的心情。当失业的惨淡愁云笼罩在你的心头时，你没办法安静下来，你没办法让心中燃起进行创作的希望。不过，一个爱书的失业人士还是可以安心地读一读书。而那些一读书心就烦的失业者呢？比方说一个矿工，他从小就在煤矿里工作，除了当矿工之外什么也不会，他该怎么消磨无聊的日子呢？有人说他应该去找工作，但这种说法很荒谬，每个人都知道根本没有工作可以找。你不可能一连七年日复一日地找工作。有的城市设置了配给土地，让失业者消磨时间，种种庄稼养活家人，但在一座大城镇里，配给土地只能供应一小部分人。几年前政府成立了职业中心，帮助解决失业的问题。整体来说，这个措施很失败，但有的职业中心还是很热闹。我去过一两家职业中心，那里有可以取暖的房间，时不时会举行木工、制靴、制革、手摇纺织机、织篮、海石竹工艺品等课程。设置这些课程的目的很简单：失业的男人可以免费使用工具并买到廉价的物料做家具，不是拿出去卖，而是供自己家用。大部分我认识的社会主义者都对这一做法提出谴责——不过都只停留在口头谴责的层面，没有任何实际的行动——他们还反对给失业者一小块土地耕种的做法。他们认为职业中心只是安抚失业人员的幌子，让他们觉得政府在为他们解决问题。毫无疑问，这的确是根本的动机。让一个人忙于补鞋，他就可能不会去读《工人日报》。而且，这些职业中心弥漫着一股子基督教青年会伪善的气氛，只要你一走进去就可以感觉得到。经常去那里的失业人士大部分都是文质彬彬的人——他们会圆滑地

告诉你他们是“温和派”，投票支持保守党。但即使是这样，你的心里还是会觉得很矛盾，因为就算一个失业的男人将时间消磨在做海石竹工艺品这样无聊的事情上，也比多年来一直无所事事要好一些。

迄今为止为失业工人做出最大贡献的组织是“全国失业工人运动”。这是一个革命的进步组织，希望将失业工人团结在一起，防止有人破坏罢工，为他们提供法律建议对抗经济状况调查。这个组织从无到有，都是由失业工人们自己捐出几便士几先令建立起来的。我目睹了“全国失业工人运动”的许多事迹，很钦慕那些人，虽然他们和其他失业者一样衣衫褴褛，连饭都吃不饱，但还是维持着组织的运作。我更钦慕他们维持机构运作的策略和耐心，因为要劝说那些领救济金的人一周交 1 便士的会费可不是一件容易的事情。正如我之前所说的，英国的工人阶级不善于担任领导的角色，但他们非常擅长组织。工会如火如荼的运动证明了这一点，而且“工人阶级俱乐部”也搞得很红火——这是一个提倡互助合作的俱乐部，组织得非常好——在约克夏深入民心。在许多城镇，“全国失业工人运动”为工人安排庇护所，组织共产主义专题讲座。但即使在这些庇护所，去那里的人也无所事事，只是围着炉子呆坐着，偶尔玩一玩多米诺骨牌。如果“全国失业工人运动”可以与职业中心的业务相结合，或许效果会更好。看到一个有技术的男人年复一年地在毫无希望的情况下游手好闲、不修边幅，不禁令人感到非常绝望。他应该得到用他的双手为自己的家做点家具或其他东西的机会，而且不必整天去喝基督教青年会的热可可。我们或许得面对这样的现实：英国的数百万男性——除非另一场战争爆发——一直到他们步入坟墓为止，将不会找到

真正的工作。唯一能做的，也是应该做的，或许就是，如果他们提出申请的话，给每个提出申请的失业男性一小块土地和免费的工具。那些人一心指望着靠救济金生活，甚至连为自己的家人种点蔬菜都没有机会，这并不是什么体面的事情。

要研究失业及其影响，你得深入工业地区。在南方也有失业，但只是零星的现象，情况并不突出。那里有广袤的农村地区，一个男人找不到活干是几乎闻所未闻的事情，你根本看不到一整片街区的人到公共援助委员会领救济金生活这样的情形。只有当你住在一片街区，那里没有一个人有工作，找份工作几乎和拥有一架飞机一样困难，比买足球博彩赢到 50 英镑更像天方夜谭时，你才会开始理解这一对我们的文明已经产生影响的社会变化到底是怎么一回事。我们的社会正在改变，这是毫无疑问的事情。工人阶级日渐沉沦，和七八年前相比，他们的态度已经发生了很大的改变。

我最早察觉到失业问题的存在是在 1928 年，当时我刚从缅甸回国，在缅甸根本没有失业这回事，而我去缅甸的时候还是个小青年，那时战后重建的繁荣还没有结束。当我第一次近距离看到那些失业者时，让我觉得惊诧的是，他们当中有很多人对处于失业状态感到很羞愧。那时我很无知，但不至于愚蠢到以为海外市场的出口不振导致两百万工人失业，而这两百万人比那些抽彩票没中奖的人更应该为自己的失败负责。但那个时候没有人愿意承认失业是不可避免的问题，因为承认这一点意味着失业问题将一直存在下去。中产阶级依然在批判他们是“靠救济金过日子的游手好闲之徒”，说“这些人完全可以找到工作，假如他们愿意的话”，连工人阶级也被这些意见所影响。我记得当我开始和流浪汉与乞丐们厮混在一起时，我惊讶

地发现，这些人中有相当一部分人，大概有四分之一吧，我一直以为是愤世嫉俗的寄生虫，但其实他们都是年轻勤快的矿工和棉花工人，就像落入陷阱的野兽一样惊讶而迟钝地审视着自己的命运。他们不知道到底发生了什么事情。他们从小就被教导说人必须工作养活自己，而看看现在！他们似乎从此再也没有工作的机会了。站在他们的角度，一开始的时候，他们会不可避免地觉得自己很没用，觉得低人一等。这就是当时对于失业的态度：这个灾难发生在作为个体的你身上，要怪就怪你自己。

当25万矿工失业时，住在纽卡斯尔后街的阿尔夫·史密斯[①]也难以幸免。阿尔夫·史密斯只是25万人中的一员，一个统计上的单位，但没有人会觉得把自己看成是统计上的单位是件容易的事情。只要街对面的伯特·琼斯[②]还在工作，阿尔夫·史密斯就会觉得自己很没面子很失败，并由此产生一种恐怖的无能为力的绝望感，而这正是失业问题最糟糕的情况——比任何艰难处境都更糟糕，比并非出于自身意愿的无所事事而导致的道德败坏更糟糕。或许，唯一比这个还糟糕的事情，是阿尔夫·史密斯的儿子因为只能靠救济金生活而发育得瘦小伶仃。每个人只要看过格林伍德[③]的戏剧《救济金生活》，都会记得那可怕的一幕：那位贫穷善良而愚笨的工人重重地捶着桌子，怒吼道："噢，上帝啊，给我一份工作吧！"这不是戏剧上的夸张手法，而是真实地揭露了生活。过去十五年来，在

① 阿尔夫·史密斯（Alf Smith），相当于中文里的张三。

② 伯特·琼斯（Bert Jones），相当于中文里的李四。

③ 指沃尔特·格林伍德（Walter Greenwood，1903—1974），英国戏剧作家，代表作有《秘密王国》、《别人的日子》等。

数万英国家庭，或许是数十万英国家庭里，这样的怒吼不知道发生了多少遍。

但我认为这种情况已经不再发生了——至少不那么频繁发生了。这是最要命的：人们不再做徒劳无益的挣扎。就连中产阶级——是的，甚至连乡村与城镇的桥牌俱乐部——都开始意识到失业问题的存在。五年前在中产阶级的茶桌上，可以经常听到这样的谈话："亲爱的，我可不相信那些关于失业问题的鬼扯，为什么？上星期我们想找个人给花园锄草，结果一个人也找不到。他们不想工作，就是这样！"但现在已经很少听到这种言论了。至于工人阶级，他们对经济问题有了深入的了解，我觉得《工人日报》发挥了非常大的作用，其影响远远超出了发行量。但他们也受到了沉重的打击，失业问题不仅变得如此普遍，而且还持续了这么久。当人们年复一年地领取救济金时，他们对此觉得习以为常；领救济金虽然令人觉得不快，但不再是可耻的事情。对救济院感到恐惧的传统受到了威胁，就像抗拒债务的传统价值观被分期付款的购买方式所颠覆一样。在威根和巴恩斯利的穷街陋巷，我目睹了各式各样的贫困，但比起十年前，人们似乎不再为此感到羞愧。他们知道在失业面前他们根本无能为力。现在不再只是阿尔夫·史密斯没有工作，连伯特·琼斯也没有工作了，而且这种情况已经持续了好几年。当大家都一样失业时，感觉可大不一样。

因此，当几乎所有人都靠领取救济金生活，似乎一辈子都会是这样时，我觉得钦佩，甚至感到充满希望的一件事就是，他们在精神上没有崩溃。在贫穷的压力之下，工人阶级不会像中产阶级一样彻底垮掉。比方说，工人阶级不会因为领救济金生活而不结婚。这会让布莱顿的老女人们很不高兴，但这正是

他们良好心态的体现。他们知道失业并不表示你不配当一个人。因此，从某个方面说，萧条地区的情况还不是那么糟糕。生活还是很正常，比想象中还要正常。虽然家家户户都很穷，但家庭体制并没有解体。人们过着比以前更节俭的生活，他们并没有迁怒于命运，而是降低生活的标准，让生活不至于无法忍受。

但他们并没有必要削减奢侈品的开销，把钱只花在生活必需品上，事情刚好相反——如果你好好想想的话，这其实更加合情合理。因为，在经过十年萧条之后，廉价奢侈品的消费反倒增加了，而增长最明显的两样东西分别是电影和大规模生产的廉价漂亮衣服。那些人十四岁就离开学校，找到一份毫无前途的工作，二十岁时就得失业，或许一辈子都得这样，但他们只须花2英镑10先令，就能以分期付款的方式买到一套西装，在那么一小段时间里，假如你站远一点看的话，就像是萨维尔街定制的西装一样；而女孩子们花更少的钱就可以打扮得花枝招展。或许你口袋里只有三个半便士的硬币，觉得前途一片渺茫，住的地方是一间小小的、漏雨的卧室，但你可以穿上新衣服，站在街口，幻想自己就是克拉克·盖博或葛丽泰·嘉宝①，这会让你在心理上受到弥补。就算呆在家里，喝上一杯茶是少不了的——有“一杯好茶”喝——虽然家里的父亲从1929年就失业赋闲，但仍然可以找到一些乐子，因为他去参加让磅赛赌马②总是能赢几个小钱。

① 克拉克·盖博和葛丽泰·嘉宝都是二十世纪三十年代著名的美国好莱坞影星。

② 让磅赛赌马，指的是在赛马过程中，根据马的年龄和雌雄，背负不同的重量以达到公平竞争的比赛。

战后至今，商人们必须满足那些吃不饱又没几个钱用的人的需求，结果就是，如今奢侈品要比必需品更便宜。一双朴素耐用的鞋子和两双时髦的鞋子一样贵。吃一顿饱饭抵得上两磅廉价糖果的价格。花三便士你买不到多少肉，却可以买到一大堆炸鱼和薯片。牛奶要 3 便士一品脱，连淡啤都要 4 便士一品脱，但阿司匹林 1 便士就有七颗，花四分之一英镑就可以买到 40 杯茶。到处都在赌博，这是最廉价的娱乐。即使是吃不饱肚子的人都会花上 1 便士买张彩票，给自己带来几天的安慰（用他们的话说，“让自己有个盼头”）。组织化的赌博如今几乎成了一个支柱行业。举例来说，足球彩票每年的营业额有将近六百万英镑，几乎所有的钱都是从工人阶级的口袋里搜刮的。希特勒重新占领了莱茵区时我正好在约克夏，根本没有人在意希特勒、洛迦诺[①]、法西斯主义和战争的威胁，但足协停止提前发布赛程（这是镇压足球赌博的方式之一）的决定却激起了所有约克夏人的公愤。而且如今电气科技日新月异，让饥肠辘辘的人看得眼花缭乱。你可能由于没有被褥一晚上冻得瑟瑟发抖，但到了早上你可以去公共图书馆，阅读发自旧金山和新加坡的电报新闻。2 000 万人吃不饱穿不暖，但基本上每个英国人都可以收听到广播。我们没有东西吃，却有电器用。工人阶级真正的需要被剥夺殆尽，但得到了廉价的奢侈品作为缓解生活表层痛苦的些许补偿。

你认为这样子好吗？我的答案是否定的。但在当前的情况

① 1925 年，欧洲各国在瑞士小城洛迦诺召开会议，重申凡尔赛条约所规定的国界疆域问题，并同意德国加入国联，洛迦诺公约基本恢复了德国在欧洲的地位，解除了德国在军备和经济发展上的束缚。

下，工人阶级只能在精神上作出调整和改变，这是他们唯一能做的。他们没有选择革命，但也没有失去自己的尊严。他们只是按捺住发作的脾气，安分地以炸鱼和薯片的标准过着日子。只有上帝才知道他们何时会感到绝望，发动起义，而在英国这么一个奉行高压统治的国家，起义只会招致毫无意义的屠杀和疯狂的镇压。

当然，战后廉价奢侈品的发展对于我们的统治者而言是个福音，似乎炸鱼和薯片、丝袜、三文鱼罐头、廉价巧克力（五根两昂司重的巧克力棒只要6便士）、电影、收音广播、酽茶和足彩可以将革命消弭于无形。因此，有人告诉我们，所有的一切都是统治阶级狡猾的手段——施舍“小恩小惠”——用于安抚失业者的把戏。根据我对统治阶级的了解，我认为他们没有这么聪明。这些事情都是无意识的过程——只是因为生产者需要推销商品，而半饥饿的人需要廉价消费品，这两个因素一拍即合，事情就变成了这样。

第六章

我童年读书的时候，有一位讲员每学期来一次，举行关于著名战役的讲座，内容很精彩，涉及了布伦海姆战役[①]、奥斯特里兹战役[②]等等。他喜欢引用拿破仑的名言，“军队填饱了肚子才能行军。”每次讲座临近结束前，他会突然对我们发问：“世界上最重要的东西是什么？”我们都会叫嚷着回答：“食物！”如果我们不这么回答的话，他就会觉得很失望。

显然，他说得很对。人其实就是一副臭皮囊，不停地往里面填充食物。人的其它器官和功能或许更加庄严神圣，但这些都居于从属地位。一个人死后被葬掉，他的所有言行都将被遗忘，但他摄入的食物变成了儿子的骨肉，在他死后继续存在。我觉得，或许饮食的改变要比朝代的更替或宗教的变革更加重要。比方说，假如没有发明罐头食物的话，世界大战或许就不会发生。中世纪末，块茎作物和其它形形色色的蔬菜被引进英国；其后，非酒精饮品(茶、咖啡、可可)也进来了，此外还有喜欢喝啤酒的英国人所不熟悉的蒸馏式烈酒。如果没有这些的话，英国过去四百年的历史或许将会被改写。但奇怪的是，食物的重要性并不广为人知。到处你都可以看到政治家、诗人或主教的雕像，但没有一座厨师或熏肉制作师或瓜果园丁的雕像。据说查尔斯五世曾为发明腌熏鲱鱼的人竖立了一座雕像，这是现在我所能想起的唯一例子。

因此，或许对于那些失业的人来说，最重要的事情，同时

也是关系到未来最根本的事情，就是他们所赖以生存的饮食。前面我提到过，平均来说，失业家庭靠一周 30 先令的收入在维持生计，而至少有四分之一用于支付房租，至于剩下的钱如何支配，我们不妨从细节上进行了解。下面的预算表是一位失业的矿工和他的妻子帮我列出的。我让他们尽可能详尽地列举出一周的各项支出。他的救济金是每周 32 先令，他有两个孩子，一个两岁五个月大，一个才十个月大。清单内容如下：

房租	9 先令半便士
衣物互助社	3 先令
煤炭	2 先令
煤气	1 先令 3 便士
牛奶	10 个半便士
工会费	3 便士
保险费（两个孩子）	2 便士
肉类	2 先令 6 便士
面粉（两英石）	3 先令 4 便士
酵母	4 便士
土豆	1 先令
荤油	10 便士
人造黄油	10 便士
熏肉	1 先令 2 便士

① 1704 年 8 月 13 日，法国国王路易十四试图攻占维也纳，联合巴伐利亚王国共同出兵，遭奥格斯同盟（神圣罗马帝国、西班牙、瑞典、萨克森、莱茵普法尔茨、勃兰登堡）顽强抵抗，于布伦海姆小镇展开战斗，奥格斯同盟获得胜利。

② 1805 年 12 月 2 日，法国拿破仑一世在奥斯特里兹以寡敌众，战胜俄奥同盟联军，挫败第三次反法同盟的进攻。

糖	1 先令 9 便士
茶	1 先令
果酱	7 个半便士
豆子和卷心菜	6 便士
萝卜和洋葱	4 便士
贵格牌燕麦	4 个半便士
肥皂、洗衣粉、上蓝剂等	10 便士
总计	1 英镑 12 先令

除了这些之外，婴儿福利诊所每周会给孩子提供三袋奶粉。我要对这份清单稍作评论。首先，这份清单遗漏了很多东西——鞋油、胡椒、盐、醋、火柴、引火木料、剃刀片、用具的替换、家具床铺的折旧损耗，这些只是我一下子想到的内容。如果花钱在这上面的话，清单中的某些东西势必会减少。另一个比较大的花销是烟草。这位矿工抽烟不多，但尽管如此，他每周差不多也要花 1 个先令在烟草上，这意味着食物的支出还得减少。在工业城镇，大型服装商开设了“衣物互助社”，为失业人士提供廉价衣物，如果没有他们，失业的人可能根本买不起新衣服。我不知道他们会不会在这些互助社购买床单，我认识的这户人家就没有床单。

在上面的清单中，如果你分配 1 先令用于买烟草，把这个数目和用于其他非食物类物品的支出减去，你还剩 16 先令 5.5 便士，四舍五入就算 16 先令吧，不把那个小婴儿算在内——因为他每周可以从福利诊所那里领到奶粉。这 16 先令得为三口人，两个是大人，提供一切吃喝，包括燃料。第一个问题是，理论上，靠这一周 16 先令三口人能不能吃得比较有营

养。在关于经济状况调查的讨论进行得如火如荼时，曾经有过一场令人厌恶的公开争论，探讨一个人一周最少需要多少钱才能活下去。我记得，有一群营养师计算出这个数字是 5 先令 9 便士，而另一群营养师则比较慷慨，得出了 5 先令 9.5 便士的数字。报纸上还刊登了某些人的来信，那些人声称他们一周只需要 4 个先令就可以吃饱。下面是一份一星期的预算表（刊登于《新政治家》杂志与《世界新闻报》中），我摘选了一部分内容：

三个全麦面包	1 先令
半磅人造黄油	2.5 便士
半磅荤油	3 便士
一磅芝士	7 便士
一磅洋葱	1.5 便士
一磅萝卜	1.5 便士
一磅碎饼干	4 便士
两磅大枣	6 便士
一听脱脂牛奶	5 便士
十个橘子	5 便士
总计	3 先令 11.5 便士

请注意，这份预算表里没有包括燃料的费用。事实上，作者清楚地表明他付不起买燃料的钱，东西都是生吃的。这篇文章是出于真心还是戏谑并不重要。首先我得承认，这份清单体现了最精明的支出方式，如果你只能靠着 3 先令 11.5 便士过一星期，你几乎不可能列出一张比这更有营养的清单。因此，如果你只买最需要的食物的话，公共援助委员会的救济金足够

你维持生活，但仅此而已。

现在，比较一下这份清单和我刚才所列出的失业矿工的预算单。这户矿工家庭一周只花了 10 个便士在蔬菜上，10.5 便士在牛奶上（请记住这家人有一个不到三岁的小孩），根本没有水果吃。但是，他们花了 1 先令 9 便士买糖（大概可以买到八英磅），还花了 1 先令买茶叶。那半克朗买到的肉大概只够做一小份烤肉和一碗炖肉，或许也可以买到四五个牛肉罐头。因此，他们的伙食大概就是白面包加人造黄油、罐头牛肉、甜茶和土豆——非常糟糕的伙食。如果他们能花多点钱买点像样的东西，比如橘子或全麦面包，或像《新政治家》那篇文章的作者所说，省钱不买燃料，生吃萝卜不更好吗？是的，这样做无疑会好一些，但问题的关键是，没有哪个正常人会愿意这么做。正常人宁愿饿死，也不肯靠吃棕面包和生啃萝卜生活。真正恐怖的是，你的钱越少，你就越不想花钱去买全麦食品。一个百万富翁或许喜欢早餐喝杯橙汁，吃点利维塔牌饼干，但失业的人不会这样。在上一章的结尾处我所提到的那种心理趋势开始起作用了。当你失业时，也就是说，当你衣食无着、忧心忡忡、百无聊赖、悲惨莫名时，你不会想吃索然无味的全麦食品。你想吃点比较“好吃”的东西，而到处都是廉价又好吃的东西引诱你。我们买 3 便士的薯条吧！去买 2 便士冰激凌一起吃吧！烧壶水，我们一起好好喝杯茶吧！当你靠公共援助委员会的救济金生活时，你一心想的就是这些。白面包加人造黄油和加糖的甜茶其实并没有营养，但它们要比（至少大多数人觉得是这样）棕面包抹油和冷水好吃一些。失业是无休止的噩梦，需要时不时找点慰藉，而喝茶是最好的选择，英国人都好这一口，它就是英国人的鸦片。喝一杯茶，甚至吃一片阿司匹

林，要比啃一块棕面包好得多，至少能让他们振奋一下。

所有这一切严重影响了英国人的身体健康状况，这一点明眼人都可以看出来。你可以对其进行研究，自己好好观察，或查阅一下重要的统计数字。工业城镇的人平均体格羸弱得惊人，甚至比伦敦的情况还糟。走在谢菲尔德的街上，你感觉就像和一群穴居人走在一起。矿工们都是好男儿，但他们的个头都很矮小，虽然他们因为经常劳动，肌肉很发达，但这并不代表他们的孩子生下来的时候会很健康。矿工是英国人口中体格最健壮的人，但他们营养不良，最明显的标志就是每个人的牙齿都不好。在兰开夏你得花好长一段时间才能看到一个工人长了一口好牙。事实上，除了孩子之外，几乎没有几个人保留着天然的牙齿，而连孩子们的牙齿也看上去蓝蓝的，显得很脆弱。我猜想这是缺钙的后果。几个牙医告诉过我，在工业城镇，上了三十岁的人还能有一口好牙是不正常的事情。在威根，许多人建议我尽早把牙齿给“解决掉”。一位女士对我说，“牙疼起来真是要人命。”在我住过的一户人家里，除了我之外有五口人，最老的五十三岁，最小的男孩子十五岁。这五个人里面只有那个小男孩还留着一颗自己的牙齿，而那颗牙齿也保留不了多久。我们再看一下数据：在任何大工业城镇，贫民区的死亡率和婴儿夭折率要比富人区的数据高一倍——有的地方甚至还要高一些——对这一情况几乎无须作任何评论。

当然，我们不能认为广泛的健康水平恶化这一情况完全是由失业造成的。很有可能健康水平下降是全英国的普遍现象，而且已经发生了很久，不只是局限于失业严重的工业地区。这一点无法从数据上加以佐证，但如果你用心观察的话是不容质

疑的，无论是在农村地区还是像伦敦这样的繁华都市都一样。英王乔治五世的遗体经过伦敦街头被运到威斯敏斯特大教堂那天，我在特拉法尔加广场被人群堵了几个小时。环顾四周，当代英国人体格下降之严重不禁令我大吃一惊。我周围的人大部分都不是工人阶级的成员，他们是商人——大部分是旅行推销员，零星有几个小康或富裕的人士，但他们看上去是那么糟糕！在阴雨连绵的伦敦天空下，每个人都四肢孱弱，带着病恹恹的脸孔！我几乎看不到一个体格健壮的男性，或一个样貌端庄的女性，或一张肤色健康鲜亮的面孔。随着国王的棺木经过，男士们脱下礼帽，一个在斯特朗大街另一头的朋友当时也在人群里，后来他对我说："我只看见一个个秃顶的脑袋瓜儿。"在我眼中，连那些卫兵——在棺木旁边有一队卫兵迈着方步——也和以前不一样了。二三十年前在我的童年回忆中昂首阔步的士兵哪儿去了？那些胸肌饱满，胡须像苍鹰之翼一样挺翘的士兵哪儿去了？我想他们被埋葬在弗朗德斯①的泥土里了。现在取代他们的是这些脸色苍白的年轻人，他们只是因为个头够高才被选入卫队，看上去就像裹着军大衣的竹竿——现在英国身高六英尺以上的男人都是皮包骨的瘦鬼。毫无疑问，英国人体格状况下降的原因是世界大战，上百万名精心挑选的英国子弟兵被屠杀殆尽，而他们中很多人根本没来得及娶妻生子。但这个过程应该早在战争之前就开始了，最关键的原因是不健康的生活方式，而这是工业化带来的后果。我不是说城镇

① 弗朗德斯战役：1918 年 4 月 9 日至 4 月 29 日，德军与英法联军于比利时与法国边境的弗朗德斯地区展开激战，双方皆付出惨重伤亡的代价（总伤亡人数约 20 万）。

的生活方式不健康——或许在许多方面城镇要比农村来得健康——但现代工业技术为你提供了太多的廉价替代物。或许，将来我们会发现罐头食物要比机关枪更加致命。

不幸的是，英国工人阶级——连同英国全体国民——对营养非常无知，而且很浪费食物。在别的文章里我曾指出，比起英国工人，法国工人对食物的了解要多得多，而且我敢说，法国人的家庭不会像英国人的家庭这么浪费东西。当然，在非常穷苦的家庭里，每个人都失业，你不会看到浪费食物的现象；但那些稍有点钱的家庭总是很浪费。我可以列举出令人吃惊的例子。北方人习惯自己烤面包，这总是会造成浪费，因为女人们要干很多活儿，每周只能烤一回，顶多两回面包。她们事先不可能知道有多少面包会被浪费掉，因此，总是会有一些面包最后不得不扔掉。通常她们一次会烤六个大面包和十二个小面包。这是传统的英国人对待生活慷慨的态度的体现，让人觉得很亲切，但在眼下的时势却显得很糟糕。

据我所知，英国各个地方的工人阶级都不想吃棕面包。在工人集中居住的地方经常买不到全麦面包。他们有的人给出的理由是，棕面包“不干净”。我猜想真正的原因是：在以前棕面包经常被误认为是黑面包，而黑面包总是和罗马天主教徒和穿木屐的贫民联系在一起。（现在兰开夏有很多罗马天主教徒和穿木屐的贫民了，但遗憾的是，他们还是没有黑面包！）英国人的味觉，尤其是工人阶级的味觉，如今几乎是机械化地抵制有营养的食物。比起吃鲜豆和鲜鱼的人，喜欢吃罐头豆子和罐头鱼的人一年比一年多起来，很多买得起鲜奶泡奶茶的人宁可买罐头炼乳——虽然这些糟糕的罐头炼乳其实是用糖和玉米淀粉炮制的，在标签上写着“婴儿不宜食用”的大字。在某些

地方，很多人如今在致力于教育失业人员更多关于食物营养的知识，以及如何精明地消费。当你接触到这些言论时，你会觉得很矛盾。我曾听过一个共产主义者在讲台上义愤填膺地对其进行斥责。他说，在伦敦，家庭主妇团体居然有胆量走进伦敦东区（伦敦的贫民窟），给那些失业者的妻子们上购物课程。他认为这是英国统治阶级的险恶用心。你先是让一户家庭陷入一周只有 30 先令的无奈境地，然后你还厚颜无耻地告诉他们该怎么用好这点钱。他的话很有道理——我由衷赞同他的意见。但是，我仍然觉得很遗憾：由于没有良好的饮食传统，英国人还在喝炼乳，没有意识到这东西比起真正的牛奶要差得多。

但是，我怀疑就算失业者们学会了更加经济地进行消费，他们恐怕还是难以最终获益。或许就是因为他们不够节俭，所以才能领到这个水平的救济金。靠救济金生活的英国人每周只能领到 15 先令，因为 15 先令是能让他活下去的最小数额。如果他是印度人或日本人，可以只吃米饭和洋葱，那他可能就连一周 15 先令都领不到了——每个月能领到 15 先令就不错了。我们的失业金虽然很微薄，但我们英国人吃东西口味很刁，又没有经济头脑，与这点失业金倒是相得益彰。如果失业者真的学会了精打细算，他们或许会过得好一些，但我相信，过不了多久救济金就会相应削减。

在北方，有一件事多多少少弥补了失业的苦楚：这里的燃料很便宜。在采矿区，煤炭的零售价是一英担 1 先令 6 便士，而在英国南方这要卖将近半个克朗。而且，有工作的矿工可以直接从矿主那里买煤，一吨才 8、9 先令，那些家里有地窖的人有时会囤积一吨煤炭卖给（我猜是违法的勾当）那些失业的人。但是，除了这一点之外，失业者还会大规模地从事偷

煤活动。我称之为“偷”，因为严格来说，这种行为的确是偷，虽然这种事其实无伤大雅。从矿底运上来的矿渣中总会遗漏下一些碎煤，失业的人就花很多时间将这些碎煤从矿渣里拣出来。在那些丑陋的灰色小丘上，一整天你都会看到很多人背着麻袋，提着篮子在硫烟中走来走去(许多矿渣的里面在阴阴地燃烧着)，挖出或撬出那些被掩埋在四处的一块块碎煤。你会看到那些人推着古怪而好用的改制单车——用废品站里锈迹斑斑的零部件拼凑而成，没有坐鞍，没有链条，很多连轮胎都没有——上面挂着许多麻袋，装着大约有半英担的煤块，这是半天搜寻的劳动果实。在举行罢工的时候，家家户户都缺少燃料，矿工们会带着锄头和铲子来到矿渣堆打洞挖煤，许多矿渣堆被挖得千疮百孔。当罢工拖得很久时，在那些有露天煤层的地方，他们甚至会把地表挖空，往地下挖了好几码深。

在威根，失业人员争抢丢弃的碎煤的情况是那么严重，以至于演变出一个奇特的风俗，叫“抢煤渣”，场面非常壮观，值得一看。事实上，我很纳闷为什么没有人把这一风俗拍成电影。一天下午一个失业的矿工带着我去参观。我们来到那个地方，在一条贯穿山谷的铁路旁边堆积着像延绵的小山一样的矿渣堆。有几百个衣衫褴褛的男人，每个人都背着麻袋，大衣下挂着挖煤的锤子，正在矿渣堆等候着。矿下的煤渣被装在火车的车皮上，由一个机头牵引着载到四分之一英里之外的一座矿渣堆上面，然后倾泻下来。“抢煤渣”的过程是这样的：首先，火车还在移动的时候，他们就跳上去，只要火车还在动，你跳上去的那节车皮就归为“你的”车皮。当火车缓缓行驶上来时，上百个人狂野地叫嚣着，趁着火车驶过弯道速度降到每小时二十英里时冲下山坡，跳上火车。他们抓住每一节车皮后

的扣环，踩着防撞杆爬了上去——每节车皮上有五到十根防撞杆。司机没有在意，而是一直驶上矿渣堆的顶部，解开车皮，然后启动引擎退回到煤矿里，又牵引着一排车皮回来。那群衣衫褴褛的人又是一阵哄抢，到最后大概只有五十个人没能抢到属于自己的车皮。

我们走到矿渣堆的顶部。男人用铲子将矿渣从车皮里挑出来，他们的妻子和孩子跪在地上，双手敏捷地扒拉着灰烬，将鸡蛋大小的碎煤给捡出来。你会看到一个女人动作敏捷地拾起一块东西，往围裙上擦一擦，检查一下是不是煤块，然后当作宝贝丢进麻袋里。当然，当你爬上车皮的时候，你事先并不知道里面有什么，里面可能是纯粹的废土，也可能只是矿顶上掉下来的岩石。如果是装岩石的车皮的话，里面不会有碎煤渣，但可能会有另一种可以燃烧的石头，叫“烛煤”，看上去和普通的页岩差不多，只是颜色深一些，裂面也很平整。这东西勉强可以烧，但没有售卖的价值，不过失业的人能有这个也觉得很高兴。登上盛放岩石车皮的人将烛煤捡出来，用锤子将其劈开。在矿渣堆的下方，那些爬不上车皮的人只能捡到从上方滚落下来的煤渣碎片——大概只有榛子大小，但能捡到这些对他们来说已经很不错了。

我们一直停留到车皮被掏空为止。几个小时内人们就把那堆渣土翻了个遍。他们背着麻袋，或将麻袋系在单车上，开始跋涉两英里路回威根。大部分家庭捡到了大约半英担煤块或烛煤，总共加起来他们偷了五到十吨重的燃料。这种扒火车的勾当每天都在威根发生，特别是在冬天，而且波及的范围远远不止一家煤矿公司。当然，这是非常危险的举动。那天下午没有人受伤，但前几个星期有一个男人双腿被轧断了，一周后又有

个男人被轧断了几根手指。大家都知道，确切地说这是一种偷窃行为，但如果不偷的话这些碎煤只会被白白浪费。有时为了做做样子，矿业公司会控告那些拾荒的人。那天早上当地的报纸还登出了照片，说两个男人被课以10个先令的罚款，但没有人在意矿业公司的指控——事实上，上了报纸的其中一人当天下午又去拾荒了——那些拾荒的人自己凑钱缴纳了罚款。拾荒被视为天经地义的事情。大家都知道失业者得想办法弄到燃料。每天下午，数百个男人就冒着生命危险，数百个女人就在泥尘中扒拉翻寻，一呆就是几个小时——为的就是半英担的劣等燃料，价值不过9个便士。

我一直记得那一幕，那是我对兰开夏的回忆之一：那个矮矮胖胖的披着披肩的女人，穿着麻袋一样的围裙和沉重的黑色木屐，跪在泥泞的煤堆中，冒着刺骨的寒风热切地寻找着一小块一小块碎煤。能有煤捡他们已经很高兴了。在冬天他们迫切需要燃料，这几乎比食物还重要。与此同时，极目望去，周围到处是矿业公司的矿渣堆和起重绞车，没有一个矿业公司能将开采出来的煤全部卖掉。或许，道格拉斯[①]会对这种事情感兴趣。

① 道格拉斯，应指克里福德·休·道格拉斯（Clifford Huge Douglas，1879—1952），英国工程师，社会信贷说经济学派的先驱者。在对英国经济状况进行研究后，道格拉斯认为，工人的报酬与他们所创造的经济价值不等，而这种现象长期累积的结果，将导致社会生产与消费的破产，因此，他主张建立社会信贷体系，一方面将经济活动创造的“溢值”以公平形式归还人民，另一方面，建立价格体制，防止高价剥削。

第七章

一路往北而去，你那双习惯了南方或东方的景致的眼睛并没有注意到什么区别，直到出了伯明翰。你会觉得考文垂其实和芬斯伯利公园差不多，伯明翰的宰牛场就像诺维奇集市一样，而中部地区的所有城镇则是一派别墅文明的风光，和南方的城镇没什么两样。你得再往北一些，来到制陶的城镇和更远的地方，才会开始见识到工业文明真正丑陋的一面——这种丑陋是如此恐怖而显眼，而你只能无奈地接受这一现实。

无论再怎么看，矿渣堆就是一个丑陋的事物，因为这东西毫无规划地堆在那儿，一点用途也没有，就像是从一个巨人的垃圾桶里清出来丢在大地上的废品。各个矿镇的外围景象是那么令人毛骨悚然，在你的视野之内到处是灰蒙蒙、锯齿状的山脉，脚下尽是泥巴和灰尘，头顶密布着钢缆，一桶桶废土缓缓地被吊着运上几英里，送到郊外。很多时候，那些矿渣冒着火苗，到了晚上你可以看到鲜红的火光像血脉一样蜿蜒盘绕，而且还可以看到硫磺蓝色的火焰在缓缓流动，似乎就要熄灭了，却又总是冒出来。即使最终矿渣堆渐渐沉淀，也只有一种顽强的棕色的野草才能在上面生长，那处地方还是坑坑洼洼的。在威根的贫民窟，一处矿渣堆被当作了操场，看上去就像波浪起伏的海面凝固在那里，当地人都叫它“棉花垫子”。即使将来这些曾经被挖过煤的地方变成了农田，一个人坐在飞机上，应该一眼就可以发现那些地方很久以前曾经堆过矿渣。

我记得一个冬天的下午在威根的郊区目睹的可怕情景：周围都是像月亮表面一样坑坑洼洼的矿渣堆，北边是四通八达的马路，在堆积如山的矿渣堆之间，你可以看到工厂的烟囱冒着滚滚的浓烟。运河的河道上堆着煤渣和冰结的泥浆的混合物，木屐踩过的痕迹纵横交错。在矿渣堆积的范围之内，到处密布着闪闪发亮的圆坑——这些是积水的水坑，由于下面的矿洞出现地面下陷而形成的。天气特别冷。圆坑覆盖着一层琥珀色的冰。驳船船员披着麻袋，盖到眼睛那里。紧锁的大门上挂着一根根冰条。这里似乎寸草不生，除了黑烟、石头、冰雪、泥泞、灰烬和臭水外再无其它。但比起谢菲尔德，威根还算是漂亮的。我觉得谢菲尔德堪称欧洲大陆最丑陋的城镇——那里的居民样样事情都争强好胜，大概会抢着要这个头衔。谢菲尔德有五十万人口，但像样的建筑却比只有五百人口的英格兰东部的普通村落还要少。还有那股味道！只有在极少数情况下你才闻不到硫烟的味道，而那也是因为你开始闻到煤气的味道。流经这里的那条浅浅的河流总是夹杂着化合物，看上去黄澄澄的。有一次我站在街上，数着视野之内烟囱的数目，一共有三十三根，而如果空气中不是笼罩着一层浓烟的话，数目还会比这多得多。我一直记得这样的一幕情形：一块荒芜的空地(即使在伦敦，你也找不出这么污秽的地方)，上面已被踩踏得几乎寸草不生，堆满了旧报纸和破铜烂铁。右边是一排破破烂烂的四居室房屋，原本是深红色的，但被烟熏黑了。左边是长长一列漫无止境的工厂烟囱，一根接一根，一直延绵到远方黯淡的黑色烟雾之后。在我身后是由熔炉的炉渣铺成的铁路路堤。在我身前，越过那块荒地，有一间红砖和黄砖砌成的四方形的房子，外面挂着一块标志牌，上面写着“托马斯·葛洛克公

司，承接拖运业务”。

到了晚上，你看不到房子丑陋的形状，也看不见那些黑漆漆的事物了，像谢菲尔德这样的城镇变得十分阴森恐怖。有时候，烟里含有硫磺，透着玫瑰花瓣一样的颜色。铸造厂的烟囱冒出一排排锯齿状的火苗，像是一把把环锯。透过铸造厂敞开的大门，你可以看到炽热的、巨蛇一样的铁条被红光照耀下的小男工们拖来拖去，你听到蒸汽锤的破风声与重击声和铁条淬火时尖锐的声音。制陶的城镇和这里一样丑陋，但规模要小一些。在一排排熏得黑漆漆的房屋之间，有一部分街道专门用来堆放烟囱——那一根根圆锥形的砖砌烟囱像巨型的葡萄酒瓶子一样被埋在泥土中，喷出的浓烟几乎就要熏到你的脸上。你会看到山丘被挖出一个个大坑，有几百英尺宽，可能也有几百英尺深，一边是锈渍斑斑的矿车慢悠悠地顺着铁路被运走，另一边是许多工人像采集海蓬子的人一样用锄头挖掘着山坡。在一个雪天我经过那里，连雪都是黑色的。我们只能说还好制陶的城镇都很小，而且没有延绵成片。不出十英里你就来到未被污染的郊野。站在几乎光秃秃的小山上，制陶的城镇就像远处的一摊污迹。

当你思考这一丑陋的现实时，你会问两个问题：首先，这种情况无法避免吗？第二，这种情况严重吗？

我不认为工业文明的丑陋现象是与生俱来而且不可避免的。和一座宫殿、一个狗窝或一座教堂一样，一间工厂或一间煤气厂不一定非得脏兮兮的。一切都取决于那个时代的建筑传统。北方的工业城镇那么丑陋，是因为它们兴建的时候，现代钢铁建筑结构和除烟技术还不发达，那时候每个人都忙于挣钱而顾不上其他。这些城镇一直这么丑陋，很大程

度上是因为北方人已经习惯了，见怪不怪了。谢菲尔德和曼彻斯特的人去到康沃尔郡山区闻一闻那里的空气，他们会说一点怪味也没有。但是，自从大战以来工业开始向南方转移，而且外观也变得整洁干净了。战后的工厂不再是荒凉的厂房或竖着一排浓烟滚滚而且黑漆漆的烟囱。它们通常是闪闪发亮的水泥、玻璃和钢筋建筑，四周围绕着绿茵草地和郁金香花床。你走出伦敦，沿着英国西部铁路一直走，看看那里的工厂，它们或许称不上美观，但起码不会像谢菲尔德那里的煤气厂那么丑。然而不管怎样，尽管工业文明的丑陋一面是最显眼的事实，也是刚来到英国的人骂得最厉害的事物，但我觉得这并不是最要紧的。工业文明就应该以其本来的面目示人，而假如它要伪装成别的模样，我认为这或许不是好事。正如奥尔德斯·赫胥黎先生[①]曾指出的，魔鬼的洞窟就应该有魔鬼的洞窟的样子，不应该伪装成供奉神秘巍峨的上帝的殿堂。而且，即使在情况最恶劣的工业城镇那里，以狭义的审美观去衡量，有很多事物并不算丑陋。浓烟滚滚的烟囱或臭气熏天的贫民窟之所以令人讨厌是因为它们暗示着扭曲的生活和病怏怏的孩童。从纯粹的审美角度去看，或许它们自有其令人毛骨悚然的魅力。我发现，任何面目狰狞的事物都能令我为之着迷，即使我对其痛恨不已。我去过缅甸，那里的情景让我非常震惊，噩梦连连，并且一直萦绕着脑海中，挥之不去，最后我不得不将其写成一本小说，希望将其从脑海中摈除。（在所有关于东方国

① 奥尔德斯·赫胥黎（Aldous Huxley，1894—1963），英国作家、诗人，出身名门赫胥黎世家，代表作为《美丽新世界》、《猿猴与本质》、《约拿》等。

度的小说中，场景才是它们真正的核心题材。）或许，就像阿诺德·本涅特[①]那样，从黑漆漆的工业城镇掘发出美学价值并不是一件难事。我们可以想象波德莱尔[②]为矿渣堆描写一首诗歌。但工业文明的美丑并不重要。工业文明真正的邪恶隐藏得很深，而且无法消除。记住这一点非常重要，因为我们总是以为只要工业文明能变得干净整洁，那它就不会构成危害。

当你来到北方的工业地区，你会感觉仿佛来到了一个陌生的国度。这部分是因为差异确实存在，但更重要的是，南与北的对应观念长久以来早已深入了我们的骨髓。英国有一种奇怪的风气：北方人总是特别傲慢自负。一个在南方的约克夏人会刻意让你知道他看不起你。如果你询问他原因，他会解释说只有北方的生活才是“真正”的生活，北方的实业工作才是“真正”的工作，住在北方的人才是“真正”的人，而南方人都是食利阶层，还有依附在他们身上的寄生虫。北方人“有种”，而且坚强又勇敢，热情又民主；南方人不仅势利眼，而且娘娘腔，还特别懒惰——这就是那套理论的内容。因此，南方人到北方去的时候，至少第一次去的时候，总是带着自惭形秽的心情，就像闯入蛮夷之地的绅士，而约克夏人和苏格兰人来到伦敦时，感觉就像准备好大肆劫掠的北方蛮子。这种观感是传统塑造的结果，而与实际的事实无关。一个五英尺四英寸高[③]，胸围二十九英寸[④]的英国男人觉得作为英国人，他的体

---

① 阿诺德·本涅特（Arnold Bennett，1867—1931），英国著名作家，许多作品描绘了英国工业城镇的生活风情。

② 夏尔·皮埃尔·波德莱尔（Charles Pierre Baudelaire，1821—1867），法国诗人，象征派诗歌先驱，代表作有《恶之花》、《巴黎的忧郁》等。

③ 约合 1.62 米。

④ 约合 0.74 米。

格要比卡尼拉[①]（卡尼拉是意大利后裔）更伟岸，而北方人觉得面对南方人也有这种心理优势。我记得一个孱弱瘦小的约克夏人，要是有头猎狐犬朝他吠一声的话可能就会吓得掉头就跑。他告诉我，在英国南部，他感觉就像“一个野蛮的入侵者”。但就算那些不是出生于北方的人也接受了这一观念。我有一个朋友在南方长大，现在住在北方，一两年前他开车载我经过萨福克郡，我们经过一座很漂亮的村庄。他鄙夷地看了一眼那些房屋，然后说道：

“的确，约克夏的大部分村庄都不漂亮，但约克夏人都很牛逼，而这里却刚好相反——村子是很漂亮，但这里的人却不咋地。住在这些房子里的人都是些一无是处的人，一丁点儿价值也没有。”

我忍不住问他是不是认识这个村子里的人。不，他根本不认识他们，就因为这里是英国东部，那他们一定就一无是处。我还有另外一个朋友，也是在南方出生的，只要一有机会他就会盛赞北方人，贬低南方人。我要引用他写给我的一封信的部分内容作为佐证：

“我在兰开夏的克里瑟罗……我觉得这里沼泽和山区的流水要比南方迟缓凝滞的流水更加迷人，就像莎士比亚所描写的：‘波光粼粼的、凝滞的特伦特河’。我要说，越往南方，河水确实越凝滞。”

这是关于北方优越论的一个有趣的例子。不仅你、我和英国南方的所有人都被形容为“臃肿迟钝之辈”，甚至连水到了

---

① 普利莫·卡尼拉（Primo Carnera，1906—1967），意大利著名拳击运动员，曾获世界重量级拳王称号，身高 1.97 米。

一定的纬度也不再是一氧化二氢，而成了某种神秘高贵的事物。但这段文字的真正有趣之处在于，其作者是个非常聪明的人，有着“先进”的思想，对民族主义持鄙夷批评的意见。如果你对他说，“一个英国人抵得上三个外国人”，他会毫不留情地提出批评。但当事关北方与南方的比较时，他却会接受那些国民性差别的论调——所有那些声称因为你的头骨形状不同或说的语言不一样，你就比别人更加优秀的那些论调——尽管这些都是不实的言论，但仍然有人愿意相信。英国人根深蒂固地认为住在南方的人不如他，连我们的外交政策也在某种程度上受到了影响。因此，我觉得很有必要指出这个谬论是在什么时候由于什么原因而形成的。

当民族主义被狂热崇拜时，英国人观察着世界地图，发现自己身处的那个岛屿位于北半球纬度非常高的地方，于是想出了一个自鸣得意的理论：纬度越高，那里的人种往往越优秀。我小的时候被灌输的历史理论是这样幼稚地解释的：寒冷的气候令人精力充沛，而炎热的气候则令人懒惰，因此这就是西班牙无敌舰队溃败的原因。这种胡搅蛮缠的理论认为英国人充满了活力(事实上，英国人是欧洲最懒惰的民族)，盛行了起码上百年。1827 年的一期《季度评论》写道：“我们宁愿为了国家利益而劳作不休，也不愿沉溺于橄榄油、葡萄酒和罪恶当中。”“橄榄油、葡萄酒和罪恶”三者高度凝聚了英国人对拉丁民族的观感。在卡莱尔[①]、克里希[②]等人的笔下，北方人

① 托马斯·卡莱尔(Thomas Carlyle，1795—1881)，苏格兰作家、历史学家，代表作有《法国大革命》、《论英雄与英雄崇拜》等。

② 约翰·克里希(John Creasey，1908—1973)，英国犯罪与科幻小说家，塑造了苏格兰场神探乔治·吉迪恩的形象。

（先是条顿人后来是斯堪的纳维亚人）被描绘成身材伟岸精力充沛的勇士，他们蓄着金色的胡须，道德品质纯洁高尚，而南方人都很狡猾、怯懦而且放纵堕落。这套理论根本经不起逻辑的推敲，因为按它所说，世界上最优秀的民族应该是爱斯基摩人，但这一理论的确承认比我们住得更北的民族要比我们更优秀。因此，过去五十年来，对苏格兰及其事物的盲目崇拜深深影响了英国的生活。但正是北方的工业化使得南方和北方的对立出现了奇怪的倾斜。直到不久以前，英国的北方一直是落后的封建地区，而工业则集中于伦敦和东南地区。以英国内战①为例，这场战争其实是资本体制与封建体制的冲突。北部地区与西部地区拥护国王，而南部地区和东部地区则支持议会。但随着煤矿工业传播到北方，新的阶层出现了，他们是白手起家的北方商人——狄更斯笔下的兰瑟威尔先生和鲍德比先生。②北方的商人奉行令人讨厌的“誓要发达”的人生哲学，成为了十九世纪的风云人物，即使他们已经死去，却仍然阴魂不散。这种人被阿诺德·本涅特所推崇——他们以半个克朗起家，能挣到五万英镑，他们最自豪的事情就是发家致富之后比以前更加粗鄙无礼。他们唯一的优点就是拥有赚钱的本事。我们不得不钦慕这些人，尽管他们思想狭隘、手段肮脏、傲慢自大、贪得无厌而且举止笨拙，他们“有种”，会“发达”，换句话说，他们知道怎样才能挣到钱。

---

① 英国内战：指1642年至1651年英国保皇党人与议会党人之间爆发的军事冲突和政治博弈，期间历经查理一世被处决，克伦威尔摄政掌权而后覆灭，查理二世复辟后再被放逐，最后以光荣革命建立君主立宪体制而告终。

② 兰瑟威尔先生和鲍德比先生都是狄更斯作品《荒凉山庄》（*Bleak House*）的人物。

现在这种观念已经不合时宜了，因为北方的商人已经风光不再，但传统并不会因为现实的改变而消失，认为北方人“有种”的观念仍延续了下来。我们还隐隐约约地觉得北方人会“发达”，也就是说，会挣钱，而南方人总是成事不足败事有余。在每个约克夏人和苏格兰人的内心深处，当他们来到伦敦时，总会将自己想象成迪克·威汀顿[①]，童年时只是个报童，而后来成为伦敦尊贵的市长。这正是他们盲目自大的理由。但如果一个人以为真正的工人阶级也会这么盲目自大的话，那他可就想错了。几年前我第一次去约克夏，以为自己来到蛮夷之邦。我习惯了约克夏人在伦敦的长篇大论，他们自以为说话生动有趣（“我们西莱丁人总是说‘小洞不补，大洞吃苦’”），我猜想会遇到很多粗鲁的人，但我一个也没遇到，至少在矿工里没有这样的人。事实上，兰开夏和约克夏的矿工们对我非常客气礼貌，让我觉得很尴尬，因为，假如说有一种人能让我感觉自惭形秽的话，他们只会是矿工。没有人因为我是异乡人而看不起我。这一点很重要，因为我们都知道英国的地域歧视就是大英帝国主义的缩影，而工人阶级并没有地域歧视的偏见。

然而，北方和南方的确有所区别，英国的南部地区生活着许多无所事事、像爬虫蜥蜴一样的懒人，这一点倒是事实。由于气候的原因，像寄生虫一样生活的食利阶层通常会在南部地区定居。在兰开夏的产棉城镇，你可能会连续几个月都听不到“受过教育”的口音；而在英国南部的任何一个城镇，你扔一

---

① 迪克·威汀顿的正名是理查德·威汀顿爵士（Richard Whittington，1354—1423），来自格罗瑟斯特郡的穷苦家庭，后在伦敦经商致富，曾四次被册封为伦敦市长，热心公益慈善，以其名命名的慈善机构至今仍在运作。

块砖头，砸中的可能就是某位主教的侄子。因此，由于没有上流绅士在引领时尚，尽管工人阶级的小资产阶级化在北方已经开始出现，其发展的速度要慢得多。比方说，所有的北方口音都保持得很鲜明，而南方的口音几乎都被电影和英国广播电台的节目改造过了。因此，如果你操着“受过教育”的口音，人家只会当你是异乡人，而不是什么上流绅士。这可很有好处，因为这样一来和工人阶级接触就容易多了。

和工人阶级缔结真挚的友谊可能实现吗？这个问题我稍后再进行探讨，在这里我只想说，我觉得这是不可能的。但有一点毋庸置疑，在北方要比在南方更加容易与工人阶级平等交往。住进一户矿工的家里，并被他们接纳为家里的一员是很容易的事情，而在南部地区的各个郡里，要和一户农场工人同吃同住或许是不可能的事情。我对工人阶级有一定的了解，不会将他们理想化，但我知道在一户工人的家里你可以学到很多事情，假如你能住进去的话。最关键的一点是，通过接触他们的理念和想法，你的中产阶级理念和偏见会受到考验——这里不存在哪一个更好的问题，但两者之间的确有很大的差别。

以对待家庭的不同态度作为例子吧，工人阶级和中产阶级一样重视家庭，但关系远远没有后者那么专制。一个工人不会在脖子上挂着一块沉重的木牌突出自己是一家之主的权威。前面我说过，在贫穷的打击之下，一个中产阶级人士会一蹶不振，而这与他的家人有着非常大的关系——他的家人一直在不厌其烦地指责他不会“发达”。工人阶级更加团结，而中产阶级不团结，或许是因为他们对家庭的忠诚有不同的理解。中产阶层的工会几乎毫无作为，因为在罢工的时候，几乎每个中产阶级人士的妻子都会怂恿丈夫去破坏罢工，顶替别人的职位。

工人阶级还有另一个特点，一开始的时候会令人错愕不已：当他们和自认为与之平等的人在一起的时候，说话很直率坦白。如果你给工人一样东西，而他不想要，他会告诉你他不想要；一位中产阶级人士会收下这样东西以避免冒犯你。还有就是，工人阶级对于“教育”的态度与我们的态度有非常大的区别，而且要合理得多！工人阶级尊敬学识丰富的人，但当“教育”与他们的生活产生接触时，他们却会看穿“教育”的本质，出于健康的本能对其避而远之。我曾经总是慨叹十四岁的男孩被迫放弃学业，开始他们所不喜欢的工作，其实那只是我一厢情愿的想法。在我看来，一个人十四岁就得开始工作是件非常可怕的事情。而如今我知道，一千个工人阶级的孩子中，没有一个不在渴望不用去学校的那一天。他希望开始真正的工作，而不是把时间浪费在像历史和地理这种可笑而无聊的科目上。对于工人阶级来说，呆在学校直到接近成人是可耻和没有男子气概的事情。想到一个十八岁的大个子男生，原本应该每周挣一英镑帮补家计，却穿着滑稽的校服去上学，因为没有做作业还要挨藤条，他们就觉得很好笑！一个出身工人阶级的十八岁的孩子，怎会愿意让自己被打藤条！别人还是乖宝宝的时候他已经是个男子汉了。在萨缪尔·巴特勒[①]的作品《众生之路》中，主人翁厄尼斯特·潘迪菲回顾自己的公学和大学教育时，他发现那是“病态柔弱的堕落”。从工人阶级的角度看，中产阶级的生活的确很病态柔弱。

---

① 萨缪尔·巴特勒（Samuel Butler，1835—1902），英国作家，作品抨击维多利亚时代英国社会的伪善与浮华，代表作为半自传体作品《众生之路》，并翻译出荷马史诗《伊利亚特》与《奥德赛》。

在一户工人阶级的家里——这里我不是指那些失业者的家庭，而是指相对优裕的家庭——你会感受到一种温馨、得体而富有人情味的气氛，而这种气氛在别的地方是难以找到的。我觉得，一个劳动者，如果他工作稳定而且待遇好的话——这一点的意义如今越来越重要——通常他会比一个“受过教育”的人更开心。他的家庭生活似乎更加健康体面。走进一户家境良好的工人阶级的家庭，我经常惊诧于里面的气氛是那么祥和宁静，特别是在冬天的夜晚，喝完茶后，壁炉里生了火，火苗在铁栅栏后跳动着，父亲穿着长袖衬衣，坐在壁炉旁边的安乐椅上，读着赛马的结果；母亲坐在壁炉的另一头缝补衣服；孩子们有一包一便士的硬薄荷糖吃，乐开了怀；小狗躺在地毯上滚来滚去——能住在这样的地方真好，前提是，你不仅能进去，而且被接受为家里的一员。

这一幕情景仍在许多英国家庭中出现，但比起战前数量要少了一些。家庭的快乐与否主要取决于一个问题——父亲是不是有工作。请注意，我刚才所描绘的那一幕情景——一户工人家庭吃完腌鱼喝完酽茶，然后围坐在壁炉的炭火周围——只能在我们所处的这个时代出现，既不属于过去，也不属于未来。两百年后，当我们进入乌托邦的未来，情景会完全不同。我所想象的情景几乎没有一样东西会仍然存在。那时不会再有体力劳动，每个人都“受过教育”，父亲不会再是长着一双大手、喜欢穿着长袖衬衣的粗人，说着：“战争就要打响了。”未来的家庭里不会再有壁炉，取而代之的是看不见的暖气机。家具都会用橡胶、玻璃和钢材做成。如果那时还有晚报的话，里面肯定不会有赛马结果的报道，因为在一个没有贫穷的世界，赌博不再有任何意义，而马这种动物已经在地球上消失了，而为

了卫生，连狗也不能养。假如生育控制工作做得好的话，那时候不会再有那么多孩子。回到中世纪时代，你仿佛置身于国外。在一间没有窗户的小屋里用木柴生了一堆火，浓烟直熏着你的脸，因为屋里没有烟囱，面包长着霉菌，配上咸鳕干，到处是虱子，坏血病横行，每年生一个孩子，每年都有孩子夭折，牧师讲述着关于地狱的故事，吓得你半死。

有趣的是，不是现代工程的成就，不是收音机，不是电影，不是每年出版的五千本小说，不是在阿斯科特赛马场或伊顿公学和哈罗公学进行板球比赛时热闹的人群，而是对工人阶级家居情形的回忆——特别是在战前我小时候有时看到的情景，那时英国仍很繁荣——让我觉得我们的时代还不算太糟，不至于活不下去。

第二部

第八章

从曼德勒到威根之路很漫长，为什么要走这段路，其实我也不是很清楚。

在本书的前面几个章节里，我对在兰开夏和约克夏等矿区所目睹的情况进行了凌乱无章的描述。我之所以要去那里，一部分原因是出于我想了解大规模失业在最严重的时候到底是怎么一回事，另一部分原因是我想近距离观察最典型的英国工人阶级的行业。这对我很重要，因为这是我自己的社会主义之路的一段路程，因为，在你确定是否真心认同社会主义之前，你必须作出判断，当前的情况是否到了无法容忍的地步，而且，你必须态度鲜明地面对阶级这个非常困难的课题。在此请容许我暂时离开主题，去解释一下在阶级这个问题上我的态度是如何逐步演变的。显然，这个问题牵涉到我的生平。我觉得我是自身所属阶级（或这一阶级某个细分阶层）的典型，身上带有该阶层明显的特征。正是基于这一点，我才要费点笔墨说一说自己的故事。

我出生于某些人称之为中上阶层中的下层家庭。十九世纪八九十年代是中上阶层的黄金时代，吉卜林[①]是这一阶层的桂冠诗人，但当维多利亚时代的繁华消散无痕时，中上阶层也随之化为荒凉的土丘。或许，不应该将其比喻为“土丘”，而是土层，收入在每年2 000英镑到300英镑之间的阶层，而我的家庭收入刚好超出了底线一点点。你会注意到，我以金钱来定

义这一阶层，因为这是让你能立刻理解的最直接的方式。但是，英国的社会阶层体系并不是单靠收入这一标准就能解释得通的。简单来说，它的确是按收入进行划分的，同时也被阶级体制的阴影所影响，就像一座样式摩登却风雨飘摇的小楼，被中世纪的恶鬼纠缠不休。因此，中上阶层的覆盖范围可以一直延伸到，或曾经延伸到，年收入 300 英镑的家庭，这一收入要比那些没有上等人光环的一般中产阶层家庭低得多。或许，在别的国家，你可以通过收入判断一个人的政治倾向，但在英国，光靠收入作为判断标准并不靠谱；你还得考虑他的出身。一位海军军官与他光顾的杂货店老板可能收入差不多，但他们可不是同一社会阶层的人，只有在战争或大罢工这样的重大问题上或许才会想法一致——或许，到了那个时候，他们仍会有分歧。

的确，中上阶层已是穷途末路了。在英格兰南部地区的每一座城镇，更别说荒凉萧条的康辛顿和伯爵府，那些领略过它的辉煌的人已经垂垂老矣，目睹世道中落，不禁悲从中来。每当我阅读吉卜林的作品，或走进一度为中上阶层所追捧流连的大而无当的商店时，我总会想起“放眼四顾，风流总被雨打风吹去”②这句话。但是，直到战争之前，中上阶层虽然已经步向衰落，却仍然踌躇自得。在战争前，你的身份要么是一位绅士，要么不是一位绅士。如果你是一位绅士，无论你的收入是多少，你得有绅士的派头。一年挣 400 英镑的人和一年挣

① 约瑟夫·拉迪亚·吉卜林（Joseph Rudyard Kipling，1865—1936），英国作家与诗人，作品宣扬大英帝国的荣耀与辉煌，代表作有《七海》、《丛林故事》等。

② 此句出自亨利·弗朗西斯·赖特（Henry Francis Lyte，1793—1847）的赞美诗《与我同在》（*Abide with Me*）。

1 000 英镑乃至 2 000 英镑的人之间横亘着一道固定的鸿沟，但那些年入 400 英镑的人会尽一切努力不去理会这道鸿沟。或许，中上阶层最突出的特征是，按照他们的传统，他们不会从事商业，而是投身于军队、政府和专业领域。这一阶层的人没有土地，但他们认为在上帝的眼中他们就是土地的主人，他们保持着半贵族的风度，从事专业工作，为国家作战捐躯，但绝不会从事商业贸易。从孩提时代开始他们就习惯于数着盘子里的梅核，预测自己的命运，念叨着“陆军、海军、教会、医生、律师”。而就连“医生”比起其他职业，也相对要差一些，放进歌谣里只是为了对仗顺口而已。当你属于中上阶层，年收入却只有 400 英镑，情况就比较尴尬，因为这意味着你的绅士气派只能是纸上谈兵。你生活在两个世界里。理论上，你知道应该怎么使唤用人，如何打赏他们，而事实上你只有一个住家用人，顶多两个。理论上，你知道如何着装，如何点餐，但在生活中你根本请不起好一点的裁缝或下好一点的馆子。理论上，你知道如何开枪骑马，但在生活中你根本没有马可以骑，也没有一丁点儿开阔地让你开枪。正是因为这样，所以印度(现在是肯尼亚、尼日利亚等地方)对下层的中上阶层有着莫大的吸引力。他们到那里从军或担任地方官，不是为了挣钱，因为军官和官员并不挣钱，而是因为在印度养马很便宜，可以自由自在地开枪，有成群的黑奴使唤，当绅士是件很简单的事情。

而在那些破落户的士绅家庭里，他们比靠领救济金生活的工人家庭对贫穷更加敏感。房租、衣服和学费是挥之不去的噩梦，任何奢侈的消费，即使只是喝杯啤酒，也是不一定时常有之的奢华享受。实际上，一个家庭几乎所有的收入都被用来维持表面的风光。显然，这种人的处境非常尴尬。有人或许会认

为他们只是极少数的例外，因此并不值得关注。事实上，无论是过去还是现在，这种人的数目很多。例如，大部分神职人员、中小学校长、几乎所有驻扎印度的英国官员、一小部分士兵与船员，以及为数众多的专业人士和艺术家都属于这类人。但是，这个阶层的真正重要意义在于他们是资产阶级的缓冲带。真正的资产阶级人士，那些年收入 2 000 英镑以上的人，用金钱在他们与被他们无情掠夺的阶层之间构筑了厚厚的隔离层。他们对下层阶级的全部认知仅限于他们所见过的雇员、仆人和小商人。但对于那些收入更加低下的可怜的家伙而言，情况则大不一样。他们竭力挣扎，想以工人阶级的收入过上绅士派头的生活。这些人只能与工人阶级厮混在一起。我猜想，传统以来上流社会对平民的态度就是从他们那里流传下来的。

到底他们对平民拥有怎样的态度呢？这种态度既有内心里暗暗窃喜的优越感，又带有强烈的仇恨。浏览过去三十年来任何一期《潘趣》杂志，你会发现，工人阶级总是被取笑的对象，这在任何地方都被认为是天经地义的事情，当然也有例外，那就是，如果劳动阶层兴旺壮大了，那他将不再是嘲讽的对象，而是变成了可怕的恶魔。我不会花费气力对这种态度进行谴责，我们应该考虑这种态度是如何产生的，而要做到这一点，我们得知道在那些与工人阶级生活在一起，却有着不同的生活习惯和传统的人眼中，工人阶级到底是什么样的人。

破落户的士绅家庭，他们的情况就好比是住在整条街都是黑人的穷苦白人。在这种情况下，他们只能继续显摆绅士派头，因为这是他们仅有的东西了。与此同时，由于他们的妄自尊大、说话的口气和举止派头，他们被周围的人所痛恨，并被视为统治阶层的一分子。在我大约六岁的时候，我第一次意识

到社会阶层之间的区别。在此之前，我把工人阶级视为心目中的英雄，因为他们所做的事情总是很有趣，像渔民捕鱼、铁匠打铁、铺砖工铺砖什么的。我还记得在康沃尔农场的那群帮工，当他们种萝卜的时候，他们总是让我坐在播种机上，有时还会抓母羊挤奶给我喝。我还记得隔壁邻居建新房子时的那帮工人，他们让我玩湿灰泥，从他们身上我学会了“婊子”这个词。我还记得同一条马路那一头的水管工，我经常和他的小孩一起去掏鸟窝。但不久我就被勒令不得和那个水管工的孩子们一起玩，因为他们是“平民”，我得和他们保持距离。你可以说我的父母很势利眼，但对于中产阶层的人来说，他们不想让孩子学那些粗俗的口音，就只能这么做。就这样，从小时候开始，工人阶级就不再是友善的好人，而是我的敌人。我们知道他们痛恨我们，但我们不明白为什么会这样，自然而然地，我们将其归结为纯粹的歹毒与恶意。对童年时的我来说，对所有像我这种出身的小孩子来说，平民几乎就是“亚人类”。他们长相丑陋，言语低俗，举止粗鲁；他们不喜欢和他们格格不入的人；只要一逮到机会他们就会恶毒地侮辱你。这就是我们对他们的观感，虽然这很荒谬，却是可以理解的。因为，我们必须记住，在战争之前，英格兰的阶级仇恨比现在要更加露骨。那个时候，只要你长得像个上流社会的人，你可能就会受到无端的侮辱。如今，情况变了，如果你长得像个上流社会的人，或许阿谀奉承就会不请自来。上了三十岁的人都记得以前一个衣冠楚楚的绅士走在贫民窟的街道上，免不了会被人嘲讽喝骂。大城市里有成片的街区是危险区域，因为到处都是流氓混混（现在已经几乎绝迹了）。而且在伦敦到处都是穷苦的小孩，他们骂人时声音洪亮，粗鄙无文却又绝不犹豫，令那些耻于还

嘴的人好不狼狈。童年放假的时候我最害怕的是一帮小混混，他们最善于以众欺寡，老是五个人甚至十个人欺负我一个人。风水轮流转，有时是我们仗着人多势众欺负他们。我记得1916—1917年那个冬天打了好几场凶悍的群架。上流阶层与平民阶层这种赤裸裸的敌对情绪，其传统可以追溯到至少一个世纪以前。十八世纪六十年代，在《潘趣》杂志里刊登过一幅漫画，一个个头瘦小、神色紧张的绅士骑马经过贫民区，一群街头孩童包围着他，高喊着“有钱佬来啦！走啊，我们去吓他的马！”现在，怎还会有孩童要去惊吓那位绅士的马！如今，这些孩子更有可能做的，是缠着这位绅士不放，怀着微弱的希望想获得几个赏钱。过去这十几年来，英国的工人阶级变得比以前奴化了，变化之快令人惊诧莫名。这是不可避免的，因为失业这根大棒让他们吓破了胆。在战争之前，他们的经济情况相对好一些，因为尽管那时没有救济金可以依赖，但失业的情况并不严重，管理层也不像现在这么强势。当一个人顶撞有钱人的时候，他不会觉得自己完蛋了。当然，只要情况看似安全，他总不会放过顶撞一个有钱人的机会。雷尼尔[①]在他关于奥斯卡·王尔德[②]的书中指出，王尔德接受审判时[③]所激起的离奇而猥琐的公愤是出于当时的社会情况使然。伦敦的暴民逮到一

---

① 古斯塔夫·乔汉尼斯·雷尼尔（Gustaaf Johannes Renier，1892—1962），伦敦大学历史教授，著有《奥斯卡·王尔德》、《英国人：他们可是人类？》等。

② 奥斯卡·王尔德（Oscar Wilde，1854—1900），爱尔兰作家、诗人，唯美文学主义先驱，代表作有《莎乐美》、《斯芬克斯》、《快乐王子及其他故事》等。

③ 1895年昆斯贝利侯爵公然斥责王尔德为同性恋者，王尔德上诉法庭控告侯爵败坏其名誉，但被反告与男性有染，伤及风化，被判入狱两年。

个上流社会的人士如此狼狈不堪，而他们鼓噪着让他继续难堪下去。这是再自然不过的，甚至天经地义的事情，因为如果你以过去两个世纪以来英国的工人阶级所遭受的待遇去对待别人，他们不心怀仇恨才怪。但另一方面，如果破落户的士绅家庭的孩子长大后对工人阶级怀恨在心，将他们视为无赖和暴徒，我们也不能因为他们这么想而横加指责。

此外还有一个更严重的难题，你将了解到在西方国家阶级区分的真实秘密——为什么一个欧洲资产阶级人士，即使他自诩为共产主义者，也得经过一番挣扎才能认为工人阶级其实与自己是平等的人。六个字就能总结出来，但这六个字如今人们不敢轻易说出口，但在我小时候这几个字可以随便说出来。这几个字就是：下等人臭死了。

这就是我们所接受的熏陶——下等人臭死了。显然，这是你无可逾越的障碍。因为，没有任何喜爱或憎恶的感觉能像具体的感官刺激那么深刻。种族仇恨、宗教仇恨、教育的差异、性格的差异、智力的差异，甚至是道德法则上的差异，这些都可以克服，唯独生理上的厌恶是无法克服的。你可能会爱上一个杀人犯或鸡奸犯，但你绝对无法爱上一个有口臭的人——我的意思是，一个总是口臭的人。无论你多么关心他，无论你多么仰慕他的才华和品格，如果他有口臭，他就是一个很可怕的人，在你内心深处会对他心生厌恶。如果中产阶层的人经历了说教，认为工人阶级的人无知、懒惰、酗酒、低俗、狡诈，问题或许还不会那么严重。他们所接受的教育告诉他们工人阶级的人都很肮脏，这种心灵上的伤害是无法弥补的。在我小时候，大人们一直对我们说工人阶级的人很肮脏。从小小年纪起你就认为工人阶级的人身体很污秽恶心，不到万不得已的时候

你不会凑近他们身边。你看着一个大汗淋漓的苦力肩上扛着铲子从路上走过来，你看着他那件已经褪色的衬衣和污渍积了几年之久的灯芯绒裤，你想象着他的腋窝、油腻腻的褴褛衣衫还有那很久没洗澡的躯体，到处都是棕色的污垢（这就是我习惯性的思维），还有那股强烈的、熏肉一样的味道。你看到一个流浪汉在臭水沟边脱掉靴子——噢！你不会想到其实那个流浪汉也不想有一双黑乎乎的脚。即使那些你知道其实很干净的下层人——比方说，仆人——也会让你心生憎恶。出于某种神秘的原因，他们身上的汗味与他们皮肤的纹理似乎和你自己的汗味和皮肤的纹理就是不一样。

那些操着上流口音，家里有浴缸和一个仆人的人就是带着这种感觉长大的。因此，在西方国家，阶级间的差别似乎成了无法逾越的鸿沟。但奇怪的是，很少有人愿意承认这一点。这会儿我只能想起一本书，毫无欺瞒地承认了这一点，这本书是萨默塞特·毛姆[①]先生的《在中国屏风上》。在书中，毛姆先生描写了一个中国大官来到一间路边的客栈，大耍官威对众人喝喝骂骂，让那些下人知道他是不可冒犯的大老爷，而他们只是蝼蚁贱民。没过一会儿，这位大老爷觉得已经要足了官威，便亲善和蔼地和一帮搬行李的苦力一同吃饭。作为一名官员，他觉得自己有必要让其他人领略到他的威风，但他又觉得那些穷苦百姓其实和自己一样都是凡夫俗子。在缅甸我见过数不胜数的类似一幕。在蒙古人种——在我所知道的所有亚洲人

① 威廉·萨默塞特·毛姆（William Somerset Maugham，1874—1965），英国作家，曾到过远东及中国旅行，代表作有《月亮与六便士》、《刀锋》、《周而复始》等。

中间——人与人之间天生就是平等的，很容易融洽地相处，而这种情况在西方国家根本不可想象。毛姆先生补充写道：

“在西方，气味将人与人分隔开来。工人是我们的主人，他们希望以铁腕统治我们，但不可否认的是，他们很臭：这一点没有人会怀疑，因为他们得迎着晨光，匆匆忙忙地赶在工厂的钟声响起之前去上班，这可不是什么愉快的事情，而工厂里的重活也不是好玩的。他们每周的衣服都得由牙尖嘴利的老婆来洗，因此，不到实在忍受不了的时候，他们不会更换内衣。我并不是因为工人身上很臭而谴责他们，但他们的确很臭。但凡嗅觉正常的人根本无法和他们交往。早上起来时洗不洗澡这个习惯就是阶级之间的分野，远比出身、财富或教育更加壁垒分明。”

那么，“下等人”真的很臭吗？当然，大体上，他们要比上流社会的人脏一些。这是理所当然的事情，这是出于生活环境所迫，直到现在也只有不到一半的英国房屋安设了浴室。而且在欧洲，每天清洗全身上下是最近才有的事情，而工人阶级比资产阶级更守旧传统。但英国人要比以前干净多了，或许，再过个一百年他们会和日本人一样干净。遗憾的是，有些人把工人阶级理想化了，他们觉得工人阶级的方方面面都值得歌颂，因此，他们昧着良心说肮脏也是美好的。有趣的是，社会主义者和多愁善感、笃信天主教又崇尚民主的切斯特顿这类人有时候志同道合意趣相投。这两种人都会告诉你，肮脏其实很健康自然，而干净只是一种时尚，乃至一种奢侈。[①]他们没有

① 原文注：根据切斯特顿的说法，肮脏只是一种身体上的不适，因此可以看成是自我禁欲。不幸的是，肮脏造成了别人的不适。肮脏所造成的自身的不适其实并不严重——比起大冬天早上洗个冷水澡，肮脏还是很舒服的。

意识到这么做是在抹黑，让人觉得工人阶级的肮脏其实是出于自己的选择，而并非出于迫不得已。事实上，只要有浴室，大多数人愿意洗个澡。但最要紧的是，中产阶级认定工人阶级的人都很脏——从上面的引文中你可以看出毛姆先生本人也是这么认为的——而且，更糟的是，他们认为工人阶级的人天生就是这么脏。小时候我所能想象到的最可怕的事情之一，就是喝一个苦力工人喝过的瓶子里的水。我十三岁的时候，有一次乘火车从集市回家，我坐的是三等车厢，里面挤满了牧羊人和养猪倌，他们也刚从集市卖完牲畜回家。有人拿出一瓶啤酒，容量有一夸脱吧，大家传着喝，瓶子经过了一张张嘴，每个人都痛痛快快地喝了一口。我无法描述当时那个瓶子一路朝着我这边传过来时内心的恐惧。经过这么多张下层阶级男性的嘴，如果我从那个瓶子里喝啤酒，我肯定会吐的。但另一方面，如果他们把酒瓶递给我，我可不敢拒绝他们的好意，担心会激怒他们——你可以看到中产阶级的洁癖让他首鼠两端、不知所措。如今，感谢上帝，我不再有这种感觉。对我来说，一个工人的躯体与一个百万富翁的躯体没什么两样。我仍然不喜欢和另一个人从同一个杯子或同一个瓶子里喝水——我是说，另一个男人，我可不介意喝女人的口水——但至少这与社会阶级无关。我曾经和流浪汉们厮混在一起，这治愈了我的洁癖。其实流浪汉并没有英国人想象中的那么脏，但他们却顶着"肮脏污秽"的骂名。当你曾和一个流浪汉睡同一张床，喝同一只鼻烟罐里的茶水，你会觉得你已经经历过最糟糕的情况，不会再觉得恐惧。

我花了这么多篇幅写这些事情，是因为它们非常重要。为了消除阶级间的差异，你必须先了解一个阶级在另一个阶级眼

中是什么样子的。只满足于指责中产阶级“势利自负”是无济于事的。你必须深入理解到，他们的“势利自负”其实是出于理想主义，因为中产阶级的小孩从小就被教导三件事：要洗干净脖子，要准备好为国捐躯，要鄙视下等人。

或许有人会指责我思想落后，因为我的童年是在战争前和战争期间度过的，现在的孩子所接受的思想观念要开明得多。的确，时下的阶级观感没有以前那么尖锐了。以前的工人阶级公开显露出敌意，但现在他们变得温顺了；战后，廉价衣服开始大规模地生产，对举止礼仪的要求也没有以前严格了，这使得阶级与阶级之间表面上的差别没有那么鲜明了，但那种感觉依然存在。每个中产阶级的人都有着根深蒂固的阶级偏见，只要一件小事就可以激起这种偏见。如果他的岁数超过了四十岁，或许他会一心认为自己这个阶级为了下层阶级作出了牺牲和奉献。如果你对出生于绅士之家，毫无头脑，一年只挣四五百英镑，拼命维持着面子上的风光那种人说，他是剥削寄生阶级的一员，他会认为你一定是疯了。他会无比诚恳地向你指出，在方方面面他要比工人更窘迫。在他的眼中，工人们不是被欺压的一群奴隶，而是可怕的汹涌洪水，正在不停地往上涨，就要将他、他的朋友和他的家庭吞没，席卷一切文化和礼仪，将其摧毁。因此，他们忧心忡忡，唯恐工人阶级会发展壮大。战后不久，有一期《潘趣》刊登了这样一幅漫画——当时煤炭价格仍维持在高位，漫画上画着四五个矿工，个个面目狰狞，正坐在一辆廉价汽车里。他们从一个朋友身边呼啸而过，那人问他们从哪儿借来的这辆车，他们回答：“这东西我们买下来了！”你可以看到，这就是《潘趣》所不能容忍的现象：矿工们居然买车了！即使是四五个人合买一辆车，也是违背常

理的畸形现象，几乎等同于犯罪。这种态度就发生在十几年前，至今我没有看到显著改变的证据。社会上仍广泛流传着一种看法：工人阶级被救济金、养老金、免费教育等福利给宠坏了，道德败坏了。或许，这种看法稍稍动摇了一些，因为人们开始意识到失业问题的确存在。对许多中产阶级的人来说，尤其是五十岁以上的绝大多数人，一个工人的典型形象就是骑着摩托车到职业中介处找活干，用浴缸堆放煤块；他们会说："信不信由你，亲爱的，他们真的领救济金结婚哪！"

如今，阶级仇恨似乎正在消退，这只是因为阶级仇恨没有被文字所宣扬，一部分原因是出于我们这个时代习惯于拐弯抹角，另一部分原因是出于报纸和书籍现在不得不取悦工人阶级。你只能通过私人间的对话了解阶级仇恨，但如果你想看到文字上的描述，我建议你读一读已故的塞恩斯伯里[①]教授著作的附言。塞恩斯伯里教授博学多才，称得上是一位明智审慎的文学批评家，但当谈及政治或经济方面的话题时，他与自己的阶层其他人的区别仅仅在于，他极为麻木不仁，而且出生得太早，连最起码的尊重和礼貌都没有学会。根据塞恩斯伯里的看法，失业保险只会"养一群懒汉"，而工会运动就是有组织的乞讨行为。

"如今'乞丐'这个词几乎是一个可以起诉的罪名，不是吗？什么是乞丐？就是'完全或部分程度上依赖别人而活的人'，而如今有相对一部分人，还有某个政党，热切地盼望着成为乞丐，甚至将成为乞丐当成理想。"（《札记第二卷》）

---

① 乔治·爱德华·贝特曼·塞恩斯伯里（George Edward Bateman Saintsbury，1845—1933），英国作家及文学史专家。

不过，值得注意的是，塞恩斯伯里知道失业是不可避免的问题；事实上，他认为失业应该存在，应该让那些失业的人受尽折磨。

“难道打零工不是安全合理的劳动力体制的个中真谛和释放压力的安全阀吗？……在纷繁复杂的工商业社会，捧铁饭碗拿一份稳定的工资是不可能实现的；而让靠救济金过日子的失业人员享受和就业人员一样的工资，将使社会走向堕落，而且很快将会带来毁灭性的打击。”（《札记终章》）

当那些打零工的人连零工都找不到时，他们会有怎样的遭遇，书中没有提到。照塞恩斯伯里的看法，（他希望制订“合理的济贫法”）他们应该进济贫院或露宿街头。至于有人认为每个人理所当然应该得到维持生计的机会，塞恩斯伯里轻蔑地否定了这一观点：

“谈到‘生存权’的问题……不应该高于‘不被杀害的权利’。除了这种保护，为生命的延续提供额外的支持当然是慈善机构的工作，可能是人类道德的要求，或许是公共机构应该提供的服务；但从严格意义上讲，很难说这样做是社会正义的明确要求。

“至于那种荒谬的论调，认为生于一个国度就理应得到该国的土地，我们根本不值得对其进行关注。”（《札记终章》）

有必要对最后一段话的美妙暗示考究一番。像这样的文字（贯穿塞恩斯伯里的作品都是类似的内容）居然得以出版，实在是令人惊讶。大部分人都会耻于将这样的内容付诸笔端，但塞恩斯伯里这里所写的，正是那些一年能安稳地挣个五百英镑的小人物内心的写照；因此，他们对塞恩斯伯里直抒胸臆的描写一定感到非常崇敬。能公然扮演这么一个丑角，需要多么大

的勇气啊。

以上所说的是赤裸裸的反动思想的写照。至于那些观点并不反动，反而“进步”的中产阶级人士，他们又是怎样的呢？在革命主义的面具底下，他们真的与其他人不一样吗？

一个中产阶级人士可以投身社会主义，甚至加入共产党，而他和其他中产阶级到底有什么区别？显然，生活在一个资本主义社会，他不得不继续挣钱谋生，如果他一直维持着资产阶级的经济地位，没有人可以责怪他。但他的品位、他的习惯、他的举止、他的思想背景——用共产主义词藻来说，就是意识形态——是否发生了改变呢？现在他除了会投票给工党外——如果情况允许的话，投给共产党外——在他身上还有其他改变吗？显然，他仍然习惯性地和本阶级的人交往，和一位本阶级的人在一起比和一个工人阶级的人在一起感觉更加自在，即使前者认为他是个危险的布尔什维克党人，而后者则认同他的理念。他对食物、美酒、服饰、书籍、图画、音乐、芭蕾等方面的品味仍明显带有资产阶级的烙印；而最重要的是，他一定会和本阶级的人结婚。看看那些出身资产阶级的社会主义者。看看X同志，他是大不列颠共产党的主要成员及《马克思主义简明指南》的作者。X同志其实是位伊顿公学的旧友。理论上，他做好了在街头斗争中牺牲的准备，但你注意到他习惯于不把马甲最底下的纽扣扣起来。他对无产阶级进行了美化，但他的习惯却与无产阶级工人决然迥异。或许有那么一两次，出于表示英勇，他会抽雪茄时不拆腰花，但他绝不会用刀尖插着奶酪然后就送进嘴里，或戴着帽子坐在室内，更不会用茶碟喝茶。我认识好几个资产阶级的社会主义者，我听过他们长篇累牍地对自己的阶级进行抨击，但我一次也没有见过他们用无产者的

方式用餐。到底为什么会这样？为什么他们认为无产者体现了一切优点，自己却仍坚持喝汤的时候不能发出声音？答案只会是，在他的内心深处，他觉得无产者的举止很恶心。因此，你看到，他仍然受到童年时教导的约束，他仍对工人阶级充满憎恨、恐惧与鄙夷。

第九章

十四五岁的时候，我是个自命不凡的势利眼，那时候班上的同学或同龄人都和我一样。我觉得世界上再没有什么地方能比英国的公学更露骨直白地展现势利刻薄，以种种文雅精致的方式培养其学生的这一品质。在这个问题上，谁能指责英国的教育没有收到效果呢？毕业后几个月内，你所学的拉丁语或希腊语就会忘得一干二净——我学了八到十年希腊语，而如今，我三十三岁，连希腊字母表都背不全——但除非你像清除杂草一样坚持不懈地努力，将其连根拔起，否则你的势利眼会伴随着你，直到你步入坟墓。

在学校里我的处境很尴尬，因为身边绝大多数同学都要比我有钱。我能上得起昂贵的公学，是因为我幸运地获得了奖学金。中上阶层的下层人士、神职人员、驻印度官员等等，他们的孩子或许都有同样的经历，而这些经历对我产生的影响或许是司空见惯的事情。一方面，上公学让我更加坚定地扎根于出身的阶层；另一方面，我对那些男孩充满了仇恨——他们的父母比我的父母有钱，而且他们还故意炫耀，唯恐我不知道这一点。我鄙夷任何不能被称为“绅士”的人，而我也痛恨那些贪得无厌的有钱人，特别是那些一朝发达的暴发户。我觉得，高雅的人应该是出身名门而身无分文。这就是中上阶层的下层人士的信条之一，感觉很浪漫，就好像追随詹姆斯二世①流亡的人心里的感受一样，让人觉得很舒服。

但在战争期间和随后的几年间，上学变成了一桩很奇怪的事情，因为英国从未像那时一样与革命如此接近，革命气氛之热烈大概只有一个世纪之前的英国社会才可以比拟。整个国家弥漫着一股革命情怀的浪潮，虽然这股浪潮已被扭转并被人遗忘，但仍留下了许多历史的沉淀。本质上，虽然当时没有人能够看清，那是年轻人对年长者的反叛，而直接肇因正是那场战争。在那场战争中，年轻人被送上战场牺牲，而年长者们的行为即使到了现在也令人觉得寒心。他们躲在安全的地方，大肆宣扬爱国主义，而他们的子弟在德军的机关枪扫射面前像干草捆一样无助地倒下。而且，那场战争是年长者们策动的，暴露出他们的极度无能。到了 1918 年，所有四十岁以下的人都对年长者非常不满，反军国主义的情绪自然而然地蔓延到了对权威和正统教条的反抗。在当时，年轻人非常仇视“老人”。他们认为，“老人”的统治应为每一桩罪行负责，任何为人所接受的事物，从斯科特[2]的小说到上议院都遭到嘲弄，就因为它们是“老人们”所青睐的事物。有那么几年，当一个人们口中所说的“布尔什维克”是顶时髦的一件事情。英国到处都是半吊子的唯信仰论思想，各种各样的和平主义、国际主义、人道主义喧嚣一时，女权主义、自由恋爱、离婚改革、无神论、生育控制——这些平时难以启齿的话题也可以公开谈及了。当然，革命的情绪还波及到那些年龄太小不能参军的年轻人，乃

① 詹姆斯二世（James Ⅱ，1633—1701），1685 年至 1688 年任英格兰、苏格兰及爱尔兰国王。1688 年光荣革命时被剥夺王位，流亡法国。

② 沃尔特·斯科特（Walter Scott，1771—1832），英国作家、剧作家、诗人，代表作有《赤胆豪情》、《湖畔少女》等，被推崇为英国文学经典作家之一。

至公学里的小男生。那时候我们都认为自己是新时代的、受过启蒙的新人，拒绝那些人憎鬼厌的“老人们”强加于我们身上的传统教条。我们仍然摆出一副中产阶级自命不凡的架势，我们理所当然地认为我们可以继续享受本阶级的福利，找到轻松的工作，但我们又觉得“与政府作对”是天经地义的事情。我们嘲讽士官训练学校、基督教、义务兵役和英国王室，我们根本没有意识到自己只是全球反战运动的一分子。有两件事是当时那种奇怪的革命情绪的写照，我一直铭记在心。有一天，我们的英语老师让我们做一份常识考试问卷，上面有一道问题：“你认为在世的十大伟人是谁？”班上十六个男生(我们的平均年龄是十七岁)有十五个在回答中提到了列宁。这件事就发生在自命不凡而昂贵的公学，当时是 1920 年，那时对俄国革命的恐惧在每个人的心中仍难以磨灭。此外，1919 年的时候到处都在进行所谓的和平纪念活动，我们的学长决定我们也应该以传统的方式庆祝和平，那就是嘲讽我们的敌人。我们列队举着火把走进操场，高唱类似《大不列颠颂》的沙文主义歌曲。我们这帮小男生热热闹闹地和着调子高嚷着亵渎神明而且极具煽动性的口号，觉得这是顶光荣的一件事。我不知道现在还会不会发生类似的事情。如今我所遇到的公学男生，即使是那些聪明的优等生，在思想上也要比十五年前的我们右倾得多。

也就是说，十七八岁的时候，我是一个自命不凡的革命党。我反对一切权威，我反复阅读了萧伯纳、威尔斯[①]和高尔斯华绥(当时他们被认为是危险的“进步作家”)所有出版的作

① 赫伯特·乔治·威尔斯(Herbert George Wells，1866—1946)，英国作家，与法国作家儒勒·凡尔纳(Jules Verne)并称为科幻小说之父。

品，我模糊地自认为是一个社会主义者。但当时我对什么是社会主义其实知之甚少，更不知道工人阶级其实也是人。通过读书这种隔靴搔痒的方式——例如，杰克·伦敦的《深渊中的人》——我为他们的苦难感到愤愤不平，但只要我一接近他们，仍会感觉心中充满了憎恨与鄙夷。我很反感他们的口音，觉得他们总是那么粗鲁，总是充满了愤怒。你必须记住，当时是战后不久，英国的工人阶级非常好斗。那时爆发了好几次煤矿大罢工，矿工们被视为魔鬼的化身，老太太们每天晚上得检查床底下，担心罗伯特·史密利①会躲在那里。在战争期间与之后一小段时间里，工人们的工资很高，而且不用担心失业，但很快情况就开始回复原状，甚至变得更糟糕，工人阶级自然而然地进行反抗。许多人受空头承诺的蒙骗，参军作战，退役回家时却发现工作没有了，甚至连家也没有了。更糟糕的是，他们经历过战争，带着老兵油子的习气回来，尽管受过军纪约束，却变得目无法纪。到处弥漫着动荡骚乱的气氛。以下这首歌的歌词唱出了当时人们的心声：

“世道真是不太平，
有钱人越来越有钱，
穷人家忙着把孩子生，
就在这个时代，
生活在这个时代，
何不及时行乐？”

那时的人们还没有想到失业会伴随他们的一生，只能靠不

① 罗伯特·史密利（Robert Smillie，1857—1940），英国工运领导人、政治家，独立工党创始人之一。

停地喝茶纾缓心中的郁结。他们仍然盼望着为之奋斗的乌托邦将会到来，他们比以往更加公开地对装腔作势的上流社会表示敌意。因此，在那些充当缓冲带的资产阶级，例如我这样的人眼中，“平民们”都是一些行为粗鲁、面目可憎的人。回首那段岁月，我觉得似乎有一半的时间在谴责资本主义制度，而另一半的时间抱怨巴士乘务员的倨傲无礼。

我还没满二十岁就去了缅甸，在驻印度皇家警察部队服役。在缅甸这样的“大英帝国前哨地区”，阶级问题乍看之下似乎可以束之高阁。表面上，这里没有明显的阶级矛盾，因为在这里最重要的不是你的教育背景，而是你有没有白种人的肤色。事实上，在缅甸的白人除了一些士兵和几个来历不明的人外，大部分人在英国根本不能称之为“绅士”，但他们过着绅士一般的生活——家里有好几位仆人，把晚上那顿饭称为“正餐”——理论上，他们都属于同一阶级。他们是“白种人”，与其他劣等的“土著人”截然不同。但比起对待英国本土的“下等人”，英国人对“土著人”另有一番观感。最重要的一点就是，“土著人”，也就是缅甸人，在生理上不会令人心生厌恶。英国人会因为他们是“土著人”而看不起他们，却愿意和他们有亲密的身体接触。我注意到，即使是那些肤色歧视最厉害的白人也不例外。当你有一大群仆人时，很快你就会变得很慵懒，比方说，我习惯让我的缅甸男僮帮我更衣脱衣，因为他是缅甸人，而且不惹人嫌。我无法忍受一个英国男仆以那样亲密的方式伺候我。和缅甸人在一起时，我觉得似乎是和女性在一起。和大多数人种一样，缅甸人有一股特别的味道——我无法形容这种味道，闻到那股味道会令人牙齿打战——但我并不讨厌这股味道。（顺便说一句，东方人说我们英国人有一股

味道。我知道，中国人觉得白种人的味道就像死尸一样。缅甸人也有同样的说法——不过没有缅甸人会粗鲁地在我面前这么说。）任何人都无法拒绝承认一个事实，那就是：大部分蒙古人种的身体要比白种人的身体来得优美干净。缅甸人的肌肤结实柔滑，要过了四十岁才会起皱纹，然后就像一块皮革一样渐渐枯萎，而白种人的皮肤则显得粗糙松弛，严重下垂。白种人的大腿、手臂和胸前长有稀疏而丑陋的毛发，缅甸人只在应该长的地方有一两丛柔滑的黑发，其他部位不会长毛，而且大部分缅甸人不长胡子。白种人似乎总是会秃顶，而缅甸人很少有人秃顶。虽然大体上，由于喝蒌叶汁的关系，缅甸人的牙齿不是很白，但基本上很完美，而白种人总是会有龋齿。白种人的身材大体上谈不上线条优美，一旦发福肥肉就凸了出来；蒙古人种有着优美的骨架，即使上了年纪也能保持几乎和年轻时一样的身材。必须承认的是，白种人会出一些在几年之内非常英俊的帅哥或貌美如花的女士，但大体上说，他们远远没有东方人长得清秀标致。但我觉得英国的“下等人”比缅甸“土著人”更令人生厌并不是因为这个。我仍然受到了孩提时所形成的阶级偏见的影响。在我刚满二十岁的时候，我曾经一度被配属到一个英军团。和所有二十岁的小青年一样，我很崇拜喜欢那些强壮开朗的年轻士兵，他们要比我们大上四五岁，胸前挂着参加过一战的荣誉勋章。然而，那些士兵也令我觉得有点讨厌，他们终究是“平民”，我无法接近他们。有几个炎热的早上连队沿着道路行军，我和一位低阶副官一起走在后面，前面那几百号人汗淋淋的身体冒出蒸汽，熏得我的胃里翻江倒海。而这，如你所见，是赤裸裸的歧视，因为年轻士兵的身体是最不令人反感的白种男性身躯了。他们很年轻，而且由于呼吸新

鲜空气和参加军训，他们都很健康，而且严格的军规要求他们保持干净，但我就是没办法这么想。我一心想的就是，我在闻“下等人”的汗味，想到这一点我就觉得恶心。

直到后来，我才消除了自己的阶级歧视，或者说，部分程度上消除了阶级歧视。这条路很漫长曲折，花了我好几年的时间。促成我态度转变的契机其实与阶级问题没什么直接联系——几乎是扯不到一块儿的事情。

我在印度皇家警队呆了五年，到最后我对自己为之卖命的大英帝国充满了厌恶，但又不知道为什么会这样。在自由的英国你很难感受到这种情绪，你必须成为帝国主义的一分子，然后才会对其产生仇恨。从局外人的角度看，英国对印度的殖民统治似乎给印度带来了好处，而且很有必要——而事实的确如此。毫无疑问，法国在摩洛哥的殖民统治，以及荷兰人在波尼奥的殖民统治也是这样，因为所有的国家在治理外国人时都要比治理本国人时表现更好。但作为体制的一分子，你无法否认这是不公正的暴政，即使是最厚颜无耻的驻印度官员也知道这一事实。走在街上，看到一张张“土著人”的脸庞，这些官员会意识到自己是可怕的侵略者。大部分驻印度官员至少会间歇性地这么想，并不像英国人所想的那样，对他们的地位感到洋洋自得。即使是那些最意想不到的人，那些散发着杜松子酒味、在殖民政府占据高位的老恶棍，我也听到他们在说：“是的，我们根本没有权利呆在这个该死的国度，但既然上帝把我们叫到这儿来，那就既来之则安之吧。”事实上，没有哪个现代人会在内心深处认为侵略一个国家，以武力统治该国的国民是一件正当的事情。外国人的压迫统治要比经济上的压迫统治更加邪恶，这一点毋庸置疑。因此，在英国，我们乖乖承认英

国人受到了剥削，能让五十万毫无价值的懒人过着奢侈的生活，但如果中国人要来统治我们，我们一定会战斗到最后一兵一卒。同样的，那些毫无良知上的顾虑，靠着不是自己劳动所得的殖民红利生活的人清楚地知道违背殖民地人民的意愿实施殖民统治是不正当的事情。结果，每一个驻印度的英国官员都受到罪恶感的谴责，但他们竭尽所能将其隐藏起来，因为他们没有言论上的自由，如果他们煽动性的言论被偷听到的话，他们的政治生涯会受到严重影响。在印度的任何地方，许多英国官员对自己身为一分子的帝国体制心生不满，偶尔当他们和信得过的人在一起时，会将隐藏在内心的苦闷宣泄倾吐出来。我记得一天晚上我和一位从事教育的英国人同坐一趟火车，我不认识他，也没有去问他的名字。那天晚上热得睡不着觉，于是我们彻夜长谈。经过半小时谨慎的提问，我们俩都觉得对方很“安全”，接下来的几个小时，随着火车慢悠悠地在漆黑的夜色中行进，我们坐在卧铺位上，一边喝着啤酒一边痛骂大英帝国——以内部人士的角度机智而亲切地对大英帝国痛加斥责。我们俩都很开心，但我们的谈话内容都涉及了禁忌，在黯淡的晨光中火车抵达曼德勒，我们就此告别，就像偷情的奸夫淫妇一样感到羞愧。

根据我的观察，几乎所有的驻印度英国官员都会受到良心的责备，唯一的例外只有极少数人，他们在从事确实有帮助的事情，而这些事情无论英国是否继续统治印度都必须完成。这些人包括，比如说，护林员、医生和工程师。但我在警队工作，也就是说，我隶属于专制机器；而且，在警队工作你会近距离地看到大英帝国种种卑劣的勾当，而从事肮脏的勾当和只是从中得利之间的差异是很明显的。大多数人赞同死刑，但没

有人愿意充当刽子手。即使是在缅甸的其他外国人也看不起英国警察，因为他们实在是劣迹斑斑。我记得有一次去巡视一间警察局，一位我熟识的美国传教士有事过来。和大部分非英国国教的传教士一样，他是个彻头彻尾的笨蛋，但为人还不错。我的一个土著下属正在殴打一个嫌犯（在《缅甸岁月》一书中我描写了这一幕）。那个美国人看到了，转过身认真地对我说道：“我绝不会想干你这份工作。”这番话让我非常羞愧。这就是我所从事的工作！即使是一个像美国传教士这样的笨蛋，一个来自中西部地区滴酒不沾的处男，也有权利看不起我，同情我！但即使没有人对我说这番话，我也会觉得羞愧。我对那套所谓的维护公正的机制开始萌发了无以言状的厌恶感。平心而论，我们的刑法（顺便说一句，我们在印度的刑法比在国内的刑法要人道得多）糟糕透顶，只有麻木不仁的人才能执行。那些可怜的囚犯蹲坐在臭气熏天的牢笼里；他们的脸庞由于长期监禁而变得死气沉沉；他们的屁股因为被竹蔑鞭打而伤痕累累。当家里的男人被逮捕抓走时，妇女小孩痛苦地哀号着——当你要为这些事负起直接责任时，你完全无法忍受。我看过一个人被处以绞刑，在我看来这要比一千桩谋杀案更可怕。每次走进监狱我都会觉得（大部分去监狱的人都有同感）自己才是应该被关进铁栅栏的那个人。当时我认为——这个想法至今没有改变——即使是罪大恶极的罪犯也要比行刑的司法人员道德上更优越。当然，我必须将这些想法藏在心里，因为每个来到东方的英国人都得保持缄默。最后，我得出了一套无政府主义理论：所有的政府都是邪恶的；司法惩罚要比犯罪行为危害更大；如果你不去干涉他人，他们会是行为正当的良民。这套理论当然只是情绪化的扯淡。当时我没有明白过来，但现在明

白了，保护良民免受暴力伤害总是有必要的。在任何社会阶段，只要犯罪有利可图，严刑峻法就势在必行。否则世界就将沦为艾尔·卡彭的天下①。但那些负责掌刑的人内心不可避免都会产生“惩罚是邪恶的”这样的念头。我猜想即使在英国本土，许多警察、法官、典狱官和从事类似工作的人都会对自己的职业打心眼里感到恐惧。但是，在缅甸我们所实施的是双重压迫。我们不仅绞死那里的人，将他们关入监狱，而且我们的身份是不受欢迎的外国侵略者。缅甸人从未出于真心承认我们的司法体制。被我们抓进监狱的盗贼不会认为自己是罪犯，被判刑是罪有应得，他反而觉得自己是受外国侵略者压迫的受害者，他所受到的对待是毫无正义可言的虐待。高墙坚壁的牢房里，结实的柚木栅栏后面，那张脸庞清楚无疑地表露了这一点。不幸的是，要我对带着这副表情的人类面孔熟视无睹，我做不到。

1927 年我放假回家，那时我已经在犹豫要不要放弃这份工作，而一闻到英国的空气，我下定了决心，我不会回去继续为那个邪恶的专制机器服务。但我希望的，并不只是放弃这份工作。过去五年来我一直是专制体制的爪牙，让我的良心觉得很愧疚。我的脑海中浮现出数不清的面孔——被告席上犯人的面孔、在死牢里等候处决的面孔、被我欺压的下属的面孔、那些我斥责过的老农的面孔、在我盛怒时被我拳打脚踢的仆人和苦力们的面孔（几乎每个英国人到了东方都会干出这些事情，即使只是偶尔为之，理由是东方人特别惹嫌）——在折磨着

① 艾尔·卡彭（Al Capone，1899—1947），美国意大利裔人，芝加哥黑手党的头目。

我，令我无法忍受。沉重的罪恶感压在我的心头，我必须为自己赎罪。我知道这听起来似乎有点夸张，但如果你在一份内心完全不认同的岗位上干了五年之久，或许你也会有同感。我将一切简化为一个简单的理论：受压迫者总是正义的，压迫者总是错误的。这个理论很荒谬，但这是身为压迫者所得出的自然的结论。我觉得自己不仅必须离开帝国体制，而且我无法忍受任何形式的人对人的统治。我想让自己和那些被压迫者在一起，成为他们的一员，站在他们的阵营反抗压迫者。另外，最主要是因为一切都是我自己琢磨出来的，所以我将自己对压迫的仇恨渲染到离奇的程度。那时候，我觉得失败才是唯一的美德，任何自我实现，即使只是一年挣上个几百英镑，在我看来都是精神上的污秽，是欺压别人的一种形式。

正是这样，我将思绪放在英国工人阶级上。生平以来我第一次真切地意识到英国工人阶级的存在。首先，他们和缅甸的土著人一样，是社会不公的受害者的象征。在缅甸问题其实很简单：白人高高在上，黑皮肤的人被压在底层，因此一个人只会同情那些黑皮肤的人。现在我意识到其实不用跑到缅甸那么远才能找到专制和剥削。就在英国，就在我的身边，那些受压迫的工人阶级正忍受着悲惨的命运，虽然形式不一样，但其程度和任何东方人所承受的苦难一样悲惨。“失业”这个词挂在每个人的嘴边，从缅甸回来，我觉得这个词有点陌生，但那些中产阶级人士仍唾沫横飞地说个不停（“那些失业的人都是干不了活的废物”诸如此类的话），这些话根本蒙骗不了我。我总是在想那些无耻谰言是不是连将其说出口的笨蛋们也蒙骗不了。另一方面，那时候我对社会主义或任何经济理论都不感兴趣。那时我觉得——直至现在我有时仍有同样的想法——只

要我们希望的话，经济上的不平等立刻就会消失，而且，只要能达成目的，采取怎样的手段并不重要。

但我对工人阶级的状况一无所知。我了解失业率的数字，但我根本不知道失业意味着什么。最根本的是，我不知道我所尊敬的贫穷其实是最糟糕的事情。一个勤奋劳动的工人在辛苦了大半辈子后，突然间遭受灭顶之灾，被赶到街头，愤懑地与他无法理解的经济法则进行抗争，他的家庭分崩离析，他的内心满是羞耻——所有这一切我完全无法体会得到。那时贫穷在我的心目中只和冻馁联系在一起，因此我的脑海里立刻浮现出最悲惨的情况，想到那些游离于社会体制之外的边缘人：流浪汉、乞丐、罪犯、妓女等。这些人是“下等人中的最下等者”，我希望和这些人接触。当时我迫切地希望以某种方式摆脱上流社会。我想了很多，我甚至制订了详细的计划：怎么把东西变卖或送走，然后改名换姓，让自己身无分文，别无长物，只有一套身上穿的衣服。但在现实生活中，没有人会这么做。除了要考虑到亲人朋友之外，除非到了无路可走的地步，否则一个受过教育的人不会做出这样的事。但至少我可以和那些人生活在一起，了解他们的生活，让自己暂时融入他们的世界。只要我能和他们在一起，被他们接受，我将能了解社会底层的情况——这就是我的想法，哪怕在当时我也知道这想法很不理性——这样可以在部分程度上消除我的罪恶感。

我认真地想了又想，下定决心采取行动。我将乔装打扮，去利姆豪斯和怀特查佩尔那样的地方，在寄宿旅馆歇脚就寝，和码头工人、街头小贩、被遗弃的可怜人、乞丐——如果可能的话还有罪犯——进行交往。我将了解流浪汉们的生活，怎么和他们接触，混进收容所要经过哪些程序。接着，当我觉得一

切准备就绪之后，我就上路了。

一开始的时候很不容易，因为我根本没有演戏的天赋，不擅长进行伪装。比方说，我不会掩饰自己的口音，连几分钟也做不到。我觉得——要知道，英国人的阶级观念根深蒂固——只要我一开口就会被认出是一名“绅士”，于是我准备好了一个悲惨的故事，万一有人问我时可以搪塞。我找到了合适的衣服，在合适的部位将它们弄脏。要给我化妆不是件容易的差事，因为我个子太高，但至少我知道流浪汉是什么样子的。（顺便提一句，很少人知道流浪汉到底什么样子！《潘趣》里刊登的任何流浪汉的图画都是二十年前的情形。）一天晚上，我在一位朋友家里做好了准备，出发向东走，来到利姆豪斯堤路上的一间寄宿旅馆。这个地方又黑又脏，我知道这里是寄宿旅馆，因为窗口挂着一块招牌，上面写着“单身汉床位”。老天爷啊，走进去之前我还得给自己打气壮胆！现在看起来这似乎很滑稽，但你要知道，我当时仍然对工人阶级心存畏惧。我希望和他们接触，我甚至希望成为他们的一员，但我仍然觉得他们就像危险的异星来客一样。走进那间寄宿旅馆黑漆漆的门道，我感觉就像踏入地底下某处阴森恐怖的地方——就像一条充斥着老鼠的阴沟。我以为肯定会和人干一架，人们会认出我不是他们的同类，然后一拥而上，将我撵出去——这就是我的想法。我知道自己在做必须做的事情，但心里实在是没有底气。

进门时一个穿短袖衣服的男人不知从哪里冒了出来。他是“经理”，我告诉他我想找个床位过夜。我发现听到我的口音时他并没有瞪我，只是要我交九个便士，然后带我走到一间肮脏的地下厨房，里面生了火。几个搬运工、建筑工人和水手坐

在那儿，边喝茶边下跳棋。我进去的时候他们只是漫不经心地看了我一眼。那是星期六晚上，一个身材壮硕的年轻搬运工喝醉了，在厨房里蹒跚着走来走去。他转过身看到我，然后踉踉跄跄地朝我走来，伸着那张红通通的大脸，眼睛像鱼眼一样闪烁着危险的光芒。我全身紧绷。打架在所难免了！接着，那个搬运工栽倒在我怀里，双臂搂住我的脖子，流着眼泪叫嚷着，"呃杯茶，伙计！呃杯茶吧！"①

我喝了杯茶，感觉就像某种洗礼。接着，我的恐惧消失了。没有人问我问题，没有人看上去面带好奇或带有攻击性，每个人都很礼貌温和，完全接受了我。我在这间寄宿旅馆住了两三天，过了几个星期，对穷人的生活习惯有一定的了解后，我第一次踏上了旅途。

在《巴黎伦敦落魄记》一书中我对这些进行了描述（书中所提到的事情基本上都是真人真事，但讲述的次序进行了调整），在此我就不再重复了。后来我继续流浪了很长一段时间，有时是我出于自愿的，有时却是情非得已。我总共在平民寄宿旅馆里住了几个月，但印象最深刻的是第一天晚上的情形，因为那次经历非常新奇——终于，我和"下等人的最下等者"在一起了，与工人阶级完全平等。的确，流浪汉并不属于典型的工人阶级，但当你和流浪汉们在一起后，至少你进入了工人阶级的一个阶层，而据我所知，要了解工人阶级，你就必须这么做。我和一个爱尔兰流浪汉一起在伦敦北郊闲逛了几天。我成了他临时的伙伴，我们晚上在同一间陋室里睡觉，他

---

① 奥威尔用省去了 h 音的"ave"表示"have"（吃喝之意），故译者用"呃"代替"喝"。

告诉我他的生平，我告诉他我的生平，却都是虚构的，我们轮流到觉得有希望的房子那里乞讨，平分要到的财物。我觉得很开心。我和“下等人的最下等者”混在一起，而且就在西方世界的大本营里！阶级间的藩篱被打破了，或似乎被打破了。在那个肮脏污秽、百无聊赖的流浪汉的天地里，我有一种被释放的感觉，一种冒险的感觉，如今回首那段岁月虽然觉得很荒唐，但那种感觉在当时是那么真切。

第十章

但不幸的是，和流浪汉交朋友，你还是不能解决阶级问题，这么做顶多让你消除自己的一些阶级偏见而已。

流浪汉、乞丐、罪犯和社会的边缘人都是非常另类的个体，大体上，他们并非典型的工人阶级，就像知识分子并非典型的资产阶级一样。你很容易和一个外国知识分子混得熟络，但要和一个外国的普通中产阶级人士混熟就很难。比方说，有多少英国人曾见过一个普通法国资产阶级家庭的家里是什么样子？或许这是不可能做到的事情，除非你成为法国家庭的上门女婿。英国工人阶级的情况也很类似。如果你知道一个扒手的出没地点，你很容易就和他成为知心好友，但要和一个砌砖匠成为知心好友就很困难。

但是，为什么和社会的边缘人平等相待是件容易的事情呢？人们经常对我说："你和那些流浪汉在一起的时候，他们肯定不会真心接纳你成为他们的一员，是吧？他们肯定会发现你和他们不一样——他们会注意到口音的区别，是吧？"诸如此类的话。事实上，有很大一部分流浪汉，准确地说不止四分之一，根本没有注意到任何区别。首先，许多人听不出口音的区别，只能完全通过着装对你作出判断。当我到别人家的后门乞讨时，有些人听出我的口音受过教育，看上去很惊讶；但有的人则根本没有注意。他们看到的就是我那一身肮脏邋遢衣衫褴褛的打扮。其次，流浪汉来自不列颠群岛的四面八方，英语

口音的差别五花八门。一个流浪汉习惯了从同伴们那里听到各种各样的口音，有的口音如此奇怪，他几乎听不懂。譬如说，一个来自卡迪夫或杜汉或都柏林的流浪汉不一定知道哪一种英国南方口音是“受过教育”的口音。总之，带着“受过教育”口音的人在流浪汉中虽然很少，但并非闻所未闻。而即使流浪汉们知道你的出身和他们不一样，他们也不一定会转变态度。在他们看来，最重要的是，你和他们一样过着流浪生活。他们不会喋喋不休地问你问题。如果愿意的话，你可以告诉他们关于自己的生平，大多数流浪汉只要你一问就会倾吐心声，但没有人会强迫你讲述自己的故事，而无论你说什么，他们都会接受，不会追问下去。如果乔装打扮得好的话，即使是一位主教也可以和流浪汉们混得很熟，只要他们相信他真的赤贫如洗。只要你进入那个世界，看上去像是里面的一员，你的过去并不重要，即使他们知道你是一位主教也没关系。那里是另外一个小天地，每个人都是平等的，是肮脏的小圈子民主——或许是英国最民主的世界。

但当你和普通工人阶级接触时，情况就完全不一样了。首先，要和他们混在一起可没有捷径可走。只要你穿上合适的行头，跑到最近的收容所，你就成为流浪汉们的一员，但这么做无法让你成为苦力或矿工的一员，就算你干得了粗活，你也找不到苦力或矿工的活儿。通过社会主义政治活动你可以和工人阶级的知识分子接触，但和流浪汉和乞丐一样，他们很难称得上是典型的工人阶级。除此之外，你只能在一户工人的家里租房子住，和他们生活在一起，但这样做和住进贫民窟猎奇几乎没什么两样。我在矿工的家里住了几个月，和那家人一起吃饭，在厨房的水槽里洗衣服，和矿工们睡同一间房，和他们一

起喝啤酒，一起玩飞镖，一起彻夜长谈。但尽管我和他们在一起，我知道他们不讨厌我，但我无法融入他们，而他们比我更清楚这一点。无论你对他们有多么大的好感，无论你觉得他们的对话多么有趣，那该死的阶级差别总是横亘在我们中间，就像格林童话里公主床垫下的那颗豌豆。而这与厌恶或意趣不合无关，只是出于阶级上的差别，但足以令真正的亲密接触变成不可能的事情。即使和那些自称是共产主义者的矿工们在一起，我发现我得非常注意讲话的技巧策略，才能让他们不要叫我“阁下”，而且除了格外高兴的时候，他们总是会别扭地纠正自己的北方腔，担心我听不懂他们说什么。我喜欢他们，打心眼里希望他们也喜欢我，但和他们在一起时我就像个老外一样，而我们双方都知道这一点。无论你朝哪个方向努力，那该死的阶级区别就像一堵石墙一样拦着你的去路。或者说，那不像一堵石墙，而像是水族馆的玻璃幕墙，你可以假装看不见，但你绝对无法穿过这层隔阂。

不幸的是，如今的风气在假装这堵玻璃幕墙是可以穿过的。当然，每个人都知道阶级偏见是存在的，但与此同时每个人都神奇地宣称自己没有阶级偏见。自大傲慢这一缺点我们在其他人身上看得格外分明，但在自己身上却熟视无睹。不仅是笃信宗教的社会主义者，每个知识分子都理所当然地认为自己独立于阶级的喧嚣之外，众人皆醉他独醒，能看透财富、地位、头衔等等的种种荒谬。有谁没有嘲笑过上议院、军阶等级、英国王室、公学、能去开枪打猎的人、在切尔斯特汉姆经营寄宿旅馆的老女人、一团糟的“乡绅”阶层和社会等级分化？嘲弄成了自发的姿态。在小说里你会发现这一点尤为明显。每个故作深沉的小说家都对书中的上流社会人物持嘲讽的

态度。事实上，当小说家在描写一个上流社会的人物时——一位公爵、男爵或装腔作势的贵族时——他总是会出于本能或多或少对其进行嘲讽。造成这一现象的还有一个重要的辅助因素：现代上流阶级那贫乏的语言。受过教育的人，如今他们的言语是如此空洞，小说家对此实在是无能为力，而最简单的让小说变得有趣的方法就是戏仿嘲弄他们说话的腔调，假装每一个上流社会的人物都是毫无所长的笨蛋。这一招被小说家们竞相使用，到最后几乎变成了一种条件反射。

然而，尽管如此，每个人其实心里知道这些都是胡说八道。我们都在表面上反对阶级差异，但只有极少数人真心想要将其消除。在此，你将接触到一个重要的事实，那就是，任何革命思潮的一部分力量都来自于一个隐秘的信念，那就是，改变是不可能的。

如果你想了解关于这个事实的佐证，不妨研究一下约翰·高尔斯华绥的小说和戏剧，并留意其历史演变。高尔斯华绥是典型的战前人道主义者，性情腼腆，眼里总是噙着泪花。他有一种病态的悲天悯人的情怀，甚至认为每一个结婚的妇女都是与萨梯[①]锁在一起的天使。他总是义愤填膺，同情加班加点的小职员、酬劳微薄的农场雇工、堕落的女人、罪犯、妓女和动物。在他早期的作品中(《守财奴》、《论正义》等)，世界上只有压迫者和被压迫者，压迫者像狰狞的石像高高盘踞在上，即使动用全世界的炸药也无法将其炸毁。但他真的希望将压迫者推翻吗？相反，在与巍然不动的暴政进行抗争时，他一早就知道任何抗争都只会徒劳无功。而当始料不及的事情发生时，

---

① 萨梯(satyr)是古希腊传说中好色的怪物，居住于森林中，羊头人身。

当他所熟悉的世界秩序开始分崩离析时，他的观感发生了改变。于是，虽然一开始时他以受压迫者的斗士的面目出现，反抗暴政与不公，但后来他却转而宣扬（参阅《银匙》）英国工人阶级只有像牲畜一样被赶到海外殖民地，才能摆脱经济上的窘境这样的言论。如果他能多活十年，他或许会接受较为温和的法西斯主义。这是多愁善感者们必然的命运。只要一遇到现实的风吹雨打，他的一切意见就会立刻转向反面。

所有“进步”理念都透着同样的沉闷、肤浅、伪善的思想倾向。以关于帝国主义的问题为例。固然，每个左翼知识分子都在反对帝国主义。和他道貌岸然不假思索地宣称自己独立于社会阶级之外一样，他自称独立于帝国之外。即使是那些根本不反对英国奉行帝国主义的右翼知识分子也会装模作样地与之保持距离。对大英帝国进行嘲讽是件很容易的事情，“白人的负担”、《大不列颠颂》、吉卜林的小说、那些讨厌的驻印度的英国人——只要一提起这些，每个人都会窃窃偷笑。哪个有教养的人这辈子没有至少一次取笑过那个曾经说过如果英国人离开印度，从白沙瓦到德里（或是别的什么地方）将不会剩下一个卢比或一个处女的印度老士官长呢？这就是典型的左翼人士对待帝国主义的态度，这是一种彻头彻尾的既孱弱又没骨气的态度。因为，归根结底，唯一重要的问题就是，你希望大英帝国江山永固，或是希望大英帝国分崩离析？每个英国人的内心深处都不希望大英帝国分崩离析，就连那些嘲讽驻印度英国军官的人也不例外。因为除去别的考量不说，我们在英国本土所享受的高水准的生活实仰赖于我们对帝国疆域，尤其是热带殖民地如印度和非洲的高压统治。在资本主义体制下，为了让英国本土的居民能生活得舒服一些，一亿印度人就得挣扎在饿死

的边缘——堪称罪孽深重，但每次你坐出租车或点一盘奶油草莓的时候，你就默默地认可了现状。另一种情况就是任由大英帝国解体，只剩下英格兰这座寒冷边远的小岛，我们每个人都得非常努力地工作，以鲱鱼和土豆为食。没有哪个左翼人士愿意这种事情发生，但他们仍继续认为自己不应为帝国主义的所作所为负上道义的责任。他对大英帝国的产品来之不拒，却又嘲讽那些巩固帝国统治的人，借此拯救自己的灵魂。

到了这里，你会开始明白大部分人对待阶级问题的态度其实很虚幻。如果问题只是改善工人的情况，每个体面人都会同意。比方说，每个人，即使是精神病院的傻瓜或恶棍，都愿意看到矿工们的生活好一些。如果矿工们可以舒舒服服地坐着四轮小车到采矿面而不用跪在地上爬过去，如果他干三个小时就可以轮休而不用一直干上七个半小时，如果他可以住进一栋像样的房子，有五间卧室和一间浴室，一周工资有十英镑——那就太好了！而且，任何有理智的人都清楚地知道这是可能实现的事情。我们这个世界不差钱，只要经济能充分发展，我们每个人都可以像王子或公主一样生活，假如我们希望的话。而这个问题的社会性那一面粗略地看也非常简单。从某种意义上说，的确，几乎每个人都希望消除阶级差别。显然，当前在英国我们所遭遇的这种人与人之间持续不断的紧张情绪令人非常痛苦。因此就有了以为只要像童子军的导师那样发出几句善意的干嚎就能将阶级差别消灭的想法。不要称呼我为“阁下”，你们这些家伙！我们不都是人吗？让我们作朋友吧，让我们并肩围成一个圆圈，铭记我们都是平等的人。就算我知道应该佩戴什么样的领带而你不懂；就算我喝汤时很斯文不发出声音，你喝汤时就像倒污水进阴沟，那又有什么大不了的？还有其他

种种类似的论调，这些都是极其有害的一派胡言，但在表达得当的情况下很有吸引力。

不幸的是，消除阶级差别只是你在心里念叨一阵的念头。更确切地说，你认为消除阶级差别很有必要，但除非你能知道消除阶级差别意味着什么，否则你只会是在空想。你必须面对一件事，那就是，消除阶级差别意味着消灭你自己的一部分。我是一个典型的中产阶级人士，宣扬消除阶级差别是很容易的一件事情，但我所想所做的几乎每件事情都是阶级差别影响的结果。所有我的念头——善良或邪恶的念头、愉悦或讨厌的念头、有趣或严肃的念头、丑陋或美好的念头——本质上都是中产阶级的念头。我对书籍、事物和衣服的品味、我的幽默感、我的餐桌礼仪、我的谈吐、我的口音甚至我肢体的动作，都是处于社会等级的中间阶层的中产阶级教养的产物。当我明白了这一点，我意识到和一个无产阶级者勾肩搭背，告诉他其实他和我一样都是好人，这些做法都没有用。如果我希望和他有真正的接触，我必须做出一番努力，而我根本还没有做好准备。因为要走出阶级的小天地，我不仅要压下那种自命不凡的姿态，而且还得消除我对事物的品位和偏见。我得完全改造自己，而最终我将可能变成完全两样的人。我要做的不只是改善工人阶级的条件，也不只是避免那些愚蠢的、种种方式的势利，而是完全放弃上流阶级和中产阶级对生活的态度。至于我的答案是“愿意”还是“不愿意”，或许将取决于我对自身的责任有怎样程度的理解。

然而，许多人认为他们无须别扭地改变自身的习惯或“意识形态”，就可以消除阶级差别，因此，我们看到，在社会的方方面面正在进行试图消除阶级隔阂的活动。到处都有怀着良

好愿望的人士真心相信自己正在为消除阶级差别尽一份心力。中产阶级社会主义者热情地奔向无产者，举办“夏季学校”，让无产者和忏悔的资产阶级人士一起相互拥抱，并从此成为兄弟姐妹。资产阶级人士离开学校，喋喋不休地诉说这次经历是多么振奋人心（而无产者离开的时候所说的话却是另一番内容）。然后在郊区出现了那些伪君子，是自威廉·莫里斯[①]时代遗留下来的，至今依然非常普遍，他们到处在说：“为什么我们要降低自身的层次？为什么我们不提升他们的层次？”他们在倡导提升工人阶级的“层次”（提升到他们自己的水平），方式就是提供卫生、果汁、计划生育用品、诗集等等。连约克公爵（现在是英王乔治六世）也会每年举办活动，让公学的孩子们和贫民窟的孩子们一起参加，待遇完全平等，而在活动举行的时候，他们也的确“和平共处”，就像那种“快乐大家庭”的动物展览一样，一只狗、一只猫、两只雪貂、一只兔子和三只金丝雀被关在一个大笼子里，彼此间戒备森严但没有大打出手，因为展览者正盯着它们。

我觉得所有这些刻意为之的打破阶级隔阂的活动都错得很离谱。有的活动根本徒劳无功，而就算有的活动收到了效果，那也只会是加深阶级之间的偏见。如果你能好好考虑一下的话，就会知道这是意料之中的事情。你是在揠苗助长，在阶级之间营造出一种生硬而令人不快的平等氛围，结果，摩擦将原本隐藏在内心深处，或许永远不会显露的种种情感全都暴露出来。正如我对高尔斯华绥的阐述，只要一遭到现实的打击，感

① 威廉·莫里斯（William Morris，1834—1896），英国社会主义者、小说家、艺术家，代表作有《世俗的天堂》、《乌托邦的消息》等。

伪主义者的想法就会立刻发生一百八十度的转变。把那些和平主义者的画皮揭掉，你会发现他们其实是沙文主义者。那些中产阶级的独立工党党员和留着胡须、只喝果汁的人都赞同一个没有阶级的社会，前提是他们继续倒拿着望远镜观察无产阶级。只要让他们和无产阶级发生真正的接触——比方说，让他们在星期六晚上和喝醉酒的搬鱼工人干一架——他们就会立刻缩回去，露出所有中产阶级人士那股自负傲慢的姿态。然而，大部分中产阶级的社会主义者是不会和喝醉酒的搬鱼工人打架的。他们只和工人阶级的知识分子有真正的接触，但工人阶级的知识分子可以分为两种人。前一种人仍然是工人——他们坚持工作，当机修工、码头工人或做别的工作，他们没有改变工人阶级说话的方式和习惯，而是在闲暇时间"提升自己的头脑"，为独立工党或共产党服务；还有一种人，他们改变了自己的生活方式，至少表面上看是这样，他们通过考取国家奖学金的方式成功挤进了中产阶级的行列。前一种人是最高贵的人，我曾经遇到过几个这样的人，就连最古板保守的保守党人也喜欢他们，钦佩他们；而后一种人，除了少数例外——例如，戴维 · 赫伯特 · 劳伦斯——都不那么讨人喜欢。

首先我要说的是，尽管这是奖学金制度所引发的必然结果，但无产者得通过成为识文断字的知识分子才能挤进中产阶级这种现象令人很遗憾。因为，如果你是一个体面人的话，要跻身知识分子的圈子并不是一件容易的事情。现代英语文学，至少在高端文学层面，已经变成了乌烟瘴气之地，只有杂草才能生存。除非你是一个确实很受欢迎的作家，你才有可能自得于自己的文字世界，保持你的尊严——例如，一位侦探小说家。但要从事高端文学创作，在那些傲慢自大的杂志里立足，

意味着你得屈从于幕后操纵和台面下的交易。在那个夸夸其谈的世界里你得会“来事”，而“来事”不是说得文章写得特别好，而是能在鸡尾酒会上混得开，能冲那些歹毒矮小的大人物溜须拍马。这就是朝那些希望向上爬以摆脱自身阶级地位的无产者敞开大门的那个世界。他们出身于工人家庭，天资聪颖，能获得奖学金，却不适合一辈子干体力活。他们还有别的途径往上爬——比方说，参与工党的政治圈子——但通过读书改变命运是最普遍的情况。伦敦的文艺界如今多得是那些出身无产阶级的年轻人，靠着奖学金完成了学业。他们中的很多人很不讨人喜欢，是无产阶级的另类人物。最不幸的是，当一个出身资产阶级的人与一个出身无产阶级的人终于面对面平等地交往时，他遇见的往往都是这类人。这位资产阶级人士原本对无产者怀着美好的幻想，因为他对他们根本一无所知，结果又变得势利自负。观看这个过程是一件挺有趣的事情，如果你以局外人的角度进行观察的话。那个可怜的资产阶级人士怀着善意想拥抱他的无产阶级弟兄，张开双臂快步走向前，但才过了一会儿就畏缩了，被借走了五英镑，悲切地叫嚷道：“真是可恶，那家伙根本不是一位绅士！”

让资产阶级在这样的接触中感到不安的是，他发现自己口头宣称的某些观点被人当真了。我曾经指出，普通“知识分子”的左倾观念基本上都是虚假的。他只是出于跟风而去嘲笑那些实际上自己抱以信仰的事情。这种例子不胜枚举。以公学的荣誉准则为例，他们讲究“团队精神”和“勿打落水狗”，还有种种其他人们熟悉的夸夸其谈。谁没有嘲笑过这些教条？哪个自认为是“知识分子”的人不敢对这些教条加以嘲讽？但当你遇到一个人以局外人的角度对其进行嘲笑时，你会有不同

的感受，就像我们一辈子都在嘲笑英国，但当一个老外说出同样的话时却会觉得非常愤慨一样。对公学嘲笑最厉害的人当数《每日快报》的比奇康莫[①]。他有理由嘲笑那些滑稽的清规戒律：在那套体系中，最严重的罪行居然是在打扑克时出老千。但如果比奇康莫自己的一个朋友在打扑克时被逮到出老千，他会觉得开心吗？我猜想只有当你与来自另一个完全不同的文化的个体进行交往时，你才会开始意识到自己的信仰到底是什么。如果你是一个资产阶级的“知识分子”，你很容易就以为自己已经变得不像一个资产阶级分子了，因为你觉得嘲笑爱国主义、英国国教、旧式的校服领带、毕灵普上校和其它东西是很容易的事情。但在出身于资产阶级文化之外的无产阶级“知识分子”的眼里，你和毕灵普上校的相似之处要远远大于不同之处。在他的眼中，你和毕灵普上校其实都是一路货色，而在某种程度上，他是正确的，尽管你和毕灵普上校都不会承认这一点。因此，当无产阶级和资产阶级相遇时，情况并不会像兄弟之间久别重逢，而会是两种文化的碰撞与矛盾，结果只会挑起纷争。

我是站在资产阶级的角度看待这一切的，在这个过程中，资产阶级人士内心的信念受到了冲击，他们退回到了出于恐惧的保守状态。但你还必须考虑到无产阶级“知识分子”心中燃起的敌意。这些知识分子靠着自己的努力几经辛苦才摆脱了自己的阶级，进入资产阶级的世界，本来希望能获得更大程度的自由和更完善的精神成就，但他们却发现资产阶级的世界只有

---

① 比奇康莫(Beachcomber)，1919 年至 1975 年《每日快报》的专栏《顺便说一句》集体创作者的笔名。

空虚和死寂，没有丝毫温馨的人类情感——没有任何真正的生活。在他们眼中，资产阶级只是挣钱的傀儡，血管里流的是冰冷的水而不是热血。他说的就是这些，几乎每个出身无产阶级的年轻知识分子都会围绕着这个主题说个没完。因此就有了如今我们深受其害的“无产阶级”套话。每个人都知道，或许应该知道，那些话是怎么说的。资产阶级都是“死气沉沉”的人（“死气沉沉”这个词如今被用滥了，它非常好用，因为它毫无意义），资产阶级的文化已经分崩离析，资产阶级的价值观很可耻，等等等等。如果你想要看一些例子，你可以去看任何一期的《左翼评论》或任何年轻一代的共产主义者像亚历克斯·布朗、菲利普·亨德森[①]等人所写的文章，虽然这些文章是否真诚值得怀疑。但戴维·赫伯特·劳伦斯不管过去种种如何，他是个诚恳的人，一而再再而三地表达了同样的理念。有趣的是，他喋喋不休地表示英国资产阶级都是“死气沉沉”的人，或至少是性无能。梅乐思，《查泰莱夫人的情人》一书中的猎场看守人（实际上是劳伦斯本人），摆脱了自己的阶级，他并不想回去，因为英国工人阶级有很多“难以忍受的习惯”。而他所接触的资产阶级人士在他看来都是半死不活的人，一群阉人或太监。在象征手法上，查泰莱夫人的丈夫就是一个性无能。在书中，年轻的男主角（再次强调，他就是劳伦斯本人）“爬上了枝头的顶端”，但退了下来，念叨着一首短诗：

“噢，你得扮成一只猴子，

如果你要爬上枝头！

① 亚历克斯·布朗（Alex Brown）和菲利普·亨德森（Philip Henderson）情况不详。

你已经对大地一无所用，
也不再是以前那个小伙子，
如今你坐在枝头，
颐指气使，喋喋不休。

他们都在喋喋不休，高谈阔论，
他们所说的每一个字，
根本不是出自肺腑，小伙子，
那些都是他们在半路上编的……

让我告诉你在他们身上所发生的事情，
在上面那群母鸡里，
没有一只公鸡……”

这是最直白的描写，或许，劳伦斯所描写的“爬上枝头”的那些人指的是真正的资产阶级人士，那些每年挣2 000英镑以上的人，但关于这一点我表示怀疑。或许他所指的是置身于资产阶级文化的每个人——那些人从小养成了装腔作势的语调，家里有一两个仆人。到了这里你应该意识到“无产阶级”套话的危险——我是说，意识到它将会激起的可怕敌意。当你遇到这样的斥责时，你就像面对一堵空白的墙壁。劳伦斯对我说，因为我上过公学，因此我是个阉人。我该怎么办？我可以出示医生的诊断书证明我不是阉人，但那又能怎样？劳伦斯的斥责仍历历在耳。如果你骂我是个混蛋，我会改正自己的错误，但如果你骂我是个阉人，你是在挑衅我不择手段地进行反击。如果你想要让一个人成为你的敌人，你只需要对他说他已经无可救药就行了。

这就是大多数场合下无产阶级与资产阶级碰面的结果。他们种下深深的敌意，而那些“无产阶级”套话使得敌意更加严重，而这就是强迫两个阶级进行接触的结果。唯一合理的做法应该是徐而图之，而不是揠苗助长。如果你在内心认为自己是一位绅士，身份要比蔬果店的跑腿小弟高一些的话，坦率地说出内心的想法要比说谎掩饰来得好一些。最终，你必须克服内心的傲慢与自负，但在真正克服了内心的傲慢与自负之前，任何伪装都会带来可怕的后果。

与此同时，到处你都可以看到一个屡见不鲜的现象：一个中产阶级人士二十五岁的时候是个热情洋溢的社会主义者，而到了三十五岁就成了目空一切的保守主义者。他的转变是再自然不过的事情——而你知道为什么会出现这种转变。或许，一个没有阶级的社会并不是一个幸福美好的国度，在那个世界里我们仍将像以前一样生活，只是没有了阶级仇恨和势利自大。或许，那将会是一个荒凉惨淡的世界，所有我们的理想、规范和品味——事实上，是我们的“意识形态”——将不再有任何意义。或许，这场打破阶级的革命并不像表面上那么简单！相反，它就像在黑暗中误打误撞，最后遇到的是一头露出狰狞微笑的老虎。我们怀着爱心，带着纡尊降贵的微笑去问候我们的无产阶级兄弟，但是，看哪！我们的无产阶级兄弟——我们对他们根本缺乏了解——并不需要我们的问候，他们希望我们去死。当资产阶级了解到这一点时，他们就会逃走，而如果速度够快的话，他们或许会变成法西斯主义者。

第十一章

那么，应该怎么看待社会主义呢？

无须赘言，当前我们的情况非常糟糕，糟糕到连最愚笨的人都很难毫无察觉。我们生活在这样一个世界：没有人拥有自由，没有人觉得安全，当老实人几乎没有活路。对于绝大多数的工人阶级而言，他们的生活在前面的章节中我已经进行了描述，而这些情况想要有本质上的改变几乎是不可能的事情。英国工人阶级只能寄希望于某些行业能暂时景气一些，比方说，军备调整让失业的规模暂时减少一些。即使是中产阶级，历史上头一回，也感到了压力。他们还不用忍饥挨饿，但越来越多人发现自己似乎在挫折失意的罗网中拼命挣扎，发现自己是那么不开心、不积极，而且那么没用。即使是那些社会顶层的幸运儿，那些真正的资产阶级人士，也会时不时为社会底层那些人所遭受的苦难感到担忧，更对前途的凶险感到恐惧。而对于一个掠夺世界财富达百年之久的仍然富足的国家来说，这只是最初的阶段。很快就会有连上帝都无法预料的恐怖事件发生——在这个受到上帝庇佑的国度，我们根本没有应对的经验。

与此同时，每个人只要愿意思考都知道社会主义作为一个世界体系，假如能真正实现的话，将能提供一条出路。至少，它可以让每个人吃上饱饭，即使它将我们的其它一切剥夺殆尽。事实上，从某种意义上说，社会主义是如此基本的常识，

我有时候会觉得很惊讶，为什么社会主义怎么还没有实现。这个世界就像一叶扁舟，行驶在能为每个人提供充足物资的国度。我们互相合作，每个人尽其所能干活，并获得应得的回报这个理念似乎是如此天经地义，人人都应该接受这个制度，除非他怀有私心杂念，希望现行的制度继续存在下去。但是，我们必须面对现实，那就是，社会主义尚未建成。社会主义事业不但没有前进，反而在明显地倒退。当前几乎所有的地方，社会主义在法西斯主义的进攻面前节节败退，事态恶化的速度非常迅猛。在我撰写这本书的时候，西班牙的法西斯势力已经对马德里展开狂轰滥炸，很有可能，在本书付梓之前西班牙将成为另一个法西斯国家，法西斯将控制整个地中海领域，英国的外交政策将完全受制于墨索里尼。不过，我并不想在此探讨更加宽泛的政治问题。我所关心的，是社会主义原本应该高歌猛进，但事实上却在节节败退。社会主义拥有如此优厚的条件——因为每个饥肠辘辘的人都会支持社会主义——但比起十年前，社会主义不再那么深入人心。如今稍微有点思想的人不仅不是社会主义者，而且在积极地反对社会主义。这一定是因为宣传方式的不当。这意味着展现在我们面前的社会主义实在是令人厌恶，将原本应该热烈拥护社会主义的人给赶跑了。

几年前，这个问题或许并不重要。似乎就在昨天，社会主义者，尤其是正统的马克思主义者，还带着优越感的微笑告诉我社会主义即将自发实现，这个过程虽然神秘，却是“历史的必然”。或许，他们还抱着这个信念，但至少已经受到了冲击。因此，在不少国家，共产主义者突然间开始与几年前他们还在破坏抵制的民主力量展开合作。在这个时候我们迫切需要

了解为什么社会主义失去了吸引力。将这种抵制情绪斥之为愚昧无知或腐朽的意识形态根本无济于事。如果你希望人们不再讨厌社会主义，你必须明白个中的原因，而这意味着理解反对社会主义的人都在想些什么，或至少带着理解的心态看待他们的观点。除非我们能公平地倾听他们的心声，否则我们将无法做出有效的回应。因此，虽然这很自相矛盾，但为了捍卫社会主义，我们必须首先对其进行攻讦。

在前面三个章节里，我试图分析我们这个时代不合时宜的阶级体制所引发的困境。我将再次谈到这个问题，因为我相信当前对于阶级问题愚蠢无比的处理把许多潜在的社会主义者变成法西斯主义者。在接下来的一章我将探讨社会主义某些内在的理念让思想敏锐的人疏远了社会主义。但在这一章，我将只探讨一些粗浅的反对意见——当你追问那些不是社会主义者的人这个问题时（我不是指“钱从哪里来”这类问题），他们经常会陈述的内容。有的反对意见很肤浅，甚至自相矛盾，但这些并不重要。我只是在表述问题的症状，指出任何有助于澄清为什么社会主义没有被人所接受的情况。请记住，我在为社会主义辩护，而不是反对社会主义。但现在我将扮演魔鬼代言人的角色，我将阐明为什么会有人赞同社会主义的宗旨，认识到社会主义将带来福祉，但在现实中只要提起社会主义就会敬而远之。

对这类人提出问题，你总会听到这类很肤浅的回答：“我并不反对社会主义，但我反对的是社会主义者。”这是一个逻辑上非常蹩脚的争辩，但很多人都是这么想的。和基督教一样，社会主义的拥戴者对其宣传起到了最糟糕的反作用。

令任何局外旁观者最惊诧不已的事情是，社会主义这一理论完全只局限于中产阶级。典型的社会主义者不是胆小的老太太们所想象的面目狰狞的工人，穿着油腻腻的工装服，说起话来哑声哑气。他要么是一个年轻气盛的布尔什维克，五年后就会和一个富家小姐结婚，并成为虔诚的罗马天主教徒；更常见的是，他是一个拘谨呆板的白领小职员，私下里是个禁酒主义者，而且有素食主义的倾向，曾经是非英国国教的信徒。而最重要的是，他根本无意放弃自己的社会地位。在各个地方的社会主义者集会里，后面一种人非常普遍，或许他们是从旧的自由党那儿成群结队过来的。除此之外，只要社会主义者聚集在一起，就会有各种各样的怪胎奇人充斥其间——真的让人心里觉得不痛快。有人会误以为只要提起“社会主义”和“共产主义”这两个词，一股魔力就会将每个喝果汁的人、天体主义者、趿着拖鞋的人、性欲狂、贵格会[①]信徒、提倡“自然疗法”的庸医、和平主义者和女权主义者召集起来。这个夏天有一次我乘巴士经过莱奇沃斯，车停了下来，两个样貌恐怖的老头上了车。他们俩看上去都六十来岁，个头都很矮，肤色通红，身材肥胖，没有戴帽子。其中一个是秃子，另一个长着浓密的灰发，剪了和劳合·乔治[②]一样的发型。两人都穿着淡绿色的衬衣，穿着卡其布短裤，肥肥大大的臀部被紧紧地裹住，似乎连每个浅浅的凹坑都清晰可见。看到他们两人，巴士里立刻起了一阵喧闹。坐在我身边的大概是位旅行推销员，他看了

① 贵格会（Quaker）：基督教新教的一个派别，起源于17世纪的英国。
② 大卫·劳合·乔治（David Lloyd George，1863—1945），英国自由党政治家，1908年至1915年曾任英国首相。

看我，又看了看那两个老头，然后又看了看我，嘟囔了一句，“社会主义者”，就像在说，“印地安红番”。或许他是对的——独立工党正在莱奇沃斯举行夏季课程。但问题的关键是，对于一个普通人来说，奇装异服的人就是社会主义者，而社会主义者就是奇装异服的人。他或许觉得，每个社会主义者都肯定有一些性情古怪之处。就连社会主义者自己似乎也是这么认为的。举例来说，我这里有一份另一个夏季学校的计划书，里面列举了每个星期的课程，然后让我回答：“我希望吃普通饮食还是素食”。你了解到，他们认为有必要问这个问题，这是天经地义的事情。这种事情本身已经疏远了很多正统的人士。他们的本能反应其实很自然，因为一个奇怪的素食主义者居然愿意戒绝人类社会的饮食，为的就是让他那副臭皮囊延续五年的寿命，这种人已经偏离了普遍的人性。

除此之外你还得补充一件丑陋的事实：大多数中产阶级的社会主义者虽然理论上向往的是没有阶级之分的社会，但他们仍留恋着自己那可怜巴巴风雨飘摇的一点社会地位和尊严。我记得第一次参加伦敦独立工党支部会议时那种可怕的感觉。（在北方可能情况会好一些，那里没有那么多小资产阶级分子。）我就纳闷了，这些卑劣的小人物难道就是工人阶级的代表吗？与会的每一个人，无论男女，都带着中产阶级自负傲慢盛气凌人的优越感。如果一位真正的工人，比方说，一位从矿坑里上来脏兮兮的矿工，突然走进他们中间，或许他们会觉得尴尬、气愤与厌恶。我猜想他们有的人或许会掩着鼻子一走了之。在宣扬社会主义的文学作品中你可以看到同样的倾向，即使它们并没有公开地表示轻蔑，但内容总是脱离工人阶级的说

话习惯和思维方式。科尔夫妇[①]、韦伯夫妇[②]、斯特拉奇兄弟[③]等人都不是真正的无产阶级作家。现在到底无产阶级文学还存不存在都成了问题——连《工人日报》都变成了标准的南方英语——找一个好点的音乐厅喜剧演员来写都要比我所能想到的社会主义作家要写得好一些。至于共产主义者们所使用的词汇，它们根本脱离了现实生活，就像数学课本里面的语言文字一样。我记得听过一位共产主义革命家对工人阶级的演讲，内容统统都是书本里的东西，每个句子都那么冗长，括号一个接一个，什么“尽管如此”、“虽然这样”，还有那些陈词滥调，像“意识形态”、“阶级意识”、“无产阶级的巩固与团结”，诸如此类。演讲结束后，一个兰开夏的工人起身用他们自己的行话对听众发言。这两个演讲者哪个更贴近听众？答案不言自明，但我猜想那位兰开夏工人当时并不是正统的共产主义者。

我们必须记住，一个工人，只要他还是个真正的工人，他对社会主义很难或根本不可能形成非常完整而合乎逻辑并且一以贯之的理解。他很可能会投票给工党，如果有机会的话，他甚至可能会投票给共产党，但他对社会主义的理解与那些高高

---

① 乔治·道格拉斯·霍华德·科尔（George Douglas Howard Cole，1889—1959）及其妻子玛格丽特·科尔（Margaret Cole，1893—1980）。乔治·科尔是自由派社会主义者，费边社的成员，支持“社会合作化运动”。

② 西德尼·詹姆斯·韦伯（Sidney James Webb，1859— 1947）及其妻子碧翠丝·韦伯（Beatrice Webb，1858—1943）。西德尼·韦伯是费边社的早期成员和重要影响者，此外，他还是工党领袖和伦敦经济学院的创办人之一。

③ 约翰·圣洛伊·斯特拉奇（John St Loe Strachey，1860—1927）及其兄弟爱德华·斯特拉奇（Edward Strachey，1858—1936）与亨利·斯特拉奇（Henry Strachey，1863—1940）。约翰·斯特拉奇是十九世纪末二十世纪初活跃于英国报坛的记者，后担任《看客》（*The Spectator*）的编辑。

在上、纸上谈兵的社会主义者会很不一样。对于普通的工人来说，比方说，你在周六晚上一间小酒吧里看到的那些人，社会主义无非就是工资高一些，工作时间短一些，没有监工对你呼呼喝喝。对于那些更倾向于革命的人来说，那些饥肠辘辘，又被雇主列入黑名单的人，社会主义就像是一个反抗压迫的口号，在将来以暴力进行对抗的模糊的威胁。但根据我的经验，没有一个真正的工人能理解社会主义更深层次的含义。但在我的心目中，他仍是社会主义者，比传统的马克思主义者更真诚，因为他还记得社会主义意味着正义与体面，而后者可能已经忘记了这一点。但他并没有想到，社会主义并非仅仅局限于经济上的公平，还要对我们的文明和他的生活方式进行大规模的改革。他对社会主义未来的憧憬，充其量是以当前社会为原型，只是消除了最严重的社会问题，他所关心的重点还是现在他所关心的问题——家庭生活、酒馆、足球和地区政治。至于马克思主义哲学层面上的意义，那是拿三个神秘的实体——正题、反题、合题玩杯里藏豆的把戏。我从未发现一个工人会对这些产生兴趣。的确，有许多学究型的社会主义者出身于工人阶级，但他们已经不再是工人阶级的一分子。他们没有从事体力劳动，他们属于在上一章中我所描述的两种人：一种是通过成为文坛知识分子而挤进中产阶级的人，一种是成为工党议员或高高在上的工会领导。后一种人是世界上最不受待见的人。他被选出来是要为自己的工友抗争的，而对他来说，这却成了一份“优差”，让他有机会为自己谋私利。而且不仅如此，在与资产阶级的斗争中，他本身变成了一个资产阶级分子。与此同时，他仍有可能是一个正统的马克思主义者。但我从未遇见过一个矿工、一个钢铁工人、一个棉纺工人、一个码

头工人、一个挖土工人或别的什么人有正确的“意识形态”。

共产主义和罗马天主教有一点很相似，那就是只有“受过教育”的人才是纯粹的正统派。英国罗马天主教徒——我不是指真正的天主教徒，而是那些后来才皈依的人：罗纳德·诺克斯[①]、阿诺德·伦恩[②]之流——最突出的特点是他们高度的自我意识。他们所想所写的事情，除了自己是罗马天主教徒之外，再也容不下其他事情。这件事和它所引发的自我赞美构成了天主教作家的全部创作内容。但这些人真正有趣的地方是，他们将所谓的“正统性”推及到生活的细小方面。即使是你喝的东西也有“正统”与“异端”之分。因此就有了切斯特顿、比奇康莫等人反对喝茶而提倡喝啤酒的活动。根据切斯特顿所说，喝茶是“异端的行为”，而喝啤酒才是“基督教徒的所为”，而咖啡是“清教徒的鸦片”。对这个理论而言，不幸的是，天主教徒恰恰是“禁酒运动”的积极参与者，而全世界喝茶最凶的人就是那些信奉天主教的爱尔兰人。但我感兴趣的是这种连食物和饮品都要较真的毫不宽容的宗教态度。一个信奉天主教的工人绝对不会这般固执。他不会每天都想着自己是一个罗马天主教徒，他不会特别在意自己与周围非天主教徒的邻居有什么不同。你对一个利物浦贫民窟的爱尔兰码头工人说他那杯茶是“异端的事物”，他会骂你是个笨蛋。即使是在更加严肃的事情上他也不会总是想到他的信仰所包含的

① 罗纳德·阿布斯诺特·诺克斯（Ronald Arbuthnott Knox，1888—1957），英国神学家，曾是英国圣公会牧师，后改宗罗马天主教，曾将拉丁文《圣经》重译为英文《圣经》。

② 阿诺德·亨利·莫尔·伦恩（Arnold Henry Moore Lunn，1888—1974），英国登山家和作家，曾对天主教的教义提出批评，后皈依天主教，并撰书为其辩护。

意义。在兰开夏的罗马天主教家庭里，你看到墙上挂着耶稣受难像，桌上摆着《工人日报》。只有那些“受过教育”的人，特别是有点文墨的人，才是冥顽不灵的偏执狂。而共产主义的情况也不遑多让。在一个真正的无产者身上找不到这样的信条。

然而，即使那些饱读诗书的理论型社会主义者本身不是工人阶级的一分子，但至少他怀着对工人阶级的热爱。他一直在努力摆脱自己的资产阶级出身，与无产者并肩战斗——而这显然是他奋斗的动机。

但真的是这样吗？有时，我看着一个社会主义者——那种书生类型的社会主义者，穿着套头毛衣，留着一头蓬乱的头发，把马克思主义挂在嘴边——我会猜想他的动机究竟是什么。我很难相信那是出于对全人类，特别是对工人阶级的热爱；在所有人当中，他是脱离工人阶级最远的。我觉得，许多社会主义者内心真正的动机只是过度膨胀的秩序感。当前的种种现实令他们不满，不是因为许多人在受苦，更不是因为许多人被剥夺了自由，而是因为他们觉得社会不是那么齐整有序。他们希望将整个世界改造成像棋盘一样秩序井然。肖伯纳一生都是社会主义者，他写了很多戏剧，这些戏剧到底展现了多少他对工人阶级的理解和关怀？肖伯纳本人曾说过，在舞台上工人只是“引起怜悯同情的道具”。事实上，他做得更加过分，只是将他们描写成类似威廉·魏马克·雅各布斯[①]笔下的滑稽角色——现成的、可笑的伦敦东区人，就像在《芭芭拉上校》

① 威廉·魏马克·雅各布斯（William Wymark Jacobs，1863—1943），英国幽默小说家，代表作有《猴子的爪子》、《被流放的人》等。

和《布拉斯邦德上尉的皈依》中所展现的那样。他就像《潘趣》那样冷笑着看着工人阶级，而在更严肃的时刻(比方说，《啼笑姻缘》这出戏里那个象征失去产业的无产阶级的年轻人)，他觉得工人阶级都是可恶讨厌的人物。贫穷，以及由于贫穷而产生的思维习惯，应该由上至下彻底禁止，必要的时候可以动用武力，或许甚至应该动用武力。因此，他崇拜的是“伟人”，欣赏共产主义和法西斯的“独裁者”。显然，在他看来(参见他关于意大利——阿比西尼亚战争及对斯大林与威尔斯谈话的评论)，斯大林和墨索里尼都是差不多的人。在西德尼·韦伯夫人的自传中，你看到同样的事情，只是形式更加拐弯抹角，在不经意间揭示出一个傲慢的社会主义贫民窟探访者最为真实的面目。事实上，对于许多自称是社会主义者的人而言，革命并不是群众自发结社组织的行动，革命意味着一系列的改革，而“我们”这些人，这些比较聪明的人，将对那些“低下的人”发号施令。另一方面，我们不能把这些知书识礼的社会主义者看成是冷血动物，完全没有感情。虽然他们很少展现出对受压迫群众的关爱，他们却将对剥削者的仇恨——那种古怪的、停留于理论上的无来由的仇恨——展现得淋漓尽致。于是就有了那套古老而盛大的社会主义者对资产阶级进行谴责的运动。我觉得很奇怪，为什么几乎每个社会主义作家都能狠狠地鞭笞自己，激起极度的愤怒，痛斥他所出身或拼命挤进去的阶级。有时候，对资产阶级的习性和意识形态的仇恨是如此影响深远，就连书本中出身资产阶级的人物也未能幸免。根据亨利·巴比塞[①]所说，

① 亨利·巴比塞(Henri Barbusse，1873—1935)，法国作家，法国共产党员，代表作有《炼狱》、《烈火中》等。

普鲁斯特[①]、纪德[②]等人小说中的人物是“你非常希望出现在街垒对面的人物”。你会注意到，他用的词是“街垒”。从《烈火中》判断，我本以为巴比塞在街垒上的经历让他很不喜欢它们呢。但他幻想着用刺刀刺死不会还击的“资产阶级”，这与现实的章节可不大一样。

迄今为止我所读过的对资产阶级进行戏弄的文学作品的最好例子是米尔斯基[③]的《大不列颠的知识分子》，一本内容很有趣、文风很犀利的书，任何想了解法西斯主义如何崛起的人都应该读一读这本书。米尔斯基(曾经被称为“米尔斯基亲王”)是一个白俄流亡者，后来迁居到英国，在伦敦大学担任俄国文学讲师。后来他信奉共产主义，回到俄国，写了这本书，从马克思主义者的角度揭露英国知识分子的情况。那是一本极其恶毒的书，整本书透露着“现在你们抓不到我，我爱怎么说你们都行”的基调，除了大体上的扭曲之外，它还含有某种很明确而且或许是有意的失实的表述。例如，康拉德[④]是一个“和吉卜林一样拥护帝国主义的作家”；戴维·赫伯特·劳伦斯撰写的是“赤裸裸的色情文学”，将自己的无产阶级出身隐藏得滴水不漏——似乎劳伦斯成了混进上议院的杀猪的！这

---

① 瓦伦丁·马塞尔·普鲁斯特(Valentin Marcel Proust, 1871—1922)，法国作家，代表作有《追忆似水年华》、《平原之城索多玛与蛾摩拉》等。

② 安德烈·保罗·吉拉姆·纪德(André Paul Guillaume Gide, 1869—1951)，法国作家，曾获1947年诺贝尔文学奖，代表作有《窄门》、《人间的粮食》等。

③ 迪米特里·佩特洛维奇·西亚托波尔克·米尔斯基(Dmitry Petrovich Svyatopolk Mirsky, 1890—1939)，俄国作家、翻译家，曾将许多苏俄作品翻译为英文，并将英国的作品翻译为俄文。

④ 约瑟夫·康拉德(Joseph Conrad, 1857—1924)，波兰籍英国作家，现代主义先驱者，代表作有《胜利》、《吉姆老爷》、《黑暗之心》等。

些描述令人很担忧，俄国的读者根本无从判断这些论断的真伪。但在这里我要探讨的是，这么一本书对英国公众所产生的影响。一个出身贵族的作家，一个这辈子或许从未与工人阶级平等相待过的人，怎么会恶毒地诽谤中伤他的资产阶级同伙？为什么会这样？从表面上看，他是出于纯粹的仇恨在与英国的知识分子作对，但他的目的是什么？书中的内容没有回答这个问题。因此，像这类书给读者的一个印象就是，共产主义只有仇恨。而再一次，你会发现共产主义和罗马天主教教义的相似之处。如果你想找到一本像《大不列颠的知识分子》这样充满恶意的书籍，最有可能的地方就是为罗马天主教辩护的流行书籍。你会发现里面充斥着一样的恶毒与虚伪。不过，我要为天主教说一句公道话；你会发现它的措辞要礼貌得体一些。米尔斯基同志的精神兄弟竟然会是某某神父，真是奇哉怪也！共产主义者和天主教徒所表述的内容并不一样。在某种程度上，他们所说的是完全相反的内容，如果有机会的话，任何一方都希望将另一方放到滚油中油炸，但从局外人的角度观察，二者其实非常相像。

事实上，以现在这种方式呈现的社会主义主要吸引的是心中愤愤不平甚至是没有人性可言的人。除此之外，有的社会主义者其实很热心，但毫无思想；还有典型的工人阶级社会主义者，他们只想摆脱贫困，并不理解社会主义的内在含义。另一方面，那些知识分子型的社会主义者知道，我们需要将当前的文明扔到阴沟里，他们也愿意这么做。首先，这类人全部来自于中产阶级，来自于中产阶级中那些没有根的、生长于城镇的人。而更不幸的是，这个群体中包括了——而在局外人看来，甚至看上去就是由那些人所构成的——那些我已经讨论过的人

物：那些对资产阶级唾沫横飞的斥责者，类似萧伯纳的那种半吊子的改革者和机灵狡猾、一心想往上爬的社会主义文坛才俊，现在是共产主义者，因为它是最流行的，而五年后就会变成法西斯主义者；还有那些有着高端思想的无聊女人、趿着拖鞋的人和蓄着胡须只喝果汁的人，就像绿头苍蝇簇拥着死猫那样冲着“进步”的气息蜂拥而去。那些赞同社会主义的基本目标的普通人，他们会觉得自己在哪一个社会主义政党中都显得格格不入。更糟糕的是，他会得出愤世嫉俗的结论，那就是社会主义意味着毁灭，或许它正在降临，但必须尽可能将其延缓。当然，正如我已经说过的，通过追随者去判断一场运动严格来说并不是公允之举，但关键是，人民通常都会这么做，而当前盛行的对社会主义的看法被社会主义者都是无聊或不好相与的人这个观念蒙上了阴影。他们觉得如果“社会主义”实现的话，我们那些更加高调的社会主义者将会如鱼得水。这会对社会主义事业造成非常大的伤害。如果应付得当的话，普通民众或许不会对无产阶级专政有所疑虑，但如果是那些一本正经的人实施专政，他们会做好战斗的准备。

大家普遍都觉得，任何社会主义成为现实的文明和我们的文明相比，就像是一瓶崭新的殖民地出产的勃艮第红酒和几勺上等的博若莱红酒。我们生活在一个形近崩溃的文明，但它曾是一个伟大的文明，经过修修补补看上去仍非常繁华，几乎没有受到影响。可以这么说，它仍然酒香四溢，而那个想象中的社会主义的未来就像冒牌的勃艮第，只有铁锈和水的味道。因此，我们面临一个非常可怕的现实：重要的艺术家都无法被说服加入社会主义阵营。比起画家，作家们的政治理念和他们的作品联系更加紧密。说实话，我们必须承认，几乎所有宣扬

社会主义的文学作品都很无趣，品味低下，文字拙劣。考虑到当前英国的形势，社会主义的理念已经影响了整整一代人，然而，可以这么说，社会主义文学的翘楚是威斯坦·休·奥登[①]——一个懦弱版的吉卜林，还有那些围绕在他身边的更加软弱的诗人。每一个有分量的作家和每一本值得阅读的书，都在另一个阵营。我相信俄国的情况刚好相反——虽然我对此一无所知——因为料想在革命后的俄国，激烈的事件将诞生出富有活力的文学作品。但有一点是肯定的：在西欧，社会主义还没有催生出真正意义的好作品。不久以前，当问题还不是那么清楚的时候，有一些活跃的作家自称为社会主义者，但他们只是把这个词语作为一个模糊的标签。因此，如果易卜生[②]和左拉[③]自称为社会主义者，这只是表示他们是“进步作家”，而在安纳托尔·法郎士[④]身上，这只是表示他是一个反对教会的人士。真正的社会主义者，那些从事宣传的作家，都是些无趣空洞、夸夸其谈的人——萧伯纳、巴比塞、厄普顿·辛克莱尔[⑤]、威

① 威斯坦·休·奥登（Wystan Hugh Auden，1907—1973），英国/美国诗人，代表作有《死亡之舞》、《阿喀琉斯之盾》等。

② 亨利克·易卜生（Henrik Ibsen，1828—1906），挪威剧作家、诗人，现代现实主义戏剧的先驱，代表作有《玩偶之家》、《群魔》等。

③ 埃米尔·弗朗科伊斯·左拉（Émile François Zola，1840—1902），法国著名作家及政治自由运动先驱，代表作有《卢贡—马卡尔家族》、《三城记》等。

④ 安纳托尔·法郎士（Anatole France，1844—1924），法国作家、诗人，曾获得1921年诺贝尔文学奖，代表作有《苔伊丝》、《企鹅岛》、《天使之叛》等。

⑤ 厄普顿·辛克莱尔（Upton Sinclair，1878—1968），美国作家，社会主义者，曾因揭露美国肉制品加工业的黑幕而激起美国公众的强烈关注，促成了“食物与药品法案”的出台。代表作有《丛林》、《西尔维娅》等。

廉·莫里斯、沃尔多·弗兰克[①]等等。当然，我并不是说社会主义应该受到谴责，因为那些潜心创作的人不喜欢它。我甚至不是想说社会主义一定要催生属于自己的文学作品，尽管我确实觉得社会主义没能催生值得歌唱的赞歌不是一件好事。我只想指出，真正拥有才华的作家对社会主义漠不关心，有时甚至怀有敌意。这不仅对那些作家是坏事，而且对社会主义事业也有非常大的影响，因为社会主义需要好的作家。

于是乎，这就是普通人疏远社会主义的表层原因。我对这整场枯燥的争论非常了解，因为我是从对立双方的角度对它进行了解的。在本书中我所写的每句话，都是我在劝说非社会主义者时他们对我说过的，而我对那些试图劝服我的热切的社会主义者也说过。整件事说到底就是对于个别社会主义者的厌恶而引起的一种不快。特别是那些自信满满、脱口而出就是马克思语录的人。被这种情况影响难道不是很幼稚的事情吗？难道不是很傻的事情吗？难道不是很可鄙的事情吗？但问题的关键是，这种事情真的发生了，因此，我们必须记住它。

---

① 沃尔多·弗兰克(Waldo Frank，1889—1967)，美国作家，代表作有《不受欢迎的人》、《粉脸》等。

第十二章

然而，除了上一章我所提到的局部性和暂时性的反对之外，还有比这些严重得多的困难。

许多知识分子站在了反对社会主义的立场上，面对这个事实，社会主义者倾向于斥之为知识分子的思想腐朽堕落（无论是有意或是无意），或者认为这些知识分子愚昧无知，以为社会主义“行不通”，或认为知识分子们对社会主义社会实现之前必须经历的困难和恐怖感到恐惧。毫无疑问，这些想法都是重要的因素，然而，有许多人并没有受到这些想法的影响，但他们还是对社会主义持敌对的态度。他们反对社会主义是基于精神层面或“意识形态”上的原因。他们反对社会主义不是因为社会主义行不通，而是因为社会主义会“太成功”。他们所担心的不是他们这辈子会发生的事情，而是在遥远的未来，当社会主义成为现实的时候会发生的事情。

我没有遇到过一个坚定的社会主义者能理解为什么有思辨能力的人会抗拒看似非常迷人的社会主义目标。马克思主义者往往将这一情况斥之为资产阶级的自怜自伤。马克思主义者总是无法理解反对者们在想些什么，否则，欧洲的局势也就不会恶化到如今这番绝望的田地。他们掌握了能理解一切事物的哲理，于是也就不会劳心费神去了解其他人心里到底在想什么。比方说，下面是一个我所说的这种事情的例证。一个广为人知的理论认为——从某种层面上讲，这个理论是成立的——法西

斯主义是共产主义的产物，而当前最杰出的马克思主义作家之一——内维尔·阿尔德里奇·霍达威先生[①]对这个问题是这么写的：

“长期以来，有一种看法认为共产主义催生了法西斯主义……这种看法所蕴含的真相是，共产主义活动的蓬勃发展向统治阶级提出了警告：民主化的工党再也无法控制工人阶级了，资产阶级独裁只能采取另外一种手段以继续其统治。”

你可以看到这段话的思维方式缺陷，因为他总结出了法西斯主义诞生的经济原因，却认为精神层面的原因并不重要。法西斯主义被认为是“统治阶级”的一种手段，而归根究底，它确实是一种统治手段。但这只能解释为什么法西斯主义对资本家们有吸引力。而数百万并非资本家的人呢？那些无法从法西斯主义那里获得任何物质上的好处，心里也知道这一点，却依然成为法西斯信徒的人呢？显然，他们之所以这么做，是出于意识形态方面的原因。他们只能逃窜到法西斯主义的庇护之下，因为共产主义对有些事物提出了攻讦（爱国主义、宗教等等），而这些事物要比经济上的动机更加深刻。从这个意义上说，共产主义催生了法西斯主义这个说法确实所言非虚。遗憾的是，在意识形态方面，马克思主义者总是只专注于意识形态中的经济问题。的确，经济上的争论有助于揭示真相，但不良的后果就是，他们的大部分宣传工作都无法切中要害。在本章我要探讨为什么人们要躲避社会主义，尤其是那些天性敏感的

① 内维尔·阿尔德里奇·霍达威（Neville Aldridge Holdaway，1894—1935），英国社会主义者，代表作有《曾经在那里的人》、《马克思主义》、《废墟中的谋杀》等。

人。我将花点篇幅对其进行分析，因为这些想法非常广泛，非常强大，而社会主义者们几乎对其一无所知。

我们要注意的第一点是，社会主义的理念与机器生产的理念是密不可分的。社会主义的本质是都市人的信条，与工业主义相伴相生，扎根于城市无产者和城市知识分子的群体中，或许只有在工业化的社会才能诞生。社会主义是与工业主义紧密联系在一起的，因为只有在每个人（或每户家庭，或其它社会单位）在某种程度上相对独立时，私人所有制才有存在的意义。但工业主义的目的是任何人或任何单位都无法相对独立，哪怕只是短暂的片刻。当工业主义达到了一定的层次时，它就一定会催生某种形式的集体主义。当然，工业主义不一定意味着社会主义，它或许会演变为“奴隶社会”，而法西斯主义正是这一前景的前兆。反之亦然。机器生产不一定意味着社会主义，但社会主义作为一种世界体系，必定包含了机器生产，因为社会主义所要求的某些事情是与原始的生活方式不相容的。譬如说，它要求世界各地不间断地沟通交流、交易商品货物，它要求以中央集权的形式进行控制，它要求所有人都以大致相同的标准生活，在某种程度上以相同的方式接受教育。因此，我们或许可以认为，社会主义社会就像现在的美国一样高度机械化，或许比美国更机械化。没有社会主义者会否认这一点，社会主义社会总是被描绘为完全机械化、高度组织化的世界，对机器的依赖就像原始社会对奴隶的依赖一样。

到目前为止，一切都很妙——或者很不妙。许多有思辨能力的人，或许是大部分有思辨能力的人并不喜欢机器文明，但任何稍有理性的人都知道在这个时候谈论捣毁机器根本是无稽之谈。但不幸的是，社会主义总是和机器文明的发展联系在一

起，不仅视机器文明为必要的发展阶段，更将机器文明视为终极目标，几乎成了一种宗教。而这在大部分对于苏联高歌猛进的机械化发展（第聂伯河大坝、拖拉机等等）大加吹捧的宣传材料中得到了体现。卡雷尔·卡佩克[①]在作品《罗素姆的万能机器人》一书可怕的结局中写到机器人将人类屠杀殆尽，然后宣布要“建造大量的房屋”（你知道，只是为了建造房屋而建造房屋）。那些轻易就接受社会主义的人都对机械化发展怀着疯狂的热情，因此，他们根本无法理解怎么会有相反意见的存在。他们所能想到的最具说服力的解释就是告诉你，比起社会主义建成之时的机器化程度，当前社会的机器化程度根本不能同日而语。现在某个地方只有一架飞机，而到了那时将会有五十架飞机！所有现在需要人力完成的工作到了那时将全部由机器完成！现在由皮革、木头或石头制成的东西将由橡胶、玻璃或钢铁制成。将来不会再有混沌或无秩序的情况，不会再有原野，不会再有野生动物，没有杂草，没有疾病，没有贫穷，没有痛苦——诸如此类。社会主义世界将是一个秩序井然、高效运作的世界。但正是这一幕恍如威尔斯笔下世界的未来情景令敏感的人退避三舍。请你注意，这一本质上奉行物质享受准则的“进步”观念并不是社会主义信念的应有之义，但它已经被认为是社会主义信念的内容之一，结果就是隐藏在所有人心中的捉摸不定的保守主义情怀很容易就被激起，以此反对社会主义。

任何有理性的人都会对机器和科学产生疑虑，但重要的是

---

① 卡雷尔·卡佩克（Karel Capek，1890—1938），捷克作家，作品多涉及机械文明对于人类的负面影响，并创造了“机器人”（robot）一词。

将种种对于科学和机器的敌意动机(在不同的时期这些动机是很不一样的)进行分类，而不去理会当代文人的妒忌——他们痛恨科学，因为科学夺走了文学的权威。我所熟悉的对科学与机器进行全面抨击的文学作品，是《格列佛游记》的第三章。但斯威夫特的抨击，虽然十分精妙，却完全言不及义，甚至可以用愚蠢加以形容，因为它出自一个缺乏想象力的人的手笔——或许对于一个写出了《格列佛游记》的人作出这番评价显得有点奇怪。对于斯威夫特来说，科学只是一种徒劳无益的脑力劳动，而机器都是一些没有用处的奇技淫巧。他的判断标准是实用性，但他却无法看到当时似乎没什么实用价值的实验到了将来会催生出的结果。在该书的另一处地方，他认为最好的发明是“让曾经长过一茬绿草的地方长出两茬绿草来”。显然，他没有意识到，机器能做的就是这些。不久之后，一度受到鄙视的机器开始运作，科学扩展了它的版图，而宗教与科学的斗争也随之展开，那是我们的爷爷辈那一代人的事情了。宗教与科学的斗争结束了，双方偃旗息鼓，宣告己方获得了胜利，而大部分信奉宗教的人依然对科学持有偏见。贯穿整个十九世纪，对科学与机器的批判不绝于耳(比方说，狄更斯的《艰难时代》)，但理由都很肤浅，认为工业文明的初始阶段很残忍丑陋。但萨缪尔·巴特勒对于机器的攻讦——那个广为人知的、描写伊尔丰国[①]的章节——则不一样。不过，巴特勒生活的时代远远没有我们的时代那么绝望，在那个时代，一个出色的人仍然能够在业余时间有闲情雅致去涉猎别的领域，因

① 伊尔丰国(Erewhon)是萨缪尔·巴特勒的同名小说中一个虚拟的国度，那里没有机器，因为伊尔丰国的国民认为机器是危险的东西。

此，对于他来说，整件事就像是某种智力上的锻炼。他洞察我们对机器可怜巴巴的依赖，但他并没有花费心思去思索这种情况将导致的结果，而是对其进行了夸张的处理，只是为了将其变成一个笑话。到了我们这个年代，机器化获得了胜利，我们确确实实地感到人类对机器的依赖使得我们再也不可能过上完整的人性化生活了。或许，一个人会看着一张煤气管式的椅子，然后萌生机器是生活的敌人这个想法，有谁能不对此心有同感呢？然而，这种感觉往往是本能的意念，而不是理性的想法。

人们知道从某种意义上说，“进步”是一场骗局。但这是情感上不假思索得出的结论，而我所要做的，是依照逻辑一步一步对其进行论证，而这些步骤往往被忽略了。但首先一个人会问，机器的作用到底是什么？显然，机器的首要任务是节省劳动，接受机器文明的人认为没有必要再思考下去了。这里我要举一个例子，列举一位为现代机器文明摇旗呐喊，认为自己活得非常惬意自在的人所说过的话。约翰·比弗斯[①]在《没有信仰的世界》中这般写道：

“有一种荒唐的谬论认为，比起十八世纪的农场雇工，或比起现在和过去农村里的农民与雇工，如今一周工资在两英镑十先令到四英镑的人要更加低下。这种论调是完全错误的。说什么在田间和农场工作有教化的影响而在大型的火车头工厂或汽车工厂上班则没有教化的影响，这实在是太愚蠢了。工作是

① 约翰·比弗斯（John Beevers，1911—1975），英国作家，原本信奉共产主义，鼓吹革命，后来皈依罗马天主教，代表作有《没有信仰的世界》、《黑暗的君主》等。

一种痛苦。我们工作是情非得已，是为了让我们能以尽量快乐的方式享受闲暇。”

还有：

“人类将有足够的时间和足够的能力追求自己在地上的天堂，不用去担心那个超越自然的天堂。大地将成为一个如此令人愉快的地方，神父和牧师将成为传说。只需轻轻一下，一半的辛劳将被消弭……”

有整整一章在进行类似的论述（详见该书的第四章），它是在以最为低俗、愚昧和肤浅的形式展现机器崇拜。这是如今很大一部分人的真实心声。住在郊区的每一个吃着阿司匹林的人都会热烈地响应。请注意，当听到别人暗示他的祖父是一个更健全的人这样的话时，比弗斯先生在愤怒地尖叫（那不是真的！）。而要是告诉比弗斯先生如果我们回归更简单的生活，或许他将得干活锻炼自己的肌肉，你会听到这么一句回答：工作是为了让我们能够消遣。而消遣的目的呢？或许是让我们变得更像比弗斯先生。事实上，从那句“地上的人间乐园”你不难猜出他所期盼的文明将是怎样的情形：在永恒的世界里，类似里昂斯餐馆[①]那样的店铺不断地扩张，而且越来越嘈杂。在那些对于机器世界甘之如饴的作者所写的书里——譬如说威尔斯的任何作品——你都会找到类似的描写。我们总是听到令人振奋的内容，讲述“机器将成为人类新的奴隶，赋予全人类解放和自由”等等等等。显然，对于这些人来说，机器唯一的危险就是可能会被用于破坏。比如说，飞机被应用于战

① 里昂斯餐馆（Lyons Corner House），创办于1909年，结业于1977年，是奉行科学管理的餐馆连锁业先驱。

争。除了战争和无法预见的灾难之外，未来注定会朝机器进步的方向高歌猛进。用机器节约劳动，用机器减少思考，用机器避免痛苦，卫生，高效，高度组织化，还要更卫生，更高效，更高度组织化，就要有更多的机器——直到最后你来到现在已经广为人知的威尔斯式的乌托邦，被赫胥黎在《美丽新世界》中加以讽刺，一个满是矮小肥胖男人的天堂。当然，在那些人对未来的不切实际的幻想里，人类并不矮小，也不肥胖。他们是天神一般的男人。但人类怎么会变成那样呢？所有的机械化进步都是为了追求更高的效率，最终将成为一个绝不会出错的世界。而在一个不会出错的世界里，许多威尔斯先生认为"天神般"的品质将毫无价值，就像动物扇动耳朵的功能一样。比方说，《与神一样的人》和《梦境》中的那些人被表现得勇敢、慷慨、强壮。但在一个消除了危险的世界里——显然，机械化进步将消除一切危险——勇气还可能存在吗？它能够保留下来吗？在一个不需要体力劳动的世界里，身体上的力量又有什么用？至于忠诚、慷慨之类的品质，在一个不会出错的世界里，它们不仅毫无作用，或许根本不可想象。事实上，许多我们所钦佩的人格和品质只有在遇到灾难、痛苦或困境时才有意义。但机械化进步将消除灾难、痛苦和困境。在《梦境》和《与神一样的人》这样的书里，作者认为力量、勇气、慷慨这样的品质仍将得以保存，因为它们是高尚的品格和作为健全之人必备的特征。或许，乌托邦世界的人会制造人为的危险，以锻炼他们的勇气，进行哑铃锻炼以磨砺筋骨，虽然他们根本不需要使用体力。在这里你看到了在进步的理念中经常出现的巨大矛盾。机械化进步的目的是使你的环境变得安全舒适，而你却在努力让自己变得勇敢强健。你一边在拼命地向前跑，却又

在拼命往后退，就像一个伦敦股票掮客穿着锁子甲走进办公室，说着中世纪的拉丁语。因此，归根结底，拥护进步的人其实是在拥护不合时宜的事物。

与此同时，我一直假定机械化进步将使得生活更加安全舒适。这或许会有争议，因为在任何时候，有的机械新发明会使得生活更加危险。以骑马到开车的转变为例，我们或许会说，考虑到居高不下的交通死亡率，汽车并没有令生活更加安全。而且，要成为一流的泥路赛车手并不比成为一名驯马人或参加全国越野障碍赛马容易多少。但是，任何机械都将变得越来越安全，越来越容易操作。如果我们认认真真地去解决道路规划问题的话，事故的危险将会消失，而这一点我们迟早可以实现。而且，汽车已经进化到如此先进的地步，只要你不是盲人或残疾人，学几节课之后就可以上路了。开好车要比骑好马容易得多，而且不需要那么勇敢。再过二十年，可能开车根本不需要技术或勇气。因此，我们可以说，纵观整个社会，从骑马到开车的转变使得人类变得更柔弱了。有的人或许会举飞机这项发明为例，似乎飞机并没有使我们的生活更加安全。第一批开飞机的人都特别勇敢，即使到了今天，要当一名飞行员仍需要莫大的勇气。但大势所趋之下，和开车一样，开飞机也会变得越来越容易。上百万名工程师正在孜孜不倦地朝这个方向努力。最终——这或许是永远无法企及的目标——飞行员开飞机会像婴儿在学步车里学走路一样简单。所有的机械化进步都正在朝而且一定会朝这个方向发展。机器会变得越来越有效率，操作也会越来越简单，因此，机械化进步的目标，是一个简单到傻瓜化的世界——或许，将来世界上的人都会是傻瓜。威尔斯先生或许会反驳说世界绝不会变得傻瓜化，因为无论你达到

多么高的效率，总会有难度更高的问题要解决。例如(这是威尔斯先生最喜欢的理念——天知道在多少次长篇大论中他提到了这一点)，当你将我们的星球摆弄得整整齐齐后，接下来的任务就是到达并殖民另一个星球。但这只是将目标推迟到未来，目标本身还是一样。殖民另一个星球，机械化的游戏重新开始，你将傻瓜化的世界扩展到傻瓜化的太阳系——乃至傻瓜化的宇宙。如果你坚持机械化效率的理念，你就是在坚持柔弱的理念。但柔弱是令人反感的，因此，所有的进步似乎成了朝一个你不愿意企及的目标所进行的癫狂的挣扎。有时你会遇到一些人，但不是很多，他们知道所谓的“进步”蕴含着我们所说的“退化”，但他们还是赞同进步。因此，在萧伯纳先生的《乌托邦》里，人们为福斯塔夫[1]竖立了一座雕像，因为他是第一个发表演说赞同懦弱的人。

但问题要比这严重得多。到目前为止，我只指出了以机器进步为目标，同时力图保留那些因为机器进步而失去存在必要的品质是多么荒谬。我们要考虑的问题是，有哪些人类活动可以不被机器的统治所摧毁。

机器的作用是减少工作。在完全机械化的世界，所有的苦差事都会由机器完成，使我们获得自由，追求我们更感兴趣的事物。这种描述听起来特别迷人。一个人看到几个工人大汗淋漓地给水管挖渠会觉得很难过，而操作简单的机器只要花几分钟的时间就可以把渠给挖好。为什么不让机器干活，让那几个工人可以去做别的事情呢？但问题出现了，他们可以去做别的

① 福斯塔夫(Falstaff)：莎士比亚的作品《亨利四世》中的人物，是一个性格傲慢自负而怯懦胆小的骑士。

什么事情呢？假设他们从“工作”中解放出来，可以去做不是“工作”的别的事情，但什么是工作？什么不是工作？工作是不是就是挖土、做木匠活、种树、伐树、骑马、钓鱼、打猎、喂鸡、弹钢琴、拍照、建房子、做饭、锯东西、织帽子、修摩托车呢？所有这些对于某些人是工作，而对于另一些人来说则是休闲。事实上，绝大部分的活动既可以看成是工作，也可以看成是休闲，关键是你怎么看待它们。不用去挖渠的工人可能会想去弹钢琴，而一个职业钢琴师或许会很高兴能到马铃薯园里挖土。因此，乏味到令人无法忍受的工作和让人想要去做的消遣之间的二元对立是不成立的。事实上，当一个人不在吃喝、睡觉、做爱、聊天、玩游戏或无所事事时——这些事情不可能占据一辈子的时间——他需要工作，总是在寻找工作，虽然他不一定称之为工作。只要不是三级或四级智障，生活就得在努力中度过。因为，人并不像那些低俗的享乐主义者所认为的那样，是会行走的酒囊饭袋，他还有双手双眼和大脑。四体不勤的结果就是你把大部分的知觉给砍掉了。现在我们再看看那几个挖渠铺水管的工人。有了机器他们就不用再挖渠了，他们准备做点别的事情让自己开心一些——比方说，做木匠活。但无论他们想做什么，他们总会发现有另一样机器让他们根本无用武之地。因为在完全机械化的世界里，根本不需要木匠、厨师、机修工，就像不需要有人挖渠一样。几乎没有事情，从捕鲸到雕刻红宝石，是不能靠机器完成的。机器甚至将会侵蚀我们现在称之为“艺术”的活动，通过照相机和留声机，它已经在这么做了。当世界在方方面面都实现了机械化，无论你再怎么努力，总会有某样机器剥夺了你工作的机会——同时也意味着生存的机会。

乍一眼看这似乎没什么要紧的。为什么你不能继续“创造性地劳动”，不去理会那些会为你工作的机器呢？但情况并不像说起来那么简单。以我为例，每天八小时在保险公司上班，在我闲暇的时候，我要去做点“创造性”的事情，于是我选择了做点木工活——比如说，给自己做张桌子。请注意，从一开始整件事都透着虚伪的感觉，因为工厂所做的桌子要比我自己做的桌子好得多。但就算我要给自己做张桌子，我做桌子的感觉不可能与一百年前的工匠做桌子的感觉一样，与鲁滨逊·克鲁索做桌子时的感觉更不可同日而语。因为在开始之前，大部分工作已经由机器帮我做好了。我所使用的工具根本不需要技巧。例如，我可以买到能够刨出任何线脚的刨子，而一百年前的木匠得用扁錾和凿子做这件事，这需要手眼的高度配合。我买的桌板已经刨平，桌脚已经用机床加工过。我甚至可以到家私店，买到成品桌子的零部件，将它们装配起来就可以了。我只需要拧紧几个钉子，用砂纸打磨一下。这种情况现在已经出现了，到了机械化的将来，情况只会更加普遍。有了工具和材料，就没有机会犯错，因此也就没有提高技术的空间。做一张桌子比削土豆更加简单无聊。在这种情况下，谈论“创造性劳动”毫无意义。不管怎样，手艺（这需要师傅学徒的代代传承）一早就已经失传。在机器的竞争下，现在有的手艺已经失传了。在任何一处郊区墓地转转，看看你能不能找到一块1820年之后做工精细的墓碑。这门雕刻石头的艺术或手艺已经失传了，得过好几个世纪才能恢复。

但有人会说，为什么不既保留机器又保留“创造性劳动”呢？为什么不去做一些不合时宜的事情当作消遣呢？许多人就是这么想的，似乎轻而易举就解决了机器造成的问题。生活在

乌托邦的人，我们了解到，每天在土豆罐头厂上两小时班，转一下把手，然后下班回家，会刻意回归到比较原始的生活，做一点木雕、烧陶器或进行手工编织以慰藉他的创造性本能。当然，这幅情景是那么荒唐滑稽——为什么？因为有一个法则总是被人所遗忘，但它总是在起作用：只要有机器，人就一定会使用机器。当一个人可以拧开水龙头取水时，他就绝不会去井里打水。旅行是一个绝佳的例子。任何在欠发达国家以原始方式旅行过的人都知道这种旅行方式和坐火车、汽车或其它现代旅行方式之间的区别就像生与死的区别。游牧民族把大包小包放在骆驼背上，或坐着牛车到处周游，他们得忍受种种的不便，但至少在他旅行的时候他一直活着。而对于那些坐特快火车或豪华游轮的旅客而言，旅途是一段空白期，一种暂时的死亡。但是，只要铁路存在，一个人就会乘火车旅行——或坐汽车，或搭飞机。我住的地方离伦敦四十公里，我为什么不把行李让骡子驮着，步行两天去伦敦呢？因为格林巴士班车每十分钟就从我家门口经过。这么一趟路程会很让人厌烦，只有在别的交通方式完全被杜绝的情况下，一个人才能享受到原始交通方式的乐趣。没有人会愿意自讨苦吃。因此，乌托邦世界的人以做木雕拯救他们灵魂的图景让人觉得很滑稽荒唐。在任何事情都可以用机器完成的世界里，任何事情都会用机器完成。刻意回归原始，使用古老的工具或故意为自己制造点麻烦，这些都是肤浅之举，是附庸风雅的举动，就像你庄严地坐下来，拿着石头器皿吃饭一样。在机器时代回归手工劳动，你就回到了墙上装着假梁的仿古"老茶铺"或"都铎风格的别墅"。

机械化进步的目的，就是使人类不需要付出努力，不需要去从事创造。需要眼手配合的活动变得无足轻重，甚至不可能

进行。有时，拥戴“进步”的人会宣称这一点并不重要，但只要你指出这一现象将会导致可怕的结果，他就会哑口无言。比方说，为什么要使用双手呢？为什么要用手去擤鼻涕或削铅笔呢？你不是可以在肩膀上安装某种钢铁和橡皮做的精巧装置，让手臂萎缩成皮包骨头吗？这种情况可以发生在每一个器官和每一个功能上。一个人除了吃喝、睡觉、呼吸、排泄之外，根本不需要做其它事情。每一件事都会有机器帮他做好。因此，机械化进步合乎逻辑的结果就是，人们将退化为罐子里的大脑。这就是我们正在前进的方向，但是，这并不是我们所期望发生的事情，就像一个每天喝一瓶威士忌的人并不想得肝硬化一样。或许“进步”并不一定会让我们变成罐子里的大脑，但不管怎样，我们将变得非常柔弱无助，这是非常可怕的事情。不幸的是，如今在几乎所有人的心目中，“进步”这个词与“社会主义”这个词密不可分。那些痛恨机器的人也痛恨社会主义，并认为这是理所当然的事情。社会主义者总是赞同机械化、理性化和现代化——至少他们认为他们应该赞同这些事情。举例来说，一位独立工党的显赫人物羞赧地告诉我——似乎这是什么不正经的事情——他“很喜欢马匹”。你要知道，马是属于已经消失的农业文明的事物，所有对于过去的情怀都带着隐隐约约的异端的意味。我不相信事情非得是这样。但事实上，它的确正是如此。这足以解释为什么有思想的人会远离社会主义。

一代人之前，每一个有思想的人在某种意义上都是革命者，而现在每一个有思想的人都更像是反动派。因此，有必要将威尔斯的《当睡者醒来时》和三十年后奥尔德斯·赫胥黎写出的《美丽新世界》进行比较。这两本书都是对乌托邦的悲观

描述，表现了一本正经的天堂，在那里，“进步”人士的所有梦想全都成为现实。从想象力的角度上进行评价，我觉得《当睡者醒来时》要略胜一筹，但它因为一个巨大的矛盾而受到戕害，因为作者威尔斯是拥护“进步”的文化主将，没办法怀着坚定的信念去撰写反对“进步”的内容。他描绘了一幅闪闪发亮而出奇狰狞的画面：统治阶级过着肤浅的、毫无生机的享乐生活，而工人阶级沦为彻底的奴隶，像亚人那么无知，如同穴居人一样在地洞里辛苦地工作。在精彩的短篇小说《时空故事》里，关于这一思想的描写更加深入。如果对这一思想进行考察，就会发现逻辑上的自相矛盾。威尔斯想象出一个高度机械化的世界，为什么工人阶级在这个世界里要比以往更艰苦地劳动呢？机器的本质不就是为了消灭劳动，而不是增加劳动吗？在机械化的世界里，工人们或许会被奴役，遭受不公的对待，甚至吃不饱穿不暖，但他们根本不会被驱使从事体力劳动，因为如果是这样的话，还要机器做什么？你可以让机器从事一切工作，你可以驱使人力从事一切工作，但你不能二者兼得。大批大批的工人在地底下劳动，穿着蓝色的制服，说着退化的半人类语言，这些描写纯粹只是为了“让你觉得毛骨悚然”。威尔斯想表达的是，“进步”或许会走向反面，但他所关心的唯一邪恶是社会不公——某个阶层攫取了所有的权力与财富，对其它阶层进行剥削压迫，显然纯粹只是出于仇根。他似乎在绕着弯儿暗示，将特权阶级推翻——将资本主义体制改造为社会主义体制——所有的问题将得以解决。机械化文明将继续存在，但一切产品将得到平均分配。他不敢直面这么一个想法：机器本身可能将成为人类的敌人。因此，在他的一系列描写乌托邦的作品中（《梦境》、《与神一样的人》等等），

他回归乐观主义，认为人性将被机器所“解放”，成为思想进步开明、沐浴在阳光中的新人，他们的唯一话题，就是比起前人他们更加优秀幸福。《美丽新世界》成文要晚一些，属于看穿了“进步”是个骗局这一代人的作品。它有自己的矛盾（约翰·斯特拉奇先生的《即将到来的权力斗争》指出了最重要的矛盾），但它至少对志得意满的至善论作出了令人难忘的抨击。除了夸张的讽刺，这本书表达了大部分愿意思考的人对于机器文明的观感。

敏感的人对于机器的反感从某种程度上说，是不切实际的，因为消灭机器已经是不可能的事情了。但作为一种态度，这种反感情绪值得好好进行探究。确实，我们必须接受机器的存在，但如果能以接受药物的态度——以审慎而有所保留的态度去接受机器——这样或许会好一些。和药物一样，机器很有用，但也很危险，而且会上瘾。人类越是向机器屈服，就会越被机器牢牢控制。现在你只需要看看你的周围就会知道机器正以如何迅猛的速度将我们置于它的魔力之下。首先是可怕的品位败坏，一个世纪来的机械化已经使得这种事情发生了。这一点已是司空见惯而且众所周知，不需要特别指出。但我只举一个例子，以最狭义的品位为例——对于美食的品位。在高度机械化的国家，由于罐头食物、冷冻食物、合成调味料等东西的影响，味蕾已经几乎是死去的器官。到任何一间蔬果店去，你会看到大部分英国人所说的苹果其实是从美洲或澳洲运来的一团颜色鲜艳但味如嚼蜡的软绵绵的东西。他们吞食着这些东西，似乎还吃得津津有味，任凭那些英国本土的苹果在树下腐烂。美国苹果吸引他们的，是那闪闪发亮的、标准化的、机器做出来一般的外观，而英国本地苹果虽然味道更好，但他们根

本不加留意。或者看看任何一间杂货商店里卖的那些工厂制造、包着锡纸的乳酪和“混合”黄油；看看那些逐渐占据任何食品店或奶制品店空间的一排排丑陋的罐头；看看那六便士一罐的瑞士蛋卷或两便士一根的冰棍；看看那些人们畅快痛饮的被称为啤酒的东西，其实那些都是肮脏的化工副产品。无论你走到哪儿，你都可以看到某样机器做出来的食品替代另一样旧式的食品，但这些所谓的机器食品味道和锯末其实差不了多少。食物是这样，家具、房屋、衣服、书籍、娱乐和我们生活中任何一样东西也是如此。现在已经有好几百万人——这个数字在逐年增加——不单单接受了收音机的大鸣大放，而且认为这是再平常不过的背景声音，比牛群的哞哞叫或鸟儿的歌唱更加平常。如果人们的品位，包括舌头上的味蕾没有退化的话，机械化是不可能深入发展的，因为这样一来，大部分机器制造出来的产品就没有人要吃了。在健康的世界里，没有人会想享受罐头食物、阿司匹林、留声机、气管式椅子、机关枪、日报、电话、汽车等等等等。另一方面，人们会希望享受到机器无法制造的东西。但机器已经存在，而它的败坏性后果是几乎无法抵挡的。一个人可能会对机器痛加斥责，但还是会继续使用它。就算是一个光着屁股的野人，让他在文明世界里住上几个月，他也会知道现代文明的坏处。机械化导致品味的退化，而品味的退化导致了对于机器制造的产品的需求，因此加深了机械化的程度，从而形成一个恶性循环。

不仅如此，当今世界的机械化似乎还是自发进行的，而不是基于我们的需要。这是因为现代西方人的机械发明能力已经被培养和激发出来，几乎到了成为本能的地步。人们几乎是在无意识的情况下发明机器和改良已有的机器，就像梦游者在睡

梦中仍会继续工作一样。以前的人都认为在这个星球上生活会很艰苦，必须辛勤劳动才能生存。继续使用父辈用过的笨拙的工具似乎是天经地义的事情，只有少数几个怪人——几世纪才出那么一两个——创造出新发明。因此，在漫长的年代里，像牛车、锄头、镰刀等工具基本上没有改变。根据史料记载，古时候的人已经开始使用螺丝钉，但直到十九世纪中叶才有人想到做尖头的螺丝钉。几千年来，它们一直是平头的小东西，在插入螺丝钉之前必须事先钻好孔洞。到了我们这个年代这种事情是不可想象的。因为几乎每一个现代西方人都在一定程度上有了发明的能力，他们发明机器几乎就像波利尼西亚岛民会游泳一样平常。给一个西方人安排一样工作，他会立刻开始设计一样机器让它代替自己工作。给他一样机器，他就会想出种种方式对其进行改良。我很熟悉这种心理，因为我自己也有这种想法，虽然总是做得不好。我缺乏耐心，也没有机械技能去设计出任何能够运作的机器，但我总是隐隐约约地想到各式各样的机器以让我免于劳心费力之苦。换成一个更有机械动手能力的人，或许他真的能造出几样机器，将它们应用于实际工作。但在当前的经济体制下，一个人是否会创造发明机器——或者说，任何人是否能受益于这些机器——取决于它们是否有商业价值。因此，当社会主义者们宣称社会主义建成之后，机器化的进程会大大加快时，他们说得没错。在机器文明里，发明和改良总是会持续不断地进行，但资本主义体制的倾向会延缓发明和改良的速度，因为在资本主义体制下，任何无法立刻实现利润的发明都会被束之高阁。而一些会威胁到利润的发明会被无情地压制，比方说，佩特罗尼乌斯提到的有弹性的玻璃。（例如，几年前有人发明出一种留声机的钢针，能耐用数十

年。一家大型留声机公司买下了这项专利，从此这项发明就销声匿迹了。）社会主义成立了——利润原则再也不起作用——发明家们就可以大展拳脚。当今世界的机械化进程已经够快的了，到时更将是一日千里。

这样一幅前景实在是有点可怕，因为即使是现在也可以明显察觉得到机械化的进程已经失去了控制。这种事情之所以发生，是因为人类已经形成了习惯。一位化学家会不断地使合成橡胶的方法趋于完美，一位机械师发明了一种新的活塞销运作模式。为什么？他们也不是很清楚为什么要这么做，只是出于发明和改良的冲动，而这种冲动已经成为一种本能。让一个和平主义者在炸弹工厂里工作，不出两个月他就会设计出一种新型的炸弹。因此，像毒气这么一种可怕的东西才会面世，连他们的发明者也知道这东西根本不是为了造福人类。我们对待毒气这类东西的态度，应该就像大人国的国王对待火药一样。但因为我们生活在机械化和科学的时代，我们都背上了错误的想法，认为无论发生什么事情，“进步”都必须继续下去，知识绝不能受到压制。的确，我们都认同应该是机器为人服务，而不是人为机器服务。而在现实中，任何试图阻止机器发展的尝试都被我们视为是对知识的攻讦，因此是一种亵渎神圣的举动。即使全人类突然间对机器产生反感，决定摆脱机器，回归更朴素简单的生活方式，那仍然会是一件非常困难的事情。事情不会像巴特勒的伊尔丰国那样，到了某个日子就将所有的机器统统捣毁。在捣毁旧的机器之后，我们还得根除总是不自觉地想要发明新机器的思维习惯。在我们所有人身上，仍有那个思维习惯的残余。世界上每个国家都有大批的科学家和技术人员，我们每个人都在气喘吁吁地追赶着他们的脚步，就像一群

盲目而意志坚定的蚂蚁一样沿着“进步”的道路不断前进。只有少数人希望这种事情发生，大部分人都希望这种事情不要发生，然而，事情的的确确正在发生。机械化进程本身变成了一部机器，一部庞大而闪闪发亮的汽车，载着我们不知朝哪里而去，或许它将载着我们抵达装着软垫的威尔斯的世界和罐子中的大脑。

这就是反对机器文明的理由。至于这个理由合不合理并不要紧。重要的是，每一个反对机器文明的人都在不厌其烦地重复着这些话。不幸的是，由于那个思想上的联系：“社会主义——进步——机器——俄国——拖拉机——卫生——机器——进步”，它存在于几乎每个人的头脑里面。因此他们对社会主义产生了敌意。那些人痛恨中央暖气和气管式的椅子，而当你提起社会主义时，他们会嘟囔着“蜂巢社会”，然后带着痛苦的表情走了开去。根据我的观察，只有少数社会主义者明白为什么会这样，大部分人甚至不知道有这么一种情况。将某个相对能言善道的社会主义者逼到一个角落里，对他重复我在这一章里所说过的话，然后听听你会得到什么样的答案。事实上，你会听到几个回答，而这些我都了然在胸。

首先，他会告诉你“回到过去”是不可能的事情（或“妨碍了进步之手”——似乎进步之手在人类历史上从来没有被非常残暴地妨碍过一样！）；然后他会指责你是一个耽于中世纪的人，开始大谈特谈中世纪的恐怖、麻风病、宗教法庭等等。事实上，为现代化辩护的人对于中世纪和过去的攻讦基本上都与主题无关，因为他们最主要的伎俩就是将一个带有洁癖、过着舒适生活的现代人放到一个对这种生活闻所未闻的年代。但请注意，这根本算不上是一个答案。因为对机械化未来的反感

与对过去的向往根本是两码事。劳伦斯比耽于中世纪的人要更加聪明，选择了将我们所知甚少的伊特鲁里亚人加以理想化。但是，对伊特鲁里亚人、佩拉斯基人、阿兹台克人、苏美尔人或任何其他已经灭亡的浪漫的民族进行理想化是没有必要的。当一个人在描绘令人向往的文明时，他只需要将其描绘成一个目标就好了，没有必要撒谎说它曾经在时空中存在过。将这一点坚持到底，解释说你希望让生活变得更简单和艰苦，而不是更舒服和复杂，那些社会主义者就会认为你希望倒退到“自然状态”——意指臭气熏天的旧石器时代的洞穴，似乎在钻木取火和谢菲尔德钢铁厂之间或在一艘小皮筏和皇后玛丽号[①]之间再无其他。

然而，最后你会得到一个更加切中要害的答复，内容大致上是这样的：“是的，你所说的话很有道理。确实，磨砺我们的筋骨，拒绝阿司匹林、中央暖气和其它发明确实是很高尚的事情。但问题是，你知道的，没有人愿意过这样的生活。这意味着回到农耕社会的生活方式，极其辛苦地劳动，而这与进行园艺工作根本是两回事。我不希望辛苦地工作，你也不希望辛苦地工作——没有哪个知道那是怎么一回事的人会想要那种生活。你之所以会这么说，是因为你这辈子从未干过一天的苦工。”等等等等。

这番话确实颇有道理。它的意思其实是：“我们都是柔弱的人——看在上帝的分上，让我们继续柔弱下去吧！”这至少是真实的。正如我已经指出的，机器已经牢牢控制着我们，摆

① 远洋轮船皇后玛丽号的吨位是 8 万吨，有四组涡轮发动机，于 1936 年开始服役。

脱其控制将会非常困难。但是，这个回答其实是在逃避，因为它没有弄清楚当我们说我们“想要”这个或那个的时候所指的意思。我是个堕落的现代半吊子知识分子，要是早上喝不到一杯茶，每个周五读不到《新政治家报》，我会觉得生不如死。显然，我可“不想”回到更简单但也更辛苦的农业生活方式。同样的，我可“不想”减少饮酒量、偿清我的债务、进行充足的运动、对我的妻子保持忠诚，等等等等。但从另一种更深层意义上讲，这些事情却又是我真心想要的，正如同我真心想要的那种文明绝非是将“进步”定义为替那些矮小肥胖的小男人们打造一个安全的世界。我所列举的这些回答，基本上就是当我尝试着向那些社会主义者们解释他们是如何将那些有可能追随社会主义的人给赶走时，我从他们身上套出来的全部理由——那些理性的、知书识礼的社会主义者。当然，他们会拿出老一套的理由，说不管人们喜不喜欢，社会主义迟早都会到来，因为这是“历史的必然”，这么说还真是省事。但“历史的必然”，或相信这是“历史的必然”，是无法阻止希特勒的。

而且有思辨能力的人在理智上偏于左倾，但气质上却偏于右倾，在社会主义阵营的大门前犹豫徘徊着。无疑，他知道自己应该成为社会主义者，但他看到那些社会主义者都是些沉闷无聊的人，然后看到社会主义的那些理想显然都是懦弱之举，于是就离开了。直到前不久，超脱主义仍然是天经地义的事情。十年前，甚至五年前，一个文人会撰写关于巴罗克建筑风格的文章，他的灵魂超脱了政治，但这种创作态度越来越难，甚至不受欢迎。随着时势越来越艰难，问题越来越明显，越来越多的人不再相信世道不会改变（也就是说，你的分红总会很安全）。这位作家原本舒舒服服地坐在一间教堂大厅里的长毛

绒座椅软垫上，现在却感觉屁股被什么夹到了，坐立不安。他越来越表现出选择一个立场或另一个立场的倾向。你会发现，许多当代杰出的作家，几年前他们还在坚持为艺术而艺术的创作立场，认为参与政治大选进行投票是低俗掉价的事情，现在他们都有了明确的政治立场。而大部分新锐作家，至少是那些并不只是傻瓜的人，从一开始就“有明确的政治倾向”。我相信，当作家们再也坐不下去的时候，大部分人会投身法西斯主义。但这种情况到底什么时候会发生确实很难说。这或许取决于欧洲的局势，但或许两年内，甚至一年内，我们就将迎来决定性的时刻。到那个时候，每个有理智或行为正派的人都打心眼里知道他应该支持社会主义，但这并不表示他会自发地站在社会主义阵营那边。有许多根深蒂固的偏见阻止了他这么做。他必须被说服，而且得用暗示他的观点受到理解的方式。社会主义者们不能再把时间浪费在对那些已经信奉社会主义的人进行宣传上。他们的工作是尽可能快地发展社会主义的信仰者，但事与愿违，他们总是使得更多的人变成了法西斯主义的追随者。

当我提到英国的法西斯主义时，我想到的并不一定是莫斯利和他那些长着粉刺的追随者。英国的法西斯主义到来时，会是一套冷静而微妙的理论（我猜想至少在一开始的时候它不会叫做法西斯主义），而莫斯利的那一套吉尔伯特和沙利文式[①]的重口味把戏或许对于英国群众来说只是一个笑柄。不过，就算

---

① 吉尔伯特和沙利文：指维多利亚时代创作滑稽戏剧的威廉·斯温克·吉尔伯特（William SchwenckGilber，1836—1911）和亚瑟·沙利文（Arthur Sullivan，1842—1900）。

是莫斯利也值得进行观察，因为过去的经验表明(参考希特勒和拿破仑三世的生涯)，对于一个在政坛往上爬的人来说，有时候一开始不被别人看重是有好处的。但此刻我所想的是法西斯主义者的思想态度。无疑，它正在那些原本应该更加明理的人中普及。在知识分子群体里，法西斯主义似乎是一个镜像——不是社会主义的精准镜像，而是似是而非的社会主义的扭曲镜像。它归结于一个决心：那些不靠谱的社会主义者要做什么，它就做截然相反的事情。如果你以蹩脚和令人误解的方式介绍社会主义——如果你让人们认为它只是意味着在那些马克思主义学究的命令下将欧洲文明统统毁掉——你就是在冒着将知识分子赶到法西斯主义阵营的风险。你把他们给吓坏了，他们陷入一种愤怒的防御性的态度，干脆拒绝听取社会主义者的解释。在庞德、温德汉姆·刘易斯[①]、罗伊·坎贝尔[②]等人，在大部分信奉罗马天主教的作家身上和许多信奉道格拉斯社会信贷论的群体身上，在某些流行小说家身上，甚至，如果你看得更真切一些，在自命不凡的保守派高雅作家如艾略特和他不计其数的追随者身上，这种态度已经明显可以看得出来了。如果你想要得到法西斯主义情绪在英国发展的确凿无疑的例证，你只需看一看在阿比西尼亚战争[③]期间那些写给报刊的

---

① 温德汉姆·刘易斯(Wyndham Lewis，1882—1957)，英国作家、画家，漩涡主义画派的创始人之一，代表作有《人类的时代》、《爱的复仇》等。

② 罗伊·坎贝尔(Roy Cambell，1901—1957)，南非诗人、作家，代表作有《燃烧的平原》、《绽放的芦苇》等。

③ 指1935年10月至1936年5月间第二次意大利与埃塞俄比亚之间的战争，以意大利占领埃塞俄比亚全境告终。1941年东非战役结束后，埃塞俄比亚重新获得独立。

不计其数的信件，去信者全都赞同意大利的行动，或是听一听来自天主教和英国国教的神职人员对西班牙爆发法西斯主义叛乱的欢呼（参阅1936年8月17日的《每日邮报》）。

要与法西斯主义进行周旋，就必须对其有所了解。我们必须承认，法西斯主义虽然极端邪恶，但自有其优点。当然，法西斯主义奉行臭名昭著的独裁统治，其夺权和掌权的方式连其最热心的辩护者也会选择顾左右而言他。但法西斯主义的内在情绪——一开始将人们引入法西斯阵营的情绪——或许并没有那么可鄙。它并不总是像《星期六评论》引导读者所假定的那样，是布尔什维克式的怪物实施的恐怖。每个曾经只是粗略了解过这场运动的人都知道，一个普通的法西斯分子通常是一个好心肠的人——例如，他真诚而热心地希望改善失业状况。但比这更重要的是，法西斯主义从保守主义的优点与缺点中汲取力量。对于任何认可传统和纪律的人来说，它一开始就具有吸引力。当你受够了那些手段没那么老到的社会主义宣传后，或许你很容易就会认为法西斯主义是保卫欧洲文明精华的最后防线。即使是那些最糟糕的法西斯恶棍，一只手拿着橡胶警棍，另一只手拿着蓖麻油的瓶子，也不一定会觉得自己是一个恶棍，他更可能觉得自己像是隆瑟瓦克斯关隘[①]的罗兰将军[②]，在抗击蛮夷，保卫基督教世界。我们必须承认，法西斯主义在欧洲各地节节胜利，主要是因为社会主义者们自乱阵脚。其中

---

① 隆瑟瓦克斯关隘（Roncevaux Pass）：比利牛斯山西班牙与法国边境的关隘，公元778年曾进行隆瑟瓦克斯关隘战役，查理曼大帝麾下大将罗兰奉命殿后，抵御巴斯克人的进逼，在战斗中牺牲。

② 罗兰（Roland，？—778年），查理曼大帝麾下大将，隆瑟瓦克斯关隘战役之后被基督教所推崇，册封为圣骑士，其生平事迹和民间传说被写成了《罗兰之歌》。

一部分原因是共产主义者错误地推行破坏民主的策略，这无异于锯掉你自己坐在上面的树枝；而更重要的是，可以这么说，社会主义者以最离谱的方式错误地表达了自己的诉求。他们从未清楚地表明社会主义的根本目标是公正与自由。他们的眼里只有经济，他们以为人类没有灵魂，以明确或隐晦的方式表明他们的目标是建立物质化的乌托邦社会。结果，法西斯主义得以利用每一个反感享乐主义和廉价的“进步”概念的本能。法西斯主义以欧洲传统的救世主自居，吸纳了基督教的信仰、爱国主义和军人品质。将法西斯主义斥之为“大众虐待狂”或类似的轻佻言语是根本无济于事的。如果你伪称它只是一种时尚，很快就会自动烟消云散，那你是在白日做梦，当某个人拿着橡皮警棍揍你的时候就会醒来。唯一的可行之道，是认真地审视法西斯主义，承认它的确有可取之处，然后向世人清楚地表明法西斯主义的好处社会主义也可以做到。

目前的情况令人非常绝望。即使没有更糟糕的事情降临在我们身上，我们仍得面对在本书的前一部分我所描述过的那些情况，而在我们当前的经济体制下，情况是不会改善的。更为迫切的问题是，法西斯主义者已经主宰了欧洲大陆。除非社会主义的信条能以积极、广泛而迅速的方式进行传播，否则根本无法推翻法西斯主义，因为只有社会主义才是法西斯主义真正的敌人。奉行资本主义和帝国主义的政府，虽然他们自己就要遭到劫掠，却无法下定决心对抗法西斯主义。我们的统治者，那些理解问题所在的人，或许宁愿将大英帝国的每一英寸土地奉送给意大利、德国和日本，也不愿意看到社会主义获得胜利。当我们以为法西斯主义只是扎根于极端民族主义时，对其进行嘲笑似乎很轻松，因为法西斯国家都认为自己是天选的民

族和与世界对抗的爱国者，一定会自相残杀。但这种事情并没有发生。法西斯主义如今席卷全球，这意味着不仅法西斯国家会为了劫掠的目的而联合起来，而且他们或许是出于无意识，正在摸索着建立起一套世界体制。不只是一些国家在奉行极权体制，整个世界似乎就要陷入极权体制的魔掌。正如前面我所指出的，机器技术的进步最终一定会形成某种形式的集体主义，但那种形式不一定是平均主义的社会主义。与那些经济学家的观点不同，我们很容易想象出一个世界体系，在经济上推行集体主义——也就是说，消灭了利润原则——但所有的政治、军事和教育权力都掌握在一小撮统治者和他们的帮凶手中。这种情况，或类似的情况，正是法西斯主义的目标。当然，那是一个奴隶社会，或应该说是一个奴隶世界。它或许会是一个稳定的社会形式——考虑到那个世界如果得到科学的开发，将会非常富裕，很有可能那些奴隶们也能生活得很好，感到心满意足。我们总是说法西斯主义的目标是“蜂巢社会”，这种说法对于蜜蜂来说非常不公。由黄鼠狼统治的兔子的世界或许更加贴切。我们必须团结一致，齐心戮力，不让这种野蛮的事情发生。

只有一样东西能让我们团结在一起，那就是社会主义的潜藏宗旨：公正与自由。但“潜藏”这个词真是太轻描淡写了。它几乎被完全遗忘了。它被埋葬在层层叠叠、教条主义、一本正经的废话和半吊子的“进步主义”之下，就像藏在一堆粪山下的钻石。社会主义者们的工作就是把这颗钻石重新发掘出来。公正与自由！这两个词应该像嘹亮的军号一样响彻世界。过去很长一段时间以来，确切地说，是过去十年来，那个恶魔风光无限。我们现在面临的情况是，一提起“社会主义”

这个词，一方面人们会联想到飞机，拖拉机，巍峨闪亮、用玻璃和混凝土建造的工厂；另一方面，人们会联想到蓄着萎蔫的胡须的素食主义者、布尔什维克政委（半是流氓，半是留声机）、趿着拖鞋的热诚的女士、念叨着多音节词语的头发蓬乱的马克思主义者、逃脱的贵格会信徒、奉行节育的疯子和鬼鬼祟祟的工党成员。至少，这些人所奉行的社会主义没有任何革命或推翻暴政的理想，只有标新立异、机器崇拜和对俄国狂热而愚昧的崇拜。假如这股歪风邪气不能立刻得以扭转的话，法西斯主义或许将会获得胜利。

第十三章

最后，一个人可以做些什么呢？

在本书的前半部分我对当前我们所身处的混乱不堪的情况进行了一些简略的侧面描写。在后半部分我一直在尝试解释为什么会有这么多普通的体面的人会对社会主义产生反感，而社会主义其实是唯一能解决社会问题的灵丹妙药。显然，接下来的几年里，最迫切的任务就是赶在法西斯主义席卷世界之前争取到群众的支持。在此我不想提出党派之争的问题，或争论政治上的权衡之计。比党派之争更重要的（当然，面对法西斯主义的威胁恐吓，人民阵线无疑会自发成立），是以积极有效的方式传播社会主义的信条。我们必须让人们做好准备，承担起社会主义者的角色。我相信许多人赞同社会主义的目标，虽然他们在心里并没有察觉到这一点，只要能讲道理说服他们，将他们争取过来并非难事。任何人，只要他们理解贫穷意味着什么，只要他们真心痛恨暴政与战争，都是可以争取的社会主义阵营的同志。在此我要做的，是指出——当然只是非常笼统的形式——社会主义如何与比它更聪明的对手达成和解和共识。

首先，关于社会主义的对手——我指的是那些认识到资本主义体制的邪恶本质，但一听到社会主义这个词就会起鸡皮疙瘩的人。正如我已经指出的，这主要归因于两点。其一是许多社会主义者自身有不少缺陷；其二是社会主义总是伴随着只追求经济效应而且亵渎神明的所谓“进步”思想，让许多缅怀传

统或追求美感的人感到反感。首先我要解释第二点原因。

感性的人总是讨厌“进步”和机器文明，但这只是态度上的问题，不足以成为反对社会主义的理由，因为它所拥护的对立面并不存在。当你说：“我反对机械化和标准化——因此我反对社会主义。”实际上你是在说：“没有机器我也可以生活得很自在。”而这是在胡说八道。我们都依赖机器而生存，如果机器停止运作，我们当中大部分人都活不下去。你可以痛恨机器文明，或许你对它的痛恨是正当的，但在目前，在接受机器文明或拒绝机器文明这个问题上，你没有选择。机器文明已经出现，只能从内部对其进行批判，因为我们所有人都身处其中。只有浪漫的傻瓜才会以为自己能摆脱机器文明，就像那些住在配有冷热水浴室的都铎式小别墅的文人骚客，或跑到丛林里过“原始生活”的野性的男人，带着一把曼利夏步枪和满满四马车的罐头食物。可以肯定的是，机器文明将继续高歌猛进。我们没有理由以为机器文明会自我摧毁，或自发停止运作。过去一段时间以来，有一种流行的说法认为，当前的战争将彻底“摧毁文明”，但可以肯定的是，下一场全面战争的可怕程度将使得之前一切战争成为笑料。战争是不可能阻止机器文明前进的。的确，像英国这么一个脆弱的国家，或许整个西欧，只要几千颗精准放置的炸弹就足以摧毁其秩序，但目前还没有任何战争形式能同时摧毁所有国家的工业文明。回归更简单、更自由、机器化程度更低的生活虽然令人心生向往，却是不可能会发生的事情。这并不是宿命论，只是接受现实。你可以反对蜂巢社会，但这并不是你反对社会主义的理由，因为蜂巢社会已经形成了。你的选择不是在人性化的世界和非人性化的世界之间进行选择，而是在社会主义和法西斯主义之间进行

取舍，而法西斯主义充其量是剥夺了一切优点的社会主义。

因此，任何有思想的人所要做的不应该是反对社会主义，而是让社会主义更加人性化。在建立社会主义时，那些洞察其宣扬“进步”背后的谎言的人或许会发现自己打心眼里抵制社会主义。事实上，这就是他们所肩负的特殊任务。在机器文明的世界里，他们必须不停地提出反对意见，但他们并不是在阻挠进步或充当叛徒。但我说的这些都是以后的事情，当前对于任何正派的人士而言，无论他们是保守党或是无政府主义者，唯一应该做的，是为建立社会主义而努力。这是我们摆脱当前的困境或未来可怕的前景唯一的出路。当现在有两千万英国人饥寒交迫，而法西斯主义已经征服了半个欧洲时，反对社会主义无异是在自杀，就像哥特人正在跨越边境，而国内正在爆发内战一样。

因此，当务之急是消除关于社会主义的纯粹只是出于不安的偏见。正如我已经指出的，许多人并不反感社会主义，他们反感的是社会主义者。当前社会主义之所以失去了吸引力，很大程度上是因为社会主义似乎沦为了玩世不恭者、教条主义者和沙龙布尔什维克等人的玩物。我们要记住，这种情况之所以出现只是因为那些玩世不恭者或教条主义者等人率先加入了社会主义运动。如果有更睿智和更正派的人士加入这场运动，那些惹人讨厌的人将不再继续占据主导地位。当前我们只能咬紧牙关，不去理会这些人。当社会主义运动变得更加人性化之后，这些人就会变得无足轻重。而且，这些都是无关紧要的事情。我们要为正义和自由而奋斗，当社会主义的谬误得以澄清，它将带来正义与自由。值得记住的只有这些基本原则。因为许多社会主义者本身有缺陷而拒绝社会主义，就像你因为不

喜欢检票员的脸而不愿意乘火车旅行一样荒唐无稽。

其次，关于社会主义者本身——尤其是那些掌握了话语权的书写宣传册的社会主义者。

我们正处于关键时期，所有的左翼人士都应该摒弃争执，团结一心。事实上，这种情况已经在悄悄发生了。显然，即使是不肯妥协的社会主义者现在也必须与意见并非完全统一的人士结为同盟。大体上，他不愿意这么做，是因为他知道这可能会使得整场社会主义运动变成半吊子的空谈，甚至比加入议会的工党都不如。举例来说，当前迫于法西斯主义的威胁而成立的人民阵线其成员并非都是真正的社会主义者，这只是对抗德国与意大利（不是英国）法西斯主义的权宜之计。因此，为了团结一致，共同对抗法西斯主义，社会主义者们只能和他们最痛恨的敌人结为同盟。但我要声明的一点是：只要你坚持社会主义运动的真谛，和志不同道不合的人结盟并不会带来危险。那么，到底什么是社会主义的真谛？一个真正的社会主义者有什么特征？我要说的是，真正的社会主义者是那些希望推翻暴政的人——不只是认为那会是好事，而是积极地期盼。但我知道大部分正统的马克思主义者不会接受这么一个定义，或者只能勉强接受。有时候，当我聆听这些人谈话，或阅读他们的著作时（后一种情况更为明显），我有一种感觉，对他们来说，整场社会主义运动只不过是一场兴奋的围捕异端的行动——就像狂热的巫医在手鼓的节拍中跳跃起舞，高唱着：“妈咪妈咪哄，我闻到右翼异端分子的味道了！”正是因为这种事情，当你和工人阶级在一起的时候，你会更加容易察觉自己是一个社会主义者。工人阶级的社会主义者和工人阶级的天主教信徒一样，并不擅长教义，一张口就会说出异端的言论，

但他们是虔诚的信徒，他们清楚地知道，社会主义的本质是推翻暴政，如果将《马赛曲》翻译给他们听的话，将比任何辩证唯物主义的长篇大论更能吸引他们。到了现在，如果还在坚持接受社会主义意味着接受马克思主义哲学思想，向俄国屈膝奉承，只会是浪费时间。社会主义运动不应该只是由一帮支持辩证唯物主义的人士组成的联盟，而应该是由一切反对压迫者的被压迫者组成的联盟。你必须争取到严肃认真的人士，将那些只会花言巧语的自由派逐出队伍，他们之所以与法西斯主义为敌，目的只是为了自己可以安稳地享受分红——他们既反对法西斯主义，也反对共产主义，把前者视为耗子，而后者只是消灭耗子的毒药。社会主义意味着推翻暴政，包括国内与国外的暴政。只要你铭记这一点，你就会知道谁是你真正的志同道合者。比起两千万忍饥挨饿的英国人，那些次要的差异——包括最深刻的哲学理论上的差异——这些事情容后再议。

我认为，在本质问题上社会主义者不需要作出牺牲妥协，但在一些外在问题上，作出牺牲妥协非常有必要。例如，如果社会主义运动能不那么古怪偏执，情况将会好很多。如果那些拖鞋和淡绿色衬衣能拿去烧掉，每一个素食主义者、禁酒主义者、伪君子被送回维尔温花园城[①]安安静静地练他们的瑜伽就好了！但我觉得这些事情并不会发生。但我希望那些稍有理智的社会主义者能不再以傻气而无谓的方式让那些潜在的支持者敬而远之。有许多自以为是的小毛病要改正其实并不困难。就

① 维尔温花园城（Welwyn Garden City），于二十世纪二十年代由伊比内扎·霍华德爵士（Sir Ebenezer Howard）倡导建立，希望营造一座集合健康生活、先进工业和合理规划于一身的现代城镇，摆脱工业化城镇的弊端。

说典型的马克思主义者对待文学作品那种枯燥乏味的态度吧。在我的脑海中浮现出许多例子，在此我只单独列举其中一例。虽然听起来只是小事一桩，但并非这么简单。在旧的《工人周报》（《工人日报》的前身之一）有一个文学评论栏目叫《编辑案头读物》，有好几个星期栏目刊登了许多关于莎士比亚作品的文评。一位愤怒的读者来信写道："亲爱的同志，我们不想听到关于像莎士比亚这些资产阶级作家的评论了。你就不能让我们了解一些更有无产阶级立场的作品吗？"等等等等。编辑的回答很简单："如果你翻开马克思的《资本论》的前言，"他写道，"你会发现莎士比亚这个名字被提了好几遍。"值得注意的是，光是这一个理由就足以让反对者哑口无言。一旦莎士比亚得到了马克思的钦点，他就成为备受尊敬的作家。正是这种思想，让任何有理智的人选择了远离社会主义运动。你不需要在意莎士比亚被排斥。还有就是，几乎所有的社会主义者总是整天把那些可怕的政治术语挂在嘴边。一个普通人听到诸如"资产阶级意识形态"、"无产阶级团结一心"、"对剥夺者的剥夺"这些术语时，他可不会觉得内心受到鼓舞，而是觉得很讨厌。连"同志"这个词都对社会主义运动起了一些反作用。许多摇摆不定的人参加公共集会，看到那些自以为是的社会主义者彼此互称同志，于是对社会主义意兴阑珊，悄悄地溜进了最近的劣等啤酒店！这种本能反应是很合理的，为什么要让自己身上贴上一枚荒唐可笑的社会主义者的标签，连提起这个名字都会在内心觉得羞愧呢？群众认定成为社会主义者就是趿着凉鞋，唾沫横飞地大谈辩证唯物主义，这是非常致命的。你必须让大家意识到社会主义运动可以包容人性，否则万事皆休。

而这是很难做到的事情，因为这意味着阶级问题绝不仅仅意味着经济地位上的差别，还要以比现在更加务实的态度去面对它。

我花了三个章节的篇幅讨论阶级困境。我觉得首先要说的一点是，英国的阶级体制已经毫无任何意义，但却没有消亡的迹象。有些人总是错误地以为社会地位纯粹是由收入决定的，而正统马克思主义者就总是这么想(比方说，艾礼 · 布朗先生曾写了一本挺有趣的书，叫《中产阶级的命运》)。确实，从经济的角度考虑，社会上只有两种人： 富人和穷人，但从社会地位的角度考虑，阶级之间有许多阶层，每个阶层在童年所接受的熏陶和传统不仅大不相同，而且——这一点非常重要——这些熏陶与传统会伴随着一个人的一生，直至他死去。因此你会发现，社会的每个阶层都有一些另类的人。你会发生像维尔斯和贝涅特这样功成名就的作家仍然保存着中下阶层非英国国教信徒的偏见。你会发现有许多百万富翁说话时没有贵族口音。你会发现那些小店主虽然收入远远没有砌砖匠多，却自认为(别人也这么认为)他们的社会地位要比砌砖匠来得高一些。你会发现统治印度各行省的人都是些寄宿学校的毕业生，而公学毕业的人在兜售吸尘器。如果社会分层完全取决于经济分层，那么当公学的毕业生收入少于两百英镑一年时，他就会马上操着一口伦敦东区腔，但他会吗？相反，他的口音会比以前更像公学的毕业生。他紧紧地系着母校的领带，似乎当成了救命绳索。而那些不会上流社会口音的百万富翁，虽然他们有时会请演说家指导英国广播电台的口音，但很少有人能学到惟妙惟肖的地步。事实上，在文化上要摆脱你所出生的阶级是一件非常困难的事情。

随着大英帝国繁荣不再，社会阶层的紊乱就越发普遍。不会上流社会口音的百万富翁不会增加，但会有越来越多的公学的毕业生在兜售吸尘器，越来越多的小店主沦落到进收容所的地步。许多中产阶级人士逐渐沦为无产者，但重要的是，他们看上去并不像无产者，至少在第一代人是这样。以我为例子吧，我出生于资产阶级家庭，却只有工人阶级的收入。我属于哪个阶级？从经济角度上看，我属于工人阶级，但我只会认为自己是资产阶级的一员。假如我必须选择一个阵营，我会选择和那些一直在压榨我的上流阶级在一起呢，还是和行为举止差异很大的工人阶级在一起呢？对我而言，在重大问题上，我会与工人阶级站在同一阵线。但有成千上万的人情况和我差不多，他们会如何作出选择呢？另外一个更加庞大，人数多达数百万的阶级呢？——那些办公室白领和各行各业穿着黑西装的雇员呢？——他们或许称不上是中产阶级，但如果你称呼他们为无产者，他们可不会对你表示谢意。这些人和工人阶级一样，有着共同的利益和共同的敌人。他们都是被这个社会体制所剥削压迫的人，但有多少人意识到这一点？在要紧的关头，他们几乎都会和压迫者站在同一阵线，与原本应该是他们的盟友的人作对。很容易想象，一个中产阶级人士就算被压迫到沦为赤贫的境地，仍会对工人阶级充满敌意，而法西斯党派就是这么形成的。

显然，社会主义运动必须赶在为时已晚之前争取到备受压迫的中产阶级。最重要的是，社会主义运动必须争取到办公室的工人，因为他们人数众多，如果能团结在一起，将极大地增强势力。但显然迄今为止这并没有实现。文员和旅行推销员是最缺乏革命思想的人。为什么？我认为很大程度上是因为社会

主义宣传中的“无产阶级伪善”。为了突出阶级之间的斗争，“无产者”一直被描绘成为肌肉饱满却被践踏蹂躏的男性角色，穿着油腻腻的工装服；与之形成鲜明对比的是“资本家”，一个肥头大耳狡诈邪恶的男人，戴着高礼帽，穿着貂皮大衣。我们以为在这两种人之间没有其它阶层，而真相当然是，像英国这样的国家，有四分之一的人口是处于这两种典型人物之间的中间阶层。如果你要宣扬“无产阶级专政”，首先你要做的，是解释清楚无产阶级指的是哪些人。但由于社会主义者将体力劳动者进行了理想化的拔高，到底无产阶级指的是哪些人这个问题一直弄不明白。那些可怜巴巴的小职员和售货员实际上挣的钱还不如矿工或码头工人多，但他们当中有多少人会认为自己是无产阶级的一员呢？一个无产者——他们接受了这样的观点——指的是没有戴领子的人。因此，当你和他们大谈“阶级斗争”，想感化他们，却只能将他们吓跑。他们忘记了自己收入有多少，只记得自己的口音，飞奔着去捍卫正在压迫他们的剥削阶级。

社会主义者们任重而道远。他们必须清楚无疑地在剥削者与被剥削者之间划清界限。这是一个事关原则的事情，最重要的一点是，所有收入微薄、朝不保夕的人都应该同舟共济，站在同一阵线进行抗争。或许，我们可以少谈一些“资产阶级”和“无产阶级”，多谈一谈剥削者与被剥削者。但不管怎样，我们必须摒弃会让人产生误会的空谈，说什么只有体力劳动者才是无产阶级这样的扯淡。我们的阵营必须包括文员、工程师、旅行推销员、“破落的”中产阶级人士、乡村杂货店主、低层公务员和其他形形色色的人士，承认他们也是无产者，让他们知道社会主义不仅是搬运工人和产业工人的福音，同时也

是他们的福音。我们不能让他们以为阶级斗争是一帮操上流社会口音的人和另一帮不操上流社会口音的人之间的斗争，因为要是他们真的这么想的话，他们就会加入操上流社会口音的人那一边。

我想说的是，现阶段不同阶级的人应该团结一致，求同存异。这听起来似乎很危险，似乎就像约克公爵的夏令营，又像是让人提不起劲的空谈，说什么阶级合作，并肩对抗的无趣的纲领，那些都是往眼里揉沙子的伎俩或法西斯主义，或两者皆是。利益背道而驰的阶级之间是不可能进行合作的。资本家是不可能与无产者合作的。猫是不可能和耗子合作的，如果猫提出合作，而耗子傻乎乎地同意了，过不了一会儿它就会被猫吞进肚子里。但是，如果是基于共同的利益，合作则可以进行。那些对老板阿谀奉承的人和那些一想到房租就头大的人其实能够齐心协力，共同合作。这意味着小业主必须和厂里的工人合作，打字员和矿工合作，校长和修车工人合作。如果能让这些人明白利益的所在，让他们进行合作是有希望的。但假如他们当中有些人怀着严重的社会偏见，对他们的影响不亚于经济利益的考量时，合作就不可能进行下去。毕竟，银行职员和码头工人在举止和传统上确实存在着真正的差异，而且银行职员打心眼里带着优越感。以后他们必须克服这种心理，但现在不是让他们这么做的好时机。这种毫无意义而刻板僵化的对资产阶级的挑衅几乎是所有共产党宣传工作的一部分内容，如果能够暂时停止，将会大有裨益。在左翼团体的思想和宣传作品中，从《工人日报》的社论到《新闻纪实报》的漫画专栏——总是有一股反上流社会的传统，总是对小资情调和价值观（用共产主义的术语来说，是“资产阶级的价值观”）进行非常不着调

的嘲讽。这些嘲讽大部分内容很无聊，大部分来自于资产阶级的挑逗者，而他们本身就是资产阶级，但是，这些内容非常有害，因为这让枝末小节影响了革命的大局，将我们的注意力从最重要的事实引了开去，即贫穷就是贫穷，无论劳动的工具是锄头、斧头还是自来水笔。

我要再一次重申，我出生于中产阶级，每周林林总总的收入只有三英镑。让我加入社会主义的阵营总比将我逼成法西斯主义者来得好一些。但如果你总是以“资产阶级意识形态”为借口欺负我，如果你总是让我觉得我是个卑劣的人，就因为我从未干过体力劳动，你只会让我产生敌对情绪，因为你在指着我的鼻子，告诉我要么我是一个天生一无是处的人，要么我必须端正自己的行为，而这超出了我的能力范围之外。我没办法让自己的口音、品味或信念变得像无产者们一样，而且就算我做得到我也不愿意去做。凭什么我得这么做？我不会要求别人说话时带着我的口音，凭什么别人要我说话时带着他们的口音？接受这些阶级的差别，不要反复强调它们是更明智之举。这些差别就像人种差别一样，而过往的经验表明我们可以与外国人合作，在有必要的情况下，甚至可以和我们不喜欢的外国人合作。在经济状况上我和矿工、搬运工和农场帮工一样困窘，我愿意和他们并肩奋斗。但在文化教养上我与矿工、搬运工和农场帮工不是一类人，如果你一再强调这一点，你是在逼着我与他们为敌。如果我只是一个孤例，这并不是什么大不了的问题，但其他无数人的情况与我类似。每个日夜都在担心会被解雇，每个战战兢兢害怕破产的小店主和我的情况是一样的。他们是没落的中产阶级，大部分人都在维持着表面的风光，认为这是让他们不至于沉沦的救命稻草。让他们抛下这根

救命稻草是不明智的举动。在接下来的几年里，可能会有大批大批的中产阶级人士突然毅然决然地投奔右翼团体。这样一来，他们或许会变得非常强大。迄今为止，中产阶级一直不成气候，因为他们从未学会团结，但如果你把他们吓坏了，团结起来一致反对你的话，你或许会发现自己亲手培育了一头恶魔。在此次大罢工中我们已经略见端倪了。

总而言之，除非我们能组建务实能干的社会主义政党，否则在本书前面的章节里所描述的情况将不可能得以改善，也不可能从法西斯主义的魔掌中将英国解救出来。这个政党必须怀着真正的革命目标，而且在人数上必须占据优势才能够成事。而要做到这一点，我们必须提出能真正吸引群众的目标。因此，我们最迫切需要的是明智的宣传政策。我们要少一些“阶级意识”、“对剥夺者的剥夺”、“资产阶级意识形态”和“无产阶级团结一致”这样的空谈，更不要提什么神圣的兄弟姐妹之情、思想观点、对立面、综合体这些废话，要多宣传一些公正、自由和失业的危机。我们要少说一些机械化进步、拖拉机、第聂伯河大坝和莫斯科最先进的三文鱼罐头工厂，那些事情并不是社会主义信条不可或缺的一部分，只会让很多人放弃社会主义，而社会主义事业需要他们，包括那些以笔谋生的人。有两件事必须让公众清楚地知道：其一，所有受剥削压迫的人们利益都是一致的；其二，拥护社会主义并不意味着放弃体面。

至于那个关于阶级区别的棘手问题，当前唯一可行的政策是奉行怀柔，尽量不要把更多的人给吓跑。最重要的是，不要再假惺惺地进行打破阶级隔阂的活动。如果你是资产阶级人士，不要太热情地冲上前去拥抱你的无产阶级兄弟。或许他们

不喜欢这样。如果他们表示不喜欢，你或许会发现你的阶级偏见并非想象中的那么死板。如果你属于无产阶级，无论你出身就是无产者还是蒙上帝所赐成为无产者，请不要动不动就嘲讽公学毕业生的做派。它蕴含着忠诚，而如果你知道如何应付的话，它是可以为你所用的。

当社会主义是一个鲜活的话题，成为许多英国人真心关注的问题时，我相信阶级区别这个问题将能比现在所想象的更加顺利地得以解决。接下来的几年里，成立一个卓有效率的社会主义政党将是我们的奋斗目标。如果做不到这一点的话，法西斯主义将获得胜利，或许那将会是带有英国特色的法西斯主义，有教养的警察部队代替了纳粹党卫军，狮子和独角兽[①]取代了纳粹的卐字徽。但如果到了那一天，斗争将会爆发，我们的财阀统治阶级可不会甘愿屈从于真正的革命政府。那时候各个社会阶级将组建起真正的社会主义政党并肩作战，对彼此的观感将大为改观。到那时，或许这种可怕的阶级偏见将会渐渐消失。我们这些没落的中产阶级——私立学校的校长、饥肠辘辘的自由撰稿作家、领 75 英镑年金的嫁不出去的上校的女儿、失业的剑桥毕业生、没有军舰的海军军官、文员、公务员、旅行推销员以及乡村市镇破产的布商——将沦落到与工人阶级为伍的地步，或许，我们会发现这其实并不像我们之前所担心的那么可怕，因为，说到底，我们所失去的，只是我们那装腔作势的口音。

① 狮子与独角兽是英国国徽上的两只动物，狮子代表英格兰，独角兽代表苏格兰。

作品题解

背景介绍：

1936 年奥威尔向出版人维克多 · 戈兰兹投出《让叶兰继续飘扬》的手稿后，戈兰兹邀请奥威尔撰写一部关于英国北方工业地区失业和经济状况的社会报告。1936 年 1 月 31 日到同年 3 月 30 日，奥威尔赴威根、巴恩斯利和谢菲尔德考察调研。从 1936 年 4 月到年底，奥威尔在赫福特郡的一个小村庄租了一间屋子，开始撰写《通往威根码头之路》，同时将小屋改造成一间杂货店，经营副业维持生计。《通往威根码头之路》于 1937 年出版，是纪实文学报告和政治杂文的合集，本书的第一部分记载了他在兰开夏和约克夏这两个北方工业区进行社会调查的报告。第二部分是他对中产阶级的政治态度和英国民众对社会主义的观感的思考总结。由于对英国社会主义的批判过于尖锐，出版《通往威根码头之路》的维克多 · 戈兰兹原本只想刊登本书的前半部分以免得罪左翼群体，但奥威尔坚持希望出版全文，无奈之下，戈兰兹只得在前言中声明是奥威尔坚持要出版全文，而他的意见并不代表出版社的立场和初衷，自从两人心生龃龉，渐行渐远。

关于这本书的名字为什么会出现码头(pier，在英语中带有海滨度假胜地的意味)二字，在 1943 年的一次电台采访中，奥威尔曾提到："恐怕我只能告诉你威根码头没有了。我在 1936 年专程到那里一趟，但我找不到它。但它确实存在过，从照片

上看，应该有二十英尺长……威根位于产煤区的中部，那里的风景几乎就只有煤渣堆，它总是被当作工业地区丑陋景象的一个标志代表。在流经小镇周围的几条污浊的运河上，有几座用木头搭建的摇摇欲坠的驳船停泊和装卸的船坞，某一个被人们戏称为威根码头，这个笑话被写入音乐厅的搞笑歌词里，通过这种方式，威根码头这个名字自此传了开去。”

时至今日，仍有游客慕《通往威根码头之路》之名到当地参观。曾负责威根码头之旅的经理卡罗尔·提尔德斯利表示：“感谢奥威尔指出我们的所有缺点似乎是很可笑的事情，但没有他，威根的名气不会这么大。乔治·奥威尔可是很有效的营销手段。”

内容梗概：

《通往威根码头之路》以北方城镇布鲁克夫妇经营的一家廉价寄宿旅馆为开始，生动地描写了英国底层人物的生活百态：旅馆及副业内脏店肮脏无比的环境、整天算计客人的房东夫妇、结不起婚而鄙夷婚姻的乔伊、得了绝症却没有家人照顾的胡克老头、被哄骗到旅馆里最好的一张床就寝的旅行推销员等。这种令人毛骨悚然的环境被众人视为平常。最后，奥威尔被饭桌下一个满满的夜壶所刺激，逃离了旅馆，继续上路出发。

然后奥威尔描述了英国煤矿工人的工作环境（每天上班前要在低矮的矿道走三到五英里路、高强度的体力劳动、频繁发生的各种矿难），以入木三分的笔触描写了矿工们工作的辛劳和危险。接着奥威尔剖析了矿工的真实收入，驳斥了当时广为流传的“矿工们享受高薪酬”的不实传闻。随后，奥威尔考察了工业区房屋紧缺的问题，并列举了许多具体的个案，并将市

政公屋与贫民窟进行比较，敦促政府在改善居住条件之余要考虑到民生和尊严。同时，奥威尔对威根的失业状况进行了介绍——失业问题在战后的英国格外突出，大量有劳动能力的人只能靠政府救济勉强度日，对国民的健康、生活态度和价值观造成了极为严重的破坏——并对威根特有的“抢煤渣”风俗进行了记述：整整一个下午，数百个男男女女冒着生命危险和严寒，为的就是抢到价值9便士的劣质燃料，而矿场里堆满了卖不出去的原煤。随后，奥威尔开始探讨英国南方和北方的地域歧视以及工人阶级有别于中产阶级的乐观态度和积极精神面貌。奥威尔还指出，他支持社会主义，但英国的社会主义运动出现了偏差，英国民众对那些夸夸其谈只会空喊口号而且行事乖张的理论家特别反感，而且那些出身中上层阶级的知识分子无法摆脱与生俱来的举止、态度和价值观的影响，不能放下身段深入了解民众的呼声和愿望，与他们亲密无间地共同奋斗，反倒以居高临下的姿态与人民貌合神离。更重要的是，面对法西斯主义疯狂而有效地煽动起民众改变现状的愿望从而达到自己的政治目的，英国社会主义运动应该反省其斗争策略，否则将为时已晚。

作品评论：

同时期对《通往威根码头之路》的评论无不盛赞该书第一部里对矿工的工作和生活细致深入的描写。埃迪丝·西特韦写道：“……开头所描写的恐怖情状是无可超越的。他（奥威尔）做了恩格斯在十九世纪中叶所做过的事情，只不过，奥威尔是一位天生的作家，而恩格斯，虽然怀着炽热的激情和卓越的思想，却称不上是一位作家。”

左翼书社的创始人之一，伦敦经济与政治学院教授哈罗

德·拉斯基在《左翼新闻》里发表评论，表示“第一部是宣扬我们的理念的极佳的宣传材料……但和许多怀着善意的人一样，奥威尔先生并没有给出治病的良方，却念起了咒语。他认为以‘自由和公正’为名义发起呼吁就能够吸引人们投身社会主义运动，这是非常幼稚的谬论，要不是看到有许多人也认同奥威尔先生的观点，我本认为并没有必要对它作出解释。它的根本谬误在于，他以为我们所说的自由和公正是同一回事，但我要重点指出：情况根本不是这样。”

《通往威根码头之路》开启了一扇让英国左翼人士了解他们所不熟悉的世界的窗口，展现了大萧条下英国北方矿区破败凋零的景象。它并非学术意义上的社会调查文章(没有问卷或详尽的客观描述、没有统计意义上有代表性的样本等)，只是奥威尔本着自己的人道主义精神深入实地进行考察后撰写的纪实性文学报告。但与冷冰冰的数字和图表报告相比，《通往威根码头之路》最突出的特点就是它的文学价值和思想高度。

走访英国北方矿区的旅程，促使奥威尔总结了社会主义在英国遇到的几个困难：

1. 社会阶层的扭曲和偏见导致中产阶层对工人阶级充满赤裸裸的敌对情绪，他们所接受的熏陶令阶级差别似乎成了无法逾越的鸿沟。

2. 英国本土的知识分子对大英帝国剥削殖民地的虚伪态度。他们只会在口头上批判殖民主义的罪恶，却不愿意接受英国失去殖民地后将承受的困难。

3. 中产阶级人士从信奉社会主义到在现实中碰壁，否定社会主义甚至信奉法西斯主义的转变是非常轻易就会发生的事情。

4. 群众对伪装成社会主义的各类半吊子唯信仰论思想的厌恶，而许多自称是社会主义者的人其实只是希望投机革命。

5. 社会主义总是和机器文明的发展联系在一起，不仅视机器文明为必要的发展阶段，更将机器文明视为终极阶段，几乎成了一种宗教，而社会主义的根本宗旨——公正与自由却被遗忘。

6. 英国社会被人为片面地割裂为工人阶级和资本家两个极端对立的群体，却忽视了文员、工程师、旅行推销员、“破落的”中产阶级人士、乡村杂货店主、低层公务员和其他形形色色的人士，他们也应该认同社会主义将为他们带来福音。

为了解决这些问题，有志于为社会主义目标而奋斗的人士不应该坐而论道，当空谈的改良家或革命家，而是应该走出书斋，实地考察民众生活的现状，了解他们的愿望和要求，从改良工作条件、改善饮食、提供失业帮助等具体的小事做起。在面临与民国时期的中国所经历的“问题与主义之争”相类似的问题时，纯朴的奥威尔希望能问题和主义两手抓，而他的初衷的出发点，正是他对进步与公正的真挚向往和真诚的人道主义精神。他的描写时至今日仍有着深刻的警惕意义：虽然煤矿业在英国已经被边缘化，在30年代一度达到80万的就业规模锐减至如今的4 000人，英国矿工的收入和待遇都达到了国家中等水平，而且机械生产和安全规章的完善使得矿工的安全和健康得到了保障，但世界范围内生活在《通往威根码头之路》所描述的工作条件和环境中的矿业工人和产业工人仍比比皆是，几代社会主义者所努力追求的自由与公正，让每个人作出自己应有的贡献并获得自己应得的报酬的理想国度仍未能真正到来。

奥 威 尔 作 品 全 集

· 奥威尔纪实作品全集

《巴黎伦敦落魄记》

《通往威根码头之路》

《向加泰罗尼亚致敬》

· 奥威尔小说全集

《缅甸岁月》

《牧师的女儿》

《让叶兰继续飘扬》

《上来透口气》

《动物农场》

《一九八四》

· 奥威尔散杂文全集

奥威尔杂文全集（上、下）

奥威尔书评全集（上、中、下）

奥威尔战时文集

George Orwell

奥威尔纪实作品全集

向加泰罗尼亚致敬

Homage to Catalonia

[英]乔治·奥威尔 著

陈超 译

上海译文出版社

第一章

在巴塞罗那的列宁兵营，加入民兵组织的前一天，我见到一个意大利民兵站在军官的桌前。

他是个相貌凶悍的年轻人，大概二十五六岁，长着褐红色的头发，肩膀强健有力，戴着一顶鸭舌帽，斜拉下来，遮住了一只眼睛。他侧对着我，下巴抵着胸膛，注视着桌上一张某位军官摊开的地图，迷惑地皱着眉头。他那张脸深深地打动了我。看到那张脸就知道他干得出杀人的事情，为朋友愿意两肋插刀——你会觉得他是无政府主义者，但他却是共产主义者。这张脸的主人既正直坦率，又凶残暴虐，而且看得出是个目不识丁的人，对上级领导非常尊敬。显然，他连那张地图的东西南北都分不清，觉得看地图就像看天书一样晦涩难懂。不知道为什么，我对他顿生好感——我很少对别人——我是说，别的男子——有这种感觉。那些人围着桌子在聊天，说起了我是个外国人。那个意大利人抬起头，语速很快地开口问道：

“意大利人？”

我操着蹩脚的西班牙语回答：“不，英国人。你呢？”

“意大利人。”

我们走出去时，那个意大利人走过房间，用力地和我握手。对一个陌生人你会感受到那股情谊，真是太奇怪了！似乎在那一瞬间我和他的心灵跨越了语言和文化的沟壑，结为了亲密伙伴。我对他颇有好感，希望他也对我有好感。但我知道，

如果我要保留对他的好感，我就不能再和他接触。不用说，我再也没有见过他。这种萍水之交在西班牙经常发生。

我提起这个意大利民兵，是因为他在我的记忆中留下了难以磨灭的印象。他那身蹩脚的制服和凶残而可怜巴巴的脸庞让我强烈感受到当时的特殊气氛。他和我对这场战争的所有回忆紧紧地联系在一起——巴塞罗那飘扬的红旗、一列列满载着士兵奔赴前线的破旧的火车、铁路线上那一座座灰蒙蒙的饱经战争破坏的城镇和山丘上泥泞冰冷的战壕。

那是1936年12月末，距离现在我动笔是不到七个月前的事情，但似乎已经过去了很久很久。后来发生的一连串事件使得这段时期的回忆变得模糊了，比1935年或1905年的回忆更加模糊。我来西班牙的目的是为了撰写新闻稿件，但我立刻加入了民兵组织，因为在当时那种气氛之下，那似乎是唯一的正确之举。无政府主义者仍然控制着加泰罗尼亚，革命形势如火如荼。对于从革命伊始就投身其中的人来说，到了12月或1月，革命似乎已经结束了。但对于一个从英国来的人而言，巴塞罗那的情景令我觉得十分震撼和惊诧。那是我生平第一次来到一个工人阶级翻身作主的城市。几乎每一座建筑都被工人占领，挂着革命的红旗和无政府主义者的红黑相间的旗帜。每一面墙上都画着锤头和镰刀的图案，写着革命党派的名字缩写字母。几乎每一座教堂都被捣毁，里面的神像被焚灭。工人群体正到处有组织地捣毁教堂，每一间商店和咖啡厅都写了标语，标榜自己是集体所有制经营，甚至连擦鞋匠也被集体化了，他们的鞋匣被涂成了红黑两色。服务员和售货员直视着你的脸，和你平等相待。奴颜婢膝的话，甚至那些礼节性的话都暂时消失了。没有人说“阁下”或“先生”，甚至“您”也不说了。

大家互称“同志”和“你”，打招呼时说的是“祝你健康”，而不是“请安”。法律规定不许给小费。有一次我想给看电梯的小男孩一点小费，结果被酒店的经理训了一通。街上没有私人的汽车，它们全都被征用了，所有的电车、出租车和许多交通工具都涂成了红黑两色。宣扬革命的海报无处不在，贴在涂成干净的红蓝两色的墙壁上显得特别振奋人心，让剩下的几张广告海报看上去就像脏兮兮的涂鸦。兰布拉斯大道是贯穿市中心的主干道，行人熙熙攘攘，穿梭不停。整条马路都安置了高音喇叭，从早到晚大声播放着革命歌曲。最奇怪的景象莫过于行人的面貌。从表面上看，富人已经基本上在这座城市绝迹，除了少数妇女和外国人之外，根本找不到“衣着华丽”的个体。大家要么穿着朴素的工作服或蓝色的吊带裤，要么穿着不同款式的民兵制服。这一幕幕景象非常奇怪而令人振奋，里头有许多事情是我无法理解的，在某种程度上甚至觉得不喜欢，但我觉得这是值得为之战斗的事业。我还觉得情况就像表面看起来的那样，这里真正成为了工人当家作主的国度，资产阶级已经被驱逐、处决或接受改造，与工人站在同一阵线。我没有意识到，许多富裕的资产阶级只是暂时化装为无产阶级的一员，低调地隐藏起来。

除了这些以外，战争的可怕影响随处可见。整座城市萧条破败，道路和建筑急待修葺。到了晚上道路非常昏暗，以防止敌人空袭。所有的商店几乎都空荡荡的。肉制品很少，牛奶几乎无从购买，煤炭、白糖、汽油非常紧缺，而面包的紧缺尤为严重。即使是现在，排队买面包的队伍经常一排就是几百码长。但看得出人们都很满足，充满了希望。这里没有失业，生活成本非常低廉。你很少看到完全赤贫的人，除了吉卜赛人之

外没有乞丐。最重要的是，大家都对革命和未来怀着坚定的信念，感觉突然迈进了平等自由的时代。每个人都试着展现出人性化的行为，而不是资本主义机器里的零部件。理发店里张贴着无政府主义的告示（几乎所有的理发师都是无政府主义者），庄严地宣告理发师不再是奴隶了。街上挂着彩色海报，规劝妓女从良。对于任何来自冷漠而目空一切的英语文明的人来说，这些胸怀理想主义的西班牙人说的尽是革命的陈词滥调，实在是乏善可陈。那时候街上卖的是最天真的革命歌曲的歌谱，内容都是关于无产阶级兄弟情谊和墨索里尼的邪恶作为，一本只卖几分钱。我经常看到大字不识几个的民兵买了一本革命歌谱，艰难地拼读着上面的文字，然后，等他理解了上面的内容，就将其哼成一首歌谣。

那段时间我一直在列宁兵营，表面上在接受训练，准备上前线作战。当我加入民兵组织时，他们告诉我第二天就会派我上前线，但事实上我得等候新的百人队组建完毕。战争伊始工会匆忙组建了工人民兵部队，至今还没有以正规军事编制进行整顿。负责指挥的“指战部”大概有三十人，士兵以百人队为编制，而纵队的人数规模则更加庞大。列宁兵营是一座宏伟的石建筑群，有一间骑兵学校和几个宽阔的鹅卵石庭院。这里原本是驻扎骑兵的营地，在七月份攻占下来的。我的百人队在其中一间马厩睡觉，那里的石头马槽上还刻着那支骑兵队士兵的名字。所有的马匹都被缴获并运到前线，但整个兵营还是弥漫着马粪和烂燕麦的味道。我在兵营待了一个星期，记得最清楚的就是马的味道、尖锐的军号声（我们所有的军号手都很业余——我还是在法西斯阵线外面偷听才学会吹西班牙式军号的）、军营里平头军靴的踏步声、冬日下漫长的晨训以及在沙

砾马术场上进行的热烈的足球比赛，一边各有五十名队员。兵营里大概有上千人，只有十来个单身女人，其他女人都是民兵的妻子，她们负责做饭。民兵组织里有女兵，但人数不是很多。当然，在最初的几场战斗中，这些女人与男人一起并肩战斗。在革命时期这似乎是天经地义的事情。但现在观念已经开始改变，在女兵们训练的时候，男兵们必须离开骑兵学校，因为他们会嘲笑女人，还想阻止她们训练。而在几个月前，看到一个女人手持长枪没有人会觉得是一件很滑稽的事情。

民兵们将整座兵营里的每一座建筑都搞得污秽不堪，这似乎是革命的副作用之一。每个角落里都堆放着被捣毁的家具、破碎的马鞍、黄铜的骑兵头盔、空的刀鞘和剑鞘，还有发霉的食物。食物浪费很严重，尤其是面包。光在我的营房每顿饭都得倒出满满一篮子面包——而平民们却缺少食物，实在是很不光彩的事情。我们在长长的高桌上吃饭喝酒，用的是永远油腻腻的锡盆和一种顶糟糕的西班牙式波隆酒瓶。波隆酒瓶是一种玻璃器皿，有一个突起的出水孔，只要你把它稍微倾斜一下就会射出一道细细的酒水，这样的话你就可以隔着一段距离喝到酒，不用将酒瓶凑到嘴边，大家可以传着喝酒。一看到大家在用波隆酒瓶喝酒，我就会提出抗议，要求用酒杯喝酒。在我眼里，这东西简直就像夜壶，特别是里面装着白酒的时候。

他们给征召的壮丁派发制服并不是一步到位，因为这里是西班牙，每样东西都是零星发放的。没有人知道谁领到了什么东西，许多我们最需要的物资，像腰带和子弹匣，直到最后一刻，火车已经在等着载我们上前线了，才发到我们手里。我提到了民兵“制服”，或许会让你形成错误的印象。其实那根本称不上是制服，应该说是“杂牌装”。每个人的军服都是照着

大体上同一个款式设计的，但基本上没有两套军服看上去是一样的。基本上队伍里每个人都穿着齐膝的灯芯绒马裤，但服装的一致性就到此为止。有的人缠着布绑腿，有的穿着灯芯绒长筒袜子，有的穿着皮绑腿，有的穿着长筒靴。大家都穿着拉链式的大衣，但有的是皮衣，有的是羊毛衣，而且颜色各异。至于军帽，可以说有多少个人就有多少种帽子。我们的军帽前面通常会别着党派的徽章，而且几乎每个人都会在脖子上围一条红黑的手帕。那时候一支民兵队伍看上去就是一帮外貌稀奇古怪的乌合之众，但当时就只能分发这些从不同的军工厂里赶制的衣服，考虑到当时的情况，能有这样的衣服就不错了。不过，那些衬衣和袜子都是粗制滥造的棉布织品，根本抵御不了严寒。想到民兵们在漫无纪律的头几个月所经历过的事情，我就觉得很恐怖。我记得读过两个月前的一份报纸，一位马联工党[①]的领导人视察完前线后说他会努力实现“每个民兵分到一条毛毯”。如果你曾经在战壕里睡过觉，这句话会令你不寒而栗。

到了兵营的第二天，我们开始了被戏称为“军训”的活动。一开始的时候情况非常混乱。征召来的新丁大部分是来自巴塞罗那、十六七岁的街头少年，空有一腔革命热情，但对战争一无所知。甚至连让他们整齐地排好队伍都是不可能的事情。这里漫无纪律，要是一个人不喜欢某个命令，他会从队列里站出来，激烈地和长官争吵。我们的指战员是个健硕的年轻人，脸蛋很稚嫩，性格热情开朗。他以前是常备军军官，现在

---

① 马克思主义联合工人党（西班牙语 Partido Obrero de Unificación Marxista，简称“马联工党” [the P.O.U.M.] ），创立于 1935 年，是西班牙的左翼政党，西班牙内战时支持西班牙共和国政体，与发动政变的弗朗哥将军作战。

看起来仍很英挺，英姿飒爽，穿着一尘不染的军服。奇怪的是，他居然是个虔诚热情的社会主义者。他比其他人更坚持不同军阶之间彻底的平等。我记得当一个傻帽的新丁称呼他为“长官”时，他会感到惊讶而难过。“什么！长官？谁叫我长官？难道我们不都是同志吗？”我怀疑这其实会妨碍他的工作。新兵所接受的军事训练对他们来说一点儿用处都没有。他们告诉我外国人可以不参加军训。（我发现西班牙人很自卑，觉得所有的外国人都比他们更熟知军事），但我和他们一道接受军训。我很想学会使用机关枪，我从未有过机会开机关枪。但令我失望的是，我发现根本没有人教我们如何使用武器。那所谓的军训不过是老掉牙的阅兵训练，傻得要命：向右转、向左转、向后转，三行队列齐步走和其他一些毫无意义的内容。这些我十五岁时就都学过了。训练游击队是非常不容易的事情。要是你只有几天时间操练士兵，显然你必须指导他们最迫切需要的技能：如何找掩护，如何在开阔地带行进，如何扼守阵地和构筑工事——最重要的是，如何操作武器。但这群热情的少年再过几天就要被派往前线，甚至没有学会如何用步枪射击，或如何拉开手榴弹的保险销。当时我不知道原来这是因为武器严重不足。在马联工党的民兵部队里，枪支短缺的情况非常严重，抵达前线的新兵只能从他们所接替的部队那里接过步枪。在整座列宁兵营，我相信只有负责岗哨的士兵才配备了枪支。

几天后，虽然按照常规标准我们仍是一群乌合之众，但领导们认为我们可以拉出去亮相了。好几个早上我们行军到西班牙广场后面山丘上的公园。这里是所有党派的民兵组织、武警部队和新组建的国民军一师共用的训练场。公园里好一派奇怪

而振奋人心的景象。每条道路和小径和原来的花床里都有一队队一排排的士兵在来来回回地走正步，一个个昂首挺胸，拼命想让自己看上去像个真正的士兵。大家都没有武器，而且没有一个人穿着一整套军服，大部分人身上的民兵制服都破破烂烂的。训练流程总是大同小异。我们要走三个小时正步（西班牙式的行军步子短而急促），然后就停下来，队伍解散。大家口干舌燥地朝半山腰一间小杂货店蜂拥而去，店老板正在大声吆喝叫卖廉价红酒。大家对我都非常友善。由于我是英国人，大家都对我很好奇。那些武警部队的军官很看得起我，请我喝酒。与此同时，我总是把中尉逼到一个角落里，吵着要他安排我接受机关枪训练。我总是从口袋里摸出我那本《雨果字典》，操着蹩脚生硬的西班牙语对他说道：

“不用步枪，用机关枪。要学机关枪。会学机关枪吗？”

他总是抱以一个不胜其扰的微笑，答应我明天就会有使用机关枪的指导课。但不用说，永远是明日复明日。又几天过去了，新丁们学会了漂亮地走正步和立正，而关于开枪射击，他们顶多只知道子弹是从哪头射出来的。有一天，当我们军训休息的时候，一位有佩枪的武警部队军官走了过来，同意让我们看看他那支步枪。我所在的排里，原来只有我会给步枪上子弹，更不知道该如何瞄准。

这段时间我一直在和西班牙语进行着斗争。兵营里除了我之外就只有另外一个英国人，军官里没有人会说一个法语单词。而我的战友们彼此说话时用的是加泰罗尼亚语，但这对我来说像是在听天书一样。我只能去到哪儿都带着一本小字典，一遇到紧急情况就从口袋里摸出来应急。但西班牙是我最想待的国度。在西班牙交朋友是非常容易的事情，刚过一两天已经

有几十个民兵战友称呼我的教名，向我讲解应注意的事项，他们的热情令我非常感动。我可不是在撰写宣传手册，我不会刻意美化马联工党的民兵组织。整个民兵组织体系有严重的缺陷，士兵们鱼龙混杂，因为到了这个时候志愿征募的兵源已经开始枯竭，许多最能干的男人已经上了前线或为国捐躯了。在我们当中，有相当一部分人到了战场根本派不上用场。有的孩子才十五岁就被父母派来参军，说白了就是为了一天十比塞塔的兵饷和吃顿饱饭。民兵们面包可以任吃，还能偷偷带一点回家孝敬父母。我和西班牙的工人阶级在一起时——或许我得说是加泰罗尼亚的工人阶级，因为除了少数几个阿拉贡人和安达卢西亚人之外，我身边就只有加泰罗尼亚人——如果有人不被他们的坦率和慷慨所打动，我会很鄙视这个人。西班牙人的慷慨有时几乎到了令你尴尬的地步。要是你向他要根烟抽，他会把整包烟硬塞给你。而且他们的慷慨并不只是停留于此，他们有一种真正的大度之风，而且在最不可能出现的情况下一次次地打动了我。有的记者和到过西班牙的外国人说西班牙人打心眼里对外国的援助抱以怨恨。我要说的是，我从来没有发现西班牙人有这样的心态。我记得在我离开兵营的前几天，一群士兵从前线回来休假。他们兴奋地谈论着自己的经历，对一支在韦斯卡和他们并肩作战的法国部队赞不绝口。他们说那些法国士兵非常英勇，还热情洋溢地补充道："比我们还要英勇呢！"我当然提出异议，他们解释说那些法国兵更熟悉军事——他们开起机关枪或扔起手榴弹什么的更加训练有素。但这番话很有意思。一个英国人宁可被砍断一只手也不会说出那样的话。

每个在民兵部队里服役的外国人在头几个星期都会爱上他

的西班牙战友，却又会被他们的某些品行气得够呛。在前线时我的气愤有时候真到了盛怒万分的地步。西班牙人什么都好，就是打仗不行。所有外国人都惊诧于他们的低效无能，而最令人头疼的是他们令人抓狂的毫无时间观念的性格。每个外国人都必须学会的一个西班牙单词就是“明天”（字面上是“早晨”之意）。只要有可能，今天的事情就会推到明天，情况之严重连西班牙人自己都开起了玩笑。在西班牙，从吃一顿饭到打一场仗，没有一件事情会准时进行。通常来说，他们做事情总是太迟了——但有时又太早了——所以你又不能以迟一点的时间为准。原本应该是八点钟出发的火车通常得拖到九点多十点才启程，但一星期或许会有那么一次，某位司机会一时心血来潮，七点半的时候就出发了。这种事情实在是令人讨厌。理论上，我很羡慕这些西班牙人不用像我们北方佬一样被时间折磨得神经衰弱，但不幸的是，我也是时间神经衰弱症患者中的一员。

经过无数次谣传、“明天”和推迟后，突然间我们收到命令准备上前线，只有两个小时进行准备，许多装备还没有分发。军需处乱得不可收拾。最后，许多士兵在装备不齐的情况下被迫出发。兵营里突然间不知从哪里冒出了许多女人，她们帮自己的男人卷好铺盖，打点好行囊。另一个英国民兵威廉姆斯的妻子是个西班牙女孩，她指导我如何把皮制子弹匣穿上，真是丢人。她是个风情万种的女孩，长着一双黑漆漆的眼睛，看上去似乎是个只会摇婴儿床的小妇人，但在七月份的巷战时作战非常英勇。那个时候她身怀六甲，战争开始十个月后产下宝宝，或许就是在一座街垒后面把孩子生下来的。

火车原定于八点钟出发，八点十分气急败坏满身大汗的军

官们才好不容易让我们在兵营的广场集结。我仍清楚地记得火把照耀下出发的那一幕——到处都非常喧闹兴奋，红旗在火把的照耀下迎风飘扬，队伍排得乱七八糟的民兵们背着行囊和打成一卷的毛毯，肩膀斜挎着皮制子弹匣，人人都在大吼大叫，还有沉重的军靴脚步声和锡盘叮叮当当的声音，还有人在声嘶力竭地让我们安静下来，最后总算成功了。一位政委站在巨幅的红旗下向我们致辞，说的是加泰罗尼亚语。最后，我们列队朝火车站进发，走的是最远的一段路程，有三四英里长，让整座城市的人都可以看到我们的英姿。在兰布拉斯大道我们停了下来，一支临时拼凑的乐队奏响了革命歌曲。我们领略到英雄出征一般的待遇——热烈欢呼声此起彼伏，红黑旗帜到处飘扬，友好的群众麇集在人行道上给我们送行，女人们在窗边向我们招手。那时候这一幕是那么自然，而如今却显得如此遥远而虚幻！火车上挤满了人，连地板都坐满了人，更别说有座位可以坐。最后一刻威廉姆斯的妻子从站台上冲了过来，递给我们一瓶酒和一串鲜红的香肠，那东西吃起来有肥皂味，会让你拉肚子。火车缓缓驶出加泰罗尼亚，以战时不到二十公里的时速驶上阿拉贡高原。

第二章

虽然巴巴斯特罗离前线还很远，但看起来很萧条破落。一群群穿着破烂制服的民兵在街头巷尾游荡，想让自己的身子保持暖和。在一面破墙上我看到一张去年的海报，上面写着“六头漂亮的公牛”将于某月某日在斗牛场里被杀。这张海报已经褪色了，看上去是那么凄凉！那些漂亮的公牛和英挺的斗牛士都到哪儿去了？如今似乎连在巴塞罗那也几乎看不到斗牛了——不知道为什么，那些一流的斗牛士都是法西斯分子。

他们把我的连队用卡车运到希塔莫，然后向西进发到阿尔库比尔，就在萨拉戈萨前线的后方。围绕着希塔莫反复发生了三次拉锯战，最后无政府主义者的军队在 10 月份将它夺了回来，一部分城镇已经被炮火夷为平地，大部分房屋坑坑洼洼地嵌满了步枪的子弹。现在我们位于海拔 1 500 英尺的高度，气温非常低，而且雾气缭绕，不知是从哪儿冒出来的。在希塔莫和阿尔库比尔之间卡车司机迷路了（打仗的时候这种事情经常发生），我们在迷雾中兜了几个小时，直到深夜才抵达阿尔库比尔。有人领着我们走过几摊泥泞的沼泽地，来到一间骡厩，我们就着谷糠堆挖了个洞，躺在里面立刻睡着了。谷糠堆干净的时候睡起来感觉还不错，没有干草堆舒服，但比稻草堆要舒服一些。直到早上我才发现谷糠堆上满是面包屑、报纸碎片、骨头、死老鼠和破烂的牛奶罐。

现在我们到了前线附近，近得可以闻到战争特有的气

味——照我的经验来说，就是粪便和腐烂的食物的味道。阿尔库比尔还没被轰炸过，比起大部分前线后方的村庄要好一些。但我觉得，即使是在和平年代，来到阿拉贡地区的村庄你也会震惊于这里的肮脏与落后。这些以泥巴和石头为材料的丑陋的房子建得就像堡垒一样，绕在教堂的周围。即使是在春天你也几乎看不到一朵鲜花。这里的房子没有花园，只有堆着骡粪的后院，上面栖息着颜色斑驳的野禽。天气特别不好，不是下雨就是起雾。几条狭窄的土路已经被泡成了一片泥沼，有的地方甚至深达两尺，卡车的车轮经常打滑陷在泥坑里。农民们让几匹骡子拉着自家的破车，有时候拉车的骡子会多达六匹，全部串成一排。来来往往的部队将整个村庄弄得肮脏不堪。这里从来没有过厕所或阴沟之类的设施，也没有一块稍微平整的地方让你走路时不用留心脚下。村里的教堂和方圆四分之一英里内的所有地方都被当成了公共厕所。当我回忆起战争头两个月的情形时，我就会想到冬天的留茬田，边缘堆满了粪肥。

两天过去了，我们还是没有分到步枪。当你去过行刑场后，看着墙壁上一排排的小坑——那些都是步枪子弹造成的弹坑，许多法西斯分子在这里被处决——你就知道阿尔库比尔的景色是什么样的。前线那边似乎很平静，因为送来的伤兵数目很少。最令我们兴奋的是那些法西斯部队的逃兵从前线被押送过来。在这个战区我们阵线对面的敌人很多并不是法西斯分子，他们只是被征召入伍的士兵，战争爆发的时候他们正在服役，又没有胆量逃避兵役。时不时，对面的士兵会三三两两冒险冲到我们这边的阵线投诚。毫无疑问，要是他们的亲人不在法西斯部队控制的领土的话，会有更多的士兵投诚。这些逃兵是我与“真正的”法西斯分子最早的接触。我吃惊地发现其实

他们和我们几乎没什么区别，只是他们穿的是卡其布军装。他们来到我方阵营的时候总是饥肠辘辘——在无人区躲了一两天，这是很自然的事情，但我们总是得意地认为这是法西斯部队粮草不足的证明。我见过一个逃兵在一户农民家里吃饭，那是一幕挺让人心酸的情景。一个二十来岁的高个子青年，满脸风霜，衣服破破烂烂的，正蜷缩在火堆旁边狼吞虎咽地吃着满满一盆炖菜。与此同时，他的眼睛紧张地打量着站在他身边看着他的一圈民兵。我觉得他可能还半信半疑地以为我们是嗜血凶残的“赤匪”，等他吃完这顿饭就会将他枪决。那个看守士兵一直拍着他的肩膀，安慰着他。在一个值得纪念的日子，十五个逃兵一齐投奔我方。一个骑白马的士兵领着他们绕着村子走了一圈以示庆祝。我拍了一张模糊的照片，后来被偷走了。

到达阿尔库比尔的第三天早上，我们的步枪运到了。一个脸膛粗糙、脸色蜡黄的军士在那个骡厩里派发枪支。当我看到他们递给我的那个东西时，我觉得万分沮丧。那是一把1896年的德制毛瑟枪——已经有四十年的历史了！枪管锈迹斑斑，枪栓很紧涩，木托开叉了。只要看一眼就知道枪口已经腐蚀了，根本没指望能开枪。大部分枪支都和这把步枪一样残旧，有一些枪支的情况甚至更糟，而且没有人把最好的枪支分发给那些知道如何开枪的士兵。最好的一把枪只有十年的历史，分给了一个十五岁的半白痴，大家都知道他是个娘娘腔。那个军士给我们进行了五分钟的“培训”，讲解如何给步枪装子弹，如何拆下枪栓。许多民兵以前从来没有摸过枪，我猜想很少人知道瞄准器是干吗用的。每个人分到了五十发子弹，然后大家集结起队伍，背上行囊，出发前往三英里外的前线。

我们的百人队有八十个士兵和几条军犬，蜿蜒地沿着道路

行军前进。每支民兵纵队至少有一只狗作为队伍的吉祥物。和我们一起行军的狗里面，有一只狗身上烙着POUM四个大大的字母，它走起路来样子鬼鬼祟祟的，似乎知道自己的样貌见不得人。一面红旗在队伍的最前方迎风飘扬，旁边是矮矮胖胖的比利时指战员乔治·克普，骑着一匹黑马。前面有一个从土匪一般的民兵骑兵队调过来的小青年，趾高气扬地策马来回，每到一处土丘就会让马直起两条后腿，自己摆出趾高气扬不可一世的姿态。革命发生时西班牙骑兵的优良战马被大批缴获，移交给了民兵组织。当然，这些马都被活活骑死了。

蜿蜒的道路两边是贫瘠的黄土田地，自从去年收割庄稼以后就荒弃至今。我们前面是低矮延绵的山脉，横亘在阿尔库比尔和萨拉戈萨之间。现在我们接近前线了，离炸弹、机关枪和泥泞越来越近。我心里很害怕。我知道眼下前线很平静，但和身边大部分战友相比，我的岁数大了一些，仍记得第一次世界大战的情形，但当时我的年纪又太小，没有参军作战。对我来说，战争意味着呼啸的炮弹和四处飞舞的弹片，而最可怕的是，战争意味着泥泞、虱子、饥饿和严寒。说起来好笑，但我害怕严寒甚于害怕敌人。自从来到巴塞罗那，这个想法一直在折磨我。我甚至曾经彻夜不眠，想象着战壕里的严寒，想象着在漆黑的黎明中准备战斗，想象着自己端着一把结霜的步枪在巡逻守夜，想象着靴子的鞋面那些结成冰的泥浆。我还得承认，当我看着一道行军的战友时，心里顿时感到恐惧不安。你想象不出我们看上去是怎样一群乌合之众。我们艰难地拖着步子，一群绵羊都比我们更有纪律。行军还不到两英里路，队伍的后方已经落到了视野之外。大概有一半所谓的士兵其实都还是孩子——我的意思是真的都还是些孩子，最大的才十六岁。

但他们都很雀跃兴奋，因为他们终于可以上前线了。快到前线的时候，队伍前面走在红旗旁边的孩子们喊起了口号："前进，马联工党！""法西斯军队都是纸老虎！"等等——这些口号原本应该显得威风凛凛气壮山河的，但他们的声音是那么稚嫩，听起来就像小猫咪的叫声一样可怜。这帮孩子衣衫褴褛，扛着破旧的步枪，甚至连开枪都不会，而共和国就靠他们去保卫，实在是太可怕了。我记得当时我在心里纳闷，要是一架法西斯军队的飞机掠过我们头顶，驾驶员会不会觉得根本没有必要俯冲下来用机关枪对我们扫射。或许在空中他就可以看出我们根本算不上是正规部队吧？

道路突然拐进了山脉，我们走上右边的岔道，沿着一条狭窄而蜿蜒的骡道绕着山脊继续前进。西班牙这一区的山脉形状很奇怪，呈马蹄形，顶部是平坦的，两边非常陡峭，下面是广阔的谷地。高一点的山坡上只长着灌木丛和石楠，到处都暴露着石灰岩白色的岩架。这里的前线没有延绵的战壕，在这个多山的国度根本不可能挖战壕。这里只有一个接一个的工事岗哨，我们都叫做"阵地"，布满每座山头。站在远处你可以看到我们的"阵地"就在马蹄形的山顶处，用沙包垒起一个形状不规则的工事，上面飘扬着一面红旗，土坑里生了火，正在冒烟。再走近一点，你可以闻到一股恶心的、甜腻腻的味道，接下来的几个星期我的鼻子里一直缭绕着这股气味。阵地后边挖了一个坑，几个月的垃圾都埋在里面——挖得很深，里面尽是面包残渣、排泄物和生锈的罐子。

我们接替的连队正在打点行装。他们已经驻守前线三个月了，身上的制服糊了一层泥浆，靴子裂成了几块，大部分人脸上长了络腮胡须。这个阵地的指挥员是莱温斯基上尉，但大家

都叫他本杰明，他是波兰籍犹太人，不过母语是法语。他从掩体中钻了出来，和我们打招呼。他个头不高，大约二十五岁，长着一头硬挺的黑发和一张苍白而热情的脸，打了这么久的仗，脸上脏兮兮的。我们头顶的天空响起了几声流弹的枪响。这个阵地呈半圆形，范围大约是五十码，用沙包和石灰石修筑了工事，挖了三四十个像老鼠洞一样的掩体。威廉姆斯、我和威廉姆斯那个西班牙妻舅立刻在附近找了一处没有人睡、看上去还挺舒服的掩体。前面不时传来步枪的枪声，在石山间怪异地回响着。我们刚把行囊放下，从掩体里爬出来时，又传来一声枪响，我们连队的一个男孩从工事那边冲了回来，血流满面。不知怎地他开了一枪，把枪管给炸了，炸膛的弹壳碎片在他的头皮上刮了几道伤痕。这是我们的第一个伤兵，而且是很有典型意义的自伤事件。

那天下午我们开始执行第一次守卫任务，本杰明带着我们绕阵地兜了一圈。在工事前面有几道狭窄的战壕，是将石灰岩挖空修出来的，上面凿了非常原始的射击孔。战壕里面和后面有十二处岗哨。战壕前面布设了铁丝网，然后山势一路而下，谷地似乎深不见底。对面是光秃秃的山丘，有几处地方只有陡峭的岩壁，看上去灰蒙蒙的一片，非常冷清，似乎没有生灵，连一只鸟也没有。我从射击孔里小心翼翼地朝外面张望，想辨认法西斯军队战壕的位置。

“敌人在哪里？”

本杰明夸张地挥了挥手，“就在辣边。”（本杰明会说英语——但非常蹩脚。）

“在哪儿？”

根据我对战壕作战的理解，法西斯军队离我们应该有五十

码到一百码远。但我什么也没看见——似乎他们的战壕修得非常隐蔽。接着，我惊讶地看到了本杰明指示的那个地方，就在溪谷对面的小山上，距离至少得有七百米，有一座工事的轮廓和一面红黄色的旗帜——那就是法西斯军队的阵地。我觉得无以言状地失望。我们离他们远着呢！这个距离完全超出了步枪的射击距离。但这时周围兴奋地叫嚷着。远处冒出了两个法西斯士兵灰色的身影，趴在光秃秃的山脊上。本杰明从最近的士兵那里抓过一把步枪，瞄准目标扣下扳机。哒！是发哑弹。我觉得这可不是什么好兆头。

新哨兵一爬进壕沟里就开始胡乱开枪，但并没有确切的目标。我可以看到那些法西斯分子就像蚂蚁一样躲在工事后面来回走动着，有时候一个黑点会冒失地停住一会儿，那是一个敌人的脑袋。从这里开枪根本打不到他们，但我左边的那个哨兵离开了他的岗位，在西班牙这种情况特别普遍。他靠在我身边，开始怂恿我开火。我想对他解释说距离这么远，我们用的又是些旧枪，要想射中对方除非是走了狗屎运。但他只是一个小孩，不停地朝一个黑点挥舞着他的步枪，热切地咧嘴笑着，就像一只狗等候着你扔石子儿。最后我瞄准七百米外的一个目标开了一枪，那个黑点不见了。我希望这一枪能让他吓一跳。那是我生平以来第一次朝一个人开枪。

现在我目睹了前线的情况，觉得非常恶心讨厌。他们就管这个叫打仗！我们甚至和敌人没有任何接触！守在战壕后面时，我甚至不想俯下头颅。但没过一会儿，一颗子弹呼啸着掠过我的耳际，击中了我身后的背墙。天哪！我躲了起来。我一直在赌咒发誓子弹从我身边掠过时，我绝不会躲起来，但躲藏的动作似乎出自于本能，几乎每个人都会做出这种举动，至少一回。

第三章

在战壕里有五件事情很重要：柴火、食物、香烟、蜡烛和敌人。在冬天的萨拉戈萨前线，这五样事情的重要性基本上就是这么一个顺序，敌人是最不要紧的，没有人在乎敌人，除了晚上之外——敌人总是会发动突袭。敌人只是遥远的黑色虫子，时不时在视线中来回走动一下。敌我阵营最关心的事情是取暖。

顺便说一下，在西班牙的时候我所见到的都是些非常小规模的战斗。从一月到五月我驻守阿拉贡前线，而从一月到三月底，除了特鲁埃尔以外，前线几乎没有战情。三月份时围绕韦斯卡展开了激烈的战斗，但我只是扮演了一个微不足道的小角色。到了六月份，敌人朝韦斯卡发动了猛烈的进攻，数千士兵在一天内阵亡，但在此之前我已经中枪负伤了。别人心目中的战争恐怖基本上没有发生在我身上。没有飞机在我的附近投下炸弹，也没有炮弹在我周围五十码内的地方爆炸，我只参加过一次近身战（我想说一次就已经足够了）。当然，我经常置身于机关枪猛烈的火力之下，但基本上距离都很遥远。即使是在韦斯卡，如果你行动谨慎小心的话，基本上也是安全的。

在这里，萨拉戈萨的群山之间，我感受到的只是阵地战的无聊和艰苦。这里的生活就像都市职员的工作一样平淡无奇一成不变。站岗、巡逻、挖战壕；挖战壕、巡逻、站岗。在每座山上，无论是法西斯军队还是忠于共和国的军队，一小撮脏兮

兮的、衣衫褴褛的士兵蜷缩在旗帜周围试图保持身子暖和。从早到晚，毫无意义的子弹就在空荡荡的山谷之间穿梭，只有在极其罕见的情况下才会打中人。

我经常环顾四周寒冬的景致，惊诧于这里的荒凉。这么一场战争根本毫无意义！早些时候，大概是在十月份，为了争夺这里的山头展开了激烈的战斗，然后，由于人员和武器的紧缺，特别是缺乏炮火支援，大规模作战根本无法展开。双方军队各自挖好战壕，守住争夺到手的山头。在我们的右方也是马联工党控制下的一座小前哨阵地，在我们左边的山坡上，差不多七点钟的方位上，是加泰罗尼亚社会主义联合党①的一处阵地。对面是一座高一些的山坡，山顶有几个小型的法西斯岗哨。这里所谓的阵地崎岖蜿蜒，幸好每座阵地上都飘扬着旗帜，否则根本无从辨认。马联工党和加联社党的旗帜是红色的，而无政府主义军队的旗帜是红黑两色，基本上法西斯军队的阵地上飘扬着象征君主体制的旗帜（红—黄—红），但有的阵地上飘扬着共和国的旗帜（红—黄—紫）。这里的风景令人惊叹，前提是你能忘记每座山坡的顶部都驻守着军队，因此堆满了罐头和排泄物。在我们右方，山峦拐向东南方向，接着是宽阔而纹理分明的山谷，一直延绵到韦斯卡。在平原的中间像胡乱掷出骰子一样分布着几座房屋，那里是罗布雷斯小镇，由保皇党控制。每到早上，山谷总是被云海淹没，山丘看上去光秃秃的，呈现深蓝色，整幅风景就像一张相片的底片那么怪异。

---

① 加泰罗尼亚社会主义联合党（The Partit Socialista Unificat de Catalunya，简称“加联社党”［the P.S.U.C.］），创建于1936年，是加泰罗尼亚境内社会主义者和共产主义者结成的左翼政党，西班牙内战期间支持共和国体制，与发动政变的弗朗哥将军为敌。

在韦斯卡后面还有更多和这里一模一样的山丘，上面堆着积雪，每一天的形态都各不相同。再往后就是比利牛斯山巍峨的群峰，山上终年积雪不化，似乎飘浮于虚空中。即使是下面的平原，一切看上去都是那么死寂荒凉。在我们对面，那些山丘看上去就像大象皮一样灰不溜秋又皱巴巴的。天空中很少有鸟儿飞过。我从未到过一个鸟儿如此稀少的国度。这里随时可以看到的鸟就只有喜鹊和一群群的松鸡，总是在半夜突然叫唤，把人吓一跳。偶尔可以看到老鹰在天上缓缓地翱翔，总是会引来步枪射击，但它们根本不屑一顾。

每到晚上和大雾天气，我方和法西斯军队就会派人到山谷巡逻。没有人喜欢这份差事，因为那里很冷，而且很容易迷路。很快我就发现我随时可以出去巡逻。广阔蜿蜒的山谷里没有任何道路，每次巡逻你只能靠多走几趟，熟记地标地貌认路。最近的法西斯阵地离我们的阵地开枪的距离是七百米，但要走到那儿至少得走上一英里半的路程。走在漆黑的山谷里，头顶上流弹穿梭往来，就像红脚鹬在尖叫，那种感觉实在很有趣。而大雾天气就更好玩了。这里的雾经常会持续一整天，而且总是缭绕着山顶，山谷里倒是视野很清楚。当你走近法西斯军队的阵地时你只能爬得像蜗牛一样缓慢。在半山坡要安静地走动是极其困难的事情，到处都是一踩上去就嘎吱作响的灌木丛和石灰岩地。我试了三四次，才溜到法西斯军队阵地那边。那天起了浓雾，我爬到铁丝网边侧耳倾听，可以听到那些法西斯分子在里面聊天唱歌。接着我警觉地听到有几个人正下山朝我这边走来。我躲在灌木丛后面，那丛灌木似乎突然间变小了。我尽量安静地扳下步枪的击铁，但那几个人折了开去，没有走过来，也没有看见我。在我藏身的树丛后面，我看到了以

前战斗的众多痕迹——一堆空弹壳、一顶上面有弹孔的皮帽，还有一面红旗，应该是我军的旗帜。我把那面红旗带了回去，但那些人毫无怜惜之情，把它撕成碎片当抹布用。

我们一到达前线，我就被提拔为下士，用西班牙话讲，我当上了“卡博”[1]，有十二名部下。这可不是挂名的闲职，尤其是战斗刚刚开始的时候。我们的百人队尽是一帮未经训练的乌合之众，大部分都是些十几岁的小孩。在民兵阵营里你到处会遇到才十一二岁的小鬼，通常都是从法西斯占领的地区逃过来的难民。他们入伍当兵，为的只是讨口饭吃。他们通常被安排在后方干轻体力活儿，但有时会钻到前线来，大家都觉得他们就是一帮瘟神。我记得有个小王八蛋朝火堆里扔一个手雷“闹着好玩”。在波塞罗山，我想没有哪个士兵的年纪不到十五岁，但他们的平均年龄肯定在二十岁以下。这个年纪的男孩不应该被派上前线，因为他们无法忍受与战壕战密不可分的失眠。刚开始的时候，我们几乎没办法组织好夜间的防御工作，我只能将班里那帮可恶的小孩生拉硬拽地从掩体里拖出来，等你一转过身他们就离开岗位，溜回掩体里睡觉。更有甚者，虽然天寒地冻，他们就靠在战壕的墙上，沉沉地睡着了。幸运的是，敌人只是在消极应战。有好几个晚上，我觉得要是有二十个配备气枪的童子军或二十个配备长刀的女童军攻过来的话，我们的阵地就会宣告失守。

在此时以及过后很长一段时间，加泰罗尼亚民兵部队的组织结构和战争刚刚打响时没什么两样。弗朗哥发动兵变后的早期，民兵组织是由多个工会和政党匆忙组建的。每支队伍都有

---

① 原文是西班牙语“cabo”。

着浓厚的政治组织色彩，除了效命于中央政府外，还服从政党的命令。1937 年初，“无政治立场”的人民军依照正规军的编制组建，各党派的民兵组织理论上要接受改编，但在很长一段时间内，军队改组只是一纸空文。直到六月份新组建的人民军才抵达阿拉贡前线，而在此之前旧的民兵组织体系没有任何改变。该组织体系的根本特征是强调军官与士兵地位的平等。每个人，从将军到普通士兵，领取一样的军饷，吃一样的食物，穿一样的军服，彼此之间完全平等相待。你可以和指挥某个师团的将军勾肩搭背，问他讨根烟抽，没有人会认为这是很出格的事情。理论上每支民兵队伍都奉行民主，没有地位高低之分。大家都知道必须服从军令，但你下达命令时是出于同志之情，而不是上级对下级发号施令。民兵组织有军官和军士，但没有普通意义上的军阶，也没有军衔和徽章，不需要并腿敬礼。他们试图在民兵队伍中树立起一套无阶级社会的临时制度规范。当然，绝对平等是不存在的，但已经相当平等了，我此前从未见到过，也无法想象在战争的时候能够以这种组织去打仗。

但我必须承认，乍一眼看上去前线的情况非常糟糕，令我忧心忡忡。靠这么一支军队怎么能够赢得战争？当时每个人都在这么说，但这番指责虽然有其道理，却不切实际。因为在当时的情况下民兵部队已经做到最好了。一支现代化的机械部队不是凭空从土里冒出来的。要是等政府培训出听命于自己的军队，弗朗哥将军[①]根本不可能受到抵抗。后来，贬低民兵成了

① 弗朗西斯科·弗朗哥·巴哈蒙德（Francisco Franco Bahamonde，1892—1975），西班牙独裁者，1936 年西班牙大选时左翼政党获得胜利，弗朗哥将军在保守势力支持下发动军事政变，并独掌大权。1939 年弗朗哥成功镇压革命，获得内战胜利。二战期间弗朗哥宣布西班牙为中立国，二战后恢复君主体制并继续掌权，直至 1975 年逝世，还政于西班牙国王胡安·卡洛斯一世。

一种时尚，原本应归因于训练与武器不足的弊端统统被斥之为是奉行平等的结果。事实上，新组建的民兵的确是一帮乌合之众，但这并不是因为军官们称呼普通士兵为“同志”，而是因为新丁总会是乌合之众。事实上，民主式的革命纪律要比想象中的更加可靠。在一支由工人组建的军队中，服从纪律在理论上是出于自愿，其基础是阶级的忠诚；而一支资产阶级军队的纪律究其本质是建立在恐惧之上。（取代民兵组织的人民军奉行的纪律介于二者之间。）民兵组织绝对不容许普通军队中司空见惯的欺凌和虐待发生。正常的军事处分依然存在，但只有严重违反军事纪律的士兵才会受罚。当一个士兵拒不服从军令时，你不会立刻处罚他。你先会对他晓之以理，动之以情。毫无管理经验的愤世嫉俗之辈会立刻说这种方式根本没有用，事实上，这种工作方式从长远来说是有效的。渐渐地，连那些最为刺头的民兵纪律性也逐渐提高。一月份的时候管好手下那十二名新丁让我的头发几乎都愁白了，但五月份的时候我当上了负责实际指挥的中尉，手下有三十名士兵，有西班牙人，也有英国人。我们与敌人交战达数月之久，没有人违背我的命令，而他们都自愿承担危险的任务。“革命式”的纪律建立在政治觉悟之上——他们都能理解为什么必须服从军令。传播这一道理需要时间，但在兵营里把一个人训练成自发服从命令的军人也需要时间。那些嘲笑民兵体制的战地记者忘记了一件事：当人民军在后方受训时，是民兵组织守住了阵线，而居功至伟的正是“革命式”的纪律，因为直到 1937 年 6 月，让他们支撑下去的只有对阶级的忠诚。你可以枪毙个别逃兵——时不时地确有逃兵被枪毙——但假如一千名逃兵一齐决定临阵脱逃，根本没有什么能阻拦他们。换成是征召制的部队置身于同样的

情况——要是没有监军的话——或许一早就土崩瓦解了。虽然民兵组织没打过几场胜仗，但他们守住了阵地，而且很少有逃兵。在马联工党民兵部队服役的四五个月里，我只听说有四个人当了逃兵，而其中有两个可以肯定是潜入我军窃取情报的间谍。刚开始的时候情况的确很混乱，而且兵员的训练明显不足，很多时候你得争论五分钟才能让士兵服从你的命令，这让我惊愕不已，而且义愤填膺。我接受的是英国军事理念，而西班牙的民兵组织与英国军队完全不是一回事。但考虑到实际情况，他们要比想象中更加英勇善战。

与此同时，柴火出了问题——总是柴火出问题。在那段时间我的日记时时刻刻都在提到柴火或缺少柴火的问题。我们位于海拔两三千英尺的高度，时至隆冬季节，天气冷得无法以言语形容。温度并不是很低，许多晚上甚至在冰点以上，中午的时候冬日的太阳会照耀大地约一个小时。但就算气温真的不是太冷，我也可以明确地告诉你感觉真的是非常冷。有时会刮起呼啸的寒风，把你的军帽吹掉，让你冷得汗毛直竖；有时浓雾会涌入战壕，让你感觉似乎冷入骨髓。天老是下雨，即使只下十五分钟都足以让严寒难以忍受。石灰岩上那层细细的泥土立刻变成了湿滑的泥浆。由于你总是在山坡上走路，你根本没办法站稳脚步。在漆黑的晚上走二十码路我得摔十几个跟头，而这非常危险，因为你的枪栓可能会被泥巴堵塞。连续好几天，你的军服、军靴、毯子和步枪总是沾满了泥巴。在力所能及的范围内我带了许多厚衣服，但许多士兵严重匮乏衣物。在一百人的队伍里，只有十二件厚实的军大衣，只能在换哨的时候轮流穿。大部分士兵只有一条毛毯。在一个冰天雪地的夜晚，我在日记里记下我身上穿了多少件衣服，内容很有趣，似乎在展

示一个人到底能够穿上多少件衣服。我穿着一件厚厚的背心和长裤、一件法兰绒上衣、两件套头毛衣、一件羊毛夹克、一件猪皮夹克、一条灯芯绒马裤、一对绑腿、一双厚厚的袜子、一双靴子、一件厚实的战壕大衣、一条围巾、一副带条纹的皮手套和一顶羊毛帽子。但我还是冻得像水母一样浑身发抖。不过，我得承认，我是个特别怕冷的人。

柴火是唯一要紧的事情。关于柴火的问题是，基本上我们找不到任何柴火。我们这座可怜的山头几乎没有什么植被，而几个月来这里住着许多冻僵了的民兵，结果就是，任何比手指粗的柴火一早就被烧掉了。当我们不在吃饭、睡觉、守阵地或疲惫地站岗时，我们就跑到阵地后方的山谷里拾柴火。那段时间我的记忆几乎都是在几乎垂直的山坡上下跋涉，热切地寻找小树枝当柴火，粗糙尖利的石灰岩把我们的靴子割得七零八碎。三个人花几个小时捡到的柴火只够让掩体里生的火堆烧上一个小时。搜寻柴火的渴望让我们成了植物学家。我们把长在山上的每样植物根据其燃烧质量分门别类。许多石楠和草类植物可以用来生火，但只能烧上几分钟；野迷迭香和小金雀花树丛在火烧得旺的时候可以作为补充燃料；有的橡树发育不良，长得比醋栗丛还矮，基本上烧不了。这里有一种干芦苇，用来生火最好不过了，但这些只长在山顶阵地的左方，你得冒着被枪弹击中的危险才能捡到。要是法西斯军队的机关枪手见到你，他们会把整匣子弹都朝你射过来。通常他们都瞄高了，子弹会在你的头顶呼啸而过，但有时候子弹会离你的身子特别近，击中石灰岩，碎片飞溅，而你就嘴啃泥趴在地上，继续拾捡那些芦苇——没有什么能比柴火更重要。

比起严寒，其他的不适都似乎无足轻重。当然，我们所有

人身上总是很脏。我们的水和食物都是从阿尔库比尔用骡子运过来的，每个人一天只分到一夸脱[1]水。水脏得要命，和牛奶一样浑浊。这些水是用来喝的，但每天早上我会留一小盆作洗漱之用。基本上我会隔一天洗一次脸，另外隔一天刮一次胡子。水总是不够用，不能同时洗脸刮胡子。阵地里臭气熏天，走出战壕不远到处都是便溺之物。有的民兵习惯在战壕里大便，晚上摸黑巡逻时实在令人恶心。但我可不怕脏。肮脏是人们平时太大惊小怪的事情。很快你就会习惯不用手帕，直接用你洗脸的盘子盛东西吃饭。过了一两天，和衣睡觉也不再让你觉得难受。晚上睡觉的时候你根本不可能把衣物脱掉，尤其是靴子。一旦敌人展开袭击，你必须一下子准备好迎战。驻守阵地的八十个晚上我只脱过三次衣服，不过白天的时候我倒是换过几次衣服。由于天气太冷，虱子倒是没有，但家鼠和野鼠却很猖獗。人们经常说家鼠和野鼠不会在同一处地方出现，但假如食物多的话，你会发现两者不请自来。

在其他方面我们过得还不错。伙食蛮好的，红酒可以喝个够，每天可以分到一包香烟，隔一天发一次火柴，甚至还分过蜡烛。这些蜡烛都很细，就像圣诞蛋糕上点的那些，大家都认为这些蜡烛一定是从教堂那里缴获的。每个掩体每天分到三寸长的蜡烛，可以点上二十分钟。那时候还买得到蜡烛。我买了几磅蜡烛带在身上。到了后来，由于蜡烛和火柴紧缺，生活十分悲惨。如果你没有缺过这两样东西，你不会意识到原来它们这么重要。比方说晚上响起警报的时候，大家都在掩体里，抢着要拿自己的步枪，踩到别人的脸上。这时能有点亮光或许就

① 英制单位中一夸脱约合 1.136 升。

能决定生死。每个民兵都有火绒和几码长的黄灯芯。除了步枪之外，这就是他最重要的物品了。火绒的好处很大，因为在风中也能点着，但它们只能阴燃，不能用来生火。当火柴严重短缺时，我们就只能把子弹的弹头拔掉，用火绒点着火药，以这种方式生火。

我们过着非常艰苦的日子——战时的日子都是这样，如果你能将这称之为战争的话。整支民兵部队对按兵不动的决策都非常不满，吵着要知道为什么我们不能发动进攻。但大家都知道在很长一段时间之内不会开启战事，除非敌人发起进攻。乔治·克普定期到我们阵地视察，他坦率地告诉我们："这不是战争。"他总是说："这是一出滑稽剧，时不时死上个把人。"事实上，阿拉贡前线陷入僵持有其政治原因，而当时我对其根本一无所知。但军事上的困难——不仅仅是兵员不足——每个人都看在眼里。

首先要说的是西班牙这个国家的特征。我们和法西斯军队对峙的前线最重要的特征就是地利因素非常关键，只能从一边向对方发起进攻。在这些地方，只要挖几道战壕，除非双方军力对比悬殊，否则光靠步兵根本无法攻占。在我们这边的阵地上，十几个士兵和两挺机关枪就足以抵御一营敌人的进攻。我们驻守在山顶，本来会是大炮的活靶子，但敌人没有大炮。有时候我会眺望周围和远处的风景——噢，我是多么慷慨激昂！——只要有几门大炮，你就可以接连摧毁敌军的阵地，就像拿着一把锤子砸开坚果一样轻松。但我军根本没有大炮。法西斯军队有时会从萨拉戈萨运来一两门大炮，轰来几枚炮弹，但数量非常稀少，所有的炮弹都炸到了空荡荡的峡谷里，没有造成任何伤亡或破坏。由于没有大炮，敌人又设置了机关枪，

你只有三件事可以做：在安全的距离之外挖战壕——四百码足够了；冲过无人区被敌人屠杀；或展开小规模的夜袭，但这并不足以改变局势。事实上，我们的选择只有两个：僵持或自杀。

除此之外，基本上每样战争物资都严重匮乏。要意识到在这个时候民兵的武器装备是如此糟糕并不是一件容易的事情。英国任何一所公立学校的军官培训营都要比我们更像一支现代军队。我们的武器装备之差令人瞠目结舌，值得把细节记录下来。

这个战区的全部炮兵火力就只有四门迫击炮，每门迫击炮配备了十五发炮弹。不用说，这四门迫击炮十分珍贵，不能轻易开火，于是都放在阿尔库比尔保存着。每五十人配备一挺机关枪，虽然都是老式型号，但三四百码内还是相当精准。除此之外我们只有步枪，大部分步枪都是废铜烂铁，一共有三种型号。第一种是长管毛瑟枪，基本上都有二十年以上的历史，瞄准器不比坏掉的车速计准多少。大部分枪支的来复线已经被腐蚀到不可收拾的地步，不过十把枪里有一把还是可以用的。接下来是短管毛瑟步枪，或穆斯克东式步枪，是骑兵配备的武器。这些枪比其他枪支更受欢迎，因为它们轻便易携，在战壕里不会太累赘，而且看上去相对新一些，似乎更有杀伤力。事实上，这些枪几乎派不上用场。它们都是用废弃的部件重新拼凑的，没有枪栓属于原来的步枪。有四分之三的枪支打了五发子弹后就肯定会卡壳。还有一小部分是温彻斯特步枪。这些枪倒是能开，但精准度非常糟糕，而且这种枪没有弹匣，开一枪就得上一次子弹。弹药非常紧缺，上前线的士兵每人只能分到五十颗子弹，大部分都是哑弹。这些西班牙造的子弹都是重新

装填的，就算是最好的步枪也会卡壳。墨西哥造的子弹质量好一些，因此都留给机关枪使用。最好的子弹是德国制造的，但只能通过战俘和敌军逃兵缴获，数量非常少。我自己总是会在口袋里留一匣德国造或墨西哥造的子弹，用来应急。但事实上当紧急情况到来时我很少开枪：我非常害怕会卡膛，不敢往里面填子弹，担心它会炸开来。

我们没有钢盔，没有刺刀，几乎没有左轮或手枪，每五到十个人才有一枚手榴弹。这个时候所使用的手榴弹是所谓的“无政府主义手榴弹”，极其可怕，是由无政府主义者在战争伊始时制造的。它的设计原理取自米尔斯式手榴弹，但压杆不是由扣针固定，而是由一片胶带固定。你撕开胶带，然后以最快的速度将其扔出去。据说这些手榴弹是“中立”的，既会炸死目标，也会炸死投弹的人。还有几种手榴弹，虽然更加原始，但似乎没那么危险——对于投掷者而言。直到三月底我才看到安全一些的手榴弹。

除了武器之外，其他相对次要的战争必需品也很紧缺。比方说，我们没有地图或测绘图。西班牙从未被完整勘测过，这一地区唯一的详细地图是旧的军用地图，几乎全落在法西斯军队手里。我们没有测距仪，没有瞭望镜，没有潜望镜，只有少数几个人有战地望远镜，没有照明弹或维利式信号弹，没有剪铁丝网的钳子，没有军械士的工具，甚至几乎没有清洁工具。西班牙人似乎从来没有听说过枪刷，当我自己捣鼓出一个的时候他们就在旁边惊奇地看热闹。当你的步枪需要清膛时，你把它交给军士，他有一根细长的铜推弹杆，却是弯曲的，因此总是会刮花来复线。我们甚至没有机油。你得用橄榄油润滑枪支，还得等分到橄榄油的时候再说。我试过用凡士林、雪花膏

甚至火腿的脂肪给步枪上油。而且我们没有灯笼或手电筒——我相信在我们整个战区前线这个时候根本找不到一个手电筒。你只能到巴塞罗那附近才能买到手电筒，甚至在那里也很难买到。

随着时间流逝，附近的山丘一直在断断续续地交火，我越来越怀疑究竟会不会有事情发生，让这场荒诞的战争多一点生机或多一份死亡的气息。我们的敌人是肺炎，而不是活生生的敌人。当双方战壕相距超过五百码时，只有撞大运才能开枪击中目标。当然伤亡在所难免，但大部分伤亡都是自己导致的。如果我没记错，在西班牙我所目睹的头五个伤者都是被自己的武器弄伤的——我不是说他们是故意弄伤自己，而是出于事故或他们自己不小心。我们那些老旧的步枪本身就是一大危险。有的步枪如果枪托敲到地面的话就会走火。我见过一个士兵的枪支走火，子弹把他的手击穿。在漆黑一片中，新兵总是朝彼此开枪。有一天还是黄昏的时候，一个哨兵在二十码外朝我开了一枪，子弹距离我的身体只有一码——天知道这些西班牙士兵蹩脚的枪法有多少回救了我的命。还有一次在雾天我去巡逻，临走前仔细叮嘱了指挥员。但回来的时候我跌倒在一处灌木丛上，哨兵吓坏了，叫嚷着法西斯军队杀来了，我听到指挥员命令大家朝我的方向开枪，觉得又好气又好笑。当然，我卧倒在地，子弹从我的头顶飞过，没有打中我。没什么能让西班牙人，至少是那些西班牙小青年意识到开枪是危险的事情。后来有一次我给机关枪手和他们那挺机关枪拍照，那挺机关枪就直对着我。

“别开枪。”我一边对焦一边半开玩笑。

“噢，不会，我们不会开枪。”

话没说完就传来一阵惊心动魄的巨响，一串子弹掠过我的脸庞，火药灼伤了我的面颊。这只是无心之举，但那几个机枪手觉得很好玩。而就在几天前他们才目睹了一个骡夫被一位政委开枪误杀，那个政委拿着一把自动手枪胡乱开枪，结果五颗子弹击中了那个骡夫的胸膛。

这一时期我军所使用的晦涩的暗语也非常危险。那都是一些无聊的对子，听到一个词得用另一个词回答，总是带着道德说教和革命气概的色彩，比方说：文化对进步、我们对无敌，要那些目不识丁的哨兵记住这些自以为是的词语几乎是不可能的事情。我记得有一天晚上，暗语是加泰罗尼亚对英勇。一个名叫贾米·多米尼克的圆脸农民过来问我到底暗语是什么意思。

“英勇——英勇是什么意思？”

我告诉英勇的意思就是勇敢。过了一会儿，他在漆黑中爬出战壕，哨兵问他：

“站住！加泰罗尼亚！”

贾米嚷道：“勇敢！”还很肯定自己的回答是正确的。

砰！

幸好哨兵那一枪没有击中他。这场战争中，但凡有一丝可能，人人都会打偏目标。

第四章

在前线待了三个星期后，英国独立工党派来了别动队，有二三十人，抵达阿尔库比尔；为了让前线的英国人凑在一块儿，我和威廉姆斯奉命去和他们会合。我们的新阵地位于西边几英里外的奥斯库罗山，萨拉戈萨就在视野之内。

阵地位于锯齿状的石灰岩上，掩体水平地挖进了崖壁里，就像崖砂燕的窝。掩体挖得很深，里面一片漆黑，而且挖得很矮，就算是跪着也无法钻进去，更别说站着。站在制高点，在我们的左边是另外两处马联工党的阵地，其中一处是前线每个男人向往的地方，因为那里有三个负责伙食的女民兵。她们谈不上漂亮，但这个阵地仍得禁止其他部队入内。在我们右方五百码处是加联社党的阵地，就座落在阿尔库比尔大道的拐弯处。就在这里这条路在不同的势力间易手。晚上你可以看到我们的后勤卡车亮着车灯从阿尔库比尔一路蜿蜒地开过来，与此同时，你也可以看到法西斯军队的后勤卡车从萨拉戈萨开出来。你可以看到西南边十二英里处的萨拉戈萨——一条细长的光带，就像一艘轮船亮了灯的舷窗。从 1936 年 8 月至今，政府军一直觊觎这个地方，但迟迟无法将其攻下。

我们队伍有三十名士兵，包括一个西班牙人（就是威廉姆斯的妻舅拉蒙），还有十二名西班牙机关枪手。不可避免的会有一两个士兵惹人讨厌——众所周知，战争总会引来一些渣滓——但除此之外，英国人无论是从身体素质还是心理素质上

说，都是非常优秀的士兵。或许最优秀的士兵是鲍勃·斯迈尔利——他的祖父是一位著名的矿工领袖——后来他在瓦伦西亚蒙冤遇害。尽管语言上有障碍，英国人和西班牙人总是相处得很愉快，这就足以证明西班牙人的性格。我们发现所有西班牙人都会两句英语。一句是“OK，宝贝”，另一句是巴塞罗那的妓女们勾搭英国水手时说的一个词，恐怕排字师傅不会把这个词印出来。

这里的前线阵地也没有什么动静：只有零星的枪声，偶尔法西斯军队会以迫击炮轰击我们阵地，大家都跑到最上面的战壕看迫击炮弹炸到了哪座山头。在这里敌人离我们要近一些，距离大约在三四百码左右。敌军最近的阵地正好在我们阵地对面，布设了机关枪射击孔，老是引诱我们浪费子弹瞎打一气。法西斯军队不屑于用步枪射击，只要他们看到这边有人暴露身影，就会以机关枪精准地进行扫射。但是大概过了十天我们才有一人负伤。对面的敌军是西班牙人，但根据逃兵提供的情报，里面有几个德国军士。以前还有摩尔人——可怜的家伙，他们一定感受到了严寒的滋味！[①]——因为在无人区有一具摩尔人的尸体，混在西班牙人的尸首里特别显眼。在我们左方一两英里处阵地就到头了，那里是一片低平的开阔地，树木长得很密，属于两不管地带。我军和法西斯军队经常白天到那里巡逻。我们巡逻时就像童子军巡逻一样，好玩得很。那些法西斯巡逻队总是在我的视野几百码之外。趴在地上匍匐前进一大段距离，你可以深入法西斯军队的阵线，甚至可以看到那座飘扬着君主制旗帜的农舍，那里就是这个战区法西斯军队的指

① 摩尔人(the Moors)：指生活在北非的阿拉伯人，当地气候炎热。

挥部。时不时我们会朝房子开上几枪，然后赶在敌人的机关枪找到我们的位置之前就躲起来。我原本指望能打破几扇窗户，但房子大约距离我们有八百米之远，靠我们那几把破枪，你连房子都不一定能打到。

天气总是晴朗冷冽，有时中午会阳光普照，但总是冷得要命。在山坡上你会发现番红花或鸢尾花的嫩芽破土而出。显然，春天来了，但来得非常慢。晚上比以前更冷。凌晨交班后我们总是把做饭后留下的火堆扒开，然后站在火红的余烬上。虽然这样很糟蹋靴子，但双脚很舒服。不过，黎明时分群山之巅的风景为彻夜未眠的人带来了些许补偿。我讨厌山，就算是看风景也不喜欢，但有时候黎明在我们身后的山峰上突然降临，第一缕金光如利剑般刺穿黑暗，然后金光和深红色的云海渐渐延展开去，直到不可思议的距离。虽然你一晚上没有睡觉，虽然你的双腿膝盖以下已经毫无知觉，虽然你闷闷不乐地想到还要再等上三个小时才有饭吃，但你仍觉得那一幕风景不容错过。在打仗的这段时间我见过的黎明比我除此之外的人生中见过的加起来都多——或许比我今后的余生中将要见到的也要多吧，希望是如此。

我们这里人手紧缺，这意味着站岗的时间更久，身体更加疲惫。虽然战事平静，但我开始苦于睡眠不足。除了守住岗位和巡逻之外，晚上总是会响起警报，需要等候命令。而且在地洞里你的双脚被冻得疼死了，根本无法安睡。在前线的头三四个月里，我想大概得有十几天我在二十四小时内没睡过觉，而能睡一整晚的机会不超过十次，一星期只睡二三十个小时是很平常的事情。缺睡的后果没有我所想象的那么严重。我变得非常迟钝，上山下山没有变简单，反而变难了，但我感觉还蛮好

的，就是老是肚子饿——天哪，真的好饿！什么食物我都觉得好吃，连每个人在西班牙吃到一见就烦的扁豆我也觉得好吃极了。我们喝的水是用骡子或饱受折磨的毛驴从几英里外驮来的。不知道为什么，阿拉贡的农民对骡子很好，却对驴子极其恶劣。如果一头驴子不肯走了，他们会经常踢它的睾丸。蜡烛没得发了，火柴越来越紧缺。那些西班牙人教我们怎么用炼乳罐子、弹壳和破布做橄榄油灯。虽然橄榄油不多，但如果你有的话，这些东西可以用来帮助点火。橄榄油灯总是半明半灭，而且老是冒烟，光亮只有蜡烛的四分之一，勉强可以借光找到你的步枪。

真正打起仗的希望似乎很渺茫。我们离开波塞罗山时我清点了一下子弹，发现将近三个星期以来我只朝敌人开过三枪。他们说一千发子弹才能打死一个敌人，照这样算起来得等上二十年我才能杀死第一个法西斯分子。在奥斯库罗山敌我的阵地更加接近，我们开枪的频率更加频繁，但我确信没有打中任何一人。事实上，此时此地真正的武器不是步枪，而是高音喇叭。你杀不了敌人，你就只能朝他们喊话。这种作战方式匪夷所思，需要解释一下。

当敌我阵地的距离只有一嗓之隔时，双方的士兵总是躲在战壕里朝对方喊话。我们这边会喊："法西斯势力都是纸老虎！"而法西斯军队那边会喊："西班牙万岁！弗朗哥万岁！"——而当他们知道对面有英国人时，他们就会喊："英国佬滚回去！我们这里不欢迎老外！"政府军这边，民兵们的宣传攻势是为了瓦解敌人的士气，这已经发展出一套固定的技巧。守在合适位置的士兵，通常都是那些机关枪手，会奉命执行喊话的任务，还配备了高音喇叭。基本上喊话的内容就是同

样的话，都是在宣传革命理想，向法西斯士兵解释他们是在助纣为虐，为国际资本主义卖命，提醒他们自己正在与阶级同志为敌，等等等等，还规劝他们弃暗投明。这些话总是重复了一遍又一遍，不停地换人，有时整整一个晚上喊话从不间断。毫无疑问，这么做是有效果的。有的法西斯逃兵就是听了我们的宣传而跑过来的。你可以想象一下，某个可怜的家伙正在站岗——很有可能是个社会主义者或无政府主义工会成员，被强行征召入伍——他正守在岗位上，快被冻僵了，而“不要与你的同志为敌”的口号在黑暗中一遍又一遍地响起，他一定会心有感触，或许让他在逃与不逃的两个选择间徘徊。当然，这种情况不符合英国式的战争理念。当我第一次见到这种宣传攻势时，我承认我是觉得非常诧异愤慨的。他们居然不去想怎么开枪打死敌人，而是怎么策反敌人！现在我觉得无论从什么方面考虑这都是合情合理的策略。普通的战壕作战如果没有炮火支援，对敌人发动进攻只会是杀敌一千自伤八百。而如果你能让一部分敌人军心动摇，让他们当逃兵，那不是更好吗？逃兵可比尸体更有用，因为他们能提供情报。但一开始的时候我们都不赞成这一作战策略。这让我们觉得西班牙人视战争有如儿戏。在我们右边加联社党的阵地上喊口令的那个士兵喊话很有艺术。有时候他不会空喊革命口号，而是告诉那些法西斯士兵我们的伙食要比他们的好得多。他在讲述政府军的伙食时，总是会平添几分虚构。“面包加黄油哦！”——你会听到他的叫喊声在空荡荡的山谷间回荡——“我们正坐下来吃面包加黄油哦！多么美味可口的面包加黄油哦！”我相信和我们一样，他已经有好几个星期或好几个月没有见过黄油了，但在严寒彻骨的夜晚听到有面包加黄油或许会让许多法西斯士兵垂涎三尺。

连我都忍不住流口水了，虽然我知道他其实是在骗人。

二月份的一天，我们见到一架法西斯战机正朝我们飞来。和往常一样，我们的机关枪手在开阔地架设了一挺机关枪，枪口朝天，每个人都躺在那儿瞄准目标。我们这几座互不相连的阵地不值得轰炸，通常那几架法西斯的战机在飞越我们阵地时会绕开躲避机关枪的扫射。这一次那架战机径直飞了过来，但飞得很高，不值得开枪射击。它没有投下炸弹，而是洒下一些白色亮晶晶的东西，在空中不停地翻转着。有几份飘到我们的阵地上，那些是法西斯报纸《阿拉贡先驱报》，宣告马拉加失陷的消息。

当晚法西斯部队发动了进攻，但以失败告终。当时我正要回掩体里，已经半睡半醒了，这时头顶上掠过一梭梭子弹。有人朝掩体高喊着："敌人进攻了！"我抓起步枪，匍匐着爬到阵地顶部自己的岗位那里，旁边就是机关枪。天色一片漆黑，枪声非常可怕。我想有五挺机关枪在对我们疯狂扫射，而且法西斯部队从自己的阵地上朝这边疯狂地投掷手榴弹，引发了沉重的爆炸。周围一片漆黑。在我们左方的山谷里，我看到几支步枪闪烁着绿光，有一小撮法西斯军队，或许是侦察队，正想从旁边包抄。在漆黑一片中，子弹嗖嗖嗖地从我们身边掠过。几颗炮弹呼啸而来，但并没有落在我们周围（这场仗老是这样），大部分炮弹都是哑弹。当我们后面山头又一门机关枪开火的时候，我真的吓得魂飞魄散——事实上，那挺机关枪是来支援我们的，但当时似乎我们被前后夹攻了。突然我们那挺机关枪卡壳了，原因是那些劣质的子弹堵住了枪管，漆黑中我们找不到推弹杆。显然，我们只能坐以待毙。那几个机枪手不屑于找掩护躲藏，事实上他们还故意暴露自己的位置，于是我只

能学他们那样。虽然这只是一次小突袭，但整段经历非常有趣。那可以说是我第一次与敌人交火。而让我觉得羞耻的是，我发现自己吓得快没命了。我发现人在密集火力之下感觉总是一样的——与其说你是在害怕会被打中，不如说你是因为不知道哪个部位会被打中而害怕。那一瞬间你心里充满了疑惑，不知道子弹会打中哪里，整个身体变得特别敏感和别扭。

过了一两个小时，火力减弱了下来，然后渐渐平息。我们只有一名战友中枪。法西斯军队在无人区架设了几挺机枪，但他们仍保持在安全距离之外，并没有试图强攻我们的工事。事实上，他们没有发动进攻，只是在浪费子弹，发出点声响庆祝攻占马拉加。这件事给我的教训是，我学会了不去相信报纸上宣传的战情报道。过了一两天，报纸和电台报道说敌人以骑兵和坦克（开上垂直的山坡！）发动了猛烈进攻，被勇敢的英国士兵击退了。

我们都认为法西斯军队所说的马拉加沦陷纯属谎言，但第二天传来了更加令人信服的传闻。一两天后，我军正式承认此事。整件事不光彩的真相渐渐揭晓——马拉加的守军在没有开一枪一弹的情况下就撤退了，意大利军队的怒火没能发泄到临阵脱逃的守军上，于是拿可怜的平民开刀，有的平民被追击上百英里，最后死在机关枪扫射下。消息令整个前线的将士感到心寒，无论真相到底是什么，民兵组织上上下下都认定马拉加的沦陷是因为有人叛变革命。那是我第一次听说叛变革命或目标分歧。我开始对这场战争产生了怀疑，而在此之前，是非对错似乎黑白分明，非常美妙。

二月中旬我们离开了奥斯库罗山，连同这一区全部马联工党的部队参加韦斯卡围城战。我们乘坐卡车在冬日的平原行驶

了五十公里，葡萄藤还没有发芽，冬麦刚从地里破土而出。从我们的新战壕望去，四公里外的韦斯卡看上去就像一座闪烁着光亮的玩具城堡。几个月前攻下希塔莫的时候，指挥政府军的司令员夸下海口："明天我们就在韦斯卡喝咖啡。"结果他错了。经过几波伤亡惨重的进攻，韦斯卡仍然无法拿下。"明天我们就在韦斯卡喝咖啡"成了全军上下盛传的一则笑话。如果我能再回西班牙，我一定会去韦斯卡喝一杯咖啡。

第五章

直到三月底韦斯卡的东线风平浪静——几乎风平浪静。我们距离敌人有一千两百米远。当法西斯军队退守韦斯卡时，驻守这一带的共和军没有过于冒进，因此形成了一段口袋状的阵线。后来我们被迫推进阵线——顶着炮火可不是一件容易的事情——但现在敌人可能根本不曾存在过。我们整天就忙着取暖和找东西吃。这段时间发生了几件让我觉得很有趣的事情，其中有几件稍后我再作描述。我得按照事情的来龙去脉，对政府内部的政治情况进行一番介绍。

一开始的时候我忽略了这场战争的政治层面，直到现在我才开始被迫关心政治。如果你对党派政治斗争不感兴趣，大可以跳过这一部分。正是因为这个原因，我想把这篇纪实的政治问题单独写成章节，但我不可能纯粹只从军事角度描写这场西班牙内战。究其本质，这是一场政治上的斗争。要弄明白这场战争里的任何事件，你都必须先对政府内部的党派争斗有所了解，至少在第一年是这样。

我来到西班牙的时候，包括后来一段时间，我对西班牙的政治局势一无所知，也完全不感兴趣。我知道战争打响了，但我不知道这是一场什么性质的战争。如果你问我为什么要加入民兵，我会回答说："抗击法西斯主义。"如果你问我为了什么而战，我会回答说："为了共同的尊严。"我相信《新闻纪实报》和《新政治家报》等报刊的说法：这场战争是在保卫

文明，抗击希特勒资助的毕灵普上校[①]式的人物领导的军队发动的一场疯狂的兵变。巴塞罗那的革命气氛令我深深地着迷，但我没有尝试去理解它的真谛。至于走马灯一样变幻的政党和工会，他们的名字令人感到非常厌烦——加联社党、马联工党、伊无联[②]、国工联[③]、总工联[④]、伊共青团[⑤]、社青联[⑥]、国工协[⑦]——这些名字让我觉得很窝火。乍看上去似乎名字缩写的瘟疫在西班牙横行。我知道我隶属于马联工党的部队（我加入马联工党的民兵组织纯粹是因为我拿着独立工党的介绍信来到巴塞罗那），但我不知道各个政党之间存在着严重分歧。在波塞罗山，他们指着阵地的左方说道：

“那边是社会主义者（指的是加联社党）的阵地。”我迷惑地问道：“我们不都是社会主义者吗？”我觉得在一起出生入死的人之间区分党派是很愚蠢的事情。我一直认为：“为什么我们不能抛却所有这些政治上的胡说八道，团结一致赢得这场战争呢？”这当然是正确的“反法西斯”态度，英国报纸一直在谨慎地散播这一观点，不让人们了解西班牙国内斗争的真

---

① 毕灵普上校（Colonel Blimp），二十世纪三十年代英国漫画家戴维·楼尔（David Low）为《伦敦标准晚报》创作的漫画形象，是个性格傲慢自大的沙文主义者，信奉军事强权，妄图一直保持大英帝国统治世界的荣耀。

② 指伊比利亚无政府主义者联盟（The Federación AnarquistaIbérica），简称“伊无联”（F.A.I.）。

③ 指国家工人联合会（The Confederación Nacional del Trabajo），简称“国工联”（C.N.T.）。

④ 指工人联盟总会（Unión General de Trabajadores），简称“总工联”（U.G.T.）。

⑤ 指伊比利亚共产主义青年团（Juventud ComunistaIbérica），简称“伊共青团”（J.C.I.）。

⑥ 指社会主义青年团联盟（Juventudes Socialistas Unificadas），简称“社青联”（J.S.U.）。

⑦ 指国际工人协会（Asociación Internacional de los Trabajadores），简称“国工协”（A.I.T.）。

相。但在西班牙，尤其是在加泰罗尼亚，没有人能保持暧昧的态度。每个人，无论他有多么不情愿，迟早都得选择自己的立场。即使他不关心政党和他们那些水火不容的“纲领”，为了保命也得这么做。人们加入民兵部队为的是反抗弗朗哥，但他们也成了两大政治理论斗争中的棋子。当我在山坡上拾柴火并思索着这究竟是一场战争还是《新闻纪实报》夸大其词时，当我在巴塞罗那暴乱中躲避共产党的机关枪时，当我最后逃离西班牙，警察紧随身后时——这些事情发生在我身上，完全是因为我在马联工党的民兵组织服役，而不是加入加联社党。这两个名字简称之间竟然有如此之大的差别！

要了解政府军的构成，你必须了解战争是如何开始的。七月十八日战争打响时，或许欧洲的每个反法西斯人士都看到了希望。因为从表面上看，民主终于挺身与法西斯主义进行斗争。过去几年来，那些所谓的民主国家步步向法西斯主义退让。日本人可以在满洲为所欲为；希特勒攫取了权力，对各方面的政治反对势力大肆屠杀；墨索里尼对阿比西尼亚人民展开轰炸，而五十三个国家（我想是五十三个）对此缄口不言。但当弗朗哥试图政变推翻由温和左派执政的政府时，出乎所有人的意料，西班牙人民发动起义反对弗朗哥的暴行。或许这将是局势的转折点。

但有几件事情被公众忽略了。首先，弗朗哥与希特勒和墨索里尼根本不能同日而语。他所领导的军事政变有贵族阶层和教会势力在背后为其撑腰，在大体上，尤其是在开始阶段，这场政变的目的不是为了施行法西斯主义，而是复辟封建体制。这意味着弗朗哥不仅与工人阶级为敌，而且各阶层的自由资产阶级也视他如寇仇——当法西斯主义以更摩登的方式出现时，

这些人是它的拥趸。更重要的是，西班牙的工人阶级并不是像我们在英国所设想的以保卫“民主”和“现状”的名义反抗弗朗哥。他们的反抗是带有明确的革命色彩的暴动——你或许几乎可以说它本身就是革命。农民们瓜分了土地；工会控制了工厂和交通设施；教堂被捣毁，牧师们被驱逐处死。《每日邮报》在天主教会的鼓噪下，得以将弗朗哥打扮成一位爱国志士，要从残暴的“赤匪”手中挽救祖国。

战争的头几个月，弗朗哥真正的敌人不是共和政府，而是各大工会。叛乱一爆发，有组织的城市工人就立刻作出回应，发动了总罢工，并要求从公共武器库得到武装——经过一番斗争，他们的要求得到了满足。要不是他们自发采取行动，而且坚决进行抵抗，或许弗朗哥的政变根本无人能加以制约。当然，这种事情没办法得到确认，但至少有理由去这么想。共和政府根本没有采取行动阻止叛乱，而叛乱从很久以前就已经是意料中的事情。而政变发动之后，政府的态度非常软弱犹豫，事实上，在一天之内西班牙有三位总理上台下台[①]。而且，虽然武装工人是挽救局势的有效手段，但政府的态度迟疑不定，只是在激烈的民意要求下才勉强进行。但是，武器还是派发下去了，在西班牙东部的大城镇，法西斯军队一溃千里，斗争的主力是武装工人，并得到仍对政府效忠的武装部队（突击卫队等）的援助。只有怀着革命理想的人才能如此艰苦卓绝地进行斗争——他们相信自己在为了比现实更美好的未来而奋斗。在众多的反抗城市据说一天之内有三千人死于街头巷战。男女平

---

① 原注：这三人分别是奎罗加（Quiroga）、巴里奥斯（Barrios）和杰拉尔（Giral）。前两位拒绝向工会组织派发武装。

民身上就绑着炸药雷管冲过开阔地带，炸毁由训练有素的士兵以机关枪把守的砖石建筑。法西斯军队还在交通要道设置了机关枪阵地，出租车司机以六十英里的时速进行自杀式冲锋。即使你没有听说过农民们夺取土地，成立地方苏维埃政权等事情，你也很难相信曾经是抵抗行动中坚骨干的无政府主义者和社会主义者这么做是为了保卫资本主义民主，尤其在无政府主义者的眼中，资本主义民主无非就是中央集权化的欺诈机器。

与此同时，工人们掌握了武装，到了这时他们拒绝交出武装。（即使到了一年后，据估计加泰罗尼亚的无政府主义者联盟依然掌握着三万支步枪。）那些亲法西斯的大地主的田庄被农民们占据了。伴随着工业和交通的集体化，通过成立地区委员会、以工人巡逻队代替亲资本主义的旧警察部队、建立以工会为基础的工人民兵部队等措施，工人们尝试着建立起工人政府的雏形。当然，这一过程没有统一行动，而加泰罗尼亚比其他地方更加激进。有的地方政府机构几乎没有受到冲击，而有的地方政府机构与革命委员会并存。有几个地方成立了独立的无政府主义者社区，其中几个直到一年后仍然存在，被政府以武力镇压了。在加泰罗尼亚，头几个月大部分实权由无政府主义者联盟所掌握，他们控制了绝大多数的核心行业。事实上，西班牙不仅在进行一场内战，而且是在开始一场革命。西班牙境外的反法西斯媒体刻意隐瞒的正是这一点，整件事被片面报道为“法西斯与民主的斗争”，而其革命的一面则被尽量掩盖。比起其他国家，英国媒体受政府管束的情况更加严重，公众也更容易受到蒙骗，关于西班牙内战的情况只有两个版本的报道能见诸报端：一个版本是，这是一场基督教会爱国群体

的右翼团体与双手沾满鲜血的布尔什维克党人的斗争，另一个版本是这是一场拥护共和的温和左派势力对抗军事政变的斗争。核心的问题被成功掩盖了。

这么做有几个原因。首先，亲法西斯的媒体在散布骇人听闻的谣言，怀着善意的宣传工作者无疑会以为否认西班牙已经“走向赤化”是在帮助西班牙政府。但主要的原因是这样的：除了各国的少数派革命团体外，全世界都决心遏止西班牙的革命。而有苏俄在背后撑腰的共产党更是在全力反对革命。按照共产主义纲领，这个时候进行革命将会带来致命的后果，他们不希望西班牙由工人掌权，而是希望成立资产阶级民主体制。几乎无须指出为什么“自由派”的资产阶级思想会奉行同样的纲领。海外的资本家在西班牙投资非常丰厚。以巴塞罗那拖拉机公司为例，英国在其身上投资了好几千万英镑，而工会势力控制了加泰罗尼亚的所有交通，如果革命成功的话，外国资本家将血本无归。但如果资产阶级共和体制继续执政的话，外国投资则能得到保障。革命必须被镇压，为了简化、控制局面，就必须假装革命根本没有发生。这样一来，每个事件背后真正的含义都被掩盖起来，每一次权力从工会那里转移到中央政府手中都被声称是军事整顿的必要措施。由此产生的局势非常奇怪。在海外几乎没有人知道西班牙正在进行革命，而在西班牙国内革命已是家喻户晓。加联社党的报纸受共产党控制，奉行反对革命的政策，但就算是这份报纸也在谈论“我们光荣的革命”。而国外的共产党舆论却在说西班牙没有革命爆发的迹象，他们说占领工厂、成立工人委员会等事情没有发生——或者说，就算发生了，也是“无足轻重的政治事件”。根据《工人日报》的报道(1936 年 8 月 6 日)，那些宣扬西班牙

人民为了社会革命或为了其他目的，而不是为了资产阶级民主而战的人，都是“彻头彻尾的谎话连篇的恶棍”。但是胡安·洛佩兹[①]身为瓦伦西亚政府的成员，曾在1937年2月说过“西班牙人民抛头颅洒热血，为的不是民主共和与一纸空文的宪法，而是为了……革命”。因此，“彻头彻尾的谎话连篇的恶棍”似乎也包括政府成员，而我们都在为了这个政府而进行战斗。有的外国反法西斯报纸甚至捏造谎言，说群众只是冲击那些被法西斯军队用作防守要塞的教堂。事实上，所有的教堂都遭到劫掠，因为大家都知道西班牙教会势力是资产阶级的一部分。在西班牙的六个月我只见过两间未遭到破坏的教堂，直到1937年7月之前，所有的教堂都不得开放或举行仪式，只在马德里有一两间教堂能举行仪式。

但是，说到底，这只是革命的开始，而不是一场完整的革命。即使在工人阶级有实力推翻或完全取代政府的时候（加泰罗尼亚的工人确实有这个实力，其他地方的工人或许也能做到），他们也没有这么做。显然，当弗朗哥的军队兵临城下，而中产阶级和工人们站在同一阵营时他们不能这么做。西班牙正处于过渡状态，既可能朝社会主义方向发展，也可能重新回到资本主义共和政体。大部分土地都被农民们分掉了，除非弗朗哥获胜，否则他们将能守住土地。所有的大型工业都收归集体化，但至于是会继续保持集体所有制，还是会重新回到资本主义体制，就得视乎哪个政党掌权。最开始的时候中央政府和加泰罗尼亚人民大会（半自治性质的加泰罗尼亚地方政府）确

---

① 胡安·内格林·洛佩兹（Juan Negrín y López，1892—1956），西班牙政治家，西班牙社会主义工人党的领袖，1937年至1939年内战期间担任西班牙共和国总理。

实代表了工人阶级。执政党的领袖卡巴勒罗①是一位左翼社会主义者，而内阁成员都来自总工联（代表了社会主义工会）和国工联（由无政府主义者控制的工团主义者联盟）。加泰罗尼亚人民大会一度被反法西斯防务委员会②所取代，大部分成员来自各个工会。后来防务委员会被解散了，人民大会重新组建，代表工会和各个左翼政党。但伴随每一次重组，政府变得越来越右倾。首先马联工党被逐出人民大会，六个月后卡巴勒罗被右翼社会主义者内格林所取代，不久之后国工联被逐出政府，接着是总工联，接着国工联被逐出人民大会，最后，战争和革命爆发一年后，西班牙政府被右翼社会主义者、自由党和共和党所控制。

右倾的大趋势大概是从 1936 年 10 月至 11 月开始的，那时候苏联开始向政府提供武器，权力开始从无政府主义者手中转移到共产党手中。整个世界就只有俄国和墨西哥能挺身相助西班牙共和政府。众所周知，墨西哥无法大规模提供武器，因此俄国人掌握了话语权。大家都知道，俄国人的条款总结起来就一句话："阻止革命发生，否则别想得到武器。"而阻挠革命的第一步是将马联工党逐出加泰罗尼亚人民大会，幕后的主谋就是苏联。俄国政府直接施压这件事被否认了，但这一点并不重要，因为所有国家的共产党都唯俄国马首是瞻。无可否认，共产党一开始与马联工党斗，然后与无政府主义者斗，再

---

① 弗朗西斯科·拉尔格·卡巴勒罗（Francisco Largo Caballero，1869—1946），西班牙政治家，西班牙社会主义工人党早期领袖之一，全国总工会创建人之一，曾于 1936—1937 年担任西班牙共和国总理。

② 原注：代表们根据各党派组织的党员规模按照比例推选而出。各个工会有九个代表，三个来自加泰罗尼亚自由主义党派，各个马克思主义政党有两个代表（马联工党、共产党和其他政党）。

与卡巴勒罗的社会主义党斗，基本上，它是反革命政策的主要推手。苏联插手后，共产党的胜利可谓是板上钉钉的事情。首先，大家都感谢俄国提供武器，尤其当国际纵队抵达西班牙之后，这场战争共产党似乎已经胜券在握，风头一时无两。其次，俄国的武器是通过共产党及其盟友分配的，他们尽量把武器少分配给自己的政敌。[①]第三，通过宣告非革命的政策，共产党得以吸引了所有被极端主义者们吓跑的人。比方说，组织富农反对无政府主义者的集体化政策就是一件轻而易举的事情。共产党员的数量剧增，大部分都是中产阶级人士——商店老板、政府官员、军官、富农等等。在这场战争中有三方势力在角逐博弈。共和政府必须继续对抗弗朗哥，而与此同时，他们希望夺回被工会掌握的权力。而这是通过一系列的小动作得以实现的——正如某些人所说的，针刺政策——大体上，这是非常狡猾的行动，没有笼统而明显的反革命行动，直到 1937 年 5 月几乎没有必要使用武力。工人们总是被这么一番不言自明的话所说服："你们必须这么做或那么做，否则我们就会输掉这张战争。"不消说，每一次军事上的需要都是要求工人们放弃他们在 1936 年为自己所赢得的权利。但是，这一理由屡试不爽，因为输掉战争是各革命政党最不愿意看到的结果。如果这张战争输掉的话，什么民主与革命、社会主义与无政府主义都将成为空谈。无政府主义者是唯一有实力的政党，而他们只能一步步地退让。集体化的过程中止了，地区委员会被废除，工人巡逻队被取缔，而且恢复了战前原有的警察编制，并

---

① 原注：这就是为什么阿拉贡前线俄式武器装备如此稀少，因为这一战区的部队主要是无政府主义者。直到 1937 年 4 月，我所见过的俄式武器——除了几架不知是不是出自俄国的飞机之外——就只有一挺轻机枪。

加以大规模扩充武装。许多原本由工会控制的枢纽行业被政府接管（导致五月冲突的接管巴塞罗那电话公司事件，就是这一过程的事件之一）。而最重要的是，以工会为基础的工人民兵组织逐渐土崩瓦解，被改编为新的人民军，一支建立在半资产阶级纲领之上的“非政治”军队，军饷高下有别，而且军官们拥有特权，等等等等。在当时的特殊情况下，这的确是决定性的一步。加泰罗尼亚比其他地方更迟一些迈出这一步是因为革命政党的势力在那里最为强大。显然，如果工人阶级不想沦为失败者的话，他们必须掌握自身的武装力量。和以往一样，瓦解民兵组织是打着提高军队效率的旗号进行的，没有人能否认军队需要彻底重组。但是，重新改组军队以提高作战效率与将军队置于工会组织的直接控制之下并不相悖。军队变革的主要目的是确保无政府主义者不再拥有自己的军队。而且，民兵部队的民主精神使得它们成为革命理念的摇篮。共产党很清楚这一点，对马联工党和无政府主义者要求各阶层同等报酬的纲领无休止地进行恶毒的抨击。一场大规模的“资产阶级化”正在发生，蓄意要摧毁革命头几个月来所建立起来的平等主义的气氛。西班牙的变化日新月异，隔了几个月再去那里的人几乎认不出那是同一个国家。原本那里似乎是工人当家作主的国度，而就在一个人的眼前，这个国家变成了一个普通的资产阶级共和国，贫富悬殊依然存在。到了1937年的秋天，“社会主义者”内格林公开进行演讲，声称“我们要尊重私有产权”，西班牙议会的议员们在战争一开始时逃离这个国家，因为他们被怀疑对法西斯主义抱以同情，现在他们纷纷回来了。如果你记得这一切都源自资产阶级和工人出于法西斯主义所迫而以某种形式达成的临时联盟，整个过程就很容易理解了。这一联盟被

称为“民主统一战线”，其实是彼此勾心斗角的敌人临时拼凑的组合，只有双方斗个你死我活才能告终。西班牙的局势出人意表的情况在于，在政府的各个党派中，共产党没有奉行极左路线，而是奉行极右路线——而这让外界产生了极大的误解。事实上，这没有什么好奇怪的，因为共产党在其他地方的所作所为——尤其是在法国的行动——清楚无遗地揭示，官方共产主义在眼下是反革命的一股势力。第三共产国际的全盘政策如今必须服从保卫苏联这一目标（考虑到国际形势，这是可以理解的），而这取决于一个军事联盟体系。苏联与奉行资本主义和帝国主义的国家结为盟友。对于俄国来说，只有与强大的资本主义法国结盟才有意义，因此法国的共产主义政策必须反对革命。这不仅意味着法国共产党人如今都拥戴法国的蓝白红三色旗，高唱《马赛曲》，更重要的是，他们已经放弃了鼓动法国殖民地发动革命的努力。不到三年前，法国共产党的总书记多列士[①]还在宣称法国工人绝不会受到蛊惑与他们的德国同志为敌[②]，现在他是法国调子喊得最高的爱国者之一。理解任何国家的共产党一举一动的线索是该国与苏联实际的或潜在的军事关系。举例来说，英国与苏联的关系仍不明朗，因此英国共产党仍对英国政府持仇视态度，表面上对重整军备持反对意见。但是，假如大英帝国与苏联结为盟友或签订军事备忘录，英国共产党员将和法国共产党员一样，被迫成为爱国主义者和帝国主义者。这样的先兆已经出现了。在西班牙，由于俄国的盟友法国坚决反对这个邻国变成革命的国度，并竭力阻止西属

① 莫里斯·多列士（Maurice Thorez，1900—1964），法国共产党领袖，曾于 1946 年至 1947 年出任法国副总理。

② 原注：1935 年 3 月于下议院。

摩洛哥获得解放，西班牙的共产主义“统一战线”也相应受到了影响。《每日邮报》编出种种关于莫斯科资助赤化革命的传闻，比以往错得更加离谱。事实上，西班牙革命的最大阻挠是共产党人。后来，当右翼力量完全掌权后，共产党人比自由党人更热衷于捕杀革命领袖。①

我已经尝试勾勒出西班牙革命在第一年的大体过程，因为这会让任何时期的情况都更容易理解。但我不是想说在二月份的时候我就已经有了上面我所说的全部想法。首先，那些后来让我豁然开朗的事情还没有发生，而且我所同情的对象在当时与现在是不同的。这一部分是因为这场战争的政治一面让我觉得厌倦，而且我本能地反对我听到最多的观点——即马联工党和独立工党的观点。和我在一起的那些英国人大部分是独立工党的成员，有几个是共产党员，他们几乎都比我受过更良好的政治教育。一连好几个星期，在韦斯卡无所事事的那段无聊时光里，我发现自己置身于几乎永无休止的政治讨论中。在我们驻扎的那间农舍恶臭熏天的谷仓里，在漆黑一片的掩体里，在午夜冰寒彻骨的时候猫在护墙后面，我们对那些互相抵触的党派“纲领”进行了一遍又一遍的辩论。在西班牙人中情况也是一样，我们看到的大部分报纸将党派之间的争执作为它们的专栏。你得是一个聋子或白痴才能对各个党派所代表的理念没有一定的了解。

从政治理论的角度看，只有三个党派地位比较重要，分别是加联社党、马联工党以及被称为无政府主义者的国工联—伊

---

① 原注：了解政府军这边各党派的互相制约影响，请参阅弗朗兹·伯克瑙的《西班牙驾驶舱》。这是迄今为止关于西班牙战争写得最好的一部作品。

无联同盟。我把加联社党列在最前面，因为它是第一大党，也是最后获得胜利的政党，即使在当时它的势力也正在蓬勃发展。

有必要解释一下的是，加联社党的纲领其实就是共产党的纲领。加联社党是加泰罗尼亚的社会主义党，于战争之初由几个马克思主义政党合并而成，包括加泰罗尼亚共产党，但现在完全由共产党人掌权，听命于第三共产国际。在西班牙的其他地方，社会主义党和共产党没有正式统一，但共产党的政见和右翼社会主义者的政见在方方面面没什么两样。大体上说，加联社党是社会主义工会同盟总工联的政治喉舌。在整个西班牙，这些联盟的成员人数大约是 150 万。原本党员的主体是来自各行各业的工人，但自从战争打响之后，许多中产阶级人士也纷纷加入，规模剧增，因为在革命早期，各行各业的人发现加入总工联或国工联有好处。这两大联盟互有重叠，但二者当中，国工联更像是一个工人阶级的组织，因为加联社党内部既有工人阶级，也有小资产阶级——后者包括商店老板、政府官员和富农。

加联社党的纲领通过共产党和亲共产党的媒体被公诸于众，大体上它的内容是：

“目前最重要的事情是赢下战争，除此之外，其他一切都是空谈。因此，推行革命在眼下并非适时之举。为避免农民阶级离心离德，农村集体化不得进行，对站在同一阵线的中产阶级应采取怀柔手段。最重要的是，为了战争效率，革命式的混乱必须中止。我们必须成立强力的中央政府取代地方委员会，我们必须拥有训练正规与完全军事化的军队，并加以统一指挥。坚持工人阶级专政与鹦鹉学舌般地高喊革命口号已是不合

时宜之举，它不仅造成了妨碍，甚至是反革命的行为，因为这会被法西斯分子作为进攻我们的理由。现阶段我们的奋斗目标不是成立无产阶级专政，而是争取实现议会民主。任何人如果试图将内战演变为社会主义革命，就是在为法西斯分子助纣为虐，即使并非出于主观意愿，在客观上，一律视为叛徒。”

当然，马联工党的“纲领”除了在赢得战争的重要性这一点上与前者相同之外，几乎每一点都与上面的“纲领”背道而驰。马联工党是在许多国家纷纷出现的持有不同政见的共产主义政党之一，这是近年来反对“斯大林主义”的结果，即反对共产主义政策那些真实的或表面的变化。它的成员一部分是前共产党员，一部分是工农联盟。从人数上看，它是个小政党[①]，出了加泰罗尼亚就没有多少影响力了，它的重要性在于有政治意识的成员比例超乎寻常。在加泰罗尼亚，它的大本营是莱里达。它并不代表任何工会。马联工党的民兵大部分是国工联的成员，但真正的党员大体上是总工联的成员。但是，马联工党只在国工联中拥有影响力。马联工党的纲领大致如下：

“以资产阶级‘民主’的名义反对法西斯主义根本毫无意义。资产阶级‘民主’实质上就是资本主义，也就是法西斯主义。以‘民主’为名反对法西斯主义就是以一种形式的资本主义反对另一种形式的资本主义，而前者随时会变成后者。只有工人掌握政权才能彻底消灭法西斯主义。如果不以这一目标为纲领，你将把胜利拱手让给弗朗哥，或让法西斯主义有机可

① 原注：马联工党的党员人数是：1936 年 7 月 10 000 人，1936 年 12 月 70 000 人，1937 年 6 月 40 000 人。但这些数字是出自马联工党，敌对方面会把这些数字缩小为四分之一。对于西班牙政党只有一件事情是肯定的。那就是，每个政党对党员的数目都夸大其词。

趁，卷土重来。工人阶级必须捍卫一切胜利的果实，如果他们屈服听命于资产阶级政府，胜利的果实将被窃取。以工人为主体的民兵组织和警察部队必须维持其组织形式，坚决抵制‘资产阶级化’的改组。如果工人阶级不能控制武装部队，武装部队就会反过来控制工人阶级。战争与革命二者密不可分。”

无政府主义者的观点很难明确定义。“无政府主义者”这个词基本上只是用来指代许多持不同政见的人。构成国工联的几大工会大约有两百万名成员，有自己的政治喉舌。伊无联是一个地道的无政府主义者组织，但即使是伊无联的成员虽然总是带有无政府主义思想的色彩（或许大部分西班牙人都是这样），也并不一定是纯粹意义上的无政府主义者。特别是在战争的开始阶段，他们的纲领与一般的社会主义纲领非常接近，因为战争的局势迫使他们奉行中央集权，并违背了他们的根本原则，加入了共和国政府。但他们与共产主义者有着本质上的不同。与马联工党一样，他们的目标是工人阶级专政，而不是实现议会民主。他们接受了马联工党的口号：“战争与革命二者密不可分，”但他们对这一理念没有那么教条主义。大体来说，国工联—伊无联的纲领如下：一、由每个行业的工人直接控制该行业，如交通、纺织工厂等；二、成立地方委员会执政，抵制一切形式的中央集权主义；三、对资产阶级与教会势力非常仇视，没有妥协的余地。最后一点虽然最不明确，却是最重要的。无政府主义者在大部分所谓的革命人士中是异类，虽然他们并没有非常清晰的革命原则，但他们对特权和不公的仇恨是完全真挚的。理论上共产主义和无政府主义是两种尖锐对立的政治理论。实际上——即在社会形式这一目标上——其差异主要是强调重点的不同，但这一差异无法调和。共产主义

者强调中央集权和效率，而无政府主义者强调自由和平等。无政府主义在西班牙扎根甚深，一旦俄国势力撤出西班牙，它就可能压倒共产主义。在战争的前两个月，挽救局势的主力军是无政府主义者，到了后来，虽然无政府主义的民兵组织纪律涣散，他们却是西班牙各个军事力量中作战最英勇的一支部队。大约从 1937 年 2 月开始，无政府主义者和马联工党从某种程度上说可以被归在一起。要是无政府主义者、马联工党和左翼社会主义者们在一开始的时候就能团结一致，制订务实的政策，战争或许会是另外一番结局。但在早期革命形势似乎就掌握在各个革命政党的手中时，这种事情是不可能发生的。无政府主义者和社会主义者素有积怨，马联工党作为马克思主义的信徒对无政府主义者心存疑虑，而在无政府主义者的眼中，马联工党的“托洛茨基主义”比起共产党的“斯大林主义”好不到哪里去。但是，共产党的策略却将这两个党派团结在了一起。当马联工党参与了巴塞罗那五月份的巷战时，主要是出于与国工联并肩作战的道义。后来，当马联工党被镇压时，只有无政府主义者敢仗义发出声音捍卫它。

因此，大体上说，各方势力的结盟情况是这样的：一方阵营是国工联、伊无联、马联工党和一部分支持工人阶级掌权的社会主义者，另一方阵营是右翼社会主义者、自由党和共产党，他们代表了中央集权政府和正规军事化的军队。

不难理解为什么这个时候我更加赞同共产党的观点而不是马联工党的观点。共产党有明确而务实的政策，根据只有几个月前瞻性的常识去判断，明显是更好的纲领，而马联工党过一天是一天的纲领和他们的宣传工作实在是糟糕得难以启齿。情况肯定会是这样，否则吸引到更多追随者的党派就是它了。而

最终的决定因素是共产党在战争中高歌猛进——我感觉似乎就是这样——而我们和无政府主义者则一筹莫展。这就是当时普遍的感觉。共产党掌握了权力，党员的数目大增，一部分原因是它争取到了反对革命的中产阶层，另一部分原因是，他们似乎有望取得这场战争的胜利。俄国的武器援助和共产党指挥下保卫马德里的大捷让共产党成了西班牙的英雄。正如某个人所说的，每一架俄国飞机从我们头顶飞过就是在为共产党进行宣传。虽然我明白马联工党所坚持的革命纯洁性有其道理，但我觉得这是一番空谈，因为说到底最重要的事情是赢得这场战争。

与此同时，你死我活的内部党派斗争在报纸、传单、海报和书籍里如火如荼地进行——斗争无处不在。这段时间我看得最多的是马联工党的报纸《战斗报》和《前进报》，上面总是长篇累牍地攻讦加联社党的“反革命罪行”，让我觉得它们是在无聊地装腔作势。后来，当我更仔细地研究加联社党和共产党的报刊时，我意识到比起它们的敌对情绪，马联工党根本就是小巫见大巫。别的且不说，他们发起攻讦的机会要少得多。不像共产党，马联工党在西班牙国外根本没有报刊的基础，而在西班牙内部他们也面临不利的局面，因为报刊审查的权力大部分掌握在共产党的手里，这意味着马联工党的报刊要是刊登有威胁性的话就会遭到压制或罚款。平心而论，马联工党虽然在革命问题上不停地进行说教和不厌其烦地引用列宁，他们基本上不会进行个人诽谤。而且，它们的争论主要局限于报纸上的文章。他们那些针对普罗大众的大幅彩色海报（海报在西班牙很重要，因为有很多人是文盲），并没有对敌对党派进行攻讦，纯粹只是反法西斯或抽象的革命宣传，而民兵们唱的军歌

也是一样。共产党的宣传攻势则是另外一回事。在本书的后面我将会谈到这一点。在此我只对共产党的攻讦内容作简要的介绍。

表面上共产党与马联工党之间的争执在于斗争的策略。马联工党要求立刻进行革命，而共产党则不是，双方都有着充足的理由。而且，共产党指责马联工党的宣传分化削弱了政府的力量，从而让战争陷入危险。虽然我不同意这种论调，但它自有其道理。不过，到了这里，共产党的那一套奇怪的策略开始用上了。刚开始的时候是试探性的，然后渐渐大声起来：他们开始认定马联工党分裂政府不是出于判断失误，而是故意要这么做。马联工党被断定为一群乔装打扮的法西斯分子，被弗朗哥和希特勒收买了，他们推行伪革命的政策，目的是协助法西斯。马联工党是"托派组织"和"弗朗哥的第五纵队"。这表示，数万名工人阶级兄弟——其中包括八千到一万名在前线战壕挨冻的士兵和数百名牺牲了个人的生活和国籍、奔赴西班牙抗击法西斯主义的外国人——都是被敌人收买的叛徒。这一说法被画成海报什么的传遍了西班牙，在共产党和全世界亲共产党的报刊里一再重复。要是我刻意收集那些文章的话，可以填满六七本书的内容。

这就是他们对我们的诋毁：我们是托派分子、法西斯分子、叛徒、杀人凶手、懦夫、间谍，等等等等。我承认那不是什么让人开心的事情，尤其是当你想到某些必须对此负责的人。看到一个十五岁的西班牙小男孩被抬在担架上离开前线，茫然而苍白的脸在毛毯中露出来望着外头，再想到在伦敦和巴黎那些正在撰写传单资料斥责这个小男孩是伪装的法西斯分子的投机分子，实在是让人愤愤不平。这场战争最可怕的地方在

于，所有的战争宣传，所有的叫嚣、谎言和仇恨，都是来自那些没有在战斗的看客。我在前线认识的加联社党的民兵和时不时遇到的国际纵队里的共产党员从来不会指责我是托派分子或叛徒。这种事情是躲在后方的记者们干的，那些在报纸里写文章斥责和诽谤我们的人全都安全地躲在家里，顶多躲在瓦伦西亚的报社办公室里，离子弹和泥泞有好几百里远。除了党派之间的纷争带来的诽谤抹黑之外，所有惯用的战争手段、慷慨激昂的讲话、装腔作势的豪情壮语和对敌人的诽谤中伤——所有这些和以往一样，都是那些没有参加战斗和那些战斗还没打响就跑到百里之外的人做出来的。这场战争最让人觉得厌烦的一件事情就是让我了解到左翼报刊和右翼报刊一样虚伪欺诈。[①]我确实诚挚地觉得在我们这一方——政府军这一方——这场战争并不是寻常的帝国主义战争。但仅凭战争宣传的性质来看，你根本无法猜到这一点。战斗刚一打响，左派和右派的报纸立刻开始泼脏水的那一套。我们都记得《每日邮报》的海报："赤匪钉死修女"，而《工人日报》则说弗朗哥的外籍军团是由"杀人犯、逼良为娼者、瘾君子和每一个欧洲国家的人渣所组成"。到了 1937 年 10 月，《新政治家报》对我们说法西斯军队的工事是拿活生生的孩子构筑的(这可能是最不趁手的修筑工事的材料了)，亚瑟·布莱恩特先生[②]则声称"在忠于共和国分子势力范围内的西班牙，锯掉一个保守派商人的腿是'司空

① 原注：我想将《曼彻斯特卫报》排除在外。为了写这本书我翻阅了大量的英文报刊。在我们各大报刊中，《曼彻斯特卫报》是唯一让我愈发敬重的报纸，因为它做到了诚实。

② 亚瑟·魏恩·摩根·布莱恩特(Arthur Wynne Morgan Bryant，1899—1985)，英国历史学家，对十八世纪和十九世纪的英国历史有精深的研究，代表作有《保守主义的精神》、《时势与个体》等。

见惯'的事情"。写这类东西的人从未参加过战斗，他们可能觉得写这些东西就是在替代战斗。所有的战争都是一样的：士兵负责打仗，记者负责呐喊，没有哪个真正的爱国者除了进行最短暂的宣传行程之外会走近一条前线的战壕。有时候我想到飞机改变了战争，觉得很是舒心。或许在下一场世界大战来临时，我们将看到史无前例的一幕：一个身上遍布弹孔的沙文主义者。

就新闻工作这一方面而言，这场战争和其他所有战争一样充满了喧嚣，但有一点不一样：通常情况下记者会将他们最具杀伤力的恶言谩骂留给敌人，但这一次，随着时间推移，渐渐地，共产党和马联工党对彼此的攻击比对法西斯分子的攻击更加恶毒。但是当时我没有觉得这是什么大不了的事情。内部党派的矛盾很烦而且很讨厌，但我觉得这只是关起门来的争吵。我不相信这会改变什么，或真有什么不可调和的政策上的差异。我知道共产党和自由党已经决心不会让革命继续进行下去，但我不知道他们能作出反革命的行径。

这么想是有理由的。我在前线的那段时间，那里的社会和政治环境没有发生改变。我在一月初离开巴塞罗那，直到四月底才回去。这段时间——事实上，直到后来——在无政府主义者和马联工党的部队控制的阿拉贡地区，情况依然没有变，至少表面上是这样，革命气氛仍像我刚开始所感受的那样。将军和士兵，农民和民兵，大家依然平等相待。所有人都在领取同样的工资，穿着同样的衣服，吃着同样的食物，大家以"你"和"同志"相称，没有老板也没有奴仆，没有乞丐，没有妓女，没有律师，没有牧师，没有阿谀奉承，没有行触帽礼。我呼吸着平等的空气，我头脑简单地以为这种情况在西班牙到处

都一样。我没有意识到，我碰巧孤立地置身于西班牙最具革命气概的工人阶级团体中。

因此，当我那些政治水平更高的同志告诫我不能只抱着军事态度看待这场战争，选择只能在革命和法西斯主义之间作出时，我老是嘲笑他们。大体上我接受了共产党的观点，总结为一句话就是："只有战争取得胜利，我们才能把革命进行下去。"我不赞同马联工党的观点，总结为一句话就是"革命形势不进则退"。后来，我觉得马联工党是对的，至少要比共产党的那一套更正确，这不完全取决于合不合乎理论。共产党说的那一套很有道理，问题是，他们的所作所为让人很难相信他们是出于真正的信仰而在推行这一套。他们一再强调的口号是："先赢得战争，再进行革命。"虽然那些加联社党的普通民兵都相信这一套说辞——他们真心以为赢下这场战争之后革命就会继续进行，但这句口号其实只是一句空话。共产党的真正目的不是暂时搁置西班牙革命以等待合适的时机，而是确保西班牙革命绝不会发生。随着时间的推移，这一点变得越来越明显，权力渐渐从工人阶级的手中被夺走，越来越多的不同政治色彩的革命人士被关进监狱，每一次行动都是以军事必要性为名，因为这一借口可以说是明摆着的道理。但结果就是，工人们逐渐从优势地位被逼到绝境，战争结束后，他们根本不可能抵挡资本主义的复辟。请记住，我没有在说那些普通共产党员的坏话，更不是针对那些在马德里壮烈牺牲的数千名共产党员。但他们不是制订党纲的人。至于那些高层人物，很难想象他们不是故意做出这些行径的。

但说到底，这场战争必须赢下，即使革命已经无望。到最后我开始怀疑从长远的角度看，共产党的政策会不会赢得胜

利。似乎很少人意识到在战争的不同时期应该有不同的政策。在最开始的两个月里，是无政府主义者挽救了形势，但他们没有能力进一步组织抵抗。十月到十二月期间是共产党挽救了局势，但一鼓作气赢得这场战争则是另外一码事。在英国，共产党的战争政策没有遭到质问就被接受了，因为只有极少数对其进行批评的意见可以刊印，而且因为它的整体纲领——消除革命的混乱，加快生产，改组军队——听起来很务实而有效率。有必要指出其内在的缺陷。

为了阻止每一个革命的趋势，将这场战争尽量变成一场普通的战争一定会导致在战略机会出现时将其白白浪费。我曾经描述过我们在阿拉贡前线的武装情况和武器严重紧缺的情形。基本上可以肯定的是，武器是刻意被扣押的，以免太多的武器落入无政府主义者的手中，将来用于进行革命，而结果就是，原本可以迫使弗朗哥从毕尔巴鄂或从马德里退兵的大规模的阿拉贡攻势未能进行。但这相对来说只是一件小事。更为重要的是，一旦这场战争被限制为“争取民主的战争”，要争取到海外工人阶级的大规模援助就变成了不可能的事情。要是我们面对现实，我们就必须承认全世界的工人阶级都抱着冷漠的态度看待这场西班牙战争。有数万人来到这里参加战斗，但他们身后数以千万计的人一直抱以冷漠的态度。在战争的第一年，据信英国全体公众通过各个“援助西班牙”的基金会捐赠了二十五万英镑——大概只有他们每周花在电影院上的钱的一半。民主国家的工人阶级原本可以通过行业行动——罢工和杯葛——援助他们的西班牙同志。这种事情根本没有发生。工党和共产党的领导人到处宣传说这是不可想象的事情，无疑，他们是对的，只要他们声嘶力竭地叫嚷道“红色的西班牙”并不是红色

的。自1914年至1918年那场“为了民主的战争”以来，在过去的许多年里，共产党自己一再教育各个国家的武装工人，“民主”是资本主义的委婉称谓。先说“民主是一场骗局”，然后再号召“为民主而抗争”可不是什么好策略。如果以苏联的巨大威望为后盾，他们不是以“民主的西班牙”，而是以“革命的西班牙”为口号向全世界的工人阶级求援，很难相信他们会得到这么一番冷遇。

但是，最重要的是，由于推行的是非革命的政策，要在弗朗哥的大后方发动罢工就算并非不可能，也会是一件很困难的事情。到了1937年的夏天，弗朗哥所统治的人口已经大于政府统治的人口——如果算上殖民地的话要多得多——而军队的规模大致旗鼓相当。每个人都知道，要是后方民情不稳的话，那么除了前线的部队之外，还得有同等规模的军队保证后勤供应，镇压怠工破坏等等。因此，弗朗哥的后方显然没有人民运动在进行。很难想象在他的地盘里，至少那些城镇工人和更穷苦的农民会希望弗朗哥执政，但政府的全面右倾让自己失去了威信。能证明这一切的就是摩洛哥的情况。为什么在摩洛哥没有爆发起义？弗朗哥妄图建立独裁政体，而摩尔人更希望他而不是人民政府当政！可想而知，真相就是根本没有人尝试在摩洛哥号召起义。因为这么做意味着必须让这场战争增加革命的色彩。要让摩尔人相信政府的诚意，首先要做的就是宣布摩洛哥获得解放。我们可以想象，法国人会有多么高兴！这场战争最好的战略机会就被白白浪费了，为的就是让法国和英国的资本主义政权觉得安心。共产党的整体政策就是将这场战争局限为一场寻常的、非革命性质的战争，政府受到了沉重的束缚。技术手段是赢得这么一场战争的关键，说到底就是源源不断地

供应武器，而西班牙政府的主要捐赠人苏联相比起意大利和德国，地理位置非常不利。或许马联工党和无政府主义者的口号——“战争与革命密不可分”并没有听上去那么虚幻。

我已经阐述了我认为共产党的反革命政策之所以错误的理由，但就其对战争的影响而言，我并不希望我的判断是正确的。我一千次盼望它是错误的。我希望看到这场战争获得胜利，无论采取什么样的手段。当然，我们还不知道接下来会发生什么事情。西班牙政府可能会转向左倾，摩尔人可能会自发起义，英国或许会决定拉拢意大利，或许通过直接的战争手段就能够赢得这场战争——这些都无从得知。我已经表明了我的想法，时间会证明到底我是对是错。

但 1937 年 2 月那时我没能这么清楚地去看待局势。我在阿拉贡前线无所事事，觉得心里很烦，认为自己没有尽到战斗的义务。我总是想起巴塞罗那那张征兵海报，上面写着质问过往行人的话：“你为民主做了什么？”我觉得我只能回答：“我已经领到了自己的军饷。”当我加入民兵时，我答应过自己要杀死一个法西斯分子——毕竟，要是我们每个人都杀死一个的话，他们就会都死光了——我还没有杀过人呢，甚至没什么机会这么做。当然，我想去马德里。部队里每个人，无论他怀着怎样的政治理念，都希望去马德里。这或许意味着我得转去国际纵队，因为马联工党在马德里的部队人数很少，而无政府主义者的部队人数也没有以前多了。

当然，目前来说我只能待在前线，但我告诉大家，等我们放假的时候，要是可以的话，我会转去国际纵队，这意味着我将受共产党的控制。许多人想说服我放弃这个念头，但没有人试图干涉我。说句公道话，在马联工党内部并没有大肆搜查异

见人士，或许这一工作没有做到位，考虑到他们的特殊处境。除了法西斯分子之外，没有人因为政治思想错误而遭到惩罚。在队伍里我老是批评马联工党的“方针”，但从来没有惹来麻烦。这里甚至没有被逼入党的政治压力，虽然我想大部分民兵都入党了。我自己没有加入马联工党——后来马联工党遭到镇压，我觉得很是内疚。

第六章

与此同时，每天——更确切地说是每晚——我们都在执行相同的任务：站岗、巡逻、挖战壕，忍受着泥泞、雨水、寒风和时落时停的雪花。直到四月中旬晚上才变得暖和一些。这里是西班牙的高原，三月份的天气和英国三月份的天气非常相似，有着蔚蓝的天空和凛冽的寒风。冬麦长了一英尺来高，樱花树上长了深红色的花蕾(这一带的阵地贯穿荒弃的果园和菜园)，在战壕里还能找到紫罗兰和一种长得可怜巴巴的、像风信子的野花。在阵地后方有一条青色的潺潺小溪，这是自从我来到前线之后第一次见到清澈的水流。有一天我咬紧牙关，爬进河里洗了六周来的第一个澡。这个澡洗得很仓促，因为河水是雪融化而成的，温度比零度高不了多少。

与此同时，没有事情发生，没有任何事情发生。英国人会说这根本不是一场战争，只是一场该死的闹剧。我们几乎没有与法西斯军队正面交火。唯一的危险来自流弹，由于双方的阵地都是呈向前弯曲的弧形，所以流弹会从几个方向飞来。这一时期所有的伤亡都是流弹造成的。亚瑟·克林顿被一颗不知从何而来的子弹击碎了左肩，我觉得他整条膀子恐怕终生都废了。阵地上时而会有炮弹袭来，但基本上没有什么杀伤效果。我们都把炮弹的呼啸声和轰炸当成是一种消遣，因为法西斯军队的炮弹从未落在我方的掩体上。在我们后方几百码的地方有一座乡村房屋，名叫拉格兰贾，修了几座农舍，我们征用过

来，当作这一战区的武器库、指战部和炊事部。法西斯军队的炮手以拉格兰贾为目标，但在相距五六公里的情况下，根本无法击中目标，顶多只能震碎玻璃，震得墙壁剥落。只有当你走在路上，炮轰刚好开始时，你才会置身于危险中，炮弹就落在道路两旁的田地里。你立刻就能无师自通地学会听炮弹的声音判断它在哪儿掉落。这段时间法西斯军队轰过来的炮弹质量非常低劣。虽然那些都是直径150毫米的炮弹，却只能炸出六英尺宽四英尺深的土坑，至少有四分之一是哑弹。和往常一样，有浪漫的传闻说在法西斯兵工厂里爆发了怠工破坏活动，炮弹里没有装填炸药，而是塞了碎纸片，上面写着“红色阵线”。但我从来没有看见过一个。事情的真相是，这些炮弹都老掉牙了，有人曾捡到过一个黄铜雷管，上面铭刻的年份是1917年。法西斯军队所使用的大炮无论是牌子或口径都和我军的大炮一样，因此我们总是会把那些哑弹拿过来重新装填火药，然后再射过去。据说有一颗年份久远的炮弹每天就在双方阵地间穿梭，从来不会炸开，这颗炮弹甚至还被起了个绰号。

到了晚上，我们会派遣小规模的巡逻队到无人区那边靠近法西斯军队阵地的壕沟，偷听那边的声音（军号声、汽车喇叭声什么的），推断韦斯卡那边有什么动静。法西斯军队总是来来去去，偷听到的情报可以帮助判断他们的人数。我们总是收到特别报告说听到教堂的钟声。法西斯军队在采取行动前似乎总是会先举行弥撒。在田野和果园之间有一些泥垒的小屋，都荒废了。你把窗户一关，就可以点一根火柴到里面探究一番。有时候你会捡到价值不菲的战利品，比方说一把短柄小斧或敌军用的水壶（比我们的水壶要好一些，很受大家看重）。你可以在白天到小屋里去，但大部分时候你得四肢着地趴在地上。这

是一片空旷肥沃的田地，此刻正是丰收时节，但一切却都被冻结了，在这样的田野里爬着走，感觉很奇怪。去年的粮食根本没被动过。没有被修剪的藤蔓遍布满地，玉米棒子硬得像石头一样，甜菜和菜头都熟透了——被挂在大木头墩上当装饰。这里的农民一定对敌我双方痛恨有加！有时候会有几群人跑到无人区挖土豆。离我们阵地右边一英里处，双方阵地的距离比较接近，那里有一片土豆田，法西斯军队和我军总是跑到那儿挖土豆。白天的时候我们过去，而他们只会在夜晚行动，因为那里在我军的机关枪火力范围之内。一天晚上，他们采取大规模行动，把整个土豆田挖个精光，把我们气坏了。我们在更远的地方发现了一块土豆田，那里基本上没有掩护，你只能趴在地上挖土豆——这活儿真是累人。要是他们的机关枪发现你了，你只能平趴在地上，就像一只钻出门缝的老鼠，子弹就在你身后几码远的地方激起土块。在当时那种情形下冒险似乎是值得的。土豆越来越稀少，如果你能挖到一袋土豆，你可以拿到炊事班那里，换到满满一水瓶咖啡。

但是，什么事情也没有发生，也似乎不会有事发生。“我们什么时候进攻？为什么我们不发动进攻？”这两个问题西班牙士兵和英国士兵不分白天黑夜问了一遍又一遍。当你想到进攻意味着什么时，你会诧异于士兵们居然希望发动进攻，但他们确实就是这么想的。在阵地战僵持中，所有的士兵都盼望三样事情：打一场仗、有更多的烟抽、放一星期假。比起以前，我们的装备改善了一些。每个士兵分到了一百五十发子弹，而不是只有五十发。我们渐渐配备了刺刀、钢盔和几个手榴弹。战斗就快打响的谣传此起彼伏，我一直觉得那是有人故意传播的，为的是保持部队的士气。其实不需要很高深的军事

知识也能看出在韦斯卡这一边不会发生大规模的军事行动，至少在目前是这样。兵家必争之地是另一边通往加卡的公路。后来，当无政府主义军队发动夺取加卡公路的进攻时，我们的任务是发动“牵制性进攻”，迫使法西斯军队从那一边分兵增援。

这段时间维持了六个星期，我们前线这边只进行了一次行动，那就是组织突击队进攻废弃的曼尼克里奥精神病院，法西斯军队将其改建为军事要塞。马联工党雇佣了几百名德国难民，他们被编为名为“切克营”的特别小分队，从军事角度判断，他们与其他民兵队伍的层次截然不同——事实上他们是我在西班牙见过的除了突击卫队和国际纵队外，最像正规部队的士兵。和往常一样，进攻行动十分糟糕。我不知道在这场战争中政府军的行动有多少回不是搞得一团糟的。突击队以疾风暴雨之势夺取了曼尼克里奥精神病院，但支援他们的部队，我忘记是哪支民兵部队了，却未能攻下附近俯视曼尼克里奥精神病院的山头。率领支援部队的上尉是常规军的军官，虽然这些人对政府的忠心很可疑，但政府还是执意重用他们。不知是出于害怕还是叛变，距离二百码之外他就扔出手榴弹，让法西斯部队有所戒备。他的部下当场将他击毙，这让我很高兴。但突然袭击已经失去了出奇制胜的效果，在重火力压制下，支援部队损失惨重，被赶下山去。傍晚时分突击队不得不放弃曼尼克里奥精神病院。当晚救护车鱼贯行驶于前往希塔莫的公路上，许多重伤的士兵死于一路颠簸。

到了这个时候我们身上都长满了虱子。虽然天气仍然很冷，但已经暖和得能长虱子了。我身上就长了各种各样的寄生虫，在我遇到过的各种害虫里最让人受不了的就是虱子。其他

虫子，比方说蚊子，给你造成了更大的痛苦，但至少它们不是寄生虫。人身上的虱子有点像小龙虾，主要寄居在你的裤子里。除了把你的衣服统统烧掉之外，没有别的办法将它们消灭干净。在你的裤子的缝合线下面它们产下闪闪发亮的白色的卵，就像一粒粒微小的米粒，以骇人的速度孵化和养育自己的后代。我觉得和平主义人士可以分发印有虱子图片的传单，宣传效果会更好。事实上，这就是战争的荣誉！在战争中所有的士兵都长了虱子，至少在天气暖和的时候是这样。在凡尔登、滑铁卢、弗洛登、森莱克和塞莫皮莱浴血奋战的士兵——每个人的睾丸上都爬着虱子。我们把虱子的卵烧掉，一有机会就洗澡，以此减轻受虱子侵袭之苦。要不是为了洗掉身上的虱子，我才不会跳进那条冰寒彻骨的小河。

任何物资都面临短缺——靴子、军服、烟草、肥皂、蜡烛、火柴、橄榄油。我们的军服越穿越破，许多士兵没有靴子，只有拿麻绳作底的拖鞋。到处都是一堆堆的破靴子。有一次我们拿旧靴子当柴火，烧了一堆火，足足烧了两天，这些拿来当柴火还不赖。那段时间我妻子在巴塞罗那，能买到东西的时候总是会给我寄点茶叶、巧克力，甚至还有雪茄。但就算在巴塞罗那，物资也面临紧缺，特别是烟草。茶叶非常珍贵，牛奶和白糖也没有。英国总是寄包裹给参战的人员，但这些包裹从来没有送达。食物、衣服、香烟——每样东西不是被邮局拒绝就是在法国被没收了。奇怪的是，唯一成功地给我妻子寄来茶包的单位——有一次甚至还寄来了一罐饼干，真是值得纪念——是海陆军后勤部。可怜的海陆军后勤部！他们履行了自己的任务，但要是这些东西被送到弗朗哥那边的话，他们会更开心一些。没烟抽是最痛苦的事情。刚开始的时候我们每天可

以分配到一包香烟，后来削减到一天八根烟，然后削减到五根。最后，有十天连一根烟也没有发。我第一次在西班牙见到你在伦敦每天都可以见到的事情——人们捡烟屁股抽。

到了三月底，我一只手生了坏疽，必须用手术刀割掉并吊上绷带。我只能进医院，但这种小伤不值得被送到希塔莫去，于是我被送到了弗罗利山一家所谓的医院，其实只是一间伤兵救助站。我休养了十天，时常躺在病床上。医院的那几个助理把我所有的财物都偷走了，包括我的相机和所有相片。在前线每个人都会偷东西，物资短缺的情况下就是这样，但医院里的人特别坏。后来，在巴塞罗那的医院里，我遇到一个美国人，他乘船到西班牙参加国际纵队，结果那艘船被意大利潜水艇的鱼雷击中。他告诉我，他被救上岸，但身上负了伤，就在医护队把他抬上救护车的时候，几个担架员把他的手表扒走了。

我的胳膊吊在绷带上，在郊野转悠了几天。和别的医院一样，弗罗利山到处泥泞，房子都是石砌的，狭窄蜿蜒的巷子被卡车碾压得好像月亮上面的环形山。教堂被炸得东倒西歪，但仍被用作军事仓库。这附近只有两间规模大一点的农庄：洛伦佐堡和法比安堡，算是真正的大宅，显然是以前主宰这片乡村的地主的宅第。从那些农民破败的茅屋你可以侧面了解到他们是多么富有。在河流后面，接近前线的地方，有一座很大的面粉磨坊，连着一间农舍。看到那部巨大昂贵的机器被荒弃生锈，木制的面粉槽被拆下来当柴火烧，我觉得心里很遗憾。后来，为了给后方的队伍张罗柴火，一卡车一卡车的士兵被送过来把这个地方全面拆除。他们总是往房间里扔一颗手雷，把木板炸碎。我们的仓库和炊事点拉格兰贾以前可能曾经是女修道院。这里有巨大的庭院和房子，占地一英亩多，马厩可以饲养

三四十匹马。西班牙这里的郊区住宅毫无建筑学上的美感，但它们的农舍是用刷过石灰的石头建造的，有圆形的拱顶和巨大的屋梁，感觉很高贵典雅，或许是依照几个世纪来从未变更过的蓝图建造的。有时候看到民兵们如何对待他们攻占的建筑，你在心里会偷偷地同情那些支持法西斯的前业主。在拉格兰贾，每一间没有用到的房间都变成了厕所——堆满了触目惊心的破烂家具和排泄物。毗邻的小教堂墙壁上满布弹坑，地板上的粪便足有几英寸高。就在那间厨师给我们盛饭的大院子里堆积着生锈的铁罐碎片、泥土、骡粪和腐烂的食物，令人作呕。它让人想起了那首古老的军歌：

> 这里的硕鼠大如猫，
> 就在军需官的仓库里！

拉格兰贾的老鼠的确几乎像猫那么大，身子硕大臃肿，在垃圾堆中游走，除非你朝它们开枪，否则根本不肯离去。

终于，春天到了。蔚蓝的天空变得更加柔和，空气中突然充满了芬芳。沟渠里青蛙聒噪地觅偶交配。在供村子里的骡子喝水的池子里，我见到许多个头只有一便士硬币大小的绿蛙，看上去非常精致漂亮，连旁边的嫩草相比之下也黯然失色。农民们拿着水桶搜寻蜗牛，活生生地放在铁片上烤了吃。天气一好转农民们就开始春耕。西班牙的农业革命的进行情况非常模糊，我甚至无法肯定这里的土地是集体所有，还是说这里的农民就这么把它们给分掉了。我想理论上这些都是集体所有的田地，因为这一带是马联工党和无政府主义者控制的区域。地主被消灭了，人们耕种土地，似乎很满意。这里的农民对我们非

常友善，总是让我觉得很惊讶。对于一些上了年纪的人来说，这场战争一定毫无意义，它造成了物资短缺，让每个人过着无聊的日子，在最糟糕的时候，农民们还痛恨军队在这里驻扎。但他们都很友好——我猜想无论我们在其他方面是多么让人无法忍受，我们还是帮助他们赶跑了以前的地主。内战是一件很奇怪的事情。韦斯卡距这儿不到五英里远。这里的农民经常到那里赶集，那边有他们的亲戚。以前每星期他们都会到那里贩卖家禽和蔬菜。而如今，两个地方隔绝了往来，铁丝网和机关枪足足封锁了八个月。有时候，他们忘记了有韦斯卡这么一个地方。有一回我和一个老妇聊天，她正拿着一盏烧西班牙橄榄油的小铁油灯。“我去哪儿可以买到这样的油灯？”我问她。她想也不想就回答说：“去韦斯卡。”然后我们俩都笑了。这里的村姑很标致，长着一头乌黑的秀发，走起路来摇曳生姿，而且言行很直接，有巾帼不让须眉的气概，或许是革命造成的。

男人们穿着褴褛的蓝色衬衣和黑色的灯芯绒马裤，戴着宽边草帽，正赶着成队的骡子在耕地，那些骡子的耳朵有节奏地扑腾扇动着。他们的犁很糟糕，只能翻松土壤，根本犁不出我们称之为犁沟的道道来。所有的农具都是老掉牙的东西，每一样东西都得受制于昂贵金属的。比方说，一把破损的锄头被反复修补，直到最后补丁占据了大部分面积。耙子和干草叉是木头做的。这里没有几个人穿得起靴子，根本不知道铲子为何物，像印度人一样用笨拙的锄头耕地。有一种耙子让人感觉似乎回到了新石器时代。那是用木板拼在一起做成的，大约有厨房桌子的面积那么大。木板上开了几百个榫眼，每个榫眼里塞了一块燧石，形状就像一万年前的人所使用的工具一样。我记

得在无人区的一间荒弃的小屋里见到这么一把耙子时，几乎吓了一跳。我猜了很久才想到这是一把耙子。想到做这么一把东西得有多麻烦的时候，我就觉得难过：他们穷得用不起钢铁，只能用燧石代替。从那时开始，我对工业化的观感改善了一些。不过村子里有两架最新型的拖拉机，应该是从某个地主的庄园里没收的。

有一两回我漫步到村子外一英里处的修了矮墙的墓地。前线的死难者通常会被运到希塔莫，葬在这里的人都是村民。这里的墓园与英国的墓园很不一样，没有体现半分对死者的尊重！里面长满了杂乱的灌木丛和野草，尸骨散落在各处。但真正令人吃惊的是，墓碑上几乎没有宗教式的碑文，虽然这些墓碑的年代都追溯到革命之前。我记得只有一次见过“为某某某的灵魂祈祷”这句天主教信徒的墓碑上经常出现的话。大部分碑文很有世俗气息，写着打油诗，讲述死者的品德。大概每四五块墓碑上就有一块上面有小小的十字架或潦草写就的对天堂的期盼，这些字总是被某个勤勉的无神论者用凿子凿掉了。

我很惊讶于这一带的西班牙人缺乏真挚的宗教情感——我是说，正统意义上的宗教情感。真是奇怪，我在西班牙的这段时间里从来没有见过一个人朝自己身上画十字，而你觉得这个动作应该是出于本能，无论有没有革命发生。显然，西班牙教会将卷土重来。（就像俗话所说，夜晚和耶稣会教士总是会回来。）但是，在革命爆发的时候它无疑已经垮掉了，即使对于奄奄一息的英国国教来说，这样的崩溃程度也是很难想象的。对于西班牙人来说，至少对于加泰罗尼亚人和阿拉贡人来说，教会就是一场骗局。在某种程度上，无政府主义替代了基督教的信仰，其影响广泛传播，带着宗教的色彩。

我从医院回来的那天，我们的部队把阵线前移到真正合适的位置，大约推进了一千码，沿着法西斯阵线前几百码的小溪布下防线。这一行动原本几个月前就应该展开。现在这么做的意义在于，无政府主义者正在进攻加卡公路，在这一边推进阵线能吸引敌人分配更多的兵力与我们对峙。

我们有六七十个小时没有睡过觉，我的记忆总是一幕幕忧伤的情景。我们在无人区执行偷听的任务，离弗朗西萨堡只有一百码的距离，那是法西斯阵地上的一座加强了火力的农舍。我们七个小时躺在肮脏的沼泽地上，身体渐渐沉进带着芦苇味道的水里：芦苇的味道、让人冻得发麻的寒冷、漆黑的夜空中动也不动的星星、青蛙聒噪的叫声。虽然现在是四月，那却是我在西班牙记忆中最寒冷的夜晚。就在我们身后一百码远，工兵队在奋力工作，但到处一片寂静，只听到青蛙的合唱声。当晚我只听到一回声响——那熟悉的沙袋被一把铲子刮平的声音。有时候真的很奇怪，西班牙人能组织得非常有效率。整个行动规划得天衣无缝。600 个人在 7 个小时内修筑了 1 200 米的战壕和掩体，离法西斯阵地的距离只有 150 码到 300 码，整个过程悄无声息，法西斯部队什么也没有听到。当晚只有一人伤亡。当然，第二天伤亡的数字增加了。每个人都分配到了任务，就连炊事班的勤务兵也在工作完成的时候突然带着掺了白兰地的红酒酒桶来到阵地。

然后，黎明慢慢接近，法西斯部队突然发现了我们的行踪。方方正正的、白色的弗朗西萨堡虽然离我们有两百码远，却像铁塔一样压制着我们，还有那些从垒着沙包的顶楼窗户中伸出的机关枪似乎就直指着壕沟里面。我们都站在壕沟里目瞪口呆地看着碉堡，纳闷为什么那些法西斯士兵没有看见我们。

接着是一波恐怖的枪林弹雨，每个人都跪倒在地，拼命地挖掘着，把壕沟挖深，躲在一边的小掩体里。我的胳膊仍然包着绷带，没办法挖地，那一天的大部分时间我都在阅读一则侦探小说——名字叫《失踪的放高利贷人》。我不记得故事的情节了，但我非常清楚地记得坐在那儿读书的感觉：脚下是壕沟底部湿润的泥土，我的腿老是得挪动，给匆匆忙忙在壕沟里赶路的士兵让道，头顶一两英尺总是传来哒哒哒的枪声。托马斯·帕克的大腿根部被一颗子弹打穿了，据他所说，他差点就可以得到他很在乎的杰出服务勋章①了。伤亡事故一直在前线发生，但要是他们在晚上就发现我们的话，情况将会非常糟糕。一个逃兵后来告诉我们，有五个法西斯部队的站岗士兵因为玩忽职守而被枪毙了。即使到了现在，要是他们能够调来几门迫击炮，他们就能将我们屠戮殆尽。将伤病员从狭窄拥挤的战壕里送出去是一件很困难的事情。我看到一个可怜的家伙，裤子被血浸成了深黑色，从担架上翻了下来，痛苦地喘息着。你必须将伤兵抬一段很远的距离，大概有一英里，甚至更远，因为即使道路畅通救护车也不会开到接近前线的地方。如果它们太靠近的话，法西斯的士兵会朝它们开炮——他们这么做是有理由的，因为在现代战争中，没有人会顾忌不能用救护车运送弹药。

接着，第二天晚上，我们在法比安堡等候进攻的命令，但到了最后一刻，无线电传来了进攻取消的决定。在我们等候的那个谷仓里，地板上有一层薄薄的谷糠，下面是厚厚的骨头，

① 杰出服务勋章(D.S.O. Distinguished Service Order)，英国军队为在战斗中立下军功的士兵颁发的荣誉奖章。

人骨和牛骨混杂在一起，老鼠很猖獗。这些脏兮兮的畜生到处都是，而如果说有什么事情是我最最讨厌的，那就是在漆黑中从我身上跑过的老鼠。不过，我逮住了其中一只，狠狠地将它打飞，出了一口恶气。

然后，我们在距离法西斯阵地的工事五六十码开外的地方等候进攻的命令。长长一列士兵蹲在灌溉用的沟渠里，刺刀从边缘探了出来，眼白在黑暗中闪烁着光亮。克普和本杰明蹲在我们身后，旁边还有一个人，肩膀上挂着一个无线电接收匣子。在西边的地平线上，每隔几秒钟就传来玫瑰色的炮火和巨大的爆炸声。然后那个无线电匣子传来哔哔哔的声响和压低了声音的命令，要求我们趁着局势有利的时候冲出沟渠。我们奉命行事，但行动不够迅速。十二个可怜的共青团的孩子（马联工党的青年团，相当于加联社党的青年团）离法西斯部队阵地的工事只有40码，在曙光中被逮个正着，没办法逃掉。他们一整天就卧倒在那里，只有一点草色作为掩护，每次他们一动就会引起法西斯分子开枪射击。夜幕降临时，已经有七个人死掉了，另外五个在夜色的掩护下匍匐爬行逃掉了。

然后，接下来的许多天早上，从韦斯卡的另一边传来了无政府主义者军队的进攻声。那总是一样的声音。突然间，在凌晨时分，同时有数十发炮弹的爆炸声作为开幕——即使远在几英里之外声势也极为吓人——然后是没有间断的、密集的步枪和机关枪的开火声，还有低沉隆隆的声音，像是在打鼓。渐渐地，开火声传遍了包围着韦斯卡的整条战线，然后我们踉跄着走进战壕，睡意朦胧地靠在护墙上，头顶上是毫无意义的时断时续的枪火。

白天的时候大炮断断续续地轰鸣。我们现在的炊事点法比

安堡遭受了轰炸，一部分被炸毁了。当你在安全的距离看着炮火纷飞时，你总是希望炮手能够打准，即使他的靶子就是你的伙食和你的同志，感觉真是奇怪。当天早上法西斯部队打得很准，或许有德国炮手在操作。他们精确地轰炸着法比安堡。一颗炮弹打远了，另一颗炮弹打近了，然后，嗡—砰！被炸毁的梁椽飞上了天，一块石棉水泥板从空中落下，就像一张有划痕的扑克牌。下一颗炮弹炸掉了房子的一角，精准得就像有个巨人拿着刀子切下来一样。但炊事员准时做好了饭——真是让人难忘。

随着日子一天天过去，那些看不见但听得着的大炮开始体现出各自独特的性情。有两门俄国 75 毫米大炮就在我们后方很近的地方开火，不知怎地，让我的脑海里浮现出一个胖子打高尔夫球时的模样。它们是我最早见到的俄国大炮——准确地说，是听到的。它们的弹道很低，速度很快，因此你几乎同时听到弹药筒的爆炸声、炮弹的呼啸声和炸裂声。弗罗利山后面有两门重炮，一天会开火几次，发出低沉而模糊的呼啸声，就像远处有一群被锁链锁住的怪物在咆哮。在阿拉贡山上，政府军去年攻占的中世纪要塞（据说是历史上的第一次）扼守着通往韦斯卡的一条道路。那里有一门重炮，其历史可以追溯到十九世纪很早的时候。它那巨大的炮弹在头顶缓缓地呼啸而过，你感觉可以跟着炮弹跑，还能跟得上它们。这门大炮击出的炮弹听起来像是一个人骑着单车在吹口哨。战壕迫击炮虽然小，却发出最可怕的声音。它们的炮弹像是加了定风翼的鱼雷，形状就像公共酒吧里的那些飞镖，尺寸大概有一个一夸脱的酒瓶大小。它们爆炸时发出尖利的金属声，就像是一个巨大的铁球在撞击一面铁砧。有时候，我们的飞机飞过来，扔下空投鱼

雷，它们轰隆隆的回响即使在两英里外都能让人感觉大地在震动。法西斯的制空炮射出的炮弹在空中就像一幅蹩脚的水彩画的云朵，但我从未看到一颗炮弹接近飞机的一千码范围内。当一架飞机俯冲用机关枪扫射时，声音在下面听起来就像是翅膀在扑腾。

在我们把守的阵线上没有什么战事发生。在我们右边两百码处，对面的法西斯部队占据着高地，他们的狙击手做掉了我们好几个同志。在我们左边两百码处，在小河的桥边，法西斯的迫击炮和桥对面修筑工事的士兵展开了一场激战。那些小而可怕的炸弹呼啸着飞过来，咣！咣！落在柏油路上发出可怕的响声。隔上一百码你可以保持绝对安全的距离，看着土柱和黑烟在空中蹿起，就像魔法之树。那些可怜的士兵白天的时候总是躲进他们在战壕一侧修筑的掩体里，但伤亡的数字并没有想象的那么多，工事渐渐竖起，是一道两英尺宽的混凝土护墙，修了两个放置机关枪的枪眼和一个放置小型野战炮的炮台。这堵混凝土墙用旧床架加固，显然，它们是唯一能用来加固墙壁的铁器。

第七章

一天下午本杰明告诉我们他需要十五个志愿者。之前取消的进攻法西斯碉堡的行动定于今晚执行。我给十发墨西哥子弹上了油，把刺刀弄脏(如果刺刀太闪会暴露你的位置)，装了一块面包、三英寸香肠和一根雪茄——这是我太太从巴塞罗那寄来的，我私藏了很久。我们每个人分到三个手榴弹。西班牙政府终于能造出像样的手榴弹了，按米尔斯手榴弹的设计仿制，但有两根别针，而不是一根。你把别针拉出来之后，隔七秒钟就会爆炸。这种手榴弹的一个不好之处在于，一根别针很紧，而另一根别针则很松，因此，你要么把两根别针都保留着，然后承受在危急时刻可能没办法把紧的那根给拉开的风险；要么提前把紧的那根别针给拉出来，然后整天紧张兮兮地担心那个东西会在你的口袋里炸开。但这种手榴弹倒是很轻便，适合投掷。

快到午夜时，本杰明带着我们十五个志愿兵下山来法比安堡。从傍晚开始雨就一直下个不停。灌溉沟渠里积满了水，每次你跨进水渠里水都有齐腰深。我们来到农场里，四周一片漆黑，那里隐约有一群人正在冒雨等候着。克普向我们解释冲锋计划，第一遍用西班牙语，第二遍用英语。这里的法西斯阵地呈L字形，我们要冲击的掩体就在L字的角落上，是一座隆起的高地。我们冲锋队有三十个人，一半是英国人，另一半是西班牙人，指挥官是佐格 · 罗卡，他也是我们的连长(民兵组织

的一个连人数大约是四百人），还有本杰明。我们的任务是隐蔽前进，扫除法西斯部队的铁丝网。佐格会扔第一颗手榴弹作为信号，然后我们大家一起扔出手榴弹，把法西斯部队逼出掩体，然后趁他们阵脚大乱的时候夺取阵地。与此同时，另外七十名突击士兵将对旁边的法西斯部队的阵地发起进攻，那个阵地与右边相隔二百码的阵地靠通讯壕连在一起。为了防止我们在黑暗中互相开枪，我们会戴上白色头盔。这时一个传令兵过来了，说部队里没有白色头盔。在漆黑中一个哀怨的声音提了一个建议，“难道我们就不能让法西斯部队戴上白色头盔吗？”

我们还得等一两个小时。骡栏旁边的谷仓被炮火炸得七零八落，没有灯光根本寸步难移。一半的地板被一枚垂直落下的炮弹给炸开了，下面的石头里有一个二十英尺深的弹坑。有人找来一个鹤嘴锄，从地里挖出一块破木板，几分钟后我们生了一堆火，身上湿透的衣服被烤出了阵阵水蒸气。有人掏出一副扑克牌。有传闻说——战争总是会有种种离奇的传闻——很快我们就可以喝到加了白兰地的热咖啡。我们高高兴兴地顺着几乎快塌了的楼梯跑到下面，在漆黑的院子里转悠，询问哪里有咖啡喝。呜呼哀哉，根本没有咖啡喝！我们被集中在一起，排成一列，然后佐格和本杰明匆匆出发，消失在夜色中，我们其他人紧跟在后面。

天仍下着雨，周围一片漆黑，但风停了。路面泥泞得难以形容，穿过荸荠田的小路坑坑洼洼，滑得就像滑竿一样，到处都是大水坑。还没离开己方的掩体，每个人都已经摔了好几跤，每支步枪都沾上了厚厚一层泥。在掩体那里有一小群士兵在等候着，他们是我们的后备队，还有军医和几个担架员。我

们从掩体的一个缺口鱼贯而出，跋涉蹚过另一道灌溉沟渠。水花飞溅，水声汩汩！那里的水也有齐腰深，又脏又黏的泥浆从你靴子的上面流了进去。佐格在水坑外的草地上等候着，直到大家全体通过。然后他猫着腰，开始慢慢地匍匐前进。法西斯部队的掩体大约在一百五十码开外，我们必须悄无声息才能到达那里。

我走在最前面，和佐格与本杰明在一起。我们都猫着腰仰着脸摸黑前进，速度似乎渐渐慢了下来。雨水轻轻地落在我们脸上，回头望去，身边最近的战友看上去只有弯腰驼背的轮廓，像一丛巨大的黑蘑菇，正在慢慢地向前滑行。但每一次我抬头的时候，走在我身边的本杰明就会凑到我耳边狠狠地告诫我，“低头走！低头走！”我本想告诉他不用担心。我已经有经验了，这么漆黑的夜色二十步外根本看不到人影。最重要的是不能出声。要是敌军听到我们的动静，那我们就完了。他们只需要拿机关枪朝黑暗中扫射一通，我们就只能逃命或被乱枪打死。

但在湿透了的地面上走动，要想不出声几乎是不可能的。无论你怎么小心，你的脚总是会陷进泥浆里，每走一步都会发出噗通—噗通—噗通的声音。更要命的是，现在风停了，虽然还下着雨，但夜里一片寂静。声音会传得很远。我不小心踢到一个铁罐，吓得魂飞魄散，以为几英里内每个法西斯士兵都听到了。但是没有声音传来，没有人开枪，法西斯军队的阵地没有动静。我们猫着腰继续缓慢推进。我无法向你形容我是多么迫切想到达目的地。早点抵达投掷手榴弹的距离，趁他们还没发现我们！在这种时候你不会感觉到任何恐惧，只有强烈的、毫无希望的渴望想穿越中间这段距离。在围捕一只野生动物时

我也有这种感觉，那种迫切想闯进射程的渴望，还有那种像是做梦一样却很肯定这不可能的预感。那段路程似乎无休无止！我很熟悉阵地之间的地形，顶多就一百五十码远，却似乎足足有一英里。当你以龟速推进时，你和蚂蚁一样能察觉到地表巨大的差别：这里长了一丛茂密湿滑的野草，那里有一摊该死的淤泥，那丛会簌簌作响的高大芦苇必须绕路经过，而那里有一堆石头，几乎让你放弃了希望，因为根本不可能不出半点声音就从上面经过。

我们走了好久好久，我开始怀疑我们是不是走错方向了。接着，在漆黑中隐约露出什么东西的轮廓，那东西比夜色还要漆黑。那是外层铁丝网防线(法西斯部队布置了两道铁丝网防线)。佐格跪了下来，在口袋里摸索着。部队里仅有的剪铁丝网的钳子在他那里。咔嚓、咔嚓。那团讨厌的东西被小心翼翼地抬到一边。我们等候着后面的战友。他们似乎发出惊心动魄的响声。现在我们距离法西斯部队的掩体大约只有五十码远。我们继续猫着腰，蹑手蹑脚地推进，就像一只猫走近老鼠洞一样，每走一步都会先停下来侧耳倾听，然后再走一步。有一次我抬起了头，本杰明悄无声息地把手搭在我的后脖子上，用力往下按。我知道里层的铁丝网防线在距离掩体二十码的地方。我觉得三十个士兵要不被敌人发觉就抵达那里根本是不可思议的事情。我们的呼吸声肯定会把我们暴露的。但我们真的抵达了目的地。现在法西斯部队的掩体尽在视野之内，那是一个模糊的黑色土丘，高高地逼近我们。佐格又跪了下来，掏出钳子。咔嚓、咔嚓。剪断铁丝网不可能不发出声音。

把里层的铁丝网防线剪了个缺口后，我们快速匍匐前进，要是我们有时间进行部署的话，一切就好办了。佐格和本杰明

爬到右边去，但匍匐在后面的人只能排成一列纵队，鱼贯钻过铁丝网的窄洞，就在这个时候，法西斯部队的掩体里亮起了火舌，传来了巨响。敌军的哨兵终于发现我们了。佐格单膝跪地，像一个保龄球手一样抡圆了胳膊。轰！他的手榴弹在敌军掩体那头炸开了。说时迟那时快，法西斯部队掩体那头十几二十把步枪同时开火。他们一直对我们展开突袭有所防备。在火红的光亮中你可以短暂地看到每一只沙包。有的士兵离掩体还很远，他们也扔出了手榴弹，但根本炸不中目标。每个射击孔似乎都在吐出火舌。在黑暗中成为敌人的靶子总是令人觉得非常讨厌——似乎每把步枪都直接瞄准了你——但最糟糕的是手榴弹。只有在黑暗中目睹一颗手榴弹在你身旁爆炸，你才能真正了解那种恐怖。大白天的时候你只听到爆炸的响声，而在夜里你还看到耀眼的红光。我翻身躲在最近的洼地里，整个人趴在滑溜溜的泥泞中，拼命想拔出一颗手榴弹的别针，但那该死的东西就是拔不出来，最后我才意识到自己拔错了方向。拔出别针后我跪在地上，扔出手榴弹，然后又趴倒在地。手榴弹在右方掩体外面炸开了。我刚才惊慌失措，没有扔准。这时另一颗手榴弹就在我前面爆炸，距离那么近，我可以感受到爆炸的热力。我躺平身子，把脸扎进泥浆里，用力太重把脖子扭到了，以为自己受伤了。在乱糟糟的声音中我听到身后有人用英语说道："我被打中了。"事实上，那颗手榴弹炸伤了我身边好几个人，而我却毫发无伤。我跪在地上，扔出第二颗手榴弹，但至于扔到了哪儿，我记不得了。

法西斯军队在开火，我身后的队友也在开火，我很清楚自己就被夹在中间。我感到一颗子弹的冲击波，发现那个人就在我身后不远处开火。我站起身，朝他吼道：

“别朝我开火，你这个该死的笨蛋！”这时我看到本杰明就在我右边，离我有十到十五码远，正朝我挥舞着手臂。我朝他跑去。这意味着我得冲过一排正在开火的射击孔，我一边跑一边用左手挡住我的脸。真是愚不可及的举动——似乎那只手可以挡住子弹！——但我真的很害怕会被打中脸庞。本杰明单膝跪地，带着快乐而狰狞的表情，用他的自动手枪仔细地瞄准步枪吐出火舌的地方。第一波攻击的时候佐格就负伤了，不知到哪儿去了。我跪在本杰明身边，拉出第三颗手榴弹的别针，扔了出去。啊！这一次我可扔准了，手榴弹在掩体的一个角落里炸开了，距离机关枪的架子非常近。

法西斯部队的火力似乎突然间减弱了。本杰明跳了起来，大吼一声：“前进！冲啊！”我们冲上掩体所坐落的那个短而陡峭的山坡。我用的是“冲”这个字，其实用“挪”字更加恰当。事实上，当你浑身上下被泥浆浸透，还扛着沉重的步枪、刺刀和一百五十发子弹时，你根本没办法跑得快。我觉得在山坡上肯定有一个法西斯士兵在等候着我，我们的距离这么近，他肯定会打中我的。但不知为什么，我觉得他不会开枪，而是拿着刺刀等我上去厮杀。我似乎预料到我们拼刺刀时的那种感觉，我想象着他的胳膊会不会比我的胳膊更加孔武有力。但是，根本没有法西斯士兵在等着我。我暗自松了口气，发现那是一个低矮的掩体，可以踩着沙包上去。和别的掩体一样，要翻过去不是一件容易的事情。里面每样东西都被炸成了碎片，横梁和大片的石棉水泥板掉得到处都是。我们的手榴弹摧毁了所有的小棚屋和掩体。但是到处都看不到尸体，我怀疑敌人就躲在地下，于是用英语（当时我一句西班牙语也想不起来）大吼道：“出来！举手投降！”没有人回答。接着，在一处半明

半暗的地方，一个黑乎乎的人影翻过一座被炸毁的小屋的屋顶，朝左方逃去。我紧追其后，在黑暗中胡乱挥舞着刺刀。我绕过小屋的角落，见到一个士兵——我不知道是不是刚才见到的那个人——正沿着通往另一处法西斯阵地的通讯壕拼命地跑。我和他的距离一定很近，因为我可以清楚地看见他的样子。他的脑袋光秃秃的，而且似乎没有穿衣服，只有一张毛毯披在肩膀上。要是我开枪的话，我可以把他打得稀巴烂。但为了防止开枪误伤队友，上级命令我们一进战壕就只能用刺刀拼杀，而我当时也没想到要开枪。事实上，我突然想到了二十年前的一幕：学校里的拳击教练生动地以动作向我示范在达达尼尔海峡他是如何与一个土耳其士兵拼刺刀的。我抓着枪托较窄的部位，朝那个士兵的背部刺去。但他刚好躲开了。我又向前刺去，但还是没刺中。我们就像这样跑了一段距离，他沿着战壕往前跑，我在他上方的地上追，朝着他的肩胛骨扎去，但总是扎不着——现在回想起来我觉得那一幕真的很滑稽，不过我觉得他可能不会觉得滑稽。

当然，他比我更熟悉地形，很快就摆脱了我。我只能折回去，阵地上挤满了人，都在大吼大叫。炮火的响声似乎小了一些，法西斯部队仍从三个方向朝我们猛烈开火。但距离比之前远。

现在我们把他们暂时逼退了。我记得自己说过这么一句颇有预见性的话："我们顶多只能守住这里半个小时，不能再久了。"我不知道为什么自己会说半个小时。往右边的掩体望去，你可以看到许多支步枪在黑暗中吐着绿色的火苗，但他们离我们还很远，大概有一两百码。我们现在要做的就是搜寻这处阵地，把所有能劫掠走的东西带走。本杰明和其

他人已经在阵地中间一座大屋或掩体的废墟里翻寻，然后本杰明兴奋地拖着一个弹药箱的绳索把手，蹒跚着走过被炸毁的屋顶。

“同志们！是弹药！这里有大量的弹药！”

“我们不要弹药，”一个人说道。“我们要步枪。”

这倒是真的。我们有一半的步枪被泥浆塞住了，开不了火。这些枪可以清理干净，但黑灯瞎火地把枪栓卸下来是很危险的事情。你把枪栓放下来，接着你就不知道放哪儿了。我有一个小手电筒，是我妻子好不容易在巴塞罗那买到的，要是没有它的话，我们这群人就没有照亮的东西了。几个步枪还能用的战友开始断断续续地朝远处枪支开火的地方射击。没有人敢快速连续射击，即使是最好的步枪如果枪管过热的话也会卡壳。掩体里有十六个人，包括一两名伤兵。几个负伤的战友，有英国人也有西班牙人，躺在掩体外面。帕特里克·欧哈拉来自爱尔兰贝尔法斯特，曾经接受过急救培训，拿着几包绷带来回奔走，给伤兵包扎伤口，但每次他跑回掩体的时候总会有人朝他开枪，虽然他总是愤慨地大叫：“马联工党！”

我们开始搜寻阵地，地上有几个死人，但我没有停下来查看他们。我在找机关枪。我们躺在外面的时候我就一直在纳闷为什么机关枪没有开火。我打着手电筒朝机关枪的掩体里面照去，真是失望透顶！里面根本没有机关枪。那个三脚架还在，还有几箱弹药和几个零件，但那挺机关枪不见了。警报传来的时候他们把机关枪卸下来搬走了。他们应该是依令行事，但这真是愚蠢而怯懦的行为。要是他们的机关枪在的话，或许我们早就被屠杀殆尽了。我们气坏了。我们原本还以为可以缴获一挺机关枪的。

我们到处翻寻，但没有找到什么有价值的战利品。地上有许多法西斯部队的手榴弹——都是些质量低劣的次品，你得拉开引绳才能引爆——我往口袋里揣了几个当作是纪念品。敌军的掩体里面什么都没有，让我们非常吃惊。在我们自己的掩体里你可以看到遍地是多余的衣服、书籍、个人的小玩意什么的，而这边的掩体什么都没有。这些被征募来的法西斯士兵没有军饷，除了毛毯和几块湿透了的面包外，似乎一无所有。远方有一个小小的掩体，一部分突出在地面上，开了一扇小窗户。我们拿手电筒从窗口往里面照，立刻欢呼起来。那是一个圆柱形的物体，装在一个皮箱里，有四英尺高，直径六英寸，就靠在墙边。显然那是机关枪的枪管。我们赶忙绕到门口进到里面，却发现皮箱里装的不是机关枪，而是对于物资匮乏的我军来说更珍贵的东西。那是一个巨大的望远镜，放大率可能有六七十倍，配有折叠式三脚架。这种好东西可从来没有在我们阵地上出现过，正是我们所急需的。我们高兴地把望远镜抬到外面，靠在掩体上，准备一会儿就搬走。

这时有人高声报告说敌军正在逼近。当然，炮火声比刚才更响了。不过，敌军显然不会从右边发起进攻，因为那意味着横穿无人区，朝自己的掩体发起进攻。如果他们稍有点头脑的话，他们会从阵地内部向我们进攻。我绕到掩体的对面。这个阵地呈马蹄铁形，掩体位于中部，左边有另一处掩体掩护我们。密集的火力就从那个方向射来，但那还不算什么。最危险的方位是正前方，那里毫无保护。一梭子弹从我们头顶掠过，应该是从远处另一座敌军阵地射来的，显然，突击队终究没能夺取那座阵地。但这一次枪声震耳欲聋。我习惯了从远处听到枪响，密集的步枪像打鼓一样没有间歇，但这次是我第一次置

身于枪战中。现在敌军的火力沿着阵地铺开了数英里。道格拉斯·汤普森一只胳膊负伤了，无力地垂在身边。他正靠在掩体上，单臂朝枪支开火的方向射击。另一个士兵的步枪卡壳了，正在帮他装子弹上膛。

我们这边有四五个人，我们必须做的就是把沙包从正面的掩体搬过来，给毫无掩护的这一边构筑一道壁垒。而且我们必须赶紧行动。现在敌人的火力都打高了，但他们随时会压低火力。在周围闪耀的火光中，我看到有一两百名敌军包围着我们。我们赶紧将沙包撬松，扛着沙包走二十码，将其胡乱堆在一块儿。这活儿非常累人，那些都是大沙包，一个足有一英担重，你得使出吃奶的力气才能将它们撬松，然后，破烂的麻袋裂开了，泥土浇遍你的全身，从你的颈口和袖口溜进去。我记得当时每样东西都令我感到非常恐惧：现场的混乱、黑暗、惊心动魄的枪炮声、滑不留脚的泥泞、鼓鼓胀胀的沙包——我的步枪一直碍手碍脚的，但我不敢放下步枪，担心一丢下就找不到了。我和另一个战友一起扛着一袋沙包踉踉跄跄地走着，我朝他吼了一句："这就是战争！真是该死，不是吗？"突然间几个高大的身影越过正面的掩体，他们走近时我们认出了他们穿着突击队的制服。我们欢呼起来，以为他们是来支援我们的。但是他们只有四个人，三个德国人，一个西班牙人。

后来我们听说了突击队的不幸。他们不熟悉地形，在漆黑中走错了方向，被敌军的铁丝网防线困住，许多人被开枪打死了。这四个人与队伍失散了，真是走运。那几个德国人不会说英语、法语或西班牙语。我们艰难地比划着，向他们解释我们在干什么，让他们也帮忙构筑工事。

现在敌军带来了一挺机关枪。你可以看到它就在一两百码

的距离之外像爆竹一样吐着火舌，子弹持续不断地朝我们哒哒哒地射来。很快我们就搬了足够的沙包构筑了一道低矮的工事，防守这一方向的几个战友可以躺倒进行射击。我跪在他们身后。一枚迫击炮的炮弹呼啸而来，在无人区里炸开了。这又是一大危险，但他们得花上几分钟才能摸清我们的方位。现在我们把该死的沙包搬完了，觉得战斗似乎有点好玩起来：枪声、黑暗、步步逼近的火舌、我们的战友朝火舌发起的反击。我甚至有时间想一想事情。我记得自己扪心自问到底害不害怕，我的回答是不害怕。刚才在外面的时候我的情况还不算太危险，我却吓得半死。突然间又有人发出警报说敌军逼近了。确实，步枪的火舌接近了许多。我看到有一支步枪就在二十码远的地方开火。显然，他们正沿着交通壕缓缓推进。在二十码距离内他们可以投掷手榴弹，我们八九个人簇拥在一块儿，一颗手榴弹扔得准的话就可以把我们炸成碎片。鲍勃·斯迈尔利头上被划了一道伤口，血流满面。他一跃而起，扔出一颗手榴弹。我们猫着腰，等候着爆炸。红色的引信嘶嘶作响，从空中划过，但手榴弹没有炸开。（这些手榴弹至少有四分之一是哑弹。）我的手榴弹用光了，身上只有几个敌军的手榴弹，而我不清楚该怎么使用。我朝其他人大吼了几句，想知道有没有人能给我一颗手榴弹。道格拉斯·莫伊尔在口袋里摸索着，递给了我一个。我扔了出去，然后趴在地上。真不知道走了什么一年才有那么一回的狗屎运，我竟然把手榴弹几乎准确无误地扔到敌军步枪开火的地方。那里响起了猛烈的爆炸声，紧接着传来撕心裂肺的惨叫和呻吟。我们总算解决了一个敌人。我不知道他死了没有，但他肯定伤得很严重。可怜的家伙，真是可怜的家伙！听到他惨叫连连我不禁觉得有点难过。但与此同时，

在步枪火舌微弱的光亮中，我看到，或以为自己看到一个人影站在步枪吐出火舌的地方。我抓起步枪朝那边射去。我又听到一声惨叫，但我觉得可能仍是那颗手榴弹造成的效果。我们又扔出几颗手榴弹，等到敌人再一次开火，我们看到距离拉远了许多，得有一百码开外。我们把他们逼退了，至少暂时是这样。

大家开始骂骂咧咧地，责备部队为什么不给我们提供支援。要是有一挺轻机枪或二十把能开火的步枪，我们就可以守住这个阵地，对抗整整一个连队的敌人。这时本杰明的副手帕迪·多诺爬上了正面的掩体。刚才他奉命回后方接受作战指令。

“嗨！快出来！全体人员立刻撤退！”

“什么？”

“撤退！快出来！”

“为什么？”

“这是命令。赶快回到我们自己的阵地。”

大家开始爬过正面的掩体。有几个人背着沉重的弹药箱，行动很不方便。我想到了那架望远镜，我就放在另一边掩体那里。但这时我看到四个突击队员，我猜想是在执行他们收到的神秘命令，开始沿着交通壕撒丫子往前跑，那是通往另一个敌军阵地的方向——要是他们到了那儿，一定会没命的。他们消失在黑暗中。我跑在他们身后，拼命地想着西班牙语“撤退”怎么说。最后我嚷道：“退后！退后！”或许我用对了词，那个西班牙人听懂了我在说什么，把另外三个人也叫了回来。帕迪正在掩体等候着。

“动作快点。”

“但那个望远镜！”

“别理什么望远镜了！本杰明在外面等着呢。”

我们爬了出去。帕迪帮我把铁丝网拉开。没有了敌军阵地掩体的掩护，我们暴露在猛烈的火力之下，子弹似乎从四面八方朝我们射来。我猜想有一部分火力是来自己方的阵地，因为整个阵地都有人在开火。无论我们转到那个方向，迎面都有子弹射过来。我们在黑暗中被赶过来赶过去，像一群可怜的绵羊。我们还拖着一箱缴获来的弹药，让逃亡变得更加困难——那种箱子可以装 1 750 发子弹，重达一英担——还有一箱手榴弹和几把敌军的步枪。过了几分钟，虽然双方阵地距离不过两百码，而且我们都熟悉地形，但我们还是彻底迷路了。我们发现自己正在一摊泥泞的地里匍匐滑行，什么也不知道，只知道子弹正从两边射来。天上没有月亮可以引路，但天色亮了一些。我们的阵地在韦斯卡的东边，我提议我们驻守原地，等到破晓的时候分得清东西南北再行动。但其他人反对我的意见。我们继续匍匐前进，换了好几次方向，轮流换人拖那口弹药箱。最后我们看到一座掩体低平的轮廓在前方显现。那可能是己方的掩体，也可能是敌军的掩体。没有人知道我们到底是不是走对了路。本杰明匍匐前进，穿过一堆高大灰白的杂草，直到走到距掩体大约二十码远处，试着喊了一声。那边有人回答道：“马联工党！”我们跳了起来，顺着掩体一路过去，再一次蹚过那条灌溉沟渠——水花飞溅，水声汩汩！——我们安全了。

克普和几个西班牙人在掩体里等候着。军医和担架员已经走了。所有的伤兵似乎都被抬了回来，只有佐格和另外一个名叫希德斯通的士兵失踪了。克普来回踱着步，脸色苍白。连他

后脖子上那几层肥肉都显得很苍白。他对在低矮的掩体上空和离他的头颅不远处四下乱飞的子弹根本不以为意。我们都蹲在掩体后面躲避子弹。克普在嘟囔着："佐格！同志！佐格！"接着又用英语说道："佐格你不能死！太可怕了！太可怕了！"佐格是他的密友，也是他最得力的手下。突然他转过身，征求五个志愿者，两个英国人，三个西班牙人，回去寻找失踪的战友。莫伊尔、我和三个西班牙人志愿前往。

我们走到阵地外面，那几个西班牙嘟囔着说天亮了很危险。确实，天空变成了黯淡的蓝色。那座法西斯碉堡处传来了喧闹的声音，显然，他们已经夺回了阵地，而且布置了比以前更多的兵力。距离掩体还有六七十码，他们就已经听到或看到我们了，因为他们猛烈地开火，我们不得不匍匐在地。有一个敌军还扔出一个手榴弹——这是恐慌确凿无疑的迹象。我们躺在草地上，等候着前进的机会。这时我们听到，或者说我们以为自己听到——我觉得那纯粹只是出于想象，但在当时听起来是那么真切——敌军的声音接近了许多。他们离开了掩体，正朝我们而来。"快跑！"我朝莫伊尔嚷了一句，然后蹦跶起来。我的天哪，我拼命地跑拼命地跑！那天晚上早些时候我还觉得自己全身上下浸透了泥浆，背着步枪和子弹，肯定跑不动呢。现在我知道要是你以为有五十或上百个荷枪实弹的敌人追着你，你肯定跑得动。但如果我能跑得快，其他人就能跑得更快。我跑着跑着，有什么像是流星雨的东西从我身边飞也似的划过。那是三个西班牙人，他们刚才还在我的前面。还没等他们停下脚步让我赶上他们，他们就回到了己方的掩体。事实上，我们都被吓破了胆。但我知道在黑灯瞎火里独自一个人不会有人看见，但五个人在一起肯定会被看见，于是我一个人又

回去了。我总算来到了外围的铁丝网，竭尽全力寻找着通过的地带，这不是一件容易的事情，因为我得趴在地上。我找不到佐格或希德斯通，于是我爬了回去。后来我们才知道佐格和希德斯通早前已经被送到救助站了。佐格的肩膀受了轻伤，希德斯通的伤势很重——子弹从他的左臂穿过，造成了几处骨折。他无助地躺在地上时，一颗手榴弹在他旁边炸开，几个弹片划伤了他的身体。但我很高兴他恢复了过来。后来他告诉我，他就仰面朝天用背部挪了一段距离，然后碰到另一个负伤的西班牙士兵，两人互相搀扶着离开战场。

天色渐亮，沿着敌军阵地延绵好几英里时断时续地响起毫无意义的枪声，就像暴风雨过后残留的阵雨。我记得那满目疮痍的一幕：泥泞的沼泽、滴着水的白杨树、沟渠底部黄澄澄的积水、疲惫不堪的脸庞，都没有刮胡子，沾满了泥浆，被硝烟熏得发黑。我回到自己的掩体里，和我睡一块儿的另外三个士兵已经沉沉地睡着了。他们翻身就躺倒在地，全身的装备还没解下来，沾满泥浆的步枪就倚在他们身边。掩体的里里外外都湿透了。我找了很久，总算找来一些干燥的木片，生了一堆小火。然后我抽起了那根珍藏了许久的雪茄。经过一晚上的折腾它居然没有断开，令我十分惊奇。

后来我们了解到，这次作战很成功，达到了作战意图。我们只是发动佯攻，迫使敌军从韦斯卡另一边的阵地分兵增援，然后那边的无政府主义军队再度发动进攻。我原本以为敌军调来了一两百人展开反击，但一个逃兵后来告诉我们增援的部队有六百人。我敢说他是在撒谎——逃兵总是希望博得好感。没能缴获那支望远镜实在是非常遗憾。想到与那精美的战利品失之交臂，至今仍令我黯然神伤。

第八章

日子越来越暖和，连晚上也不那么冷了。在我们掩体前面有一棵弹痕斑驳的樱桃树，正结出密密麻麻的果实。到河里洗澡不再是一种折磨，几乎成了一种享受。茶碟般大小的粉红色的野玫瑰花开遍了法比安堡周围的弹坑。在阵地后方你会遇到耳朵上别着野玫瑰花的农民。到了晚上，他们总是拿着绿色的网出去捕鹌鹑。你把网铺在草地上，然后躺下来，装出雌鹌鹑的声音。四周听得见声音的雄鹌鹑就会朝你这边奔来，如果有的雄鹌鹑在网下面，你就朝它扔石头，受到惊吓的雄鹌鹑就会跳起来，然后困在网中。显然，只有雄鹌鹑才会被抓，我觉得这很不公平。

我们旁边的阵地上驻守着一群安达卢西亚人。我不知道为什么他们会来到这个阵地。有人解释说他们撤离了马拉加，仓促之下经过了瓦伦西亚都不知道。当然，这只是加泰罗尼亚人的片面之词，他们看不起安达卢西亚人，觉得他们都是蛮夷。确实，安达卢西亚人很愚昧无知。他们当中只有少数几个人识字，而且他们似乎对西班牙每个人都知道的事情都犯迷糊——他们竟然不知道自己属于哪个政党。他们以为自己是无政府主义者，却又不是很肯定。或许他们是共产主义者。他们皮肤粗糙，看上去像是乡下人，或许是橄榄种植地区的牧羊人或帮工，南方猛烈的日照在他们的脸颊上留下了晒斑。他们很帮得上忙，因为他们动作敏捷，特别擅长把晒干的西班牙烟草卷成

烟卷。烟草的发放已经停止了，但在弗罗利山我们时不时可以买到最便宜的烟草，无论是外观或质地都很像切碎的谷糠。这种烟草的味道还可以，但就是太干了，就算你将它做成烟卷，烟草很快就会掉下来，只留下空空的一卷烟纸。但是这帮安达卢西亚人能做出整洁的烟卷，而且还能把两端给卷进去封好。

两个英国人中暑病倒了。关于那段时间，我清楚记得的是：中午的时候日头特别猛，我们光着上身扛沙包，肩膀已经被太阳晒伤了，被沙包一磨实在是痛苦万分；而且我们的军服和军靴都是破破烂烂的；那些给我们运送补给的骡子不怕枪声，但一听到榴霰炮在空中爆炸就会吓得到处乱跑，我们得费好大的劲才能管住它们；而且我们饱受蚊子（刚刚开始活跃起来）和老鼠之苦，那些老鼠甚至连皮带和皮制的弹药袋都不放过。前线没有战情，只是不时有敌军狙击手、大炮轰炸和对韦斯卡发动空袭造成伤亡。现在围着前线的白杨树长齐了叶子，我们在上面搭建了像是狩猎台的狙击手平台。在韦斯卡的另一边，攻势渐渐平息。无政府主义者付出了伤亡惨重的代价，却未能完全切断加卡公路。他们从两端包夹，架设了机关枪火力网，基本上封锁了交通，但封锁的缺口有一公里长，法西斯军队修筑了一条凹陷的道路，好像是一条巨大的壕沟，可以供卡车来回穿梭。逃兵报告说韦斯卡弹药充足，不过食物严重紧缺，但这座孤城怎么都攻不下来。或许，光靠一万五千名装备落后的士兵根本不足以成事。后来，六月份的时候，共和政府从马德里前线调来增援，在韦斯卡集结了三万兵力，而且还动用了数量不菲的战斗机，但韦斯卡仍攻不下来。

等到我们轮休时，我已经在前线驻守了一百一十五天，当时我觉得那是我生命中最无聊的时光。我参加民兵组织，为的

是抗击法西斯主义，但是我几乎没有进行过战斗，只是无聊地守在阵地上，光吃口粮却没有履行职责，饱经风霜与失眠之苦。或许这就是在大部分战争中大部分士兵的命运。但现在我能清醒地看待这一段时期，我并不完全只是觉得后悔。我确实希望当时我能更积极地为西班牙政府服役，但站在个人的角度——站在我个人进步的角度——我在前线服役的头三四个月并非我当时所想的那么没有意义。那是我生命中的一段过渡期，与之前的经历和或许今后将会有的经历很不一样。我在那段时间所学到的东西是我从其他途径根本无法获得的。

最重要的一点是，那段时间我一直与外界隔绝——因为到了前线一个人基本上就与外界断了联系，连巴塞罗那正在发生什么事情也只有模糊的概念——而我身边的人基本上都只是勉强够格的革命者。这就是民兵体制的结果，阿拉贡前线这边的民兵组织要到 1937 年 6 月才得以彻底改组。工人阶级的民兵组织以工会组织为基础，基本上都是由持同一政见的工人所组成，那种感觉就像这个国家所有最革命的热情都汇聚在一个地方。我神差鬼使地来到了西欧唯一一个政治觉醒和否定资本主义的思潮压倒了其对立面的国家。在阿拉贡这里，我置身于成千上万基本上都是出身于工人阶级的民兵中，大家都是过着同样的生活，彼此之间平等相待。理论上这些人是完全平等的，而在实践上他们也几乎实现了绝对平等。那种感觉真的可以说是就像在提前体验社会主义，普遍的精神氛围就是社会主义的精神氛围。文明生活中许多天经地义的动机——势利、贪财、对老板的畏惧等等——统统不存在了。那种司空见惯的社会阶级分化已经消失，那是沾满了铜臭味的英国所几乎无法想象的。那里只有农民和工人，没有人凌驾于他人之上。当然，这

种社会状态不可能长久持续下去。这只是席卷全球的巨大斗争中局部某个地方暂时的社会状态。但它维持了很长一段时间，对参与其中的个体留下了难以磨灭的印象。无论一个人当时如何对其痛加斥责，过后他都会意识到，他所接触的是一种奇特而极其珍贵的社会现象。你来到了一个社区，在那里希望压倒了冷漠和犬儒主义，成为常态，在那里，"同志"一词代表了同志间的情谊，而不像在大部分国家那样，只是一句废话。一个人体验到了平等的气息。我知道现在盛行一种观点，认为社会主义与平等之间根本没有联系。每一个国家都有着一大帮党内人士和圆滑的小个子教授在忙于"证明"社会主义只是有计划的资本主义，而攫取利益的本能依然存在。但幸运的是，对社会主义还有一种观念与其背道而驰。社会主义吸引普通人投身其中，促使他们愿意为其抛头颅洒热血的神秘魅力在于平等的理念。对于普罗大众来说，社会主义意味着没有阶级的社会，只会是这样。正是在这一点上，那几个月的民兵服役对我来说是非常宝贵的经历。西班牙的民兵组织从存在的那天起，就是一个具体而微的没有阶级的社会。在这个社会里，没有人在追求发达，虽然物资极度紧缺，却没有特权现象或阿谀奉承。从中，你或许能粗略地体验到社会主义的初始阶段的先声。它并没有让我产生幻灭感，而是深深地吸引了我。我比以往更加盼望见到社会主义事业实现。或许，这是因为我有幸与西班牙人在一起，他们生性纯朴，总是带着无政府主义者的气质，如果他们有机会的话，就连社会主义的初始阶段也会因为他们而变得可以忍受。

当然，当时我没有注意到我的思想正在悄悄发生改变。和身边的每个人一样，我只注意到无聊、酷热、寒冷、肮脏、虱

子、匮乏和时而出现的危险。现在不一样了。那段当时似乎非常无聊和无趣的时光现在对我来说非常重要。它与我生命中的其他经历是如此不同，已经开始产生了一种魔法般的效果，而通常来说，只有历经多年的回忆才会这样。在它发生的时候，它是野蛮的，但当我的思绪回到那个时候时，却感觉很温馨。我希望能让读者对当时的气氛有所感受。希望在本书的前面几章里能让读者对其有所了解。我的脑海里一直萦绕着那个寒冷的冬天、穿着褴褛军服的民兵、那一张张西班牙人的鹅蛋脸、哒哒哒像莫尔斯密码的机关枪声、尿腥味和腐烂面包的味道、用肮脏的小盘狼吞虎咽地吃着带锡味的煮豆子。

那段时光栩栩如生地印在我的脑海中。在我的记忆中，我一直重温着那些似乎太过琐碎不值得记起的小事。我又回到了波塞罗山的阵地，靠着石灰岩的岩架就当它是张床，年轻的拉蒙把鼻子凑在我的肩胛骨中间正打着鼾。我在泥泞的战壕里跺着脚，迷雾在我身边盘旋，就像一条清冽的小溪。我正在山腰的一道石缝那里，挣扎着保持平衡，要把一丛迷迭香给拔出来。就在头顶高处，没有意义的子弹正在呼啸。

我躲在奥斯库罗山西边洼地几棵矮小的枞木后面，身边是克普、鲍勃·爱德华和三个西班牙人。在我们右边光秃秃的灰色山丘上有一队法西斯士兵正在攀登，看上去就像蚂蚁一样渺小。前方不远处的法西斯军队阵地响起了军号声，克普听到了，和我四目相投，他做出一个小男生的姿势，用大拇指刮了一下鼻子。

我在拉格兰贾的脏兮兮的院子里，身边都是人，他们正拿着自己的锡盘争抢着那一大锅炖菜。那个胖乎乎的倦怠的厨师拿着大勺子把他们给打跑了。在旁边的一张桌子上，一个留着

大胡子的男人腰带上别着一把硕大的自动手枪，正把一大块面包剁成五块。在我身后有一个人正用伦敦腔唱着歌（是比尔·钱伯斯，我和他大吵过一架，后来他在韦斯卡外围牺牲了）：“这里的硕鼠大如猫，就在……”

一颗炮弹呼啸而来，那几个十五岁的孩子赶忙卧倒。厨师躲在那口大锅后面。那颗炮弹落在一百码外爆炸时，每个人都吓得面如土色。

我在岗哨阵地来回巡逻，头顶上是黑漆漆的白杨树的树枝。在外面淹满了水的沟渠里，老鼠正在划水，像水獭那样发出尖叫。黎明黄色的光在我们后面亮起，那个安达卢西亚裔的哨兵披着斗篷唱起了歌。穿过无人地带，大概一两百码开外，你可以听到那边的法西斯哨兵也唱起了歌。

四月二十四日，在经过无数个“明天”之后，另一批人接替了我们，我们交出了步枪，收拾好了行装，行军回到弗罗利山。离开前线我并不感到难过。虱子在我的裤子里迅速繁衍，快到我根本杀不过来，而且过去一个月来，我没有袜子穿，鞋底就快磨穿了，因此我几乎是光着脚在走路。我所渴望的就是能洗热水澡，换上干净的衣服，晚上能盖着被子睡觉，其热切程度超过了一直在过正常的文明生活的人对任何别的东西的渴望。我们在弗罗利山的一座谷仓里睡了几个小时，凌晨时分跳上一辆卡车，赶上了巴巴斯特罗五点钟的火车，然后——运气正好，在莱里达赶上了一趟快车——二十六日下午三点钟抵达巴塞罗那。然后，麻烦开始了。

第九章

从上缅甸的曼德勒你可以乘火车到掸部平原边上的省会眉苗的山地主站。这趟旅程非常有意思。你从一座具有典型东方风情的城市出发——炽热的阳光、布满灰尘的棕榈树、鱼腥味、大蒜和香料的气味、热带水果熟透的味道、熙熙攘攘面孔黝黑的当地人——由于你对这些都已经习以为常，你觉得这种气氛就是火车旅行的一部分。当火车在海拔四千英尺的眉苗靠站时，你还沉浸在曼德勒的氛围中。但走出车厢，你来到了氛围全然不同的地方。突然间你呼吸到和英国一样清冷甘甜的空气，周围是青翠的草地、蕨草、杉树和山丘——面颊绯红的妇女们正在贩卖一篮篮的草莓。

在前线待了三个半月后，回到巴塞罗那让我想到了上面那一幕。氛围同样一下子产生了令人十分惊讶的改变。到巴塞罗那的一路上，火车里的氛围就像在前线一样：肮脏、嘈杂、不适、褴褛的军装、穷困潦倒的感觉、同志情谊和平等。离开巴巴斯特罗时火车上已经坐满了民兵，沿线每个站还不断有农民挤上来。他们扛着蔬菜，拎着家禽，背着麻袋上了车。那些家禽被头朝下拎着，已经吓破了胆。那些麻袋在地板上扭动着，原来里面装满了活生生的兔子——最后一站还有农民赶了一大群绵羊上了车厢，挤得水泄不通。民兵们高唱着革命歌曲，歌声掩盖了火车的咔哒咔哒声，朝沿线每个漂亮的女孩子挥舞着红黑手帕或亲吻她们的小手。一瓶瓶阿拉贡出产的劣质

红酒和茴香酒人手相传。他们用的是西班牙的羊皮瓶子，你可以隔着整个车厢挤出一根酒柱，灌进朋友的嘴里，非常省事。坐在我身边的是一个黑眼圈的少年，大概才十五岁，正向两个满脸风霜的老农讲述他在前线的英勇事迹，说得那么神乎其神，我肯定都是瞎编的，那两个老农却听得目瞪口呆，嘴巴都合不拢了。过了一会儿，那些农民就解开包裹，请我们喝他们那些呈深红色、黏糊糊的土酒。每个人都非常开心，我实在无法用语言加以形容。但火车驶过萨瓦德尔，进入巴塞罗那境内时，我们登时感受到一股陌生的、充满敌意的氛围，就像身处巴黎或伦敦一样。

如果你在西班牙内战期间相隔几个月到过巴塞罗那两趟的话，就会注意到这座城市经历了一场剧变。奇怪的是，无论他们是八月份第一次去，然后一月份再去第二次，或者像我一样十二月份第一次去，四月份再去第二次，他们所说的都是一样的话：革命的气氛已经消失了。确实，如果你在八月份的时候到过那儿，那时候流血牺牲才刚刚结束，民兵们都住在豪华酒店里，到了十二月再去的话会觉得巴塞罗那已经很资产阶级化了。而对于刚刚离开英国的我来说，巴塞罗那就像一座我以前根本无法想象的工人阶级领导的城市。现在资产阶级浪潮重新袭来，巴塞罗那又变成了一座寻常的城市，由于战火侵袭变得破败萧条了一些，再也没有工人阶级实行专政的迹象。

当地人精神面貌的改变令人感到非常吃惊。民兵制服和蓝色的工装服几乎消失得无影无踪。每个人似乎都穿着西班牙裁缝才能剪裁得出的时髦的夏装。到处都是脑满肠肥的有钱人、优雅的女士和流线形的小汽车。（似乎还没有私人的小汽车，但“有地位”的人物似乎可以有车用。）我离开巴塞罗那的时

候还没有成立新人民军，而现在新人民军的军官数目多得惊人，军官与士兵的比例是一比十。这些军官有很多人曾在民兵组织中服役过，从前线被征调回来进行技术指导，但大部分是年轻人，他们参加军事学校，希望将来加入民兵组织。这些军官与士兵之间的关系虽然不像资产阶级的军队那样等级森严，但还是有着明确的地位差别，体现在军饷和军服上面。士兵们穿着粗陋的棕色军服，军官们穿着剪裁得体的收腰卡其布军装，有点像英国军官的制服，甚至还更加考究一些。我猜想这些人中只有不到二十分之一的人上过前线，但每个人腰带上都别着自动手枪。而我们这些在前线厮杀的人却无论如何都弄不到手枪。走在街上时，我发现我们脏兮兮的外表引来了路人的侧目。确实，在前线驻守了几个月之后，我们实在是不堪入目。我知道自己看上去像个稻草人，我的皮外套已经成了叫化衣；羊毛帽子已经烂得不成样子，总是溜下来挡住一只眼睛；我的靴子除了上面那层皮革之外就没剩多少料子了。我们每个人情况都差不多，而且我们身上脏兮兮的，又没有刮胡子，难怪那些人会盯着我们看。这让我感觉有点不快，并让我察觉到过去三个月来发生了一些怪事。

接下来的几天我发现了许多迹象，证实了我的第一印象并没有错。这座城市确实经历了一场剧变。有两件事是主导这场剧变的主因。其中一件就是，人们——主要是市民们——已经厌倦了战争。另一件事就是，贫富分化和社会地位高下又回来了。

人们对战争出奇的冷漠令我们感到惊讶和心寒。从马德里，甚至从瓦伦西亚来到巴塞罗那的人都会觉得很惊讶。一部分原因是巴塞罗那远离战斗，一个月后在塔拉戈纳我目睹了同

样的情况。那是一座漂亮的海滨城市，日常生活几乎没有受到影响。从一月份开始，西班牙志愿参军的人数就急剧下降。二月份的时候加泰罗尼亚举行了大规模的人民军征兵活动，但征募到的士兵数量并不多。战争才进行了六个月左右，西班牙政府已经不得不启用征兵制度，如果是与外国战争，这是天经地义的事情，在一场内战中这就显得很突兀。显然，这是因为战争开始的时候人们满怀着革命的希望，但现在已经失望了。战争的头几个星期，工会就成立了民兵组织，将法西斯部队逐回了萨拉戈萨。这在很大程度上是因为他们坚信自己是为了工人阶级专政而战斗，但情况渐渐表明，工人阶级专政是不可能实现的目标，因而平民——特别是城里的无产阶级，无论是与外国人作战还是内战，他们总是得被征召入伍——他们的冷漠就是情有可原的了。没有人希望输掉这场战争，但大部分人都希望战争能早日结束。无论你去到哪儿都会注意到这一点。到处你都可以听到同样的敷衍式的话："这场战争太可怕了，不是吗？什么时候能够结束呢？"熟知政治的人对无政府主义者和共产主义者之间两败俱伤的争斗比对抗击弗朗哥的斗争更加了解。而对于普罗大众来说，食物紧缺是最要命的问题。大家都觉得"前线"是一个遥远而神秘的地方，年轻人去了要么就不回来，要是过了三四个月再回来的话，口袋里都很有钱。（休假的时候民兵可以领到几个月来的军饷。）没有人会去关心伤兵，即使他们拄着拐杖一瘸一拐地走在街头。参加民兵不再是时髦的事情。作为公众时尚风向标的商店明确无疑地体现了这一点。当我第一次到巴塞罗那的时候，虽然商店又破又旧，卖的东西都是民兵的装备。每扇橱窗都展示着军便帽、拉链夹克、山姆 · 勃朗宁皮带、狩猎用的刀子、水壶、左轮手枪的枪

套。现在商店都漂亮高档多了，战争被抛到一边。后来在我回前线之前，我去购买点装备，却发现前线急需的一些东西很难买到。

与此同时，政府发动了系统的宣传攻势，反对政党的民兵组织，鼓励年轻人参加人民军。这里的局势非常古怪。从二月份开始，所有的武装部队名义上都已经改编进了人民军，理论上，民兵组织要根据人民军的纲领进行重组，有不同的津贴军饷和委任军衔等等。各师团由“混合旅团”组成，按照规定，部分是人民军，部分是民兵。但其实这只是换汤不换药罢了。例如，马联工党的部队原本叫“列宁军”，现在命名为第二十九路师团。直到六月份也只有少数人民军抵达阿拉贡前线，因此民兵组织得以保留自己的结构与特征。但每一面墙上政府机关都写上了“我们需要人民军”的标语；电台和宣扬共产主义的媒体总是时刻不停，有时甚至尖酸辛辣地攻讦民兵组织，说他们缺乏训练、纪律涣散，等等等等，而人民军则总被称赞为“作战英勇”的部队。听到这些宣传，你会觉得志愿参军奔赴前线是很丢脸的事情，而等候被征召入伍才是光荣之举。而当时守卫前线的是民兵组织，人民军还在大后方训练，但这个情况被刻意隐瞒了。重回前线的民兵部队再也没有享受到街头敲锣打鼓、旗帜飞扬的欢送待遇，而是凌晨五点钟的时候就被悄悄用火车或卡车运走。现在有几批人民军开始奔赴前方，而他们则像以前的民兵一样，趾高气昂地在大街上行走，但由于人们已经厌倦了战争，对其毫无热情可言。民兵组织名义上也是人民军这一点在媒体宣传中被老练地利用了。任何功劳都被归入人民军的名下，而任何罪名都怪罪于民兵组织。有时候，同一支部队会在一份刊物里得到嘉许，而在另一份刊物里却被

责骂。

除了这些以外，整个社会的氛围都变了——你只有身临其境才能有所体会。第一次到巴塞罗那的时候，我觉得这里几乎没有阶级差别或贫富差距。当时这座城市看上去的确就是这样。“时髦的”衣服非常罕见，没有人在阿谀奉承或给小费。服务员、卖花女和擦鞋匠直视着你的眼睛，称呼你为“同志”。那时候我没有看出这是希望和伪装结合起来所形成的。工人阶级相信这是一场已经开始但还没有巩固的革命。资产阶级都被吓坏了，暂时将自己乔装打扮成工人阶级的一分子。在革命的前几个月，肯定得有数以千计的人刻意穿上工装，高喊着革命口号，以这种方式保住自己的性命。现在一切回归平常，时髦的餐馆和酒店里坐满了有钱人，豪爽地消费着昂贵的饭菜，而工人阶级却得面临飞涨的食物价格，工资都仍在原地踏步。除了物价飞涨之外，市场上总是缺这缺那的，而穷人总是比富人受影响更甚。餐馆和酒店似乎轻轻松松就可以买到想要的东西，但在工人阶级居住的区域，买面包、橄榄油和其他生活必需品的队伍一排就是好几百码。以前在巴塞罗那，我惊诧于这里竟然没怎么看到乞丐，现在乞丐多了很多。在兰布拉斯大道尽头的那间熟食店外面，一群群光着脚的孩子总是等候着准备把出来的顾客围住，聒噪着要他施舍点吃的。“革命式”的语言不再流行。现在陌生人不再称呼你为“同志”，而是叫你“阁下”。“请安”开始取代“祝你健康”。服务员们又穿上了浆硬的衬衣，商铺里的店员又是那副熟悉的谄媚态度。我的妻子和我走进兰布拉斯大道一间织品店买一些袜子，店员朝我们鞠躬，还摩了摩双手以示敬意，二三十年前英国的店员会这么做，但现在已经不兴这一套了。给小费这种做法又鬼鬼

祟祟拐弯抹角地回来了。工人纠察队被勒令解散，战前的警察队伍又回到了街头。结果，原本被工人纠察队取缔了的卡巴莱表演[①]和上档次的妓院又立刻重新开张。[②]现在一切事情发展的趋势都对那些富有阶层有利，一个细小但很重要的例子可以从烟草的短缺看出来。对于普通民众来说，烟草短缺非常严重，街上卖的香烟里面包的是切成薄片的甘草根。我试过一些这样的烟。（许多人都尝试过一次。）弗朗哥控制了加纳利群岛，那里是西班牙烟草的种植地，结果政府只剩下战前剩余的一些存货，根本不足以供应，烟店只能每星期开一次。你得排队等几个小时，运气好的话，买到四分之三盎司一包的烟草。理论上政府禁止烟草从国外进口，因为这意味着减少黄金储备，而这些是留着用来购买军火武器和其他必需品的。但昂贵的走私外国烟总是源源不断地供来，“好运来”牌和其他牌子都有，给了奸商赚大钱的机会。在高档酒店里走私香烟可以公然买卖，街头买卖也似乎同样猖獗，前提是你付得起钱，一包卖十比塞塔(相当于一个民兵一天的军饷)。走私是为了服务那些有钱人，因此得到了默许。只要钱够多，没有什么是你买不到的，或许只有面包是例外——政府实施了严格的限量供应。几个月前这种公开的贫富悬殊是不可能出现的，当时工人阶级仍然掌握着权力，或似乎掌握着权力。但这并不仅仅是因为政治权力出现了更替。一部分原因是因为巴塞罗那的生活很安全，除了偶尔有空袭之外，你几乎不会想到如今正在打仗。去过马德里的人都说那里的情况完全不一样。在马德里，共同的

---

① 卡巴莱表演(the cabaret show)，源于法国，流行于欧洲大陆的酒吧和夜总会，是一种融合歌曲、舞蹈、舞台剧等元素的娱乐表演节目。

② 原注：据说工人纠察队关闭取缔了七成多的妓院。

危机迫使各个阶级的人结下了同志情谊。一个正在大吃鹌鹑的胖子和一群乞讨面包的小孩看着就让人觉得心里不舒服，但如果周围枪声不断，要看到这一幕的机会就小多了。

巷战结束后过了一两天，我记得走过一条繁华的街道时经过一间甜品店的橱窗，里面摆满了极其精美的点心和糖果，价格之贵令人咋舌。你应该在邦德街或和平大道看到这种店。我记得当时觉得非常惊讶：在这么一个战火纷飞、饥馑横行的国度竟然还有人将钱浪费在这些东西上。但以上帝的名义，我绝不是在装出个人的优越感。在度过艰苦的几个月后，我迫切渴望能享受到佳肴美酒和美国香烟什么的，我承认要是我有钱的话，我也会沉迷于各种奢华中。在第一个星期，那时街头暴乱还没有开始，我做了几件事情，一环扣一环地产生了奇怪的作用。首先，正如我所说过的，我尽可能让自己过得舒服一些。其次，由于暴饮暴食，那个星期我感觉有点不舒服，每天在床上躺半天，然后起床再大吃一顿，然后又感觉不大舒服。与此同时，我偷偷和人商量，准备买一把左轮手枪。我迫切想买一把左轮手枪——战壕作战的时候这可比步枪实用多了——但这东西很难搞到手。政府给警察部队和人民军的军官分发了左轮手枪，却不肯为民兵部队配备，你只能非法从无政府主义者那里买到手。经过一番周折，我的一个无政府主义者朋友总算帮我买到一把小巧的点 26 自动手枪——很寒碜的武器，五码外就派不上用场了，但总比没有好。而且我正在着手准备脱离马联工党的民兵组织，加入别的部队，能把我派到马德里前线。

很久以前我就告诉身边所有的人我准备离开马联工党。按照我的秉性，我愿意加入无政府主义者的部队。要是我成为国

工联的成员，我就可能加入伊无联的民兵组织。但他们告诉我伊无联可能会把我送到特鲁埃尔，而不是送去马德里。如果我要去马德里，我必须参加国际纵队，而这必须有一位共产党员的推荐。我找到一个在西班牙从事医疗救助工作的共产党员朋友，向他解释了我的情况。他似乎迫不急待地想要招募我，问我能不能劝说其他独立工党的英国人与我一同调过来。假如当时我身体情况好一些的话，或许当时就拍板同意了。现在很难说这么做会不会完全改变后来的事态。很有可能在巴塞罗那发生暴乱之前我就被调到了阿尔塞瓦特。而我如果没有亲眼目睹这场暴乱，或许我就会相信官方的说法。另一方面，要是我在巷战发生时身处巴塞罗那，接受的是共产党的命令，但仍然对马联工党的同志保有个人的忠诚，我将无所适从。但当时我有一个星期的假期，我很希望在重回前线之前恢复健康。而且，我相信一桩小事往往决定了一个人的命运——当时我在等鞋匠给我做一双新的军靴。（整个西班牙军队竟然找不到一双适合我尺码的军靴。）我告诉我那位共产党员朋友我稍后再给他确切答复。我想好好休息一下。我甚至想和妻子到海边住两三天。多么可笑的念头！在当时那种政治气氛之下，我本应该想到度假这种举动绝对是不合时宜之举。

巴塞罗那表面上依然歌舞升平，但穷人越来越穷，街头虽然看似平静，到处是花展、彩旗、宣传海报和喧闹的民众，但你可以明显感觉到可怕的政治对立和仇恨。想法各有不同的人们都说着颇有预见性的话："很快就会有麻烦的。"这场政治危机很简单明了，就是希望将革命推行下去的人与希望中止革命的人之间的斗争——也就是无政府主义者与共产主义者之间的斗争。在加泰罗尼亚的政坛，掌握权力的政党是加联社党和

他们的自由党盟友，但与之相对立的是，国工联的实力尚不明朗。虽然他们不像政敌那样有强大的武装，而且没有明确的政纲，但他们势力很大，因为他们人数众多，而且控制了多个重要行业。在这种各方势力互相抗衡的情况下，肯定是会出事的。在控制了人民大会的加联社党看来，为了巩固他们的地位，当务之急就是解除国工联的工人武装。正如我之前所指出的，重组各党派民兵组织的行动的根本动机正在于此。与此同时，战前的警察部队、国民自卫队等武装组织被重新投入使用，并加以扩充强化。这么做只能证明一件事情。国民自卫队尤为特殊，它是欧洲大陆司空见惯的宪兵部队组织，将近一个世纪以来一直扮演着为统治阶级保驾护航的角色。与此同时，政府颁布了法令，要求任何民间私人的武装必须上交。当然，没有人遵从这一法令；显然，只有以武力才能将无政府主义者解除武装。这段时间整个加泰罗尼亚谣言四起，由于新闻封锁，总是语焉不详，自相矛盾。在多个地方，武装警察部队向无政府主义者掌握的枢纽要塞发起了进攻。在法国边境的佩格塞达，一支武警部队奉命夺取先前由无政府主义者控制的海关大楼，著名的无政府主义政治人物安东尼奥·马丁[1]被杀。在费卜洛斯也有类似的事件发生，我想在塔拉戈纳也发生了。在巴塞罗那，工人阶级居住的区域爆发了一系列非正式的争斗。过去一段时间来，国工联和总工联的党员在互相残杀，有好几次，谋杀案之后举行了群情激昂的大型葬礼，显然是出于要挑起政治仇恨的目的。不久前，一个国工联的成员遇害，国工联出动了数千人送葬。到了四月底，就在我来到巴塞罗那之后，

[1] 安东尼奥·马丁(Antonio Martin)，情况不详。

在总工联举足轻重的人物罗尔丹[①]被谋杀了，国工联成了最大嫌疑。政府命令所有商店关门，举行了盛大的葬礼游行仪式，大部分参加人员是人民军，游行队伍行经一个地点要花两个小时的时间。我从酒店的窗户观望着葬礼，但心里毫无感触。这场所谓的葬礼只是一场赤裸裸的武力示威，随时可能演变成流血事件。当天晚上我妻子和我被距离一两百码外的卡塔鲁那广场传来的一阵密集的枪声惊醒了。第二天我们了解到，一个国工联的成员被杀了，凶手怀疑是总工联的人。当然，所有这些谋杀可能是挑衅分子的所为。外国资本主义报刊对共产党与无政府主义者之间的不和持何种态度，从罗尔丹的谋杀被大肆报道，而那次报复性的谋杀却小心翼翼地一字不提，你大致上就能猜测出来。

5 月 1 日就要到了，有传闻说将会举行一场盛大游行，国工联和总工联都会参加。国工联的领导人要比许多追随者更加温和，一直致力于与总工联达成和解。事实上，他们政策的基调是将两大政党结合为一个政治大联盟。他们希望国工联和总工联能并肩同行并展现团结。但最后游行被取消了，因为显然此次游行只会导致暴动。5 月 1 日那天什么事情也没有发生，情况实在非常诡异。巴塞罗那这座号称革命之都的城市或许是欧洲非法西斯地区当天唯一没有举行庆祝的城市。但我必须承认我松了口气。英国独立工党的队伍原本也要参加游行，与马联工党在同一个方阵，大家都担心会有危险。我可不想被卷入毫无意义的街头暴动。跟在题写着革命标语的红旗后面在街头游行，然后被某个陌生人拿着轻机枪从楼上窗口扫射，倒地毙命——我可不认为这是有价值的死法。

---

① 罗尔丹(Roldan)，情况不详。

第十章

五月三日中午，一个朋友走过酒店的休息室，漫不经心地对我说道："我听说电话公司有麻烦了。"不知道为什么，当时我并不以为意。

那天下午三四点钟的时候，我走在兰布拉斯大道上，这时我听到身后传来几声步枪的枪声。我转过身，看到几个年轻人，手里拿着步枪，脖子上围着无政府主义者的红黑手帕，正顺着从兰布拉斯大道延伸出来的巷子朝北边悄悄移动。显然，他们正和一座俯视着街道的八角塔楼上的人交火——我想那是一间教堂。我的第一反应是："终于开始了！"但我并不觉得特别吃惊——因为这几天来大家都知道"这件事"随时都会发生。我意识到我得马上赶回酒店，看看我妻子是否安全。但守在巷口的那群无政府主义者正朝人们挥手让他们回去，并喝令他们不得穿过交火的地方。又有几声枪声响起。塔楼上的子弹在街头飞舞，惊慌失措的路人顺着兰布拉斯大道拼命地跑过来，想远离战斗。在街道的两头你可以听到咣—咣—咣的声音，是商店的老板在忙不迭地拉上窗户的铁百叶窗。我看到两个人民军的军官小心翼翼地从一棵树后躲在另一棵树后，手一直搭在左轮手枪上。在我前面，人群拥进兰布拉斯大道的地铁站找地方躲子弹。我立刻决定跟在他们后面。这或许意味着得在地下困好几个小时。

这时前面一个曾经共事过的美国医生朝我跑过来，抓住我

的胳膊，激动万分地对我说道：

“快点，我们得赶快去猎鹰旅馆。”（猎鹰旅馆是马联工党经营的寄宿旅馆，主要供放假的民兵居住。）“马联工党的战友都在那里会合。出了事我们必须团结在一起。”

“但到底发生什么事了？”我问他。

医生拉着我一直跑，激动得说不出话。他刚才去过卡塔鲁那广场，有几部卡车载着荷枪实弹的国民自卫队来到由国工联的工人控制的电话公司，并发动突袭。接着无政府主义者赶了过来，情况一度非常混乱。我想“麻烦”来自于早前政府要求国工联移交电话公司，而这个要求当然被拒绝了。

我们走在街上的时候，一辆卡车从相反方向从我们身边驶过，上面载满了无政府主义者，手里都握着步枪。在前方，一个衣衫褴褛的年轻人卧倒在一堆垫子上，身前摆着一挺轻机枪。我们赶到猎鹰旅馆，它位于兰布拉斯大道的尽头。大厅里有一群激动万分的人，场面一片混乱，没有人知道自己应该做什么，而且除了几个守卫大楼的突击队队员之外，大家都没有装备武器。我穿过大街，到几乎就在正对面的马联工党的地方委员会那里去。在楼上平时民兵们领军饷的房间里，又有一群情绪激动的人。有一个身材高大、脸色苍白，身穿平民衣服，约莫三十岁的英俊男子正在竭力维持秩序，并将墙角那堆腰带和子弹分发给众人。现在似乎还没有步枪被分发下来。那个医生不见了——我相信已经有伤亡发生，医生都被叫去了——但又有一个英国人过来了。很快，从里间的办公室，那个高个子男人和其他几个人开始抱出一摞摞的步枪，将它们分发给众人。由于那个英国人和我是外国人，大家对我们都有点疑虑，因此刚开始的时候他们没有发枪给我们。然后一个我在前线认

识的民兵过来了，他认出了我，于是我们俩也领到了步枪和几个弹夹的子弹，虽然他们给得有点不情不愿。

远处传来了枪声，街上空无一人。大家都说要沿着兰布拉斯大道前进是不可能的事情。国民自卫队已经掌握了控制制高点的建筑，任何人敢硬闯的话都会被乱枪扫射。我本想冒险回酒店里去，但大家都说敌人随时可能会对地方委员会发起进攻，我们只好原地待命。整座大楼，楼梯上和外面的人行道上挤满了人，大家都站在那儿兴奋地交谈着。似乎没有人知道正在发生什么事情，我只知道国民自卫队朝电话公司发起了进攻，夺取了许多战略要地，威胁着其他由工人们控制的建筑。大家都觉得国民自卫队是冲着国工联和工人阶级来的。我还发现到了这个时候，似乎没有人责备政府。巴塞罗那的穷苦阶级把国民自卫队看成是如黑衫军和褐衫军之类的组织，似乎大家都认为是这帮人在挑衅。当我听说了事情的来龙去脉，我心里好受了一些。事情很清楚，一方是国工联，另一方是警察。我对资产阶级共产主义者心目中理想化的“工人”并没有特殊感情，但当我看到一个有血有肉的工人与他不共戴天的敌人——警察发生冲突时，我根本不用问自己会站在哪一边。

过了许久，在城市我们的这一头，似乎一切都很平静。我没有想到我可以给酒店打个电话，问问我妻子是否安全。我以为电话公司肯定停工了——事实上，电话公司只是停止运作几个小时而已。两座建筑物里似乎有三百来人。这些人大部分来自码头附近的偏僻后巷，穷得叮当响。他们当中有好些个女人，有几个抱着孩子，还有一群衣衫褴褛的小男孩。我想他们根本不知道发生了什么事，只是逃到马联工党大楼里寻求庇护。大楼里还有一些休假的民兵和几个外国人。我估计我们顶

多就只有六十把步枪。楼上的办公室总是被人群包围着，他们要求领取步枪，却被告知步枪已经发完了。有几个年轻的民兵似乎把整件事当成了类似野餐的休闲活动，到处晃悠，想从分到步枪的人那里把枪给骗走或偷走。过了不一会儿，一个年轻人动作轻巧地偷走了我的步枪，然后立刻逃之夭夭。于是，我又没有枪了，只剩下那把小巧的自动手枪，却只有一个弹匣的子弹。

天开始黑了，我觉得有点饿，猎鹰旅馆里似乎没有吃的。我的朋友和我决定去他的旅馆吃点东西，那里离这儿不远。街道上黑漆漆空荡荡的，看不到一个人影。所有的商店橱窗都拉上了铁闸，但路障还没有架设起来。酒店的大门紧闭着，而且上了锁，架了栅栏，经过一番好说歹说他们才让我们进去。回到地区委员会的时候我听说电话公司仍在运作，于是我去了楼上的办公室给妻子打电话。不幸的是，大楼里没有电话簿，我不知道欧陆酒店的号码。我一个房间一个房间地找，找了一个小时总算找到了一本导游手册，知道了电话号码。我联系不上妻子，但找到了独立工党驻巴塞罗那的党代表约翰·麦克奈尔。他告诉我一切安好，没有人受伤。他问我地方委员会那边情况如何，我告诉他要是有烟抽就好了。我这么说其实只是想开个玩笑，但半个小时后，麦克奈尔真的带着两包“好运来”香烟过来了。他冒险穿过黑漆漆的街道，无政府主义者巡逻队两次截查他，拿手枪指着他查看他的文件。虽然这只是一桩小事，但我不会忘记他的英勇行为。我们都很感激他给我们带烟过来。

现在几乎每扇窗户都安排了武装人员把守，下面的街道上一小队突击队正在拦截盘问几个路人。一辆无政府主义者的巡

逻车驶了过来，上面装满了武器。司机旁边坐着一个漂亮的黑发女孩，大约才十八岁，正在擦拭放在膝盖上的一挺冲锋枪。我在旅店里逛了很久，这个地方很大，分不清东西南北。到处都是常见的垃圾、破烂的家具和碎纸，这些似乎是革命不可避免的产物。到处都有人在睡觉，在一条走廊外的破旧沙发上，从码头那边过来逃难的两个女人睡着了，鼾声大作。在马联工党征用之前，这里原本是卡巴莱剧院。有几个房间里布置了舞台，在一座舞台上还摆放着一架破旧的三角钢琴。最后，我找到了想找的地方——武器库。我不知道这场风波会如何演变，一心只想找到武器。我一直听说所有勾心斗角的政党——加联社党、马联工党、国工联—伊无联等等——在巴塞罗那都藏有武器，我才不信马联工党的两大重要建筑只有五六十把步枪。那间用以储藏武器的房间没有人把守，门不是很坚固。我和那个英国人轻松地撬开房门，走到里面我们才意识到他们确实所言非虚——里面一件像样的武器也没有。我们只找到二十多把小口径的步枪，都是坏的，还有几把霰弹枪，但没有合适的子弹。我去办公室问他们有没有手枪用的子弹，但他们都没有。不过，一辆无政府主义者的巡逻车给我们带来了几箱手榴弹。我往自己的弹药匣里放了几颗。这些都是粗制滥造的手榴弹，得在顶端点燃引信，而且很可能会自爆。

地板上到处有人睡觉。一个房间里不停地传来婴儿的哭喊声。虽然时下是五月，但夜里很冷。一个卡巴莱舞台上仍然悬挂着幕布，于是我用刀子割下一块，把自己包了起来，睡了几个小时。我记得自己一直睡得不踏实，老是想起那几个恐怖的手榴弹，要是我太大力地碰到它们的话，可能会把我炸到半空。凌晨三点钟的时候那个高大英俊、颇有领导风范的男人叫

醒了我，给了我一把步枪，让我去把守一扇窗户。他告诉我对电话公司发动进攻的警察总长萨拉斯被逮捕了。（事实上，后来我们才知道他只是被解除了职务。不管怎样，这个消息让大家更加相信国民自卫队是在自行其是。）到了黎明时分，楼下的人开始修筑两道路障，一个设在地方委员会大楼外面，另一个设在猎鹰旅馆外面。巴塞罗那的街道是用四方形的鹅卵石铺成的，要筑墙很容易，鹅卵石下面是粗砾，可以用来填沙包。那两道路障修得很奇怪，但看上去蛮不错的，要是我能将它们拍下来就好了。一旦西班牙人决定要做什么事情，他们就会迸发出一股热情。长长几队男人、女人和很小的孩子挖出鹅卵石，用不知道从哪儿找来的手推车运走，背着沉重的沙包蹒跚着走来走去。在地方委员会的门口，一个德国犹太女孩穿着一条民兵的裤子，上面膝盖部位的纽扣够到了她的脚踝，正微笑着看着这一幕。几个小时过后，路障就有齐头高了，士兵们持着步枪守在射击孔后面。人们在一道路障后面生了一堆火，正在煎鸡蛋吃。

他们又把我的步枪拿走了，而且似乎没有什么帮得上忙的，那个英国人和我决定回欧陆酒店。远处传来了密集的枪声，但兰布拉斯大道上似乎一个人也没有。路上我们跑到菜市场看了一眼。只有几个摊位开门营业，被一大群人包围着，那些都是来自兰布拉斯大道南区的工人。我们走到那里时听到了响亮的枪声，屋顶上几扇窗的玻璃在震动，人群纷纷逃到后面的出口处。不过有几个摊位仍然在营业，我们一人买了一杯咖啡和一块山羊奶乳酪。把乳酪和手榴弹放在一起，几天后我很庆幸有这么一块乳酪。

前一天我见到无政府主义者开始枪战的那处街角已经竖好

了路障。守在后面的那个人（我站在马路的对面）朝我叫嚷着，要我当心点。国民自卫队就守在教堂的塔楼上，只要见到有人过马路就会开枪。我停下脚步，然后飞奔过开阔地带，果然，一颗子弹在我身后炸开了，距离之近让我心悸不已。当我走近马联工党的行政大楼时，马路对面守在门口的突击队队友朝我叫嚷着发出警告——当时我没听到在喊什么。在我和大楼之间有几棵树和一个报亭（西班牙的这种街道中间有宽阔的步道），我不知道他们指的是什么。我走到欧陆酒店，确认情况一切正常，洗了个脸，然后回到马联工党行政大楼（离街道那头大约一百码）等候命令。这时各个方向传来的步枪声和机关枪声几乎就像一场战斗。我找到了克普，问他我们该怎么办，这时下面传来了一阵可怕的爆炸声，我还以为有人拿着野战炮朝我们开火呢。事实上，那只是手雷，在石头建筑之间爆炸时，音量达到了平时的两倍。

克普观察着窗外的情形，把手杖别在身后，然后说道："我们去调查一下。"然后和平常一样镇定自若地走下楼梯，我跟在他身后。在门道里一群突击队队员正在人行道上滚着手榴弹，好像在玩九柱戏一样。二十码外炸弹正在爆炸，发出震耳欲聋的可怕的声音，夹杂着步枪的枪声。半条街外，从那间报亭后面，一个头——那是一个我熟悉的美国民兵的头——冒了出来，活像集市上卖的椰子。后来我才知道究竟发生了什么事情。马联工党大楼的隔壁是一座咖啡厅，上面是一家旅馆。这间店名叫摩卡咖啡厅。前一天有二三十名武装国民自卫队进了这家店，然后战斗刚打响他们立刻占领了整座大楼，构筑了路障。显然，他们奉命夺取了这间咖啡厅，作为进攻马联工党总部的桥头堡。今天清晨的时候他们想冲出来，双方激烈地交

火，一个突击队队员负了重伤，一个国民自卫队队员被杀。那帮国民自卫队逃回咖啡厅里面，当那个美国人走过来的时候他们就乱枪朝他扫射，虽然他只是一个没有武装的平民。那个美国人躲到了报亭后面找掩护，突击队队员们正朝他们投掷手榴弹，想将他们逼回店里去。

克普扫视了一眼，推开人群走到前面，把一个红头发的德国突击队队员拉了回来，那个德国人正准备用牙齿咬出手榴弹的别针。克普大声命令大家从门道那里退回去，用几门语言告诉我们必须避免流血。然后他走到人行道上，当着几个国民自卫队的面，夸张地掏出手枪，将它搁在地上。两个西班牙军官模仿着他，三人慢慢地走到那帮国民自卫队员蜷缩在一起的门口。就算给我二十英镑我也不敢那么做。他们完全没有任何防护，就这么走近一群被吓破了胆，手里又有枪的士兵。一个穿着衬衣的自卫队员吓得脸色发青，从门口走出来和克普谈判。他一直焦虑不安地指着人行道上两颗没有爆炸的手榴弹。克普走了回来，告诉我们把那两个手榴弹引爆。那两个手榴弹掉在那儿，对任何经过的人都是一种威胁。一个突击队员用步枪朝一个手榴弹开了一枪，引爆了它，然后朝另一个手榴弹开枪，但没有打中。我叫他给我一支步枪，跪了下来，然后瞄准第二颗手榴弹。我很抱歉，我也没打中。

那是我在这场动乱中开的唯一一枪。人行道上布满了从摩卡咖啡厅的招牌上掉下来的碎玻璃，两辆停在外面的车有一辆是克普的公车，上面布满了弹孔，挡风玻璃被炸弹震碎了。

克普带着我上楼，向我解释了情况。如果他们发起进攻，我们将保卫马联工党的大楼，但马联工党的领导发出指示，我们将采取守势，尽量避免开火。对面有一间电影院，名叫“波

里奥拉玛”，上面有一间博物馆，在最顶层离屋顶很高处有一间小小的观景台和两个拱顶。这两个拱顶居高临下控制着街道，在那里布置几个配备步枪的士兵就足以打退任何朝马联工党大楼发起的进攻。那间电影院的看门人是国工联的成员，同意我们来去自如。至于摩卡咖啡厅的那帮国民自卫队，他们不会造成麻烦。他们不想战斗，要是能相安无事的话高兴都来不及。克普强调说我们的命令是除非我们或大楼遭到进攻，否则不能开火。虽然他没有说，但我猜想马联工党的领导对被卷入这场风波感到很恼火，但他们觉得自己得和国工联站在同一阵营。

他们已经在观景台布置了守卫。接下来的三天三夜，我一直守在波里奥拉玛电影院的屋顶，只是三餐的时候跑到对面的酒店吃饭。我没有遇到危险，除了肚子饿和无聊之外，没什么不好，但那是我这辈子最无法忍受的时刻。我觉得没有什么经历能比那几天的巷战更让人觉得难受，更让人觉得幻灭，到最后则是让人觉得神经备受折磨。

我经常坐在屋顶对整件事的荒唐觉得惊讶。从观景台的小窗户望去，你可以看到方圆几英里内的景致——一座接一座高高瘦瘦的建筑、玻璃拱顶、铺着漂亮的绿色和红铜色瓦片的卷曲古怪的屋顶；东边是波光粼粼的淡蓝色的海洋——那是我来到西班牙第一次看到海。这个有一百万人口的大城市被封锁在暴力的困顿中，一个充斥着喧闹声却没有活动的噩梦。太阳照耀下的街道空荡荡的。除了工事和堆着沙包的窗户那里传来的子弹声外什么也没有发生。街上没有汽车在走，兰布拉斯大道上到处是纹丝不动的电车，巷战一打响司机们就跑掉了。可怕的枪声一直在数千栋砖石建筑间回响着，没有停歇，就像一场

风暴。哒哒哒、砰砰砰——有时候只是零星的枪声，有时候急促得像是一阵震耳欲聋的排枪齐射。不过白天的时候枪声从不间断，到了第二天的凌晨又会准时开始。

这到底是怎么一回事？谁在跟谁打仗？谁打赢了？这些问题一开始很难知道答案。巴塞罗那人习惯了巷战，对这里的地形非常熟悉，本能地知道哪一个政党守在哪条街道和哪一栋建筑物。外国人的情况则大大不妙。从观景台望出去，我可以看到这座城市的主干道兰布拉斯大道是一条分界线。兰布拉斯大道右边的工人区由无政府主义者们牢牢把守着，左边歪歪曲曲的巷子里正在进行一场让人摸不清情况的战斗，不过那边是加联社党和国民自卫队基本掌握了局势。在兰布拉斯大道的尽头——卡塔鲁那广场的周围，情况非常混乱，要不是每栋建筑上都飘扬着旗帜，根本无从明辨。最突出的地标是科隆酒店，那是加联社党的总部，俯视着卡塔鲁那广场。在科隆酒店的一扇窗户里，他们布置了一挺机关枪，可以血腥地横扫整个广场。在我们右边沿兰布拉斯大道一百码外，加联社党的青年团（加青团，就像英国的共青团）控制着一间大百货公司，它那几间堆着沙包的窗户就正对着我们的观景台。他们已经扯下了红旗，升起了加泰罗尼亚的省旗。在电话公司——一切麻烦的起点，加泰罗尼亚的省旗和无政府主义者的旗帜并排飘扬着。那里达成了临时的妥协，电话公司的运作没有被打断，大楼里也没有传出枪声。

我们的阵地出奇地平静。摩卡咖啡厅的国民自卫队放下了铁帘，将咖啡厅的家具堆起来筑成了工事。接着，他们当中的六七个来到屋顶，就在我们对面，用床垫修筑了另一道工事，在上面挂了一面加泰罗尼亚省旗。但他们显然不想挑起战端。

克普和他们达成了明确的协议：如果他们不朝我们开火，我们也不会朝他们开火。到了这会儿，他已经和那帮国民自卫队混得很熟了，去了摩卡咖啡厅和他们见了几次面。当然，他们把咖啡厅里一切喝的东西都劫掠一空，还赠送了克普十五瓶啤酒作为礼物。作为回礼，克普给了他们一把步枪补偿他们前一天不知怎地丢失的一把。不过，坐在屋顶那种感觉真的很奇怪。有时候我觉得整件事特别无聊，根本不去注意那震天响的枪声，连续几个小时一本接一本地阅读企鹅出版社的书籍——运气真好，前几天我买了几本书。有时候我清楚地知道五十码外就有荷枪实弹的士兵在盯着我，感觉有点像再次置身于战壕里。有好几次我发现自己习惯性地把国民自卫队说成了"法西斯分子"。基本上我们这里有六个人，两座观景台各安排一个人，其余的人坐在下面铅灰色的屋顶上，那里除了一道石头围栏之外就没有掩护了。我知道国民自卫队随时会接到电话命令，朝我们开火。他们答应在开火之前会警告我们，但根本不能肯定他们会恪守诺言。不过，只有一次似乎像是要出事。对面一个国民自卫队跪了下来，开始朝路障对面开枪。当时我在观景台放哨，我拿着步枪对准他，大声吼道：

"嘿！你不许朝我们开枪！"

"什么？"

"你不许朝我们开枪，不然我们就还击！"

"不，不是！我没有朝你们开枪。看——下面那里！"

他朝我们这座大楼下的巷子挥舞着步枪。果然，一个穿着蓝色制服的年轻人手里端着步枪，正躲在角落里。显然，他刚刚朝屋顶那个国民自卫队队员开了一枪。

"我刚才是朝他开枪，他先开火的。（我想他说的是真

话。）我们不想朝你们开枪。我们只是工人，和你们一样。”

他做了个打倒法西斯分子的手势，我也回了他。

我嚷道：“你们还有啤酒吗？”

“没了，都喝完了。”

就在同一天，不知是出于什么缘故，街那头加青团大楼里的一个人突然举起他的步枪，当我把身子探出窗外的时候朝我开了一枪。或许我是一个让人忍不住想开枪的靶子。我没有还以颜色。虽然他距我只有一百码远，但子弹打得很偏，甚至连观景台的屋顶也没有打中。和往常一样，西班牙人蹩脚的枪法救了我的命。在这座大楼里我被开了好几枪。

可怕的开火声一直持续不停。但据我的所见所闻，这场巷战交战双方都采取守势。人们只是躲在大楼里或工事后面，朝对面的人开火。离我们约莫半英里外有一条街，国工联和总工联的办公地点几乎就在面对面相峙。那个方向传来了可怕的枪声。巷战结束后的第二天我经过那条街，商店的窗户玻璃被打成了筛子。（大部分巴塞罗那的店主将他们的窗户用胶带贴了十字条加固，因此子弹击中时不会被震成碎片。）有时候步枪和机关枪的枪声会伴随着手榴弹的爆炸声。还有无比沉重的爆炸声，中间间隔很久，总共大约有十几次，但是我想不起是什么造成的，声音听起来像是空袭炸弹，但这是不可能的事情，因为没有飞机在飞。后来他们告诉我——这很有可能是真的——是密探在引爆炸药，目的是增加声响和恐慌。但是，没有大炮的炮声。我一直在倾听有没有炮声，因为如果开始有炮声，那就意味着局势开始恶化（大炮是巷战的决定性武器）。后来，报纸里大肆宣传街头炮火横飞，但没有人能够指出哪一座建筑被炮弹击中。不管怎样，要是你习惯了大炮的声音的话，

你是不会听错的。

几乎从一开始食物就陷入短缺。在夜色的掩护下（因为国民自卫队总是朝兰布拉斯大道进行狙击），从猎鹰旅馆给把守马联工党行政大楼的十五或二十个民兵运输食物是很困难的事情。伙食几乎不够分配，因此我们有很多人去欧陆酒店吃饭。欧陆酒店已被人民大会“国有化”了，和大部分国工联或总工联控制的酒店不一样的是，大家认为它是中立的地方。战斗刚一打响，酒店里就挤满了形形色色的人，有外国记者、不同色彩的政治嫌疑犯、一个在政府里服役的美国空军、好几个共产党的间谍（包括一个臃肿狰狞的俄国人，据说是奥格别乌[①]的密探，绰号叫陈查理[②]，腰带上别着左轮手枪和一个小手榴弹），还有几户有钱的西班牙人——他们看上去像是支持法西斯的、两三个国际纵队的伤兵、一帮开着法国大卡车运橙子回法国但被巷战碍了行程的司机和几个人民军的军官。人民军在这场巷战中一直保持中立，但有一些士兵偷偷从兵营里溜了出去，以个人身份参战。星期二早上，我见到他们当中有两个出现在马联工党的路障这边。战斗刚一打响，在食物短缺还没变得严重，报纸还没有开始煽动仇恨的时候，大家都以为这件事只是在闹着玩。大家都说，这种事情每年在巴塞罗那都会发生。意大利记者乔治·提奥利是我们的好朋友，他走进酒店，裤子上沾满了鲜血。他出去了解情况，帮一个倒在人行道上的伤者包扎伤口，那个人被别人扔了一颗手榴弹当好玩。幸运的

---

① 奥格别乌（OGPU），苏联在斯大林时代的警察机构，二十世纪三十年代苏联“大清洗”的主要执行机关，1946年改称“内务部”。

② 陈查理（Charlie Chan）是美国作家厄尔·德尔·比格斯（Earl Derr Biggers）塑造的侦探形象，华裔男子，身材肥胖，头脑灵活，曾被翻拍成多部电影。

是，伤势不是太严重。我记得他说过巴塞罗那的铺路石应该编上号码，这样在修筑和拆除路障时能省很多麻烦。我还记得有一天晚上我放哨回来，感觉又累又饿又脏，回到酒店房间时，发现几个来自国际纵队的士兵就坐在里面。他们的态度完全中立。我猜想如果他们是优秀的党员的话，他们会劝说我改旗易帜，或者把我绑起来，拿走我口袋里满满当当的手榴弹。他们没有这么做，只是同情我在放假的时候还得在屋顶执勤。大体上，他们的态度是："这只是无政府主义者和警察之间的风波——成不了什么气候。"虽然战斗的规模和伤亡的人数都不小，但我觉得比起官方将此事斥为有组织暴动的说法，这番评论更接近真相。

大概到了周三(5 月 5 日)，局势似乎开始转变。到处都拉着百叶窗的街道看上去很荒凉。几个行人迫于种种原因跑了出来，挥舞着白手绢蹑手蹑脚地来回奔走，在兰布拉斯大道中段一处子弹打不到的地方，几个人在空荡荡的街上叫卖报纸。星期二的无政府主义报纸《工人团结报》将对电话公司的进攻斥责为"荒谬的挑衅"(大致上是这个意思)，但到了星期三，它一改口风，开始恳求市民回去上班。无政府主义者的领袖们也在广播同样的消息。马联工党的报纸《战斗报》没有布置防守，和电话公司在同一时间遭到国民自卫队袭击并被攻占。但报纸照样在刊印，还从另外一个地方发行了几份样刊。我劝说大家留守工事。人们左右为难，不安地猜想着这场风波什么时候会结束。我不知道有没有人离开了工事，但大家都厌倦了这场无谓的战斗，而显然，这场战斗并不会起到什么决定性的影响，因为没有人想看到这场战斗演变成为全面的内战——这意味着将这场战争的胜利拱手让给弗朗哥。我听说这一恐慌蔓延

至各个方面。从人们口中所说能了解到的就是，当时国工联的成员从一开始所提出的条件就只有两样：交回电话公司，并将受人痛恨的国民自卫队缴械。如果人民大会答应这两件事，而且答应禁止囤积居奇食物，相信两个小时内工事就会解除。但是，人民大会显然不会屈服。可怕的传闻漫天飞。据说瓦伦西亚政府准备调派六千士兵占领巴塞罗那，五千名无政府主义者和马联工党的部队已经离开了阿拉贡前线准备迎击他们。只有第一则传闻是真的。从观景台望去，我们看到了军舰低平的灰色轮廓朝港口逼近。道格拉斯·梅尔曾经当过水手，说它们看上去像是英国的驱逐舰。事实上，它们的确是英国的驱逐舰，不过我们后来才得悉此事。

那天晚上我们听到在花园广场有四百名国民自卫队向无政府主义者投降并缴械，有含糊的消息说国工联掌握了郊区（主要是工人阶级的区域）的局势。我们似乎占了上风。但当天晚上，克普派人把我叫去，神情严肃地告诉我，根据他刚刚获得的情报，政府准备将马联工党定性为非法组织，并宣布将其剿灭。这个消息令我十分震惊。那是我第一次猜想到这场风波最后会演变成什么样子，我隐约意识到，当暴动结束时，所有的罪名将被推在马联工党的身上，因为它是势力最小的政党，因此也是最合适的替罪羊。而这也意味着我们的中立立场将宣告结束。如果政府正式向我们宣战，我们别无选择，只有保卫自己，我们都很清楚驻守在行政大楼旁边的国民自卫队将奉命对我们展开进攻。我们唯一的机会是先发制人。克普守在电话旁边等候命令。如果我们明确无误地得知马联工党被定性为非法组织，我们就必须立刻做好准备，夺取摩卡咖啡厅。

我仍记得驻守在行政大楼里那个漫长而恐怖的夜晚。我们

把前门的铁闸锁了起来，在后面用装修时剩余的石板条修筑了工事。我们清点了武器库存。算上对面波里奥拉玛电影院屋顶的六把步枪，我们有二十一把步枪，一把是坏的，每把步枪分到五十发子弹，还有几十颗手榴弹，此外就只有几把手枪和左轮枪。有十几个人，大部分是德国人，要是命令下达的话，将志愿加入进攻摩卡咖啡厅的敢死队。当然，我们将在午夜时从屋顶发动突袭，打他们一个出其不意。敌人的数目比我们多，但我们的士气更加高涨，我们应该可以拿下摩卡咖啡厅，但参与进攻的人将九死一生。大楼里没有食物，只有几块巧克力。有传闻说“他们”将切断供水。（没有人知道“他们”到底是谁。可能是控制水塔的政府，也可能是国工联——没有人了解情况。）我们花了很长时间，将厕所里的每个水盆和水桶蓄满水，最后还把国民自卫队留给克普的十五瓶啤酒喝光，然后也装上了水。

我有六十个小时没有怎么睡觉了，感觉非常困倦疲惫。现在是深夜，人们横七竖八地躺在工事后面的地板上睡觉。楼上有一个小房间，里面有张沙发，我们打算将这里作为急救室，但不用说，我们发现大楼里没有碘酒也没有绷带。我的妻子从酒店过来，准备在需要护士时尽一份力。我躺在沙发上，想在进攻摩卡咖啡厅之前先睡半个小时，或许我将在进攻中被杀。我记得我那把手枪别在腰带上，老是顶着我的脊背下方，把我磕得很不舒服。我还记得我一下子惊醒过来，发现妻子就站在身边。已经大白天了，没有事情发生。政府没有向马联工党宣战，也没有切断供水，除了街头还有零星的枪战外，一切正常。我的妻子说她不忍心把我叫醒，就在前厅的一张扶手椅上睡了一觉。

当天下午似乎休战了。枪声渐渐平息，令人惊讶的是，街头立刻挤满了人群。几间商店拉开了铁闸，市场里人头攒动，都吵着要买食物，尽管那些摊位几乎都是空荡荡的。但是，我注意到电车还没有恢复运行。国民自卫队仍然守在摩卡咖啡厅的工事后面。没有人从道路两边筑起工事的大楼里撤出。每个人都在东奔西跑，想买到食物。你听到两边的人都在焦虑不安地问着同样的问题："你认为战斗停止了吗？你认为它什么时候又要打响呢？"这场战斗现在被看作是一场自然灾害，就像一场飓风或一次地震，发生在我们所有人的身上，而我们并没有能力去阻止它。果不其然，没过多久——我想停战其实持续了几个小时，但那就像只有几分钟一样——突然响起了一声步枪的枪声，就像六月的惊雷，每个人都四下乱跑，铁百叶窗咔地一声拉上了，街道像施了魔法一样变得空荡荡的，路障上又布满了人。"战斗又开始了。"

我回到屋顶自己的岗位上，心里觉得又是讨厌又是愤怒。当你被卷入这样的事件中时，我想你正在为缔造历史尽自己的一份绵力，你有理由觉得自己是一个历史人物，但你不会有这种感觉，因为到了这种时候，生理上的细节总是盖过其他事情。在这场战斗中，自始至终我从未能像那些置身于战场几百英里之外的记者那样作出正确的"分析"。我所想的不是这场可悲的、两败俱伤的争斗的是非对错，我只是觉得日夜守在那不堪忍受的屋顶很不舒服很无聊，而且我的肚子越来越饿——从星期一开始我们没有一个人好好吃过一顿饭。我一心只想着等这件事情一结束我就马上回前线去。真是太让人窝火了。我在前线驻守了一百一十五天，原本以为回到巴塞罗那可以好好休息一下，日子过得舒服一点，但我却得守在屋顶上，对面就

是国民自卫队，而他们和我一样觉得非常无聊，他们时不时朝我招手，告诉我他们是“工人”，让我安心（我想他们希望我不会朝他们开枪）。但我知道一旦他们接到命令，他们肯定会对我开枪的。如果这就是历史，我并没有置身于历史中的感觉。我感觉似乎回到了前线战场，由于人手不足我们不得不加班加点执勤。驻守前线的士兵根本不能逞英雄，而是得老老实实地守在岗位上，百无聊赖昏昏欲睡，对到底发生了什么事情根本提不起任何兴趣。

在酒店里面，那帮形形色色的难民根本不敢出门去探风声，一股可怕的猜疑的气氛渐渐形成。许多人得了间谍狂想症，到处走来走去，对别人说某某人是共产党、托派、无政府主义者或别的党派的间谍。那个肥头大耳的俄国密探把所有的外国难民都拉到一边，振振有词地解释整件事都是出自无政府主义者的阴谋。我饶有兴趣地看着他，因为那是我第一次见到一个以说谎为职业的人——如果不将记者计算在内的话。在步枪的开火声和紧闭的窗户后面，酒店仍在硬撑着奢侈的场面，让人觉得很反感。没有人敢待在前面的饭厅，因为一颗子弹从窗口射了进来，击中了一根横梁。大家都跑到后面那边阴暗的房间里，那边桌子总是不够坐。服务员的数目少了许多——他们当中有些是国工联的党员，参加了大罢工——暂时脱下了他们那身浆硬的衬衣。但一日三餐还是一如既往地进行，装出一副很有派头的样子。事实上这里根本没有吃的。星期四晚餐的主菜是每人一条沙丁鱼。酒店好几天没有面包了，红酒也快喝光了，我们喝的酒年份越来越老，而价格却越来越贵。战斗结束后，食物短缺的情况仍持续了好几天。我记得是三天，我和妻子早餐就只吃那一小块羊奶乳酪，没有面包，也没有东西

喝。唯一数量充足的东西是橘子。那些法国卡车司机载了许多那里的橘子到酒店里。他们看起来都很凶悍，同行的有几个艳丽的西班牙女郎和一个穿着黑色上衣的大个子看门人。换成是别的时候，那个势利眼的小个子酒店经理会刻薄刁难他们，或许还会把他们赶走，但现在他们很受欢迎，因为他们身上带了面包，每个人都想从他们那里弄到一些。

我在屋顶上守了最后一夜，第二天似乎战斗结束了。那天基本上没有人开火——这天是星期五。大家都不知道从瓦伦西亚调派来的军队是否真的会来；事实上，星期五晚上他们就到了。政府正在进行既有安慰意味又带有恐吓色彩的宣传，叫众人回家，凡在规定时间后仍私藏枪械者将被逮捕。没有多少人留意政府的广播，但到处都有人离开了工事。我觉得主要的原因是食物紧缺。到处你都可以听到同样的话："我们没东西吃了，我们必须回去工作。"而只要城里还有食物，那些国民自卫队就可以分到口粮，仍能坚守岗位。到了下午街道几乎恢复了正常，但仍然设了工事，只不过没有人把守。兰布拉斯大道上人头攒动，几乎所有的商店都开始营业——最令人感到心安的——是那些原本停止运行的电车又开始在路上行驶。国民自卫队仍然守在摩卡咖啡厅，还没有拆除工事，但有几个人搬出椅子坐在人行道上，膝盖上横着步枪。我走过一个人身边，朝他眨了一下眼，他也朝我友善地咧嘴一笑，显然，他认出我来了。电话公司那里无政府主义者的旗帜被降了下来，挂起了加泰罗尼亚政府的旗帜。这意味着工人阶级的抗争失败了。我意识到——虽然由于我在政治上的无知，我的想法本应该更加清晰——当政府底气更足的时候，将会进行报复。但当时我对这方面的事情根本不感兴趣。我只觉得压在心头的大石落了下

来：可怕的开火声终于结束了，我可以买点吃的，好好休息一下，然后奔赴前线。

从瓦伦西亚调过来的部队一定是在深夜第一次出现在街头的。他们是突击近卫军，与国民自卫队和武警部队（它的构建主要是执行警务工作）的编制性质相似，是共和国的精锐部队。他们似乎一下子从地底下冒了出来。到处你都可以看到他们以十人为一组在街头巡逻——他们身材高大，穿着灰色或蓝色制服，肩膀上扛着步枪，每一组有一挺轻机枪。我们有一个难题得解决。我们守卫瞭望台用的那六把步枪还搁在那里，我们无论如何得取回那几把枪，交还到马联工党总部。问题是，拿着这几把枪怎么横穿马路。那几把枪是马联工党总部配备的保卫武装，但将它们带上街头却违反了政府的命令，要是我们手里拿着枪被那些突击近卫军看到的话肯定会被逮捕的——更糟糕的是，那些步枪会被缴获。大楼里只有二十一把步枪，失去六把步枪会是惨重的损失。为了想出个好办法，我们进行了一番讨论，一个红头发的西班牙人和我开始将那几把枪偷偷运出来。要躲开突击近卫军的巡逻并不是很困难，但麻烦的是摩卡咖啡厅的那些国民自卫队知道我们在瞭望塔那里配置了步枪，一旦被他们看见我们拿着枪穿过街道，可能会拆穿我们的把戏。我们脱下衣服，把步枪贴着左肩，枪托夹在腋窝下，枪管插在裤管里。不幸的是，那些是长管毛瑟枪，就算是我这样个头高大的人把长管毛瑟枪藏在裤管里也觉得不舒服。拖着一条完全僵直的左脚走下瞭望塔的螺旋式楼梯实在是很别扭。走在大街上时我们发现自己只能走得特别慢，慢得不用弯曲膝盖。在电影院外面，我看见一群人饶有兴味地盯着我像乌龟一样缓缓地走着。后来我经常在猜想他们以为我到底怎么了——

或许是在战争中负伤了。不过那几把步枪还是平安无事地偷偷运了过去。

第二天，突击近卫军遍布全城，像征服者那样在街头走动。显然，政府是在炫耀武力，目的是震慑他们已经知道不会反抗的民众；要是他们真的担心会有进一步的暴动，突击近卫军就会留在军营里，而不是分散成小队在街头巡逻。他们训练有素，是我在西班牙所见过的最精锐的部队，虽然我猜想他们可能是“敌人”，但我还是忍不住喜欢上了他们的样貌。但是，看着他们来回地走来走去，我觉得有点诧异。在阿拉贡前线我习惯了看到衣着褴褛装备不足的民兵，我一直都不知道西班牙共和国拥有像这样的部队。他们不仅在体格上经过精挑细选，而且武器配备让我十分惊讶。他们都配备了崭新的“俄式”步枪(这些步枪是苏联输送给西班牙的，但我相信是美国制造的)。我端详过其中一把步枪，那算不上什么顶级步枪，但比起我们在前线用的那些老旧的大口径短枪要好得多。突击近卫军每十个人有一挺轻机枪，每个人都有自动手枪。而在前线的我们每五十人才有一挺机关枪，至于手枪或左轮枪，你只能通过手段才能非法拥有。事实上，到处都是这样，虽然直到现在我才意识到这一点。这些根本不用上前线的国民自卫队和武警的武器配备和制服要比我们好得多。我猜想所有的战争都是一样——后方衣着光鲜的警察部队和前方衣着褴褛的士兵总是形成鲜明的对比。过了头一两天，大体上突击近卫军和民众井水不犯河水。头一天出了好些个乱子，因为部分突击近卫军——我猜想是奉命行事——行事开始变得咄咄逼人。有几队人上了电车搜查乘客，如果他们的口袋里被搜出国工联的会员证，会被撕成碎片并踩上几脚。这导致了与拥有武装的无政

府主义者的冲突，有一两人被杀。不过，突击近卫军很快就一改征服者的姿态，关系也变得更加友好。值得注意的是，他们中的大部分人过了一两天就勾搭到了女孩子。

巴塞罗那的巷战给了瓦伦西亚政府一直以来想要的借口，用以实现对加泰罗尼亚更全面的控制。工人的民兵组织将被解散并重新改编入人民军。巴塞罗那到处飘扬着西班牙共和政府的旗帜——我想除了在法西斯的战壕上方见过它之外，那是我第一次看到这旗帜。在工人居住的区域，路障正被拆除，但拆掉的只是零星几座，因为建一座街垒要比把石头弄回去容易多了。在加联社党的大楼外，路障仍然得以保留——事实上，许多路障一直保留到了 6 月份。国民自卫队仍然占领着战略要点。从国工联的各座大楼里没收了大量的武器，但我肯定有许多武器没有被没收。《战斗报》仍然在发行，但内容受到了审查，头版几乎都是空白的。加联社党的报纸没有受到审查，一直在刊登煽动性的文章，要求镇压马联工党。马联工党被宣布为伪装的法西斯组织，一幅漫画上画着马联工党摘下锤子和镰刀的面具，露出一张狰狞狂躁的脸，上面画着纳粹的卐字徽。这幅画被加联社党的工作人员传遍了各个城镇。显然，官方对于巴塞罗那暴动已经作了定性结论：这是一场完全由马联工党在幕后指导的“第五纵队”式的法西斯暴动。

在酒店里，现在战斗结束后，可怕的猜疑和敌对气氛却变得更加糟糕。面对铺天盖地而来的指控，要保持中立是不可能的事情。邮局又开始运作，国外的共产主义报纸开始运来，它们对这场战斗的描述不仅充满了党派之见，而且与事实根本不符。我想一部分在场的共产党员目睹了事实，对那些针对事件的解释感到不满，但他们必须支持自己人，这是很自然的事

情。我们那位共产党员友人又过来找我，问我是不是不转去国际纵队了。

我很吃惊。“你们的报纸在说我是法西斯分子，”我说道。“我肯定会成为政治嫌疑犯，因为我是马联工党的人。”

“噢，那不打紧。毕竟，你只是奉命行事。”

我只能告诉他，经过这场风波，我不能加入任何共产党控制的部队。迟早它会被用来镇压西班牙的工人阶级。没有人知道这种事情什么时候会再次爆发，要是遇到这种事情，而我不得不开枪的话，我希望是与工人阶级并肩作战，而不是与他们为敌。在这件事情上他很有风度。但从现在开始，整个气氛都改变了。你不能和以前一样“求同存异”，和一个在政治上与你为敌的人一起喝酒。在酒店的大厅里有人在进行难听的口角。与此同时，监狱已经人满为患。巷战结束后，当然，无政府主义者已经释放了他们的囚犯，但国民自卫队并没有释放他们的囚犯，大部分囚犯被扔进监狱，没有进行审判，而是一直关在里面，许多人一关就是好几个月。和往常一样，无辜的人由于警察的无能而被逮捕。前面我提到道格拉斯·汤普森在四月初受伤了。后来我们和他失去了联系——当一个人受伤时这种情况经常发生，因为伤兵总是频繁地从一间医院转移到另一间医院。事实上，他原本在塔拉戈纳医院，巷战开始的时候被送回了巴塞罗那。星期二早上我在街上遇见了他，对周围到处在开火他感到十分困惑。他问了我一个大家都在问的问题：

“这到底是怎么回事？”

我尽量进行解释。汤普森当即说道：

“我不想卷进这件事。我的胳膊仍然伤得很厉害。我得回酒店，并待在那儿。”

他回去酒店，但不幸的是(发生巷战的时候，了解地形是多么重要！)，那间酒店位于国民自卫队控制的城区。酒店被攻占了，汤普森被捕，关进了监狱，在满得没有人可以躺下的牢房里待了八天。类似的事情有很多。许多政治背景暧昧的外国人纷纷逃走，被警察通缉，总是担心自己会被告发。最惨的是意大利人和德国人，他们没有护照，而且被本国的秘密警察通缉。要是他们被逮捕的话，他们会被遣送到法国，这和被送回意大利和德国没什么两样，天知道将会是何等恐怖的事情在等候着他们。有一两个外国女人赶紧“嫁给了”西班牙人，获得国民的身份。一个没有任何文件的德国女孩扮成一个男人的情妇几天，借此躲避警察。我记得当我无意间遇到那个可怜的女孩从那个男人的房间出来时脸上羞愧难当的神情。她当然不是他的情妇，但她应该以为我觉得她是。你一直有一种很可怕的感觉，以为某个迄今为止是你朋友的人会向秘密警察告发你。漫长的战斗的梦魇、枪声、缺少食物和睡眠、坐在屋顶那种压力和无聊交织的感觉，不知道下一分钟自己会被别人开枪打中还是会被迫开枪去打别人，这让我几乎陷入疯狂，紧张到了一听到关门声就拿起手枪。星期六早上，外面传来了枪声，大家都叫嚷着：“又打仗了！”我跑到街上，发现只是几个突击近卫军在开枪打一条疯狗。在巴塞罗那的人当时或过后的几个月，都无法忘却那种由恐惧、猜忌、仇恨、新闻审查、监狱爆满、食物长队、荷枪实弹的士兵在巡逻所带来的恐怖气氛。

我尝试过描述在巴塞罗那巷战进行时的感受，但我觉得我没办法刻画出当时那种诡异的气氛。当我回首往事，在我的记忆中挥之不去的是当时无意间接触的一些人，是我突然间向那些没有参加战斗的人投去的匆匆一瞥——对他们而言，整件事

情只是毫无意义的骚乱。我记得一个衣着时髦的女人走在兰布拉斯大道上，手里挽着一个购物篮，牵着一只白色的狮子狗，而就在一两条街外枪声大作。显然，她是个聋子。我看到有人横穿完全空荡荡的卡塔鲁那广场，双手各挥舞着一条白手绢。还有一大群人全部身着黑衣，试了大约一个小时想穿过卡塔鲁那广场，但总是未能成功。每次他们在巷子里的角落出现，在科隆酒店的加联社党的机关枪手就会开火把他们赶回去——我不知道为什么，但他们身上显然没有武器。我想他们或许是参加葬礼的。还有那个在波里奥拉玛电影院上面的博物馆当看更的小个子男人，他似乎把整件事当成了社交活动。他很高兴有英国人去看望他——他说英国人很讨人喜欢。他希望等这场风波一过，我们能再过去看望他。事实上，我真的去探望了他。另一个小个子的男人躲在门道里，高兴地探出脑袋，朝着卡塔鲁那广场那边激烈的枪战说道（似乎就像在说那天早上天气不错一样）："我们又迎来了七·一九[①]！"还有那些鞋店里给我做鞋的人。巷战开始之前我去了那儿，战斗结束后，就在五月五日短暂停战的那天，我去待了几分钟。那间店很贵，店里的员工是总工联的人，或许还是加联社党的党员——总之他们是政治上的对立者，他们知道我在马联工党服役。但他们根本不在乎。"真是遗憾，出了这种事情，不是吗？对生意的影响真是太糟糕了。它老是没完，真是太遗憾了！好像这种事情在前线还不够多一样！"等等等等。一定有许多人，或许巴塞罗那的绝大多数市民，对这场风波根本不感兴趣，或者就像他们对

① 1936 年 7 月 19 日，巴塞罗那爆发街头斗争，警察、工人民兵和忠于共和国的部队与叛军展开激战。人民大会担心正规军兵力不足，因此向工人民兵派发武器，自此，工人阶级政党拥有了武装力量。

待一场空袭那样，并没有太大的兴趣。

在本章里我只描述了我的个人经历。在下一章我将尽力探讨更为宏观的问题——到底发生了什么事情，结果是怎样的，整件事情的是非曲直，谁应对此负责。巴塞罗那的战斗被榨取了许多政治资本，因此，尝试以一种平衡的观点去看待它很重要。在这个问题上已经有了大量的评述，足以写成好几本书，我想我可以毫不夸张地说，当中有九成的内容并非真相。几乎所有当时刊登的新闻报道是躲得远远的记者们撰写的，对事实的描述并不准确，存心是在误导读者。和往常一样，能够向公众发布的都只是一面之词。和任何当时身处巴塞罗那的人一样，我只目睹了发生在我周围的事情，但我的所见所闻能澄清许多被散布的谎言。和之前一样，如果你对政治争论、名字让人眼花缭乱的党派和那些小党派的争斗（就像中国内战的那些军阀的名字一样）不感兴趣的话，大可以跳过去。要了解党派之间的争执是一件非常可怕的事情，那种感觉就像跳进一口粪坑里。但在力所能及的范围之内尝试着揭露真相是有必要的。这场发生在一座遥远城市的肮脏争斗要比乍一眼看上去的情形更加重要。

第十一章

要对巴塞罗那暴动进行完全客观准确的描述是不可能做到的事情，因为没有必要的相关记载。以后历史学家在进行研究时只有一堆诬蔑指控和政党的宣传资料作为参考。而我自己除了亲眼目睹的情形和从其他信得过的人所听到的讲述之外，手头也没有多少资料。不过，我可以对一些更为无耻的谎言进行驳斥，让这件事情的来龙去脉更加清楚。

首先，究竟发生了什么事情？

在此之前加泰罗尼亚的局势一直非常紧张。在本书前面的几个章节中，我写过共产党与无政府主义者一直在明争暗斗。到了1937年5月份，局势严重到暴力冲突已经无可避免的地步。冲突的直接原因是政府颁布了没收私人武装的命令，还决定成立配备重型武装的“政治中立”的警察武装力量，工会成员一概被排除在外。这一举动的意味不言自明。大家也都知道政府的下一步行动将是接管由国工联控制的关键行业。此外，工人阶级对日益加剧的贫富悬殊心怀不满，而且隐约觉得革命遭到了破坏。5月1日当天居然没有暴动发生，许多人都感到很惊讶。5月3日，政府决定接管电话公司。从战争开始电话公司就一直被国工联的工人控制。政府的理由是公司运作混乱，而且政府的通话被监听了。警察总长萨拉斯（他的所作所为或许越权了，或许没有）派遣了三军车全副武装的国民自卫队向电话公司大楼发起进攻，并安排了穿着便衣的武警封锁外

面的街道。同一时间，国民自卫队分头占领了几个关键部门的大楼。无论政府这么做的真正动机是什么，大家都认为这是国民自卫队和加联社党（共产党人和社会主义者）向国工联发起总攻的信号。工人阶级所控制的大楼受到进攻的消息传遍了全城，握有武装的无政府主义者走上街头，工作停止了，战斗立刻打响。当天晚上和第二天早上，城里到处都设了街垒，战斗一直持续到5月6日早晨，不过双方都是以防御战为主。大楼被包围，但据我所知，没有一座大楼受到冲击，而且没有动用大炮。大体上说，国工联—伊无联—马联工党的武装力量控制了工人阶级的郊区，而警察部队和加联社党控制了市中心和行政区。到了5月6日，双方停止交火，但很快就重启战端，或许是因为国民自卫队贸然试图解除国工联的工人武装。但隔天早上人们开始自发离开街垒。直到5月5日晚上，国工联占了上风，许多国民自卫队的士兵投降了。但国工联没有群众接受的领导人，也没有明确的作战计划方针——事实上，我觉得，根本没有任何计划方针可言，就是一心抵抗国民自卫队的进攻。国工联的领导人和总工联的领导人共同敦促大家回岗位工作，而更要命的是，食物开始出现紧缺。在这种情况下，没有人知道还会不会继续打下去。到了5月7日下午，局面几乎恢复了正常。当天晚上6 000名突击近卫军经海路从瓦伦西亚抵达巴塞罗那，控制了这座城市。政府下达命令，要求除正规军之外，所有人员必须解除武装。接下来的几天大量的武装被充公上交。根据官方发表的数字，战斗中的死伤人数分别是400人和1 000人。或许死了400人这个数字有点夸张，但由于没有核对的条件，我们只能接受这个数字是准确的。

其次，暴动造成了什么后果？显然，这是个说不清道不明

的问题。虽然这场暴动只持续几天，但肯定对战争进程产生了影响，不过究竟有怎样的直接影响就不得而知了。这场暴动成了瓦伦西亚直接控制加泰罗尼亚地区的借口，加速了民兵组织的瓦解，镇压了马联工党，而且，毋庸置疑，对促使卡巴勒罗政府下台起了推波助澜的作用。但我们可以肯定的是，这些事情迟早都会发生。重要的问题是，冲上街头的国工联的工人在这场暴动中究竟是得是失？虽然只是猜测，但我觉得他们得大于失。夺取巴塞罗那电话公司只是漫长斗争过程中的一个突出事件而已。从去年开始，直接权力就渐渐从组织的手中被夺走，由工人阶级控制转为中央政府控制，逐渐演变为国家资本主义体制，甚至有可能演变为私人资本主义体制的重新确立。那时候工人阶级的抵抗延缓了这一进程。距战争爆发一年后，加泰罗尼亚的工人已经失去了大部分权力，但他们仍处于相对有利的位置。如果他们不管什么样的挑衅都甘愿承受，那情况将会糟糕得多。有时候，即使抗争失败也要比放弃抵抗要来得好一些。

第三，暴动的背后有什么目的？那是某种意义上的政变还是革命的尝试？它的目的是推翻政府吗？它是有预谋的吗？

我个人认为，要说这场战斗是有预谋的，那只能在每个人都预见到它将会发生这个意义上才说得通。没有迹象表明斗争双方中哪一方有明确的计划。在无政府主义者这一方，行动几乎是自发性的，因为事件的主要参与者是普通士兵。人们冲上街头，然后他们的政治领袖被迫追随，或者说，并没有追随。唯一高谈革命的人是“杜鲁提之友”[①]——伊无联和马联工党

① “杜鲁提之友”（The Friends of Durruti Group），西班牙内战时期的极端无政府主义政党，于1937年3月15日创建，纪念无政府主义者何塞·布纳文图拉·杜鲁提（José Buenaventura Durruti，1896—1936）。

内部一个奉行极端主义的小团体。但再一次，他们只是追随者，而不是领导者。“杜鲁提之友”派发了一些宣传革命的传单，但这是5月5日的事情，并不是暴动的起因，因为暴动是在两天前开始的。国工联的领导人从一开始就否认与整个事件有任何关系，他们这么做有几个原因。首先，国工联仍然在政府中有代表，而人民大会要求它的领袖要比党员态度更倾向于保守。其次，国工联领袖的主要目的是与总工联结为政治同盟，而这场战斗将会扩大国工联和总工联之间的分歧，至少在当时会是如此。第三——虽然当时大家并不知情——无政府主义者的领袖们担心如果事情一发不可收拾，工人阶级控制了城市(5月5日他们似乎有能力做到这一点)，可能会引来外国势力的干涉。英国的一艘巡洋舰和两艘驱逐舰已经逼近港口，还有其他军舰就在附近。英国报纸放出了风声，说这些军舰挺进巴塞罗那是为了“保护英国的利益”，但英国人并没有采取实际行动，既没有派遣军队登陆，也没有收容难民。这件事情无从确认，但至少是有可能发生的。英国政府没有做什么事情帮助西班牙政府抗击弗朗哥，但如果工人阶级要推翻西班牙政府，它一定会立即予以干涉。

马联工党的领导并没有置身事外。事实上他们鼓励追随者继续守住街垒，甚至肯定了(见于5月6日的《战斗报》)“杜鲁提之友”散布的那份宣传极端激进主义观点的传单。（但这份传单至今仍是无头公案，因为现在没有人能拿出一份样本。)根据一些外国报纸的描述，那是一份“煽动性的海报”，贴遍了巴塞罗那的大街小巷。其实根本没有这么一张海报。通过对不同的报告进行比较，我可以讲述这份传单的内容：第一、组建革命委员会；第二、枪决向电话公司发起进

攻的主谋；第三、解除国民自卫队的武装。情况不是很清楚的就是《战斗报》在何种程度上认同那份传单。我没有见过那份传单，也没有读过当天那份《战斗报》。暴动的时候我只见过一份传单，是规模很小的托派组织（“布尔什维克—列宁主义者”）于5月4号派发的。上面只是写道：“大家坚守街垒——除军工行业外，各行各业发动总罢工。”（换句话说，只是要求维持现状。）事实上，马联工党领导人的态度一直犹豫不定。一方面，他们不赞成在战胜弗朗哥之前就发起暴动；另一方面，工人阶级已经拥上街头，马联工党的领导人恪守马克思主义的纲领，一旦工人阶级拥上街头，作为革命政党的责任就是与工人阶级站在同一阵线。因此，他们一边高喊着“复兴七·一九精神”的革命口号，一边竭力将工人阶级的行为限制在守势。例如，他们从未下达命令进攻任何建筑，只是命令追随者保持警惕，而且，正如我在上一章所提到的，只有在不可避免的情况下才可以开火。《战斗报》也刊登了领导的指示：部队不得擅离前线。①根据我的估计，我要说的是，马联工党的责任顶多就是鼓动大家坚守街垒，或许还可以加上一条罪名，那就是说服一部分人在街垒滞留了更长的时间。那些与马联工党的领导人有私人接触的人（我不在此之列）告诉我，他们对这件事非常不满，却已经骑虎难下。当然，和以往一样，后来这件事成了某些人的政治资本。马联工党的领导人之一格尔金②后来甚至大

① 原注：最近一期的《国际报刊通讯》（*Inprecor*）刊登了恰恰相反的报道——《战斗报》命令马联工党的部队撤出前线！关于这一点，只要翻阅当日的《战斗报》就可以澄清。

② 朱利安·格尔金（Julián Gorkin，1901—1987），西班牙社会主义者，马联工党的核心领导人之一，西班牙内战后流亡墨西哥，后来回到巴黎，从事社会主义宣传工作。

谈“光荣的五月”。从政治宣传的角度考虑，或许这是正确的口径。在遭受镇压之前，马联工党的规模一度扩大。从策略角度考虑，或许认同“杜鲁提之友”的传单是一个错误的举动，因为这个政党规模很小，而且对马联工党持敌对态度。考虑到当时整体气氛的兴奋和两边曾经说过的难听话，这份传单的意思只不过是“坚守街垒”，但由于马联工党对其表示赞成，而无政府主义者的报纸《工人团结报》却发表了谴责，马联工党的领导人使得共产党的报刊后来轻而易举地指责这场暴动完全是由马联工党一手设计的。但有一点我们可以肯定：不管怎样共产党都会进行这样的宣传报道。比起事先和事后那些证据更少的指控，这根本算不了什么。虽然国工联的领导人态度非常谨慎，但他们并未捞到什么好处。他们忠心可嘉，可一旦机会出现便被逐出了政府与人民大会。

从当时人们的言论判断，他们并没有发动革命的意图。守卫着街垒的都是些普通的国工联的工人，还有一小部分总工联的工人。他们并没有试图推翻政府，他们觉得自己受到了警察部队的进攻，无论理由对错，他们都得作出反抗。他们所采取的行动都是防御性的，最近几乎所有的外国报纸都将他们的行为称为“造反”，我觉得这一说法并不符合事实。造反暗示着激进的行动和具体的计划。更确切地说，这是一场骚乱——非常血腥的骚乱——因为双方都配备了武装，而且不惜诉诸暴力。

但另一方的目的是什么？如果这不是无政府主义者的政变，或许这是共产党的政变——他们处心积虑准备以此一举夺走国工联的权力吗？

我不认为是这样，虽然种种迹象会让人有这样的怀疑。值

得注意的是，类似事件（以巴塞罗那政府的名义命令武装警察部队攻占电话公司）两天后在塔拉戈纳也发生了。而且在巴塞罗那，攻占电话公司并不是孤立事件。在城里的许多地方，一队队国民自卫队和加联社党的拥护者攻占了战略要地的建筑物，即便他们不是在战斗开始之前就下手，其速度之快也实在让人惊讶。但我要提醒读者，这些事件发生的地点是西班牙，而不是英国。历史上巴塞罗那就是一座街头抗争不断的城市。在这样的地方，内讧一早就已经存在，事情发生得很快，每个人都熟知地形，枪战一开始大家就马上就位，似乎在进行消防演习。或许那些应对攻占电话公司这件事负责的人已经预料到会有麻烦，也做好了攻坚战的准备——但他们没有想到实际的战况会如此棘手。但这并不表示他们处心积虑准备要向国工联发起总攻。我认为双方都没有做好大规模冲突的准备，理由有两个：

一、事前双方都没有向巴塞罗那派遣部队。参与交战的人都是已经在巴塞罗那的人，大部分是平民和警察。

二、食物立刻出现了紧缺。任何曾在西班牙服役过的人都知道有一点西班牙人做得特别好：那就是后勤伙食的供应。要是交战的任何一方事先已经预计到会有一至两周的巷战和大罢工，他们一定会提前储备好粮食。

最后是这场暴动的是非曲直。

在这件事情上外国反法西斯的宣传沸沸扬扬，但和以往一样，那些宣传都是一面之词。结果，巴塞罗那暴动被斥责为不忠的无政府主义者和托派分子“在政府背后捅刀子”，等等等等。但这件事情并不是这么简单。显然，当你与强大的敌人对垒时，自己的阵营可不能出现内讧，但要记住，一个巴掌拍不

响，要不是人们感觉受到威胁，他们也不会开始修筑街垒。

这场暴动的起因自然得追溯到政府向无政府主义者下达命令，要求他们解除武装。英国报纸对这件事情的解释是：阿拉贡前线急需武器，但由于毫无爱国心的无政府主义者不肯上交武器，输送前线的武器迟迟无法运出。这番言论根本没有考虑到西班牙国内的实际情况。众所周知，无政府主义者与加联社党掌握了武装，当巴塞罗那的战斗打响时，大家进一步了解到，双方都有充足的武器储备。无政府主义者深知即便他们自己解除武装，掌握了加泰罗尼亚的政权的加联社党仍然可以握有武装力量。事实上，战斗的结果的确印证了这一点。街头上还是有大量的枪械，这些可都是前线急需的物资，却都被扣留下来，供后方“无政治色彩”的警察部队使用。此次事件本质上是共产党与无政府主义者之间不可调和的矛盾的体现，迟早都会爆发冲突。从战争伊始，西班牙共产党的规模就急剧扩大，攫取了大部分的政治权力，而且数以千计的外国共产党人拥入西班牙，许多人公然表示抗击弗朗哥的战争结束后就要“清算”无政府主义。在这种局势下，你怎么可能指望无政府主义者会放弃自 1936 年夏天就掌握至今的武装？

攻占电话公司只是引燃业已存在的炸弹的导火索。或许，那些蓄意挑起争端的人以为这么做不会引起什么麻烦。据说加泰罗尼亚的地区总长康博尼在几天前还谈笑风生地说无政府主义者只会逆来顺受。[①]但事实上这并非明智之举。过去几个月来，在西班牙各地共产党与无政府主义者之间接连爆发武装冲突。在加泰罗尼亚，尤其是巴塞罗那地区，局势很紧张，已经

① 原注：见《新政治家》（五月十四日）。

出现了街头滋事、暗杀等事件。突然间，消息传遍整个城市：武装分子正在进攻工人阶级在七月战斗中攻占的、备受重视的建筑。我们必须记得，工人阶级很讨厌国民自卫队。地方团练世世代代都是地主和权贵的走狗，而国民自卫队则被愈加痛恨，因为他们是否真心对抗法西斯分子实在值得怀疑，而这怀疑的理由是很充分的。[①]或许，促使人们在最初几个小时走上街头的情绪，与战争之初促使人们反抗发动政变的几位将军的情绪是一样的。当然，国工联的工人们是否应该毫不抵抗便将电话公司拱手相让则值得商榷。这取决于每个人对于权力应由中央集权政府控制还是由工人阶级控制的态度。有的人或许会说："确实，国工联的做法情有可原，但当时毕竟在打仗，他们没有理由在大后方挑起内讧。"关于这一点我完全同意。任何内部争斗都只会让弗朗哥渔翁得利。但到底是什么挑起了战斗呢？不管政府有没有权力接管电话公司，问题的关键是，在当时那种情况下，这么做肯定会挑起战斗。这是一种挑衅行为，无论是设想还是实际，这都是在说："你们必须移交权力——由我们接管了。"稍有常识的人都知道这么做只会招致反抗。站在中立的立场，任何人都会意识到，这件事的责任不能完全怪罪一方——事实上确实如此。而舆论之所以会出现一边倒的情形，只是因为西班牙的革命政党在外国报刊中没有基础——尤其是英国的媒体。在战争期间，你得翻寻很久才会找到零星对西班牙无政府主义者正面的报道。他们被有组织地加以抹黑，按照我自己的经历，我知道根本找不到任何人在报刊

① 原注：战争爆发的时候各地的国民自卫队纷纷依附势力较强的那一方。到了战争的后期，发生过好几起国民自卫队整团投靠法西斯主义者的情况，尤以桑坦德地区为甚。

上为他们辩护。

我尽量以客观的态度描写巴塞罗那的暴动，但显然在这种问题上，没有人能做到完全客观。一个人在实际中总是会不得不站在某一立场，而我站的是哪一个立场是再清楚不过的事情。我一定在描述事实中犯下了错误，不只是在这里，而且在整个故事中的其他地方。要对这场西班牙战争进行准确的描述是非常困难的事情，因为缺乏非宣传性的资料。我要让每个人警惕我的偏见，而且要让每个人警惕我的错误。不过，我仍然尽了自己最大的努力做到诚实。但是，我所做的描述与出现在外国报刊，特别是共产党的报刊里面的描述完全不同。检验共产党版本的描述是很有必要的事情，因为它在全世界发行，而且从那时起时不时就进行补充，或许是最广为接受的版本。

共产党和亲共产党的媒体将巴塞罗那巷战的全部罪责都推到了马联工党身上，这件事不仅被描述为自发的暴动，而且是有目的有组织的反政府暴乱，完全由马联工党一手策划，并得到了一小撮被误导的“不受控制的人”的协助。更过分的是，这是法西斯的一个阴谋，奉法西斯分子的命令行事，目的是在大后方挑起内战，从而使政府陷入瘫痪。马联工党是弗朗哥的“第五纵队”——与法西斯分子勾结的托派组织。根据《工人日报》所说（五月十一日）：

> 德国与意大利的密探蜂拥来到巴塞罗那，表面上是“筹划”臭名昭著的“第四国际大会”，其重大任务则是：
>
> 他们与本地的托派组织相勾结——准备制造混乱和流血局势，借机让德国人和意大利人宣布“由于巴塞罗那陷入动乱，他们无法有效实施对加泰罗尼亚沿岸的海事控

制”，因此，“只能在巴塞罗那派驻军队”。

换句话说，他们是想让德国和意大利政府能公开在加泰罗尼亚沿岸派驻陆军或海军，宣称他们这么做是为了“维持秩序”……

而帮助德国人和意大利人实施这一目的的托派组织正是马联工党。

马联工党与臭名昭著的犯罪分子和无政府主义者组织里受到蒙骗的人合作，在后方策划、组织和领导了进攻，时间上正好与前线在毕尔巴鄂发起进攻相重合，等等等等。

到了这篇文章的后半部分，巴塞罗那的巷战变成了“马联工党的进攻”，而同一期报纸的另一篇文章声称“加泰罗尼亚流血事件的责任必须归咎到马联工党头上”。《国际报刊通讯》（5 月 29 日）声称在巴塞罗那构筑街垒的人“只有马联工党的党员，该党组织他们就是为了这个目的”。

我可以引用更多的内容，但这些已经足够清楚了。马联工党是罪魁祸首，它是奉法西斯分子的命令行事。接下来我会再提供几份共产党报刊的摘要，可以看出它们自相矛盾，根本不足为信。但在这么做之前，有必要指出几个先验性的理由，解释为什么将五月份的巷战歪曲为马联工党发起的法西斯叛乱根本是无稽之谈。

第一、马联工党没有足够多的党员或影响力，掀起这么一场大规模的风波。它更加没有能力号召大罢工。它是一个在工会扎根不深的政治组织，根本无力在巴塞罗那全城煽动大罢工，就好比英国共产党没有能力在格拉斯哥全城煽起大罢工一样。正如我前面所说的，马联工党领导人的态度在一定程度上

或许促使战斗更加持久，但他们根本没有能力挑起战端，就算他们有这心思也办不到。

第二、所谓的法西斯分子的阴谋都是基于臆测，所有的证据都作出了反证。他们告诉我们这个计划的目的是让德国和意大利政府在加泰罗尼亚驻兵，但根本没有德国或意大利的运兵船驶近海岸。至于“第四国际大会”和“德国和意大利的间谍”，纯粹是子虚乌有之事。据我所知，连关于第四国际大会的传闻都没有。马联工党及其兄弟党派（英国的独立工党和德国的社会主义工人党）只是模糊地计划进行代表大会，此次大会原本暂定于七月份进行——那是两个月后的事情——还没有一个与会代表抵达。那些“德国和意大利的间谍”只存在于《工人日报》的版面里。在当时穿越边境的人其实都知道要“拥入”西班牙或离开那里并不是一件容易的事。

第三、马联工党的大本营莱里达和前线都风平浪静。显然，要是马联工党的领导人希望协助法西斯分子，他们会命令民兵部队撤离前线，让法西斯部队通过。但这种事情并没有发生或提起过。事先也没有多余的士兵被调离前线，虽然要偷偷调动一两千人以种种理由回到巴塞罗那是轻而易举的事情。他们甚至没有尝试对前线进行间接性的破坏活动。食物、弹药和其他物资的运输一如既往地进行。后来通过探究我证实了这一点。最重要的是，一场所谓的经过策划的叛乱应该需要几个月的准备，并在民兵部队里进行颠覆性的宣传，如此等等，但并没有任何这种事情的迹象或传闻。前方的民兵部队与“叛乱”没有瓜葛这件事应该是明确无疑的。如果马联工党真的在策划颠覆行动，很难相信他们不去动用他们仅有的一万名武装人员——那是他们唯一的武装力量。

从这些我们可以清楚地了解到，共产党指控马联工党在法西斯分子的命令下煽动“暴乱”根本没有证据。我会再引用几则共产党报纸的评述。那些共产党的报刊对突袭电话公司这个事件的导火线的各种描述能让人了解实情：除了将罪名扣在另一方的身上之外，它们没有什么内容是一致的。值得注意的是，在英国共产党的报刊里，一开始被斥责的对象是无政府主义者，后来才转移到马联工党身上。这么做是出于非常明显的原因。在英国不是每个人都听说过“托洛茨基主义”，而每个说英语的人听到“无政府主义者”涉身其间，都会不寒而栗。只要让他们听到“无政府主义者”涉身其间，偏见的氛围就会形成，然后就能把罪名安全地转移到“托洛茨基分子”身上。因此，《工人日报》是这么开始宣传的(5 月 6 日)：

> 一小撮无政府主义者于周一和周二攻占并试图顽守电话大楼，并开始向街道开火。

从一开始角色就出现了对调。是国民自卫队向国工联占领的一座大楼发起进攻，但国工联却被说成对自己的大楼和自己人发起了进攻。另一方面，《工人日报》在 5 月 11 日刊登：

> 加泰罗尼亚公共安全部长、左翼人士艾格瓦德[①]与社会主义联盟公共秩序委员长罗德里格兹·萨拉斯[②]派遣武

① 艾格瓦德(Aiguade)：情况不详。

② 尤西比奥·罗德里格兹·萨拉斯(Eusebio Rodríguez Salas，生卒年份不详)，西班牙内战时期加联社党成员，曾担任内务安全部部长，在巴塞罗那动乱中扮演着关键角色。

装的共和国警察进驻电话大楼，解除里面的员工的武装，他们当中大部分人是国工联属下工会的成员。

这与第一篇报道似乎出入很大，但《工人日报》并没有承认第一篇报道是错误的。5月11日的《工人日报》声称“杜鲁提之友”（国工联已经与它脱离了关系）的传单出现在5月4日和5日，那是在战斗进行期间。《国际报刊通讯》（5月22日）声称它们出现在5月3日，那是在战斗发生之前，并补充说：

有鉴于此（多份传单的出现），在警察局长的亲自率领下，警察部队于5月3日下午占领了电话公司。在警察执行任务期间，他们遭到了枪击。那是为那些破坏分子开始在全城发动枪战骚乱发出信号。

下面是《国际报刊通讯》5月29日的内容：

下午三点钟，公共安全部门的政委萨拉斯同志前往电话公司，该地点在昨晚已经被马联工党的五十名成员和其他不受控制的坏分子占领。

这听起来实在是很滑稽。五十名马联工党的成员就能占领电话大楼，这可以说是异想天开的事情，你或许会认为当时就已经有人注意到这一点。但是，直到三四个星期后才有人发现。在《国际报刊通讯》的另外一期里，那五十名马联工党的成员变成了五十名马联工党的民兵。要比这几篇文章包含更多的自相矛盾之处可不是一件容易的事情。一会儿是国工联在进

攻电话公司，另一会儿他们成为被攻击的对象。一会儿说一份在夺取电话大楼之前出现的传单是事情的起因，一会儿又说这份传单是出现在夺取电话大楼之后，是事件导致的结果。电话公司的人时而是国工联的成员，时而是马联工党的党员，诸如此类的事情。在《工人日报》后面一期中(6 月 3 日)，约翰·罗斯·坎贝尔[①]告诉我们，西班牙政府之所以占领电话公司，是因为街垒已经筑好了！

由于篇幅的原因，我只摘录了一个事件的报道，但同样的内容矛盾在共产党的报刊里比比皆是。此外，还有许多报道完全是捏造出来的。比方说，以下内容引自《工人日报》(5 月 7 日)，据说是由西班牙大使馆在巴黎发布的：

> 关于此次动乱的一个重要特征是，旧西班牙君主政体的旗帜在巴塞罗那许多房屋的阳台上飘扬，显然，他们以为那些动乱分子已经掌握了局势。

《工人日报》或许是出于真心重复了这则报道。但西班牙大使馆那些要对这些话负责的人一定是在故意撒谎。任何西班牙人都对国内的局势有更清楚的了解。在巴塞罗那出现一面保皇党的旗帜！这东西能让交战各方暂时团结起来。当读到这篇报道时，就连在场的共产党员也会忍不住笑起来。同样的，在共产党的众多报刊中那些关于马联工党在“叛乱”期间所使用的武器的报道，只有对情况完全不知情的人才会相信。在 5 月

① 约翰·罗斯·坎贝尔(John Ross Campbell，1894—1969)，英国共产主义者、记者、编辑，思想激进，曾为《工人周报》、《工人日报》等左翼报刊撰稿或担任编辑。

17 日的《工人日报》里，弗兰克·皮特卡恩[1]先生写道：

> 事实上，在这场暴行中，他们动用了各式各样的武器，有过去几个月来偷到并匿藏起来的武器、有诸如坦克之类的重武器，是他们在动乱刚刚开始的时候偷来的。可以肯定的是，有几十挺机关枪和几千支步枪仍在他们的控制中。

《国际报刊通讯》（5 月 29 日）也声称：

> 在 5 月 3 日，马联工党掌握了几十挺机关枪和几千支步枪……在西班牙广场，那些托派分子动用了原本应该用于阿拉贡前线的 75 毫米口径大炮，而这些大炮由民兵部队精心藏匿在他们的地盘里。

皮特卡恩先生没有告诉我们马联工党是在什么时候以什么方式得到了几十挺机关枪和几千支步枪的。我曾经估计过在马联工党的三栋主楼里的武器配备——大概有八十支步枪和一些手榴弹，机关枪一挺都没有，这些武器足够武装卫兵，当时所有的政党都在他们的大楼里布置了卫兵把守。到了后来，当马联工党被镇压，它所有的大楼都被攻占后，这几千样武器，特别是坦克和野战炮——这些东西可没办法藏在烟囱里——全都无迹可寻，真是奇哉怪也。但这两篇报道所透露的是，它们对

---

① 弗兰克·皮特卡恩（Frank Pitcairn），本名是弗朗西斯·克劳德·科克伯恩（Francis Claud Cockburn，1904—1981），英国共产主义者、记者，为《工人日报》撰稿，西班牙内战时期受英国共产党委派担任前方记者。

当地的情况完全无知。根据皮特卡恩先生所说，马联工党“从兵营里”偷了坦克，他没有告诉我们是哪个兵营。在巴塞罗那的马联工党民兵（现在数量已经相对很少了，因为党派的民兵组织已经不再直接征募士兵了）和许多人民军部队一起驻扎在列宁兵营。因此皮特卡恩先生是想让我们相信马联工党在人民军的默许下偷出了几辆坦克。而就在他们的“地盘”里，他们藏匿了几门75毫米口径的大炮，但并没有提到“地盘”在哪里。许多报纸报道了大炮齐轰花园广场，但我想我们可以笃定地说，根本没有什么大炮。正如我前面提到的，巷战的时候我没有听到大炮开火，而花园广场就在一英里开外的地方。几天后，我观察了花园广场，没看到哪座建筑物上面有炮火的痕迹。一个住在附近目睹了整场巷战的人坚称那里根本没有大炮出现。（顺便提一下，偷大炮这个故事可能是俄国总领事安托诺夫-奥维塞严科①编出来的，他告诉了一个英国名记者，后者深信不疑，在一份周刊上刊登了报道。而安托诺夫-奥维塞严科后来遭到了“清洗”。他的可信度会受到多大的影响我就不知道了。）当然，事情的真相是，这些关于坦克、野战炮等武器的传闻都是瞎编的，因为没有这些传闻，马联工党的成员那么少，很难与巴塞罗那的战斗规模相吻合。而根据《国际报刊通讯》所描述的，它是一个没有追随者，而且只有几千名党员的不起眼的小政党。要让马联工党为这场战斗负上全部责任，并让这两种说法显得可信的唯一办法，就是假装马联工党拥有

① 弗拉德米尔·亚历山德洛维奇·安托诺夫-奥维塞严科（Vladimir Alexandrovich Antonov-Ovseyenko，1883—1938），俄国政治家，西班牙内战时期曾担任苏联驻巴塞罗那领事，1938年在斯大林发动的政治清洗中因曾与托洛茨基有过历史上的交往而被处决。

一支现代化军队的所有武器。

在翻阅共产党报刊的报道时，你不可能不意识到他们在有意利用公众对事实的无知，一心要制造偏见。因此，就有了比方说皮特卡恩先生在5月11日的《工人日报》中所写的那些话：这场“叛乱”被人民军镇压了。其主旨是让局外人士以为加泰罗尼亚众志成城，与“托派分子”抗争。但战斗自始至终人民军一直保持中立。这件事在巴塞罗那可谓众所周知，很难相信皮特卡恩先生并不知情。还有，共产党的报刊在伤亡数字上大要手段，目的是夸大这场动荡的规模。共产党的报刊广泛引用了西班牙共产党总书记迪亚兹的言论，他给出的数字是900人死亡，2 500人受伤。加泰罗尼亚的宣传部长不大可能会低估伤亡人数，他给出的数字是400人死亡，1 000人受伤。共产党把数字夸大了两倍，还顺便再加上好几百人。

外国资本主义报纸大体上将挑起巷战的罪名扣在了无政府主义者的头上，但也有几份报纸的口径与共产党一致，其中一份是《新闻纪实报》，它驻巴塞罗那的通讯记者约翰·兰登-戴维斯[①]先生的基调可以从我在此引用的文章中看出：

> 一场托派分子的暴乱
>
> ……这不是一场无政府主义者的起义，而是遭到挫败的“托派分子”的叛乱，而马联工党通过受他们操控的“杜鲁提之友”和“自由意志青年团”组织了此次事

---

① 约翰·埃里克·兰登-戴维斯（John Eric Langdon-Davies，1897—1971），英国作家、记者，曾在西班牙内战时派驻当地，战争结束后成立了救助难民儿童的领养计划，并撰写了《西班牙街垒的背后》、《西班牙的教会与政治》等作品。

件……这场惨剧始于周一下午，当时政府派出武装警察部队进驻电话公司大楼解除那里的工人武装，其中的大部分人是国工联的成员。电话服务极不正常，已经成为一段时间以来的丑闻。许多民众聚集在外面的卡塔鲁那广场，而国工联的成员负隅抵抗，逐一楼层退却，最后被逼到了屋顶……这一事件的内情尚不明朗，但有消息说，政府出手镇压无政府主义者。街上到处是武装分子……至夜幕降临时每一处工人中心和政府大楼都修筑了工事，十点钟的时候爆发了第一轮开火，第一批救护车开始响着汽笛在街头穿梭。天明时分整个巴塞罗那枪声大作……随着日子一天天过去，死亡人数已累积有上百人，情况之惨烈不难想象。无政府主义者国工联和社会主义者总工联严格来说并没有“走上街头”。他们只是守在街垒的后面，警惕地等候着，在街上看到任何武装人员都会开枪……不可避免地，整体的局势陷入恶化，因为弗朗哥的支持者——隐藏在屋顶开枪的个别人，大多数是法西斯分子——并没有明确的目标，只是在尽其所能增加民众的恐慌……不过，到了周三晚上，谁是这场暴乱的幕后黑手这个问题的答案开始明朗。所有的墙壁上都张贴了一幅煽动性的海报，号召立刻进行革命，枪决共和国和社会主义的领袖。署名者是“杜鲁提之友”。周四上午，无政府主义者们全然否认他们对此知情和持赞同态度，但马联工党的报纸《战斗报》重印了那份海报，并对其加以最高的赞誉。间谍就利用了这个颠覆性的组织，将西班牙的第一大城市巴塞罗那推入了腥风血雨中。

这篇报道和前面我所引用的共产党刊物的报道内容不是很一致，但可以看到，就连它的内容也是自相矛盾的。首先，这场事件被形容为“一场托派分子的叛乱”，然后它表明事情的起因是警察向电话局发起进攻，人们普遍相信政府“出手镇压”无政府主义者。巴塞罗那筑起了街垒，国工联和总工联双方都守在街垒后面。两天后，那份煽动性的海报出现了（事实上那只是一张传单），而这就被断定是整件事情的起因——完全颠倒了因果关系。但这里有一个非常严重的失实陈述。兰登-戴维斯先生说“杜鲁提之友”和“自由意志青年团”是“受控于马联工党的组织”。它们都是无政府主义者的组织，与马联工党根本没有联系。“自由意志青年团”是无政府主义者的青年团，类似于加联社党的社青联。“杜鲁提之友”是伊无联内部的一个小组织，对马联工党一直抱以敌意。据我所知，没有人会同时是这两个政党的党员。这就相当于说社会主义青年团是“受控于英国自由党的组织”。兰登-戴维斯先生不知道这一点吗？如果他知道的话，在这个非常复杂的问题上他的措辞应该更为慎重。

我并没有在质疑兰登-戴维斯先生的诚意，但我要说，巷战刚一结束他就离开了巴塞罗那，而那个时候他本可以进行严肃的查证。纵观他的整篇报道，很明显他接受了官方的“托派分子暴乱”的说法，并没有进行充分的查证。仅凭我所引用的摘录，这一点已经展现得清晰无疑了。“到了傍晚”，街垒修筑了起来，“十点钟的时候”第一轮枪战开始了。这些并不是出自一个目击证人之口。从这份描述里，你会想到你总是等候你的敌人修筑起街垒才朝他开枪。它给人的印象是，在修筑街垒和第一轮枪战之间经过了几个小时——而事实上，情况恰好

相反，这是很自然的事情。我和许多人目睹了当天下午第一轮枪战的爆发。还有就是，那些从屋顶开枪的个别枪手——“大部分人是法西斯分子”。兰登-戴维斯先生没有解释他是怎么知道这些人是法西斯分子的。我想他不可能爬上屋顶询问他们。他只是在重复别人告诉他的话，因为它适合官方的版本，而不是对其提出质询。事实上，在文章开头处，他不小心提到了宣传部，暴露了他的消息来源。在西班牙的外国记者都得仰仗宣传部的恩惠，但任何人一听到这个部门的名字都会心生疑窦。当然，要宣传部客观地报道巴塞罗那的骚乱就像要已故的卡尔森爵士①客观地报道1916年都柏林起义一样。

我已经指出不能把共产党关于巴塞罗那巷战的报道当成真相的理由。马联工党被斥责为一个秘密的法西斯组织，领取弗朗哥和希特勒的报酬，对此我有话想说。

共产党的报道里一再重复强调这一点，从1937年初开始更是如此。那是全世界范围内当权的共产党剿灭“托洛茨基主义”的行动的一部分，而马联工党被视为西班牙境内托派分子的代表。根据《红色阵线》（瓦伦西亚的共产党报纸），托洛茨基主义不是一个政治学说。托洛茨基主义是一个正式的资本主义组织，一个法西斯恐怖团伙，专门从事反对人民的犯罪和破坏活动。马联工党是与法西斯分子勾结的“托派”组织，还是“弗朗哥的第五纵队”的成员。值得注意的是，从一开始就没有证据支持这一指控，这个说法只是以权威的口吻被提出来。这一攻讦带有最大程度的个人诽谤，而且完全不负责任。至于

① 爱德华·亨利·卡尔森（Edward Henry Carson，1854—1935），爱尔兰联合主义者，曾担任爱尔兰联盟和乌尔斯特联合党的领导人。

它对战争可能会造成的影响，比起抹黑马联工党，许多共产党的文人似乎认为暴露军事秘密是无足轻重的小事。比方说，在二月份的《工人日报》里，一位作家（维尼弗莱德·贝茨）获准披露马联工党在驻守的阵地其实只有号称的一半兵力。这并不是真相，但那个作家或许认为它就是真相。因此，她和《工人日报》愿意在报纸专栏上向敌人透露至关重要的情报。在《新共和国报》里，拉尔夫·贝茨先生说马联工党的部队和法西斯的部队曾经在无人区踢足球，事实上，当时马联工党的部队死伤惨重，我有好几个朋友或死或伤。还有就是那幅广为流传的恶毒的漫画，先是在马德里出现，后来传到了巴塞罗那，内容是马联工党脸上画着锤头和镰刀的面具滑落了下来，露出画着卐字徽的真面目。如果政府不是受到共产党操控的话，这么一幅海报是绝对不允许在战争期间流传的。这是对士气的蓄意打击，不仅是马联工党的民兵受到影响，而且所有与他们接近的人都受到影响，因为被人告知和你守着同一阵地的人就是叛徒可不是什么值得高兴的事情。事实上，我怀疑后方扣在他们头上的罪名未必真的起到了侵蚀马联工党民兵组织的士气的效果。但这无疑是这种做法背后的用意，那些应对此负责的人一定是将政治上的仇恨凌驾于反法西斯团结之上。

对马联工党的指控总结而言就是：这个规模达数万人之众的群体——它几乎完全由工人阶级组成，还有数目众多的外国援助者和同情者、大部分是来自法西斯国家的难民，还有数千将士的民兵组织——是一个庞大的领取法西斯津贴的间谍组织。这个指控有悖常理，而马联工党过往的历史足以证明这不足为信。所有的马联工党领袖都有着自己的革命史。有的与

1934年的起义有关系[①]，大部分人在勒罗克斯政府[②]或君主政体时期因社会主义活动而坐过牢。1936年的时任领导人杰奎因·莫林[③]是曾经在议会里警告过弗朗哥准备发动兵变的代表之一。战争爆发不久，他就因为在弗朗哥统治的后方组织抵抗运动而被法西斯分子关进监狱。当兵变发生时，马联工党在抵抗运动中发挥了重要作用。在马德里，它的许多党员在巷战中被杀。它是最早一个在加泰罗尼亚和马德里组建民兵队伍的团体。要解释一个领取法西斯津贴的政党会做出这些行动几乎是不可能的事情。领取法西斯津贴的政党只会加入另一个阵营。

而且，没有迹象表明在战争期间它有勾结法西斯分子的迹象。马联工党推行更为革命的政策，分化了政府的力量，从而帮助了法西斯分子，这一说法有待争议——但归根结底我不同意。

我觉得任何持改良主义态度的政府都有理由认为像马联工党这样的政党很讨厌。但这种事情和直接的背叛不可同日而语。如果马联工党真的是一个法西斯组织，它的民兵部队却一直是忠诚的，这根本说不通。它的8 000到10 000将士在1936至1937年的寒冬无法忍受的条件下扼守着前沿阵地的各个要

① 应指1934年的阿斯图里亚斯矿工大罢工（the Asturian miners' strike of 1934）。1934年10月6日，西班牙北部的阿斯图里亚斯地区矿工发动革命起义，要求地方自治和建立社会主义体制，被西班牙共和国派出军队镇压。

② 亚历山德罗·勒罗克斯·加西亚（Alejandro Lerroux García，1864—1949），西班牙激进共和党领导人，曾于1933年至1935年三度担任西班牙总理，一意要求加泰罗尼亚放弃自治，镇压无政府主义者，其政治主张被称为勒罗克斯主义（Lerrouxism）。

③ 杰奎因·莫林（Joaquín Maurín，1896—1973），西班牙政治家，马联工党领导人，西班牙内战后流亡美国。

点。许多人在战壕里一待就是四五个月，很难理解他们为什么不直接离开阵地或投靠敌人。他们总是有能力这么做，有时候那或许将起到决定性的作用。但他们仍坚持奋战。马联工党作为一个政党被镇压后不久，当每个人对这件事仍然记忆犹新时，它的民兵组织——当时还没有被重新编入人民军——参与了向韦斯卡东线发动的自杀式攻势，数千将士在一两天内被屠杀殆尽。如果他们真是法西斯组织，至少你会以为他们和敌人相亲相爱，总是有逃兵投奔过去。但是，正如我在前面指出的，逃兵的数量很少。还有，你会以为他们做过亲法西斯的宣传，宣扬过“失败主义”，等等等等。但是，这些都不存在。显然，肯定有法西斯间谍、密探和破坏分子混进了马联工党，这些人存在于所有的左翼政党，但没有证据表明马联工党里的此类人要比别的政党多。

确实，有的共产党报刊不得不说只有马联工党的领导人在领取法西斯分子的报酬，普通党员和士兵没有这么做。这只是将普通党员和士兵与他们的领袖作切割的手段。该指控实际上暗示普通党员和民兵成员等人都参与了阴谋，因为，很显然，如果尼恩①、格尔金和其他人真的在领取法西斯分子的津贴，与他们有接触的追随者比伦敦、巴黎和纽约的记者们更有可能知道这件事。不管怎样，当马联工党被镇压时，共产党控制的秘密警察以“所有人都有罪”这一假设采取行动，逮捕了他们能搜捕到的任何与马联工党有关系的人，包括伤员、护士、党员的妻子，甚至是孩子。

---

① 安德鲁·尼恩·佩雷兹(Andreu Nin Pérez，1892—1937)，西班牙共产主义者，马联工党创始人，1937 年 6 月被西班牙政府逮捕，死于狱中。

最后，在6月15日至16日，马联工党被镇压并被宣布为非法组织。这是内格林政府5月份上台后最先采取的行动之一。当马联工党的执行委员会被关进监狱后，共产党的报刊炮制了一篇报道，声称这是一场严重的法西斯主义者的阴谋。全世界的共产主义报刊一度拿这种报道煽风点火（《工人日报》6月21日对众多西班牙的共产主义报刊进行了总结）：

> 西班牙托派分子与弗朗哥密谋
>
> 随着许多巴塞罗那和其他地方的托派分子头目被捕……在本周末我们了解到自开战以来最骇人听闻的间谍活动的细节，这是迄今为止所揭发的托派分子最丑陋的阴谋……警方所搜获的文件以及逮捕的近两百人的供词表明了如此这般这般。

这些发现“证实”马联工党的领导人通过无线电向弗朗哥将军泄露军事机密，而且与柏林保持联络，还与马德里的法西斯组织勾结。除此之外，还有许多耸人听闻的细节：用隐形墨水传递秘信啦、一份署名为N（代指尼恩）的神秘文件啦，等等等等。

但最重要的事情是这个：我写过，事件过去六个月后马联工党领导人仍被关在牢中，但从未对他们进行庭审，被指控通过无线电与弗朗哥勾结等罪名甚至没有被立案。要是他们真的犯了间谍罪的话，在一个星期之内就该被审判完毕并枪决了，之前很多法西斯的间谍就是这样被处决的。除了共产主义报刊上面那些空穴来风的指控之外，根本没有任何证据被提出来。至于那两百份“供词”，要是它们真的存在的话，任何人

都足以被定罪，但它们再也没有下文。事实上，它们是两百份某个人想象中的子虚乌有的东西。

除此之外，西班牙政府的大部分成员都表示不相信对马联工党的指控。前不久内阁以五比二的多数票通过同意释放反法西斯的政治犯。那两张反对票就是共产党员身份的部长投的。八月份，由众议员詹姆斯·马克斯顿[①]为首的国际代表团抵达西班牙，质询对马联工党的指控和安德鲁·尼恩的失踪。国防部长普里托[②]、司法部长伊鲁乔[③]、内务部长祖加扎戈伊西亚[④]、律师总长奥特加·加塞特[⑤]、“傻瓜”加西亚[⑥]和其他人都否认相信马联工党的领导人从事间谍活动。伊鲁乔补充说他翻阅过此次事件的所有宗卷，没有一份所谓的证据经得起推敲，而且那份所谓尼恩签署的文件“毫无价值”——它是伪造的。普里托认为马联工党的领导要为五月份巴塞罗那的巷战负责，但否认他们是法西斯间谍。“最为严重的是，”他补充

---

① 詹姆斯·马克斯顿(James Maxton，1885—1946)，苏格兰社会主义者，曾担任独立工党的领导人，长期担任格拉斯哥布里奇顿地区独立工党的众议员。

② 英达勒西奥·普里托·图尔洛(Indalecio Prieto Tuero，1883—1962)，西班牙社会主义者，西班牙社会主义工人党的领袖，西班牙内战结束后流亡墨西哥，继续从事反对弗朗哥的斗争。

③ 曼努尔·德·伊鲁乔·奥罗(Manuel de Irujo Ollo，1891—1981)，西班牙巴斯克国民党领导人，曾担任西班牙共和政府司法部长和国防部长等职务，西班牙内战后随共和政府流亡海外。

④ 朱利安·祖加扎戈伊西亚(Julian Zugazagoitia，1899—1940)，西班牙社会主义工人党成员，西班牙内战结束后流亡法国，被德国盖世太保逮捕，递解回西班牙处决。

⑤ 何塞·奥特加·加塞特(José Ortega Gasset，1883—1955)，西班牙政治家、哲学家，对自由主义哲学有深入研究，代表作有《形而上学课程》、《歌德的内心》等。

⑥ 指米格尔·加西亚(Miguel García，1908—1981)，西班牙无政府主义活动家，国工联成员，一生为抗击法西斯主义而奔走，散尽家财救助犹太人，因此被戏称为“傻瓜”。

道，“逮捕马联工党的领导人不是政府的决定，是警察部门自行其是。那些要对此负责的人不是警察部门的首长，而是他们的部下，被共产党以他们惯用的伎俩渗透了。”他列举了其他警察实施非法逮捕的情况。伊鲁乔也宣称警察部门成为了“半独立”的机构，实际上由外国的共产党所控制。普里托露骨地向代表团暗示西班牙政府不能得罪共产党，因为俄国人在供应军火。当以众议员约翰·麦克格温①为首的另一个代表团于十二月来到西班牙时，他们得到的答案和之前一样，而内务部长甚至更加直白地复述了普里托的暗示：“我们从俄国获得援助，因此某些我们不喜欢的事情就不得不听之任之。”作为警察部门自行其是的例证，即使有了一份由监狱总长和司法部长签署的命令，麦克格温和其他人还是没办法进入巴塞罗那其中一间由共产党把持的“秘密监狱”，了解这一点实在是很有趣。②

我觉得这些应该足以让事情明朗了。对马联工党从事间谍活动的指控完全只是停留在共产党的报刊和共产党操控的秘密警察的活动中。马联工党的领导人，以及成百上千他们的追随者，仍然身陷囹圄，而过去六个月来共产党的报刊一直在叫嚣着要处决这些“叛徒”。但内格林和其他人头脑很清醒，拒绝对“托派分子”进行大屠杀。考虑到他们所承受的压力，他们能这么做实在是难能可贵。与此同时，面对我之前所讲述的那些内容，很难相信马联工党是一个法西斯的间谍组织，除非你

---

① 约翰·麦克格温(John McGovern，1887—1968)，苏格兰社会主义政治家，独立工党领导人，长期担任格拉斯哥谢特尔斯顿地区众议员。

② 原注：关于这两个代表团的报告，参阅《人民报》(9月7日)和《牛奶报》(9月18日)。马克斯顿代表团的报告由《独立新闻报》(巴黎圣·丹尼斯大街219号)出版，还有麦克格温的政治宣传手册《西班牙的恐怖》。

相信马克斯顿、麦克格温、普里托、伊鲁乔、祖加扎戈伊西亚和其他人也都被法西斯分子收买了。

最后，关于马联工党是“托派分子”这个问题——如今这个词越来越被肆意滥用。它的用法极其让人费解，而且就是刻意要让人费解，有必要对其进行定义。“托派分子”这个词被用来指代三种不同的人：

一、一个像托洛茨基那样赞同“世界革命”，而不是“在一国创建社会主义”这一理念的人。更广泛地讲，一个革命极端主义者。

二、一个奉托洛茨基为领袖的组织会员。

三、一个假扮为革命人士的法西斯分子，在苏联从事破坏活动，分化破坏左翼进步力量。

根据第一种定义，马联工党或许可以被说成是托派分子。而英国的独立工党、德国的社会主义工人党、法国的左翼社会主义者等等也都是。但马联工党和托洛茨基或托洛茨基组织（“布尔什维克—列宁主义者”）并没有联系。战争爆发时，国外的托派分子奔赴西班牙（人数大概是十五到二十人），一开始时为马联工党服务，因为这个党派最接近他们的政治理念，但并没有成为其党员。后来，托洛茨基命令他的追随者攻击马联工党的政策，托派分子被清洗出党内的各个部门，虽然有一些人仍留在民兵队伍里。马联工党的领导人莫林被视为法西斯分子代表后，尼恩成为继任者，他一度是托洛茨基的秘书，但几年前就已经和他分道扬镳，将反对共产党的人士与之前的工农联盟合并入马联工党。尼恩曾经与托洛茨基共事过，共产党的报刊就利用这个做文章，说马联工党就是托派分子。

按照这种逻辑，可以说英国共产党就是法西斯组织，因为

约翰·斯特拉齐先生曾经和奥斯瓦尔德·莫斯利爵士共事过。

根据第二种定义——这个词唯一明确的定义，马联工党肯定不是托派分子。把两者区分开来很重要，因为大部分共产党员认为符合第二种定义的托派分子就一定会是第三种意义的托派分子——也就是说，整个托派分子组织就是一部法西斯的间谍机器。“托洛茨基主义”只在俄国对破坏活动进行审判的那段时间才引起了公众的注意。将一个人称为托派分子就等同于骂他是杀人犯和工贼等等。但与此同时，任何以左派的观点批评共产党政策的人都可能会被斥为托派分子。那么，他们是否坚称任何奉行革命极端主义的人都被法西斯分子收买了呢？

事实上，是否作出这样的论调，全看各地的情况方便与否。前面我提到，当马克斯顿率代表团去西班牙时，《真理报》、《红色阵线》和其他共产主义报刊立刻给他扣上“托派—法西斯分子”和盖世太保的间谍等罪名。但英国的共产党小心翼翼地不引述这些控诉。在英国的共产党报刊里面，马克斯顿只是“工人阶级的反动敌人”，而这个罪名很模糊、很好使。当然，个中原因是英国共产党的报刊吃过几次被控告诽谤的苦头。事实上，在一个国家，如果某一个指控必须得到证实，而这一指控没有被加以重复，那就足以证明它是一个谎言。

似乎我在对马联工党的指控这个问题上花了不必要的篇幅进行论述。与一场内战所带来的巨大不幸相比，这种党派之间的两败俱伤的争端，还有它带来的无可避免的不公和无中生有的指控，或许看起来只是微不足道的事情。但事实并不是这样。我相信这种诽谤、报刊造势以及它们所反映的思维习惯，会对反法西斯事业造成最致命的伤害。

任何对这件事情有了解的人都知道共产党以捏造的罪名对

付其政敌是老一套了。今天的关键词是“托派—法西斯分子”，以前则是“社会主义—法西斯分子”。六七年前俄国的审判“证明”第二共产国际的领袖，包括诸如利昂·布伦姆[①]和英国工党的重要成员在谋划一个巨大的阴谋，妄图对苏联发动军事进攻。但今天法国的共产党人愿意奉布伦姆为领袖，而英国的共产党人则绞尽脑汁想进入工党。我怀疑这种事情即使从派系斗争的角度去看也未必高明。与此同时，“托派—法西斯分子”的指控肯定会引来仇恨和纠纷。各个地方的广大党员被诱导对“托派分子”进行搜捕，而像马联工党那样的政党被赶尽杀绝，成为一味反对共产党的政党。世界工人阶级运动已经开始有分裂危险的苗头。再对一辈子忠心耿耿的社会主义者进行诽谤，再对马联工党进行无中生有的指控，分裂或许将无法弥合。唯一的希望是将政治争论搁置一边，让详尽的探讨成为可能。在共产党和那些站在或宣称站在左翼阵营的人士之间存在着真正的区别。共产党认为通过与资产阶级结盟（民主战线）可以击败法西斯，而他们的政敌则认为这么做只会让法西斯主义有新的滋生土壤。这个问题必须解决：作出错误的决定意味着我们将忍受几个世纪的半奴隶的生活。但到目前为止，任何争论都没有发生，只有“托洛茨基—法西斯分子”的叫嚣，根本无从开始探讨。比方说，我不可能和一个共产党员谈论巴塞罗那巷战的是非对错，因为没有哪个共产党员——也就是说，没有哪个“优秀”共产党员——愿意承认我讲述的是事情的真相。如果他遵循党的方

① 安德烈·利昂·布伦姆（André Léon Blum，1872—1950），法国左翼政治家，曾于1936年6月至1937年6月，1938年3月至1938年4月及1946年12月至1947年1月三度担任法国总理一职。

针的话，他会说我在撒谎，或至少我完全被误导了，一个在距离事件现场千里之外、看了一眼《工人日报》新闻标题的人要比我对巴塞罗那所发生的情况有更多的了解。在这种情况下根本不可能进行争辩。我们无法取得必要的最小程度的共识。说像马克斯顿那样的人领取法西斯分子的津贴这样的话有什么用呢？这只能让严肃的讨论没办法进行下去。这就像在一盘棋局中段一个棋手突然间开始大嚷大叫，说对方犯了纵火罪或重婚罪，而问题真正的关键之处却没有被提到。诽谤是解决不了任何事情的。

第十二章

三天后巴塞罗那的巷战结束了，我们回到了前线。经过这场巷战——更具体地说，经过了报纸上的互相谩骂——很难再像以前一样以天真的理想主义情怀去看待这场战争。我想任何人只要在西班牙待上几个星期就会经历某种程度上的幻灭。我想起了第一天来到巴塞罗那遇到的那个报纸通讯记者，他对我说："这场战争就像任何其他战争一样乱糟糟的。"这句话深深地触动了我。当时（十二月）我不相信这番话。而到了现在（五月份）我还是不相信，但这番话越来越像是真的。事实上，每场战争都会随着时间一个月一个月地过去而渐渐地走向堕落，因为像个人自由与忠实报道这种事情和军事效率是水火不容的。

现在你开始猜测将会发生什么事情。明眼人都看得出卡巴勒罗政府将会被颠覆，被更加右倾、受共产党影响更深的政府所取代（一两个星期后这件事就发生了），这个政府将致力于彻底摧毁工会的力量。然后，在战胜了弗朗哥后——先把重整西班牙将带来的重大问题搁置一边——前景也并不乐观。至于报纸上说什么这是"一场为了民主的战争"，那纯粹是说胡话。没有一个理性的人会认为实现民主有望，就连我们在英国和法国也明白这一点。在西班牙这么一个高度分化和耗尽国力的国家，当战争结束时，成立的政权将会是专政体制，而且建立工人阶级专政的机会已经过去了。这意味着大体上的方向将会朝

法西斯制度的方向发展。当然，它会取一个比较委婉的名称，而且因为这里是西班牙，这个体制要比德国或意大利的体制更人性化一些，效率低一些。而另一个结局就是由弗朗哥进行独裁，这肯定会是更糟糕的情况，或者战争会导致西班牙陷入分裂(这总是很有可能的)，或许形成军事对峙，或许成为不同的经济体。

无论你选择了什么道路，前景都令人沮丧。但这并不意味着不值得为了西班牙政府而战，对抗更加赤裸裸和更加兵强马壮的弗朗哥和希特勒统治下的法西斯主义。无论战后的政府会犯什么样的错误，弗朗哥的政权肯定会比其更糟糕。对于工人们来说——对于城镇的无产者来说——最终谁获胜都没什么区别，但西班牙主要是一个农业国家，政府获得胜利的话，几乎可以肯定的是，受益者会是农民。至少一部分分到的土地仍将属于他们，而且曾经属于弗朗哥的土地也会被瓜分掉，曾经一度在西班牙部分地方存在的农奴制度也不会得以恢复。这场战争结束后掌握了政权的政府至少会反对神权和反对封建制度。它将限制教会的势力，至少在目前是这样，并促使西班牙走向现代化——比方说，修建公路、提升教育和公共卫生。甚至在战争期间它就已经朝着这个方向做了相对一部分工作了。另一方面，弗朗哥并不只是意大利和德国的傀儡，他还和大封建地主勾结，代表了古板的神权—军事反动势力。人民阵线或许是一个骗局，但弗朗哥是时代的逆流，只有百万富翁或罗马天主教信徒才会希望他获得胜利。

而且，问题还关系到法西斯主义的国际威望，过去一两年来，它就像一场噩梦一直在折磨着我。自 1930 年以来，法西斯分子战无不胜，现在是他们遭到挫折的时候了，输给谁并不

重要。要是我们能把弗朗哥和他的外国雇佣军赶到海里去，世界局势将会大大改善，就算西班牙本身落入了令人窒息的独裁政权手中，最好的人士都被关进监狱。单是为了这个，这场战争就有争取胜利的价值。

这就是当时我对事情的看法。我或许可以说，现在我对内格林政府的看法比它刚刚组建的时候有所改观。它以非凡的勇气坚持着艰苦的斗争，展现出了超出所有人想象的政治宽容。但我仍然相信——除非西班牙陷入分裂，结果没办法预料——战后的政府将肯定会是法西斯主义。我再次表明这一点，并让时间像审判预言家那样，证明我是对是错。

我们刚刚到达前线就听说鲍勃·斯迈尔利在回英国的途中被捕，并被带到了瓦伦西亚关进了监狱里。从去年十月斯迈尔利就在西班牙。他在马联工党总部工作了几个月，当其他独立工党的会员抵达的时候就加入了民兵组织，大家都知道他将在前线待三个月，然后回英国参加一场巡回宣传。过了一段时间我们才知道他被逮捕的原因。他被剥夺了通讯的权利，甚至连律师也不能见他。在西班牙没有人身保护法——至少在现实中是这样。你可能会一连好几个月被关押在监狱里，甚至没有被指控任何罪名，更别说审判。最后，我们从一个被释放的囚犯那里得知斯迈尔利因“携带武器”的罪名而被逮捕。后来我得知那些“武器”其实是两颗那种战争早期使用的土制手雷，他准备把它们带回英国在讲座时作展览，还有炮弹的弹片和其他纪念品。这两颗手雷的引信和雷管都已经拆除了——只是两个钢筒，完全没有杀伤力。显然，这只是逮捕他的一个借口，因为他跟马联工党有来往。巴塞罗那的巷战刚刚结束，当时的当权者非常担心，不让那些可能与官方的说法口径不一的人离开

西班牙。结果，那些人动不动就因琐碎的借口在前线被逮捕。很有可能一开始的初衷只是把斯迈尔利关押几天。但麻烦的是，在西班牙，一旦你被关进监狱，无论有没有经过审判，你通常就待在里面了。

我们仍然在韦斯卡，但他们把我们派驻在右翼更远的阵地，对面就是那座几个星期前我们一度攻占过的法西斯军队的堡垒。现在我担任“特尼恩特[①]”——我想相当于英国军队里的中尉——负责指挥将近三十名士兵，有英国人，也有西班牙人。他们已经把我的名字上报申请正式委任状，到底能不能升任尚未可知。之前民兵组织的军官们不肯接受正式委任，因为这意味着额外的军饷，与民兵组织的平等精神相悖，但现在他们不得不接受。本杰明已经被提拔为上尉，而克普正在等候升任少校。当然，政府不能罢免掉民兵组织的军官，但他们无法晋升到高于少校的军衔，或许是为了让正规军的军官和士官学校的新人能晋升更高的职位。结果，在我们这个师团和其他师团里，你遇到了这种奇怪的情形：师长、旅长、团长统统都是少校，真是奇哉怪也。

前线的战事并不吃紧。围绕着加卡公路的战斗已经平息了，直到六月中旬才重新打响。在我们的阵地上，主要的麻烦是那些狙击手。法西斯军队的战壕远在一百五十码开外，但他们的地势较高，而且从两边包夹，我们的阵地形成一个呈直角的突出部。那个突出部是一个危险的地点，那里总是会有狙击手造成的伤亡。时不时地，法西斯军队会朝我们发射一枚枪榴弹或类似的炮弹。它会发出可怕的巨响——让人心神不宁，因

---

① 原文是西班牙语“teniente”。

为你不能及时听到它飞过来好躲在一边——但并不算太危险。它在地上炸出的坑只不过有浴缸大小。晚上很暖和宜人，白天则很炎热，蚊子开始肆虐，虽然我们从巴塞罗那带回了干净衣服，但很快我们就变得邋遢不堪。在无人区荒弃的果园里，樱桃在树上变白。连续两天下起了瓢泼大雨，工事里积水了，胸墙矮了一英尺。接下来的那几天我们拿着铲子把黏糊糊的淤泥清理掉，这些西班牙铲子没有手柄，而且像锡调羹一样容易弯曲，根本不好用。

他们答应我们会给连队配备一门战壕迫击炮。我很盼望能分配到这玩意儿。晚上的时候我们通常会去巡逻——这比平时要危险一些，因为法西斯军队的战壕加强了人手，而且变得更加警觉。他们将铁皮罐头放置在铁丝网外围，一听到有动静就以机关枪扫射。白天的时候我们从无人区狙击敌人。你匍匐爬上一百码，就能爬到隐藏在高高的草丛里的一条沟渠那里，居高临下控制着法西斯掩体的一处空隙。我们在沟渠里架设了一个枪架。如果你等候的时间够长，你总是看到一个穿着卡其布军服的身影匆忙从空隙溜过去。我开过几枪。我不知道自己到底有没有打中人——应该是不大可能的事情。我的枪法很烂，但这好玩得很。那些法西斯士兵不知道子弹是从哪儿射来的，迟早总会被我打中一个。然而，“死去的却是那条狗”[①]——反倒是一个法西斯狙击手射中了我。那是在我来到前线第十天的时候发生的事情。被子弹击中的整个经历很有趣，我想值得详

---

① 死去的却是那条狗(the dog it was that died)，此句出自英国诗人奥利弗·古德史密斯(Oliver Goldsmith)的诗作《一只疯狗之死的挽歌》(*An Elegy on the Death of a Mad Dog*)，该诗的大意是小镇里有一个信奉上帝的好人，与人为善，收留了一只流浪狗，却被它咬伤，邻居们都以为好人要死了，但神迹显现了，善人得救，疯狗却死了。这句诗常被用来比喻一个意想不到的结局。

细讲述一番。

那是凌晨五点钟，就在那个角落的胸墙处。这个时候总是很危险，因为黎明就在我们背后，如果你把头伸出胸墙，天际就会现出头颅的轮廓。我正在和哨兵们商量准备更换岗哨。突然间，就在我说到一半的时候，我感觉到——很难形容我的感受，但我的记忆非常鲜活。

简略地说，那种感觉就仿佛置身于爆炸的中央，似乎我就置身于尖利的枪响和令人为之目眩的火光中，我感到一股强大的冲击——不疼，只是一股强烈的冲击，就像你被一个电插头电到了一样，感觉整个人非常虚弱，一种受到重击后干瘪萎缩到不复存在的感觉。我前面的沙包消失在无尽的远方。我想被雷电击中应该就是这种感觉吧。我立刻意识到自己中枪了，但因为那声巨响和那团火光，我以为是附近的一支步枪走火了，打中了我。这一切就在不到一秒钟的时间里发生。接着我的膝盖一软，倒了下去，头重重地撞在地上，让我心安的是，这一下并不疼。我觉得晕晕乎乎的，知道自己伤得很重，但又不是平常那种痛的感觉。

那个我刚刚还在和他说话的美国哨兵冲向前。“天哪！你中枪了吗？”人们围在周围。又是一番司空见惯的慌乱——“把他抬起来！他哪儿中枪了？把他的衬衣撕开！”等等等等。那个美国士兵跟别人要一把小刀想割开我的衬衣。我知道我的口袋里就有一把，想把它掏出来，却发现我的右臂麻木了。因为觉得不疼，我心里有一种模糊的满足感。我想我的妻子应该会感到高兴。她总是希望我能受伤，这样大战爆发的时候我就不用送命。直到现在我才开始犯迷糊到底哪儿中枪了，到底有多严重。我没有感觉，但我知道子弹打中了我身体正

面。当我试着说话时，我发现说不出声音，只能发出虚弱的尖叫，但我又努力了一次，挣扎着问自己哪儿中枪了。他们说打中了喉咙。我们的担架员哈利·韦伯已经拿出了一卷绷带和一小瓶给我们作战地包扎用的酒精。他们把我抬起来的时候，我的嘴里吐了很多血，我听到一个西班牙士兵在我身后说子弹击穿了我的脖子。我感觉到酒精洒在伤口上那种惬意而清凉的感觉，而平时那是可怕的刺痛感。

他们又把我放了下去，叫人去拿担架来。知道那颗子弹击穿了我的喉咙，我以为自己这下子死定了。我从未听说过有哪个人或哪只动物被一颗子弹击穿喉咙之后还能活下来。血从我的嘴角边汩汩地流下来。“大动脉出血了。”我心里想。我不知道一个人颈动脉被割破后能撑多久，我想应该不会太久。一切都变得很模糊。大概有两分钟我以为自己已经死了。那真是太有趣了——我的意思是，了解自己在那种时候想些什么事情真的是很有趣。我的第一个想法很老套，想的是我的妻子。我的第二个想法是对离开这个世界感到强烈的憎恨——说到底，我在这个世界还是活得挺舒心的。我曾经鲜活地体验过这个世界。这桩傻兮兮的不幸让我气愤不已。这么死实在是太没有意义了！被干掉了，甚至不是在战斗中被干掉的，而是在战壕里这个发霉的角落。都是拜那一会儿的大意所赐！我还想到了那个开枪打中我的男人——我在想他长得什么样，是西班牙人还是外国人，他是不是知道他打中了我，等等等等。我对他并没有怨恨。我想因为他是一名法西斯分子，如果我有机会的话也会干掉他。但如果他沦为战俘，在这个时候被带到我面前，我只会恭喜他枪法太准了。不过，或许当你真的要死的时候，你的想法会有所不同。

他们把我抬到担架上，这时我那只麻木的右臂恢复了知觉，开始疼得要命。当时我以为我一定是在摔倒的时候摔断了胳膊，但那种疼痛感让我觉得心安，因为我知道当一个人快要死掉的时候是不会有这么敏锐的感觉的。我开始觉得正常了一些，为那四个把担架扛在肩膀上汗流浃背挣扎前行的同伴感到很抱歉。到救护车那里要走一英里半的路，而且是很难走的颠簸湿滑的车道。我知道这趟路很辛苦，因为一两天前我刚刚帮忙扛一个伤兵走过。点缀着我们的战壕的白杨树叶抚弄着我的脸，我觉得能够活在这个长着白杨树的世界上真好。但我的胳膊一直疼痛难忍，疼得我直想骂娘，又试着不去骂娘，因为每一次我呼吸急促的时候嘴里就会吐血。

医生重新包扎了伤口，给我打了一针吗啡，把我送到了希塔莫。位于希塔莫的那间医院是临时建造的木舍，按照规定，伤兵们只会在那里逗留几个小时，然后被送到巴巴斯特罗或莱里达。我被打了吗啡，精神迟钝恍惚，但仍然觉得很疼，基本上动弹不得，老是在咽血。西班牙医院的典型做法就是，我都这副模样了，那位没有受过训练的护士还试图将医院的标准餐——一大碗汤、几个鸡蛋、油腻的炖菜等等——强行灌下我的喉咙，我吃不下的时候似乎还觉得很惊讶。我想要根烟抽，但现在闹烟荒，这里连一根烟也没有。很快，两个得到批准可以离开前线几个小时的同志出现在我的床边。

“你好啊！你还活着，不是吗？太好了。我们要你的手表、左轮手枪和手电筒。还有你的小刀，如果你有的话。”

他们拿走了我的全副家当。当士兵受伤的时候这种事情经常发生——他的财产立刻被瓜分殆尽，理由很正当，因为手表、左轮手枪等东西在前线很珍贵，如果它们放在一个伤员的

装备里被运下前线，一定会在路上被偷走的。

到了晚上，等伤兵病员都到得差不多了，足够装满几辆救护车，他们才把我们送到了巴巴斯特罗。这一路可真是太辛苦了！在这场战争中，人们以前总是说，如果你伤到四肢，那你会好起来，但如果伤口是在腹部，那你就死定了。现在我知道为什么了。那几英里的石碴路被沉重的卡车碾成了碎片，而且战争开始之后就没有修葺过，没有一个内出血的伤者经过几英里的颠簸之后还能活下来。砰，咣，咔哒！它让我回到了童年时期，在“白色城市展览会”上有一样恐怖的东西，名叫“旋转皮环”。他们忘了把我们绑在担架上。我还能靠左臂勉强扶稳，但有一个可怜的家伙一头栽倒在车厢地板上，天知道得有多疼。又有一回，一个轻伤员坐在救护车的角落里吐得整辆车都是。巴巴斯特罗的那间医院人满为患，病床挤得几乎紧紧地挨在一起。第二天早上，他们把我们其中一些人运上了医院的火车，把我们送到了莱里达。

我在莱里达待了五六天，和那些伤兵病员还有平民患者混在一起。我的病房里有几个伤得很重。在我旁边的病床上有一个黑发青年，不知得了什么病，吃的那些药让他的尿液呈碧绿的翡翠色。他的夜壶是病房里的一大景致。有一个说英语的荷兰共产党员听说医院里来了个英国人，和我交上了朋友，还给我拿来了几份英国报纸。他在十月份的战斗中伤得很重，想方设法在莱里达的医院待了下来，还娶了一个护士。由于伤势的影响，他的一条腿萎缩得跟我的胳膊差不多粗细。两个我在前线的第一个星期遇到过的民兵来探望一位负伤的朋友，他们认出了我。这两个人都是十八岁左右的小鬼，尴尬地站在我的床边，努力想说点什么好。然后，作为表示对我负伤的同情，他

们突然间将口袋里的烟都掏了出来，送给了我，还没等我退回去就跑掉了。真是典型的西班牙人！后来我才知道在这座城镇里买不到烟，他们给了我一个星期的配给。

几天后我可以下床走动了，胳膊打着吊带，不知道为什么，比下垂的时候疼得更加厉害。到了这个时候，我自己摔倒时弄伤的那个部位疼得很厉害，而且几乎完全失声，但子弹的伤口本身却一刻也不觉得疼。这似乎是司空见惯的情况。子弹强大的冲击力压制了局部神经，而炮弹或炸弹的碎片是尖利的，击中你的时候冲击力没有那么大，却会让你疼得要命。医院里有一个惬意的花园，里面有一口池塘养了金鱼和几条深灰色的小鱼——我想是鲌鱼。我经常一连几个小时坐在那儿看着它们。莱里达的做事方式让我了解到了阿拉贡前线的医疗体制——至于前线的其他地方是不是一样我就不知道了。这间医院在某些方面还算不错。医生们很能干，药品和器材似乎没有短缺。但有两个缺点我认为害死了数以百计甚至千计原本可以救活的人。

一个缺点是，前线附近所有的医院基本上都是简易的伤口清理救助站。结果就是，除非你伤势非常严重，设法坐车转移，否则你根本得不到治疗。理论上大部分伤员会直接被送到巴塞罗那或塔拉戈纳，但由于交通工具的匮乏，他们总是得等上一个星期或十天左右才能被送到那里，在此期间他们就一直在希塔莫、巴巴斯特罗、蒙松、莱里达及其他地方逗留，除了偶尔更换干净的绷带之外就没有别的治疗，有时候甚至连绷带也没得换。被炸弹炸得血肉模糊的一色人等就用绷带和熟石膏随便包扎一下，伤情用铅笔写在外面，按照规定，绷带要等到十天后那个人被送到巴塞罗那或塔拉戈纳才能拿下来。一路上

几乎不可能让你的伤势得到检查。那几个医生没办法应付这样的工作，他们只是匆匆地从你的床边走过，嘴里说着："是的，是的，他们会把你送到巴塞罗那去。""明天战地医院的火车就要出发去巴塞罗那"这句谎言总是说了又说。另一个缺点是，能干的护士很匮乏。显然西班牙供应不了受过训练的护士，或许因为在战前这些工作主要是由修女们在做。我不是在抱怨那些西班牙护士。她们总是以最和蔼的态度对待我，但她们确实太无知了。如何量体温这个她们都会，有一些人知道如何包扎绷带，但基本上就是这样了。结果就是，那些伤情太严重没办法自己照顾自己的人总是被可耻地置之不理。那些护士会由得一个便秘的病号待上一个星期，而且她们很少给那些虚弱得无法自己盥洗的人盥洗。我记得一个胳膊被打残了的可怜虫告诉我，他已经三个星期没有洗过脸了。连床铺也一连好几天没有人整理。所有医院里的伙食都很好——事实上，太好了。在西班牙，给病人塞很多的食物这个风俗要比其他地方更甚。在莱里达的三餐真是好极了。早上大约六点的时候吃早餐，有汤、一个煎蛋卷、炖菜、面包、白葡萄酒和咖啡；午餐甚至更加丰盛——而这时候大部分平民百姓正在忍饥挨饿。西班牙人似乎没有清淡饮食的观念，给健康的人和病人都吃一样的东西——总是那么丰盛油腻的饮食，什么东西都加了一大堆橄榄油。

一天早上，我这间病房的人被通知今天将送我们去巴塞罗那。我设法给妻子发去了一封电报，告诉她我就要过去了。不一会儿他们就把我们送上了公共汽车，把我们拉到了火车站。直到火车真的启动了，与我们随行的医院的医务兵才漫不经心地透露我们并不是去巴塞罗那，而是去塔拉戈纳。我猜想是司

机改变了主意。“这就是西班牙！”我心想。但他们同意停下火车，让我再发一封电报，这也是非常有西班牙特色的事情，而更具西班牙特色的是，那封电报从未抵达。

他们把我们抬上了配备木头座位的三等普厢，许多伤势严重的人是那天早上才第一次下病床。过了不久，由于闷热和颠簸，有一半的人陷入了崩溃状态，好几个人在地板上呕吐。那个医务兵在那些尸体般四仰八叉的伤兵病员间穿梭，拿着一个装满了水的羊皮水袋，给这张嘴或那张嘴喂水。那水很脏，到现在我还记得那股味道。太阳西沉的时候我们来到了塔拉戈纳。这里的铁路沿着海岸线展开，离大海只有扔一块石头的距离。我们的火车驶进火车站时，一列满载国际纵队的货车正在驶出，桥上有一群人朝他们招手。那列火车很长，挤满了人，野战炮就绑在敞开的车皮上，更多的人簇拥在大炮旁边。我特别生动清楚地记得那列火车在昏黄的暮光中驶过的一幕。一个窗户接一个窗户挤满了黑漆漆的笑脸，那些大炮长长的、翘起来的炮管，挥舞着的猩红色围巾——这一幕就慢慢地在我们面前驶过，背景是一片宝石绿的海洋。

有人说道：“外国人。这帮人是意大利人。”显然，他们的确是意大利人。没有其他民族的人会像他们这么别致地聚在一起，或如此优雅地向群众们回礼致意——虽然火车上有一半的人拿着红酒瓶底朝天地喝酒，但依然保持着优雅。后来我们听说他们隶属于三月份赢得瓜达拉哈拉大捷的部队。他们刚放完假，正被送往阿拉贡前线。我想大部分人几个星期后就在韦斯卡遇害了。那些能够站起来的伤兵都穿过车厢，在那些意大利人经过的时候朝他们欢呼。一根拐杖伸出窗外挥舞着，缠着绷带的胳膊作出红军式的敬礼。它就像是一幅战争的讽刺画。

这列火车载着新兵骄傲地上前线，而伤兵们则慢慢地从前线溜开。但那些敞开的车皮上的大炮让人心潮澎湃，大炮总是能让人觉得心潮澎湃，使得那种很难摈除的害死人的感觉再次油然而发：说到底，这场战争是光荣的。

塔拉戈纳的医院规模很大，收容了来自各个前线的伤兵。你在那里可以目睹多么可怕的创伤！我猜想他们是以最新的医学手段处理某些伤情，但实在是惨不忍睹。那就是让伤口完全敞开，没有包上绷带，而是用靠金属丝撑开的薄薄的棉布纱网包着，不让苍蝇叮咬到。透过棉布纱网你可以看到血淋淋的、胶状的半愈合伤口。有一个人的脸和喉咙受伤了，半边头用棉布纱网包成半球状的头盔，嘴巴被缝合起来，靠一根固定在嘴唇间的小管子呼吸。可怜的家伙。他看上去很孤独，来回地徘徊着，透过棉布纱网看着你，却说不出话。我在塔拉戈纳待了三四天，恢复了力气。有一天，我慢慢地走到了海滩边。看到海边的生活几乎依然和往常一样，这感觉实在是很奇怪。滨海大道两边是一间间时尚咖啡厅，肥头大耳的本地中产人士在那里泡澡晒太阳，坐在沙滩椅上，似乎千里之内根本没有战事在进行。不过，事有凑巧，我看到一个泡澡的人淹死了，而在那片清浅温暖的海域里这本来是不可想象的事情。

在离开前线八九天后，我的伤口终于得到了检查。在检查新到的伤兵的手术部，拿着大剪刀的医生将伤兵们在前线后方的救助站包扎的保护被打断的肋骨和锁骨的护胸石膏板给剪掉。透过那具庞大而笨重的护胸石膏板的颈洞，你可以看到一张忧郁的、脏兮兮的脸露了出来，上面长着一个星期没有剃的茂密的胡须。那个医生三十岁左右，是个快活英俊的年轻人，让我坐在一张椅子上，用一块粗糙的纱布固定住我的舌头，将

它拉出到最长的程度，将一面牙医用的镜子探进我的喉咙，吩咐我发出“呃！”的声音。检查完的时候我的舌头在流血，而且泪水直流。他告诉我一根声带废了。

“那我什么时候能恢复声音？”我问道。

“恢复声音？噢，你是没指望恢复声音的了。”他快活地说道。

不过，结果证明他是错的。有两个月的时间我只能轻声细语地说话，但之后我的声音突然恢复了正常，另一根声带发挥了“补偿作用”。我的胳膊很疼，那是因为子弹损害了颈后的一束神经。那是一种放射性的疼痛，就像是神经痛，大概疼了一个月左右，到了晚上疼得特别厉害，搞得我老是睡不好。我右手的手指也半瘫痪了。直到现在，过了五个月，我的食指仍然是麻木的——颈伤弄成这样真是很奇怪。

这个伤口的情况有点异样，好几个医生检查过后都咋舌说：“真是走运！真是走运！”其中一个医生以权威的姿态告诉我那颗子弹偏离大动脉“大概只有一毫米”。我不知道他是怎么知道的。这段时间我遇到的每个人——医生、护士、诊所医务人员或病友——都对我说只有运气最好的家伙才能被子弹穿喉而不死。但我忍不住想，没有被打中的人运气不是更好吗？

第十三章

我在巴塞罗那待了几个星期，这段时间空气中弥漫着一种古怪而邪恶的气氛——疑惑、恐惧、不安还有遮遮掩掩的仇恨的气氛。五月的巷战留下了不可磨灭的痕迹。卡巴勒罗政府被颠覆后，共产党掌握了绝对的权力，内部秩序的掌控权被移交到共产党内阁手中，大家都知道一有机会他们就会消灭其政治对手。到目前为止还没有事情发生，我自己也没有预料到将会发生什么事情，但我总是有一种模糊的危险的预感，察觉到不幸即将发生。尽管你根本没有卷入阴谋，但那种气氛迫使你觉得自己就像一个同谋者。你似乎总是得坐在咖啡厅的角落里压低嗓子说话，不知道坐在隔壁桌子的那个人是不是政治间谍。

由于出版受到审查，各种各样险恶的谣言漫天飞。有一个传闻说内格林—普里托政府准备妥协求和。当时我倾向于相信这个传闻，因为法西斯军队已经逼近毕尔巴鄂，西班牙政府似乎却对此束手无策。城里到处飘扬着巴斯克的旗帜，女孩子们摇晃着捐献箱到咖啡厅里募捐，广播一直在宣传“英勇的捍卫者”的事迹，但巴斯克人没有得到真正的援助。这种情况很容易让人觉得政府在玩两面三刀的把戏。后来发生的事情证明了我这个想法是错的，但要是政府能再积极一些，毕尔巴鄂或许就能得救。只要在阿拉贡前线发动攻势，就算不成功也能迫使弗朗哥分兵增援。而事实上，政府直到为时已晚的时候才开始

展开进攻——那时候毕尔巴鄂已经沦陷了。国工联派发了许多传单，上面写道："保持警惕！"并暗示"某个政党"（意指共产党）正在筹划政变。另外还有一则广为传播、令人担心的消息，说加泰罗尼亚就要被入侵了。早前，当我们回到前线时，我已经见到了在前线后方几十英里的地方正在修建坚固的防御工事。巴塞罗那整座城市正在挖掘修建新的抵御炮弹的掩体。经常有空中袭击和海上袭击的恐慌，更常有的是假警报，但每一次警报响起时，全城就会连续熄灯几个小时，惊慌失措的人们躲到地窖里。政治密探无处不在。监狱里仍然关满了五月巷战的时候收押的犯人，还有其他人——当然都是那些无政府主义者和马联工党的支持者——三三两两地消失在监狱里头。据说没有一个人被审判或定罪——甚至连被扣上"托洛茨基分子"这样的罪名也没有。你就被抓进监狱里，关押在那儿，与外界失去了联系。鲍勃·斯迈尔利仍然被关在瓦伦西亚的监狱里。我们对情况几乎一无所知，只知道派驻那里的独立工党的代表或律师都不能获准和他见面。国际纵队和其他民兵组织的外国人被抓进监狱，人数越来越多。通常，他们是被当成逃兵抓起来的。现在基本上没有人确切地知道到底一个民兵是志愿兵还是正规士兵。几个月前，任何参加民兵组织的人都被告知他是志愿参军，到了放假的时候，只要他愿意，随时可以得到退伍证明。现在政府似乎改变了主意，民兵成了正规士兵，如果想回家就会被当成逃兵处置。但就连这件事也似乎没有人能够确定。某些地方的前线，军部仍然在颁发退伍证明。在前线，这些证明有的得到承认，有的不能得到承认，要是不被承认，你立刻就会被关进监狱。后来，洋"逃兵"的人数膨胀到好几百人，但大部分人因为他们的国家提出抗议而被遣返回国。

街头到处是荷枪实弹的突击近卫军，国民自卫队仍然扼守着咖啡厅和其他战略要地的建筑。许多加联社党控制的建筑仍然摆着沙包和工事。在城里的很多地方国民自卫队和武警设置了岗哨，他们会把路过的人拦下来，要求查看他们的通行证。每个人都警告我不要亮出自己的马联工党民兵证，拿出我的护照和医院证明就好了。即使被人知道我曾经在马联工党民兵组织里服役过也是件危险的事情。马联工党的负伤或休假的民兵被处以小打小闹的惩罚——比方说，他们很难领到津贴。《战斗报》仍然在发行，但内容遭到审查，几乎不复存在，而《团结报》和其他无政府主义者的报纸也遭到了严厉的出版审查。有一条新规定要求一份报纸被审查而毙掉的栏目不许开天窗，必须补充上别的内容，这样一来，读者就不知道什么时候有报道被砍掉了。

战争期间上下波动的食物短缺问题现在变得特别严重。面包稀缺，米里掺杂了别的价格低廉的粮食，兵营里的士兵分到的面包都是些像是油腻子的东西，糟糕透顶。牛奶和白糖极度紧张，烟草几乎没有了，只有昂贵的走私烟。橄榄油也很稀缺，而西班牙人拿橄榄油有六七种不同的用途。排队等候买橄榄油的女人得由骑着马的国民自卫队看着，有时候这帮士兵会让马匹倒退着插进队伍里踩那些女人的脚指头，以此取乐。零钱短缺在当时是一件让人讨厌的小事情。银币已经退出流通，但新的硬币还没有发行，因此，在一角钱和两块半比塞塔钞票之间没有其他辅币，而且十比塞塔面额以下的纸钞非常稀缺。[①]对于极度贫穷的人来说，这意味着食物短缺变得更加严重。一个手里只有一张十比塞塔面额钞票的女人可能在杂货店外面排队几个小

---

① 原注：1 比塞塔的购买力约等于 4 便士。

时，然后什么也买不到，因为店主没有零钱，而她又不能把整张钞票都花光。

要表达出当时那种梦魇般的气氛并不容易——由于报纸遭到审查，而且到处是荷枪实弹的士兵，谣言又总是在变，因此制造了一种奇怪的紧张情绪。那种情绪很难表述，因为在当时英国未曾有过这样的气氛和事情。在英国，政治上的不宽容并不是理所当然的事情。小打小闹的政治迫害确实存在——如果我是一个矿工，我不会愿意被老板知道我是一个共产党员。但那种"优秀党员"，那种暴徒加高音喇叭的大陆政治手段仍然是罕见的事情，而"清算"或"消灭"每一个意见与你不同的人这一观念还没有被视为自然而然的事情。但这种事情在巴塞罗那却被视为天经地义。"斯大林派"大权在握，因此，每一个"托派分子"当然面临灭顶之灾。每个人害怕的那件事情终究没有发生——新一轮的巷战如果爆发，和之前一样，将会怪罪在马联工党和无政府主义者身上。我时不时会竖起耳朵，想倾听头几声枪响。似乎有某个庞大而邪恶的情报机关正在全城展开工作。每个人都注意到了这一点，并对此作出评论。奇怪的是，几乎每个人说的都是相同的话："这个地方的气氛——真是太可怕了，就像置身于一座疯人院一样。"但或许我不应该说是每个人。有的英国游客短暂地途经西班牙，从一家酒店换到另一家酒店，似乎没有注意到整体的气氛有什么异样。我注意到，阿瑟尔公爵夫人[①]写道（1937 年 10 月 17 日《周日快报》）：

---

① 凯瑟琳·玛乔莉·斯图亚特-穆雷（Katharine Marjory Stewart-Murray，1874—1960），封号阿瑟尔公爵夫人（Duchess of Atholl），英国左翼女政治家，因在西班牙内战中积极支持西班牙共和政府而被称为"红色公爵夫人"，后与共产主义运动决裂，反对苏联对波兰、捷克斯洛伐克和匈牙利的控制。

> 我到过瓦伦西亚、马德里和巴塞罗那……这三座城市秩序井然，没有看到军队把守。我待过的所有酒店不仅“很正常”、“体面”，而且非常舒服，虽然黄油和咖啡面临紧缺。

真是奇怪，英国的旅行者不相信在豪华酒店之外所存在的事情。我希望他们能为阿瑟尔公爵夫人弄到一些黄油。

我在莫林疗养院——由马联工党经营的疗养院之一。这个地方位于接近万国山[①]的郊区，这座奇形怪状的山突兀地在巴塞罗那后面拔地而起，相传这里就是撒旦向耶稣展现地上万国的山峦(因而得名)。这座房子原本属于某个富有的资产阶级人士，在革命时被充公。在那里的大部分人要么因病离开前线，要么因伤致残——截肢什么的。那里有几个英国人：伤了一条腿的威廉姆斯，因疑患肺结核而从前线被遣返、才十八岁的斯塔福德·科特曼，还有亚瑟·克林顿，他的左臂被打断了，仍然吊在一个那种巨大的绷带装置上，那东西被戏称为“飞机”，西班牙的医院用的就是这个。我的妻子仍然待在欧陆酒店，大体上我会在白天的时候来到巴塞罗那。早上我通常会去总医院接受胳膊的电疗。那是一件很奇怪的事情——施加一系列刺痛的电流，让很多组肌肉猛地上上下下地抽动——但这方法似乎有效，我恢复了手指的活动能力，疼痛也减轻了一些。我们两人都觉得我们最好得尽快返回英国。我的身子很虚弱，可能会永远失声，医生告诉我起码得疗养几个月才能恢复健康参加战斗。我得尽快开始挣钱，留在西班牙吃掉别人需要的粮

① 提比达波山(Tibidabo)，其名字起源于拉丁文版的《圣经·马太福音》。

食似乎没有多大的意义。但我的动机主要是出于自私。我非常渴望摆脱这一切，离开可怕的政治怀疑和仇恨的气氛，离开到处是荷枪实弹的士兵的街道，离开空袭、战壕、机关枪、发出尖叫的电车、没有牛奶的茶、油腻腻的烹调和香烟的匮乏——远离几乎每一样我知道和西班牙联系在一起的事物。

总医院的医生开具了我健康条件不佳的证明，但要得到退伍证明我得去前线附近一间医院和医委会见面，然后到希塔莫的马联工党民兵总部给证明盖章。克普刚从前线回来，满心欢喜。他刚刚参与了军事行动，说韦斯卡即将被攻下。政府从马德里前线调来军队，集中了三万兵力，还有大规模的空中支援。那些我见到从塔卡戈纳上前线的意大利人向加卡公路发起了进攻，但伤亡惨重，损失了两辆坦克。不过，克普说那座城市肯定会攻下的。（呜呼！这件事情并没有发生。那次进攻极其混乱，而且没有任何结果，只是报纸上对其进行了一轮夸张的撒谎。）与此同时，克普得去瓦伦西亚与军部见面。他有一封东线部队司令波扎斯将军[①]给他开具的信件——这封信里介绍克普“完全值得信任”，推荐他到工程部执行一项特别任务（克普曾经当过民事工程的工程师）。他去瓦伦西亚的当天我去了希塔莫——那是 6 月 15 日。

那是在我回到巴塞罗那的五天前。我们一卡车人在大约午夜来到希塔莫，一到马联工党总部他们就让我们排成队列，开始给我们分发步枪和子弹，连我们的名字也没有登记。似乎进攻开始了，他们随时可能需要预备役的士兵。我的口袋里有医

① 塞巴斯蒂安·波扎斯·佩雷亚（Sebastián Pozas Perea，1876—1946），西班牙军人，西班牙内战后流亡墨西哥。

院开的证明，但我不好意思开口拒绝与其他人奔赴战场。我睡在地上，拿一个子弹匣当枕头，心情低落到了极点。受伤让我当时勇气全无——我相信这种事情经常发生——想到就要置身于枪林弹雨之中把我吓得魂飞魄散。不过，和往常一样，又是“明天”，到最后我们并没有被征召入伍。第二天早上，我拿出医院的证明，去找人开具退伍文件。那意味着一系列困惑而累人的行程。和往常一样，他们让我在医院之间跑来跑去——希塔莫、巴巴斯特罗、蒙松，然后又回到希塔莫给我的退伍证盖章，然后又经过巴巴斯特罗和莱里达来到前线——韦斯卡的部队集结征用了一切交通工具，使得任何事情都乱了套。我记得在奇奇怪怪的地方睡觉——有一次睡在医院里，有一次睡在阴沟里，有一次睡在一张狭窄的长凳上，半夜里摔了下来，还有一次住进了巴巴斯特罗的一间市政寄宿旅馆。一旦你离开了铁路就没有别的交通方式了，只能找机会跳上路过的卡车。你只能在路边等上几个小时，有时候一等就是三四个小时，成群结队、郁郁寡欢的农民扛着成捆满满当当的鸭子和兔子，朝一辆接一辆卡车招手。当最后你上了一辆不是满载着人就是满载着面包或弹药箱的卡车后，那些糟糕的公路颠簸差点没把你颠成肉团。没有哪一匹马能比那些卡车把我颠得更高。唯一的方法就是紧紧地挤在一起，互相搂住对方。让我觉得丢脸的是，我仍然太虚弱了，爬不上卡车，得让别人帮忙。

我在蒙松医院睡了一晚，在那里我去见了医委会。我旁边那张床睡着一个突击近卫军，他的左眼受伤了。他很友善，还给了我几根香烟。我说：“要在巴塞罗那，我们就得朝彼此开枪了。”说到这儿我们俩都笑了。真是奇怪，当你来到前线附近时，整体的气氛似乎就变了。政党之间的刻骨仇恨全都消失

了，或者说，几乎都消失了。我在前线的时候，从来不记得有哪个加联社党的追随者因为我是马联工党的人对我表示过敌意。那种事情只有在巴塞罗那或离战争更遥远的地方才会出现。在希塔莫有许多突击近卫军的士兵。他们从巴塞罗那被派来参与进攻韦斯卡的战斗。突击近卫军并不是一支准备派往前线的部队。许多士兵此前从未上过战场。在巴塞罗那的时候他们是街头的小霸王，但到了这里他们都是“菜鸟”（新丁），和已经在前线好几个月的民兵队伍里十五岁的孩子厮混在一起。

在蒙松医院，医生和往常一样把我的舌头拉出来，把镜子塞进喉咙里，和其他医生一样快活地向我保证我甭想恢复声音了，然后签署了我的医疗证明。当我在等候体检时，手术室里正在进行某个没有施行麻醉的可怕手术——为什么不施行麻醉我就不知道了。手术一直在进行，惨叫声不绝于耳，当我进去里面的时候，椅子扔得到处都是，地板上是一摊摊鲜血和尿液。

很奇怪，最后那趟行程的细节一直留在我的脑海里。我的心态变了，变得比过去几个月来更加富于观察力。我拿到了退伍证明，上面盖了二十九师的章，还有医生的证明，里面写了我“无法作战”。我可以回英国了，于是，我几乎是第一次好整以暇地观察西班牙。我有一整天的时间待在巴巴斯特罗，因为那里一天只有一趟火车。以前我总是匆匆一瞥巴巴斯特罗，它对于我来说只是战争的一部分——一处灰暗、泥泞、冰冷的地方，充斥着轰鸣的卡车和褴褛的部队。现在这里看上去很不一样了。我四处闲逛，开始注意到那些蜿蜒而迷人的街道、旧石桥、堆着齐人高、渗出酒味的大酒桶的红酒店，还有那些迷人的、半在地下的商店，里面有人在制作车轮、匕首、木勺和

羊皮水囊。我看着一个男人做羊皮水囊，觉得非常有趣。我以前不知道原来有毛的那一面是在里面的，而且那些毛都没有去掉，因此，你喝的是经过羊毛过滤的水。我用这些水囊喝了几个月的水，还不知道这件事。在城后面有一条浅浅的、翠绿色的河流，中间耸起一座垂直的石崖，石头中间就修筑了房子。你可以从卧室的窗户往下面吐痰，吐进一百英尺下方的河水里。在崖壁里生活着不计其数的鸽子。在莱里达有破破烂烂的老建筑，在屋檐上有成千上万的燕子筑了巢，因此，隔着一小段距离望去，那一团团结成硬壳的燕巢看上去就像洛可可时期[①]绚丽的装饰线条。过去将近六个月我对这些熟视无睹，真是奇怪。我的口袋里揣着退伍证明，我感觉重新像一个人，而且像一个游客。我几乎是第一次觉得自己真的身处西班牙，一个我毕生都盼望着参观的国家。在莱里达和巴巴斯特罗安静的后巷里，我仿佛依稀看到了每个人印象中的遥远的西班牙。白色的山峦、牧羊人、宗教法庭的地下监狱、摩尔人的宫殿、黑色蜿蜒的骡队、灰色的橄榄树和柠檬树林、穿着黑色披风的女郎、马拉加和阿里坎特的红酒、大教堂、红衣主教、斗牛、吉卜赛人、小夜曲——简而言之，西班牙的风情。它是全欧洲最能激发起我的想象力的国度。当我最终来到这里后，看到的只有这一片东北地区，而且身处这场莫名其妙的战争中，大部分时间都是冬天，这似乎是一个遗憾。

我回到巴塞罗那时天色已晚，没有出租车了。我去不了城外的莫林疗养院，于是我动身出发去欧陆酒店，中途停下来吃

① 洛可可(Rococo)，十八世纪源于法国的一种艺术风格，讲究精细的细节刻画、淡雅的色调和流畅优美的线条组合。

晚饭。我记得与一个非常慈祥的侍者聊起他们用来盛红酒的镶铜橡木酒壶。我说我想买一套带回英国。那个侍者心有同感，“是的，它们很漂亮，是吧？但如今是不可能买到了，没有人在制造这些东西——什么东西都没有人制造。都怪这场战争——真是遗憾！”我们都觉得这场战争确实是一场遗憾。我又一次觉得自己像是一个游客。那个侍者温和地问我喜不喜欢西班牙，我还会不会回来。是的，我会再回西班牙。这番平和的对话留在了我的记忆里，因为接着立刻发生了一些事情。

我来到酒店时，我的妻子正坐在大堂里。她起身朝我走来，让我惊讶的是，她一副满不在乎的样子，然后她一只手搂着我的脖子，露出一个甜蜜的微笑给大堂里别的人看，然后在我耳边轻声说道：

“出去！”

“怎么了？”

“赶快出去！”

“怎么了？”

“不要站在这儿！你得马上出去！”

“怎么了？为什么？你什么意思？”

她抓住我的胳膊，已经领着我往楼梯走去。走到半途的时候我们遇到了一个法国人——我不能透露他的名字，因为虽然他和马联工党没有关系，但在困难的时候他一直帮助我们。他关切地看着我。

“听着！你不能到这儿来。赶快出去，在他们通知警察之前躲起来。”

瞧！楼梯底下一个是马联工党党员的酒店员工（我猜想

管理层不知道这件事）这时偷偷摸摸地溜出电梯，用蹩脚的英语叫我出去。直到现在我还是不知道到底发生了什么事情。

“这到底是怎么一回事？”我们一走到人行道上我就问道。

“你没有听说吗？”

“没有。听说什么？我什么也没听说。”

“马联工党被取缔了。他们攻占了所有的大楼。几乎每个人都被抓进了监狱。大家都说他们已经开始枪毙人了。”

原来是这样。我们得找个地方说话。兰布拉斯大道的大咖啡厅都有警察在把守，但我们在一条巷子里找到一间僻静的咖啡厅。我的妻子向我解释了在我离开期间所发生的事情。

6 月 15 日，警察突然在安德鲁·尼恩的办公室逮捕了他，并在同一天晚上突然袭击猎鹰旅馆，抓走了里面所有的人，大部分是休假的民兵。那个地方立刻被改造成监狱，很快就关满了各种犯人。第二天，马联工党被宣布为非法组织，所有的办公室、书亭、休养所、红十字援助中心等等都被占领。与此同时，警察在逮捕与马联工党有关系的一干人等。在一两天之内，执行委员会的四十位成员基本上都被逮捕入狱。有一两个逃出生天躲了起来，但警察抓住了他们的妻子作为人质（这一招在这场战争中交战双方都频频使用）。我们无从了解到底有多少人已经被捕。我的妻子听说单是在巴塞罗那就有大约四百人被捕。就算是在当时我也认为数字要比这多上许多。最不可思议的人也被捕了。有时候警察甚至跑到医院里，把受伤的民兵也抓起来。

这件事太让人气愤了。这到底是怎么一回事？我可以理解

他们镇压马联工党的动机，但他们要抓人干什么？没有人能够知道为什么。显然，镇压马联工党是有追溯效力的，现在马联工党成了非法组织，因此曾经为它效命的人也成了罪犯。和以往一样，那些被逮捕的人没有经过审判。不过，与此同时，瓦伦西亚共产党的报纸在宣传关于一场规模庞大的“法西斯阴谋”的故事：与敌人进行无线电通讯，以隐形墨水签署文件等等。前面我已经讲述过这个故事。重要的是，只有瓦伦西亚的报纸在报道这件事。我想我说的没错，在任何一份巴塞罗那的报纸上，无论是共产党的报纸、无政府主义者的报纸还是共和派的报纸，都没有关于镇压马联工党的只言片语。我们不是从西班牙报纸，而是从一两天后抵达巴塞罗那的英国报纸那里了解到对马联工党领导人的确切指控。当时我们无从得知通敌和从事间谍活动的指控其实不关政府的事，后来政府的成员否定了这件事情。我们只是模糊地了解到，马联工党的领导人以及我们大家都被控告接受了法西斯分子的资助。而且，谣言已经满天飞，说监狱里正在实施秘密枪决。关于这件事有许多夸张的说法，但肯定有人被枪决了，而且几乎可以肯定这种事情就发生在尼恩的身上。尼恩遭逮捕后被带到瓦伦西亚，然后又带到了马德里，6 月 21 日，他被枪决了的传闻传到了巴塞罗那。后来传闻越来越确切：尼恩在监狱里是被秘密警察枪毙的，尸体被丢到了大街上。这个传闻来自几个渠道，包括曾在政府中任职的费德里科·蒙特塞尼斯。从那天直到今天就再也没有尼恩依然在世的消息。后来，当政府被各国组成的代表团质问时，他们吞吞吐吐，只是搪塞说尼恩失踪了，下落不明。有的报纸刊登了他已经逃到法西斯统治区的传闻。没有证据印证这个说法，而司法部长伊鲁乔后来宣称西班牙的新闻媒体歪

曲了他的官方公报。[①]不管怎样，像尼恩这么一个重要的政治犯要越狱是几乎不可能的事情。除非以后他被证实仍然活着，否则我认为我们可以认定他在狱中被杀害了。

逮捕的传闻接踵而来，一直持续了好几个月，不计法西斯分子在内的政治犯的数目膨胀至数千人。值得注意的是，基层的警察简直无法无天。许多逮捕被承认是非法的，许多原本被警察署长释放的人在监狱门口又被重新逮捕，并被带到了“秘密监狱”。一个典型事例就是科特 · 兰道和他的妻子。他们大约是在 6 月 17 日被捕的，兰道很快就“失踪”了。五个月后，他的妻子仍然被关在监狱里，没有审讯，也没有丈夫的音讯。她宣布进行绝食，司法部长得悉后派人告诉她，她的丈夫已经死了。不久她便被释放，但立刻再次被逮捕并关进监狱。值得注意的是，警察似乎完全不理会他们的行动会对战争造成什么影响，至少在刚开始的时候是这样。在没有得到许可令之前他们就毫不犹豫地逮捕重要岗位上的军官。到了六月底，二十九师的师长何塞 · 罗维拉在前线附近被巴塞罗那派来的一帮警察逮捕。他的部下派出代表团到国防部抗议，却发现国防部或警察署长奥特加都不知道罗维拉被捕这件事。在整件事情中，最让我耿耿于怀的细节就是对前线部队封锁消息，不让他们知道正在发生什么事情，虽然这细节或许并不是非常重要。正如你所了解到的，我和前线的其他人对马联工党遭到镇压这件事一无所知。所有的马联工党民兵总部、红十字中心等机构照常运作，直到 6 月 20 日，就在距离巴塞罗那不过 100 英里远的莱里达前线，没有人听说发生了什么事情。巴塞罗那的报

① 原注：参阅我在第二章里提到的关于马克斯顿代表团的报道。

纸对此只字未提（而对间谍事件正在进行报道的瓦伦西亚的报纸没有发行到阿拉贡前线）。显然，逮捕所有在巴塞罗那休假的马联工党民兵的一个原因就是防止他们把消息带回前线。6月15日跟我一起上前线的那批新兵一定是抵达那里的最后一批。我仍然搞不明白事情是如何保密的，因为供应军需的卡车仍然在穿梭不停地来来回回，但无疑没有人泄露秘密。后来我从几个人那里了解到，直到几天后前线的士兵才听到了风声。种种事情的动机非常明显。进攻韦斯卡的战斗刚刚打响，马联工党民兵仍是独立的部队，他们担心如果前线的士兵知道发生了什么事情，他们或许会拒绝战斗。事实上，当消息抵达前线时，这种事情并没有发生。在中间那几天，一定有不少士兵临死前仍不知道后方的报纸斥责他们为法西斯分子。这种事情是不可原谅的。我知道对部队封锁坏消息是常用的方法，或许大体上说这么做是情有可原的。但把士兵送上前线，却不告诉他们在后方他们的政党正被镇压，他们的领袖被诬以叛国罪名，他们的亲友被抓进监狱，这是另一码事情。

我的妻子开始告诉我发生在我们众多朋友身上的事情。有的英国朋友和外国友人已经穿越了边境。当莫林疗养院被搜查时，威廉姆斯和斯塔福德·科特曼还没有被逮捕，正躲在某个地方。约翰·麦克奈尔也躲了起来。他原本在法国，马联工党被宣布为非法组织后又回到了西班牙——非常冒险的行为，但他不肯在同志们身处危难的时候留在安全的地方。至于其他人，我们总是听到“他们逮捕了谁谁谁”的传闻。他们似乎逮捕了几乎所有的人。我惊讶地听到他们还逮捕了乔治·克普。

“什么！克普？我以为他在瓦伦西亚呢。”

原来克普已经回到了巴塞罗那，带着国防部给东线负责工

程运作的上校的信函。他当然知道马联工党被镇压了，但或许他没有想到警察会傻到在他执行紧急军事任务的时候逮捕他。他去了欧陆酒店拿行李，当时我妻子出去了，酒店的人一边撒谎把他留了下来，一边通知警察。我得说，当我得悉克普被捕时心里很愤怒。他是我的朋友，这几个月来是我的上级，我和他一起出生入死。我熟知他的情况。他牺牲了一切——家庭、祖国、生计——来到西班牙抗击法西斯主义。他未经许可就离开了比利时，而在比利时陆军预备队服役时就加入了一支外国军队，早前又非法帮助西班牙政府生产军火弹药，如果他回到自己的祖国的话，会被宣判许多年的有期徒刑。从 1936 年 10 月他就在前线服役，从民兵晋升为少校，不知参加了多少回战斗，曾负过一次伤。在五月份的巷战中，我亲眼看到他阻止了一场战斗，或许救了十到二十个人的命。而他们的回报就是把他关进了监狱。生气只是在浪费时间，但这种歹毒而愚蠢的事情确实让你按捺不住脾气。

这段时间以来他们没有"逮捕"我的妻子。她一直住在欧陆酒店，警察没有去抓她，显然是把她当成了圈套的诱饵。不过，几天前的一个晚上，凌晨几点钟的时候，六个便衣警察闯进了我们在酒店的房间进行搜查。他们抢走了我们的每一张纸，还好他们没有拿走护照和支票簿。他们拿走了我的日记、所有的书籍、过去几个月来积累的所有剪报（我经常纳闷那些剪报对他们来说有什么用）、我的所有战争纪念品、我们所有的信件。（顺带提一下，他们拿走了几封我从读者那里收到的来信。有的信还没有回——当然，我这下没有回信地址了。如果有人曾经写信给我，谈论我的上一部作品，而没有收到我的回信，又刚好读到这里，他会接受这个道歉的说法吗？）后来

我了解到，警察还没收了我留在莫林疗养院的许多东西。他们甚至搬走了一捆我的旧内衣。或许他们觉得上面用隐形墨水写了字。

显然，我的妻子待在酒店里会比较安全，至少目前来说是这样。如果她试图逃跑，他们一定会立刻逮捕她。至于我自己，我应该躲起来。这一前景让我觉得很愤怒。虽然有无数人被逮捕，但我几乎不相信我的处境很危险。这件事似乎毫无意义。正是因为不肯把这毫无意义的屠杀当真，克普才进了监狱。我一直问自己，为什么会有人想要逮捕我？我犯了什么事？我甚至不是马联工党的党员。当然，在五月份的战斗中我扛过枪，但得有四五万人（我猜的）参与其中。而且，我迫切需要好好睡上一晚，我想冒险回酒店。我的妻子坚决不肯。她耐心地解释了情况：我做过什么或没做过什么并不重要。这不是在抓捕罪犯，这是赤裸裸的恐怖统治。我没有犯下任何明确的罪行，但我的罪名是怀有“托洛茨基主义”思想。我曾经在马联工党的民兵部队里服役过，这就已经足够让我进监狱了。抱着英国那一套，以为自己没有违反法律就不会有危险是行不通的。事实上，法律都是警察说了算。我能做的就只有潜伏起来，掩盖我和马联工党有过往来这一事实。我们检查了我口袋里的文件。我的妻子叫我把民兵的身份卡撕掉，因为上面白纸黑字印着“马联工党”四个字，而且背景是一群民兵和一面马联工党旗帜的相片。如今就是这些东西让你被逮捕的。但是，我必须保留我的退伍文件，即使这些可能会带来危险，因为上面有二十九师的印章，警察或许知道二十九师就是马联工党。但要是没有这些的话，我可能会被当成逃兵抓起来。

现在我们必须考虑如何离开西班牙。迟早都会被关进监

狱，再待下去也没有意义了。事实上，我们俩都希望能留下来，看看会发生什么事情。但我预见得到西班牙的监狱会是非常糟糕的地方（事实上，它们比我想象中的还要糟糕得多），一旦进了监狱，你永远不会知道自己何时能出来，而我身体很虚弱，胳膊老是疼。我们安排了第二天去英国领事馆，科特曼和麦克奈尔也会去那儿。可能得花几天时间才能把我们的护照搞定。在离开西班牙之前你的护照必须在三个不同的地方盖章——警察署长、法国领事和加泰罗尼亚移民局。当然警察署长那里会很危险。但或许英国领事可以在不让别人知道我们曾经与马联工党打过交道的情况下把事情搞定。显然，肯定有一个外国"托派分子嫌疑犯"的名单，而我们的名字很有可能会列入其中，但运气好的话，我们可能在名单出来之前就抵达边境。中间肯定会经过许多纠缠和等待，幸运的是，这里是西班牙，不是德国。西班牙的秘密警察有点盖世太保的劲头，但没有他们能干。

于是，我们分开了。我的妻子回到了酒店，而我就在黑暗中徘徊，寻找地方睡觉。我记得我当时的心情阴郁又无聊，我多么想在床上睡上一晚！我哪儿都去不了，没有一间房子能让我避难。马联工党基本上没有地下组织。它的领导人一早就预料到会遭到镇压，但他们没想到会有这种情况的大规模搜捕。事实上，他们毫无防备，直到马联工党被镇压的当天还在进行大楼的整改工作（别的且不说，他们要在行政大楼修一间电影院，以前那里原本是一间银行）。结果，每一个革命政党都应该有的碰头地点和匿藏地点统统都没有。天知道有多少人——被警察抄家的人——当晚睡在街头。我疲惫地躲藏了五天，睡在难以想象的地方，我的胳膊疼得要命，现在这些傻瓜正在到

处搜捕我，而我只能再一次睡在地上。那就是当时我的想法。我没有进行任何正确的政治反思，当事情正在发生的时候我从来不会这么做。似乎每次卷入战争或政治斗争中时，我总是这样——我什么也不知道，只知道身体很不舒服，而且深深地盼望着这件该死的荒唐事能够结束。后来我能够看清这些事件的意义，但当它们发生的时候，我只是想置身事外——或许这就是我的劣根性。

我走了长长一段路，来到了综合医院附近。我想有个地方躺下来，没有那些好管闲事的警察在寻找我，要我出示文件。我试过躲在一座防空洞里，但那是新挖的，还在滴水。然后我来到一座教堂的废墟，在爆发革命时被捣毁和焚烧了，只剩下一具空壳，四堵没有屋顶的墙围着几堆瓦砾。在半明半暗中，我四处乱找，找到了一处空地，可以在那儿躺下来。躺在碎石头上的滋味不好受，但幸运的是，那天晚上很暖和，我勉强睡了几个小时。

第十四章

在巴塞罗那这座城市被警察通缉时最糟糕的事情是，所有的店铺都很晚才开门。当你在外面露宿的时候，你总是在黎明时分醒来，而巴塞罗那没有咖啡厅会在九点钟之前开门。我得等几个小时才能喝上一杯咖啡或刮个胡子。理发店里的墙上仍然可以看到无政府主义者的告示，解释说给小费是严令禁止的，真是滑稽。告示上说："革命解开了我们的桎梏。"我想告诉那些理发师，如果他们不睁眼看看外面的话，他们的桎梏很快就会重新套上了。

我走回城里的中心。飘扬在马联工党大楼上的红旗已经被扯下来了，取而代之的是共和国政府的旗帜，一群群荷枪实弹的国民自卫队在门口巡逻。在卡塔鲁那广场角落上的红十字救助中心，警察砸烂了大部分窗户，以此取乐。马联工党的书亭里的书已经被销毁一空，从兰布拉斯大道再往下走的那块公告板上面张贴着反对马联工党的卡通画——画着一个人戴着面具，而他真正的面目是法西斯分子。在兰布拉斯大道的尽头，就在码头附近，我看到了古怪的一幕：一排从前线回来的民兵，仍然衣着褴褛泥垢满面，疲惫地躺在擦鞋的椅子上。我知道他们是什么人——事实上我认出其中的一个。他们是前一天刚从前线回来的马联工党的民兵，回来时却发现组织已经被取缔了，不得不流落街头，因为他们的家也被抄了。这个时候回巴塞罗那的马联工党民兵要么躲起来，要么被抓进监狱——在

前线浴血奋战了三四个月后，这可不是什么优待。

我们身处的情况很怪诞。到了晚上我们成为被追捕的逃亡者，但白天的时候我们过着几乎正常的生活。每一间被人得知住着马联工党支持者的房屋都遭到了监视——或至少可能遭到了监视。去酒店或寄宿旅馆住是不可能的事情，因为政府下达了命令，经营者看到陌生人必须通知警察。也就是说，这意味着我们只能在外面过夜。另一方面，白天的时候，在巴塞罗那这么大的一座城市，你的处境很安全。街道上有国民自卫队、突击卫队、武警和正规警察，天知道还有多少便衣密探在巡逻，但他们无法盘查每一个经过的人，如果你看上去像个普通人，或许就不会引起注意。你要做的就是不要在马联工党的大楼附近流连，不去有服务员会认出你来的咖啡厅和餐馆。那天和接下来的一天我在一间公共澡堂洗了很久的澡。我觉得这是很好的消磨时间和避人耳目的方法。不幸的是，很多人也有同样的想法，几天后——我离开巴塞罗那之后——警察扫荡了一间公共澡堂，逮捕了几个光溜溜的“托派分子”。

走在兰布拉斯大道上的时候，我遇到了一个从莫林疗养院来的伤兵。我们互相交换了一下眼色，那时候很多人这么做，然后在不引人注目的情况下在街上远端的咖啡厅里碰头。莫林疗养院遭到搜查时，他躲过了逮捕，但和其他人一样，他只能躲在闹市里。他只穿着衬衣——逃跑的时候顾不上穿外套——而且身无分文。他对我形容一个国民自卫队如何将莫林的大幅彩色肖像从墙上卸下来并踩成碎片。莫林（马联工党的创始人之一）是落入法西斯魔掌的囚犯，当时大家都相信他已经被法西斯分子处决了。

十点钟的时候我在英国大使馆遇到了我的妻子。过了不

久，麦克奈尔和科特曼也来了。他们告诉我的第一件事就是，鲍勃·斯迈尔利已经死了，死在了瓦伦西亚的监狱里——没有人知道确切的死因。他被立刻埋葬，独立工党的代表戴维·穆雷不能获准探望他的遗体。

当然，我立刻推断斯迈尔利是被枪决的。当时大家都认同这一说法，但事后我认为我可能是错的。后来，官方给出的死因是阑尾炎，我们从另一个被释放的囚犯那里得知斯迈尔利在监狱里确实病了。或许，死于阑尾炎这个说法是真的。拒绝让穆雷见他的遗体或许是出于纯粹的刁难。但是，我必须说，鲍勃·斯迈尔利只有二十二岁，是我所见过的人中体格最强壮的一个。我想他是我认识的人中唯一在战壕里待了三个月没病没灾的。像他那么强壮的人，如果得到悉心照料的话，得了阑尾炎应该是不会死的。但当你看到西班牙的监狱是什么样子的——那些关押政治犯的临时监狱——你就会知道一个病人得到悉心照料的机会是多么渺茫。那些监狱只能用地牢加以形容。在英国你得回到十八世纪才能找到可以与之相类比的事物。人们挤迫在小小的牢房里，面积几乎没办法让他们躺下，而且他们经常被关在地窖和其他阴暗的地方。这不是什么临时的安排——有的人被关押了四五个月，几乎从未见过太阳。他们每天吃的是肮脏而且分量不足的伙食，只有两盘汤和两块面包。（不过，几个月后伙食似乎有所改善。）我没有夸大其词，你可以去问任何一个曾经在西班牙坐过牢的政治犯。我从不同的渠道了解到西班牙监狱的情况，这些情况彼此高度印证，很难不被采信。而且，我自己曾到一间西班牙的监狱看了几眼。另一位后来被逮捕的英国友人写信说，他入狱的经历“使得斯迈尔利的故事更加容易理解”。斯迈尔利的死是我无法轻易原

谅的事情。他是个勇敢而聪明的青年，放弃了在格拉斯哥大学的学业，为的就是到这里来抗击法西斯主义，而据我亲眼所见，他在前线以大无畏的精神和意志英勇作战，而他们对他所做的就是把他关进监狱，由得他像一头没人照顾的动物那样死去。我知道在一场大型血腥的战争正在进行的时候抱怨一个个体的死亡是无济于事的。一枚轰炸机的炸弹炸中一条拥挤的街道所造成的伤害要比迫害许多个政治犯更大。但是，像这样一桩死亡事件让人觉得愤怒的是，它完全没有意义。死在战场上——很好，一个人死得其所。但被关进监狱，甚至连捏造出一个罪名都没有，纯粹只是出于盲目的仇恨，然后被丢在那儿孤独地死去——那是另外一回事。我不认为这种事情——斯迈尔利的死并不是什么例外——能让胜利离我们更近。

那天下午我和妻子去探望克普。你可以获准去探望那些没有被禁止通信的囚犯，但探访的次数超过一两次就会有危险。警察监视着来来去去的人，如果你探监太频繁的话，你就是让自己贴上"托派分子友人"的标签，或许最后也会被关进监狱。这种事情已经发生在不少人身上。

克普不是被单独囚禁的，我们很容易就得到许可令去探望他。他们领着我们穿过通往牢房的几扇铁门，一个我在前线认识的西班牙民兵正被两个国民自卫队包夹着带出去。我们俩四目相投，再一次惊骇地使了使眼色。我们在里面见到的第一个人是一个美国民兵，几天前他已经动身准备回国。他的文件没有问题，但他们还是在边境将他逮捕了，或许是因为他仍然穿着灯芯绒的马裤，因此被当成了一个民兵。我们擦肩而过，似乎完全是陌生人。这实在是太可怕了。我认识他，和他在同一个掩体里生活了几个月，我受伤的时候他帮着把我扛下了前

线，但当时我们只能这么做。到处都有那些穿着蓝色制服的狱卒在窥探。认识太多人可是很要命的事情。

这座所谓的监狱其实是一间商店的底层，有两个约二十英尺见方的房间，关押了上百个囚犯。这个地方看上去很有十八世纪纽盖特监狱的风采，里面臭气熏天，犯人们蜷缩在一起，而且没有家具——只有光秃秃的石板地、一张长凳和几条破破烂烂的毛毯——而且光线昏暗，因为窗户上遮了瓦楞铁皮的百叶窗。脏兮兮的墙上写着潦草的革命标语——“马联工党胜利！”“革命万岁！”等等。过去几个月来，这个地方一直被用来关押政治犯。里面的声音震耳欲聋。现在是探访时间，整个地方挤满了人，走动很困难。几乎所有的人都是工人阶级中最穷苦的人。你看到女人正在解开她们给男犯人捎来的可怜兮兮的食物包裹。囚犯里有几个是从莫林疗养院抓来的伤兵，两个被截肢，其中一个被抓进监狱的时候连拐杖都没带进来，只能踮着一只脚跳来跳去。里面还有一个不满十二岁的小男孩，显然，他们连孩子也不放过。这个地方臭气熏天——当一群人挤在一起，又没有像样的卫生条件时，情况总是这样。

克普一路挤开人群过来和我们见面。他那张圆润的、气色很好的脸看上去和以前差不多，而且在这么肮脏的地方他还是保持着那身制服的整洁，甚至有办法刮胡子。囚犯里还有一位穿着人民军制服的军官。他和克普经过彼此身边时敬礼致意，但不知怎么地，这个姿势看上去很悲哀。克普的气色似乎很不错，“嗯，我想我们都会被枪毙的。”他高兴地说着。“枪毙”这个词让我觉得毛骨悚然。不久前我自己被子弹打中过，那种感觉仍然记忆犹新。想到那种事情会发生在一个你熟悉的人身上，感觉真是糟糕。当时我以为马联工党的主要领导人，包括

克普，都会被枪毙。第一轮关于尼恩之死的传闻刚刚流传出来，我们知道马联工党被扣上了叛国和通敌的罪名。每件事都表明有一场巨大的诬陷阴谋，随之而来的将会是对领头的“托派分子”进行屠杀。眼睁睁地看着你的朋友身陷牢狱，却知道自己无能为力，那种感觉实在是糟糕。我们什么事情也做不了，即使向比利时有关机构上诉也没用，因为克普来到这里本身已经违反了他的祖国的法律。大部分时间是我的妻子在说话，我的嗓子说起话来声音很尖，周围这么吵根本听不见。克普告诉我们他和其他囚犯交上了朋友，聊起了狱卒，有几个人还不错，但有的狱卒会虐待殴打比较胆小怕事的囚犯，还说到了伙食，那简直就是“猪食”。幸运的是，我们想到了带一包吃的过来，还有一些香烟。接着，克普对我们说起了他被逮捕时从他身上搜走的文件，里面有他从国防部那里收到的信件，写给东路军队里负责工程运作的上校。警察将其没收，并拒绝归还，据说信就放在警察局长的办公室里。要是它被找到的话，将会起到非常关键的作用。

我立刻意识到这件事非常重要。一封这样的官方信件，上面有国防部和波扎斯将军的推荐，将能证明克普是个好人。但麻烦在于证明这封信的存在。要是在警察局长的办公室里打开这封信的话，可以肯定的是，某个奸细会将信件销毁。只有一个人或许能够将信取回来，那就是这封信的收件人。克普已经想到了这一点，他已经写了一封信，希望我帮他把信偷偷带走并寄出去。但是，叫人带信过去显然更快更保险。我让妻子留下来陪克普，自己冲了出去，找了很久才找到一辆的士。我知道时间就是一切。现在已经五点半了，那个上校可能六点钟就会离开办公室，到了明天，天知道那封信会怎么样——或许被

销毁了，或许消失在杂乱无章的档案中，随着一个又一个的嫌疑犯被捕，那些档案可能正渐渐堆积如山。那个上校的办公室位于码头附近的国防部。我匆忙跑上楼梯，在门口值勤的突击近卫军用他那把长长的刺刀封住了我的去路，要求看“通行证”。我朝他挥舞着我的退伍证明，显然，他不认识英文，觉得我这份“文件”有点怪异，但还是给我放行。进了里面，那个地方是一座让人晕头转向的迷宫，中间有一个庭院，每层楼都有好几百间办公室，因为这里是西班牙，没有人知道我要找的办公室在哪里。我不停地用西班牙语重复着：“上校——工程部，军队的！”人们和气地微笑着，耸耸肩膀。每个知道的人告诉我的都是不同的方向：上这条楼梯，下那条楼梯，沿着长长的走廊走着，结果那些都是死胡同。时间就一分一秒地过去。我产生了置身于梦魇中那种最奇怪的感觉：沿着楼梯跑上跑下，神秘的人物来来去去，通过敞开的大门瞥见杂乱的办公室，乱扔的纸张到处都是，打字机哒哒哒地打字，时间正在流逝，一条生命正悬而未决。

不过，我及时找到了办公室，让我有点惊讶的是，他们愿意让我说话。我没有见到上校——但他的副官或秘书——一个穿着笔挺的制服的小个子，长着一双斜视的大眼睛——走出来在前厅向我问话。我开始讲述因何事而来。我是代表上级佐格·克普少校而来的，他被分配了一项紧急任务，准备赶往前线，却被错抓了。那封写给上校的信——是绝密文件，因此必须立刻被取出来。我在克普手下工作了几个月，他是个高风亮节的军官，显然他被逮捕是出于误会，警察把他当成了别的某某人，等等等等。我一再强调克普赶往前线的紧迫性，知道这一点最有说服力。但我的西班牙说得很蹩脚，一急起来就说成

了法语，一定听起来像是天方夜谭。最糟糕的是我几乎立刻失声了，我费尽力气，只能发出嘶哑的声音。我很害怕自己会彻底说不出话来，而那个小个子军官会觉得不耐烦，不想听我说下去。我总是在猜想他觉得我的声音出了什么问题——他会不会以为我喝多了，或只是出于心里有鬼。

不过，他耐心地听我讲述，点了很多回头，对我所说的话作了一番谨慎的回应。是的，听起来确实像是起了误会。这件事显然应当进行调查。明天——我提出了抗议。不行等到明天！这件事十万火急：克普本来应该已经在前线了。那个军官再一次似乎表示认同，接着，他问了那个我害怕的问题：

“这位克普少校——他在哪个部队服役？”

那个可怕的名字不得不说出来：“在马联工党民兵部队。”

“马联工党！”

我希望能让你领略到他那万分震惊的语气。你必须记得当时马联工党是被如何看待的。间谍恐慌正处于高潮，或许所有拥护共和政府的人真的有那么一两天相信马联工党是一个庞大的间谍组织，接受德国的津贴。向人民军的一位军官说出这样一番话就像在恐赤症后走进骑兵俱乐部，宣称你就是共产党员。他那双深色的眼睛乜斜着扫过我的脸，沉默良久之后，他缓缓说道：

“你说你和他曾经在前线服役过，也就是说你自己也曾经在马联工党服役过？”

“是的。”

他转身冲进了上校的办公室。我可以听到一段激动的对话。“这下完蛋了！”我心想。我们不仅没办法把克普的信件

取回来，而且，我不得不坦白我自己曾经在马联工党服役过。不用说，他们一定会通知警察把我抓走的，又一个托派分子落网了。但是，那个副官很快就出来了，戴上了帽子，严肃地朝我挥手叫我跟在后面。我们准备去警察局长的办公室。这段路很长，足足走了二十分钟。那个小个子副官僵硬地迈着军人的步子走在前头。一路上我们一句话也没说。来到警察局长的办公室时，一群极其难看的无赖正在门外徘徊，显然是警察的密探、线人和间谍。那个小个子副官进去了，里面起了一番激烈的争执，吵了很久。你可以听到他们愤怒地抬高了嗓门；你想象着激烈的姿势，肩膀碰在一起，重重地捶着桌子。显然，警察局长不肯把信交出来。但是，最后那个副官出来了，脸气得通红，但手里拿着一个大信封。那就是克普的信件。我们获得了一场小小的胜利——但后来的事情证明这个胜利其实并没有任何意义。这封信顺利寄了出去，但克普的军队上级没办法把他从监狱里救出来。

那个副官答应我信会寄出去。我问他，那克普怎么办？我们就不能把他释放出来吗？他耸了耸肩膀。那是另外一回事。他们不知道克普被捕的原因。他只是告诉我将会进行正当的审讯。再没有什么可以说了，是时候分别了。我们俩微微鞠了一躬。然后一件奇怪而感人的事情发生了。那个小个子军官犹豫了一会儿，然后走了过来和我握手。

我不知道能不能让你明白这个举动是怎样深深地触动了我。这听起来只是一件小事，但并不是这样。你必须了解当时的气氛——那种充斥着怀疑和仇恨的可怕气氛，到处是谎言和谣传，广告牌上的海报在大声宣布我和每一个像我一样的人是法西斯的间谍。你必须记得，我们就站在警察局长的办公室外

面，身前就是一帮脏兮兮的线人和密探，他们当中任何人都可能知道我就是警方的通缉犯。这就像在一战的时候和德国人握手。我猜想他已经觉得我其实不是法西斯的间谍，而是一个他值得握手的好人。

虽然这只是一件小事，但我一直记在心里，因为这体现了典型的西班牙风格——在最糟糕的情况下你从西班牙人身上看到了仁义的闪耀。我在西班牙有着最惨痛的回忆，但我并不记恨西班牙人。我只记得有两回冲着一个西班牙人发火，而当我回首往事，我觉得那两次都是我的错。无疑，他们身上有着一种慷慨，一种并不真正属于二十世纪的高贵品质。正是这一点，使得我相信在西班牙，即使是法西斯主义也会以相对温和与可以忍受的面目出现。没有几个西班牙人会有现代极权体制所需要的那种该死的效率和坚定的立场。前几天晚上，当警察搜查我妻子的房间时，这一事实就以奇怪的方式展现出来。事实上，那次搜查是很有趣的事情，我希望要是能亲眼看到就好了，但或许我还是没有看到比较好，因为我可能按捺不住脾气。

那些警察经过重组，以奥格别乌或盖世太保的方式进行搜查。凌晨的时候传来了砰砰砰的敲门声，六个人闯了进来，打开电灯，立刻占据了屋子里的几个方位，显然事先已经商量好了。然后他们格外仔细地搜查了两个房间(房间连着一间浴室)。他们敲着墙壁，掀起席子检查地板，摸着窗帘，在浴缸和热水器下面搜查，倒出每一口抽屉和行李箱，把每一件衣服都摸了一遍，还放到灯光下查看。他们没收了所有的纸张，连废纸篓里面的东西也不放过，我们所有的书也都被没收了。当他们发现我们有一本法文版的希特勒的《我的奋斗》时，立刻

兴奋地开始怀疑揣测。要是就只有这么一本书，那我们就死定了。显然，一个阅读《我的奋斗》的人肯定就是法西斯分子。但是，接着他们搜到了一本斯大林的语录《如何清算托派分子和两面派》，这本书消除了他们的一些疑心。在一口抽屉里有几盒卷烟的纸。他们把每个盒子里的纸都拿出来逐张检查，看看上面有没有写了什么东西。他们搜查了大约两个小时，但一直没有搜查那张床。我的妻子一直躺在床上，显然，床垫底下可能藏着几挺轻机枪，枕头底下可能有成批的托派分子的文件。但是，那些侦探没有去检查那张床，连往床下看一眼都没有。我无法相信格别乌在执行公务时也会这么做。你得记得，警察几乎被共产党控制了，这些人或许就是共产党员。但他们也是西班牙人，对他们来说，把一个女人赶下床或许有点过分。搜查床铺这件事就被悄悄地搁置一边，整个搜查一无所获。

当天晚上麦克奈尔、科特曼和我睡在一片荒弃的建筑空地边上高高的草丛里。对于一年的那个时候来说，当晚气温很低，我们都睡得不多。我记得在能去喝杯咖啡之前四处闲逛那漫长而凄凉的几个小时。自从来到巴塞罗那，我第一次走去瞻仰大教堂——一座现代的大教堂，也是世界上最丑陋的建筑之一。它有四座有雉堞的尖顶，样子就像白葡萄酒瓶一样。和巴塞罗那的大部分教堂不同的是，在革命期间它没有遭到破坏——人们说是因为它的“艺术价值”而得以幸免。我觉得那些无政府主义者有机会的时候没有将其炸毁，这表明他们没有什么艺术品味，不过他们在其尖顶之间悬挂了一面红黑相间的旗帜。那天下午我和妻子最后一次去探望克普。我们什么也帮不了他，完全无能为力，只能和他道别，留下点钱给西班牙朋

友，让他们帮他带食物和香烟过去。但是，我们离开巴塞罗那不久之后，他被关进了单独监禁的囚室，甚至不能给他送东西吃。当天晚上，我们走在兰布拉斯大道上，经过摩卡咖啡厅，国民自卫队仍然把守在那里。一时冲动之下，我走了进去，和两个靠在吧台上、肩膀上背着步枪的国民自卫队说话。我问他们认不认识五月份巷战的时候把守这里的同志。他们不认识，而且就像那些迷糊的西班牙人一样，他们不知道怎么去找到这些人。我说我的朋友约瑟夫·克普被关进了监狱，或许将会被控告卷入了五月份的巷战，而那些当时值勤的人知道是他阻止了战斗，救了一些人的性命。他们应该出来作证。和我交谈的那两个人中有一个是个傻气的大块头，一直摇晃着脑袋，因为在车水马龙的噪音中他听不到我在说什么。但另一个人反应不大一样。他说他从战友那里听说过克普的事迹：克普是个"上道的伙计"[①]（好人）。但就算在当时我也知道这根本没有用。如果克普被审判的话，和所有类似的审判一样，他会被诬以伪证。如果他被处决了（我担心这是很有可能发生的事情），那将是他的墓志铭：他是个上道的伙计，一个可怜的国民自卫队员如此说道——后者尽管堕入了一个肮脏的体系中，却人性未泯，仍然会为正直的品行所打动。

我们过着极其疯狂的日子。晚上我们是罪犯，白天我们是有钱的英国游客——至少我们装出那副样子。即使露天睡了一夜，刮个胡子、洗个澡，再擦上鞋油，你的外貌就会焕然一新。当前最安全的就是尽可能装得像个资产阶级人士。我们经常出入于城里的富人区，那里没有人认识我们，去的是昂贵的

① 原文是西班牙语：buen chico。

餐馆，对待服务员非常有英国风范。我第一次在墙上写字。我在几间时髦的餐馆的走廊上潦草地写上：“马联工党必胜！”字体我能写多大就写多大。这段时间以来，虽然严格上说我在东躲西藏，我并不觉得自己身处险境。整件事实在是太荒唐了。我一直怀着不可磨灭的英国式信念：除非你犯了法，否则“他们”不能逮捕你。在政治风波中这是最危险的想法。他们颁布了逮捕麦克奈尔的手令，很有可能我们其他人也上了黑名单。逮捕、扫荡、搜查一直无休止地进行。到了这个时候，基本上我们认识的每一个人，除了那些还在前线的人之外，都被抓进了监狱。警察甚至跑到时不时带走难民的法国轮船上逮捕可疑的“托派分子”。

感谢英国领事的一番好心——那个星期他一定过得很不好受——我们顺利地解决了护照的问题。我们越早离开越好。当晚七点半的时候有一列火车出发去博乌港，按照正常情况估计得到八点半才会出发。我们安排我的妻子提前预订一辆的士，然后把她的行李放上车，把钱付了，然后尽可能迟地离开酒店。要是让酒店里的人察觉到的话，他们肯定会通知警察。大约七点钟的时候我来到了火车站，发现火车已经走了——它是六点五十分的时候出发的。和往常一样，火车司机一时心血来潮。幸运的是，我们想办法及时通知了我的妻子。第二天早上有另一列火车。麦克奈尔、科特曼和我在火车站旁边的一间小餐馆吃了晚饭，经过谨慎的提问，我们得知这间餐馆的老板是个国工联的成员，人很友好。他让我们住进了一间三人房，没有通知警察。那是五个晚上以来我第一次能够脱了衣服睡觉。

第二天早上，我的妻子成功地溜出了酒店。火车迟了一个

小时出发。我利用这段时间给国防部写了一封长信，告诉他们克普的处境——他一定是被错抓了，现在前线急需他，很多人可以作证他是受冤枉的，等等等等。我不知道会不会有人读这封写在从笔记本上撕下来的纸上、字体歪歪扭扭（我的手指仍然不灵活）而且西班牙文很蹩脚的信。不管怎样，这封信或其他别的事情都不会起什么作用。六个月后，当我撰写本书时，克普（如果他还没有被枪决的话）仍然被关在监狱里，没有审判，也没有被控以罪名。一开始的时候我们收到了他的两三封信，是由被释放的囚犯偷偷带出来的，从法国邮寄。它们讲述的都是同样的故事——被关在肮脏阴暗的牢房里，食物难吃而且分量不足，由于监狱的条件恶劣身患重病，而且被拒绝获得治疗。我从其他渠道证实了这一点，有英国人也有法国人。不久前他被关进了一间“秘密监狱”，根本无法与外界联系。同样的情况发生在数以百计的外国人身上，没有人知道到底发生在有多少数以千计的西班牙人身上。

最后，我们平安无事地越过了边境。火车有头等厢和一节餐车，那是我在西班牙第一次看到。直到不久前加泰罗尼亚的火车只有一个等级。两个侦探在火车上到处走，登记外国人的姓名，但当他们在餐车上看到我们时，他们似乎觉得我们是有身份的人。所有事情的改变真是让人觉得奇怪。仅仅六个月之前，当无政府主义者仍然掌权时，看上去像个无产者才像个有身份的人。从佩皮尼昂到塞伯里斯的路上，和我同一个车厢的一个法国行商十分严肃地对我说：“你绝对不能穿成这样去西班牙。脱掉领子和领带。在巴塞罗那他们会把你五马分尸的。”他说得很夸张，但这番话反映了当时人们是如何看待加泰罗尼亚的。那些无政府主义者的卫兵在边境拒绝了一位衣着

时尚的法国男人和他的妻子入境，我想纯粹是因为他们看上去太像资产阶级人士了。现在情况逆转了，看上去像个资产阶级人士是唯一的救赎之道。在护照办公室里，他们根据嫌疑犯的清单核对了我们的名字，但多亏警察部门的低效，我们的名字没有在黑名单之列，连麦克奈尔的名字也没有。我们被从头到脚搜查了一番，但我们没有携带任何违禁物品，只有我的退伍证明，搜查我的那几个武警不知道二十九师就是马联工党。于是我们通过了封锁线，六个月后我又踏上了法国的土地。西班牙留给我的纪念品就只有一个羊皮水袋和一盏阿拉贡农民点橄榄油的小油灯——形状几乎和两千年前古罗马人用的陶灯一模一样——这盏灯是我在一间废弃的小屋里捡来的，不知怎地装进了行李里。

我们总算是及时离开了。我们看到的第一份报纸上面就写着麦克奈尔因间谍罪而被捕。这件事情西班牙政府宣布得有点太早了。幸运的是，“托派分子”不在引渡之列。

我不知道当你从一个战争的国度踏上和平的土地后应该先做什么比较得体。我冲到了香烟店，买了很多香烟和雪茄，塞满了口袋。然后我们去自助餐馆喝茶，那是好几个月来我们第一次喝到加了鲜奶的茶。过了几天我才想到原来你什么时候想买烟都行。我总是觉得烟店的门会关掉，贴着“烟已售罄”的告示。

麦克奈尔和科特曼准备去巴黎。我和妻子在第一个站班努斯下了火车，觉得要休息一下。当他们知道我们来自巴塞罗那时，我们遭到了冷落。有好几次我被盘问道：“你从西班牙来的？你支持哪一边？支持政府？噢！”——然后就极其冷淡。这个小镇似乎是弗朗哥的铁杆拥趸，显然是因为这里经常有西

班牙的法西斯难民过来。在咖啡厅经常接待我的那个服务员是支持弗朗哥的西班牙人，在给我端上开胃酒的时候总是眯着眼睛瞥我几眼。而在佩皮尼昂情况就不一样了，那里的人坚定地支持政府军，而所有的不同派系就像巴塞罗那那样互相倾轧。有一间咖啡厅只要说出“马联工党”，立刻就能为你赢得法国朋友和服务员的微笑。

我想我们在班努斯待了三天。那段时间很奇怪，完全不得安宁。在这个宁静的渔业小镇，远离炸弹、机关枪、食物排队、政治宣传和阴谋诡计，我们原本应该觉得很放松、很感恩，但我们没有这种感觉。我们在西班牙目睹的一切并没有因为我们离开了它们而逐渐消失，相反，它们卷土重来，比以前更加形象鲜明。我们总是在想着西班牙，说着西班牙，魂牵梦萦着西班牙。过去几个月来，我们一直告诉自己，“等我们离开了西班牙”，我们就去地中海附近的某个地方，安安静静地待上一阵子，或许会钓钓鱼什么的。但现在我们来到了这里，却只觉得无聊和失望。天气很冷，海面总是吹来海风，码头附近的水很浑浊，而且浪很大，夹杂着尘土、木头和鱼的内脏涌到乱石滩上。有件事听起来很疯狂，但我俩都想回西班牙。虽然我们在西班牙待得并不开心，而且还遭到严重的伤害，但我们俩都觉得我们应该和其他人被关押在牢房里。我想我只能表达出一点点在西班牙的那几个月对于我而言的意义。我记录下了一些外部事件，但我无法记录下这些事情给我留下的感情。这种感情夹杂着视觉、味道和声音，无法诉诸笔端：战壕的味道、延绵到不可思议的远方之外的山峦的晨光、子弹冷冰冰的响声、炸弹的巨响和火光、巴塞罗那早晨清冷的光线，还有兵营里军靴的脚步声——那时是十二月，人们对革命仍怀有信

仰。还有排队买食物的人、红黑相间的旗帜、西班牙民兵的面孔，还有我的那些战友的面孔——我在前线认识了他们，现在天知道他们流落何方，有的在战斗中牺牲了，有的残废了，有的入狱了——我希望大部分人仍然安全健康，衷心祝福他们。我希望他们能赢得战争，将所有的外国人都赶出西班牙：德国人、俄国人和意大利人。在这场战争中我几乎没有作出任何贡献，给我留下的回忆大部分都是邪恶的，但是我还是不希望错过这场战争。当你目睹了这么一场灾难后——无论这场西班牙战争如何结束，它将会是一场可怕的灾难，不只是屠杀和肉体上的虐待——其结果却未必是对革命的失望和愤世嫉俗的情绪。奇怪的是，整件事反而让我更加坚信人性本善。我希望我的记述不会让人误会。我知道在这件事情上没有人能说出完整的真相。除非你亲眼所见，否则很难对任何事情感到肯定，每个人都有意无意地写出一些带有立场偏见的话。为了防止在本书的前面我忘了提及，现在我要说的是：你要警惕我的党派偏向、我在事实上的错误，以及我只从自己的立场看待事情不可避免带来的扭曲。当你在阅读关于西班牙战争这一时期的其他书籍时，也要警惕同样的问题。

我们觉得自己应该做点什么，但实际上我们什么也做不到，在这种感觉的驱使下，我们比原定的计划更早地离开了班努斯。越往北走，法国就变得越加青翠和柔和——离开了山脉和葡萄园，回到草坪和榆树林。在我去西班牙的时候，我路经巴黎，在我的眼中那是一个破败萧条的地方，与八年前我所了解的巴黎很不一样。那时候生活成本很低，没有人听说过希特勒是谁。我以前常去的咖啡厅有一半因为没有顾客而关门了，每个人都忍受着昂贵的生活成本和对战争的恐惧。在穷苦的西

班牙待过之后，就连巴黎也变得快乐而繁华。巴黎博览会[①]适逢高潮，但我们想方设法回避了它。

然后我们回到了英国——英国南部，或许这里是这个世界上景致最美丽的地方。当你经过那里，特别是当你从晕船中恢复，坐在海陆联运列车的长毛软垫上时，很难相信真的有什么事情在别的地方发生。日本爆发地震、中国遭遇饥荒、墨西哥爆发革命？不要担心，明天牛奶会送到门口的台阶上，星期五《新政治家报》会如期出版。工业城镇离得很远，浓烟和污染隐藏在地平线的那一头。这里仍然是我童年时所熟悉的英国：被野花淹没的铁路轨道、高头大马在上面吃草沉思的深深的草甸、两岸是垂柳的缓缓流动的小溪、粗壮的榆树、小花园里种的飞燕草，还有伦敦外围辽阔宁静的郊野、蜿蜒的河流上的驳船、熟悉的街道、预告板球比赛和皇室婚礼的海报、戴着高礼帽的男人、特拉法尔加广场的鸽子、红色的巴士、蓝制服的警察——一切都沉浸在英国深深的睡梦中，有时候我会担心直到炸弹发出巨响的那一瞬间我们才会醒来。

---

① 指 1937 年世界博览会。

附录　记奥威尔喉咙被狙击手开枪射穿

1937 年 5 月 20 日，乔治 · 奥威尔（埃里克 · 布莱尔）被一名狙击手开枪击穿喉咙。在《向加泰罗尼亚致敬》一书中他提到了这件事。他的妻子（艾琳 · 布莱尔）在 1937 年 5 月 24 日中午从巴塞罗那发了一封电报给奥威尔在绍斯沃尔德的父母。电报内容如下：“埃里克受轻伤，恢复良好，致以爱的问候，勿虑。艾琳。”下午两点钟后，这封电报发抵绍斯沃尔德。奥威尔的直属上司乔治 · 克普于 1937 年 5 月 31 日和 6 月 1 日撰写了一份报告阐述他的情况。这份报告遗失后，克普又写了一份报告给奥威尔的妻弟劳伦斯 · 奥沙尼斯，日期是“1937 年 6 月 10 日于巴塞罗那”。克普在报告中手绘了子弹穿过奥威尔喉咙的示意图，信件内容如下：

5 月 20 日凌晨 5 点钟，埃里克受伤了。子弹从咽喉正下方垂直部位稍偏左侧射入脖子，从后颈底部右侧穿出。那是一颗普通的 7 毫米膛径铜座西班牙式毛瑟步枪的子弹，从大约 175 码外射出。在这个射程内，它的速度仍可达每秒 600 英尺，温度可达灼烧的程度。埃里克在冲击力下仰天倒地。出血不是很严重。在距离前线半英里的救助站进行包扎后，他被送往巴巴斯特罗，然后再送往莱里达的医院，在他受伤 50 个小时后，我看到他与艾琳团聚。

埃里克的大体情况良好，体温（在其左腋窝测量）从未升至37摄氏度。埃里克抱怨他的右臂从肩膀到中指指尖沿着肱肘都在疼痛，身体左侧最后一根肋骨和脾脏之间疼得很厉害，但还能忍受。他的声音嘶哑而虚弱，但仍然能够进行对话交流。呼吸非常规律。幽默感没有受到影响。

在莱里达的医院，埃里克只接受了伤口的外部包扎。几天后，包扎伤口的绷带就可以解开了。他留在这间医院里，由法雷医生照顾，直到27日，然后转到塔拉戈纳。

5月22日，法雷医生告诉我，非常幸运，没有重要的器官受到伤害。他指出，胳膊的疼痛或许是由于胳膊的主神经受到损伤，而左半身的疼痛或许是因为他身材太高，摔倒在地的缘故。他告诉我不用担心那个伤口。

我们下令将埃里克从塔拉戈纳转移到巴塞罗那，于5月29日去接他。我们发现他情绪亢奋，而且有点发烧。左半身的疼痛已逐渐消失了。而胳膊的疼痛（应该是源于神经）仍然没有改变。那天早上塔拉戈纳医院的医生告诉埃里克他的声带"断了"，他永远恢复不了正常的声音了。事实上，埃里克能够发出任何清晰但虚弱的声音，就像一辆老旧的福特T型轿车在刹车时的磨擦声。距离超过两码就听不见他在说什么了。

29日晚上10点，埃里克来到巴塞罗那的莫林疗养院，乘一辆客车坐了60英里，没有得到任何特别待遇。晚上11点时，他的体温达到了37.8摄氏度（左腋窝）。他吃了一粒阿司匹林，然后立刻上床睡觉，没有吃饭。

30日，星期天，他的声音已经好了许多，早上体温恢复了正常，食欲也恢复了。他能够四处走动，而且看上去很精神。从上午11点到晚上6点我都见到过他，发现这段时期他的声音和状况继续在改善。艾琳一直陪着她的丈夫，他的行为举止一直都很平和。埃里克主动要乘电车和地铁出行去巴塞罗那市中心，我在中午11点45分和他见面。他解释说他出来是想喝杯鸡尾酒和吃顿像样的午饭，温柔体贴的艾琳满足了他的愿望(一个吧员和几个侍者帮忙)。

埃里克的体温恢复了正常，左半身的疼痛没有再出现，右臂的疼痛减轻了许多。据他自己所说，他的声音比起昨天恢复了一些，但艾琳和我并不这么想，但也不认为情况比以前更糟糕。我的解释是，比起昨天，达到他目前的发声质量所消耗的精力要少一些了。

我安排了埃里克第二天由巴塞罗那大学的格劳教授进行全身体检，并由另一位教授——他是这座城市知名的专科医生——进行后续治疗。

我打算在这里加上格劳教授的意见，以及他将如何对我朋友的喉咙进行治疗。

6月1日上午9点30分，格劳教授在卡塔鲁那总医院对埃里克进行了检查。他的诊断是："声带未完全性半瘫痪，原因为右侧声带神经受伤膨胀。"

他确认了法雷医生的诊断，认为没有重要器官受损，子弹从气管和颈部动脉之间穿过。格劳教授说现在只建议进行电疗，再假以时日，可能不知道得多久，但在合理的时间之内，埃里克的声音将会恢复。

他把埃里克介绍给了巴拉克医生，他是神经创伤电疗的专家，与同事私底下谈论了12分钟左右。不知道他们是否探讨了埃里克的伤势或别的话题。当埃里克、艾琳和我被叫进巴拉克医生的房间时，格劳教授解释了情况，似乎他从未提到过这件事一样，希望他的朋友检查喉区任何可能的神经病变。

巴拉克医生进一步的诊断是“右侧脊椎神经第一节擦伤”，这就是右臂疼痛的原因。巴拉克医生也支持对神经受伤的部位进行电疗，他们达成一致，埃里克每星期进行两次电疗（周三和周五），每星期一次（逢星期五）让格劳教授检查他的喉咙，并将他的舌头完全扯出来，让他说：“啊……”

两位医生都是医术精湛的斯文人，自从这场战争开始之后已经处理过许多类似的病例。加泰罗尼亚总医院的机械设备很现代齐全，大部分护士都是皮肤黝黑的女人。

1937年3月，奥威尔的妻子艾琳·布莱尔到韦斯卡前线看望过他。当然，医生没有明确地说治疗要进行多久，在他们验证电疗对埃里克的神经有效之前，我无法提出什么问题。我认为，不管怎样，治疗应该进行至少两个星期，然后再问医护人员能否继续在英国治疗。

我建议你以“医生同行”的身份给巴拉克医生写信（他英语说得很好），或许他会告诉你一些我们普通人所无法了解的情况。然后你就可以作出合理的判断，并为艾琳提供确切的指引，我相信她会认真地执行，她对你的医术十分推崇。

不胜感言，愿能与君分享。

顺祝安好

乔治·克普

作品题解

背景信息：

1936 年 12 月，奥威尔怀着抗击法西斯主义的热情，奔赴西班牙的加泰罗尼亚地区。在与英国独立工党在西班牙的联络人约翰·麦克奈尔会晤后，奥威尔决定加入与独立工党保持友好关系的西班牙马克思主义统一工人党的民兵组织，并奔赴前线作战。奥威尔被派驻战事较为平静的阿拉贡前线，上司是英国人乔治·克普，然后被调派到韦斯卡前线。与此同时，奥威尔的妻子艾琳在处理完《通往威根码头之路》的出版事宜后，来到西班牙与奥威尔会合。

1937 年 4 月底，奥威尔回到巴塞罗那度假，与妻子艾琳团聚并进行短暂疗养，见证了在巴塞罗那发生的五月动乱。共和军内部各派系展开夺权巷战。根据奥威尔的描述，希望进一步推动革命形势的共和军左翼分子（包括马克思主义统一工人党）被希望恢复资产阶级统治秩序并得到共产国际支持的右翼分子污蔑为“托派分子”和“革命叛徒”。奥威尔选择了支持马克思主义统一工人党并参加了巷战。五月动乱结束后，奥威尔拒绝加入由共产国际控制的国际纵队，回到阿拉贡前线。1937 年 5 月 20 日，奥威尔被法西斯军队的狙击手开枪击中喉咙，伤情危殆，被迫离开前线，回到巴塞罗那接受治疗。同年六月，被视为“托派分子”的马克思主义统一工人党被受苏联共产党把持的西班牙共和政府宣布为非法组织，奥威尔面临入

狱的危险，只得逃离西班牙，辗转回到英国。1937 年 7 月 13 日，西班牙共和政府正式控告奥威尔为“与法西斯勾结的托派分子”，并于 1938 年 10 月和 11 月举行庭审（奥威尔并未出庭），当时奥威尔正在法属摩洛哥疗养，对此他写道：“这只是俄国反托派运动的副产品，从头到尾充斥着谎言和荒唐。”由于信息封锁，含有反思质疑苏共内容的《向加泰罗尼亚致敬》一书在英国国内受到了左翼团体的抵制。此前曾出版奥威尔多部作品的维克多 · 戈兰兹也拒绝出版此书。1938 年，此书由亲社会主义但反对斯大林统治的弗雷德里克 · 瓦尔堡出版社出版。1948 年 12 月，《向加泰罗尼亚致敬》意大利文译本出版；1952 年 2 月，《向加泰罗尼亚致敬》在美国出版。二十世纪六十年代，弗朗哥统治下的西班牙逐渐走向开明，先后出版了《向加泰罗尼亚致敬》的英文版、加泰罗尼亚文版，弗朗哥还政国王卡洛斯后，奥威尔的作品在西班牙获得解禁。1996 年，巴塞罗那为纪念奥威尔，将一座广场以他的名字命名。

作品评论：

《向加泰罗尼亚致敬》出版后受到来自共产主义阵营、法西斯阵营和天主教阵营等作家和书评家的激烈抨击，而深受共产国际纲领影响的英国社会主义阵营也迫于政治形势，对奥威尔展开批判，认为他缺乏政治考量和过分天真浪漫。在打压之下，《向加泰罗尼亚致敬》仅卖出 900 多本。虽然各方都对《向加泰罗尼亚致敬》的真实性没有质疑，但批评的矛头指向奥威尔未能纵观全局，沉溺于细节和一己的党派私见。不过《向加泰罗尼亚致敬》也得到了亲身见证西班牙内战的作家如

弗兰兹·伯克瑙、亚瑟·科斯勒等人的认可，认为它忠实地描述了西班牙战争革命形势的一个侧面。

内容梗概：

在《向加泰罗尼亚致敬》的开头，奥威尔描写了巴塞罗那街头和民兵兵营的革命气氛：那里似乎是工人阶级和民兵当家作主的世界，人与人平等相待，到处是宣扬革命的口号和旗帜，让他觉得格外振奋，认为社会主义终究可以实现。但其实当时的局势波诡云谲，可怕的漩涡正在酝酿。随后，奥威尔所在的百人队被派往阿尔库比尔前线，但战事陷入了僵持，两军只是时而开开冷枪，按照奥威尔的说法，前线最重要的五件事情的排名依次是“柴火、食物、香烟、蜡烛和敌人……我们离开波塞罗山时我清点了一下子弹，发现将近三个星期以来我只朝敌人开过三枪。他们说一千发子弹才能打死一个敌人，照这样算起来得等个二十年我才能杀死第一个法西斯分子”。接着，奥威尔描述了前线的地形和生活细节，突出民兵组织在后勤、装备、训练不足的情况下扼守阵地的不易，并对民兵组织的民主式纪律和传统军队的权威式纪律进行了比较和探讨，对当时西班牙国内蔑视民兵组织的说法进行了批驳。在前线驻守三个星期后，奥威尔与另外一个英国人被并入英国独立工党派遣到西班牙的别动队，来到蒙特·奥斯库罗前线。在这里，宣传攻势比枪炮攻势更加奏效，敌我两方在僵持的时候互喊口号，许多被法西斯军队强行征调的士兵真的因为听到宣传而选择投诚。与此同时，共和政府的战略要地马拉加宣告失守，许多人认为有内奸作祟，怀疑自己人的气氛开始弥漫全军上下。1937 年 2 月，奥威尔参加了围攻韦斯卡的战斗，但久攻未果。

在那里，他描述了战场上可怕的、体大如猫的老鼠（这或许就是《1984》中主人公温斯顿的恐鼠症的由来）。接着，奥威尔描述了一次配合攻占韦斯卡的佯攻。奥威尔所在的小分队攻占了一座法西斯军队的阵地，但迫于敌人反扑而被迫放弃阵地撤退。接着，奥威尔插入了自己对西班牙见闻的思考，怀着相信社会主义事有可为的热情于四月底回到了巴塞罗那休假。但他立刻注意到革命气氛已经消退，金钱、阶级差别、资本主义似乎再次将这座原本是红色革命海洋的城市吞没。奥威尔希望退出马克思主义统一工人党，加入国际纵队，奔赴马德里前线，但这时无政府主义政党与西班牙共产党的矛盾开始激化，五月初巴塞罗那发生了夺权内斗，国民自卫队发动攻势，解除了电话公司的无政府主义政党民兵组织的武装。奥威尔则站在马克思主义统一工人党的立场，扼守统一工人党武装力量所控制的市区建筑。他第一次意识到敌人不单只有法西斯军队和弗朗哥将军，更有内部的意识形态分裂和争权夺利，感到十分痛心。由于面临前线的威胁，巴塞罗那巷战暂时得到和解，奥威尔回到前线，但被法西斯军队的狙击手开枪打中喉咙，不得不离开战场，辗转于不同的战地医院，最终被诊断为不适合继续作战，服役结束。回到巴塞罗那时，奥威尔发现马克思主义统一工人党已经被宣布为非法政党，其成员面临被逮捕和迫害的危险。他只能在一座教堂的废墟过夜，不敢回酒店。奥威尔和妻子去拜访英国独立工党别动队的指挥官乔治·克普，但克普已经被逮捕。在营救克普无门的情况下，奥威尔被迫逃离西班牙，经比利牛斯山边境顺利抵达法国，至此，全书结束。

译者评论：

由于西班牙内战的内部情况极其复杂，而且二战前夕国际局势瞬息万变，《向加泰罗尼亚致敬》一直是备受争议的作品。首先，西班牙内战是奥威尔第一次亲临体验战争的残酷和萧条，为他以后作品的反战基调奠定了基础。此外，我们可以想象，从未涉足政治的文人奥威尔面临残酷的意识形态斗争和政治的党同伐异时内心的彷徨、无助和绝望。在目睹了许多曾经在前线共同作战的友人没有战死在前线，却死于自己人的迫害之后，奥威尔对苏联的政治体制产生了怀疑，从此走上了反对极权体制的道路。从这个意义上说，是西班牙内战这个熔炉促使奥威尔的创作热情和才华从控诉外在的世界表象的不公转向了对内在的体制和人性进行深刻反思。同时，奥威尔没有以真理见证者的身份自居，只是以尽量客观的笔触描写他在西班牙前线及后方的见闻，更引用了许多当时的新闻报道，力图为读者提供尽可能全面的信息。同时，共产国际、西班牙政府与英国媒体对西班牙内战的歪曲描写和为达目的操纵宣传工具的做法促使奥威尔开始思考历史的真实性，并在《1984》中升华为对极权主义操纵历史手法的反思。1946 年，奥威尔写道："自 1936 年后，我所进行的严肃创作的每一行话，都是在直接或间接地反对极权主义体制，并为民主的社会主义体制鼓与呼。"

奥威尔的豁达与置个人生死于度外的豪情深刻体现于他对危及生死的中枪事件的平静甚至戏谑的态度："大概有两分钟我以为自己已经死了。那真是太有趣了——我的意思是，了解自己在那种时候想些什么事情真的是很有趣。我的第一个想法很老套，想的是我的妻子。我的第二个想法是对离开这个世界

感到强烈的憎恨——说到底，我在这个世界还是活得挺舒心的。我曾经鲜活地体验过这个世界。这桩傻兮兮的不幸让我气愤不已。这么死实在是太没有意义了！被干掉了，甚至不是在战斗中被干掉的，而是在战壕里这个发霉的角落。都是拜那一会儿的大意所赐！我还想到了那个开枪打中我的男人——我在想他长得什么样，是西班牙人还是外国人，他是不是知道他打中了我，等等等等。我对他并没有怨恨。我想因为他是一名法西斯分子，如果我有机会的话也会干掉他。但如果他沦为战俘，在这个时候被带到我面前，我只会恭喜他枪法太准了。……这段时间我遇到的每个人——医生、护士、诊所医务人员或病友——都对我说只有运气最好的家伙才能被子弹穿喉而不死。但我忍不住想，没有被打中的人运气不是更好吗？”

在写给友人西里尔·康纳利的信件中，奥威尔写道："……我或许会撰写一部关于西班牙的作品，当然，得等我这只该死的胳膊好了再说。我见证了美妙的事情，至今仍坚信社会主义。虽然我对未能到过马德里感到遗憾，如果当初我拿的是共产党的证明而不是独立工党的证明，我本来应该加入国际纵队。但我很高兴能与无政府主义者还有马克思主义统一工人党一起在比较冷清、不那么出名的前线上共事过。"

历史是吊诡的，奥威尔曾经誓死反对的法西斯主义头子弗朗哥将军由于在二战基本恪守中立而成功保住政权，并延续其统治直至 1975 年还政国王卡洛斯。政治色彩浓厚的《向加泰罗尼亚致敬》没能摆脱其历史局限性，但一如既往的真诚的创作态度和尊重史实的人文情怀仍然使该书历经多年之后仍被视为研究西班牙内战和奥威尔作品文学价值不可被忽略的重要作品。